सामना:

रामविलास शर्मा की विवेचन पद्धति और मार्क्सवाद तथा अन्य निबंध

सामना

रामविलास शर्मा की विवेचन पद्धति और मार्क्सवाद तथा अन्य निबन्ध

वीर भारत तलवार

वाणी प्रकाशन

वाणी प्रकाशन
4695, 21-ए, दरियागंज, नयी दिल्ली 110 002

फ़ोन : +91 11 23273167 फ़ैक्स : +91 11 23275710

शाखाएँ
अशोक राजपथ, पटना 800 004, बिहार

कॉफ़ी हाउस कैम्पस, महात्मा गांधी मार्ग, इलाहाबाद 211 001, उत्तर प्रदेश

महात्मा गांधी अन्तरराष्ट्रीय हिन्दी विश्वविद्यालय, वर्धा 442 001, महाराष्ट्र

सुल्तानिया रोड, मोतिया पार्क, भोपाल 462 001, मध्य प्रदेश

www.vaniprakashan.com
marketing@vaniprakashan.in
sales@vaniprakashan.in

SAMANA
by Veer Bharat Talwar

ISBN : 978-81-8143-348-0
Criticism

प्रथम संस्करण 2005
आवृत्ति 2020

मूल्य : ₹ 695

यश प्रिंटोग्राफ़िक्स, नोएडा-201 301 (उ.प्र.) में मुद्रित

वाणी प्रकाशन का लोगो मक़बूल फ़िदा हुसेन की कूची से

1950-60 के दशक के भुला दिए गए कथाकार
कमल जोशी की स्मृति को
जिनकी कहानियों पर लिखकर
मैंने आलोचना लिखने की शुरुआत की थी

भूमिका

पिछले चालीस सालों में पत्र-पत्रिकाओं में मैंने जो कुछ लिखा, उनमें से कुछ को चुनकर यहाँ संकलित कर दिया है। इसलिए इसमें सिर्फ आलोचनात्मक लेख ही नहीं, यात्रा-संस्मरण और इंटरव्यू वगैरह भी शामिल हैं। इनको चुनते हुए मेरा सामना अपने अतीत से भी हुआ। चालीस बरस पहले मैं जैसी आलोचना लिख रहा था, जाहिर है, उसमें कई कमियाँ और खामियाँ थीं। इस संकलन में उन्हें छिपाने की कोशिश नहीं की गई। चालीस बरसों के सफर में मेरी समझ और विचारों में कई बदलाव भी आए। वे भी यहाँ नजर आएँगे। अनावश्यक समझकर कुछ शब्द और पंक्तियाँ यहाँ-वहाँ काट दी गई हैं या और स्पष्टता के लिए लेख की मूल भावना के अनुरूप कुछ शब्द और पंक्तियाँ जोड़ दी गई हैं। ऐसा जोड़ना सबसे ज्यादा संकलन के पहले लेख में हुआ है। लेकिन किसी भी लेख की मूल स्थापनाओं से छेड़-छाड़ बिलकुल नहीं की गई है।

हजारीप्रसाद द्विवेदी की इतिहास-दृष्टि लेख सबसे पहले जन संस्कृति मंच द्वारा द्विवेदीजी के जन्मदिन पर आयोजित एक गोष्ठी में पढ़ा गया था। लेख में नामवर सिंह द्वारा द्विवेदीजी के किए गए मूल्यांकन पर सवाल खड़ा किया गया था और गोष्ठी की अध्यक्षता करने के लिए नामवरजी को ही बुलाया गया था। अपने ही शिष्य द्वारा अपनी और अपने गुरु की भी आलोचना को उन्होंने, एक बड़े आलोचक होने के नाते, सहजभाव से लिया था। लेख की सराहना करते हुए उन्होंने कुछ सवाल उठाए थे और कुछ सफाई भी दी थी। उनकी सफाई और सवालों का उत्तर देते हुए मैंने लेख को और विकसित किया और लेख पहली बार *इंद्रप्रस्थ भारती* में छपा। इस संकलन में देते समय लेख की स्थापनाओं को कुछ और स्पष्ट कर दिया गया है। *रामविलास शर्मा की विवेचन पद्धति और मार्क्सवाद* शृंखला के चारों लेख उनकी किताब *मार्क्स और पिछड़े हुए समाज* की विस्तृत आलोचना के रूप में लिखे गए थे। यह किताब 1986 में नामवरजी ने मुझे *आलोचना* में समीक्षा लिखने के लिए दी थी। जब समीक्षा लिखने बैठा तो वह खुद एक किताब जितनी लंबी हो गई। उसका एक हिस्सा जो *पिछड़े हुए समाज और पिछड़ा हुआ मार्क्सवाद* शीर्षक से *आलोचना* में छपा था, शीर्षक बदलकर इस संकलन में पहले दो निबंधों के रूप

में छपा है। शृंखला का तीसरा लेख भी बहुत बाद में *आलोचना* में ही छपा। लेकिन चौथा लेख अभी तक अप्रकाशित था और यहाँ पहली बार छपा है। उस समीक्षा का एक हिस्सा अब भी अप्रकाशित पड़ा हुआ है। 1987 में नामवरजी ने सुझाव दिया था कि मैं एक और स्वतंत्र अध्याय रामविलासजी की राजनीति पर लिखकर पूरी समीक्षा को पुस्तक रूप में छपवा दूँ। सुझाव अच्छा था। मैंने कुछ तैयारी भी की थी, पर फिर तबीयत उसमें लगी नहीं। *निर्मल वर्मा की कहानियों का सौंदर्यशास्त्र और समाजशास्त्र* लेख निर्मल वर्मा पर ही केंद्रित *आलोचना* के अंक में छपा था। मूल लेख का शीर्षक कुछ और था। संपादक के नाते नामवरजी अकसर अपना सुझाव देकर शीर्षक को और ज्यादा सटीक तथा अर्थपूर्ण बना देते थे। मौजूदा शीर्षक भी उन्हीं का दिया हुआ है। कमलकिशोर गोयनका ने 'प्रेमचंद विशेषज्ञ' बनने की प्रक्रिया में कई जगहों से सामग्री बटोरी थी। जिन लोगों से सामग्री माँग कर वे ले गए, उन्हें फिर लौटाई नहीं, जैसे बनारस के मुरारीलाल जी केडिया को। कुछ सामग्री वे अमृतराय से भी ले गए थे। उसी सामग्री का इस्तेमाल कर उन्होंने अमृतराय की लिखी प्रेमचंद की महत्त्वपूर्ण जीवनी *कलम का सिपाही* पर हमला किया, उसका अवमूल्यन करने की कोशिश की। इससे अमृतराय बहुत क्षुब्ध हुए थे। वे चाहते थे कि हिंदी में प्रेमचंद का कोई सजग पाठक उसका उचित जवाब दे। उन्हीं के आग्रह से मैंने *प्रेमचंद की जीवनी का सवाल* लिखकर कमलकिशोर गोयनका के बड़े-बड़े दावों की असलियत को सामने लाने का प्रयास किया। लेख पहली बार धनबाद से प्रकाशित *कतार* पत्रिका में छपा था। इनके अलावा *हरिशंकर परसाई पर कुछ नोट्स इंद्रप्रस्थ भारती* (दिल्ली) में, *सन् साठ के बाद की कहानी* तथा *यशपाल से मुलाकात* ***संज्ञा*** (रायपुर) में, *प्रेमचंद-शरतचंद्र विवाद आलोचना* में, *अच्छी लड़की कौन है?* तथा *बातें जो कही नहीं जातीं* ***समय चेतना*** (दिल्ली) में, *अकादमिक संस्थानों में हिंदी बुद्धिजीवी समयांतर* में, *चेखव की कहानियाँ अक्षरपर्व* में, *किसान आंदोलन : पहाड़ी ऊँचाइयाँ हंस* में, *उत्पलदत्त से बातचीत* ***समारंभ*** (इलाहाबाद) में, *हिंदी नवजागरण : अध्ययन की समस्याएँ* और *उत्पलदत्त : एक राजनीतिक* ***याद पुरुष*** (मुजफ्फरपुर) में तथा *चुनार के किले से* ***कल्पना*** (हैदराबाद) में छपी थी।

भारतीय भाषा केंद्र
जवाहरलाल नेहरू विश्वविद्यालय,
1.5.2005

वीर भारत तलवार

अनुक्रम

मूल्यांकन

आलोचना

परख

इंटरव्यू

यात्रा

स्मरण

मूल्यांकन

हजारीप्रसाद द्विवेदी की इतिहास-दृष्टि

कुछ साल पहले हजारीप्रसाद द्विवेदी और रामचन्द्र शुक्ल को एक-दूसरे के मुकाबले में खड़ा करके जो विवाद करने का प्रयत्न हुआ, उसका बुरा स्वाद अभी तक गया नहीं है। अपने देवता को बड़ा बताने के लिए दूसरे के देवता का सिर फोड़ देने वाली उस झड़प में सबसे ज्यादा दुर्गति सत्य की ही हुई। द्विवेदीजी की मौलिकता को नकारकर और उनकी मूर्ति को धूल-धूसरित कर रामचंद्र शुक्ल को एक बार फिर से प्रतिष्ठित करने का बीड़ा उठाना कुछ वैसा ही है जैसे बाबरी मस्जिद को तोड़कर ही राम मंदिर बनाने का हठ। यह सही है कि हजारीप्रसाद द्विवेदी में वैसी प्रखर आलोचना दृष्टि और व्यवस्थित इतिहास लेखन प्रणाली नहीं मिलती और न ही इतिहा और आलोचना का वह अपूर्व सामंजस्य मिलता है जो रामचंद्र शुक्ल के लेखन की खास पहचान है। इसके बावजूद आलोचना और खासकर साहित्य के इतिहास-लेखन में उनका योगदान बहुत महत्त्वपूर्ण है। इस महत्त्व का तिरस्कार करके हिंदी साहित्य के इतिहास-लेखन को आगे बढ़ाना असंभव है। इसके साथ ही द्विवेदीजी की असंगतियों और सीमाओं के प्रति नरम रुख अपनाकर उन्हें विद्रोह के पक्ष में खड़ा होने वाले अपार साहसी के रूप में प्रस्तुत करने के प्रयासों को भी आलोचनात्मक दृष्टि से जाँचने की जरूरत है।

द्विवेदी के इतिहास-लेखन की सबसे बड़ी विशेषता यह बतलाई जाती है कि उन्होंने हिंदी साहित्य के इतिहास को देखने की दृष्टि या 'पैराडाइम' को ही बदल दिया। यह कहा जाता है कि शुक्लजी ने मुसलमानी शासन और उसके विरुद्ध हिंदू प्रतिक्रिया को अपने इतिहास-लेखन का 'पैराडाइम' बनाया जबकि द्विवेदीजी ने शास्त्र और लोकमत के बीच अंतर्विरोध को अपना 'पैराडाइम' बनाकर हिंदी साहित्य को देखने की एक नई दृष्टि दी। यह दावा पूरी तरह से सच नहीं लगता। अगर ऐसा सचमुच हुआ होता तो शुक्लजी के इतिहास-लेखन का व्यवस्थित ढाँचा, अपनी कई त्रुटियों के बावजूद, इतनी दृढ़ता से आज तक बरकरार न रहता। तथ्य यह है कि हिंदी साहित्य के एक हजार वर्षों के इतिहास के लिए न तो द्विवेदीजी ने लगातार किसी एक 'पैराडाइम' का उपयोग किया है, न ही शुक्लजी ने हिंदू-मुस्लिम संघर्ष

को अपना कोई 'पैराडाइम' बनाया है। जिसे शुक्लजी का 'पैराडाइम' बताया जाता है, वह वास्तव में भक्तिकाल के उद्भव के बारे में उनकी एक धारणा या टिप्पणी (भ्रामक ही सही!) से अधिक और कुछ नहीं है; उसे 'पैराडाइम' बनाकर उसके पीछे-पीछे शुक्लजी नहीं चलते। जिसे द्विवेदीजी का 'पैराडाइम' बताया जाता है, वह भी भक्तिकाल के आगे न कहीं लागू होता है, न कोई नई दृष्टि देता है। आधुनिककाल के विवेचन में द्विवेदीजी इस 'पैराडाइम' का कहीं आभास तक नहीं देते। यहाँ तक कि भक्तिकाल में भी उसका उपयोग सीमित रूप में ही हुआ है।

द्विवेदीजी के इतिहास-लेखन का सबसे शक्तिशाली पक्ष नाथ-सिद्धों और निर्गुण संतों के साहित्य की बिलकुल नई व्याख्या है। यहीं उनकी दृष्टि सबसे सार्थक प्रतीत होती है। इस साहित्य को उन्होंने बौद्धकाल से चली आ रही ब्राह्मणवाद विरोधी विचारधारा से जोड़कर देखा। शुक्लजी की मान्यताओं का विरोध करते हुए इस साहित्य को खुद उत्पीड़ित जातियों की अपनी स्थिति के आधार पर, न कि शिक्षित वर्ग की दृष्टि से, समझने का प्रयास करके द्विवेदीजी ने अनजाने में ही उस तरह की दृष्टि का पहला संकेत दिया, जिसे आजकल सबाल्टर्न अध्ययन दृष्टि के नाम से जाना जाता है। इस तरह की दृष्टि से हिंदी साहित्य के इतिहास पर किसी ने विचार नहीं किया था और खुद द्विवेदीजी ने भी एक हद तक ही किया। बदकिस्मती यही है कि निम्न समझी जाने वाली जातियों के विद्रोह और ऊँची जातियों के सुधारवाद के बीच अपनी दुविधाग्रस्त स्थिति के कारण यह दृष्टि खुद द्विवेदीजी के लिए भी एक सुसंगत दृष्टि नहीं बन सकी। इससे उनके विवेचन में असंगतियाँ पैदा हुईं, जिन्हें अक्सर नजरअंदाज किया जाता रहा है।

उत्तर भारत की निर्गुण और सगुण भक्ति धारा में भक्ति तत्त्व की समानता होने पर भी इनके पीछे की परंपराएँ और सामाजिक आधार अलग-अलग थे। एक का संबंध बौद्धों और नाथ-सिद्धों की परंपरा और मुख्यतः निम्न समझी जानेवाली जातियों से था तो दूसरे का संबंध स्मार्त मत और भागवतपुराण से और मुख्यतः मँझोली और उपरली जातियों से था। इसीलिए मुक्तिबोध ने निर्गुण और सगुण धारा के बीच अंतर्विरोध होने की बात कही। रामविलास शर्मा ने निर्गुण और सगुण के बीच भक्ति की एकता पर जोर देते हुए कहा कि भक्ति आंदोलन का मुख्य अंतर्विरोध भक्ति और योगतंत्र के बीच था। द्विवेदीजी की दृष्टि इससे अधिक विश्वसनीय और तर्कपूर्ण थी। उनके अनुसार भक्ति आंदोलन का मुख्य अंतर्विरोध न निर्गुण-सगुण धाराओं के बीच था, न भक्ति और योग-तंत्र के बीच। ये अंतर्विरोध जरूर थे, पर वैसे ही अंदरूनी अंतर्विरोध थे जैसे राष्ट्रीय आंदोलन के अंदर शिक्षित मध्यवर्ग और किसानों के बीच अंतर्विरोध। भक्ति आंदोलन का मुख्य अंतर्विरोध लोकमत और वर्णाश्रम धर्म वाले शास्त्रीय मत के बीच था। इस लोकमत में वे सभी गैर-ब्राह्मण, गैर-शास्त्रीय मूल वाले मत आ जाते हैं जो वर्णाश्रम धर्म और उसकी शास्त्रीय विचारधारा

को किसी-न-किसी रूप में—कमोबेश—चुनौती देते हैं।

भक्ति आंदोलन के अंदरूनी अंतर्विरोधों के प्रति द्विवेदीजी की यह समझ बहुत महत्त्व रखती है। उत्तर-पूर्व भारत में भक्ति आंदोलन से पहले शैव धर्म और योग-तंत्र का बहुत प्रचलन था। बाद के निर्गुण भक्तों पर भी इन संप्रदायों की साधना का असर खूब दिखाई देता है। फिर भी इन संतों ने योग और तंत्र को नहीं बल्कि भक्ति को ही असली तत्त्व माना। द्विवेदीजी समझते थे कि मध्यकाल में योग-तंत्र के प्रभाव पर विजय प्राप्त करना भक्ति के प्रसार के लिए जरूरी शर्त थी—हालाँकि योग-तंत्र और भक्ति, दोनों ही अपने-अपने ढंग से परंपरागत ब्राह्मण धर्म के विरोधी थे।

योग-तंत्र और भक्ति की विचारधारा के बीच जो संघर्ष चलता था, वह बहुत-कुछ वैसा ही रहा होगा जैसा कि आजकल क्रांति की दो लाइनों या दो दलों के बीच होता है। संघर्ष के इस चरित्र को भुला देने से दो गलत नतीजे निकलेंगे—या तो भक्ति और योग-तंत्र का अंतर्विरोध ही मुख्य अंतर्विरोध नजर आने लगेगा या फिर लोकमत के नाम पर भक्ति और योग-तंत्र, दोनों मिलकर एक हो जाएँगे।

द्विवेदीजी के लोकधर्म की तुलना नामवरजी ने ग्राम्शी की सबाल्टर्न संबंधी दृष्टि से की है जिसमें उत्पीड़ित वर्गों का लोकधर्म जनविद्रोह की विचारधारा के रूप में दिखाई देता है। (पृ. 80, *दूसरी परंपरा की खोज*) वास्तव में द्विवेदीजी की लोकमत की धारणा को बहुत सावधानी से समझने की जरूरत है। द्विवेदीजी लोकमत को आलोचनात्मक दृष्टि से देखते थे और लोकधर्म को ज्यों का त्यों शास्त्र का विकल्प नहीं समझते थे, जैसा कि नामवरजी ने मान लिया है। गलत कहा हो या सही, पर लोकधर्म को उन्होंने कभी-कभी जो निकृष्ट कहा है, वह सिर्फ संस्कारवश नहीं कहा। लोकधर्म में निहित कुछ तत्त्वों को वे साफ तौर पर निकृष्ट समझते थे और उनकी यह धारणा लगातार बनी रही। उन्होंने लोकमत में निहित 'निकृष्ट कोटि के जादू-टोना, टोटका आदि' की चर्चा तो की ही है, शुक्लजी की ही तरह योगियों की अद्भुत और आश्चर्यजनक करामातों की कहानियों को साधारण लोगों पर धाक जमाने के दाँवपेंच भी कहा है। उन्होंने खुद निर्गुण संतों का हवाला देकर कहा कि ये भक्त भी योग और तंत्र के कृच्छाचारों को व्यर्थ समझते थे। अपनी आलोचना को आगे बढ़ाते हुए द्विवेदीजी ने लिखा कि हठयोग और तंत्रवाद ने इस देश में गुरुवाद का जो विकृत रूप प्रचारित किया है, उसका बंधन अब भी भारतवर्ष काट नहीं सका है। गोरखनाथ के पदों और नाथ पंथी साहित्य में जो रूखापन और गृहस्थ के प्रति अनादर का भाव मिलता है, उसके आधार पर द्विवेदीजी ने इस साहित्य को 'लोक-विद्विष्ट और क्षयिष्णु' तक कहा। जो लोक में है, वही लोक-विद्विष्ट भी है। ब्राह्मण-मत के खिलाफ निचली कही जाने वाली जातियों का पक्ष लेने वाले नाथ-सिद्धों ने अपनी अक्खड़ शैली में बाह्याचार और निरर्थक रूढ़ियों का विरोध जरूर किया था, 'परंतु'—द्विवेदीजी लिखते हैं : "उनके पास देने लायक कोई नयी सामग्री नहीं थी। वे केवल अर्थहीन

आचारों का विरोध भर करते थे।'' (पृ. 70, *उद्‌भव-विकास*) विद्रोह की विचारधारा नहीं, विद्रोह भी नहीं, सिर्फ विरोध भर! कहाँ है शास्त्र का विकल्प?

नया कुछ दिया तो वैष्णव भक्ति ने दिया। यह वैष्णव भक्ति ब्राह्मणमत की इतनी उग्र विरोधी न थी, लेकिन तंत्र और योग के मुकाबले उसकी भूमिका यह थी कि, द्विवेदीजी के शब्दों में—''भक्तिवाद ने इस अवस्था को सँभाला और हिंदुओं में नवीन और उदार आशावादी दृष्टि प्रतिष्ठित की।'' (वही)

इस तरह द्विवेदीजी लोकमत के अंतर्गत सभी तत्त्वों की भूमिका को समानरूप से सार्थक नहीं मानते। यह बात ध्यान देने लायक है कि वैष्णव भक्ति का उद्‌भव लोक से होने पर भी वह नितांत लोक की चीज न थी, उसे शास्त्र का सहारा मिला था और शास्त्रीय सहारे को पाकर ही स्थानीयता से ऊपर उठकर वह सारे भारतवर्ष में फैल सकी थी। इसलिए ग्राम्शी के आधार पर *लोकधर्म* को विद्रोह की विचारधारा बताते हुए द्विवेदीजी के *लोकमत* को खींचकर इसके साथ जोड़ देने से दोनों के बीच जो अंतर है, वह ओझल हो जाता है। द्विवेदीजी की दृष्टि में जहाँ तक नाथ-सिद्धों वाला लोक अधिक है, वहाँ तक भक्ति कम है और जहाँ तक भक्ति अधिक है, वहाँ तक विद्रोह कम है।

द्विवेदीजी के विवेचन में जो *गृहस्थ* शब्द आता है और *हिंदू* शब्द आता है वह बहुत महत्त्वपूर्ण है। ये शब्द बताते हैं कि द्विवेदीजी का लोक विभाजित है। इस लोक में हिंदू गृहस्थ ('साधारण जनता') भी है और नीच समझी जाने वाली जातियाँ भी हैं। गृहस्थ विद्रोह नहीं करते। द्विवेदीजी ने ब्राह्मण मत के विरुद्ध लोकमत को दिखाने के लिए जिन निचली जातियों की विस्तार से चर्चा की है, उनके बारे में भी उन्होंने जोर देकर कहा था कि ये जातियाँ खुद को हिंदू नहीं मानती थीं अथवा ये ना हिंदू, ना मुसलमान थीं। लगता है, द्विवेदीजी इस विभाजित लोक के दोनों पक्षों के बीच संतुलन साधने की कोशिश करते रहे। एक की कीमत पर सिर्फ दूसरे को ही लोक मानने में उन्हें दुविधा होती थी। इसके कुछ संकेत मिलते हैं।

योग और तंत्र की तरह भक्ति भी मूलतः लोकमत का अंग थी। द्विवेदीजी ने कल्पना की है कि शास्त्र का सहारा पाने से पहले आलवारों की मौलिक भक्ति-भावना निर्गुण संतों की 'अनभैसाँचा' जैसी ही रही होगी। लेकिन उत्तर भारत में भागवत पुराण से प्रेरित सगुण भक्ति भावना स्मार्त मत से बहुत दूर नहीं थी क्योंकि उत्तर भारत की जनता स्मार्त मतावलंबी थी और विष्णु के विविध अवतारों में पहले से ही विश्वास करती आ रही थी। द्विवेदीजी ने लिखा है कि भक्ति मत फैलने से पहले हिंदी प्रदेश में ''निःसंदेह नाथों का शैवधर्म भी पर्याप्त प्रभावशाली था, किंतु साधारण जनता स्मार्त मतावलंबी थी!'' यहाँ *साधारण जनता* कौन है? निःसंदेह यह नाथों का शैवधर्म मानने वाली कथित निचली जातियाँ नहीं है। निचली जातियों से अलग यह साधारण जनता स्मार्त मतावलंबी थी। इस तरह लोक में निचली जातियों

के अलावा 'साधारण जनता' भी है, लोकमत के अलावा स्मार्त मत भी है। अब देखिए कि नाथ-सिद्धों के लोकमत के पास देने को नया कुछ नहीं था, जबकि शास्त्रीय मत का सहारा पाकर आई वैष्णव भक्ति के पास था। दोनों के बीच यह मौलिक अंतर था। द्विवेदीजी के शब्दों में—"दक्षिण से आया हुआ भक्तिवाद समाज में प्रचलित वर्ण-व्यवस्था और ऊँच-नीच मर्यादा को स्वीकार करके भी उसकी कठोरता को शिथिल करने में समर्थ हुआ।" नीच से नीच व्यक्ति को भी इसने जो संबल दिया, वह ऐसी *महत्त्वपूर्ण निधि* थी जो, द्विवेदीजी के ही शब्दों में—"इसे बौद्ध और नाथ-सिद्ध नहीं दे सके थे, टीका और निबंधों के लेखक शास्त्रज्ञ विद्वान नहीं बता सके थे और अलंकारों से लदी हुई कविता भी नहीं दिखा सकी थी।" एक बार फिर ध्यान दें कि यह *महत्त्वपूर्ण निधि, "हिंदू गृहस्थ"* के लिए थी। यह हिंदू गृहस्थ शब्द बतलाता है कि यहाँ मामला निचली का नहीं है। द्विवेदीजी ने भक्ति आंदोलन के केंद्र में यहाँ निचली जातियों की जगह *हिंदू गृहस्थ* को रख दिया है और जिन नाथ-सिद्धों ने निचली जातियों के विरोध को वाणी दी थी, उन्हें भी इस हिंदू-गृहस्थ की कसौटी पर रगड़कर रख दिया।

भारतीय वैष्णव भक्ति आंदोलन में मिलने वाले रहस्यवाद को यूरोप के 13वीं से 16वीं सदी तक हुए धार्मिक रहस्यवादी आंदोलनों जैसा व्यापक जन विद्रोह बतलाना शायद ठीक न भी हो—क्योंकि इन दोनों के बीच कई तरह के फर्क मिलते हैं—फिर भी यह बात सही है कि इसकी समीक्षा तात्विक दृष्टि से नहीं, ऐतिहासिक दृष्टि से ही करनी चाहिए। इसलिए द्विवेदीजी ने संतों के रहस्यवाद को अनुभव-सत्य कहकर ठीक ही किया। इस नाम से तात्त्विकता का प्रश्न पीछे ठेल दिया गया है। ऐतिहासिक दृष्टि से उत्पीड़ित जातियों के कवि अपने सत्य के सबूत के तौर पर सिर्फ अपने अनुभवों को ही पेश कर सकते थे अथवा किन्हीं रहस्यात्मक क्रिया या संकेतों को—क्योंकि उनके सत्य के प्रमाण के लिए न कोई वेद था, न शास्त्र। इस अनुभववाद की भूमिका दोहरी होती है—इससे ज्ञान और अज्ञान, दोनों की प्रतिष्ठा हो सकती है। इसलिए जब हम इसकी समीक्षा ऐतिहासिक दृष्टि से करने की बात कहते हैं तब हमें इसके *विवेक सम्मत* होने का आग्रह नहीं करना चाहिए क्योंकि यह तो फिर तात्त्विकता की ओर ही मुड़ना होगा। देखना यह चाहिए कि उस अनुभव-सत्य से निषेध किसका किया जा रहा है। द्विवेदीजी के लेखन में ऐसे प्रसंग मिलते हैं जहाँ वे कुछ ऐसे अनुभवों को *आज-भी* विवेक सम्मत मनवाना चाहते हैं जिन्हें *हमारा विवेक* शायद स्वीकार न करे। मसलन हठयोग से सिद्धियाँ मिलती हैं, गुरु अपनी अँगुली से आज्ञाचक्र को छू दें तो बिना किसी टंटे के सब कुछ सिद्ध हो जाता है। द्विवेदीजी लिखते हैं—"यह नहीं कहा जा सकता कि यह विश्वास ढकोसला था या गपोड़ियापन का परिणाम था।...ये सब बातें साधना की हैं। बिना अनुभव किए राय देना सिर्फ हिमाकत होगी, अन्याय भी।" (पृ. 67-68, *भूमिका*) यह ऐतिहासिक समीक्षा

का उदाहरण नहीं हुआ। नाथ-सिद्धों और निर्गुण संतों के रहस्यवाद का ऐतिहासिक दृष्टि से विश्लेषण करने का काम अब भी पड़ा हुआ है।

द्विवेदीजी सांप्रदायिकतावादी नहीं थे। उन्हें पुनरुत्थानवादी या हिंदू सांप्रदायिकतावादी बतलाना या आर. एस. एस. के साथ उनके लेखन का संबंध दिखाना उन पर घातक हमला करने के सिवा और कुछ नहीं है। इन सबके उल्टे वे सांप्रदायिकता और पुनरुत्थानवाद का विरोध करने वाले प्रगतिशील मानवतावादी लेखक थे। फिर भी यह देखकर आश्चर्य होता है कि अचेतन रूप से उन पर सांप्रदायिक शब्दावली, संस्कारों और धारणाओं का प्रभाव काफी था। वे जातियों की जगह कई बार धर्म का नाम लेते थे मानो जाति और धर्म एक ही चीज हों। जैसे आक्रमणकारी इस्लाम, भारत में इस्लाम का प्रवेश, तिरहुत का राजा मुसलमानों द्वारा खदेड़ा गया, इत्यादि। इसी तरह हिंदू गृहस्थ, हिंदू जाति और हिंदू राज्य जैसी धारणाएँ भी उनमें मिलती हैं। एक जगह उन्होंने लिखा है कि 'शिव' शब्द के साथ हमारे राष्ट्र का इतिहास जुड़ा रहा है, लिहाजा—"यह देवता सब प्रकार से हमारी राष्ट्रीय एकता का उत्तम प्रतीक है।" इस तरह की सबसे घातक पंक्ति तो यह है कि—"इस्लाम ने भारत के समस्त कुफ्र को तोड़ डालने की प्रतिज्ञा लेकर इस देश में पदार्पण किया।" (पृ. 69, *उद्भव-विकास*) अचेत रूप से और परिवेश से मिले संस्कारोंवश ही वे ऐसी बातें लिख गए हैं, उनका समग्र साहित्य सांप्रदायिकता या पुनरुत्थानवाद का बिलकुल विरोधी है।

द्विवेदीजी का सबसे बड़ा अंतर्विरोध वहीं हैं जहाँ उनका सबसे मौलिक योगदान है। उन्होंने सबकुछ को स्वीकार करके चलने का अपार साहस दिखाने वाले कबीर को क्रांतिकारी कहा। उनके कबीर समन्वयकारी नहीं थे। "समस्त बाह्याचारों के जंजालों और संस्कारों का विध्वंस करनेवाले क्रांतिकारी थे। समझौता उनका रास्ता नहीं था।" (पृ. 185, *कबीर*) इस मूल्यांकन की तर्ज पर द्विवेदीजी को भी ऐसा ही अपार साहसी बतलाया जाता है। पर वस्तुस्थिति क्या है? वस्तुस्थिति यह है कि ऊँच-नीच वाले वर्णाश्रम धर्म पर टिके समाज को नष्ट करने की जरूरत पर जोर देने वाले द्विवेदीजी एक वर्णाश्रम धर्म समर्थक कवि का सामना होते ही अपनी स्थिति से पीछे हट जाते हैं।

द्विवेदीजी हिंदी के एकमात्र ऐसे प्रौढ़ आलोचक हैं जिन्होंने तुलसीदास के साहित्य को एक ऐसा खतरा बताया जिसके कारण निर्गुण पंथियों को कबीर के नाम पर संप्रदाय बनाने में लगना पड़ा। किसी पक्के वामपंथी की तरह द्विवेदीजी ने तुलसीदास पर व्यंग्य किया है कि वे सामाजिक ढाँचे को ज्यों का त्यों बनाए रखना चाहते थे. इसलिए उन्हें निर्गुण संतों की वाणी चिंताजनक मालूम होती थी। उन्होंने तुलसीदास को परंपरा से सुविधा भोगने वाली जातियों के हितों के प्रति चिंतित बताया। लेकिन इसी तुलसीदास की सबसे बड़ी महानता द्विवेदीजी ने उनकी समन्वयकारी भूमिका में देखी। "भारतवर्ष का लोकनायक वही हो सकता है जो समन्वय का अपार धैर्य लेकर आया हो।" द्विवेदीजी की इतिहास-दृष्टि में तुलसीदास ऐसे ही लोकनायक हुए

क्योंकि, "तुलसीदास में केवल लोक और शास्त्र का ही समन्वय नहीं है, वैराग्य और गृहस्थ का, भक्ति और ज्ञान का, भाषा और संस्कृति का, निर्गुण और सगुण का, पुराण और काव्य का, भावावेग और अनासक्त चिंतन का, ब्राह्मण और चांडाल का, पंडित और अपंडित का समन्वय है।"

अर्थात् द्विवेदीजी के तुलसीदास ने वही भूमिका निभाई जो राष्ट्रीय आंदोलन में कांग्रेस निभाती रही। पर कुछ सवाल बचे रहते हैं। पहला सवाल यह है कि शास्त्र के साथ लोक के मुख्य अंतर्विरोध का हल समन्वय से कैसे हो गया? एक दूसरा सवाल यह है कि जिस *रामचरितमानस* के आधार पर शुक्लजी का लोक वर्णाश्रम धर्म वाला लोक कहलाता है, वही रामचरितमानस क्या द्विवेदीजी को किसी अन्य लोक की अवधारणा प्रदान करता है? तीसरा सवाल यह है कि तुलसी के यहाँ शास्त्र और लोक के समन्वय से जो लोकधर्म बना, उसका शास्त्र और लोक के आपसी लेन-देन की दुहरी प्रक्रिया से बने उस लोकधर्म से क्या फर्क है जिसे–'व्यापक जन विद्रोह के लिए वैचारिक आधार' बताया जाता है?

यह सच है कि द्विवेदी जी ने भारतीय समाज और हिंदी साहित्य में दूसरी (ब्राह्मणवाद विरोधी) परंपरा की खोज की ओर कई गैर-ब्राह्मण स्थानीय परंपराओं को पहली बार सामने ले आए। लेकिन इन परंपराओं को उन्होंने एक सीमा से ज्यादा महत्त्व कभी नहीं दिया और इनके मुकाबले ब्राह्मण धर्म की *महान परंपरा* के प्रभुत्व को हमेशा बरकरार रखा। इतिहास में भारतीय चिंताधारा के स्वाभाविक विकास का विवेचन करते हुए उन्होंने कई भिन्न-भिन्न स्थानीय सांस्कृतिक और धार्मिक समुदायों को दिखलाया। लेकिन उनकी दृष्टि में 'मूल भारतीय जीवन' वेदों और ब्राह्मण ग्रंथों पर आधारित जीवनदर्शन और आचार परंपरा का ही नाम है जिसमें भिन्न और विरोधी समुदायों के कारण समय-समय पर कुछ 'विकार' तो आते रहे हैं, लेकिन फिर भी 'मूल भारतीय जीवन' ज्यादा नहीं बदला। इस बात को उन्होंने *कबीरपंथ का उपेक्षित साहित्य* निबंध में बहुत साफ शब्दों में लिखा है–"पिछले दो हजार वर्षों में अनेक नवीन जातियों का आगमन इस देश में हुआ है। अनेक पुरानी जातियों का (जिनमें बहुत-सी नवीन रूप में आर्य भाषा भाषी बनी थीं और पहले कभी किरात, द्रविड़ या कोल जातीय भाषाएँ बोलती थीं) अभ्युत्थान हुआ है और अनेक प्रतिभा-सम्पन्न विचारकों का प्रादुर्भाव भी हुआ है। उनके आगमन से हमारी भाषाओं में, अभिव्यक्ति शैली में, उपासना-विधियों में महत्त्वपूर्ण बाह्य परिवर्तन हुए हैं। उन्हें भुलाया नहीं जा सकता। मूल जीवन दृष्टि को इन संप्रदायों ने नये-नये रूपों में सजाने का प्रयत्न किया है। हठयोग और कुंडलिनी योग पर अधिक जोर देने के कारण नवीन साधना मार्गों का प्रवर्तन हुआ है। अनेक वेद-विरोधी वामपंथों के अभ्युदय से जीवन दर्शन और आचार परंपरा में आपात दृष्टि से एकदम भिन्न और उल्लेख योग्य परिवर्तन हुए हैं। पर सब मिलाकर ये मार्ग सर्व भारतीय जीवनदृष्टि में बहुत अधिक विकार

नहीं ला सके हैं। कभी इस देश में, कभी उस प्रदेश में, एक-एक अंगों पर अधिक बल देने के कारण ऐसा लग सकता है कि बहुत-कुछ परिवर्तन हो गया है, पर विश्लेषण और विवेचन के ऊपरी आवरण का विमोचन होते ही मूल भारतीय जीवन-दर्शन स्पष्ट हो सकता है।'' (पृ. 484, हजारीप्रसाद द्विवेदी ग्रंथावली—4; 1981)

यहाँ सवाल इस दृष्टिकोण की तथ्यपरकता का नहीं है। सवाल है कि वेदों के दर्शन को 'मूल भारतीय जीवन दर्शन' माननेवाला यह दृष्टिकोण किसका हो सकता है? जाहिर है, लोक के प्रति अपनी सारी सहानुभूति के बावजूद, यह दृष्टिकोण लोक में पाए जानेवाले उन किरात, द्रविड़ या कोल समुदायों का नहीं हो सकता जिनका जीवन दर्शन 'मूल भारतीय जीवन दृष्टि' में हमेशा 'विकार' बनकर ही उपस्थित होता है।

वास्तव में द्विवेदीजी को उत्पीड़ित जातियों से बना लोक जितना अपनी ओर खींचता है, प्रभुत्वशाली जातियों के बनाए शास्त्र उससे कम नहीं खींचते। इस अंतर्विरोधी मनःस्थिति या दुचित्तेपन ने उनकी आलोचना में जो गहरी फाँक पैदा की, उस पर आलोचकों की नजर बहुत कम गई है। मिसाल के तौर पर जब द्विवेदीजी संत मत पर विचार करने बैठते हैं तो उन्हें शास्त्रों की शिक्षा से निर्गुण संतों का वंचित रह जाना अच्छा ही लगता है क्योंकि शास्त्रज्ञान सब समय तत्त्वज्ञान में सहायक नहीं होता। ''इन संस्कारों से वंचित रहने के कारण ही वे सब जगह से सहज सत्य को सहज ही ले सकते थे।'' (*हिंदी साहित्य की भूमिका*, पृ. 44/1979) लेकिन दूसरी तरफ यही द्विवेजी जी जब तुलसीदास की महानता पर विचार करने बैठते हैं तो संतों का यही सौभाग्य उन्हें उनका दुर्भाग्य लगने लगता है। अपनी पहली धारणा के विपरीत, वे लगभग रामचंद्र शुक्ल की भाषा में बोलने लगते हैं : ''नीच समझी जाने वाली जातियों में कई पहुँचे हुए महात्मा हो गए, उनमें आत्मविश्वास का संचार हो गया था। पर, जैसा कि साधारणतः हुआ करता है, शिक्षा और संस्कृति के अभाव में यही विश्वास दुर्वह गर्व का रूप धारण कर गया था। आध्यात्मिक साधना से दूर पड़े हुए ये गर्वमूढ़ पंडितों और ब्राह्मणों की बराबरी का दावा कर रहे थे।'' (वही, पृ. 95) इसी तरह हम देखते हैं कि द्विवेदीजी की आलोचना में जो मूल्य कबीरदास को महान बनाते हैं वे ही मूल्य तुलसीदास के प्रसंग में अनावश्यक हैं और शायद वे मूल्य कहलाने लायक भी नहीं हैं। कबीरदास सब कुछ को अस्वीकार करने का अपार साहस लेकर आए थे, तुलसीदास सब कुछ को स्वीकार करके चलने का अपार धैर्य लेकर आए। कबीरदास क्रांतिकारी बने, तुलसीदास लोकनायक। द्विवेदीजी कबीर की अक्खड़ता की जितनी तारीफ करते हैं, तुलसी की संतुलित प्रतिभा की उससे कम तारीफ नहीं करते। इन दोनों के बीच जो तीखा अंतर्विरोध है, उसे द्विवेदीजी बिना किसी कष्ट के निगल जाते हैं। मुक्तिबोध ने तुलसी के जिस साहित्य को 'भक्ति आंदोलन के क्रांतिकारी दाँतों को उखाड़ लेना' बताया था, उसी की द्विवेदीजी ने महान समन्वय कहकर तारीफ की है। इतिहास में जिस समझौते को संपन्न करके भक्ति आंदोलन

बुझ गया, उसी समझौते का प्रशस्ति-गान किया है द्विवेदीजी ने।

इस इतिहास-दृष्टि की एक विडंबना देखिए कि जब इसी को रीतिकाल पर लागू करके दरबारी कविता की व्याख्या भी लोकमत की ओर शास्त्र के झुकने के रूप में की जाती है तो न सिर्फ इसका सामाजिक परिणाम उलट जाता है बल्कि कविता का मापदंड भी उलट जाता है। यहाँ सरस शृंगार के दृश्यों वाले लोक का किसी से भी मुख्य अंतर्विरोध नहीं दिखाई देता। जो वर्णाश्रम धर्म या सामंती समाज भक्तिकालीन लोकमत के प्रहार का निशाना बना, वह यहाँ प्रहार का लक्ष्य नहीं बनता। इतना ही नहीं, द्विवेदीजी दरबारी कविता के पीछे रस-ग्रहण की आनंदवादी वृत्ति को न देखकर सामंती अभिरुचि को देखने वाले आधुनिक पाठक को कोसते भी हैं कि—"वह किसी भी सरस वस्तु की वर्णना देखकर उसके पीछे खड़े शोषक संप्रदाय को देखता है, शोषकों के पीछे खड़ी तीव्र संघर्षमयी वर्ग विषमता को देखता है, और भी न जाने क्या-क्या देखता है। उसके लिए काव्य आनंद नहीं देता, बेचैनी पैदा करता है।" मुमकिन है, यह कटाक्ष द्विवेदीजी ने उस जमाने के प्रगतिवादी आलोचकों पर किया हो। फिर भी कहने की जरूरत नहीं है कि इस धारणा का उस इतिहास-दृष्टि और काव्य-दृष्टि से भी कोई मेल नहीं बैठता जिसकी सिफारिश द्विवेदीजी भक्तिकाल के विवेचन में कर रहे थे।

द्विवेदीजी के तुलसीदास संबंधी मूल्यांकन को भी सही मानने वालों का कहना है कि तुलसीदास ने जो समन्वय किया, वह भी किसी क्रांति से कम महत्त्वपूर्ण नहीं। विचारधाराएँ भले ही क्रांति की बात करती हों लेकिन वास्तव में समाज में शुद्ध क्रांति या संपूर्ण क्रांति जैसी कोई चीज नहीं घटती। जो सचमुच घटित होता है वह असल में विभिन्न वर्गों के बीच एक नया संतुलन, एक नया सामंजस्य होता है। इसी को समन्वय कहते हैं—यानी कुछ खुद झुकना, कुछ दूसरों को झुकाना। भारत जैसे विभिन्न धर्मों, जातियों और संप्रदायों वाले समाज में क्रांति का व्यावहारिक रास्ता यही है और तुलसीदास इसी रास्ते पर चले थे।

अगर समाज में विभिन्न वर्गों के बीच सचमुच एक ऐसा नया शक्ति-संतुलन बनता हो जिससे उत्पीड़ित वर्ग उठकर ऊपर आते हों तो यह घटना क्रांतिकारी हो या न हो, लेकिन महत्त्वपूर्ण अवश्य होगी। वह कितनी महत्त्व की होगी, यह तय होगा, उस नए शक्ति-संतुलन की वास्तविकता पर। लेकिन द्विवेदीजी के बचाव में दिया गया यह तर्क बहुत मामूली है क्योंकि उसमें समन्वय की प्रकृति—नए शक्ति-संतुलन की वास्तविकता के बारे में कुछ नहीं कहा गया। समन्वय और समन्वय में फर्क होता है। कैसा समन्वय, किन उपायों से किया गया समन्वय? किस हद तक और मूलतः किसके पक्ष में किया गया समन्वय? इन सवालों के जवाब पर ही निर्भर करता है कि वह समन्वय क्रांतिकारी महत्त्व का है या नहीं। सच पूछिए तो न मध्यकालीन समाज में भक्ति आंदोलन ने और न मानस में तुलसीदास ने ऐसा समन्वय किया

है जिससे क्रांतिकारी अर्थ में एक नया शक्ति-संतुलन उभरता हो।

द्विवेदीजी का तुलसीदास संबंधी विवेचन उलझा हुआ है जिसका कारण उनके अपने मानसिक द्वंद्व में है। यहाँ सिर्फ समन्वय वाली धारणा से टकराने वाले दो पक्षों की ओर ध्यान देने की जरूरत है। इस समन्वय वाली धारणा का विरोध न सिर्फ द्विवेदीजी के कबीर संबंधी मूल्यांकन के मापदंडों से है बल्कि खुद तुलसी संबंधी उनके मूल्यांकन से भी है। कबीर के विद्रोही व्यक्तित्व से इस समन्वय और संतुलन का विरोध इतना स्पष्ट है कि यह गले नहीं उतर सकता। दूसरी ओर खुद तलसीदास को द्विवेदीजी ने परंपरागत सामाजिक ढाँचे को (उसमें कुछ सुधार करके) ज्यों का त्यों बनाए रखने और प्रभुत्वशाली जातियों के हितों की चिंता करने वाला बता रखा है। (देखिए पृ. 135, *हिंदी साहित्य : उद्‌भव और विकास*; 1982) कबीर और तुलसी के ऐसे मूल्यांकन के कायम रहते हुए तुलसीदास को सच्चे अर्थों में समन्वयकारी सिद्ध करना और इससे भी आगे बढ़कर इस समन्वय को क्रांति का दर्जा देना किसी चमत्कार से कम नहीं होगा। इसके बावजूद अगर किसी को द्विवेदीजी की तुलसीदास संबंधी दृष्टि सही लगती है तो मानना चाहिए कि इसी प्रसंग में मुक्तिबोध की आलोचना उसके लिए निरर्थक है। तुलसीदास ने समझौता किया था, इस सच को द्विवेदीजी और मुक्तिबोध दोनों मानते हैं। लेकिन उस समझौते का असली चरित्र क्या था, इस पर द्विवेदीजी और मुक्तिबोध की दृष्टि के बीच इतना विरोध है कि एक को खारिज किए बिना दूसरे का समर्थन नहीं किया जा सकता।

कभी-कभी यह नेक सलाह भी दी जाती है कि प्रगतिशीलों और वामपंथियों को चाहिए कि वे तुलसीदास को रूढ़िवादियों के चंगुल से छुड़ाकर उस पर अपना कब्जा जमाएँ। आखिर अवध के किसान आंदोलन (1920-22) में बाबा रामचंद्र ने *रामचरितमानस* का इस्तेमाल किया था या नहीं?

तुलसीदास की वामपंथी व्याख्या करके उस पर प्रगतिशीलों का कब्जा कायम करने की योजना क्या किसी साजिश भरे चिंतन का नमूना नहीं लगती? किसी कृति का अर्थ-ग्रहण, उसकी व्याख्या इस तरह के उद्देश्य से कैसे प्रेरित हो सकती है? किसी भी रचना की क्रांतिकारी व्याख्या तब तक नहीं हो सकती है—और अगर की गई तो टिक नहीं सकती—जब तक कि खुद रचना में उसका आधार न हो। यह समझना सही नहीं है कि बाबा रामचंद्र ने *रामचरितमानस* की कोई क्रांतिकारी व्याख्या की थी। उन्होंने इसका उपयोग सिर्फ दो अर्थों में किया था। अवध के इलाके में यह ग्रंथ लोकप्रिय होने होने के कारण वे दूसरे धार्मिक ग्रंथों के साथ इसे भी गाँवों में बाँचते थे ताकि गाँववालों से संपर्क बन सके। इसके अलावा उन्होंने समय-समय पर इसके कुछ दोहे-चौपाइयों का इस्तेमाल इस ढंग से किया कि उनसे तात्कालिक स्थिति का मेल बैठ जाए। मसलन रूरे के किसान नेताओं और बाबा रामचंद्र ने किसान आंदोलन को व्यापक तथा असरदार बनाने के लिए कुछ बड़े राष्ट्रीय नेताओं को

इसमें लाने के लिए इलाहाबाद जाने की योजना बनाई। जून, 1920 में उन्होने पट्टी, तहसील से इलाहाबाद तक—70 किलोमीटर की पैदल यात्रा का आयोजन किया जिसमें करीब पाँच सौ किसान शामिल हुए। बाबा रामचंद्र ने *रामचरितमानस* के इस दोहे को बोलते हुए अपनी यात्रा शुरू की—

अब मोहि भा भरोस हनुमन्ता
बिनु हरि कृपा मिलहिं न सन्ता

बाबा रामचन्द्र इसी तरह मानस के दोहे-चौपाइयों का इस्तेमाल मौके-मौके पर करते रहते थे जैसे कुछ लोग मौके के मुताबिक शेरो-शायरी का इस्तेमाल करते रहते हैं। अक्सर वे किसानों को समझाने के लिए मानस के दोहे-चौपाइयों का प्रयोग उपमा या दृष्टांत रूप में भी किया करते थे। जैसे कांग्रेसियों या ताल्लुकेदारों के कपटी स्वभाव को दिखाने के लिए मानस में कपटी देवताओं को संबोधित चौपाई उद्धृत करते थे—

ऊँच निवासु नीचि करतूती
देखि न सकहि पराइ विभूति

क्या प्रगतिशील आलोचकों को तुलसीदास पर कब्जा करने के लिए कुछ इसी तरह की व्याख्या करनी होगी?

अपनी दुविधाग्रस्त इतिहास-दृष्टि की फाँक को द्विवेदीजी उस सुपरिचित रेटॅरिक (वक्तृत्व-कला) से ढँकने का प्रयत्न करते हैं जिसमें वे माहिर थे। कबीर के लिए उन्होंने लिखा कि—"वे एक नया युग उत्पन्न कर सके।" और तुलसी के लिए भी लिखा कि वे भविष्य के और द्रष्टा और स्रष्टा थे : "चार सौ वर्ष बाद इस विषय में कोई संदेह नहीं रह सकता कि उन्होंने (तुलसीदास ने) भावी समाज की सृष्टि सचमुच की थी। आज का उत्तर भारत तुलसीदास का रचा हुआ है।"

तुलसीदास ने जिस समाज की रचना की, वह तो आज भी कायम है, लेकिन कबीर ने जो 'नया युग' उत्पन्न किया था, वह कहाँ है? तुलसीदास के रचे हुए जिस उत्तर भारत ने सन् तीस के दशक में हरिजनों के मंदिर-प्रवेश आंदोलन का विरोध किया और गाँधीजी के अछूतोद्धार के प्रति कड़ा रुख अपनाया और साठ वर्षों के बाद भी, नब्बे के दशक में जिसने मंडल आयोग की सिफारिशों के विरुद्ध आसमान सिर पर उठा लिया, वह उत्तर भारत भला कबीर के नए युग को कहाँ जगह देता? क्या मंडल आयोग की सिफारिशें भी ऊँची और नीची जातियों के बीच समन्वय का ही एक छोटा-सा प्रयत्न—समाज में एक नया शक्ति-संतुलन बनाने के लिए एक सुधारवादी और संवैधानिक उपाय नहीं था? जिस समय मंडल आयोग के खिलाफ कुछ राजनीतिक नेता सवर्ण लड़कों को आत्मदाह के लिए उकसा रहे थे, उस समय

बहुत-से प्रगतिशील समझे जाने वाले बुद्धिजीवियों तक ने उन सिफारिशों का विरोध किया था—बेशक, उसको आलोचनात्मक समर्थन देने के नाम पर! ऐसा विरोध करने वालों में खुद द्विवेदीजी के प्रिय शिष्य तक शामिल हों तो इससे कबीर के 'नए युग' और तुलसी के 'समन्वय'—दोनों की गहराई एक साथ समझ में आ जाती है।

तुलसीदास का रचा उत्तर भारत मूलतः उसी वर्ण-व्यवस्था का परिष्कृत रूप है जिससे कबीर आदि संतों का मौलिक विरोध था। इस सत्य को द्विवेदीजी कहकर भी कहना नहीं चाहते। कबीर आदि कोई नया युग उत्पन्न नहीं कर सके थे, उन्होंने सिर्फ नए युग के लिए संघर्ष को जारी रखा और वह संघर्ष अब भी जारी है। इस संघर्ष से तुलसीदास का विरोध था। वे संघर्ष की जगह सहयोग चाहते थे। तुलसी ने अपने सुधारवाद के जरिए मँझोली और पिछड़ी जातियों के विरोध पर विचारधारा की दृष्टि से काबू पा लिया था जैसाकि इन जातियों पर *रामचरितमानस* के व्यापक असर से दिखाई देता है; हालाँकि इस ग्रंथ में वर्णित सामाजिक-पारिवारिक मर्यादाएँ और नैतिक मूल्य द्विज जातियों के धनी किसानों और भूस्वामी कुटुंबों के जीवन से ली गई है। तुलसी का सुधारवाद इन्हीं जातियों के उदारतावादी तबकों की सामाजिक दृष्टि का प्रतिनिधित्व करता है जिनका नेतृत्व राष्ट्रीय स्वाधीनता आंदोलन के दौर में काँग्रेस करती रही। विरुद्धों के सामंजस्य की इस कांग्रेसी राजनीति को जो आलोचक कभी उपहास और व्यंग्य की दृष्टि से देखते थे वे ही आज इसे अपना आदर्श बताने लगे हैं। इसे समय का परिवर्तन माना जाए या समझ का?

कहने का मतलब यह नहीं है कि बिजली की कौंध के समान द्विवेदीजी ने जिस इतिहास-दृष्टि को प्रकट किया था, वह मूल्यवान नहीं है। इसके विपरीत वह इतनी मूल्यवान है कि उसका तिरस्कार करके भक्ति साहित्य का जो भी इतिहास लिखा जाएगा, वह सत्य के कमोबेश दूर होगा। सवाल तो यह है कि क्या द्विवेदीजी खुद उस दृष्टि पर दृढ़ता से कायम रहे?

द्विवेदीजी की मूर्ति में अगर कुछ गहरी दरारें मौजूद हैं तो इस सच्चाई का सामना किया जाना चाहिए। उसे पूजा की सामग्री से, फूल-मालाओं से ढँक नहीं दिया जाना चाहिए। आज द्विवेदीजी की उस दृष्टि को सजा-सँवार कर पेश करने के बजाय, जैसा नामवरजी ने *दूसरी परंपरा की खोज* में किया है, जरूरत इस बात की है कि उसमें निहित मूल्यवान धारणा को द्विवेदीजी के समझौतावादी रुख से मुक्त किया जाए। पूरे भक्तिकाल और उसके बाद के इतिहास का अध्ययन करने के लिए, खासकर हमारे युग में उत्पीड़ित और प्रभुत्वशाली समुदायों के बीच नया शक्ति-संतुलन बनाने के लिए जो संघर्ष चल रहा है, उस परिप्रेक्ष्य में, आज के साहित्य को देखने-समझने के लिए उस दृष्टि का कहाँ तक और किस तरह उपयोग किया जा सकता है, इसकी संभावनाओं का पता लगाया जाए क्योंकि पूरे हिंदी इतिहास-लेखन और आलोचना में वह एक दुर्लभ उपलब्धि है।

(*1992*)

रामविलास शर्मा की विवेचन पद्धति और मार्क्सवाद-I
वैज्ञानिक भौतिकवाद

रामविलास शर्मा की किताब *मार्क्स और पिछड़े हुए समाज* सैद्धान्तिक राजनीतिक विवेचन की विचारोत्तेजक, साथ ही, उबाऊ कृति है। इस किताब का मुख्य विषय मार्क्सवाद के उद्भव और विकास में पिछड़े हुए समाजों के योगदान का विवेचन करना है। पिछड़े हुए समाजों से उनका मतलब औद्योगिक क्रांति से पहले के सभी समाजों से है जिनमें सामन्ती समाज और दासप्रथावाले समाजों सहित प्राचीन एशियाई और प्राचीन यूरोपीय समाज शामिल हैं। इस सिलसिले में उन्होंने मार्क्स के व्यक्तित्व-निर्माण में पुराने यूनानी काव्य, पौराणिक साहित्य और इससे प्रभावित-प्रेरित यूरोपीय पुनर्जागरण को याद किया। आर्थिक विवेचन के प्रसंग में 18वीं-19वीं सदी के व्यापारिक पूँजीवाद के मुकाबले प्राचीन दास-प्रथा को आधुनिक पूँजीवाद के ज्यादा करीब दिखलाया और दार्शनिक प्रसंग में द्वन्द्वात्मक भौतिकवाद के साथ हेगेल के बजाय प्राचीन यूनानी दर्शन के संबंध पर जोर दिया। राजनीतिक प्रसंग में नयी जनवादी क्रांति के महत्त्व पर जोर दिया जो विकसित पश्चिमी यूरोप के बजाय तुलनात्मक रूप से पिछड़े हुए पूरब के देशों की देन है। इतिहास के दौरान पिछड़े हुए समाजों में हुए महत्त्वपूर्ण राजनीतिक-सामाजिक विकास को दिखाने के उद्देश्य **अर्थशास्त्र** में वर्णित मगध के राज्य पर विस्तार से लिखकर दिखलाया कि पूँजीवाद से संबंधित विकास की जो प्रक्रिया पश्चिमी यूरोप में बहुत बाद में चली, वह भारत जैसे देश में बहुत पहले ही एक हद तक चल चुकी थी। इसी तरह यूरोप केंद्रित सर्वहारा अधिनायकत्व की धारणा की जगह मार्क्सवाद में मजदूर-किसानों की संयुक्त डिक्टेटरशिप के महत्त्व को पेश किया जिसमें विकसित मजदूर वर्ग के मुकाबले पिछड़ा हुआ कहलानेवाले वर्ग—किसानों—का महत्त्व दिखायी देता है।

इनमें से कई विषय आज की व्यावहारिक क्रांतिकारी राजनीति से संबंधित हैं। रामविलासजी का विवेचन इसमें मदद पहुँचाता है या नहीं, यह हम आगे देखेंगे।

हालाँकि मोटे तौर पर रामविलासजी की घोषणा इतनी ही है कि मार्क्सवाद

में पिछड़े हुए समाजों का [illegible] [illegible]पूर्ण है, पर अपने विवेचन में वे जिस विचार की स्थापना करते हैं वह—[illegible] [illegible]कर, कहीं ढँके रूप से—यह है कि मार्क्सवाद की स्थापना में आधुनिक पश्चि[illegible] यूरोप की वह भूमिका नहीं, जो पिछड़े हुए समाजों की है। ऐसे विवेचन के लि[illegible], उन्होंने जिन पद्धतियों का सहारा लिया है, वे ध्यान देने लायक हैं। उनके विवेचन का मूल सूत्र है : मार्क्सवाद का जितना संबंध पिछड़े हुए देशों की जनता से है, उतना आगे बढ़े हुए देशों की जनता से नहीं। (पृ. 2, *भूमिका*)

अगर सचमुच ऐसा होता तो मार्क्सवाद का जन्म भारत, अफ़गानिस्तान या ईरान में होता या फिर अफ्रीका में। मार्क्स और एंगेल्स इन देशों में न होकर जर्मनी में हुए। जिस पूँजीवाद का विश्लेषण करके उन्होंने मार्क्सवाद की स्थापना की, वह पूँजीवाद इंग्लैंड, फ्रांस और जर्मनी का था। जिस समाजवादी विचारधारा की वैज्ञानिक परिणति मार्क्सवाद को बताया जाता है, वह समाजवादी विचारधारा सेंट साइमन, फ़ूरिए, ओवेन और प्रूधो आदि से जुड़ी हुई पश्चिमी यूरोप के देशों में पचास सालों से विकसित हो रही थी। समाजवाद को जिस सर्वहारा वर्ग की विचारधारा मार्क्स बता रहे थे, वह सर्वहारा वर्ग इंग्लैंड, फ्रांस और जर्मनी में था। अपने सिद्धान्तों को व्यावहारिक राजनीतिक संघर्ष से जोड़ने के लिए उन्होंने जिस इंटरनेशनल की स्थापना की, वह पश्चिमी यूरोप की पार्टियों और ग्रुपों से बना था। पिछड़े हुए देशों में, यहाँ तक कि यूरोप के भी पिछड़े हुए स्लाव देशों में मार्क्सवाद अपने जन्म के दशकों बाद पहुँचा और एशिया में आधी शताब्दी बाद। 19वीं सदी के उत्तरार्ध में इंग्लैंड, फ्रांस और जर्मनी में चल रहे मजदूर वर्ग के आन्दोलनों के बीच मार्क्सवाद एक सजीव तत्त्व की तरह जन्मा और विकसित हुआ था। एशिया के भारत, चीन, ईरान और तुर्की-जैसे देशों में 20वीं सदी के प्रारम्भिक दो दशकों तक सामाजिक-राजनीतिक रंगमंच पर मजदूर वर्ग के आन्दोलनों का नहीं, बल्कि उपनिवेशवाद विरोधी राष्ट्रीय आन्दोलनों का बोलबाला रहा जिनका नेतृत्व पूँजीपति वर्ग या शिक्षित शहरी मध्यवर्ग के हाथों में था। मार्क्सवाद को जन्म देना तो दूर रहा, राष्ट्रीय आंदोलन का नेतृत्व कर रहे ये वर्ग अपने उपनिवेशवाद विरोधी संघर्ष को भी सफलतापूर्वक चलाने के लिए किसी सुसंगत राजनीतिक दर्शन को जन्म न दे सके। इन देशों के सबसे आगे बढ़े हुए, सचेत बुद्धिजीवियों ने राष्ट्रीय आन्दोलन का विकास करने के लिए मार्क्सवाद को स्वीकार किया, उसे अपनी परिस्थितियों से मिलाकर अपने संघर्ष को व्यापक सैद्धांतिक आधार दिया। रामविलासजी विचारधाराओं और राजनीतिक दर्शन के सामाजिक-आर्थिक आधारों का महत्त्व कम करके उन्हें जातियों या राष्ट्रों के गौरव का विषय बना देते हैं।

लेकिन, आगे जब वे स्वीकार करते हैं कि "मार्क्सवाद के जिस रूप का महत्त्व पिछड़े हुए देशों के लिए है, वह क्रमशः विकसित हुआ है, मार्क्स और एंगेल्स की रचनाओं में वह सतह पर नहीं हैं, पर वह है वहाँ अवश्य" (पृ. 3) तो, घुमा-फिराकर

उनकी यह स्वीकृति उनकी पहली स्थापना का खंडन करती है। पिछड़े हुए देशों के लिए मार्क्सवाद का जो रूप है, वह मार्क्स-एंगेलस की रचनाओं में 'सतह पर' नहीं है। सही शब्द का इस्तेमाल करें तो वह उनके विवेचन का मूल प्रश्न नहीं है, उनकी मुख्य स्थापनाओं के रूप में नहीं है। उस रूप का क्रमशः विकाास हुआ। यह विकास मार्क्सवाद कायम हो जाने के वर्षों बाद हुआ। लेनिन के अलावा इसके विकास में महत्त्वपूर्ण योगदान माओ त्से तुंग का भी है जिसका रामविलासजी नाम तक नहीं लेते। यह सब विकास है, मार्क्स-एंगेल्स की मूल स्थापनाएँ नहीं। आज भी मार्क्सवाद के आलोचनात्मक विकास में पश्चिम का महत्त्व कम नहीं हुआ है, फिर चाहे सैद्धांतिक प्रश्नों का क्षेत्र हो, राजनीतिक-सामाजिक विश्लेषण का मामला हो या आर्थिक विवेचन का संदर्भ हो। साहित्यिक आलोचना और कला संबंधी क्षेत्र में तो भारत के ज्यादातर प्रखर मार्क्सवादी आमतौर पर पश्चिम से विचार प्राप्त करके ही यहाँ अपनी प्रतिभा दिखाते रहे हैं। सैद्धांतिक-राजनीतिक क्षेत्र में भी पश्चिमी यूरोप के मार्क्सवादी संगठनों और गुटों द्वारा पेश किए जा रहे प्रश्नों और नए विचारों का महत्त्व कम नहीं। उदाहरण के लिए स्त्रियों की मुक्ति और मार्क्सवाद से इसके संबंध का सवाल, जिसके बारे में मार्क्स-एंगेल्स और लेनिन की कृतियों में कुछ सामान्यीकृत विचारों के अलावा विशेष प्रश्नों का विवचेन लगभग नहीं मिलता, पश्चिमी यूरोप में ही पहली बार उठाया गया और नारीवादी आंदोलन के रूप में उसकी लहरें भारत-जैसे दूसरे एशियाई, अफ्रीकी और लैटिन अमेरिकी देशों में भी पहुँच रही हैं। इसी तरह हिरावल दस्ते (वैनगॉर्ड) के रूप में पार्टी की धारणा के औचित्य और जन-संगठनों के साथ पार्टी के सही संबंधों का सवाल भी पहली बार वहीं उठाया गया। भारत-जैसे देशों में नए प्रश्नों या विचारों की जानकारी देर से पहुँचती है (वैसे ही जैसे मार्क्सवाद देर से पहुँचा), पहुँचने पर भी सुलभ नहीं होती, और जब होती है तो उस पर आम बहस नहीं हो पाती क्योंकि स्थपित नेतृत्व उन्हें पहली बार में 'भटकाव', 'बूर्जआ प्रचार' या 'सी. आई. ए. का षड्यंत्र' कहकर टाल देता है। फिर भी, इससे कौन इनकार कर सकता है कि लेनिन के बाद साम्राज्यवाद का अध्ययन करनेवालों में जो महत्त्व पॉल स्वीज़ी का है, वह डाँगे, राजेश्वर राव या नम्बूदरीपाद का नहीं?

पिछड़े हुए देशों में मार्क्सवाद के बारे में एक दृष्टिकोण यह प्रचलित रहा है कि वह पश्चिम का दर्शन है; पूरब के देशों के अनुकूल नहीं। एक जमाना था जब इसी दृष्टिकोण से मार्क्सवाद का भीषण विरोध किया जाता था। अब रामविलासजी ने मानो इसी दृष्टिकोण का दूसरा छोर ढूँढ़ निकाला कि मार्क्सवाद का जितना संबंध पिछड़े हुए देशों से है, उतना आगे बढ़े हुए देशों से नहीं।

उपरोक्त स्थापना रामविलासजी के विवेचन के केन्द्र में है। इसे सिद्ध करने के लिए उन्होंने जैसी विवेचन-पद्धति का सहारा लिया है, उसकी झलक इस उदाहरण में देखी जा सकती है : ''औद्योगिक क्रांति से पहले इंग्लैंड भी आगे बढ़ा हुआ देश

न था। उसे आगे बढ़ा हुआ देश बनाने में उन देशों की भूमिका *निर्णायक* थी जो आगे चलकर पिछड़े हुए कहलाए।" (पृ. 1, *भूमिका; शब्दों पर जोर हमारा है*)। इसी सिलसिले में वे आगे लिखते हैं, "अमरीकी सोने-चाँदी से यूरुप के देश केवल गौण रूप से *समृद्ध* हुए, मुख्य रूप से *समृद्ध* हुआ भारत। भारत की ओर सारी दुनिया के इस सोने-चाँदी की खींच को फ्रांसिसी यात्री बर्नियर ने लक्ष्य किया था। पलासी की लड़ाई के बाद सुसंगठित लूट के द्वारा जब यह सोना-चाँदी इंग्लैंड पहुँचाया गया, तब औद्योगिक क्रांति के लिए वहाँ आवश्यक पूँजी संचित हुई। इस *पूँजी* में एक हिस्सा अमरीकी आदिवासियों का था।"

पहली बात यह कि प्रश्न समृद्धि का नहीं, सामाजिक विकास की प्रक्रिया का है। अमरीकी सोने-चाँदी से भारत अधिक समृद्ध हुआ या इंग्लैंड, यह प्रश्न निरर्थक है। प्रश्न यह है कि अमरीकी सोने-चाँदी से भारत में किस तरह के सामाजिक विकास की प्रक्रिया को बल मिला, और वही सोना-चाँदी जब लूट के बल पर यूरोप में पहुँचा तो वहाँ वह सामाजिक विकास की किस प्रक्रिया का अंग बना? जिस सोने-चाँदी से इंग्लैंड की औद्योगिक क्रांति के लिए आवश्यक पूँजी का सृजन हुआ, वही सोना-चाँदी अमरीकी आदिवासियों के समाज में औद्योगिक क्रांति क्यों नहीं ला सका? कारण स्पष्ट है—वह सोना-चाँदी इंग्लैंड में पहुँचकर *पूँजी* में बदल गया जबकि अमरीकी आदिवासियों के समाज में वह महज बेशकीमती धातु ही रहा, पूँजी नहीं बन सका। सारी दुनिया का सोना-चाँदी खिंचकर भारत में आता था, इंग्लैंड में नहीं, फिर भी औद्योगिक क्रांति इंग्लैंड में ही हुई, भारत में नहीं। अमरीकी आदिवासियों और भारतीयों के समाज में अगर वे सामाजिक-आर्थिक शक्तियाँ और विकास-प्रक्रियाएँ मौजूद होतीं जो सोने-चाँदी को औद्योगिक क्रांति के लिए आवश्यक *पूँजी* में बदल सकतीं, तो इंग्लैंड से भी पहले औद्योगिक क्रांति यहाँ होती। इंग्लैंड-जैसे पिछड़े हुए देश को आगे बढ़ा हुआ देश बनाने में *निर्णायक भूमिका* पिछड़े हुए देशों के सोने-चाँदी की नहीं, इंग्लैंड में उस समय मौजूद सामाजिक शक्तियों और सामाजिक-आर्थिक विकास-प्रक्रियाओं की थी। अमरीकी आदिवासियों या भारत की भूमिका निर्णायक नहीं, गौण थी। यह महज संयोग था कि वह सोना-चाँदी अमरीका या भारत से आया था। वह अफ्रीका से भी आ सकता था, कहीं से भी आ सकता था। लेकिन, उसे आवश्यक पूँजी में बदलनेवाली निर्णायक शक्तियाँ और प्रक्रियाएँ इंग्लैंड में ही थीं।

कई बार स्थापनाएँ भ्रामक हुआ करती हैं, लेकिन उनसे कोई भ्रम नहीं फैलता अगर उन तक पहुँचने की पद्धति निर्भ्रांत हो। दुर्भाग्य से रामविलासजी की पद्धति ऐसी निर्भ्रांतता से दूर है। यह उनकी भ्रामक स्थापनाएँ नहीं बल्कि उनकी विवेचन-पद्धति है जो उनके पूरे विवेचन को संदिग्ध बना देती है। इस विवेचन-पद्धति की एक विशेषता मार्क्स, एंगेल्स, लेनिन या किसी और के भी उद्धरण देकर उस पर अपनी टिप्पणियाँ जड़ना है। व्याख्या या स्पष्टीकरण के लिए टिप्पणी आवश्यक होती है, लेकिन ठीक

इन्हीं टिप्पणियों में रामविलासजी अपनी तर्कशैली से ऐसे तथ्य, विचार या निष्कर्ष प्रतिष्ठित कर देते हैं जो उनकी टिप्पणी की आधार-सामग्री—उद्धरण—में कहीं नहीं होती। टिप्पणी इतनी दृढ़तापूर्वक और आत्मविश्वास के साथ जड़ी जाती है कि पाठक उसकी दो-टूक मुद्रा से ही अभिभूत हो जाता है और उद्धरण तथा उस पर की गई टिप्पणी, दोनों के बीच के रिश्ते की विश्वसनीयता को नहीं टटोलता।

वैज्ञानिक भौतिकवाद

एंगेल्स पर लेख लिखते हुए लेनिन ने अपने फुटनोट में लिखा कि "मार्क्स-एंगेल्स अक्सर कहा करते थे कि अपने बौद्धिक विकास के लिए वे महान जर्मन दार्शनिकों और विशेषकर हेगेल के ऋणी हैं।" (पृ. 18, *मार्क्स-एंगेल्स संगलित रचनाएँ, भाग I*, प्रगति प्र.) इस प्रसंग में रामविलासजी ने एक नई बात कही। लेनिन से भिन्न मत पेश करते हुए उन्होंने लिखा कि मार्क्स के बौद्धिक विकास का गहरा संबंध उस संस्कृति से है जो मशीनी-उद्योग-धंधों वाली आर्थिक क्रांति से पहले की है। (पृ. 18) इस संस्कृति में पुनर्जागरणकाल का और प्राचीन यूनानी काव्य-दर्शन का विशेष महत्त्व है जिसकी मार्क्स के व्यक्तित्व-निर्माण में बहुत बड़ी भूमिका है। यह विचार आश्चर्यजनक है कि किसी के बौद्धिक विकास और व्यक्तित्व-निर्माण में उसके वर्तमान से बड़ी भूमिका सुदूर अतीत की हो। क्या मार्क्स सचमुच ऐसे अतीतोन्मुखी थे? प्राचीन यूनानी भौतिकवादी दार्शनिक एपीकुरुस को मार्क्स के अधिक निकट बताने के लिए हेगेल को बलि का बकरा बनाया गया। रामविलासजी ने लिखा, "जहाँ तक भौतिकवादी दर्शन का सवाल है, वह (मार्क्स) हेगेल की अपेक्षा एपीकुरुस के निकट ज्यादा हैं। (पृ. 22) हेगेल भाववादी दार्शनिक थे, एपीकुरुस भौतिकवादी। इनकी तुलना में क्या तुक? न्याय की बात यह होती कि 'जहाँ तक भौतिकवादी दर्शन का सवाल है', एपीकुरुस की तुलना हेगेल से नहीं, फ़ायरबाख़ से की जाती। तब कहते कि प्राचीन यूनानी एपीकुरुस मार्क्स के ज्यादा निकट थे या 19वीं सदी के जर्मन भौतिकवादी फ़ायरबाख़।

मार्क्स ने फ्रांस और इंग्लैंड के 18वीं सदी के भौतिकवाद को हेगेलीय द्वंद्ववाद के क्रांतिकारी सारतत्त्व की मदद से विकसित किया था। भाववादी दार्शनिक दृष्टिकोण के खिलाफ भौतिकवाद का जो संघर्ष था, खासकर प्रकृति-विज्ञान के क्षेत्र में उस संघर्ष में मार्क्स ने प्राचीन यूनानी भौतिकवाद को फिर से सामने रखा और उसने अपने संघर्ष में मदद ली थी। इसी आधार पर रामविलासजी मार्क्स के बौद्धिक विकास में प्राचीन यूनानी भौतिकवाद की भूमिका पर जोर देते हैं। एंगेल्स ने एण्टी-ड्यूहरिंग की भूमिका में आधुनिक प्रकृति विज्ञान के विकास के लिए द्वंद्वात्मक चिंतन को स्वीकार करने की जरूरत पर जोर देते हुए लिखा कि जैसे प्रकृति विज्ञान का इतिहास है, वैसे ही चिंतन (द्वंद्ववाद) का भी इतिहास है। आधुनिक प्रकृति-विज्ञानी यदि इस चिंतन

के ढाई हजार सालों के विकास के परिणामों को आत्मसात कर लें तो प्रकृति-विज्ञान हर तरह के प्राकृतिक दर्शन से छुटकारा पा लेगा। इस प्रसंग में रामविलासजी ने एंगेल्स के विचारों पर टिप्पणी करते हुए मूल उद्धरण के आशय से भिन्न निष्कर्ष निकालने की विवेचन-पद्धति का सहारा लिया। एंगेल्स ने निषेध के निषेध का उदाहरण देते हुए लिखा कि पुराने भौतिकवाद का निषेध-भाववाद द्वारा हुआ और फिर भाववाद का निषेध आधुनिक भौतिकवाद द्वारा हो गया। एंगेल्स की मूल पंक्तियों को बिना उद्धरण-चिह्न के कुछ शाब्दिक सुधार के साथ उद्धृत किया गया। मूल पंक्तियाँ हैं, "यह आधुनिक-भौतिकवाद, यह निषेध का निषेध, केवल पुराने भौतिकवाद की पुनःस्थापना नहीं है, बल्कि यह पुराने भौतिकवाद की स्थायी एवं मूल स्थापनाओं में दर्शनशास्त्र तथा प्राकृतिक विज्ञान के दो हजार वर्षों के इतिहास के संपूर्ण विचारांश को जोड़ देता है।" (पृ. 66, *द्वंद्वात्मक भौतिकवाद, मार्क्स-एंगेल्स-लेनिन*; प्रगति प्र.; 1978) रामविलासजी ने इन पंक्तियों को कुछ शाब्दिक सुधार के साथ पेश करते हुए इस पर टिप्पणी की : "यहाँ एंगेल्स ने आधुनिक भौतिकवाद से पुराने भौतिकवाद को जोड़ा है, दो हजार वर्षों के समस्त अर्जित ज्ञान को उससे जोड़ा है।" (पृ. 27) एंगेल्स के उद्धरण में पुराने और नए भौतिकवाद के बीच संबंध भी है और भेद भी। रामविलासजी ने भेद छोड़ दिया, संबंध पकड़ लिया। एंगेल्स का उद्धरण जिस संदर्भ से लिया गया, वहाँ एंगेल्स का आशय दोनों के संबंधों के बावजूद पुराने भौतिकवाद से आधुनिक भौतिकवाद की भिन्नता दिखाने के लिए दो हजार वर्षों के इतिहास की विकास-यात्रा को उन दोनों के बीच दिखलाना था। रामविलासजी ने दो हजार वर्षों के विकास के पुल पर चलते हुए पुराने भौतिकवाद से आधुनिक भौतिकवाद की एकता पर जोर दिया। पर, टिप्पणी यहीं खत्म नहीं हो जाती। पहले एक पक्ष को चुनकर उस पर जोर दिया, फिर एक खास निष्कर्ष की ओर बढ़े। दो हजार वर्षों वाली बात को पकड़कर उन्होंने इसे खींचते हुए निष्कर्ष निकाला, "दो हजार साल का इतिहास, दो हजार साल का दर्शन और प्रकृति संबंधी चिंतन, इस सबसे निर्मित हुआ आधुनिक भौतिकवाद। यह दो हजार साल की विरासत उन समाजों की देन थी जिनमें मशीनों से उत्पादन न होता था, बड़े पैमाने के उद्योग-धंधों का चलन न था, जिनमें आधुनिक पूँजीवाद ने जन्म न लिया था।"

एंगेल्स के 'निषेध का निषेध' का उदाहरण रामविलासजी की विवेचन-पद्धति के बल पर चलता हुआ कहाँ-से-कहाँ पहुँच गया। एंगेल्स के ही उद्धरण का उपयोग करके उसके मूल आशय के विरुद्ध निष्कर्ष। एंगेल्स ने यह कभी नहीं कहना चाहा कि आधुनिक भौतिकवाद प्राक्-पूँजीवादी समाजों की देन है। जिस पैराग्राफ से एंगेल्स की पंक्तियाँ ली गईं, उसमें एंगेल्स ने शुरू में ही पुराने यूनानी भौतिकवाद की भिन्नता दिखलाने के लिए उसे प्राचीन काल का *दर्शनशास्त्र* कहा, *आदिम ढंग का प्राकृतिक भौतिकवाद* कहा। इसके निषेध के निषेध के बाद जो आधुनिक-भौतिकवाद आया,

उसकी भिन्नता दिखाते हुए एंगेल्स ने लिखा, ''अब वह दर्शनशास्त्र हरगिज़ नहीं रह जाता है, बल्कि अब तो वह एक विश्व दृष्टिकोण हो जाता है।'' (पृ. 66, वही) रामविलासजी ने इन पंक्तियों को उद्धृत नहीं किया हालाँकि ये पंक्तियाँ एंगेल्स की उन पंक्तियों के तुरंत बाद हैं जिन्हें रामविलासजी ने उद्धृत किया।

उनकी टिप्पणी में ध्यान देने लायक वाक्य है, ''यह दो हजार साल की विरासत उन समाजों की देन थी जिनमें मशीनों से उत्पादन न होता था, बड़े उद्योग धंधों का चलन न था, जिनमें आधुनिक पूँजीवाद ने जन्म न लिया था।'' मार्क्स-एंगेल्स के भौतिकवाद को पिछड़े हुए समाजों की देन बताने के लिए जिस झूठ का सहारा लिया गया, वह इसी वाक्य में है। मार्क्स-एंगेल्स का भौतिकवाद जिन दो हजार सालों की विरासत की देन था, वे दो हजार साल सिर्फ ऐसे समाजों के न थे, और न ही आधुनिक भौकिवाद के विकास में इन दो हजार सालों के सभी कालों का योगदान समान रूप से महत्त्वपूर्ण था। पहली बात तो यह है कि प्राचीन यूनानी भौतिकवाद और आधुनिक भौतिकवाद के बीच जो दो हजार साल थे, वह विश्व के प्रति मूलतः भाववादी दृष्टिकोण का काल था। दूसरी बात यह कि वैज्ञानिक भौतिकवाद के लिए दो चीजों का होना जरूरी था—एक, प्रकृति-विज्ञान संबंधी आवश्यक अनुसंधान; दूसरा, प्रकृति के परिवर्तन और विकास की सही व्याख्या करने के लिए आवश्यक चिंतन-प्रणाली। यह चिंतन-प्रणाली जर्मन दर्शनशास्त्र में विकसित हो रही थी। प्रकृति-विज्ञान संबंधी आवश्यक अनुसंधान 16वीं सदी से शुरू हुए और अगली शताब्दियों में उनमें महान प्रगति हुई। सबसे महत्त्वपूर्ण अनुसंधान, जिन्होंने वैज्ञानिक भौतिकवाद का आधार पक्के तौर पर तैयार कर दिया, खुद मार्क्स एंगेल्स की अपनी शताब्दी में और अपने जीवनकाल में हुए। ये शताब्दियाँ प्राक्-पूँजीवादी समाजों की न थीं बल्कि पूँजीवादी उत्पादन प्रणाली के अभ्युदय और विकास की थीं। वैज्ञानिक भौतिकवाद जिन दो हजार सालों के विकास की देन था, उन दो हजार सालों में 16वीं से 19वीं सदी तक के साल, इनमें भी खासकर 19वीं सदी के उत्तरार्ध के साल, भौतिकवाद के विकास के लिए सबसे महत्त्वपूर्ण थे।

प्राचीन यूनानी दर्शन से अपने असंतोष को प्रकट करते हुए एंगेल्स ने एण्टी-ड्यूहरिंग में लिखा था : ''पुराने प्राकृतिक दर्शन से, उसके वास्तविक महत्त्व और उसमें बिखरे हुए अनेक फलदायी बीजों के बावजूद, हमें संतोष नहीं हो सका था।'' (पृ. 29, *द्वंद्वात्मक भौतिकवाद*) *प्रकृति की द्वंद्वात्मकता* में एंगेल्स ने लिखा : ''यूनानी लोग चूँकि उस समय तक इतनी उन्नति नहीं कर पाए थे कि प्रकृति का विच्छेदन और विश्लेषण कर सकते, इसलिए वे प्रकृति को सामान्यतः उसके समष्टि रूप में देखते थे। उनके यहाँ प्राकृतिक घटनाओं का सार्वत्रिक संबंध विशिष्ट घटनाओं के सिलसिले में प्रमाणित नहीं किया जाता था। यूनानियों के यहाँ तो वह प्रत्यक्ष चिंतन का विषय था। इसी में यूनानी दर्शनशास्त्र की अपर्याप्तता निहित है, जिसकी

वजह से उसे बाद को संसार के प्रति अन्य दृष्टिकोणों के लिए स्थान खाली कर देना पड़ा।'' (पृ. 101, वही) जिस दृष्टिकोण के लिए उन्होंने जगह खाली की, वह भाववाद का दृष्टिकोण था। यूरोप में लंबे काल तक यह भाववादी दृष्टिकोण प्रतिष्ठित रहा। 15वीं सदी के बाद से प्रकृति-विज्ञान में नए अनुसंधानों का सिलसिला शुरू हुआ। एंगेल्स ने लिखा कि प्राचीन युग के प्रतिभापूर्ण प्राकृतिक दार्शनिक अन्तःप्रज्ञा और अरबों की बहुत ही महत्त्वपूर्ण लेकिन छिटपुट खोजों के मुकाबले, जो अधिकांशतः बिना फल प्रदान किए ही विलुप्त हो गईं, अकेले 16वीं सदी के आधुनिक प्रकृति विज्ञान ने वैज्ञानिक ढंग से क्रमबद्ध और सर्वतोमुखी विकास किया। इसी काल में यूरोप में विश्व-व्यापार के लिए तथा दस्तकारी के 'मेन्युफ़ेक्चर' में संक्रमण के लिए जमीन तैयार हुई, जो आगे चलकर बड़े पैमाने के आधुनिक उद्योगों का प्रस्थान बिन्दु बना। (वही) इस तरह आधुनिक प्रकृति-विज्ञान, जो आधुनिक भौतिकवाद का वैज्ञानिक आधार है, का जन्म और विकास पूँजीवादी उत्पादन प्रणाली के जन्म और विकास से अलग-थलग रहकर नहीं हुआ, बल्कि उसके साथ-साथ हुआ।

लेकिन, 19वीं सदी तक का भौतिकवाद यांत्रिक था। क्योंकि उस समय तक सभी प्रकृति-विज्ञानों में सिर्फ एक यांत्रिकी का ही पर्याप्त विकास हुआ था; रसायन शास्त्र, जीव-विज्ञान और वनस्पति विज्ञान आदि का विकास बहुत कम हुआ था। 18वीं सदी के भौतिकवाद की दूसरी सीमा यह थी कि वह पदार्थों को, विश्व को, एक प्रक्रिया के रूप में नहीं देखता था, बल्कि उन्हें स्थिर और अन्तिम पदार्थों के रूप में देखता था। यह भाववादी दृष्टिकोण उस समय तक हुए प्रकृति-विज्ञान के विकास के स्तर के अनुरूप था। कांट पहले व्यक्ति थे जिन्होंने प्रकृति के उद्भव और विकास की प्रक्रिया दिखलाई। लेकिन 1755 ई. में प्रकाशित उनकी महत्त्वपूर्ण कृति *सामान्य प्रकृति इतिहास और गगन मंडल,* जिसमें उन्होंने अपनी नई धारणा रखी थी, का महत्त्व सौ वर्षों के बाद 19वीं सदी में समझा जा सका। आधुनिक भौतिकवाद के विकास के लिहाज से 19वीं सदी सबसे ज्यादा महत्त्वपूर्ण थी। इसी सदी में प्रकृति-विज्ञान संबंधी वे सबसे महत्त्वपूर्ण अनुसंधान हुए जिनके अध्ययन से मार्क्स-एंगेल्स ने अपने भौतिकवाद की आधार-सामग्री जुटाई। इस सदी के प्रकृति-विज्ञान के महत्त्व को बताते हुए एंगेल्स ने लुडविग फ़ायरबाख़वाली किताब में लिखा, ''वास्तव में प्रकृति-विज्ञान जो पिछली शताब्दी के अंत तक प्रधानतः *संग्रह करने का* विज्ञान, अन्तिम वस्तुओं का विज्ञान था, हमारी शताब्दी में सारतः *क्रमबद्ध करने का* विज्ञान, प्रक्रियाओं का तथा इन वस्तुओं के उद्भव और विकास का और इन समस्त प्राकृतिक प्रक्रियाओं को एक महान संपूर्णता में लानेवाले अन्तःसम्बन्धों का विज्ञान बन गया।'' (पृ. 46, *लुडविग फ़ायरबाख़ और क्लासिकल जर्मन दर्शन का अंत*; प्रगबित प्र., मास्को) यानी 18वीं सदी के यान्त्रिक भौतिकवाद के मुकाबले 19वीं सदी के भौतिकवाद को अब एक ऐसा प्रकृति विज्ञान सुलभ हो गया था, जिसने अपने अनुसंधानों के जरिए

अपने अंदर से ही इस धारणा को पा लिया था कि पदार्थ स्थिर या अंतिम रूप में नहीं होते, बल्कि वे उद्भव और विकास की प्रक्रिया के रूप में हैं। प्रकृति विज्ञान के ऐसे महत्त्वपूर्ण विकास के प्रसंग में एंगेल्स ने उदाहरण दिया—शरीर विज्ञान—जो वनस्पति और जीवशरीरों में होनेवाली प्रक्रियाओं की छानबीन करता है; भ्रूण विज्ञान—जो अलग-अलग जीवों में जीवाणु से प्रौढ़ता तक के विकास का विवेचन करता है; भू-गर्भ विज्ञान—जो पृथ्वी की सतह की क्रमिक गठन की छानबीन करता है; "ये सभी विज्ञान हमारी शताब्दी में पैदा हुए हैं।" (पृ. 46, वही) एंगेल्स ने आगे लिखा,"परंतु इन सबसे ऊपर तीन महती खोजों ने प्राकृतिक प्रक्रियाओं के अंतःसंबंध के हमारे ज्ञान को अत्यधिक वेग से आगे बढ़ाया।" इन तीन महती खोजों में पहली थी इकाई के रूप में कोषाणु की खोज, दूसरी थी ऊर्जा के रूपांतरण की और तीसरी, डार्विन के विकास सिद्धांत की। इस तरह 19वीं सदी में प्रकृति-विज्ञान में हुई महान प्रगति ने एक ऐसे भौतिकवादी दर्शन के लिए आवश्यक आधार सामग्री पूरी तरह से जुटा दी जो अब विश्व को स्थिर और अन्तिम न मानकर उसे उद्भव और विकास की अनंत प्रक्रिया के रूप में, निरंतर गतिशील और परिवर्तनशील रूप में दिखा सके। अब भौतिकवाद के लिए यह संभव हो गया कि वह दार्शनिकों से कहे कि प्रश्न यह नहीं है कि संसार क्या है, बल्कि प्रश्न तो इस संसार को बदलने का है। 19वीं सदी में प्रकृति विज्ञानों में हुई महान प्रगति के बिना भौतिकवादी दर्शन को ऐसी घोषणा करने का वास्तविक आधार मिल नहीं सकता था। मार्क्स ने उपरोक्त घोषणा फ़ायरबाख़ पर अपनी टिप्पणी में की थी। फ़ायरबाख़ महान भौतिकवादी थे पर वे खुद ऐसी घोषणा नहीं कर सके। कारण क्या था? एंगेल्स ने लिखा कि "फ़ायरबाख़ के जीवन-काल में भी प्रकृति-विज्ञान में अभी उफान की वह प्रचंड प्रक्रिया चल ही रही थी जिसने केवल पन्द्रह वर्षों के अंदर स्पष्टतापूर्ण, सापेक्षिक निष्पत्ति उपलब्ध की है। इतने बड़े पैमाने पर नए-नए वैज्ञानिक तथ्य प्राप्त हुए थे, जिनका अभी तक अनुमान भी संभव न था।" (पृ. 27, वही) इन तथ्यों में अंतःसंबंध कायम करना और व्यवस्था लाना, "अभी बहुत हाल में ही संभव हो सका है।" फ़ायरबाख़ देहात में रहते थे, "देहात में पड़ा दार्शनिक विज्ञान की इस उन्नति का भला किस प्रकार निरंतर अध्ययन कर पाता।" (पृ. 28) इसलिए "यह फ़ायरबाख़ का दोष नहीं है कि प्रकृति की वह ऐतिहासिक धारणा जो अब संभव सिद्ध हो चुकी थी और जिसने फ्रांसिसी भौतिकवाद के एकांगीपन को बिल्कुल खत्म कर दिया था, उनके पहुँच के बाहर रही।"

फ़ायरबाख़ ऐतिहासिक भौतिकवाद तक नहीं पहुँच सके, यह उनका दोष नहीं था क्योंकि 1870 के आस-पास प्रकृति-विज्ञान संबंधी जो नए-नए महत्त्वपूर्ण तथ्य प्राप्त हो रहे थे, जिनका पहले अनुमान तक न था, फ़ायरबाख़ को सुलभ नहीं हो सके। एंगेल्स ने यहाँ फ़ायरबाख़ के दार्शनिक विकास में आई रुकावट की जो

व्याख्या की है, उससे 19वीं सदी के उत्तरार्ध में वैज्ञानिक भौतिकवाद के विकास में प्रकृति-विज्ञान के नए-नए तथ्यों की भूमिका का महत्त्व साफ हो जाता है। इसलिए यह कहना सही नहीं होगा कि वैज्ञानिक भौतिकवाद प्राक्-पूँजीवादी समाजों की विरासत की देन था। उसकी स्थापना में निर्णायक भूमिका 19वीं सदी के यूरोप में हो रहे प्रकृति-विज्ञान के नए-नए अनुसंधानों की थी। यह विकास जिस समाज में हो रहा था, वह पूँजीवादी समाज था। दार्शनिक विकास की प्रक्रिया सामाजिक-आर्थिक विकास और उसके अनुरूप हो रहे वैज्ञानिक विकास की प्रक्रिया से अलग-थलग न थी। जिस तरह वैज्ञानिक समाजवाद का विकास पूँजीवादी समाज के विकास से घनिष्ठ रूप से जुड़ा हुआ था, उसी तरह वैज्ञानिक भौतिकवादी दर्शन का विकास भी उससे जुड़ा हुआ था।

जिन दिनों यूरोप के देशों में प्रकृति-विज्ञान सम्बन्धी अनुसंधान हो रहे थे, उन्हीं दिनों मार्क्स-एंगेल्स ने प्राचीन यूनानी भौतिकवाद को फिर से याद किया। इसका कारण यह था कि 18वीं सदी में प्रकृति-विज्ञान संबंधी कई नए अनुसंधानों के बावजूद स्वयं प्रकृति-विज्ञानी अपने यांत्रिक भौतिकवादी दृष्टिकोण के कारण अपने ही अनुसंधानों से उचित निष्कर्ष निकाल नहीं पा रहे थे। वे पदार्थों को एक प्रक्रिया के रूप में न देखकर उन्हें अन्तिम रूप में देख रहे थे। 19वीं सदी में जब पदार्थों को एक प्रक्रिया के रूप में उद्‌घाटित करने वाले अनुसंधान हो चुके थे, तब भी, प्रकृति-विज्ञानी इससे निकलनेवाले निष्कर्षों का महत्त्व ठीक से समझ नहीं पा रहे थे। यह स्थिति फ़ायरबाख़ तक के समय में मौजूद थी। (फ़ायरबाख़ की मृत्यु 1872 में हुई) एंगेल्स ने लिखा कि देहात में पड़े फ़ायरबाख़ इन अनुसंधानों का अध्ययन कैसे कर पाते और इनका सही मूल्य कैसे आँक पाते "जबकि प्रकृति-वैज्ञानिक स्वयं उस समय इन खोजों के विषय में विवाद उठा रहे थे या वे यह नहीं जानते थे कि किस प्रकार उनका पर्याप्त उपयोग होना चाहिए?" (पृ. 28, वही) प्रकृति-विज्ञानियों ने खुद को सिर्फ प्रयोगों और परीक्षणों तक सीमित कर रखा था और धारणाओं से काम लेने का भार उन्होंने प्राकृतिक दार्शनिकों पर छोड़ रखा था। इसी प्रसंग में एंगेल्स ने द्वंद्ववादी चिंतन को याद किया जो विश्व को किसी अंतिम पदार्थ के रूप में न देखकर एक निरंतर विकासशील प्रक्रिया के रूप में देखता है। एंगेल्स ने लिखा कि यद्यपि प्रकृति-विज्ञान जो नए-नए तथ्य पेश कर दे रहा है, इससे हम प्रकृति की द्वंद्वात्मकता की धारणा तक पहुँच ही जाएँगे, लेकिन यह लंबी प्रक्रिया से हो सकेगा। पर, "यदि प्रकृति-विज्ञान के सिद्धांतवेत्ता द्वंद्ववादी दर्शनशास्त्र के ऐतिहासिक रूपों की थोड़ा और निकट से जानकारी प्राप्त कर लें तो यह प्रक्रिया बहुत छोटी हो जाए।" (पृ. 100, *द्वंद्वात्मक भौतिकवाद*) इस द्वंद्ववादी दर्शन की जानकारी के लिए "दो रूप ऐसे हैं जो आधुनिक प्रकृति-विज्ञान के लिए विशेष रूप से लाभदायक सिद्ध हो सकते हैं।" (वही) एंगेल्स ने इनमें से पहला यूनानी दर्शनशास्त्र बताया,

दूसरा, हेगेलीय दर्शन। इस तरह 19वीं सदी में आधुनिक प्रकृति-विज्ञान के कुछ अंतर्विरोधों को हल करने में मदद के लिए एंगेल्स ने प्राचीन यूनानी दर्शनशास्त्र को याद किया था। यूनानी दर्शनशास्त्र का महत्त्व यह था कि इसके नाना रूपों में "लगभग वे सारी चिंतनप्रणालियाँ बीज रूप में उदीयमान रूप में विद्यमान थीं जो बाद को संसार में देखी गई।" इसलिए "सैद्धान्तिक प्रकृति-विज्ञान आजकल जिन सामान्य सिद्धांतों को स्वीकार करता है, यदि उनकी उत्पत्ति तथा विकासक्रम का पता लगाना चाहता है, तो उसे भी इसी प्रकार यूनानियों का सहारा लेना पड़ता है।" (पृ. 101, वही) मतलब यह कि 19वीं सदी में प्रकृतिविज्ञानियों के सामने प्रकृति संबंधी जो दार्शनिक दृष्टिकोण मौजूद थे, भाववादी या भौतिकवादी, वे अपने बीज रूप में यूनानी दर्शनशास्त्र में दिखाई देते हैं। लेकिन प्राचीन यूनानी दर्शन का सबसे अधिक महत्त्व इस बात में था कि उसमें एक प्रक्रिया के रूप में प्रकृति के विकास की धारणा भी बीज रूप में मिलती है। उस धारण के मुताबिक प्रकृति का अस्तित्व निरंतर आविर्भाव और तिरोभाव में, अविरल प्रवाह में, अश्रांत गति और परिवर्तन में है। यह द्वंद्वात्मक दर्शन का सरल और आदिम रूप था और प्राचीन यूनानी इस तक वैज्ञानिक अनुसंधानों के जरिये नहीं पहुँचे थे बल्कि अपनी खुली आँखों से प्रकृति के परितर्वनों को देखते और उस पर सोचते हुए अपनी सहज प्रज्ञा से पहुँचे थे। लेकिन मार्क्स एंगेल्स प्रकृति की द्वंद्वात्मक धारणा तक इस तरीके से नहीं पहुँचे थे, बल्कि 19वीं सदी में आधुनिक प्रकृति-विज्ञान में हुए नए-नए अनुसंधानों के जरिये पहुँचे थे। उन्होंने प्राचीन यूनानी दर्शन को याद किया, उससे मिलनेवाली अंतर्दष्टि का महत्त्व बताया और उसके साथ अपना फ़र्क भी बतलाया—"मूलभूत अंतर केवल यह है कि यूनानियों के इस चिंतन का आधार असाधारण प्रतिभाजन्य अंतःप्रज्ञा था, *पर हम इस परिणाम पर अनुभव पर आधारित वैज्ञानिक अनुसंधान द्वारा पहुँचे हैं।*" (पृ. 83, *द्वंद्वात्मक भौतिकवाद* शब्दों पर जोर हमारा)।

एंगेल्स ने प्राचीन यूनानी दर्शन से अपना मूल अंतर ही नहीं बतलाया, उस प्राचीन दर्शन की अपर्याप्तता को भी दिखलाया। उसकी अपर्याप्तता यह थी : "जो कुछ ऊपर से दिखाई देता है, उस सबके संपूर्ण चित्र के सामान्य स्वरूप को तो यह धारणा सही ढंग से व्यक्त कर देती है, किंतु इस चित्र के तमाम छोटे-छोटे अंगों के विस्तृत स्पष्टीकरण के लिए यह धारणा पर्यापा नहीं है, और जब तक हम इन तमाम तफ़सीलों को नहीं समझते, तब तक हम पूरे चित्र की भी कोई स्पष्ट धारणा अपने मन में नहीं बना सकते। चित्र की इन तमाम तफ़सीलों को समझने के लिए हमें उनको उनके प्राकृतिक अथवा ऐतिहासिक संबंधों से अलग कर देना पड़ता है, और तब हर एक के स्वभाव, विशेष कार्य-कारण, आदि का अलग से अध्ययन करना होता है। यह काम मूलतया प्रकृति-विज्ञान तथा ऐतिहासिक अनुसंधान को करना पड़ता है।" और प्रकृति-विज्ञान तथा ऐतिहासिक अनुसंधानों के सिलसिले में यूनानियों

की स्थिति यह थी कि, ''प्राचीन काल के यूनानियों ने विज्ञान की इन्हीं शाखाओं को गौण स्थिति में रख छोड़ा था, और इसकी उनके पास एक अच्छी-खासी वजह भी थी, क्योंकि पहले उनको आवश्यक सामग्री जमा करनी थी।'' (पृ. 36-37, वही) वैज्ञानिक भौतिकवाद की स्थापना के लिए प्रकृति-विज्ञान और ऐतिहासिक अनुसंधान जरूरी थे। प्राचीन यूनानियों के यहाँ विज्ञान की ये शाखाएँ गौण स्थिति में पड़ी हुई थीं और ऐसा होना स्वाभाविक था क्योंकि इसके लिए उनके पास आवश्यक सामग्री न थी। ''प्राकृतिक तथ्य विज्ञानों की नींव सबसे पहले सिकन्दरियाई युग के यूनानियों ने, और बाद को मध्ययुग के अरबों में डाली थी।'' लेकिन इस युग में जो खोजें हुईं, वे ''अधिकांशतः बिना फल प्रदान किए ही विलुप्त हो गईं।'' इसलिए आधुनिक भौतिकवाद का उनसे भी सीधा संबंध न था। एंगेल्स ने लिखा, ''वास्तविक प्रकृति-विज्ञान 15वीं शताब्दी के उत्तरार्ध में आरंभ हुआ, और उसके बाद वह सदैव अधिकाधिक द्रुतगति से उन्नति करता गया। पिछले चार सौ वर्षों में हमारे प्रकृति-विज्ञान का जो महान विकास हुआ है, उसके मौलिक आधार के रूप में पहले प्रकृति का उसके अलग-अलग भागों में विश्लेषण करना पड़ा, विभिन्न प्राकृतिक प्रक्रियाओं तथा वस्तुओं को निश्चित वर्गों में एकत्रित करना पड़ा, और नाना प्रकार के जैव पिण्डों की आंतरिक शरीर-रचना का अध्ययन करना पड़ा।'' (वही)

इस तरह 15वीं सदी के उत्तरार्ध के बाद, अगले चार सौ सालों में वे अनुसंधान हुए जिनके बिना वैज्ञानिक भौतिकवाद संभव न था; जिनके बिना प्राचीन यूनानी अपनी सही किंतु सरल और आदिम धारणा से प्रकृति के चित्र का सामान्य स्वरूप तो पेश कर सकते थे, लेकिन उसकी तफ़सीलों को, उनके अंतःसंबंधों को, समझा नहीं सकते थे। एक तरह से 19वीं सदी के वैज्ञानिक भौतिकवाद का प्राचीन यूनानी दर्शन से वैसा ही संबंध था, जैसा वैज्ञानिक समाजवाद का प्राचीन आदिम साम्यवाद से। मार्क्सवाद के शिक्षकों ने कहा कि मार्क्सवाद मानव समाज के अब तक के समूचे ज्ञान-विज्ञान की परंपरा के श्रेष्ठ तत्त्वों और समस्त मानवतावादी परंपरा का स्वाभाविक उत्तराधिकारी है। यह बात सामान्य रूप से सही है। लेकिन अगर कोई इसका अर्थ यह सिद्ध करने में लगाता है कि इसलिए मार्क्सवाद और उसके दर्शन का यूरोप में पूँजीवाद के अभ्युदय और विकास से उतना संबंध नहीं है, जितना प्राक्-पूँजीवादी विकास से—तो यह मार्क्सवाद और उसके दर्शन के विकास की एकांगी और भ्रामक व्यख्या होगी।

(1987)

रामविलास शर्मा की विवेचन पद्धति और मार्क्सवाद-II

मार्क्स का दर्शन और हेगेलीय द्वंद्ववाद

जॉर्ज विल्हेल्म फ्रेडरिक हेगेल (1770-1831) पिछड़े हुए समाज के दार्शनिक न थे। जर्मन शहर स्टुटगार्ड में जन्मे हेगेल जब 19 साल के थे, तब फ्रांस में बुर्जुवा क्रांति हुई थी। तरुण हेगेल ने उत्साह के साथ क्रांति का समर्थन किया था। अपने स्कूली दोस्तों के साथ क्रांति के प्रतीक के रूप में एक स्वतंत्रता-वृक्ष का रोपण किया था। हेगेल का युवाकाल जर्मन साहित्य का स्वर्णकाल (गेटे, शिलर) और जर्मन दर्शन का सबसे भव्य काल (कांट) था। हेगेल पुराणपंथी धर्म के विरोधी थे और उसे मनुष्य का उच्चतम लक्ष्य तक पहुँचने के मार्ग में बाधक मानते थे क्योंकि उनके विचार से धर्म मनुष्य की चिंतन शक्ति को किसी बाहरी शक्ति के अधीन कर देने के लिए प्रेरित करता है। उन्होंने अपनी पहली किताब *दी फ़ेनोमेनोलॉजी ऑफ माइण्ड* 1803 में लिखी जो छपी 1807 में। 1812 से 1816 के बीच उन्होंने अपनी सबसे महत्त्वपूर्ण कृति *साइंस ऑफ लॉजिक* लिखी। इसकी ख्याति के बाद उन्हें हाइडलबर्ग विश्वविद्यालय में पढ़ाने का काम मिल गया। इसके तुरंत बाद 1816-17 में उन्होंने *इन्साइक्लोपीडिया ऑफ दी फ़िलॉसिफ़िकल साइंसेज़ ग्रंथ* तैयार किया जिसमें उनकी पूरी दार्शनिक व्यवस्था मौजूद है। यह मार्क्स के जन्म का समय था। 1818 में प्रशा सरकार ने हेगेल को बर्लिन विश्वविद्यालय में दर्शन के प्रोफ़ेसर का पद पेश किया। हेगेल ने मंजूर कर लिया और 1831 में अपनी मृत्यु तक इसी पद पर रहे। यहीं रहते हुए उन्होंने *अधिकार का दर्शन, इतिहास का दर्शन, दर्शन का इतिहास, धर्म का इतिहास* आदि ग्रंथों की रचना की। यूरोप में अरस्तू के बाद दर्शन के क्षेत्र में जितना व्यापक प्रभाव हेगेल का पड़ा, उतना दूसरे किसी दार्शनिक का नहीं। वस्तुपरक भाववादी दर्शन की परंपरा का चरम विकास हेगेल में हुआ। द्वंद्वात्मक चिंतन प्रणाली उनके दर्शन की सबसे श्रेष्ठ देन साबित हुई। मार्क्सवाद के आविर्भाव में हेगेलीय दर्शन के महत्त्वपूर्ण योगदान को स्वीकार करते हुए एंगेल्स ने लिखा कि "जर्मन दर्शन के, विशेषतः हेगेल के

दर्शन के बिना जर्मन वैज्ञानिक समाजवाद—जिसे छोड़कर, किसी भी वैज्ञानिक समाजवाद का अस्तित्व कभी नहीं रहा—का आविर्भाव नहीं हो सकता था।'' (पृ. 101, *जर्मनी में किसान युद्ध की भूमिका, संकलित रचनाएँ, भाग-II*, मार्क्स-एंगेल्स)

मार्क्सवाद का संबंध जितना पिछड़े हुए देशों की जनता से है, उतना आगे बढ़े हुए देशों की जनता से नहीं, इसे दिखलाने के लिए हेगेल को ध्वस्त करना जरूरी है; मार्क्सवाद के साथ हेगेलीय दर्शन के सम्बन्धों को ध्वस्त करना जरूरी है। यह काम करने के लिए रामविलासजी ने अपनी किताब में एक अध्याय हेगेल के दर्शन के बारे में लिखा। जिस विवेचन-पद्धति का उपयोग उन्होंने दूसरे अध्यायों में किया, उससे कहीं निकृष्ट पद्धति का उपयोग हेगेल को ध्वस्त करने के प्रयास में किया—इधर-उधर से कुछ पंक्तियाँ बटोरकर, मूल बातों को छुपाकर, गौण या कमजोर पक्षों को उछालकर, एकांगी ढंग से कुछ भी सिद्ध कर लेने की पद्धति।

उन्होंने हेगेल की किताब *दी फ़िलॉसफ़ी ऑफ हिस्ट्री* में हेगेल के विवेचन के सारतत्त्व को बिल्कुल छोड़ दिया और बिल्कुल गौण पक्षों को, जैसे भौगोलिक जलवायु, दक्षिणी ध्रुव-उत्तरी ध्रुव, नस्ल, समुद्र, महादेश, भारत के योगी और भारत की गर्भवती स्त्रियों के स्वप्निल-स्निग्ध सौंदर्य आदि और ऐसे ही दूसरे प्रसंगों को अपनी आलोचना का निशाना बनाया। ऐसे ही व्यर्थ के गौण पक्षों पर लेखनी चलाकर उन्होंने साबित कर दिया, जैसा उन्होंने भूमिका में लिखा कि ''हेगेल का इतिहास-दर्शन यूरुप केंद्रित है, नस्लपंथी है, गोरी जातियों खासकर जर्मनो की श्रेष्ठता का कायल है, भौगोलिक नियतिवाद का समर्थक है।'' (पृ. 6) उन्होंने हेगेल द्वारा जर्मन या प्रशा साम्राज्य को विश्व इतिहास के केन्द्र में रखे जाने का, जो हेगेल के पूरे लेखन का सबसे कमजोर अंश है, दो बार उल्लेख किया। जो व्यक्ति हेगेल के इतिहास-दर्शन का विवेचन करने के लिए हेगेल के ऐसे सबसे कमजोर अंश को सामने रखे या समुद्र, दक्षिणी ध्रुव-उत्तरी ध्रुव, भारतीय योगी और गर्भवती स्त्रियों के सौंदर्य जैसे प्रसंगों पर हेगेल के विचारों को अपने विवेचन का विषय बनाए, उसके लिए क्या कहा जा सकता है? इन तरीकों से हेगेल से निबट लेनेवाले आलोचक दार्शनिक मार्क्स-एंगेल्स के जमाने में भी खूब थे और मार्क्स-एंगेल्स ने उन्हें किन शब्दों में याद किया है, इसे हम बाद में देखेंगे।

खुद रामविलासजी ने हेगेल के इतिहास-दर्शन के बारे में एंगेल्स के एक लेख की कुछ पंक्तियाँ उद्धृत की हैं जिनसे मार्क्सवाद के संस्थापकों की दृष्टि में हेगेल के इतिहास-दर्शन के महत्त्व का पता चलता है : ''अन्य सभी दार्शनिकों से हेगेल की चिंतन-पद्धति इस बारे में भिन्न है कि उसके पीछे एक अभूतपूर्व इतिहास-बोध काम करता है। उन्होंने जो रूप अपनाया, वह चाहे जितना अमूर्त और भाववादी हो, उनके विचारों का विकास हमेशा विश्व-इतिहास के विकास के समानांतर चलता है, और दरअसल विश्व-इतिहास को विचारों का प्रमाण मात्र माना गया है। यद्यपि इस प्रक्रिया ने वास्तविक संबंध को उलट दिया था, और उसे सिर के बल खड़ा

किया था, फिर भी जो वास्तविक विषयवस्तु थी, वह हमेशा ही उनके दर्शन में समेट ली जाती थी, खासतौर से इसलिए कि हेगेल–अपने शिष्यों के विपरीत–अज्ञान का भरोसा न करते थे वरन् वह सभी युगों के अत्यंत विद्वान विचारकों में से थे। वह पहले व्यक्ति थे जिन्होंने दिखाया था कि इतिहास में विकास है, उसमें तारतम्य निहित है। उनके इतिहास-दर्शन में कुछ चीजें आज हमें चाहे जितनी विचित्र लगें, उनकी मूलधारणा की भव्यता आज भी सराहनीय है, फिर चाहे उनके पूर्ववर्तियों से तुलना की जाए, चाहे उनके अनुवर्तियों से जिन्होंने इतिहास पर सामान्य टिप्पणियाँ करने का साहस जुटाया है।" लेकिन, खुद रामविलासजी का मूल्यांकन एंगेल्स के इस मूल्यांकन से बिल्कुल *भिन्न* है और विरोधी भी। वे लिखते हैं, "हेगेल की *इतिहास दर्शन* पुस्तक सम्प्रदायवाद और भाववाद को सामाजिक इतिहास से इस तरह मिला देती है कि न तो दर्शन की सही तस्वीर दिखाई देती है और न सामाजिक इतिहास की।" (पृ. 274) दोनों मूल्यांकनों की तुलना करने का भार हम पाठकों पर छोड़ते हैं। हेगेल की 'मूल धारणा की भव्यता' जिसे एंगेल्स ने सराहा और जिसका मार्क्सवाद से घनिष्ठ संबंध है, को ताख पर रखकर रामविलासजी ने हेगेल के इतिहास-दर्शन से आज 'विचित्र लगनेवाली' कुछ चीजों को उठा लिया और उन्हें अपने विवेचन का मुख्य आधार बनाया। यह रामविलासजी के मार्क्सवाद, उनकी दार्शनिक चेतना और उनकी बौद्धिक ईमानदारी–तीनों का उदाहरण है। पर, सबसे अधिक यह उनकी विवेचन-पद्धति का उदाहरण है। हेगेल के *इतिहास दर्शन* पर रामविलासजी के विवेचन का नमूना देखिए। उन्होंने हेगेल के *इतिहास दर्शन ग्रंथ* से भारतीय स्त्रियों के सौंदर्य के बारे में हेगेल की इन पंक्तियों को उद्धृत किया, "भारत की स्त्रियों में एक विशेष प्रकार का सौंदर्य है। इनके चेहरे पर पारदर्शी त्वचा है, उस पर हल्का गुलाबीपन है। यह सहज स्वास्थ्य की लालिमा नहीं है, यह ऐसी लालिमा है जिसका संस्कार किया गया है, मानों भीतर से आत्मा ने उसमें प्राण फूँक दिए हैं।"...आदि-आदि। यह लम्बा उद्धरण इन पंक्तियों से खत्म होता है, "यह ऐसी शिथिलता का सौंदर्य है कि जो कुछ भी जड़, कठोर और अंतर्विरोधमय है, वह अंतर्धान हो जाता है और हमें केवल भावप्रवण अवस्था में आत्मा दिखाई देती है। किंतु इस आत्मा में स्वतंत्र, आत्मनिर्भर चेतना की मृत्यु का आभास मिलता है।" (पृ. 259-60)

यह लंबा उद्धरण दिया गया हेगेल के इतिहास-दर्शन का विवेचन करने के प्रसंग में। इस उद्धरण के बाद रामविलासजी ने हेगेल के दर्शन में विवेक तत्त्व पर अपना फैसला सुनाते हुए जो टिप्पणी लिखी, अब उसे देखिए–"हेगेल इस बात पर बहुत जोर देते हैं कि मनुष्य को विवेकशील होना चाहिए, आत्मचेतन होकर, अर्थात् विवेकशील होकर ही मनुष्य इतिहास का निर्माण करता है, किंतु हेगेल स्वयं कितने विवेकशील थे, यह ऊपर के विवरण से समझ में आ जाएगा।" (पृ. वही) इसे कहते हैं दार्शनिक विवेचन! मार्क्सवादी आलोचना का क्या रंग-ढंग है! भारतीय स्त्रियों के

सौंदर्य के बारे में हेगेल ने क्या कहा, इसी के आधार पर हेगेल के इतिहास-दर्शन का विवेचन होगा? हेगेलीय दर्शन में विवेक का प्रश्न खुद हेगेल के विवेक के प्रश्न में कैसे बदल गया? और, हेगेल खुद कितने विवेकशील थे, इसे ऐसे ही उद्धरणों से मापा जाएगा?

रामविलासजी ने मार्क्स की भारत संबंधी 'स्थापनाओं' के संदर्भ में हेगेल के भारत संबंधी कुछ विचारों की चर्चा की और दोनों की समानता को अपने लिए एक समस्या के रूप में पाया। उन्होंने लिखा कि मार्क्स-एंगेल्स और हेगेल के दृष्टिकोण में मौलिक अंतर था फिर भी "भिन्न कारणों से वे अनेक स्थापनाएँ ऐसी प्रस्तुत करते हैं जैसी हेगेल के यहाँ भी विद्यमान हैं।" (पृ. 285) उदाहरण के लिए "हेगेल ने स्वाधीन ग्राम समाजों को एशियाई निरंकुशता का आधार बताया था। मार्क्स और एंगेल्स ने यह स्थापना दोहराई। निरंकुश राज्यसत्ता के लिए कैफ़ियत यह दी कि सिंचाई आदि की व्यवस्था राज्यसत्ता ही कर सकती है। हेगेल ने इतिहास के निर्माण में भौगोलिक परिस्थितियों पर बहुत जोर दिया था। मार्क्स और एंगेल्स ने इसे अंशतः स्वीकार किया।" इसी तरह "हेगेल की तरह मार्क्स ने भी लिखा कि भारतवासी गाय और बंदर पूजते हैं, यह पशुपूजा उन्हें मनुष्यता के स्तर से गिराती है। उन्होंने माना कि ऊपर से विनम्र होते हुए भी भारतवासी धार्मिक कृत्यों में क्रूरता का परिचय देते हैं और हत्या को भी धार्मिक कृत्य मानते हैं। हेगेल की तरह मार्क्स ने माना कि भारतवासियों की नियति है कि वे पराजित हों।" (पृ. 286)

अब यह समानता रामविलासजी के लिए एक समस्या बन गई। समस्या इसलिए बन गई क्योंकि उन्हें साबित करना है कि मार्क्सवाद और हेगेल में उतना संबंध नहीं है जितना अब तक समझा जाता रहा है। तो फिर, इस समानता का क्या किया जाए? इससे किस तरह निबटा जाए? इससे निबटने के लिए उन्होंने दो रास्ते निकाले। एक रास्ता यह कि मार्क्स के चिंतन के दो दौर थे। एक प्रारंभिक दौर था जिसमें उन्होंने *कम्युनिष्ट घोषणापत्र* लिखा। इस दौर में मार्क्स-एंगेल्स बहुत-से गलत विचार रखते थे और ये गलत विचार उन्हें हेगेल से मिले थे। इसी दौर में मार्क्स ने भारत संबंधी 'स्थापनाएँ' पेश कीं जो हेगेल से मिलती-जुलती हैं। लेकिन अपने चिंतन के दूसरे दौर में मार्क्स-एंगेल्स के विचार बदले और उन्होंने हेगेलीय विचारों से छुटकारा पा लिया। "त्रोत्स्कीवादी इन दोनों दौरों में भेद नहीं करते, वे पहले दौर की स्थापनाओं को खूब रंग-चुनकर मार्क्सवाद का सारतत्त्व कहकर पेश करते हैं।" लेकिन समस्या का समाधान इतना कह देने से नहीं हो जाता। सवाल है कि ऐसी स्थापनाएँ, चाहे चिंतन के पहले दौर में ही हों, मार्क्स-एंगेल्स ने ले कैसे लीं? लिहाजा एक और रास्ता निकाला गया, "उनके (मार्क्स-एंगेल्स के) इतिहास संबंधी विवेचन में जहाँ-तहाँ हेगेल की मान्यताएँ मिलती हैं तो उन्हें उनके विवेचन का सारतत्त्व न मानना चाहिए।" (पृ. 295)

यानी, भारतीय समाज की जड़ता, क्रूरता, पशु पूजा आदि को मार्क्स-एंगेल्स के विवचेन का सारतत्त्व न माना जाए। बात सही है; यह सब निश्चय ही उनके विवेचन का सारतत्त्व नहीं है, गौण और कमजोर पक्ष है जिस पर ज्यादा जोर देने की जरूरत नहीं। लेकिन यही बातें अगर हेगेल में मिलें तो क्या इन्हें हेगेल के विवेचन का सारतत्त्व मानना चाहिए? रामविलासजी ने हेगेल के कमजोर और गौण पक्षों को हाथ में लिए झण्डे की तरह हिला-हिलाकर फहराया कि देखो, देखो! हेगेल क्या कर रहे हैं! त्रोत्स्कीवादी इन स्थापनाओं को खूब रंग-चुनकर मार्क्सवाद का सारतत्त्व कहकर पेश करें तो गलत, लेकिन कोई मार्क्सवादी (या स्वालिनवादी!) इन्हीं स्थापनाओं को हेगेल के सारतत्त्व के रूप में पेश करे, तो सही?

सच बात तो यह है कि इन्हें *स्थापनाएँ* कहना ही गलत है। भारतवासी गाय या बंदर पूजते हैं या धार्मिक अनुष्ठानों में बलि देते हैं—ये क्या मार्क्स और हेगेल की 'स्थापनाएँ' हैं? ये न मार्क्स की स्थापना है, न हेगेल की; ये भारतीय समाज के बारे में यूरोप में फैली मामूली सूचनाएँ थीं और सिर्फ सूचनाओं के रूप में गलत भी नहीं थीं। जहाँ तक भारतीय समाज की जड़ता और निरंकुश राज्यसत्ता का प्रश्न है, ये विचार मार्क्स और हेगेल के थे। लेकिन भारतीय समाज का विवेचन करना, उसके बारे में सिद्धांत स्थिर करना, न हेगेल का विषय था, न मार्क्स का। दोनों ही का विषय यूरोपीय समाज था। अपने विवेचन के क्रम में अगर उन्होंने भारतीय समाज पर भी टिप्पणियाँ कीं और इन टिप्पणियों में गलत विचार रखे तो इसे उनके ज्ञान की सीमा समझना चाहिए।

जैसा कि सुदीप्त कविराज ने भारत संबंधी मार्क्स के लेखन पर अपने एक लेख में (सोशल साइंटिस्ट, सितंबर, 1983) में बताया कि भारतीय समाज के बारे में मार्क्स के किन्हीं सिद्धांतों या स्थापनाओं की खोज करना बेगार है क्योंकि मार्क्स ने ऐसी किसी स्थापना या सिद्धांत-रचना का उद्देश्य अपने सामने नहीं रखा। मार्क्स के अध्ययन का मुख्य प्रश्न यूरोपीय पूँजीवाद था। इसी प्रश्न के अध्ययन के सिलसिले में उनका ध्यान गैर-यूरोपीय और प्राक्-पूँजीवादी समाजों पर गया। जिन दिनों मार्क्स भारत में दिलचस्पी ले रहे थे, उन्हीं दिनों 14 जनवरी, 1858 को उन्होंने एंगेल्स को पत्र लिखकर बताया कि मुझे वस्तुजगत से निबटने के लिए हेगेल के *लॉजिक* (हेगेल की किताब *साइंस ऑफ लॉजिक*) से बहुत मदद मिली है। (पृ. 93, *सेलेक्टेड कॉरेस्पांडेंस*, 1975) हेगेलियन तार्किक संरचना यह थी कि किसी एक वस्तु का अध्ययन करने के लिए वह उसे दूसरी वस्तुओं के माध्यम से परिभाषित करते थे। यानी 'X' का अध्ययन करने के लिए उस संरचना का अध्ययन किया जो 'X' नहीं है, जो 'X' से भिन्न है, विरोधी है या 'X' की तुलना में दूसरी वस्तु है। इन दिनों मार्क्स *पूँजी* लिखने की तैयारी में *गुंदरीज* लिख रहे थे। उसमें भी उन्होंने प्राक्-पूँजीवादी समाजों पर टिप्पणियाँ लिखी थीं। मार्क्स ने लिखा है कि *गुंदरीज* वे अपने विचारों के स्पष्टीकरण

के लिए लिख रहे थे। पूँजीवादी समाज पर अपने विचारों के स्पष्टीकरण के लिए उन्हें जरूरी लगा कि वे उन समाजों पर भी नजर डालें जो पूँजीवादी नहीं थे। हेगेल ने इतिहास को समग्रता में देखने पर जोर दिया था। समग्रता से उनका तात्पर्य ऐतिहासिक क्रमों की समग्रता से था। इतिहास क्रमिक है, यह उनकी धारणा थी। एक के बाद दूसरा क्रम, फिर तीसरा क्रम—इन क्रमों की निरंतरता ही इतिहास की समग्रता की हेगेलीय धारणा थी। सुदीप्त कविराज ने लिखा है कि मार्क्स ने इसी ढंग से ऐतिहासिक क्रमों का अध्ययन किया और उन क्रमों की सामाजिक संरचना को नाम भी दिया। मार्क्स ने कहीं इतिहास में तीन क्रम दिखाए, कहीं पाँच और कहीं इनसे भी अधिक। हेगेल ने इतिहास में जो क्रम दिखलाए, मार्क्स के क्रमों के निर्धारण की कसौटी उससे भिन्न थी। मार्क्स ने विशेष रूप से इतिहास के उस क्रम का अध्ययन किया जिसमें पूँजीवाद का जन्म और विकास हुआ। मार्क्स ने इसी क्रम का *कैपिटल* लिखा, दूसरे क्रमों का नहीं। पूँजीवाद के अभ्युदय के लिए आम शर्तें क्या हैं जिनके पूरे हुए बिना पूँजीवाद उत्पन्न नहीं हुआ? दूसरे ऐतिहासिक क्रम क्यों पूँजीवादी संरचना को जन्म न दे सके? इसी के उत्तर की खोज में उन्होंने उन पूर्व-क्रमों पर, प्राक्पूँजीवादी समाजों पर निगाह डाली। उन्होंने सिद्धांत मुख्यतः पूँजीवादी समाज के लिए स्थिर किए, प्राक्-पूँजीवादी समाजों के लिए नहीं।

मार्क्स भौतिकवादी थे, हेगेल भाववादी। इसके अलावा, जैसा कि रामविलासजी ने बतलाया, मार्क्स क्रांतिकारी थे और हेगेल जर्मन पूँजीपति-जमींदार वर्ग के चाटुकार। इसलिए भारत संबंधी दोनों के विचारों में मौलिक अंतर जरूर होगा। फिर भी, उनके विचारों में जो थोड़ी-सी समानताएँ दिखती हैं, चाहे सतही ही सही, उसका कारण क्या है? रामविलासजी ने लिखा है हेगेल से मौलिक अंतर होने पर भी मार्क्स-एंगेल्स 'भिन्न कारणों से' अनेक ऐसी स्थापनाएँ करते हैं जैसी हेगेल के यहाँ भी विद्यमान हैं। ये भिन्न कारण क्या हैं? रामविलासजी इस बारे में कुछ नहीं कहते। 'परदे में रहने दो, परदा न उठाओ' वाली नीति अख़्तियार करते हैं। हम इन 'भिन्न कारणों' के बारे में कुछ भी नहीं जानते। लेकिन हमारा विश्वास है कि हेगेल जैसे भाववादी और जर्मन शासक वर्ग के हितों से बँधे हुए दार्शनिक की स्थापनाएँ अगर भौतिकवादी और सर्वहारा के हितों से बँधे हुए क्रांतिकारी मार्क्स-एंगेल्स की स्थापनाओं से मिलती हैं तो इसका कारण हेगेल के इतिहास-दर्शन पर एंगेल्स की उस टिप्पणी में खोजना चाहिए जिसमें हेगेल के *अभूतपूर्व इतिहासबोध* की सराहना करते हुए एंगेल्स ने लिखा कि उनके विचारों का विकास हमेशा विश्व इतिहास के विकास के समानान्तर चलता है।

हेगेलीय दर्शन का उभार मार्क्सवाद से पहले आधुनिक यूरोपीय दर्शन के इतिहास की सबसे महान और क्रांतिकारी घटना थी। यह संसार अपनी सारी विचित्रताओं और दुर्घटनाओं के बावजूद प्रगति कर रहा है, यह महान मौलिक विचार आज सभी

देशों की व्यापक शिक्षित जनता के दिमाग में घर कर चुका है तो, इसका श्रेय हेगेलीय दर्शन को है। 19वीं सदी के जर्मनी के दर्शन-रंजित वातावरण पर हेगेलवादी पद्धति ने कैसा गहरा प्रभाव डाला था, इसका वर्णन करते हुए एंगेल्स ने लुडविग फ़ायरबाख़वाली किताब में लिखा कि "वह एक विजयपूर्ण अभियान में परिणत हो गया जो दशकों तक चलता रहा और हेगेल की मृत्यु से उसका अंत नहीं हुआ। इसके विपरीत, 1830 और 1840 के बीच तो खासतौर से 'हेगेलवाद' का एकछत्र राज कायम था और उसका असर, कम या अधिक मात्रा में, विरोधियों तक में फैल गया था। खासकर इसी काल में हेगेलीय मतों ने, सचेत या अचेत रूप से, नाना प्रकार के विज्ञानों के अंदर अत्यंत विस्तृत पैमाने पर प्रवेश किया और जन-साहित्य और दैनिक समाचार-पत्रों तक में, जिसमें औसत 'शिक्षित चेतना' अपना मानसिक आहार प्राप्त करती है, उफान पैदा कर दिया।" व्यापक शिक्षित जनता तक को उद्वेलित कर देने वाले इस हेगेलवाद में कुछ महत्त्वपूर्ण कमजोरियाँ भी थीं। हेगेल का दर्शन ऐसी आंतरिक आवश्यकताओं से पीड़ित था कि कई बार वे अपनी पद्धति के विपरीत निष्कर्षों को निकालने को बाध्य थे। उन्हीं के दर्शन के मुताबिक इतिहास अनंत है, फिर भी उन्होंने अपने दर्शन में एक निरपेक्ष आदर्श अंत की भी कल्पना की। एंगेल्स ने इसकी व्याख्या में कहा कि इसे ऐसे ही समझना चाहिए जैसे "पुरानी रीति के अनुसार, हर एक दर्शन प्रणाली का उपसंहार किसी-न-किसी प्रकार के परम सत्य के साथ होना चाहिए।" (पृ. 12, वही)

एंगेल्स ने बताया कि आंतरिक 'आवश्यकताओं' के चलते 'चिंतन की एक पूर्णतया क्रांतिकारी विधि' से किस तरह अत्यंत 'निस्तेज राजनीतिक निष्कर्ष' निकले। जैसे, प्रुशियाई राजतंत्र में परमविचार की सिद्धि का होना। एंगेल्स ने ऐसे निष्कर्षों को अक्सर हेगेल की जर्मन कूपमंडूकता से जोड़ा। लेकिन वे हेगेल की द्वंद्ववादी पद्धति की इन कमजोरियों पर ही रुक नहीं गए। उन्होंने उसके सर्वव्यापी महत्त्व का वर्णन करते हुए लिखा, "इस सबके बावजूद हेगेलवादी पद्धति एक ऐसे विशाल क्षेत्र में विस्तृत हुई जिसकी पहले की किसी पद्धति के विस्तार से तुलना ही नहीं की जा सकती।" (पृ. 14, वही) एंगेल्स के मुताबिक हेगेल ने एक विशाल क्षेत्र में अपने चिंतन का ऐसा भंडार प्रस्तुत किया जो आज भी विस्मयजनक है। मस्तिष्क की 'फ़िनामिनॉलॉजी' (मस्तिष्क का भ्रूण विज्ञान अर्थात् विभिन्न अवस्थाओं से गुजरती हुई वैयक्तिक चेतना का विकास), तर्कशास्त्र, प्राकृतिक दर्शन, इतिहास का दर्शन, कानून का दर्शन, धर्म का दर्शन, दर्शन का इतिहास, सौंदर्यशास्त्र आदि। "इन सभी भिन्न ऐतिहासिक क्षेत्रों में हेगेल ने विकास के प्रधान सूत्र को ढूँढ़ने और प्रमाणित करने का परिश्रमपूर्ण प्रयास किया।" एंगेल्स ने हेगेल के अगाध ज्ञान और प्रतिभा का वर्णन करते हुए लिखा, "चूँकि वह सर्जनात्मक प्रतिभा से ही संपन्न नहीं थे, वरन उनके पास ज्ञान का अकूत भंडार भी था, इसलिए इन सभी क्षेत्रों में उन्होंने

युगांतरकारी कार्य किया।'' चूँकि उस समय तक प्रकृति-विज्ञान पर्याप्त विकसित नहीं हुआ था, इसलिए हेगेल को बहुत बार अपनी द्वंद्वात्मक पद्धति को खुद प्राकृतिक या ऐतिहासिक घटनाओं के अंदर से निकलती हुई न दिखाकर उन पर ऊपर से थोपकर उसे सिद्ध करना पड़ता था। हालाँकि हेगेल ने प्रकृति और मानव इतिहास, दोनों में द्वंद्वात्मक विकास के बड़े ही सजीव प्रमाण दिए थे, लेकिन चूँकि अपनी पद्धति को सर्वत्र लागू करके दिखाना था—न सिर्फ इतिहास पर, बल्कि भूगोल, व्याकरण, धर्म आदि पर भी—इसलिए, जाहिर है कि कई बार स्थिति विचित्र हो उठती थी। इसी प्रसंग में एंगेल्स ने एक वाक्य लिखा जो रामविलासजी के विवेचन के संदर्भ में उल्लेखनीय है। एंगेल्स ने लिखा : ''जाहिर है कि पद्धति के तकाजों से मजबूर होकर उन्हें अक्सर ऐसी तामीरें करनी पड़ी हैं जिन्हें लेकर उनके बौने विरोधी आज भी बेहद शोरगुल करते हैं।'' (पृ. 14) हेगेल के इतिहास दर्शन से रामविलासजी ने जिन प्रसंगों को (अफ्रीका के हब्शियों, समुद्र, उत्तरी ध्रुव-दक्षिणी ध्रुव और भारत के योगी और गर्भवती स्त्रियों का सौंदर्य आदि) उद्धृत किया है, वे ऐसी ही तामीरें थीं जिन्हें पद्धति को सर्वत्र लागू करने के तकाजे से हेगेल को लिखना पड़ता था। इन्हीं चीजों को दिखा-दिखाकर उनके विरोधी जर्मनी में शोर किया करते थे। ऐसे लोगों को समझाते हुए एंगेल्स ने लिखा, ''पर ये तामीरें उनकी कृति के संदर्भ में केवल ढाँचे और पाड़ के समान हैं। अगर यहाँ फिज़ूल की मटरगश्ती न करके कोई आगे बढ़कर विशाल इमारत के भीतर प्रवेश करता है, तो वहाँ उसे ऐसे अनगिनत खजाने मिलते हैं जिनका मूल्य आज भी अक्षुण्ण है।'' (पृ. वही)

ध्यान में रहे कि हेगेल के दर्शन के महत्त्व पर एंगेल्स ने यह सब अपने और मार्क्स के चिंतन के पहले दौर में नहीं, बल्कि अंतिम दौर में, मार्क्स की मृत्यु के भी बाद, 1886 में लिखा।

द्वंद्वात्मक दर्शन का विकास हेगेलीय द्वंद्ववाद के बिना न हो सकता था। मार्क्स-एंगेल्स को अपने दर्शन के विकास के लिए दो बातें दरकार थीं—एक, प्रकृति-विज्ञान की नई खोजों का अध्ययन, दूसरे, प्रकृति और इतिहास, दोनों के बीच समान रूप से काम करने वाले नियमों की खोज। एंगेल्स ने आठ सालों तक प्रकृति-विज्ञान की खोजों का अध्ययन किया और प्रकृति तथा मानव इतिहास के विकास की व्याख्या करने के लिए उन्होंने जिस चिंतन-प्रणाली को अपना आधार बनाया वह जर्मन दार्शनिक हेगेल की द्वंद्वात्मक प्रणाली थी।

एण्टी-ड्यूहरिंग में एंगेल्स ने लिखा, ''मैं इस बात की सचाई को तफ़सील में जाकर परखना चाहता था कि प्रकृति में जो असंख्य परिवर्तन होते रहते हैं, उनके बीच भी गति के वे ही द्वंद्वात्मक नियम अपने लिए रास्ता बनाते हैं जो इतिहास में भी घटनाओं की दिखावटी आकस्मिकता का नियमन करते हैं; जो इसी प्रकार मानव चिंतन के विकास के इतिहास में भी एक सतत सूत्र की भाँति दिखाई पड़ते

हैं, तथा धीरे-धीरे मनुष्य की चेतना में प्रवेश करते हैं; और जिन नियमों को सबसे पहले हेगेल ने एक सर्वव्यापी किंतु रहस्यात्मक रूप में विकसित किया था, और जिनको इस रहस्यमय रूप से मुक्त करके उनकी पूर्ण सरलता एवं सार्विकता में मस्तिष्क के सामने प्रस्तुत करने का कार्य हमने अपने एक मुख्य उद्देश्य के रूप में स्वीकार किया था।'' (पृ. 29, *द्वंद्वात्मक भौतिकवाद (संकलन), मार्क्स एंगेल्स-लेनिन*; प्रगति प्रकाशन)।

मानवचिंतन के इतिहास में होने वाले परिवर्तनों के पीछे गति के जो सामान्य नियम काम करते हैं, उन नियमों को सर्वव्यापी रूप में सबसे पहले प्रस्तुत करने वाले हेगेल थे। पर, इन नियमों पर रहस्य का आवरण पड़ा था। रहस्य के आवरण को हटाकर उन नियमों को वास्तविक प्रकृति और इतिहास में काम करते हुए दिखाने का कार्यभार मार्क्स-एंगेल्स ने अपना एक मुख्य उद्देश्य मान लिया।

अगर कोई व्यक्ति मार्क्स-एंगेल्स और हेगेल के लेखन में 'स्थापनाओं' की समानता और भिन्नता खोजता है और इनके आधार पर मार्क्सवाद और हेगेलीय दर्शन के संबंधों को पहचानने या नकारने की कोशिश करता है, तो वह एक बेकार की कसरत करता है। उनका संबंध इस तरह का न था जिसमें स्थापनाओं की समानता या भिन्नता की तुलना की जाए। उनका संबंध विकास की कड़ियों का था। हेगेलीय दर्शन मार्क्सवाद के विकास का स्रोत नहीं था, पर उसके विकास की पूर्व शर्त जरूर था। हेगेल ने उस मूल प्रश्न को उपस्थित कर दिया था, जिसे लेकर मार्क्स-एंगेल्स आगे बढ़े। मूल प्रश्न यह था कि इतिहास क्या है? क्या वह आकस्मिक घटनाओं का अम्बार है? क्या वह तर्कहीन दृश्यों का ताँता है? वह जड़ है या गतिमान? उसकी गति कैसी है? क्या वह कहीं पहुँचकर खत्म हो जाती है? हेगेल पहले व्यक्ति थे जिन्होंने बतलाया कि इतिहास आकस्मिक या तर्कहीन घटनाओं का अम्बार नहीं; न वह जड़ है। वह गतिशील है, विकासमान है और उसमें तारतम्य है। वह पहले व्यक्ति थे जिन्होंने इतिहास को घटनाओं का समुच्चय नहीं बल्कि प्रक्रियाओं का समुच्चय कहा। उसके विकास में कुछ तर्क और नियम काम करते हैं। हेगेल ने प्रकृति और मानव इतिहास की प्रगति और विकास की द्वंद्वात्मक धारणा जो पेश करते हुए बतलाया कि प्रकृति और मानव इतिहास, दोनों अनंत हैं। द्वंद्वात्मक दर्शन के लिए कुछ भी अनंत नहीं, कुछ भी पवित्र और त्रिकाल-सत्य नहीं। एंगेल्स ने हेगेल के चिंतन के क्रांतिकारी महत्त्व को बतलाते हुए 'लुडविग फ़ायरबाख़' में लिखा, ''हेगेल के दर्शन का असली महत्त्व और उसका क्रांतिकारी स्वरूप इसी बात में निहित था कि उसने मानव-चिंतन और कार्यों की सारी उपज की अंतिमता पर प्राणघातक प्रहार किया था। हेगेल के विवेचन में सत्य, जिसका संज्ञान ही दर्शन का मुख्य विषय है, ऐसे बने-बनाए जड़ सूत्रों का संकलन मात्र न था जिन्हें, एक बार उनकी खोज हो जाने पर, बस, रटते हुए याद कर लेना काफी होता। सत्य, अब संज्ञान की ही प्रक्रिया

में, विज्ञान के लंबे ऐतिहासिक विकास में ही निहित था, जो ज्ञान के निचले स्तरों से उठकर निरंतर ऊपर की ओर चढ़ता जाता है... ।'' (पृ. 135, *द्वंद्वात्मक भौतिकवाद*)।

हेगेल ने इतिहास की धारणा को जिस निरंतर विकासमान प्रक्रिया के रूप में पेश किया, उसे लेकर मार्क्स-एंगेल्स क्रांतिकारी विचारधारा की दिशा में आगे बढ़े। हेगेल के दर्शन के क्रांतिकारी सारतत्त्व ने एक ओर शासक वर्गों और पुरोहितों द्वारा राज्यों को *पवित्र* बतलाने वाली धारणाओं का अंत कर उनके खिलाफ क्रांति का सैद्धांतिक मार्ग खोल दिया, दूसरी ओर, इतिहास और दर्शन के क्षेत्र में अनेक नए अध्ययनों-विश्लेषणों के लिए संभावनाएँ प्रस्तुत कर दीं। कुछ भी पवित्र या अंतिम नहीं है, इसलिए स्थापित शोषक राज्यों के खिलाफ क्रांति उचित है। इतिहास निरंतर विकासमान है, इसलिए कलियुग की धारणा भ्रान्ति है। मार्क्सवाद के संस्थापकों ने हेगेल के दर्शन से कैसे क्रांतिकारी निष्कर्ष निकाले, इसे एंगेल्स की इन पंक्तियों में देखा जा सकता है : ''जो बात दार्शनिक संज्ञान के क्षेत्रों पर लागू होती है, वही हर अन्य प्रकार के संज्ञानों कें क्षेत्र पर लागू होती है, और व्यावहारिक कार्यों पर भी। जिस प्रकार मानव जाति की किसी उत्कृष्ट, आदर्श अवस्था में संज्ञान अपनी चरम परिणति पर पहुँचने में असमर्थ है, उसी प्रकार इतिहास भी असमर्थ है। उत्कृष्ट समाज, उत्कृष्ट 'राज्य', ये सब कल्पनालोक में ही अस्तित्वमान हो सकते हैं। इसके विपरीत लगातार एक-दूसरे का स्थान लेने वाली सभी सामाजिक अवस्थाएँ मानव-समाज के निम्नावस्था से ऊपर की ओर अंतहीन विकासक्रम की केवल अल्पकालिक मंजिलें है। हर मंजिल आवश्यक होती है, अतः जिस काल और जिन परिस्थितियों के कारण उसका आविर्भाव होता है, उनके लिए वह उचित होती है। लेकिन नई और उच्चतर परिस्थितियों के समक्ष, जो धीरे-धीरे उसके गर्भ में विकसित होती हैं, वह अपनी वैधता और औचित्य खो बैठती है। वह उस उच्चतर मंजिल के लिए स्थान छोड़ने के लिए बाध्य होती है, जो स्वयं अपनी बारी में सड़-गल जाएगी और विलुप्त हो जाएगी। जिस तरह बुर्जुआ वर्ग बड़े पैमाने के उद्योग, होड़ और विश्व बाजार के जरिये सभी स्थायी, चिर-प्रचलित संस्थाओं को वास्तव में भंग कर देता है, उसी तरह यह द्वंद्वात्मक दर्शन अंतिम, निरपेक्ष सत्य और तदनुरूप मानव-जाति की निरपेक्ष अवस्थाओं की अवधारणाओं का अंत कर देता है। द्वंद्वात्मक दर्शन के लिए कोई भी वस्तु अंतिम, निरपेक्ष तथा पवित्र नहीं है। वह हर चीज में और हर चीज का परिवर्तनशील गुण प्रदर्शित करता है, उसके समक्ष निम्नावस्था से ऊपर की ओर उठते हुए अंतहीन विकासक्रम, उत्पत्ति तथा विनाश की अविरत प्रक्रिया के अलावा और कोई दूसरी चीज नहीं टिक सकती।'' (पृ. 135-36, वही)

इस तरह मार्क्सवाद के संस्थापकों ने हेगेल के दर्शन के क्रांतिकारी पक्ष को अपनाया और उसका विकास किया। इसके उल्टे, रामविलासजी ने हेगेल की कमजोरियों को एक जगह जमा किया और उन्हीं को अपने हमले का निशाना बनाते हुए हेगेलीय

दर्शन को रूढ़िवादी, प्रतिक्रियावादी, नस्लवादी, और नियतिवादी घोषित कर दिया।

हेगेल के दर्शन का एक रूढ़िवादी पक्ष भी है। संज्ञान और समाज की कुछ निश्चित अवस्थाएँ काल और परिस्थिति के संदर्भ में न्यायसंगत होती हैं। इसे आधार बनाकर हेगेल ने कुछ समाजों और राज्यों की वकालत की थी। रामविलास जी हेगेल के इसी रूढ़िवादी पक्ष को लेकर लटके रहते हैं और प्रगतिशील पक्ष का अपने पाठकों को कोई आभास तक नहीं देते। इसके विपरीत, एंगेल्स ने हेगेलीय दर्शन के क्रांतिकारी पक्ष को दिखलाया, उसके रूढ़िवादी पक्ष को भी बतलाया और अंत में यह भी लिखा कि हेगेल का मुख्य पक्ष उनका रूढ़िवाद नहीं है : ''इस दृष्टिकोण की रूढ़िवादिता सापेक्ष है, उसका क्रांतिकारी स्वरूप निरपेक्ष है—एकमात्र निरपेक्ष तत्त्व जिसे द्वंद्वात्मक दर्शन स्वीकार करता है।'' (पृ. 136, वही)

एंगेल्स ने लिखा कि विश्व के विकास की सच्ची अवधारणा सिर्फ द्वंद्ववादी पद्धतियों से ही हो सकती है। नए जर्मन दर्शनशास्त्र ने इसी भावना को अपनाया और इस नए जर्मन दर्शनशास्त्र का हेगेल की प्रणाली में चरम विकास हुआ।'' (पृ. 41, वही) रामविलास जी ने जर्मन दर्शनशास्त्र में हेगेल के महत्त्व को नकारने के लिए कांट को पेश किया। कांट ने दर्शनशास्त्र के विकास में महत्त्वपूर्ण योगदान किया था और सौरमंडल की उत्पत्ति के सिद्धांत की खोज कर प्रकृति-विज्ञान में एक ऐसा युगांतरकारी विचार पेश कर दिया था जिसमें आनेवाली प्रगति के बीज छुपे हुए थे। इन सबके लिए मार्क्स और एंगेल्स ने उनकी बहुत प्रशंसा की है। फिर भी कांट कांट थे और हेगेल हेगेल। विचारधारा और दार्शनक चिंतन के क्षेत्र में जिस सिद्धांत को हेगेल ने पेश किया, उसे कांट न पेश कर सके। मार्क्सवाद का जो संबंध हेगेलीय दर्शन से था, वह कांट के दर्शन से न था। लेकिन रामविलासजी ने हेगेल के बजाय कांट को मार्क्स-एंगेल्स के अधिक निकट दिखाने के लिए कांट के दार्शनिक पक्ष के बजाय उनके राजनीतिक पक्ष को उछाला। सभी जानते हैं कि अपनी तरुणावस्था में फ्रांसिसी क्रांति का समर्थन करने के बावजूद अपनी प्रौढ़ावस्था में हेगेल शासक वर्ग के साथ थे। हेगेल के दर्शन का सारतत्त्व क्रांतिकारी है, उससे क्रांतिकारी निष्कर्ष निकलते हैं लेकिन हेगेल स्वयं क्रांतिकारी कामों से जुड़े हुए न थे। हेगेल के व्यक्तित्व के इस कमजोर राजनीतिक पक्ष के मुकाबले रामविलासजी ने कांट के मजबूत राजनीतिक पक्ष को खड़ा किया। ''यूरोपियन जातियों के साम्राज्य विस्तार और युद्धों की नीति से कांट चिंतित थे। मानवता के विकास के लिए वह इस नीति को घातक मानते थे।'' (पृ. 294) कांट ने *स्थायी शांति* पर निबंध लिखा और उपनिवेशों में यूरोपीय व्यापारियों द्वारा फैलाई गई बुराइयों पर लिखा। इन सबका विवरण रामविलासजी ने दिया और लिखा, ''कांट उन दृढ़ मानवतावादियों में हैं जो साम्राज्य विस्तार के प्रारंभिक दौर में ही उसका विरोध करने लगे थे। वह शेली, बाइरन जैसे क्रांतिकारी कवियों, भारतीय स्वाधीनता के समर्थक अर्नेस्ट जोन्स जैसे श्रमिक नेताओं के अग्रदूत

हैं। हेगेल इन सबकी पंक्ति से बाहर हैं।'' (पृ. 295) यहाँ रामविलासजी ने हाथी को मारने के लिए चूहे को भेजा है। चूहा कांट नहीं, रामविलासजी का तर्क है। अपने दुराग्रहों में वे यह भी नहीं देखना चाहते कि मार्क्सवाद के विकास में किस चीज का क्या महत्त्व है। साम्राज्यवादी विस्तार और युद्धों के प्रति अपना दृष्टिकोण स्थिर करने के लिए मार्क्स-एंगेल्स को कांट की ओर देखने की जरूरत न थी और न ही यह कांट का प्रधान पक्ष था। उनका प्रधान पक्ष तो सौरमंडल नीहारिका की उत्पत्ति का सिद्धांत था। लेकिन, मार्क्स-एंगेल्स को इतिहास की व्याख्या के लिए जिस महत्त्वपूर्ण तर्क-प्रणाली की जरूरत थी, वह उन्हें कांट से नहीं मिली। वह तर्क-प्रणाली द्वंद्ववाद की थी जिसे हेगेल ने पहली बार सर्वव्यापी रूप में विकसित किया था। इस सैद्धांतिक जरूरत के मुकाबले साम्राज्यवादी युद्धों के प्रति कांट की चिंता को पेश करके मार्क्सवाद के साथ हेगेल के बजाय कांट की निकटता दिखाना सचमुच हाथी मारने के लिए चूहे को भेजना नहीं तो, और क्या है? जहाँ तक दर्शन का, द्वंद्ववाद का सवाल है, हेगेल के मुकाबले कांट का महत्त्व क्या था? इस प्रसंग में मार्क्स-एंगेल्स ने कांट का नाम तक नहीं लिया। एंगेल्स ने द्वंद्ववाद के अन्वेषण के सिलसिले में सिर्फ दो विचारकों के नाम लिए—अरस्तू और हेगेल। कांट के प्रकृति-विज्ञान संबंधी सैद्धांतिक योगदान को पर्याप्त महत्त्व दिया, लेकिन खुद प्रकृति-विज्ञान में सैद्धांतिक विकास के लिए जो महत्त्व द्वंद्ववाद का था, वह प्रकृति-विज्ञान संबंधी एक सैद्धांतिक खोज का नहीं। एंगेल्स ने इस बात पर जोर दिया था कि अगर प्रकृति-विज्ञानी द्वंद्वात्मक चिंतन-प्रणाली को अपना लें तो प्रकृति-विज्ञान के विकास की लंबी यात्रा शीघ्र ही पूरी हो सकती है। प्रकृति-विज्ञान और भौतिकवादी दर्शन, दोनों को अपने विकास के लिए जिस द्वंद्वात्मक चिंतन प्रणाली की जरूरत थी, उसमें कांट की कोई महत्त्वपूर्ण भूमिका न थी। कांट के महत्त्व को अपनी जगह पर रखते हुए एंगेल्स ने लिखा, ''परंतु कांट की रचनाओं में द्वंद्ववाद का अध्ययन करना व्यर्थ की माथापच्ची सिद्ध होगा क्योंकि अब हेगेल की रचनाओं के रूप में द्वंद्ववाद का एक व्यापक सारांश उपलब्ध है हालाँकि उसका द्वंद्ववाद एक सर्वथा गलत प्रस्थान बिंदु से विकसित होता है।'' (पृ. 102, वही) मार्क्सवाद की स्थापना में जो महत्त्व इस द्वंद्ववाद का था, वह साम्राज्यवादी युद्धों के प्रति कांट की चिंता का नहीं।

इतना ही नहीं, कांट का दर्शन अपने महत्त्वपूर्ण योगदान के बावजूद पिछड़ चुका था। मार्क्स-एंगेल्स ने जिस जर्मन-दर्शन की उपलब्धियों का उपयोग किया, वह जर्मन-दर्शन कांट के समय से बहुत आगे बढ़ चुका था। उदाहरण के लिए चिंतन और सत्ता के तादात्म्य का प्रश्न लीजिए, जिसके प्रसंग में एंगेल्स ने *लुडविग फ़ायरबाख़* किताब में कांट की स्थिति का विवेचन किया है। एंगेल्स ने प्रश्न किया, ''क्या हमारा चिंतन वास्तविक जगत के संज्ञान की क्षमता रखता है?'' इसका उत्तर देनेवाले दार्शनिकों की दो जमात थीं। एक, जो उत्तर हाँ में देते थे। हेगेल इसमें शामिल थे। उनके

उत्तर में जो रहस्यमयता है, वह दूसरा विषय है। दूसरी जमात, एंगेल्स के मुताबिक "उन लोगों की थी जो किसी भी संज्ञान की, या, कम-से-कम, सांगोपांग संज्ञान की संभावना को नहीं मानती। इस जमात के ज्यादा आधुनिककालीन लोगों में ह्यूम और कांट के नाम आते हैं। और इन लोगों ने दर्शन के विकास में अत्यंत महत्त्वपूर्ण भूमिका अदा की है।" (पृ. 22, *लुडविग फ़ायरबाख़ और क्लासिकल जर्मन-दर्शन का अंत*, प्रगति प्र.) दर्शन के विकास में अत्यंत महत्त्वपूर्ण भूमिका अदा करने के बावजूद जगत के संज्ञान के बारे में इनकी धारणा सही न थी और हेगेल ने उनकी धारणा का निर्णायक रूप से खंडन कर दिखाया था, "इस विचार के खंडन में जो निर्णायक बात है, वह हेगेल के द्वारा जहाँ तक भाववादी दृष्टिबिंदु से ऐसा करना संभव था, कही जा चुकी है।" (पृ. वही) इस धारणा के खंडन में फ़ायरबाख़ ने जो तर्क दिए थे, उनमें गहराई से अधिक चतुराई थी। लेकिन, एंगेल्स के मुताबिक कांट की संज्ञान संबंधी धारणा का सबसे कारगर खंडन तो प्रकृति-विज्ञान के तथ्यों ने कर दिखाया। यह खंडन कार्बन रसायन ने किया, वनस्पति विज्ञान ने किया, लेवेरी और गाल्ले के शोधों ने किया। एंगेल्स ने लिखा, "अगर इसके बावजूद नवकांट-पंथी कांटवादी धारणा को जर्मनी में और अज्ञेयवादी लोग ह्यूम की धारणा को इंग्लैंड में (जहाँ वस्तुतः उसका कभी लोप नहीं हुआ था) पुनर्जीवित करने की चेष्टा कर रहे हैं जिसका सैद्धान्तिक और व्यावहारिक खण्डन बहुत अरसा हुआ हो चुका है, तो इसका अर्थ वैज्ञानिक दृष्टि से एक पश्चात् पद है..." (पृ. 22-23 वही)

चूँकि कांट की दार्शनिक उपलब्धियों को हेगेल की उपलब्धियों के सामने नहीं रखा जा सकता, इसलिए रामविलास जी कांट के राजनीतिक लेखन का पल्लू पकड़ते हैं। इस पल्लू से वे मार्क्सवाद और हेगेलीय द्वंद्ववाद के रिश्ते को ढँक देना चाहते हैं। इसके लिए कांट के राजनीतिक विचारों की थोड़ी-सी झलक दिखाकर क्रांतिकारियों की एक कतार खड़ी की जाती है। इस कतार में कांट के अलावा बाइरन, शेली और अर्नेस्ट जोन्स को खड़ा दिखाया जाता है और हेगेल को इसके बाहर। इस तरह दार्शनिक और सैद्धांतिक महत्त्व के प्रश्न को राजनीकि चर्चा चलाकर विस्थापित कर दिया जाता है। यह न सिर्फ सैद्धांतिक प्रश्नों के महत्त्व के प्रति तिरस्कार प्रकट करना है बल्कि वामपंथी अवसरवाद का भी नमूना है। एक ओर साम्राज्यवादी युद्धों के प्रति चिंता संबंधी लफ्फाजी, दूसरी ओर द्वंद्वात्मक दर्शन के क्रांतिकारी पक्ष की उपेक्षा।

हेगेल ने दर्शनशास्त्र के सामने जो मूल प्रश्न उपस्थित कर दिया था, उसे एंगेल्स ने उनकी 'युगांतरकारी सफलता' कहा। हेगेल ने खुद उस प्रश्न का जो उत्तर दिया, मार्क्स-एंगेल्स उससे सहमत न थे। हेगेल ने कहा कि इतिहास एक ऐसी प्रक्रिया है जिसकी मूल चालक शक्ति *विचार* है। मार्क्स-एंगेल्स ने इसे भाववाद बताया और इतिहास की भौतिकवादी व्याख्या करते हुए सिद्ध किया कि इतिहास की मूल चालक शक्ति विचार या चेतना नहीं, बल्कि अस्तित्व की भौतिक परिस्थितियाँ, मुख्यतः आर्थिक

उत्पादन है और विचार या चेतना इन परिस्थितियों का मानसिक प्रतिफलन है। चूँकि रामविलासजी का उद्देश्य हेगेल को ध्वस्त करना है, इसलिए उन्होंने उनके दर्शन में जो गलत है, यानी भाववाद, जिसका खंडन खुद मार्क्स-एंगेल्स कर गए, उसी पर फिर से हल्ला बोला। एंगेल्स ने अपने युग के प्रकृति-विज्ञानियों को हेगेल के द्वंद्ववाद से सीखने के लिए कहा था। एंगेल्स उस स्थिति की ओर देख रहे थे जब "एक बार फिर प्रकृति-विज्ञानियों की मौजूदगी में हेगेल का नाम लेना संभव होगा और उसे सुनकर उन्हें उसी तरह के दौरे नहीं पड़ेंगे जिस तरह श्री ड्यूहरिंग को हेगेल का नाम सुनकर पड़ते हैं।" (पृ. 102, *द्वंद्वात्मक भौतिकवाद*) इसका मतलब यह नहीं था कि एंगेल्स हेगेल के भाववाद को भी मान ले रहे थे, "सबसे पहले यह बात स्पष्ट कर देनी चाहिए कि यहाँ पर हेगेल के इस प्रस्थान बिन्दु का समर्थन करने का हरगिज कोई प्रश्न नहीं है कि आत्मा, मन या विचार मूल है और वास्तविक संसार विचार की अनुकृति मात्र है। इस स्थापना को तो फ़ायरबाख़ ने ही त्याग दिया था।" एंगेल्स ने अपने और मार्क्स के भौतिकवादी दृष्टिकोण को फिर दोहराया और लिखा, "अतः जब भाववादी प्रस्थान बिंदु ध्वस्त हो जाता है तो उसके आधार पर निर्मित प्रणाली, और विशेषकर हेगेलीय प्राकृतिक दर्शन का भी ध्वंस हो जाता है।" एंगेल्स ने लिखा कि जहाँ तक प्रकृति-विज्ञानी भी हेगेल को सही ढंग से समझ पाए, वहाँ तक हेगेल विरोधी आलोचना 'केवल दो बातों' को लेकर होती थी—"एक तो हेगेल का भाववादी प्रस्थान बिंदु और दूसरे, इस विचार प्रणाली की, मनमानी, तथ्यों की अवहेलना करने वाली संरचना।" 'परंतु', एंगेल्स ने आगे लिखा, "इन सबको यदि अलग कर दिया जाए तो भी हेगेलीय द्वंद्ववाद तो बचता ही है।" रामविलासजी ने अपने ढंग से विवेचन करते हुए लिखा कि हेगेल के वैचारिक वृत्त में तीन रेखाएँ थीं। फिर दिखाया कि मार्क्स-एंगेल्स इन तीनों को पार कर गए। बाकी बचा क्या? हेगेल की 'विद्वत्ता'—जिसे मार्क्स-एंगेल्स 'स्वीकार करते थे।' (पृ. 285) हाँ, द्वंद्ववाद भी उन्होंने काफी शुद्धीकरण के बाद स्वीकार किया, लेकिन उसका महत्त्व मार्क्सवाद के लिए क्या था, यह पता नहीं चलता।

इस सिलसिले में एंगेल्स ने लिखा कि मार्क्स ने हेगेल के भाववाद को छोड़कर उनके दर्शन के क्रांतिकारी सारतत्त्व को अपनाया और उसे अपने विवेचन का हथियार बनाया : "यह मार्क्स की महानता थी कि उन्होंने उन 'चिड़िचिड़े और घमंडी प्रतिभाहीनों' जैसा व्यवहार नहीं किया 'जो आज-कल जर्मनी में बड़ी लंबी-लंबी हाँक रहे हैं,' बल्कि उनके मुकाबले में उन्होंने पहली बार विस्मृत द्वंद्ववादी पद्धति को, हेगेलीय द्वंद्ववाद के साथ उसके संबंध को और दोनों के भेद को सामने रखा और साथ ही 'पूँजी' में इस पद्धति को एक इन्द्रियानुभविक विज्ञान, राजनीतिक अर्थशास्त्र के तथ्यों पर लागू किया।" (पृ. 103, वही)

यहाँ हेगेलीय द्वंद्ववाद के साथ मार्क्स के संबंध के बारे में रामविलासजी के

रुख़ और एंगेल्स के रुख़ का फ़र्क साफ दिखता है। रामविलासजी का रुख़ इस संबंध के प्रति उपेक्षा का और इसके महत्त्व को कम-से-कम करके दिखाने का है। इसके विपरीत, एंगेल्स हेगेलीय दर्शन के महत्त्व और उसके साथ मार्क्स के संबंध के महत्त्व को घटाकर देखने वाले अपने समकालीनों के खिलाफ संघर्ष करते हुए उस महत्त्व की प्रतिष्ठा और रक्षा करते हुए दिखाई देते हैं।

हेगेल के महत्त्व को घटाने के लिए रामविलासजी ने आक्षेप करते हुए लिखा है कि हेगेल अपने द्वंद्ववाद को लागू करने में असमर्थ थे : "हेगेल की सबसे बड़ी देन उनका द्वंद्ववाद है, किंतु दर्शन के क्षेत्र में ही वह द्वंद्ववाद को सुसंगत रूप से लागू नहीं कर पाए, दर्शन से बाहर सामाजिक क्षेत्र की तो बात ही अलग है।" (पृ. 288)

अगर कोई किसी के महत्त्व को घटाने का अपना रुख़ पहले ही तय कर ले तो कैसे उसका विवेचन उसके रुख़ से निर्धारित होता है, ऊपर का उद्धरण इसका उदाहरण है। हेगेल द्वंद्ववाद को अगर दर्शन और सामाजिक क्षेत्र में सुसंगत रूप से लागू नहीं कर पाए, तो ऐसा मार्क्सवादियों के दृष्टिकोण से और हेगेल की मृत्यु के बाद हुई नई खोजों के दृष्टिकोण से ही कहा जा सकता है। अपने समय में उपलब्ध ज्ञान और अपने भाववादी दृष्टिकोण से तो उन्होंने इसे सर्वत्र लागू किया ही था। भाववादी होते हुए भी उनका इतिहास बोध ऐसा असाधारण था कि रामविलासजी के उल्टे, एंगेल्स ने द्वंद्ववाद को लागू करने में हेगेल की क्षमता की सराहना करते हुए लिखा, "जो कोई हेगेल से जरा भी परिचित है, वह यह जानता है कि हेगेल सैकड़ों स्थानों पर प्रकृति तथा इतिहास से द्वंद्वात्मक नियमों के अत्यंत ज्वलंत पृथक्-पृथक् दृष्टांत देने में सक्षम हैं।" (पृ. 106, वही) रामविलासजी हेगेल से जरा सा ही नहीं, बल्कि बहुत अच्छी तरह परिचित होंगे, इसमें संदेह नहीं किया जा सकता। फिर भी द्वंद्ववाद को लागू करने की हेगेल की क्षमता के बारे में अगर उनके और एंगेल्स के मूल्यांकन में ऐसा जमीन-आसमान का फ़र्क मिलता है तो इसका कारण हेगेल से दोनों के परिचय का अंतर नहीं, न एंगेल्स के मुकाबले रामविलासजी का ज्यादा वामपंथी होना है। मूल कारण एंगेल्स के मुकाबले उनका पहले से तय वह रुख़ है जो हेगेल के महत्त्व को घटाकर दिखाने पर तुला हुआ है।

हेगेल ने इतिहास की विकासशील और परिवर्तनशील धारणा को उपस्थित कर दिया था; वे उसमें होनेवाले विकास और परिवर्तनों का सही कारण न बता सके, यह बात दूसरी है। एण्टी-ड्यूहरिंग में एंगेल्स ने लिखा कि इस बात का कोई महत्त्व नहीं कि हेगेल उस समस्या को सही ढंग से हल नहीं कर सके जिसे उन्होंने पेश किया। "उसकी युगांतरकारी सफलता यह थी कि उसने समस्या को पेश कर दिया। यह एक ऐसी समस्या है जिसे कोई एक व्यक्ति कभी हल न कर पाएगा।" (पृ. 41, वही) हेगेल की असफलता का जिक्र करते हुए एंगेल्स ने उसके तीन कारण

बताए, प्रकांड विद्वान और बहुमुखी प्रतिभा वाले व्यक्ति होने पर भी–(i) उनके ज्ञान की कुछ सीमाएँ थीं, (ii) उनके युग के ज्ञान की सीमाएँ थीं, और (iii) हेगेल भाववादी थे। रामविलासजी इन सीमाओं पर ही खड़े होकर हेगेल को ध्वस्त करते रहते हैं, इन सीमाओं के अन्दर बढ़कर हेगेल के दर्शन के केन्द्र तक कभी नहीं पहुँचते, पहुँचना चाहते भी नहीं। गौर करने लायक बात यह है कि एंगेल्स ने हेगेल की असफलता का कारण उनके भाववाद के अलावा उनके ज्ञान की सीमा को माना। रामविलासजी की विशेषता यह है कि उन्होंने हेगेल की असफलता का कारण उनके ज्ञान की सीमा को नहीं, उनके व्यक्तित्व की सीमा को माना। ''यह उनके ज्ञान की सीमा नहीं है, यह उनके व्यक्तित्व की सीमा है, जो उन्हें वर्ग-स्वार्थ से ऊपर उठने नहीं देती।'' (पृ. 288-9)

मतलब यह कि हेगेल के विवेचन में जो कमी है या गलतियाँ हैं, उनका कारण यह नहीं कि उनका ज्ञान सीमित था या विशेष प्रकार का था; कारण यह था कि हेगेल बेईमान थे, सरकारी नौकर होने के करण शासक-वर्ग के सेवक थे। यह है दार्शनिक विवेचन में रामविलासजी की तर्क प्रणाली! मार्क्स-एंगेल्स ने गेटे की ही तरह हेगेल को भी जर्मन कूपमंडूकता का दोषी ठहराने के बावजूद उनके विवेचन की सीमाओं को उनके व्यक्तित्व के अंदर खोजने की कोशिश नहीं की। मार्क्स का 14 जुलाई, 1858 को एंगेल्स को लिखा पत्र इसका उदाहरण है। अपनों के बीच मार्क्स श्रद्धा और आत्मीयतावश हेगेल को कभी-कभी बड़े बाबा कहा करते थे। उनके इस पत्र में भी हेगेल के अलावा यह बड़े बाबा संबोधन भी आया है। पत्र में मार्क्स ने लिखा, ''प्रसंगवश, जैसा कि तुमने वादा किया था, मुझे हेगेल का *प्रकृति का दर्शन* जरूर भेजो। मैं इस समय शरीर-क्रिया-विज्ञान का कुछ-कुछ अध्ययन कर रहा हूँ। इनमें दार्शनिक दृष्टि से कुछ अत्यंत महत्त्वपूर्ण चीजें हैं, हालाँकि वे हाल ही में खोजी गई हैं। *मैं यह जानने के लिए बहुत इच्छुक हूँ कि बड़े बाबा को इनका कुछ आभास था या नहीं।* इसमें काई संदेह नहीं कि यदि उन्हें आज *प्रकृति का दर्शन* लिखना होता, तो उन्हें तथ्य बड़ी आसानी से मिल जाते। लेकिन प्राकृतिक विज्ञान ने पिछले 30 वर्षों में जो विशाल प्रगति की है, उसके बारे में लोगों को कोई अनुमान नहीं।'' (पृ. 92, *संकलित पत्र-व्यवहार*; प्रगति प्र., 1982) रामविलासजी ने यह लिखकर कि ''भौतिकवाद का काफी विकास प्राचीन काल में ही हो चुका था।'' (पृ. 289), हेगेल के दर्शन की सीमाओं को वर्ग-स्वार्थ में पड़े हुए व्यक्तित्व की सीमा बता दिया। लेकिन भौतिकवाद का काफी विकास प्राचीनकाल में ही नहीं हो चुका था। प्राचीनकाल में भौतिकवाद का विकास काफी कम हुआ था। हेगेल के समय अभी हो रहा था। उसका सबसे महत्त्वपूर्ण विकास 19वीं सदी के मध्य में, हेगेल के देहांत के बाद हुआ। इस नए विकास के आधार पर ही पुराने दर्शन की सीमाओं को पार करना निर्णायक रूप से संभव हो सका। भौतिकवाद का काफी विकास प्राचीनकाल में ही हो चुका

था–इस झूठ का सहारा लेने की जरूरत इसलिए पड़ी क्योंकि इसके बिना हेगेल के ज्ञान की सीमा को उनके व्यक्तित्व की सीमा में बदला नहीं जा सकता था। ऐसे मिथ्या विवेचन के विपरीत, मार्क्स अपने समय में प्रकृति-विज्ञान की नवीनतम खोजों को देखकर, जिनके बारे में लोगों को कोई अनुमान तक न था, उत्सुकतापूर्वक यह सोच रहे थे कि अगर यह सब तथ्य हेगेल को मिले होते तो वे आज *प्रकृति का दर्शन* किस तरह लिखते!

चूँकि हेगेल का व्यक्तित्व हेगेल का कमजोर पक्ष है, इसलिए रामविलासजी उसी को बार-बार सामने लाते हैं और उसे खासतौर पर अपने आक्रमण का लक्ष्य बनाते हैं। उन्होंने कई जगहों पर जर्मन शासक वर्ग के साथ हेगेल के संबंधों का ज़िक्र किया ("हेगेल अपने भौतिक जीवन में जर्मनी के शासक वर्ग से मजबूत भौतिक संबंध कायम किए हुए थे।" पृ. 274 "हेगेल जर्मन शासक वर्ग के संकीर्ण हितों से बँधे हुए थे।" पृष्ठ 285 "भारत का इतिहास लिखते समय उन्होंने स्वयं साम्राज्यवादी इतिहासकारों का चोला धारण किया था।" पृ. 289)। हेगेल के व्यक्तित्व की निंदा करने के सिलसिले में जब उन्हें मार्क्स या एंगेल्स का कोई भी उद्धरण नहीं मिला तो उन्होंने मार्क्स की एक पांडुलिपि *गुंदरीज़* के *न्यूलेफ्ट रिव्यू* के सहयोग से संपादित संस्करण की मार्टिन निकोलौस द्वारा लिखी गई भूमिका में उद्धृत ब्रेख़्त के किसी नाटक के एक पात्र द्वारा हेगेल के बारे में कहे गए वाक्य को उद्धृत किया कि हेगेल "प्रुशिया में सरकारी नौकर थे और इस तरह उन्होंने राज्यसत्ता के हाथ अपने को बेच दिया था।" मार्टिन निकोलौस को भी उद्धृत किया कि हेगेल ने प्रुशिया साम्राज्य के प्रति भक्ति-भावना प्रकट की और उसके लिए साम्राज्य ने भी उन्हें सम्मानित किया, "उनकी अन्त्येष्टि क्रिया राज्यसत्ता ने सम्मानपूर्वक की।" (पृ. 275)।

मार्टिन निकोलौस उन मार्क्सवादी चिंतकों में हैं जिन्होंने मार्क्स के लेखन में हेगेल के योगदान को गहराई से खोजने का प्रयत्न किया है। जिस भूमिका से रामविलास जी ने मार्टिन निकोलौस को उद्धृत किया है, उस भूमिका में मार्टिन निकोलौस हेगेल के दर्शन के उन पक्षों की गहराई से जाँच-पड़ताल करते हैं जिन्होंने मार्क्स द्वारा **पूँजी** गें अपनाई गई चिंतन प्रणाली पर अपना अरार डाला है। जिरा ढंग रो रागविलाराजी ने मार्टिन निकोलौस को उद्धृत किया है, उससे यह लगता है जैसे मार्टिन निकोलौस हेगेल को सिर्फ एक चाटुकार और बिका हुआ दार्शनिक समझते हैं। लेकिन, अगर कोई उस स्थल को देखे, जहाँ से रामविलासजी ने मार्टिन निकोलौस की पंक्तियों को उठाया है, तो उसे रामविलासजी द्वारा दूसरों के मत को उद्धृत करने की प्रणाली पर घोर आपत्ति होगी। हेगेल के दर्शन के दो पक्ष हैं, यह बात कहने के लिए ही उसके एक पक्ष को निकोलौस ने ब्रेख़्त के नाटक के पात्र के कथन के रूप में प्रस्तुत किया और तुरंत उसके साथ अपनी टिप्पणी लिखी कि इसका मतलब यह हुआ कि हेगेल का दर्शन एक ही साथ द्वंद्वात्मक है, सुकरात के दर्शन–जैसा *प्रहारक (Sub-*

versive) है और आदर्शवादी, पुरोहितों-जैसा रहस्यवादी है। (पृ. 27, *गुंदरीज़*)। रामविलासजी ने लिखा कि "निकोलौस के अनुसार मनुष्य इन्द्रियों से जो कुछ बोध करता है, उसकी वास्तविकता को हेगेल अस्वीकार करते थे।" (पृ. 275) असल में यहाँ मार्टिन निकोलौस को जान-बूझकर एकांगी ढंग से उद्धृत किया गया। निकोलौस ने हेगेल के दर्शन के दो पक्षों में भेद किया—द्वंद्वात्मक पक्ष और आदर्शवादी पक्ष। उनका वाक्य अपने मूल रूप में यह है—"उनके दर्शन का आदर्शवादी पक्ष यह था कि उन्होंने इंद्रियों से बोध होनेवाली वास्तविकता को अस्वीकार किया।" इसी वाक्य में से मार्टिन निकोलौस के इस अंश को *उनके दर्शन का आदर्शवादी पक्ष यह था,* रामविलासजी ने हटाकर वाक्य को इस रूप में पेश कर दिया मानो निकोलौस की दृष्टि में वास्तविकता को अस्वीकार करना ही हेगेल के दर्शन का समग्र पक्ष था।

हेगेल बर्लिन विश्वविद्यालय में प्रोफेसर थे। यह पद उन्हें प्रशा सरकार ने दिया था। उन्होंने अपने लेखन में प्रशा के राज्य की प्रशंसा भी की है। तो, इन सबसे क्या सिद्ध होता है? क्या इन सबसे यह सिद्ध हो गया कि हेगेल ने जो कुछ लिखा, वह भी भ्रष्ट था? क्या इससे यह सिद्ध हो गया कि चूँकि हेगेल प्रशा साम्राज्य के चाटुकार थे, इसलिए उनके दर्शन में क्रांतिकारी तत्त्व कैसे हो सकते हैं? क्या इससे यह सिद्ध हो गया कि चूँकि प्रशा के शासक वर्ग ने हेगेल को पुरस्कृत किया था, उनकी अन्त्येष्टि क्रिया सम्मानपूर्वक की थी, इसलिए उनके दर्शन से भला मार्क्सवाद का क्या संबंध हो सकता है?

भारतेन्दु हरिश्चंद्र रईस और ज़मींदार थे। जिस सम्पत्ति के बल पर उन्होंने विलास किया और इत्मीनान से साहित्य भी लिखा, वह सम्पत्ति अँगरेजी राज की कृपा का फल थी। अँगरेजी राज के प्रति अपनी भक्ति-भावना का परिचय देने में भी वे पीछे नहीं रहे। इसके बावजूद रामविलासजी को यह निष्कर्ष निकालने में कोई कठिनाई नहीं हुई कि भारतेन्दु का साहित्य प्रगतिशील और जनवादी था और हिंदी साहित्य में उनका योगदान महत्त्वपूर्ण है। रवींद्रनाथ ठाकुर जमींदार थे। उनकी संपत्ति अँगरेजों की दलाली करके जमा हुई थी। रवींद्रनाथ ने भी अँगरेजी राज की प्रशंसा में लिखा। इसके कारण रामविलासजी ने उनकी कविता की महानता और मूल्य को कम करके नहीं आँका। न ही, रामविलासजी ने कभी भारतेन्दु या रवींद्रनाथ के ऐसे पक्षों पर जोर दिया। क्यों? क्योंकि भारतेंदु और रवींद्रनाथ को ध्वस्त करना उनके विवेचन का उद्देश्य नहीं था। लेकिन हेगेल को ध्वस्त करना ही जब उद्देश्य बन गया हो तो, जाहिर है कि हेगेल के इन्हीं पक्षों पर जोर देना होगा। द्वंद्वात्मक पद्धति को ताख पर रखकर हेगेल के द्वंद्ववाद की आलोचना कर रहे हैं रामविलासजी। हेगेल के दर्शन के क्रांतिकारी सारतत्त्व की उपेक्षा करना और हेगेल प्रोफेसर थे, प्रशा राज्य के सेवक और प्रशंसक थे, इन्हीं बातों को महत्त्व देकर हेगेल की प्रतिमा तोड़ने के ये प्रयत्न वैसे ही हैं जैसे नक्सलवादी आंदोलन के शुरुआती दौर में चारु मजुमदार

के नेतृत्व में विवेकानंद, राजा राममोहन राय और रवींद्रनाथ की मूर्तियों को तोड़ने के प्रयत्न। इसी दृष्टिकोण से हंसराज रहबर ने गाँधी और ग़ालिब को बेनकाब किया। नक्सलवादी युवकों के वैसे प्रयत्न वामपंथी दुस्साहसवाद के नमूने थे। रामविलासजी का प्रयत्न वामपंथी अवसरवाद का नमूना है।

शासक वर्ग के साथ हेगेल के संबंधों का असर उनके लेखन और राजनीतिक-सामाजिक दृष्टिकोण पर पड़ा था। एंगेल्स ने लिखा, "स्वयं हेगेल का रुझान, बावजूद इसके कि उनकी कृतियों में क्रांतिकारी उद्वेग के स्फोटन बराबर मिलते हैं, रूढ़िवाद की ओर अधिक प्रतीत होता है।" (पृ. 140, वही) लेकिन, इसका यह मतलब हर्गिज नहीं था कि उनका दर्शन क्रांति की दिशा में बढ़ने की प्रेरणा नहीं देता था। हेगेल खुद चाहे जो रहे हों, उनके दर्शन से जर्मनी की युवा पीढ़ियों को, जिनमें मार्क्स और एंगेल्स भी शामिल थे, क्राँति की शिक्षा मिली थी। लेनिन ने एंगेल्स के बौद्धिक विकास का वर्णन करते हुए लिखा कि एंगेल्स जब स्कूल में पढ़ रहे थे, उसी समय से वह प्रशा के निरंकुश शासन और उसके अधिकारियों के अत्याचारों से घृणा करने लग गए थे। एंगेल्स को स्कूल की पढ़ाई बीच में ही छोड़कर नौकरी करनी पड़ी, लेकिन उन्होंने दर्शन का अध्ययन जारी रखा और यह अध्ययन उन्हें बौद्धिक दृष्टि से आगे ले गया—"उन दिनों जर्मन दर्शन पर हेगेल का मत छाया हुआ था और एंगेल्स उनके अनुयायी बन गए। यद्यपि स्वयं हेगेल निरंकुश प्रशियाई राज्य के प्रशंसक थे और बर्लिन विश्वविद्यालय में एक प्रोफेसर के नाते उसकी सेवा भी कर रहे थे, फिर भी उनका *सिद्धांत* क्रांतिकारी था। बर्लिन के इस दार्शनिक के जो शिष्य वर्तमान परिस्थिति को स्वीकार करने से इनकार करते थे, उन्हें मनुष्य की तर्कबुद्धि और उसके अधिकारों में हेगेल का विश्वास और हेगेलवादी दर्शन का यह आधारभूत सिद्धांत कि विश्व-परिवर्तन और विकास की एक सतत प्रक्रिया के अधीन है, इस विचार की ओर अग्रसर कर रहा था कि इस परिस्थिति के विरुद्ध संघर्ष की, वर्तमान अन्याय और फैली हुई बुराई के विरुद्ध संघर्ष की जड़ भी अनंत विकास के इस सर्वव्यापी नियम में है।" (पृ. 17, *मार्क्स-एंगेल्स की संकलित रचनाएँ, भाग 1*, प्रगति प्र.) खुद हेगेल प्रशा राज्य के प्रशंसक और सेवक थे, लेकिन उनका सिद्धांत क्रांतिकारी था। वे मनुष्य की तर्कबुद्धि और उसके अधिकारों में विश्वास करते थे। उनका यह विश्वास और उनके दर्शन का आधारभूत सिद्धांत युवा पीढ़ी को अन्यायपूर्ण प्रशा साम्राज्य के विरुद्ध संघर्ष के विचार की ओर बढ़ा रहा था। अन्यायपूर्ण साम्राज्य के खिलाफ संघर्ष की जड़ भी उनके अनंत विकास के सर्वव्यापी नियम में ही मौजूद थी। लेनिन के उल्टे, रामविलासजी हेगेल के प्रशयाई राज्य के सेवक और प्रशंसक रूप पर ज़ोर देते हैं; हेगेल के दर्शन से 'पुरोहिती रूढ़िवाद' की ओर निकलने वाले रास्ते पर जोर देते हैं और मनुष्य की तर्कबुद्धि और अधिकारों में हेगेल के विश्वास और तरुणों को अन्यायपूर्ण राज्य के विरुद्ध लड़ने की प्रेरणा देनेवाले उनके आधारभूत सिद्धांत

के प्रति उपेक्षा का रुख़ बरतते हैं। रामविलासजी से उल्टे, लेनिन हेगेल के दर्शन से निकलनेवाले क्रांतिकारी निष्कर्ष की ओर ध्यान खींचते हैं, "यदि संसार की प्रत्येक वस्तु विकास करती है, यदि एक प्रकार की संस्था की जगह दूसरे प्रकार की संस्था ले लेती है, तो क्या कारण है कि प्रुशियाई राजा या रूसी जार की निरंकुशता, विशाल बहुमत को हानि पहुँचाकर नगण्य अल्पमत की समृद्धि या जनता पर पूँजीपति वर्ग का प्रभुत्व सदैव बना रहे?"

हेगेल का द्वंद्वात्मक मूल्यांकन यहाँ है! मार्क्स-एंगेल्स ने हेगेलीय दर्शन का क्रांतिकारी सारतत्त्व ग्रहण किया और उसके भाववाद को ठुकरा दिया। "हेगेल का विकास की अनंत प्रक्रिया विषयक विचार बनाए रखते हुए मार्क्स-एंगेल्स ने पूर्वसंचित भाववादी दृष्टिकोण अस्वीकार किया।" (पृ. 18, वही) यहीं पर लेनिन ने फुटनोट में लिखा कि मार्क्स और एंगेल्स अक्सर कहा करते थे कि अपने बौद्धिक विकास के लिए वे महान जर्मन दार्शनिकों के, खासकर हेगेल के, ऋणी हैं। लेनिन ने एंगेल्स को उद्धृत किया कि जर्मन दर्शन, खासकर हेगेलीय दर्शन के बिना वैज्ञानिक समाजवाद का जन्म ही न होता। ऐसा था प्रुशियाई राज्य का वह चाटुकार प्रोफेसर जिसके सिद्धांत ने मार्क्स-एंगेल्स को क्रांतिकारी संघर्ष की दिशा में प्रेरित किया और जिसके दर्शन से अगर एक रास्ता 'पुरोहिती रूढ़िवाद' की ओर जाता था तो दूसरा रास्ता वैज्ञानिक समाजवाद को जन्म देने की दिशा में जाता था! यह भी हेगेलीय द्वंद्ववाद का ही एक अकाट्य उदाहरण है।

जर्मन शासक वर्ग के साथ व्यक्ति हेगेल के संबंध पर जोर देने के अलावा रामविलासजी ने जर्मन शासक वर्ग के साथ हेगेलीय दर्शन के संबंध पर भी एकांगी ढंग से जोर दिया। हेगलीय दर्शन में जर्मनी के पूँजीपतियों-जमींदारों की आकांक्षा व्यक्त होती थी, यह सही है। पर क्या, हेगेलीय दर्शन, इतना ही है? क्या शासक वर्ग के साथ हेगेलीय दर्शन के संबंध पर इतना कहना काफी है?

शासक वर्गों के साथ हेगेल के दर्शन के संबंध पर एंगेल्स ने *लुडविग फ़ायरबाख़* में एक शानदार विवेचन किया है। एंगेल्स ने लिखा कि जैसे 18वीं सदी के फ्रांस में राजनीतिक उलट-फेर का सूत्रपात दार्शनिक विचारों से हुआ, उसी तरह 19वीं सदी के जर्मनी में भी हुआ। लेकिन फिर भी, दोनों में कितना अंतर था! फ्रांसिसी दार्शनिकों ने राज्यसत्ता के दमन के नीचे अपना कठिन संघर्ष चलाया था जबकि जर्मनी में दार्शनिक क्रांति लानेवाले लोग राज्यसत्ता द्वारा सम्मानित और पुरस्कृत थे! "जर्मन लोग प्रोफेसर थे, राज्यसत्ता द्वारा उन्हें युवकों का दीक्षक नियुक्त किया गया था; उनकी रचनाएँ सर्वमान्य पाठ्य-पुस्तकें थीं और इस पूरे दार्शनिक विकास की चरम पद्धति—हेगेल की पद्धति—को प्रशा के शाही राज्य दर्शन का उच्चतर पद तक प्राप्त हुआ था!" एंगेल्स ने एक दिलचस्प सवाल पूछा, "क्या यह संभव था कि इन प्रोफेसरों के पीछे, उनके दुर्बोध, पंडिताऊ वचनों के पीछे, उनकी भारी-भरकम, उकता देनेवाली शब्दावली

के पीछे क्रांति छिपी रह सकती थी?'' (पृ. 133, *द्वंद्वात्मक भौतिकवाद*)

(एंगेल्स ने लिखा कि उस ज़माने में सिर्फ एक ही आदमी, जर्मन क्रांतिकारी कवि हेनरिक हाइने, ऐसा था जिसने 1833 में ही कहा कि जर्मन दार्शनिक क्रांति, खासकर हेगेलीय दर्शन, आसन्न जनवादी क्रांति की पूर्व सूचना है!) अपने दिलचस्प सवाल के जवाब में एंगेल्स ने एक मिसाल पेश की। उन्होंने हेगेल की एक प्रसिद्ध उक्ति पेश की जिसके लिए यूरोप की सभी संकीर्णमना सरकारें हेगेल के प्रति कृतज्ञ थीं और सभी संकीर्णमना उदारतावादी हेगेल से खफ़ा थे। वह प्रसिद्ध उक्ति थी—''सबकुछ जो यथार्थ है, बुद्धिसंगत है : सबकुछ जो बुद्धिसंगत है, यथार्थ है।'' इस पर टिप्पणी करते हुए एंगेल्स ने लिखा—''स्पष्टतः वह (ऊपरवाला कथन) विद्यमान वस्तुओं का पवित्रीकरण था, निरंकुशतावाद, पुलिस राज्य, राजकीय न्यायप्रणाली और सेंसर को दार्शनिक आशीर्वाद देना था। फ्रेडरिक विल्हेल्म तृतीय और उसकी प्रजा ने उसे इसी माने में समझा।'' 'परंतु', एंगेल्स ने आगे लिखा, ''हेगेल के मतानुसार जो कुछ विद्यमान है, वह बिला शर्त, यथार्थ नहीं है। हेगेल के अनुसार यथार्थता की विशेषता उसे ही प्राप्त है, जो साथ-ही-साथ आवश्यक भी है।'' एंगेल्स ने हेगेल की एक और उक्ति पेश की, ''अपने विकास-क्रम में यथार्थता अपने को आवश्यकता सिद्ध कर देती है।'' इसकी व्याख्या करते हुए एंगेल्स लिखते हैं, ''अतएव सरकार की कोई भी कार्रवाई—हेगेल स्वयं 'एक किसी कर विनिमय' का हवाला देते हैं—उसकी निगाह में बिला शर्त कदापि यथार्थ नहीं है। परंतु जो आवश्यक है, वह अंततोगत्वा अपने को बुद्धिसंगत भी सिद्ध करता है; और हेगेल की इस प्रस्थापना को उस समय प्रशाराज्य पर लागू करने का अर्थ केवल यह होता है : यह राज्य, जहाँ तक वह आवश्यक है, युक्तिमूलक और बुद्धिसंगत है; और यदि वह हमें अनिष्टकारी मालूम देता है और अपने अनिष्टकारी स्वरूप के बावजूद बना रहता है तो सरकार का अनिष्टकारी रूप प्रजा के तदनुरूप अनिष्टकारी स्वरूप के संदर्भ में समझाया और उचित ठहराया जा सकता है। उस काल के प्रशियाइयों को वैसी ही सरकार मिली थी, जिसके वे पात्र थे।'

पर यहाँ हेगेल के दर्शन से सिर्फ इतना ही निष्कर्ष नहीं निकलता। हेगेल के विचारों का भाष्य करते हुए एंगेल्स आगे लिखते हैं, ''पर हेगेल के मतानुसार यथार्थता किसी भी हालत में किसी अवस्था विशेष की—सामाजिक या राजनीतिक—हर समय और हर परिस्थिति में विशेषता नहीं होती। बात उल्टी है। रोमन गणराज्य यथार्थ था, पर उसे हटाकर उसकी जगह लेने वाला रोमन साम्राज्य भी यथार्थ था। 1789 में फ्रांसिसी राजतंत्र इतना अयथार्थ बन गया था, यानी सारी आवश्यकता से इस क़दर वंचित हो चुका था, इस क़दर अबुद्धिसंगत हो चुका था कि उसे महान क्रांति द्वारा, जिसका हेगेल ने सदा उत्साह के साथ उल्लेख किया है, नष्ट किया जाना अनिवार्य था। अतः यहाँ राजतंत्र अयथार्थ था और क्रांति यथार्थ थी। इसी तरह विकास—क्रम

के दौरान जो पहले यथार्थ था, वह अयथार्थ बन जाता है और अपनी आवश्यकता से, अस्तित्व के अपने अधिकार से, अपनी बुद्धि-संगतता से हाथ धो बैठता है। मृतप्राय यथार्थता के स्थान पर एक नयी, जीवनसक्षम यथार्थता आती है — वह शान्तिपूर्ण तरीके से आती है बशर्ते पुरातन में बिना संघर्ष के ही मौत के घाट लग जाने की बुद्धि हो; वह बलपूर्वक आती है यदि पुरातन उसका प्रतिरोध करे।" इस तरह एंगेल्स हेगेलीय द्वन्द्ववाद के जरिए हेगेलीय दर्शन से निकलनेवाले क्रान्तिकारी निष्कर्ष को पेश करते हैं : "इस तरह हेगेल की प्रस्थापना स्वयं हेगेल के द्वन्द्ववाद की बदौलत अपने ही विरोध में परिणत हो जाती है; मनव-इतिहास में जो यथार्थ है, वह कालान्तर में अबुद्धि-संगत हो जाता है, अतः वह अपनी प्रकृति के कारण ही अबुद्धि-संगत है, उसमें पहले ही से अबुद्धिसंगत का पुट होता है; और हर चीज जो मानव-मस्तिष्क में बुद्धिसंगत होती है, वह यथार्थ होने के लिए पूर्व-कल्पित होती है—चाहे वह विद्यमान, प्रतीयमान यथार्थ की कितनी ही विरोधी क्यों न हो। हेगेल की चिंतन पद्धति के सभी नियमों के अनुसार हर यथार्थ की बुद्धिसंगतता की प्रस्थापना एक दूसरी प्रस्थापना में बदल जाती है : जो कुछ विद्यमान है, वह नष्ट होने योग्य है।" (पृ. 134, वही)।

ऐसी थीं हेगेलीय चिंतन-पद्धति से निकलनेवाली प्रस्थापनाएँ जिनकी ओर रामविलासजी देखना तक नहीं चाहते और हेगेलीय दर्शन को सिर्फ जर्मन शासकवर्ग की आकांक्षाओं का प्रतिफल बतलाकर एकांगी ढंग से अर्ध सत्य की स्थापना करते हैं।

हेगेलीय चिंतन-पद्धति जर्मन शासक वर्ग के हितों की सेवा करती थी और वह उसके हितों के विरुद्ध भी जाती थी—यह एंगेल्स ने कहा। इसी बात को मार्क्स ने भी कहा।

पूँजी के दूसरे जर्मन संस्करण की भूमिका में मार्क्स ने लिखा कि "मेरी द्वंद्ववादी पद्धति हेगेलवादी पद्धति से न केवल भिन्न है बल्कि ठीक उसकी उल्टी है।" (पृ. 27, *पूँजी, खंड एक,* प्रगति प्र.) किस दृष्टि से उल्टी थी? "हेगेल के लिए मानव-मस्तिष्क की जीवन-प्रक्रिया, अर्थात् चिंतन की प्रक्रिया, जिसे 'विचार' के नाम से उसने एक स्वतंत्र कर्ता तक बना डाला है, वास्तविक संसार की सृजनकर्त्री है और वास्तविक संसार 'विचार' का बाहरी, इंद्रियगम्य रूप मात्र है। इसके विपरीत मेरे लिए विचार इसके सिवा और कुछ नहीं कि भौतिक संसार मानव-मस्तिष्क में प्रतिबिम्बित होता है और चिंतन के रूपों में बदल जाता है।" (पृ. वही) यानी हेगेल के लिए विचार मूल तत्त्व था और वास्तविक संसार उसका बाहरी रूप, इसके उल्टे मार्क्स के लिए भौतिक संसार ही मूल तत्त्व था और विचार उसका मानसिक रूप। हेगेल भाववादी हुए, मार्क्स भौतिकवादी। मार्क्स द्वंद्ववाद को अपने इसी भौतिकवादी दृष्टिकोण से लागू करते थे, जबकि हेगेल के यहाँ द्वंद्ववाद भाववादी दृष्टिकोण के आवरण में लिपटा हुआ था। इसी अर्थ में मार्क्स की द्वंद्ववादी पद्धति हेगेलवादी पद्धति

से उल्टी थी। अन्यथा दोनों द्वंद्ववादी थे। द्वंद्ववाद पर हेगेल के भाववादी आवरण को मार्क्स अक्सर 'रहस्य का आवरण' कहा करते थे और मार्क्स-एंगेल्स दोनों ने कई बार कहा कि हम लोगों ने हेगेलीय द्वंद्ववाद को उसके रहस्यवादी आवरण से मुक्त किया। ड्यूहरिंग की एक आलोचनात्मक टिप्पणी के संदर्भ में मार्क्स ने 6 मार्च, 1868 को एंगेल्स को पत्र में लिखा कि ड्यूहरिंग अच्छी तरह जानते हैं कि मेरे प्रस्तुतीकरण की पद्धति हेगेलीय नहीं है क्योंकि मैं भौतिकवादी हूँ और हेगेल भाववादी। "हेगेल का द्वंद्ववाद सभी तरह के द्वंद्ववादों का मूल रूप है, लेकिन सिर्फ तभी जब उसके रहस्यात्मक आवरण को उतार दिया जाए और असल में ठीक यही उससे मेरी पद्धति की भिन्नता है।" (पृ. 187, *सेलेक्टेड कॉरेस्पॉण्डेंस*)।

एंगेल्स और जर्मनी के दूसरे क्रांतिकारियों की ही तरह मार्क्स भी अपनी तरुणावस्था में हेगेलपंथी थे। बाकी सभी हेगेलपंथियों से उनकी भिन्नता इस बात में थी कि जहाँ बहुत-से दूसरे हेगेलपंथियों ने बाद में हेगेल के दर्शन से अपना नाता इसलिए तोड़ लिया क्योंकि वह भाववादी था, मार्क्स और एंगेल्स ने हेगेलीय दर्शन के क्रांतिकारी सारतत्त्व की रक्षा करते हुए और उसका भौतिकवादी ढंग से विकास करते हुए उसे उसके रहस्यात्मक आवरण से बाहर ले आए। हेगेलपंथी संप्रदाय विघटित हो गए। पर, हेगेलीय दर्शन को आलोचना से परास्त न किया जा सका। फ़ायरबाख़ ने हेगेलवादी पद्धति का गढ़ बेधकर उसे एक किनारे ठेल दिया था। एंगेल्स ने इसका विरोध करते हुए *लुडविग फ़ायरबाख़* में लिखा, "राष्ट्र के बौद्धिक विकास पर इतना प्रचंड प्रभाव डालने वाली हेगेल के दर्शन-जैसी महाकृति केवल नज़रअंदाज कर देने से ही खत्म नहीं की जा सकती थी। उसे तो उसी के अर्थ में 'प्रत्याख्यान' करने की जरूरत थी, इस अर्थ में कि उसके रूप को तो आलोचना के जरिये समाप्त कर दिया जाता पर उसके द्वारा उपलब्ध नई अंतर्वस्तु को बचा लिया जाता।" (पृ. 19)।

मार्क्स-एंगेल्स हेगेलीय द्वंद्ववाद के रूप को समाप्त करना, पर उसकी अंतर्वस्तु को बचा लेना चाहते थे। भौतिकवादी फ़ायरबाख़ ने "हेगेल को एक ओर ढकेल दिया जैसे कि वह बेकार हों।" पर, "समालोचना के जरिये हेगेल को निबटा देने की क्षमता उनमें न थी।" (पृ. 42, वही) मार्क्स-एंगेल्स ने हेगेल के साथ कैसा व्यवहार किया? एंगेल्स ने लिखा, "हेगेल को एक किनारे नहीं ढकेल दिया गया, बल्कि प्रारम्भ उनके, ऊपर कहे गए क्रांतिकारी पहलू, अर्थात् द्वंद्वात्मक विधि के अनुसार किया गया।" (पृ. 43, वही)

पूँजी के दूसरे जर्मन संस्करण की भूमिका में मार्क्स ने लिखा कि "हेगेलवादी द्वंद्ववाद के रहस्यमय पहलू की मैंने लगभग तीस वर्ष पहले आलोचना की थी।" इस समय, यानी 1842 के करीब (हेगेल की मृत्यु के नौ साल बाद) हेगेलीय दर्शन की धूम मची हुई थी। मार्क्स धारा के विरुद्ध तैर रहे थे। लेकिन बाद में, जब मार्क्स *पूँजी* का पहला खंड लिख रहे थे, तब जर्मन बुद्धिजीवियों में हेगेल के कमजोर और गौण पक्षों

को लेकर अपनी आलोचनात्मक प्रतिभा का प्रदर्शन करना एक फ़ैशन हो गया था। हेगेलीय दर्शन के खिलाफ इनके छिछले और धृष्टतापूर्ण आक्रमणों को याद करते हुए मार्क्स ने लिखा कि उस समय "इन चिड़चिड़े, घमंडी और प्रतिभाहीन योग्य नेता के अयोग्य अनुयायियों को, जो कि आजकल सुसंस्कृत जर्मनी में बड़ी लंबी-लंबी हाँक रहे हैं, हेगेल के साथ ठीक वैसा ही व्यवहार करने की सूझी, जैसा लेस्पिंग के काल में बहादुर मोसेज़ मेण्डेल्सोन ने स्पिनोज़ा के साथ किया था,—यानी उन्होंने भी हेगेल के साथ 'मरे हुए कुत्ते' जैसा व्यवहार करने की सोची।" (जब रामविलासजी भारत की स्त्रियों के सौंदर्य के बारे में हेगेल को उद्धृत कर यह साबित करते हैं कि 'हेगेल स्वयं कितने विवेकशील थे, यह ऊपर के विवरण से समझ में आ जाएगा' तब, वे भी हेगेल के साथ ऐसा ही सलूक करते हैं।) हेगेल के दर्शन के महत्त्व को न समझने वाले इन घमंडियों की लंबी-चौड़ी आलोचनाओं से क्रुद्ध होकर मार्क्स ने हेगेल के मूल्यवान पक्ष की रक्षा के लिए संघर्ष किया। उन्होंने हेगेल के महत्त्व की रक्षा करने के लिए खुद अपने महत्त्व को न्योछावर कर दिया— *"तब मैंने खुल्लमखुल्ला यह स्वीकार किया कि मैं उस महान विचारक का शिष्य हूँ,* और मूल्य के सिद्धांतवाले अध्याय में जहाँ तहाँ मैंने अभिव्यक्ति के उस ढंग से भी आँख-मिचौली खेली है।" (पृ. 27, वही) मार्क्स ने न सिर्फ अपने को उस प्रुशियाई साम्राज्य के चाटुकार प्रोफेसर का शिष्य बतलाया, बल्कि अपने ऊपर उसकी अभिव्यक्ति शैली के असर को भी माना। कैसी विडम्बना है! कांट साम्राज्यवादी युद्धों के विस्तार से चिंतित थे, और हेगेल साम्राज्यवादी इतिहासकार थे, कांट क्रांतिकारियों की कतार में खड़े थे और हेगेल उसके बाहर जर्मन शासक वर्ग की सेवा में जुटे हुए थे; फिर भी क्रांतिकारी मार्क्स ने खुद को कांट का नहीं, हेगेल का शिष्य घोषित किया। परम आश्चर्य!

द्वंद्ववाद का श्रेय हेगेल को देते हुए मार्क्स ने आगे लिखा, "हेगेल के हाथों में द्वंद्ववाद पर रहस्य का आवरण पड़ जाता है, लेकिन इसके बावजूद यह सही है कि हेगेल ने ही सबसे पहले विस्तृत और सचेत ढंग से यह बताया था कि अपने सामान्य रूप में द्वंद्ववाद किस प्रकार काम करता है।" यहीं पर मार्क्स ने अपनी वह प्रसिद्ध उक्ति लिखी कि हेगेल के यहाँ द्वंद्ववाद सिर के बल खड़ा है, लेकिन उसके अंदर *विवेकपूर्ण सारतत्त्व* छिपा है; "यदि आप उसके रहस्यमय आवरण के भीतर ढके हुए विवेकपूर्ण सारतत्त्व का पता लगाना चाहते हैं, तो आपको उसे पलटकर फिर पैरों के बल सीधा खड़ा करना होगा।" (पृ. 28, वही)।

रामविलासजी के लिए हेगेलीय दर्शन सिर्फ जर्मनी के पूँजीपतियों-ज़मींदारों की आकांक्षा व्यक्त करता है। वह सिर्फ़ जर्मन शासक वर्ग के हितों की सेवा करता है, उन हितों के विरुद्ध, जर्मन शासक वर्ग की अन्यायपूर्ण व्यवस्था के विरुद्ध हेगेलीय दर्शन में कुछ भी नहीं है। इस भोंड़ी समझ के विपरीत मार्क्स ने हेगेलीय दर्शन के सारतत्त्व को *आलोचनात्मक और क्रांतिकारी* बताया। फिर भी, जर्मन शासकवर्ग के

बीच हेगेलीय दर्शन को क्यों इतना सम्मान मिला, इसका कारण बतलाते हुए मार्क्स ने लिखा, "अपने रहस्यमय रूप में द्वंद्ववाद का जर्मनी में इसलिए चलन हो गया था कि वह मानो तत्कालीन व्यवस्था को रूपांतरित करके आकर्षक बना देता है। पर अपने विवेकपूर्ण रूप में वह पूँजीवादी संसार तथा उसके पंडिताऊ प्रोफेसरों के लिए एक निंदनीय और घृणित वस्तु है, क्योंकि उसमें वर्तमान व्यवस्था की उसकी समझ तथा सकारात्मक स्वीकृति में साथ-ही-साथ इस व्यवस्था के निषेध और उसके अवश्यंभावी विनाश की स्वीकृति भी शामिल है; क्योंकि द्वंद्ववाद ऐतिहासिक दृष्टि से विकसित प्रत्येक सामाजिक रूप को सतत परिवर्तनशील मानता है और इसलिए उसके अस्थायी स्वरूप का उसके क्षणिक अस्तित्व से कम ख्याल नहीं रखता है और क्योंकि द्वंद्ववाद किसी चीज को अपने ऊपर हावी होने नहीं देता और वह अपने सारतत्त्व में आलोचनात्मक और क्रांतिकारी है।" (पृ. 28, वही)।

हेगेल और हेगेलीय दर्शन के खिलाफ रामविलास शर्मा की सारी सतही, एकांगी और अवसरवादी आलोचना एक तरफ और मार्क्स के यह विचार एक तरफ! हेगेलीय दर्शन जर्मन शासक वर्ग के संकीर्ण हितों से बँधा हुआ था, नस्लपंथी था, प्रतिक्रियावादी था, नियतिवादी था—रामविलासजी की ये सारी स्थापनाएँ एक तरफ, और हेगेलीय दर्शन अपने सारतत्त्व में आलोचनात्मक और क्रांतिकारी था—मार्क्स की यह स्थापना एक तरफ!

मार्क्स ने लिखा कि हेगेल के द्वंद्ववाद को जर्मनी के पूँजीपति और नवाब अभी नहीं समझते। लेकिन, पूँजीवादी समाज के अंतर्विरोध और उसका सर्वव्यापी संकट इतना तीव्र हो जाएगा कि वह "इस नए पवित्र प्रशन-जर्मन साम्राज्य के बरसात में कुकुरमुत्तों की तरह पैदा होनेवाले नवाबों के दिमागों में भी द्वंद्ववाद को ठोंक-ठोंककर घुसा देगा।" (पृ. वही)

हेगेल के द्वंद्ववाद से निपटने के लिए रामविलासजी ने भाषा वैज्ञानिक तर्क से भी काम लिया है। डायलेक्टिक्स और द्वंद्व, दोनों शब्दों के मूल संस्कृत और ग्रीक रूपों और उनके वैयाकरिणक अर्थों को बताकर उन्होंने तर्क दिया, "डायलेक्टिक्स की अपेक्षा द्वंद्ववाद शब्द अधिक सार्थक है, कारण यह कि दो का भाव तो दोनों शब्दों में है किंतु दो के परस्पर विरोध का भाव द्वंद्व में है, डायलेक्टिक्स में नहीं।" (पृ. 275) ऐसी बात कोई व्याकरण-लेखक कहता तो आश्चर्य न होता, लेकिन सामाजिक संदर्भों में भाषा के विकास का विवेचन करेनवाला भाषा वैज्ञानिक यह कहे तो सचमुच आश्चर्य होता है। हेगेलीय दर्शन के विवेचन के प्रसंग में डायलेक्टिक्स शब्द का अर्थ क्या कोई कोश में दिए गए उसके मूल ग्रीक रूप के आधार पर समझेगा? लेखक ने जिस तरह के तर्कों से हेगेलीय द्वंद्ववाद का महत्त्व घटाने की कोशिश की है, उन्हें दार्शनिक विवेचन की मर्यादा के अनुकूल नहीं कहा जा सकता। हेगेलीय द्वंद्ववाद पर उन्होंने आरोप लगाया कि वह बहुपक्षीय नहीं है, उसमें जोर सिर्फ दो

पर है जबकि किसी प्रपंच के कई पक्ष हो सकते हैं, ''प्लेटो से लेकर हेगेल तक तर्कशास्त्र में जोर किसी प्रपंच के भीतर उसके दो भागों पर रहा है।'' (पृ. 276) यह आरोप मनमाना है; इसके लिए हेगेल के लेखन से कोई प्रमाण नहीं दिया गया, न ही किसी प्रामाणिक आलोचक को उद्धृत किया गया। फिर भी वे अपनी ओर से ठोंके गए इस दावे को लगातार आगे बढ़ाते ही जाते हैं मानो यह एक स्वयं सिद्ध तथ्य हो। इतना ही नहीं, कोश में दिए गए द्वंद्व के शाब्दिक अर्थ को द्वंद्ववाद के दार्शनिक अर्थ के साथ गड़बड़ा कर जान-बूझ कर एक भ्रम भी पैदा करते हैं। *मेटाफ़िजिक्स* के लिए एकान्तवाद शब्द का प्रयोग सुझाते हुए *डायलेक्टिक्स* के लिए अनेकांतवाद का प्रयोग सुझाते हैं : ''डायलेक्टिक्स में जो दो के अर्थ पर जोर है, वह अनेकांतवाद में नहीं है।'' (पृ. 282) यह सुझाव दार्शनिक अर्थ को पूर्ण बनाने के लिए है या शाब्दिक अर्थ को, यह लेखक की उलझी हुई अभिव्यक्ति से साफ नहीं होता। अभिव्यक्ति इसलिए भी उलझी हुई है क्योंकि *मेटाफ़िजिक्स* शब्द के बारे में आवश्यक जानकारी नहीं दी गई है। यूरोप के दार्शनिक इतिहास में मेटाफ़िजिक्स का हमेशा कोई एक ही अर्थ नहीं रहा है। 17वीं सदी तक वह एक दार्शनिक चिंतन-प्रणाली का अर्थ देता था। लेकिन मार्क्सवादी साहित्य में उसका उल्लेख एक खास अर्थ में ही हुआ है—द्वंद्ववाद-विरोधी अध्ययन-पद्धति के रूप में। और, इस अर्थ में उसका प्रयोग खुद हेगेल ने ही पहली बार चलाया था जिसे मार्क्स-एंगेल्स ने अपने दार्शनिक विवेचन में जारी रखा—जाँच-पड़ताल और विचारों की एक ऐसी पद्धति जो एकांगी है, किसी एक ही पक्ष तक सीमित या उसे ही बढ़ाचढ़ाकर पेश करती है। इस अर्थ में वह वस्तु के बहुपक्षीय अध्ययन की द्वंद्वात्मक पद्धति के उल्टे हैं। इस तरह हेगेल और मार्क्स-एंगेल्स के लेखन में डायलेक्टिक्स (द्वंद्ववाद) शब्द का प्रयोग ही एक ऐसी बहुपक्षी अध्ययन-पद्धति के अर्थ में हुआ जो मेटाफ़िजिक्स नामक एक पक्षीय अध्ययन-पद्धति के विरुद्ध थी। (पृ. 267, *डिक्शनरी ऑफ फ़िलासफ़ी* प्रोग्रेस पब्लिशर्स; मास्को, 1984) इसलिए यह विवेचन भ्रामक ही नहीं, गलत भी है कि 'मेटाफ़िजिक्स' शब्द से अध्ययन विधि की एकपक्षीयता और 'डायलेक्टिक्स' शब्द से उसकी बहुपक्षीयता जाहिर नहीं होती। रामविलासजी ने लिखा था, ''*मेटाफ़िजिक्स* मूलतः अटकलपंथी दर्शनशास्त्र के लिए प्रयुक्त होता था, इसलिए भी वह तर्कशास्त्र में एकांगी विवेचन का अर्थ नहीं व्यक्त करता। यदि उसकी जगह *एकांतवाद* शब्द का प्रयोग किया जाए तो अर्थ तुरंत स्पष्ट हो जाएगा।'' (पृ. 282) पहली बात तो यह कि यह तर्क शब्दों के ऐतिहासिक अर्थ का निषेध कर उनके शाब्दिक अर्थ करने पर जोर देता है। दूसरे, ऐतिहासिक अर्थ की दृष्टि से भी *मेटाफ़िजिक्स* का अटकलपंथी दर्शनशास्त्र के अर्थ में प्रयोग काफी प्राचीन काल में—अरस्तू के काल में, होता था और मध्ययुग तक इसी अर्थ में चलता रहा। *डिक्शनरी ऑफ़ फिलॉसफी* के संपादकों के मुताबिक मध्ययुग में इसका अर्थ *थिऑलॉजी* के तात्विक समर्थन में प्रयुक्त होने

लगा और 16वीं सदी में *ओण्टोलॉजी (ontology)* के अर्थ में। जब 17वीं-18वीं सदियों में आधुनिक प्रकृति-विज्ञानों का विकास होने लगा, सिर्फ तभी इसका अर्थ पदार्थों के अध्ययन की एक पद्धति के रूप में प्रचलित हुआ। यह पद्धति एकांगी थी और इसका वस्तुगत आधार थे। उस वक्त प्रकृति-विज्ञानी प्रकृति संबंधी सूचनाओं को जमा कर उसका वर्गीकरण-विश्लेषण कर रहे थे। किसी खास वस्तु या घटना का अध्ययन करने के लिए उसे समग्र से अलग करके उसकी विशेष जाँच-पड़ताल की जाती थी। इस तरह एक नए अर्थ में अध्ययन की यह एकांगी पद्धति अधिभूतवादी चिंतन प्रणाली (मेटाफ़िजिक्स) कहलाई। एंगेल्स ने 15वीं सदी के बाद प्रकृति-विज्ञानों में हुए विकास का विवरण देते हुए इस अध्ययन पद्धति के विकास की बात कही। *एण्टीड्यूहरिंग* में उन्होंने लिखा, "पिछले चार सौ वर्षों में हमारे प्रकृति-विज्ञान का जो महान विकास हुआ है, उसके मौलिक आधार के रूप में पहले प्रकृति का उसके अलग-अलग भागों में विश्लेषण करना पड़ा, विभिन्न प्राकृतिक प्रक्रियाओं तथा वस्तुओं को निश्चित वर्गों में एकत्रित कर देना पड़ा, और नाना प्रकार के जैव पिंडों की आंतरिक शरीर-रचना का अध्ययन करना पड़ा। लेकिन इस कार्यपद्धति का, साथ ही, यह परिणाम भी हुआ कि हमें प्राकृतिक वस्तुओं और प्रक्रियाओं को, विशाल समष्टि से उनका जो संबंध होता है उससे अलग करके, उनका अध्ययन करने की आदत पड़ गई। हम प्राकृतिक वस्तुओं और प्रक्रियाओं को गति की अवस्था में नहीं, बल्कि स्थिर अवस्था में देखने लगे। हम उनका मूलतया परिवर्तनशील वस्तुओं और प्रक्रियाओं के रूप में नहीं, बल्कि निरंतर स्थिर वस्तुओं और प्रक्रियाओं के रूप में अध्ययन करने लगे। हम उनका जीवितावस्था में नहीं, बल्कि मृत्यु की अवस्था में पर्यवेक्षण करने लगे। और जब बेकन और लाक ने वस्तुओं के अध्ययन करने के इस ढंग को प्रकृति-विज्ञान से दर्शनशास्त्र के क्षेत्र में स्थानांतरित किया, तो उससे वह संकीर्ण अधिभूतवादी चिंतन-प्रणाली उत्पन्न हो गई, जो पिछली शताब्दियों की एक खास विशेषता थी।" (पृ. 37, द्वंद्वात्मक भौतिकवाद)।

जाहिर है कि मेटाफिज़िक्स (अधिभूतवादी चिंतन प्रणाली) शब्द अध्ययन की संकीर्ण, एकपक्षीय पद्धति का अर्थ व्यक्त करता था। दर्शन और प्रकृति-विज्ञानों में प्रचलित अध्ययन की इस संकीर्ण, एकपक्षीय अध्ययन-पद्धति *मेटाफ़िजिक्स* के खिलाफ संघर्ष करने के सिलसिले में ही मार्क्स-एंगेल्स ने पुराने यूनानी द्वंद्ववाद को और खासकर हेगेल की द्वंद्ववादी पद्धति पर जोर दिया था ताकि प्रकृति विज्ञान वस्तुओं और प्रक्रियाओं को उनकी समग्रता में, उनकी जीवंतता और गतिशीलता में देखकर सही निष्कर्षों तक पहुँचे। 17वीं-18वीं सदी के *मेटाफ़िजिकल मैटेरियलिज़्म* की एकांगी, एकपक्षीय अध्ययन-विधि के विरोध में ही मार्क्स-एंगेल्स ने हेगेलीय द्वंद्ववाद की मदद से *डायलेटिक मैटेरियलिज्म* की बहुपक्षीय अध्ययन-विधि का विकास किया था।

शाब्दिक अर्थ से दार्शनिक और ऐतिहासिक अर्थ को भिड़ाकर 'मेटाफिज़िक्स'

और 'डायलेक्टिक्स' के अर्थ में जो भ्रम पैदा किया गया, उसी भ्रम के अंतर्गत वे डायलेक्टिक्स के अर्थ को पूर्णता प्रदान करने के लिए *अनेकांतवाद* शब्द के प्रयोग का सुझाव देते हैं। लेकिन अनेकांतवाद एक शब्द ही नहीं, भारत की पुरानी तर्कपद्धति का भी नाम है जिसका एक निश्चित दार्शनिक अभिप्राय है। डायलेक्टिक्स की जगह अनेकांतवाद के प्रयोग से यह भ्रम हो सकता है कि दर्शन की इन दोनों तर्क पद्धतियों का तात्पर्य एक ही है। यह भ्रम वास्तव में होता है जब रामविलासजी लिखते हैं कि अनेकांतवादी पद्धति "विरोधी पक्षों का अस्तित्व, उनकी एकता स्वीकार करती है।" (पृ. 282) इस सीमित और एकांगी समानता से पैदा होने वाले भ्रम को यह कहकर दूर किया जा सकता था (और करना भी चाहिए था) कि अनेकांतवाद और द्वंद्ववाद (डायलेक्टिक्स) एक ही चीज़ नहीं है। पर रामविलासजी ऐसा नहीं करते।

जैन दर्शन के नय विचार के अंतर्गत *सप्तभंगी नय* आता है जो अनेकांतवाद का आधार है। सप्तभंगी यानी सात तरह से वाक्य-कथन। हेगेलीय द्वंद्ववाद और जैनी अनेकांतवाद में अगर कोई समानता है तो सिर्फ तार्किक संरचना की है। जैसे हेगेल कोई वस्तु क्या है, इसे बतलाने के लिए उन वस्तुओं के बारे में बतलाते हैं जो वह वस्तु नहीं है; यानी अन्य वस्तुओं के माध्यम से किसी वस्तु को परिभाषित करते हैं, ठीक इसी ढंग से अनेकांतवाद भी किसी वस्तु के गुण-धर्म को प्रकट करता है। दोनों के बीच यही एकमात्र समानता है, बाकी भेद-ही-भेद है। अनेकांतवाद के मुताबिक वस्तु अनेक धर्मात्मक होती है। लेकिन, ये धर्म परस्पर अविरुद्ध होते हैं और इन अविरुद्ध धर्मों का निश्चय करना ही सप्तभंगी नय का कार्य है। (पृ. 101, *भारतीय दर्शन,* वाचस्पति गैरोला, लोकभारती, 1972) नारंगी बड़ी होती है या छोटी? इसका निश्चय कैसे होगा? नारंगी नीबू से बड़ी होती है, लेकिन कटहल से छोटी। इसलिए नारंगी अन्य वस्तुओं की अपेक्षा बड़ी भी होती है और छोटी भी। अनेकांतवाद के मुताबिक इसके ये दोनों धर्म परस्पर अविरुद्ध हैं क्योंकि नारंगी अपने आप में एक ही समय बड़ी और छोटी, दोनों नहीं होती, बल्कि वह सिर्फ दूसरी वस्तुओं की अपेक्षा में देखते समय बड़ी या छोटी होती है। इसलिए अगर कोई कहे कि नारंगी बड़ी होती है, तो जैनी कहेगा, शायद होती है। अगर कोई कहे कि नारंगी छोटी होती है, तो जैनी कहेगा, शायद होती है। अगर कोई कहे कि नारंगी छोटी और बड़ी दोनों होती है, तो जैनी कहेगा, शायद होती है। इस तरह वस्तु के अनेक धर्मों को स्वीकृत देते हुए जैनी स्याद (शायद) शब्द का प्रयोग करता है ताकि एक धर्म को स्वीकारते हुए अन्य धर्मों को भी स्वीकारने की संभावना खुली रहे। यह *स्याद्वाद* एक तरह की वैचारिक अहिंसा है। दिनकर ने बहुत पहले *संस्कृति के चार अध्याय* में इसके महत्त्व पर लिखा था। अनेकांतवादी तर्क प्रणाली से वस्तु के विभिन्न पक्ष सामने आते हैं लेकिन सिर्फ तभी जब उन्हें अलग-अलग दृष्टि से देखा जाता है। सप्तभंगी नय में एक ही दृष्टि से एक वस्तु सकारात्मक और उसी समय नकारात्मक

गुणों वाली नहीं मानी गई। इस तर्कपद्धति से किसी भी वस्तु के प्रति सिर्फ सापेक्ष कथन ही किया जा सकता है, निरपेक्ष नहीं। इसलिए इसे एक तरह का सापेक्षतावाद भी माना जाता है। (पृ. 430, सर्वपल्ली राधाकृष्णन द्वारा संपादित *दी कल्चरल हेरिटेज़ ऑफ इंडिया, खंड I* में अप्पास्वामी चक्रवर्ती का लेख, *जैनिज़्म : इट्स फिलॉसफी एण्ड एथिक्स*)।

इसके उल्टे, डायलेक्टिक्स या द्वंद्ववाद सापेक्षतावाद नहीं है। उसमें सापेक्ष और निरपेक्ष दोनों की धारणाएँ हैं। लेनिन ने द्वंद्ववाद के प्रश्न पर विचार करते हुए लिखा कि इसमें विपरीतों की एकता अस्थायी, क्षणिक और सापेक्ष है। विरोधों के बीच संघर्ष निरपेक्ष है, ठीक उसी तरह जिस तरह विकास तथा गति निरपेक्ष है। इसके विपरीत, अनेकांतवाद या स्याद्‌वाद एक तरह का संशयवाद है जिसमें निरपेक्ष की कोई धारणा ही नहीं। (पृ. 432, *द्वंद्वात्मक भौतिकवाद*)। हेगेलीय द्वंद्ववाद में अंतर्विरोधों के बीच संघर्ष और फलस्वरूप विकास की प्रक्रिया की जो धारणा है, वह जैनी अनेकांतवाद में दूर-दूर तक नहीं दिखालाई देती। दोनों दार्शनिक पद्धतियाँ अपनी समग्रता में बिल्कुल भिन्न-भिन्न हैं। उनकी ऐतिहासिक पृष्ठभूमि भिन्न है, उनका ऐतिहासिक परिप्रेक्ष्य भिन्न है, उनका सारतत्त्व भिन्न है। दोनों के अभिप्रायों में उतनी ही समानता है जितनी प्राचीन रोम के व्यापारिक विकास और आधुनिक यूरोप के व्यापारिक पूँजीवाद में है।

हेगेलीय द्वंद्ववाद पर आरोप लगाया गया कि "वह सिर्फ दो पर जोर देता है, अनेक पर नहीं। इसलिए 'डायलेक्टिक्स' के लिए नया नाम सुझाया गया; 'डायलेक्टिक्स मैटेरियलिज़्म' न कहकर 'अनेकांतवादी भौतिकवाद' कहना चाहिए। प्रश्न यह है कि अगर द्वंद्ववादी दर्शन में ही बहुपक्षीयता नहीं है, तो फिर, सिर्फ उसकी जगह एक नया नाम-भर दे देने से उसके शब्दार्थ में तो बहुपक्षीयता आ जाएगी, पर उसके दार्शनिक तत्त्व में बहुपक्षीयता कैसे आ जाएगी? रामविलासजी हेगेल के द्वंद्ववाद को मार्क्स-लेनिन के द्वंद्ववाद से अलगाते हैं। वे लेनिन को उद्‌धृत करते हैं, "द्वंद्ववाद जीवंत, बहुपक्षीय ज्ञान है।" आगे कहते हैं कि मार्क्स और हेगेल के द्वंद्वावाद में अंतर है। इस विवेचन से लगता है कि हेगेल का द्वंद्ववाद तुलनात्मक रूप से एकांगी था क्योंकि उसमें जोर सिर्फ दो पर है, लेकिन मार्क्स का द्वंद्ववाद सर्वांगीण था। लेनिन के इस सूत्र पर, कि 'द्वंद्ववाद बहुपक्षीय ज्ञान है', टिप्पणी करते हुए रामविलासजी लिखते हैं कि "यहाँ जोर द्वंद्व पर नहीं, बहुपक्षीयता पर है, सर्वांगीणता पर है।" (पृ. 283) यह मनमाने विवेचन का कमाल है! यहाँ गुणों को गुणधारक वस्तु से अलग किया गया है। *राम अच्छा आदमी* है। अगर कोई इसका विवेचन करे कि यहाँ जोर *अच्छा आदमी* पर है, राम पर नहीं—तो इसे क्या कहेंगे? शायद व्याकरणिक रचना के किसी नियम से ऐसा विवेचन होता हो, लेकिन क्या यह साफ नहीं है कि अच्छा आदमी होने का गुण राम में ही है और इसलिए यह तारीफ राम की है, मात्र *अच्छा आदमी* की नहीं? इस गोरखधंधे से बाहर चलें।

आधुनिक यूरोपीय दर्शन के इतिहास में हेगेल पहले व्यक्ति थे जिन्होंने 'मेटाफ़िजिक्स' को अध्ययन की एकांग पद्धति के अर्थ में लेते हुए उसके विरुद्ध द्वंद्ववाद की बहुपक्षीय पद्धति को पेश किया था। कैसी विडंबना है कि जिस हेगेलीय द्वंद्ववाद ने ज्ञान के एकांगी दृष्टिकोण के खिलाफ लड़ाई शुरू की, उसी पर रामविलासजी ने "जोर सिर्फ दो पर है" कहकर एक तरह की एकांगिता का आरोप मढ़ दिया। लेकिन इससे भी बड़ी विडंबना हेगेलीय द्वंद्ववाद से मार्क्स के द्वंद्ववाद को भिन्न दिखाने की कोशिश में लेनिन के उद्धरण (द्वंद्ववाद बहुपक्षीय ज्ञान है) पर की गई टिप्पणी है! असल में लेनिन ने वह पंक्तियाँ अधिभूतवाद के खिलाफ हेगेलीय द्वंद्ववाद के समर्थन और प्रशंसा में लिखी थीं। रामविलासजी ने इसी को उलटकर उसका उपयोग हेगेलीय द्वंद्ववाद को मार्क्सवादी द्वंद्ववाद से अलग दिखाने में कर लिया। रामविलासजी ने हेगेलीय द्वंद्ववाद में जोर सिर्फ दो पर है, इसे दिखाने के लिए हेगेल की किसी रचना, लेखन के अंश या उदाहरणों का विवेचन-विश्लेषण नहीं किया। उन्होंने अपना आरोप साबित करने के लिए सिर्फ लेनिन की टिप्पणी को उद्धृत करके ही संतोष कर लिया। इसमें कोई बुराई भी न होती अगर उन्होंने लेनिन का भी एकतरफा ढंग से हेगेल के खिलाफ इस्तेमाल न किया होता। उन्होंने हेगेलीय द्वंद्ववाद के प्रति लेनिन की सराहना को भी भ्रामक रूप में पेश किया। लेनिन ने यह कभी नहीं कहा कि हेगेल का द्वंद्ववाद एकांगी या सरल है, उस पर जो सिर्फ दो पर है या वह सर्वांगीण, बहुपक्षीय नहीं है। लेनिन ने तो इसके ठीक उल्टी बात लिखी। रामविलासजी ने लेनिन के ज्यादातर उद्धरण लेनिन की *फ़िलॉसिफ़िकल नोटबुक* से लिए हैं। इसी नोटबुक में एक जगह लेनिन ने हेगेल की महत्त्वपूर्ण कृति *साइंस ऑफ लॉजिक* के विषय का सारांश नोट किया है। लेनिन ने हेगेल की इस किताब का सारांश लिखते हुए *द्वंद्ववाद के तत्त्व* शार्षक देकर हेगेलीय द्वंद्ववाद के सोलह पाइंट नोट किए। पहला पाइंट लिखा—"अनुचिंतन की वस्तुपरकता।" दूसरा पाइंट लिखा—"इस वस्तु का अन्य के साथ *बहुविध संबंधों की पूर्ण समग्रता*।" (पृ. 428, *द्वंद्वात्मक भौतिकवाद*) इसका क्या मतलब हुआ? क्या *बहुविध संबंधों की समग्रता* का मतलब सिर्फ दो पर जोर देना होता है? क्या बहुपक्षीयता इससे कोई अलग चीज है?

'द्वंद्ववाद बहुपक्षीय ज्ञान है' वाली पंक्तियाँ रामविलासजी ने लेनिन के लेख *द्वंद्ववाद के प्रश्न के संबंध* **में** नोट से लीं, जो लेनिन ने 1915 में लिखा था। इसमें लेनिन ने द्वंद्ववाद का सारतत्त्व बतलाते हुए शुरू में ही लिखा, "एक समग्र का विखंडन तथा उसके अंतर्विरोधी भागों का संज्ञान द्वंद्ववाद का सार है।" (पृ. 431, वही) कोष्ठक में जोड़ा—'सारतत्त्वों' में से एक, प्रमुख विशिष्टताओं या लक्षणों में से एक, यदि प्रमुख नहीं—और फिर आगे लिखा—"हेगेल भी प्रश्न को ठीक इसी प्रकार प्रस्तुत करते हैं।" इसमें यह कहाँ झलकता है कि लेनिन की नजर में हेगेलीय द्वंद्ववाद पर जोर सिर्फ दो पर है और वह बहुपक्षीय ज्ञान की पद्धति नहीं है? *एक समग्र का*

विखंडन और *उसके अंतर्विरोधी भागों का संज्ञान*—इसमें कहाँ यह धारणा छिपी बैठी है कि इसमें जोर सिर्फ दो पर है? क्या इसमें ऐसा जरा-सा भी आभास मिलता है? या इसके उल्टे, अंतर्विरोधी भागों से यह पता चलता है कि भाग कई हैं? और, क्या हेगेल ने भी प्रश्न को ठीक इसी प्रकार प्रस्तुत नहीं किया? द्वंद्ववाद का विवेचन करते हुए पूरे नोट में लेनिन ने कहीं एक पंक्ति, एक शब्द ऐसा नहीं लिखा कि हेगेल के यहाँ जोर सिर्फ दो पर है। लेनिन ने ज्ञान की एकपक्षीयता और उसकी एकांगिता का आरोप लगाया था सामान्य रूप से भाववाद पर। लेनिन ने लिखा, कि मानवज्ञान एक सीधी रेखा नहीं है (या उस पर नहीं बढ़ता) वह तो एक घुमावदार रेखा है जो अनंत रूप से वृत्तों की सर्पिल कमानी के सन्निकट पहुँचती है। मानव ज्ञान की और उसके विकास की प्रक्रिया की इस वास्तविक जटिलता के विपरीत भाववाद ज्ञान को इकतरफा ढंग से पेश करता है—"ऋजुरेखीयता और इकतरफापन, काष्ठमयता तथा जड़ता, विषयनिष्ठवाद तथा विषयिनिष्ठ अंधापन—ये हैं भाववाद की ज्ञानमीमांसीय जड़ें।" (पृ. 436, वही) रामविलासजी की विशेषता यह है कि लेनिन ने जो कुछ सामान्य रूप से भाववादी ज्ञानमीमांसा के लिए कहा, उसे उन्होंने वहाँ से अलग कर हेगेल पर चिपका दिया।

भाववादी ज्ञानमीमांसा की एकपक्षीयता के विपरीत हेगेलीय द्वंद्ववाद बहुपक्षीय ज्ञानमीमांसा की पद्धति थी—रामविलासजी इस तथ्य को न जानते हों, ऐसी बात नहीं। उन्होंने खुद एक जगह यह रहस्योद्घाटन करते हुए लिखा, "हेगेल अनेकांतवादी दृष्टिकोण से, किसी प्रपंच की बहुपक्षीयता से परिचित थे।" (पृ. 284) इस तथ्य के समर्थन में उन्होंने हेगेल की *साइंस ऑफ लॉजिक* का एक उद्धरण, जिसे कहीं लेनिन ने उद्धृत किया था, पेश किया जिसमें हेगेल कहते हैं, "व्याख्या के लिए जो वस्तु सामने है, वह जितनी ही समृद्ध होगी, अर्थात् हमारे ध्यान देने के लिए उसके पक्षों की संख्या जितनी ही अधिक होगी, उतनी ही विविधतापूर्ण उसकी व्याख्याएँ होंगी।" फिर भी हेगेल के द्वंद्ववाद में जोर दो पर ही था!! बेचारे हेगेल का गुण भी उन्हें प्रशंसा नहीं दिला पाता। हेगेलीय पद्धति में मौजूद बहुपक्षीयता को हेगेल की अपनी बौद्धिक क्षमता से अलग करते हुए उन्होंने हेगेल पर एक और तीर चलाया कि "स्वयं हेगेल के भौतिकवाद संबंधी विवेचन में यह बहुपक्षीयता न हो, वह अलग बात है।" (पृ. वही) जी हाँ! यह बिल्कुल अलग बात है। और, हेगेलीय द्वंद्ववाद में जोर सिर्फ दो पर है, यह कहते रहना बिल्कुल अलग बात है। वैसे, हेगेल के अपने विवेचन में वे अपनी पद्धति को लागू कर सकने में कितने सक्षम या अक्षम थे, यह हम रामविलासजी के मुकाबले एंगेल्स के एक उद्धरण में पहले देख चुके हैं।

हेगेलीय द्वंद्ववाद से मार्क्स और लेनिन के द्वंद्ववाद को अलग कर देने के लिए पहले तो रामविलासजी ने यह कहा कि हेगेल के यहाँ द्वंद्ववाद पर जोर सिर्फ दो पर है, जबकि मार्क्स और लेनिन के यहाँ जोर बहुपक्षीयता पर है। इसी के समर्थन

में लेनिन को गलत ढंग से पेश किया गया। इसके बाद एक और तर्क से काम लिया। हेगेल भाववादी थे। रामविलासजी ने हेगेलीय द्वंद्ववाद को उनके भाववाद द्वारा सीमित कर देने की कोशिश की। मार्क्स ने *पूँजी* की भूमिका में लिखा था कि हेगेल द्वंद्वात्मक पद्धति को भाववादी दृटिकोण से लागू करते हैं जबकि मैंने उसे भौतिकवादी दृष्टिकोण से लागू किया है। लेकिन, रामविलासजी के मत से "तर्क-पद्धति को पूरी तरह दर्शन से अलग नहीं किया जा सकता। हेगेल के द्वंद्ववाद को पूरी तरह उनके भाववाद से अलग नहीं किया जा सकता।" (पृ. 282-83) तर्क-पद्धति को दर्शन से पूरी तरह अलग नहीं किया जा सकता। किस हद तक किया जा सकता है? लेनिन ने लिखा था कि 18वीं सदी के भौतिकवाद को मार्क्स-एंगेल्स ने हेगेलीय द्वंद्ववाद की मदद से विकसित किया था। हेगेलीय द्वंद्ववाद की मदद से जब विकसित किया था तब, उस भौतिकवाद में कुछ-न-कुछ भाववाद भी जरूर आ गया होगा। अगर हेगेल के यहाँ द्वंद्ववाद भाववादी दृष्टिकोण की सेवा करता है और मार्क्स-एंगेल्स ने हेगेलीय द्वंद्ववाद को अपनाया तो इसके साथ लिपटा हुआ भाववाद भी मार्क्सवाद में जरूर आ गया होगा क्योंकि हेगेल के द्वंद्ववाद को पूरी तरह उनके भाववाद से अलग नहीं किया जा सकता। मार्क्स-एंगेल्स ने हमेशा यही लिखा कि उन्होंने हेगेलीय द्वंद्ववाद को उसके रहस्यात्मक आवरण (भाववाद) से मुक्त करके उसे भौतिकवादी दृष्टिकोण से लागू किया। हेगेल के द्वंद्ववाद को "भाववादी भेष से मुक्त कर दिया गया।" रामविलासजी के तर्क पर विश्वास किया जाए तो लगेगा कि मार्क्स-एंगेल्स ने हेगेलीय द्वंद्ववाद को समझने में शायद गलती की थी। हेगेलीय द्वंद्ववाद को उन्होंने उसके "भाववादी भेष से मुक्त कर दिया"—यह शायद उनका भ्रम था!

हेगेलीय द्वंद्ववाद की ऐसी-तैसी कर देने के लिए रामविलासजी ने इस तरह विवेचन किया। उन्होंने लिखा कि द्वंद्ववाद में तीन चीज़ें ध्यान देने लायक हैं—पहली बात कि हर प्रपंच दो परस्पर विरोधी भागों में विभाजित है। दूसरी बात कि प्रपंच के दो भागों का अलगाव निरपेक्ष है, उनका जुड़ा होना सापेक्ष। तीसरी बात कि विकास उस नए स्तर पर होता है जो पुराने स्तर का नितांत विरोधी है, निरंतरता का क्रम टूटता है और प्रगति छलाँग मारकर होती है। "द्वंद्ववाद का यह ढाँचा हेगेल के यहाँ विद्यमान है।" (पृ. 276)।

अब इसकी काट। गण-समाज में वर्ग न थे, फिर भी प्रगति हुई। "जहाँ तक सामंती व्यवस्था का संबंध है, उसमें वर्ग होते हैं, फिर भी समाज दो स्पष्ट वर्गों में विभाजित नहीं होता।" इससे निष्कर्ष निकला : "द्वंद्व सिद्धांत व्यर्थ सिद्ध होगा।" (पृ. 278) इस तरह पहली बात कट गई। मार्क्स ने द्वंद्ववाद को सामाजिक इतिहास पर लागू किया था। उसका खंडन करते हुए रामविलासजी ने लिखा, "किन्तु पूँजीवादी व्यवस्था इस ढंग से कायम नहीं हुई कि निरंतरता का क्रम पूरी तरह टूट गया हो, सामंती व्यवस्था के प्रपंच में सामंतों और पूँजीपतियों की टक्कर इस ढंग से नहीं

हुई कि सामंतवाद का पूर्ण विनाश हो गया हो और समाज छलाँग मारकर नितांत नए स्तर पर पहुँच गया हो।" इस तरह तीसरी बात भी कट कई। अब रह गई दूसरी बात। उसकी काट यह है—"सामंती व्यवस्था के भीतर जितना विरोध सामंतों और पूँजीपतियों के बीच था, उससे ज्यादा विरोध किसानों-कारीगरों और पूँजीपतियों के बीच था। सामंत और पूँजीपति दोनों ही संपत्तिशाली वर्ग थे, उनका आपसी विरोध निरपेक्ष नहीं था, सापेक्ष था, संपत्तिहीन अथवा कम संपत्तिवाले वर्गों से विरोध बढ़ने पर सामंतों और पूँजीपतियों के दो विरोधी वर्ग आपस में मिल जाते थे।" (पृ. 279) इस तरह दूसरी बात भी कट गई।

हम इन तर्कों का खंडन करने नहीं जा रहे। क्योंकि इन तर्कों में इतिहास से जो उदाहरण दिए गए हैं, उन्हें गलत ढंग से रखा गया है। उन्हें दुरुस्त करने के लिए हम इतिहास को यहाँ फिर से दोहराने के काम में जुटना नहीं चाहते। दूसरी बात यह कि इन उदाहरणों की व्याख्या में द्वंद्ववाद को जिस तरह लागू होता या न होता दिखलाया गया है, वह भी सही नहीं। हम अभी इस विस्तार में नहीं जाएँगे। मूल बात यह है कि द्वंद्ववाद का जो बुनियादी ढाँचा हेगेल के यहाँ था, वही मार्क्स-एंगेल्स और लेनिन के यहाँ भी मिलता है। लेनिन ने *द्वंद्ववाद का प्रश्न* नोट में इसी ढाँचे को सामने रखा था। (देखिए, पृ. 432, *द्वंद्वात्मक-भौतिकवाद*) इसलिए चतुराई छोड़कर साफ-साफ कहना चाहिए कि मार्क्सवादी दर्शन और उसका सामाजिक विवेचन गलत है। मार्क्स ने पहले क्या लिखा और बाद में क्या लिखा, ऐसी सारी प्रवंचनापूर्ण और भ्रामक सफाइयों के बावजूद हेगेल और मार्क्स के यहाँ द्वंद्ववाद को लागू करने के दृष्टिकोण में फर्क है लेकिन खुद द्वंद्ववाद की बुनियादी विशेषताओं में नहीं। इसलिए जो द्वंद्ववादी ढाँचा हेगेल के नाम से जुड़ा होने के कारण गलत है, वह मार्क्स के सिर्फ नाम से जुड़कर सही नहीं हो सकता।

जैसे रामविलासजी ने हेगेल के *इतिहास दर्शन* से कुछ विचित्र से लगनेवाले अत्यंत गौण अंशों को अपने आक्रमण के लिए चुन लिया, वैसे ही उन्होंने हेगेल के *दर्शन का इतिहास* के साथ भी सलूक किया। पहले वाली किताब पर तो कम-से-कम विवेचन उनका अपना था। दूसरी किताब पर विवेचन भी अपना नहीं। किताब के बारे में लेनिन की कुछ पंक्तियाँ इधर-उधर से बटोरकर सजा दी गईं, यह दिखाने के उद्देश्य से कि लेनिन हेगेल के कितने घोर निंदक थे। ये पंक्तियाँ लेनिन की *फ़िलॉसिफिकल नोटबुक* (कलेक्टेड वर्क्स, 38 वाँ भाग) से चुन ली गई हैं। रामविलासजी का दृष्टिकोण हेगेल के लेखन के विरोध में बिल्कुल नाजायज और एकांगी ढंग से लेनिन को पेश कर देना भर रहा। *दर्शन का इतिहास* ग्रंथ में हेगेल की कई कमजोरियाँ मिलती हैं। जैसे उसमें हेगेल ने प्राचीन यूनानी-भौतिकवाद के विवचेन में चतुराई बरती थी; अरस्तू के भौतिकवादी रुझानों के प्रति चुप्पी साध ली या भाववाद के इतिहास के प्रति पक्षपात से काम लिया था। हेगेल के ऐसे प्रयत्नों के बारे में लेनिन ने चुभती

हुई भाषा में आवेगपूर्ण प्रतिक्रियाएँ कीं, जैसा कि वे अक्सर इस तरह के प्रयासों के बारे में करते थे। जैसे, हेगेल "भौतिकवाद से बच निकले," "भौतिकवाद से कायर बनकर बच निकले," "हा! हा! हा! डर गए हैं!" "बकवास! झूठ! कीचड़-उछाल!" आदि-आदि। लेनिन की ऐसी प्रतिक्रियाओं वाले सारे स्थलों को एक जगह जमाकर रामविलासजी ने अपने पाठकों को परोस दिया मानो हेगेल के प्रति लेनिन की बस, यही समग्र धारणा थी। ज़रा सोचिए, कैसी घातक विवेचन-पद्धति है!

सच्चाई यह है कि लेनिन हेगेल के दर्शन के क्रांतिकारी महत्त्व को वैसे ही मानते थे जैसे मार्क्स-एंगेल्स। हेगेल के बारे में लेनिन ने एक जगह लिखा, "भाववादी बदमश कहीं का!!" रामविलासजी ने इस गाली को बहुत उत्साह के साथ उद्धृत किया, लेकिन इसी भाववादी बदमाश के दर्शन की मदद से मार्क्स-एंगेल्स ने 18वीं सदी के भौतिकवाद का क्रांतिकारी विकास किया था—यह भी लेनिन ने ही लिखा था, पर रामविलासजी इसका जिक्र तक नहीं करते। खुद रामविलासजी क्या करते हैं? लेनिन ने एक जगह द्वंद्ववाद का सार बतलाकर लिखा कि हेगेल भी प्रश्न को इस प्रकार पेश करते हैं जबकि वहीं पर अरस्तू के लिए लेनिन ने लिखा कि वे इसके *इर्द-गिर्द चक्कर लगाते रहते हैं*। (पृ. 430, *द्वंद्वात्मक भौतिकवाद*) हेगेल ने तो अरस्तू का महत्त्व घटाया और अपना बढ़ाया था। रामविलास जी ने हेगेल का महत्त्व घटाने और अरस्तू का बढ़ाने के लिए लेनिन की द्वंद्ववाद की सारवाली पंक्ति उद्धृत करने के बाद लिखा कि "यह धारणा अरस्तू के यहाँ मौजूद थी।" (पृ. 276) मौजूद थी? इर्द-गिर्द चक्कर लगाना यहाँ 'मौजूद थी' बन गया! जिस *फ़िलॉसिफ़िकल नोटबुक* से उन्होंने लेनिन की ऐसी प्रतिक्रियाओं को जुटाया, उसी नोटबुक में लेनिन ने हेगेलीय दर्शन के गंभीर महत्त्व को भी दिखलाया है और ये अंश उन एकांगी तथा गौण अंशों से कहीं अधिक महत्त्व और व्यापकता वाले हैं जिन्हें रामविलासजी ने हेगेल की निंदा के लिए बटोरा है। अपनी नोटबुक में लेनिन ने हेगेल के भाववादी दर्शन की आलोचना की, लेकिन यह भी लिखा कि यह भाववाद फूहड़ भौतिकवाद के मुकाबले मार्क्सवाद के अधिक निकट है। (पृ. 278, *कलेक्टेड वर्क्स*, भाग 28)।

अपनी उसी नोटबुक में लेनिन ने मार्क्स के लेखन में हेगेल के गंभीर, मूल्यवान योगदान की बात लिखी। लेनिन ने लिखा कि मार्क्स यद्यपि अपने पीछे हेगेल की *लॉजिक* जैसी कोई किताब नहीं छोड़ गए, पर उन्होंने *कैपिटल* लिखा जिसमें हेगेलीय दर्शन के समस्त मूल्यवान तत्त्व आ गए हैं और मार्क्स ने इनका और विकास किया। *इन कैपिटल, मार्क्स एप्लाइड टू ए सिंगल साइंस लॉजिक, डायलेक्टिक्स एंड दी थ्योरी ऑफ नॉलेज ऑफ मैटेरियलिज्म (थ्री वर्ड्स आर नॉट नीडेड, इट इज़ वन एंड दी सेम थिंग) विच हैज टेकन एवरीथिंग वैल्यूबल इन हेगेल एंड डेवलेप्ड इट फर्दर* (पृ. 317, वही) मार्क्स ने पूँजी लिखने से पहले अपने विवेचन की रूपरेखा तैयार करते हुए लगभग हजार पृष्ठों की सामग्री लिख डाली जो *गुंदरीज़* के नाम से प्रकाशित

हुई। इस विशाल सामग्री में मार्क्स के राजनीतिक *अर्थशास्त्रीय* विश्लेषण में हेगेलीय दर्शन का प्रभाव बड़ी स्पष्टता के साथ मौजूद है। लेनिनको इस विशाल सामग्री की कोई जानकारी न थी फिर भी *पूँजी* का पहला खंड पढ़कर उन्होंने यह बात झट पकड़ ली कि मार्क्स के विवेचन में हेगेल की क्या भूमिका है। उन्होंने बहुत ही साफ शब्दों में हेगेलीय दर्शन और मार्क्सवाद के संबंधों की पुष्टि इस महत्त्वपूर्ण घोषणा में की कि जो व्यक्ति हेगेल को नहीं समझता, वह मार्क्स की *पूँजी* को नहीं समझ सकता : *इट इज़ इम्पॉसिबल कम्प्लीटली टू अंडरस्टैंड मार्क्स, कैपिटल एंड स्पेशली इट्स फर्स्ट चैप्टर, विदाउट हैविंग थॉरोली स्टडीज़ एंड अंडरस्टैंड दी होल ऑफ हेगेल्स लॉजिक* (पृ. 180, वही) लेनिन की नोटबुक के इन स्थलों पर रामविलासजी वैसे ही नहीं जाते, जैसे चोर अपनी चोरी के सबूतवाली जगहों पर नहीं जाता। मजे की बात यह है कि *गुंदरीज़* की भूमिका में ब्रेख़्त के नाटक के हवाले से निकोलौस ने जहाँ हेगेल के द्वारा राज्यसत्ता के हाथों में खुद को बेच देने की बात लिखी है, ठीक वहीं, कुछ पहले मार्क्सवाद में हेगेल की भूमिका के बारे में लेनिन का ऊपरवाला उद्धरण भी मार्टिन निकोलौस ने दिया है जिसे रामविलासजी ने छुआ तक नहीं।

लेनिन हेगेल के दर्शन के क्रांतिकारी महत्त्व और मार्क्सवाद की स्थापना में उसके योगदान पर जोर देते थे। मार्क्सवाद के विकास में हेगेलीय द्वंद्ववाद का क्या योगदान था, इसके बारे में कुछ विस्तार के साथ लेनिन ने अपनी रचना *कार्ल मार्क्स* में लिखा। जो मार्क्सवादी दर्शन में हेगेल के योगदान पर लेनिन के दृष्टिकोण को उसकी समग्रता में समझना चाहते हैं, उन्हें चाहिए कि इधर-उधर से बटोरे गए कुछ उद्धरणों के बजाय लेनिन की इस रचना के एक परिच्छेद *द्वंद्ववाद* को ध्यान से पढ़ें। इसमें लेनिन ने लिखा, ''मार्क्स और एंगेल्स की दृष्टि में हेगेल का द्वंद्ववाद जर्मनी के क्लासिकल दर्शन की सबसे महत्त्वपूर्ण देन है। विकास का यह सिद्धांत सबसे व्यापक, गंभीर और सबसे अधिक सारपूर्ण है। विकास और क्रमिक उन्नति के अन्य सभी सिद्धांतों को वे एकांगी और छिछला मानते थे, जो प्रकृति और समाज के वास्तविक विकास-क्रम को विकृत और भ्रष्ट कर देते थे (यह विकास बहुत बार हठात् क्रांतियों और आकस्मिक विध्वंस द्वारा भी होता है)'' (पृ. 40, *लेनिन की संकलित रचनाएँ* भाग-1, खंड-1, विदेशी प्रकाशन गृह, मास्को) हेगेलीय दर्शन के महत्त्व और कमजोरियों को जानने के लिए जरूरी है कि यह परिच्छेद पूरी तरह सामने रखा जाय। पर, विस्तार-भय से हम उसे पूरा पढ़ने का भार पाठकों पर छोड़ते हैं।

मार्क्सवाद के साथ हेगेलीय दर्शन के संबंध को तोड़ने या नकारने की परंपरा काफी पुरानी है। यह परंपरा बुनियादी रूप से इस तर्क पर आधारित है कि मार्क्स भौतिकवादी थे जबकि हेगेल भाववादी। ऐसी सरल, सतही और यांत्रिक समझ के आधार पर ही दूसरी इंटरनेशनल के संशोधनवादियों ने भौतिकवादी मार्क्स को भाववादी हेगेल से अलगाने का प्रयत्न किया था। इससे भी पहले पहुँचे हुए संशोधनवादी

बर्नस्टाइन ने 1899 में *अल्टीमेट एम एंड टेंडेंसी : कांट अगेन्स्ट कांट* किताब लिखकर मार्क्सवाद के साथ हेगेल का संबंध तोड़कर हेगेल की जगह कांट को प्रतिष्ठित करने का प्रयास किया था। लेनिन के बाद स्तालिनकाल में भी ऐसे यांत्रिक प्रयत्न होते रहे। मार्क्सवाद के साथ हेगेलीय द्वंद्ववाद के सजीव और जटिल संबंध की रक्षा करने का संघर्ष संशोधनवाद के खिलाफ मार्क्सवाद की रक्षा करने के संघर्ष का अंग है। क्योंकि, यह संशोधनवादी ही हैं जो ''हम कम्युनिज़्म में पहुँच गए'' कहकर एक निरपेक्ष आदर्श अंत तक पहुँच जाने का दावा करते हैं और इस दावे की ओट में अपने राज्य में मौजूद अंतर्विरोधों पर पर्दा डालते हैं, समाजवादी राज्य में चल रहे आर्थिक, राजनीतिक और विचारधारात्मक संघर्षों को दमन के जरिये झुठलाना चाहते हैं। वे एक अधिक जनतांत्रिक और अधिक समाजवादी समाज कायम करने में अपनी असमर्थता और अनिच्छा को, जनता की समस्याओं को, उत्पादन और वितरण की समस्याओं को क्रांतिकारी ढंग से हल करने में अपनी असफलता को और राज्य में मौजूद शक्तिशाली गुटों के भ्रष्टाचार को छिपाने की कोशिश करते हैं। हेगेल के दर्शन का सारतत्त्व—ऐतिहासिक विकास की प्रक्रिया अनंत है, अंतर्विरोधों का विकास और उनके संघर्ष की प्रक्रिया अनंत है—उपरोक्त संशोधनवादी दावों की निस्सारता और उनके प्रयत्नों की अनिवार्य असफलता को जाहिर कर देता है। आज क्रांति की मार्क्सवादी धारणा के विकास के लिए हेगेलीय द्वंद्ववाद का महत्त्व पहले से भी ज्यादा हो गया है।

पूँजीवादी विचारधारा के विभिन्न रूपों के खिलाफ संघर्ष करने के लिए भौतिकवाद को हेगेलीय द्वंद्ववाद की मदद की कितनी जरूरत है, इसका पता *मार्क्सवाद के झंडे तले* नामक रूस की एक सैद्धांतिक पत्रिका के संपादकों के बीच दिए गए लेनिन के भाषण से चलता है। इस भाषण में लेनिन ने मार्क्सवाद को समाज विज्ञान के सभी क्षेत्रों में लागू करने के लिए और पूँजीवादी विचारधारा तथा उसके सैद्धांतिक हमलों का मुकाबला करने के लिए मार्क्सवादियों को एक ठोस दार्शनिक आधार अपनाने के लिए कहा। ''हमें यह सभझने की जरूरत है कि ठोस दार्शनिक आधार के बिना कोई भी प्रकृति-विज्ञान, कोई भी भौतिकवाद पूँजीवादी विचारों के हमले और पूँजीवादी विश्व-दृष्टिकोण की बहाली के खिलाफ इस संघर्ष में टिक नहीं सकता।'' (पृ. 438, *द्वंद्वात्मक भौतिकवाद*)।

ऐसा ठोस दार्शनिक आधार कैसे कायम किया जाए? इसे कायम करने के लिए लेनिन ने अपने मार्क्सवादी सार्थियों को हेगेल के द्वंद्ववाद का अध्ययन करने के लिए कहा। लेनिन ने अपने भाषण में तीन योजनाएँ पेश कीं—

1. ''इस लक्ष्य की सिद्धि के लिए 'मार्क्सवाद के झंडे तले' में काम करनेवालों को भौतिकवादी दृष्टिकोण से हेगेल के द्वंद्ववाद के अध्ययन का व्यवस्थित प्रबंध करना चाहिए, यानी उस द्वंद्ववाद के अध्ययन का, जिसे मार्क्स ने अपनी *पूँजी* और अपनी

ऐतिहासिक तथा राजनीतिक कृतियों में व्यवहारतः लागू किया...''

2. ''उस द्वंद्ववाद पर हर पहलू से विस्तृत विचार करें, पत्रिका में हेगेल की मुख्य कृतियों से उद्धरण छापें, उनकी भौतिकवादी व्याख्या करें और मार्क्स द्वारा द्वंद्ववाद के उपयोग के उदाहरणों की सहायता से और उसी तरह आर्थिक तथा राजनीतिक संबंधों के क्षेत्र में हाल के इतिहास द्वारा, विशेषतः समसामयिक साम्राज्यवादी युद्ध और क्रांति द्वारा प्रस्तुत किए गए द्वंद्ववाद के उदाहरणों के असाधरण बाहुल्य की सहायता से उन पर टीका-टिप्पणी करें।'' और,

3. ''मेरी दृष्टि में *मार्क्सवाद के झंडे तले* का संपादक मंडल तथा लेखन-समूह एक प्रकार का *हेगेल के द्वंद्ववाद का भौतिकवादी मित्रमंडल* होना चाहिए।''

क्या ही अच्छा होता अगर रामविलासजी हिंदी के पाठकों के लिए हेगेल की कुछ महत्त्वपूर्ण रचनाओं का हिंदी अनुवाद कर देते जिसके बिना मार्क्सवादी दर्शन को, उसके आधार को, गहराई और मजबूती से नहीं समझा जा सकता। लेकिन हमारे दुर्भाग्य से, उन्होंने दूसरा ही रास्ता चुना।

रामविलासजी ने हेगेल की विवेचन-पद्धति पर टिप्पणी करते हुए लिखा है कि ''जैसे दर्शन के इतिहास से हेगेल अपने मतलब की चीजें चुन लेते हैं और जिस चीज से उनके पक्ष का खंडन होता है, उसे छिपाते हैं, वैसे ही सामाजिक इतिहास में मतलब की चीजें बढ़ा-चढ़ाकर पेश करते हैं, जिन तथ्यों से उनकी धारणा का खंडन होता है, उन्हें छिपाते हैं।'' (पृ. 290) आगे लिखा—''उनकी तर्क-पद्धति की मूल विशेषता है अनचाहे तथ्यों को छिपाना, अपने पक्ष का समर्थन करने के लिए मनचाहे ढंग से तथ्यों को अतिरंजित करना, कालक्रम का ध्यान न रखकर पुराने भाववाद को आधुनिक भाववाद बना देना, पुराने भौतिकवाद को समकालीन प्रकृति-विज्ञान से मिला देना।'' (पृ. 292) वास्तव में ये टिप्पणियाँ हेगेल की विवेचन-पद्धति और तर्क-पद्धति पर उतनी नहीं लागू होतीं जितनी रामविलासजी की विवेचन पद्धति और तर्क-पद्धति पर लागू होती हैं।

(1987)

रामविलास शर्मा की विवेचन पद्धति और मार्क्सवाद-III
व्यापारिक पूँजी और पूँजीवाद

अपनी किताब *मार्क्स और पिछड़े हुए समाज* के सबसे लम्बे अध्याय में रामविलासजी ने पुराने और मध्यकालीन भारत में पगार-प्रथा का अस्तित्व दिखाने के लिए कौटिल्य के *अर्थशास्त्र* और कोणार्क-मंदिर के निर्माण से संबंधित दस्तावेजों से सबूत पेश किए हैं। वे एंगेल्स का एक उद्धरण भी पेश करते हैं जिसमें पगारवाले श्रम की प्रथा में उत्पादन की पूँजीवादी प्रणाली के भ्रूण रूप में मौजूद रहने की बात कही गई है। इस उद्धरण को सामने रखकर और *अर्थशास्त्र* तथा कोणार्क-मंदिर से संबंधित दस्तावेज से पगार-प्रथा का विवरण देकर वे क्या कहना चाहते हैं, यह अपने-आप जाहिर है। उनके विवेचन में कुछ दूसरी महत्त्वपूर्ण स्थापनाएँ भी हैं जो गौरतलब हैं।

उन्होंने कौटिल्य के *अर्थशास्त्र* से उत्पादन, पगार, खनिज-सम्पदा, उद्योग, खेती, पशुपालन, विनिमय-व्यापार, व्यक्तिगत संपत्ति, विवाह और कानून से संबंधित बहुत सारे विवरण देकर कौटिल्यकालीन मगध के समाज में व्यापारिक पूँजीवाद के विकास के अलावा आधुनिक पूँजीवादी विशेषताएँ, यहाँ तक कि समाजवादी विशेषताएँ भी, दिखलाने की कोशिश की है। जहाँ तक तथ्यों का सवाल है, इस विवरण में कोई नई बात नहीं मिलती। 1905 में खोजे जाने के बाद से *अर्थशास्त्र* के कई संस्करण संपादित हुए और उसके हिंदी अनुवाद भी सुलभ हैं। दूसरे इतिहासकारों, जैसे रोमिला थापर ने मगध की आर्थिक, सामाजिक, राजनीतिक तथा कानूनी-प्रशासनिक व्यवस्था का और भी स्पष्ट ढंग से वस्तुपरक वर्णन किया है। रामविलासजी अर्थशास्त्र के जिन तथ्यों से बहुत उत्तेजित और उत्साहित दिखते हैं और जिन पर वे काफी जोर देते हैं, जैसे नकदी की प्रणाली, व्यापारी वर्ग का अभ्युदय, उत्पादन की छोटी-छोटी बातों का सूक्ष्म ब्योरा और व्यक्तिगत संपत्ति आदि, इन सबका वर्णन कोसांबी ने बहुत पहले कर दिया था। अपनी किताब *प्राचीन भारत की संस्कृति और सभ्यता* (राजकमल, दिल्ली, 1969) में कोसांबी ने संक्षेप में, लेकिन सारगर्भित तरीके से

अर्थशास्त्र में आए इन तथ्यों का विवेचन किया था। कोसांबी ने लिखा कि मगध का राज्य नकदी की सुदृढ़ अर्थव्यवस्था के आधार पर चलता था (पृ. 191)। राज्य में निजी संपत्ति पर आधरिक वर्ग समाज था (पृ. 179)। मौर्यकाल में या उससे पहले राज्य और किसान के बीच सामंती बिचौलिए नहीं थे (पृ. 185)। राज्य बड़े पैमाने पर पण्य-उत्पादन करता था (पृ. 188)। तैयार माल बेचा जाता था (पृ. 189)। कारीगर स्वतंत्र थे; दास सिर्फ घरेलू होते थे, लेकिन दास और स्वतंत्र-दोनों के बच्चे स्वतंत्र ही होते थे और उन्हें बेचा न जा सकता था (पृ. 193)। पैसा पानेवाले मजदूर एक बहुत ही न्यायसंगत अनुबंध कानून द्वारा सुरक्षित थे; यह कानून उन्हें और उनसे काम लेनेवाले, दोनों को बाँधता था। (पृ. 193) इस तरह वे सारे महत्त्वपूर्ण तथ्य जिन पर रामविलासजी अपनी स्थापनाएँ खड़ी करते हैं, कोसांबी के यहाँ पहले से मौजूद हैं। रामविलासजी ने अर्थशास्त्रकालीन समाज में वर्ण-व्यवस्था टूटने की बात कही। यह विचार रोमिला थापर और कोसांबी, दोनों के यहाँ मिलता है। यहाँ तक कि रामविलासजी की कुछ धारणाएँ भी, जिनको उन्होंने काफी तर्क-वितर्क से साबित किया, कोसांबी के यहाँ पहले से ही मौजूद हैं। जैसे प्राचीन यूनान और प्राचीन भारत के इतिहास में समानता, जिस पर रामविलासजी के मत से, इतिहासकारों ने ध्यान नहीं दिया। या फिर, इतिहास में प्रगति के बाद पीछे हटने के दौर। कोसांबी ने लिखा था कि यूनान और भारत के प्राचीन युग में वास्तव में उतना अंतर नहीं था, जितना यूनानी गौरव-ग्रंथों की साहित्यिक उत्कृष्टता के साथ मध्ययुगीन संस्कृत पुराणों की अंतहीन नीरस बकवास की तुलना करने से जान पड़ता है (पृ. 213) इस सिलसिले में कोसांबी ने कुछ ऐसे उत्कृष्ट उदाहरण भी दिए थे जिन पर रामविलासजी की दृष्टि नहीं गई। कोसांबी ने यह धारणा भी प्रकट की कि मौर्यकाल की प्रगति के बाद भारतीय समाज पीछे की ओर लौटा (पृ. 215)। खैर, *अर्थशास्त्र* में वर्णित और पहले से मालूम तथ्यों के आधार पर रामविलासजी क्या निष्कर्ष निकालना चाहते हैं? मुख्यतः वे इनसे दो निष्कर्ष निकालते हैं : 1. पगार देने की प्रथा से साबित होता है कि मगध के राज्य में व्यापारिक पूँजीवाद था। इस तथा दूसरे लक्षणों से उसमें आधुनिक पूँजीवाद की विशेषताएँ भी दिखाई देती हैं। और 2. कौटिल्यकालीन राज्यसत्ता वर्गों से परे या स्वतंत्र एक ऐसी राज्यसत्ता थी जो वर्गों के बीच संतुलन कायम करती थी।

वर्गों से स्वतंत्र और वर्गों के बीच संतुलन कायम करनेवाली राज्यसत्ता का उदाहरण उन्होंने एंगेल्स से लिया। उन्होंने एंगेल्स का उद्धरण दिया "फिर भी इतिहास में ऐसे दौर आते हैं जिनमें संघर्षरत वर्ग परस्पर संतुलन की हालत में इस हद तक होते हैं कि राज्यसत्ता उनके बीच मध्यस्थ बनती जान पड़ती है, और उस घड़ी, एक हद तक, दोनों से स्वतंत्र हो जाती है। सत्रहवीं-अठारहवीं सदियों की सर्वसत्तावादी पादशाही (absolute monarchy) ऐसी ही राज्यसत्ता थी, वह अभिजातों और नगर

के व्यापारी वर्ग के बीच संतुलन बनाए हुए थी।'' इस पर रामविलासजी की टिप्पणी है : ''एंगेल्स के उदाहरण में सत्ता के लिए संघर्षरत दो वर्ग हैं, देहात के अभिजात भू-स्वामी और नगर के व्यवसायी। राजतंत्र का नायक बादशाह इनके बीच संतुलन बनाए रहता है। इस संतुलन से अंत में हानि अभिजात वर्ग की होती है, लाभ नगर के व्यवसायी वर्ग को होता है। कौटिल्य की राज्यसत्ता नगर के व्यवसायियों और देहात के भू-स्वामियों के बीच संतुलन बनाए हुए है। इस संतुलन से लाभ उठाकर वह स्वयं शहरी और देहाती कारोबार में भागीदार बन जाती है और अपनी भूमिका निर्णायक रखती है। इस संतुलन और भागीदारी से हानि अभिजात वर्ग की होगी, लाभ व्यवसायी वर्ग को होगा।'' (पृ. 197)

रामविलासजी ने एंगेल्स के पूरे पैराग्राफ से सिर्फ दो वाक्य अलग करके उद्धृत कर दिए। पूरे पैराग्राफ का महत्त्व यह है कि उसमें ऐसी राज्यसत्ता के कुछ और उदाहरण भी उनकी कुछ चारित्रिक विशेषताओं के साथ दिए गए हैं जिन्हें रामविलासजी ने छोड़ दिया। छोड़ा गया अंश इस तरह है : ''पहले फ्रांसीसी साम्राज्य की, और उससे भी अधिक दूसरे फ्रांसीसी साम्राज्य की बोनापार्ट-शाही भी ऐसी ही थी। वह मजदूरों को पूँजीपति वर्ग के खिलाफ और पूँजीपति वर्ग को मजदूरों के खिलाफ लड़ाती रहती थी। इस प्रकार की राज्यसत्ता का सबसे नया उदाहरण, जिसमें शासक और शासित समान रूप से हास्यास्पद नजर आते हैं, बिस्मार्क के राष्ट्र का नया जर्मन साम्राज्य है। यहाँ पूँजीपतियों और मजदूरों के बीच संतुलन रखा जाता है और दोनों को समान रूप से धोखा देकर प्रशा के दिवालिया जागीरदारों की जेबें भरी जाती हैं।'' (पृ. 240, *पी.पी.एच.*, 1955)

एंगेल्स ने यह कहीं नहीं लिखा कि इस तरह के संतुलन से अभिजात वर्ग की हानि और व्यवसायी वर्ग को लाभ होता है। पर रामविलासजी ने एंगेल्स के उद्धरण की व्याख्या करते समय इसे एंगेल्स के नाम पर अपनी ओर से जोड़ दिया है ताकि मगध में ऐसे संतुलन की उनकी अपनी धारणा से उसका सादृश्य दिखाई पड़े। इसके उलटे, बिस्मार्क वाले उदाहरण में एंगेल्स ने पूँजीपतियों के बजाय जागीरदारों को लाभ पहुँचाने की बात लिखी।

आखिरी दो उदाहरणों में पूँजीपति वर्ग को मजदूरों से और मजदूर वर्ग को पूँजीपतियों से लड़वाने की बात आई है; पूँजीपतियों और मजदूरों को लड़वाकर जागीरदारों की जेबें भरने की बात आई है। वर्ग-संतुलन बनाकर रखनेवाली राज्यसत्ता की ये चारित्रिक विशेषताएँ मगध के राज्य में दिखाना मुश्किल हैं क्योंकि वहाँ ये वर्ग ही नहीं थे। शायद यही सोचकर रामविलासजी ने एंगेल्स के पूरे पैराग्राफ में इससे संबंधित वाक्यों को छोड़ दिया। इसके बावजूद जो उन्होंने उद्धृत किया, उससे मगध के राज्य का सादृश्य क्या है? एंगेल्स ने जिन परिस्थितियों में वैसी संतुलनकारी राज्यसत्ता की बात कही है, उन परिस्थितियों में सबसे महत्त्वपूर्ण बात है बराबर की

ताकतवाले वर्गों का आपसी संघर्ष। इतिहास के दौर में राज्यसत्ता को पंच के रूप में वर्गों से अपनी स्वतंत्रता सिर्फ तभी दिखानी पड़ी जब आपस में संघर्ष कर रहे वर्गों की ताकत एक-दूसरे के बराबर हो चली थी। यह उस सारी ऐतिहासिक स्थिति का निचोड़ है। इसे हटा दीजिए, तो एंगेल्स के उद्धरण का ढाँचा-भर रह जाता है जिसके अन्दर कोई तत्त्व नहीं है। यूरोपीय इतिहास के वैसे ऐतिहासिक दौरों की राज्यसत्ता से क्या *अर्थशास्त्र* में वर्णित राज्यसत्ता की कोई तुलना हो सकती है? ऐसी तुलना के लिए दो बातों का होना जरूरी है : 1. मगध राज्य में सामंत और व्यापारी, इन दो वर्गों के बीच परस्पर तीखा संघर्ष दिखलाया जाए और 2. इस संघर्ष में दोनों वर्गों की ताकत को बराबरी पर पहुँचते दिखलाया जाए। क्या रामविलासजी ने अपने विवेचन में यह काम किया? क्या खुद *अर्थशास्त्र* में या मगध के किसी भी प्रामाणिक इतिहास ग्रंथ में इस बारे में प्रमाण मिलते हैं? रामविलासजी ने ऐसे संघर्ष और उसकी शक्ति के बारे में एक भी प्रमाण नहीं दिया, एक पंक्ति तक नहीं लिखी, फिर भी एंगेल्स के उद्धरण को मगध के माथे पर चिपका दिया। वर्गों के आपसी संघर्ष का कोई सबूत नहीं, संघर्ष में उनकी ताकत एक-दूसरे के बराबर पहुँच जाने का कोई सबूत नहीं, फिर भी उनके बीच संतुलन कायम करने की नौबत आ गई! यह कैसी तर्कपद्धति है?

उन्होंने एंगेल्स का एक और उद्धरण पेश किया (पृ. 193-94) जिसमें एंगेल्स ने सामंतवाद के विघटन और पूँजीवाद के अभ्युदय के काल में यूरोप में सर्वसत्तावादी राजतंत्र की भूमिका को दिखलाया। सामंतवाद के विघटन और नगरों के विकास ने विकेंद्रीकरण को जन्म दिया, इस कारण जातियों की सम्बद्धता (इंटीग्रेशन ऑफ नेशनलिटीज) इस राजतंत्र का आवश्यक कार्यभार बन गया था। यह राजतंत्र "बराबर लड़ रहा था।" यह कभी सामाजिक वर्गों (इस्टेट) से लड़ रहा था, कभी विद्रोही सामंतों से या नगरों से लड़ रहा था। वर्ण कहीं भी खत्म नहीं किए गए। इसलिए इसे सामाजिक वर्गों पर आधारित राजतंत्र कह सकते हैं। वह ऐसा राजतंत्र है, जो अब भी सामंती है यद्यपि उसका सामंतीपन घटता जाता है। और "प्रारंभिक दशा के विचार से वह पूँजीवादी (incipient bourgeois) है।" एंगेल्स की इन पंक्तियों को मगध के राज्य पर घटाते हुए उन्होंने लिखा, "कौटिल्य ने एकमुखी राज्यतंत्र की हिमायत क्यों की, इसकी कैफियत एंगेल्स के उक्त विवरण में मिल जाएगी। कौटिल्य की राज्यसत्ता छोटे राज्यों को अपने अधीन करती है, साथ ही वह व्यवसायियों को नियंत्रित रखती है।...प्रजा से वर्ण-धर्म का पालन कराना उसका कर्तव्य है, इसलिए वह सामाजिक वर्गों पर आधारित है। किंतु यह राज्यसत्ता उत्पादन और विनिमय में प्रत्यक्ष भाग लेती है। इसलिए उसका सामंतीपन और भी कम होगा, पूँजीवादी स्वरूप और भी निखरेगा।" (पृ. 194)

एंगेल्स का उद्धरण *प्री-कैपिटलिस्ट सोशियो-इकनॉमिक फार्मेशन* नामक संकलन

से लिया गया लेकिन वह मूलतः *जर्मनी में किसान युद्ध* किताब को संशोधित-परिवर्द्धित करने के उद्देश्य से 1884 में लिखी गई एक टिप्पणी का अंश है। इस टिप्पणी में एंगेल्स ने उस काल का विवरण दिया जब किसान युद्ध हुआ था। जब यूरोप में धर्म सुधार के लूथरी और काल्वनिस्ट आंदोलन चल रहे थे जिन्हें मार्क्स-एंगेल्स यूरोप की 'प्रथम पूँजीवादी क्रांति' का काल मानते थे। यह 15वीं-16वीं सदी का समय था। इस समय की सबसे महत्त्वपूर्ण घटना किसान युद्ध थी। एंगेल्स की जिस टिप्पणी से रामविलासजी ने कुछ पंक्तियाँ उद्धृत कीं, उस टिप्पणी की पहली ही पंक्ति में एंगेल्स ने धर्मसुधार आंदोलन, पूँजीवादी क्रांति और किसान युद्ध—तीनों को आपस में जोड़कर उनकी चर्चा की है। दि रिफॉर्मेशन—लूथर एंड काल्वनिस्ट—इज़ दि नं. वन बुर्जुवा रेवोल्यूशन, दि पेजेंट वॉर बीइंग इट्स क्रिटिकल एपिसोड। (पृ. 188, *पेजेंट वॉर इन जर्मनी,* 1974)

यह संश्लिष्ट चित्र उस काल की परिस्थितियों का सारतत्त्व था, पर रामविलासजी ने ठीक इसी को छोड़कर बाकी सारी पंक्तियाँ उद्धृत कीं। एक ओर किसानों ने सामंती शक्तियों के खिलाफ युद्ध छेड़ रखा था, दूसरी ओर व्यापारी वर्ग भी सामंत विरोधी संघर्ष कर रहे थे। ये व्यापारी धर्मसुधार आंदोलन के समर्थक थे। संघर्ष की इन्हीं परिस्थितियों के बीच, यूरोप की प्रथम पूँजीवाद क्राँति के दौर में, राष्ट्रीयताओं के गठन की प्रक्रिया भी शुरू हुई। इस अंतिम घटना का जिक्र रामविलासजी के द्वारा उद्धृत पंक्तियों में भी मौजूद है हालाँकि मगध में इसका सादृश्य उन्होंने नहीं खोजा। असल में एंगेल्स ने अपनी टिप्पणी इसी प्रसंग में लिखी थी। उन्होंने प्रथम पूँजीवादी क्रांति के काल में सामंतवाद के विघटन और राष्ट्रीय राज्यों के गठन की प्रारंभिक प्रक्रिया का विवेचन करते हुए जो कुछ लिखा, उसी के साथ यह टिप्पणी भी लिखी थी। एंगेल्स के विवेचन का शीर्षक संपादकों ने Decay of Feudalism and Rise of National States दिया क्योंकि ठीक इसी विषय का विवेचन वे कर रहे थे। रामविलासजी ने एंगेल्स की एक किताब के उद्धरण से कुछ बातें यूरोप की 17वीं-18वीं सदी की ले लीं, दूसरी किताब के उद्धरण से कुछ बातें 15वीं-16वीं सदी की ले लीं और सबको एक ही माला में पिरोकर ईसा पूर्व तीसरी-चौथी सदी के मगध के गले डाल दी। लेकिन मगध में लूथरन या काल्वनिस्टों जैसा धर्म-सुधार का कौन-सा आंदोलन चल रहा था जिसमें कोई पूँजीवादी क्रांति खुद को अभिव्यक्त कर रही थी? एंगेल्स की टिप्पणी में एक महत्त्वपूर्ण तत्त्व किसान युद्ध है। ध्यान रहे कि यह किसान युद्ध सामंतविरोधी संघर्ष था। मगध में ऐसा सामंतविरोधी किसान संघर्ष कहाँ था? सामंतविरोधी किसान संघर्ष का मतलब है सामंतों और किसानों के बीच तेज हो गए अंतर्विरोधों का अस्तित्व, इसके प्रति किसानों में जागृति और असंतोष की लहर और उसकी खुलेआम सामूहिक अभिव्यक्ति। मगध के पूरे विवेचन में रामविलासजी ने इस बारे में एक पंक्ति भी नहीं लिखी। वे लिख भी कैसे सकते थे जबकि इतिहास

का तथ्य यह है कि मगध के समाज में ऐसे किसी संघर्ष का, किसी अटकल से भी, चिह्न नहीं मिलता। तथ्य यह भी है कि मगध के राज्य में ऐसा कोई सामंत वर्ग न था। कोसांबी ने बड़े साफ शब्दों में लिखा कि कौटिल्यकालीन मगध में किसान और राज्य के बीच बिचौलियों का कोई वर्ग न था। रामविलासजी ने अपने विवेचन में मगध के विभिन्न सामाजिक वर्गों और तबकों के बारे में लिखा है, पर एक जगह अटकल लगाने के बावजूद सामंत वर्ग का उन्होंने भी कोई विवरण नहीं दिया। खुद *अर्थशास्त्र* में ऐसे किसी वर्ग का उल्लेख तक नहीं मिलता। इसलिए मगध में न सिर्फ सामंतविरोधी किसान संघर्ष नहीं हो सकता था, बल्कि सामंत वर्ग और व्यवसायी वर्ग के बीच भी ऐसे किसी संघर्ष की कल्पना बेबुनियाद ही होगी जिसमें संतुलन कायम करने के लिए राज्यसत्ता दिखावटी पंच बन गई हो। जाहिर है कि मगध राज्य को विद्रोही सामंतों से भी लड़ता हुआ नहीं दिखाया जा सकता, जैसा एंगेल्स ने यूरोप के सर्वसत्तावादी राज्यों के अपने विवरण में दिखाया। रामविलासजी ने लिख दिया कि : "कौटिल्य की राज्यसत्ता छोटे राज्यों को अपने अधीन करती थी।" पर वे यह नहीं बताते कि ये छोटे राज्य कौन-से थे? तथ्य यह है कि वे सामंती राज्य न थे; वह कबीलों के गणतंत्र थे, लिच्छवियों के गणराज्य और वज्जियों के गणराज्य थे। *अर्थशास्त्र* में भी जिन शत्रु राज्यों से निबटने के लिए तरह-तरह के उपायों पर विचार हुआ है वे शत्रु राज्य सामंती नहीं बल्कि ऐसे ही गणराज्य हैं। जहाँ तक एंगेल्स की टिप्पणी के मुख्य विषय राष्ट्रीयताओं के गठन की प्रक्रिया का सवाल है, मगध में इसके सादृश्य के प्रसंग पर रामविलासजी ने चुप्पी साधकर ठीक ही किया क्योंकि वे स्वयं भारत में राष्ट्रीयताओं के गठन की प्रक्रिया का आरंभ 15वीं सदी के भक्ति आंदोलन के काल से मानते रहे हैं। रामविलासजी की एक धारणा यह रही है कि जातियों के गठन की प्रक्रिया व्यापारिक पूँजीवाद के विकास से जुड़ी होती है। उन्होंने न सिर्फ मगध की तुलना यूरोप में व्यापारिक पूँजीवाद के विकासकाल से की, बल्कि खुद मगध के राज्य में व्यापारिक पूँजीवाद का विकास होने पर जोर दिया। फिर भी, जातियों के गठन के मामले में मगध का व्यापारिक पूँजीवाद बाँझ ही साबित हुआ!

अर्थशास्त्र में वर्णित राज्य का विवेचन करते हुए रामविलासजी ने उसकी ये मुख्य विशेषताएँ बतलाईं : 1. कौटिल्य ने सारे आर्थिक विकास को राज्यसत्ता के नियंत्रण में रखकर उसकी दिशा निर्धारित की।...पूरे समाज की आवश्यकताओं का हिसाब लगाकर उत्पादन की योजना बनाना समाजवादी अर्थतंत्र की विशेषता है (पृ. 196)। 2. कौटिल्य की राज्यसत्ता समाज को पूँजीवादी विकास की दिशा में आगे बढ़ानेवाली किंतु पूँजीवादी विकास की अराजकता को नियंत्रित रखनेवाली राज्यसत्ता है (पृ. 196)। 3. कौटिल्य की राज्यसत्ता नगर के व्यवसायियों और देहात के भू-स्वामियों के बीच संतुलन बनाए हुए है (पृ. 197)। 4. वस्तुगत रूप से *अर्थशास्त्र*

शूद्र-वैश्य भक्ति को वर्ण-धर्म के बंधनों से मुक्त करनेवाला शास्त्र है (पृ. 197)। 5. कौटिल्य के सामने जो राज्य है, वह व्यक्तिगत संपत्ति के रक्षण का राज्य है और उसकी अनेक विशेषताएँ आधुनिक पूँजीवाद की हैं (पृ. 199)। 6. वह भारत के उस प्रदेश की राज्यसत्ता है जिसमें उत्पादन और विनिमय का विकास सामंती अर्थतंत्र की सीमाएँ लाँघ रहा है। (पृ. 199) और, 7. पुरानी सामंती व्यवस्था अभी बनी हुई है और नए आर्थिक संबंध उसके भीतर पनप रहे हैं (पृ. 199)

कोसाम्बी ने *अर्थशास्त्र* के राज्य के बारे में लिखा था कि बहुतों को यह राज्य विचित्र लगता है। रामविलासजी ने इस राज्य की जो विशेषताएँ बतलाईं, उनसे वह सचमुच विचित्र हो उठा है! एक ऐसा राज्य जो अभी भी सामंती है, लेकिन उसमें अनेक विशेषताएँ पूँजीवाद की हैं। सामंती सीमाएँ लाँघ रहा है, अभी पूँजीवादी बना नहीं है, पर पूँजीवादी अराजकता को नियंत्रण में रखना सीख गया है। पुरानी सामंती व्यवस्था अभी बनी हुई है, लेकिन उसमें पूँजीवादी विशेषताओं के अलावा समाजवादी अर्थतंत्र की विशेषता भी आ गई है! इन सबके साथ-साथ वह वर्गों से स्वतंत्र भी है! ऐसा राज्य विचित्र न लगे तो और क्या लगे?

कोसांबी के मुताबिक जिस समय *अर्थशास्त्र* के सिद्धांतों का प्रतिपादन हुआ, उस समय आर्य पशुपालक कबीलों को, जो यद्यपि भूमि के व्यक्तिगत स्वामित्व के आंतरिक दबाव के कारण एक-दूसरे से क्रमशः विच्छिन्न हो रहे थे, समाप्त करने का काम अभी बाकी था। विशाल आदिम जंगलों की सफाई अभी होनी थी; उनसे ढँकी हुई भूमि स्वभावतः व्यक्तिगत स्वामित्व से मुक्त थी। कोसांबी ने लिखा : ''कौटिल्य का राज्य आज इतना विचित्र इसलिए लगता है क्योंकि भूमि की सफाई का काम मुख्यतः उसी के हाथ में था, वही सबसे बड़ा भू-स्वामी और भारी उद्योगों का मुख्य स्वामी था और वही वस्तुओं का सबसे बड़ा उत्पादक भी था।'' *(प्राचीन भारत की संस्कृति और सभ्यता,* पृ. 177*)*

मगध के राज्य की आमदनी का मुख्य स्रोत भूमि की उपज थी। दो तरह की भूमि थी--राष्ट्रभूमि और सीताभूमि। राष्ट्रभूमि वह थी जहाँ पहले से आबादी बसी हुई थी। सीताभूमि को राज्य ने खुद जंगलों को साफ कराके बसाया था। राज्य अपने राजस्व के लिए बड़े पैमाने पर जंगलों को साफ कराता, उन्हें खेती लायक बनाता और गाँव बसाता था। इस भूमि पर राज्य का सीधा नियंत्रण रहता। राज्य की मुख्य आमदनी इसी से होती जो एक चौथाई या इससे भी अधिक उपज के रूप में राज्य के गोदामों में पहुँच जाती। जंगलों को साफ कराने और खेती लायक बनाने और वहाँ बसाने के लिए राज्य के अधिकार क्षेत्रों में से, शहरों की गंदी बस्तियों से या जीते हुए इलाकों से लोगों को पकड़कर लाया जाता जिसके लिए संस्कृत क्रियापद *अपवह* का प्रयोग मिलता है। हालाँकि ये दास नहीं होते थे, फिर भी उन पर राज्य का कड़ा अंकुश रहता। यहाँ किसानों को भूमि पर स्वामित्व का अधिकार न था,

न वे उन गाँवों को अपनी मर्जी से छोड़ सकते थे। इन राजग्रामों में बाहरी लोगों को, यहाँ तक कि संन्यासियों, नर्तकों, गायकों और तमाशा दिखानेवालों को भी घुसने की मनाही थी। राज्य के लिए ऐसे नियंत्रित गाँवों का महत्त्व बतलाते हुए कौटिल्य ने लिखा : "ग्रामों की असहायता से और ग्रामवासियों के एकांत भाव से अपने खेतों में लगे रहने से ही राजस्व में, बेगार मजदूरों (बिष्टि) में, अनाज, तेल और अन्य द्रव्य वस्तुओं में वृद्धि पक्की होती है।" (पृ. 186, कोसांबी)। राज्य के सीधे नियंत्रण में रहने वाली सीताभूमि के ये राजग्राम ही कौटिल्य के राज्य का मुख्य भौतिक आधार थे।

कौटिल्य के राज्य में जैसे खेती का एक बड़ा हिस्सा सीधे राज्य के नियंत्रण में था, वैसे ही पण्य-उत्पादन, खनन तथा व्यापार पर भी उसका नियंत्रण था। कई तरह के करों से प्राप्त होने वाले अनाज को काम में लाने के लिए उसे कूटकर भूसी अलग करने, आटा बनाने, तिल पेरने, कपास की धुनाई, सूत की कताई, सन की सफाई, कंबल बनाने, इमारती लकड़ी चीरने और उनसे तख्ते और कड़ियाँ तैयार करने आदि से संबंधित सारे काम राज्य के नियंत्रण में राज्य के द्वारा मजदूर लगाकर कराए जाते थे। राज्य ही मजदूर लगाकर ऊबड़-खाबड़ प्रदेशों में सामान ढोने, सड़कें बनाने, सिंचाई की नहरें और किले की खाइयाँ खुदवाने, बाँधों के लिए मिट्टी-पत्थर ढुलवाने आदि के काम भी कराता था। इन सब कामों पर राज्य की मशीनरी का सीधा नियंत्रण कायम करके वास्तव में राज्यसत्ता के बाहर व्यक्तियों और वर्गों के विकास के लिए आवश्यक आर्थिक आधार और अवसरों को सीमित कर दिया गया था।

यह कहना सही न होगा कि कौटिल्य का राज्य व्यापारियों के पक्ष में था। व्यापार के लिए स्पष्ट और कड़े नियम थे और वे व्यापारी से अधिक राज्य के पक्ष में थे। राज्य स्वयं एक बहुत बड़ा व्यापारी था और राजकीय व्यापार के हित में निजी व्यापार पर नियंत्रण रखता था। राज्य खरीदार भी था और विक्रेता भी। राजकीय भंडारों में न केवल अनाज तथा खाद्य पदार्थों का, बल्कि रस्सी, इमारती लकड़ी, औजारों आदि का भी स्थायी संग्रह रखना होता था। व्यापारी और दुकानदार बहुत-सी चीजें राज्य से खरीदकर बेचते थे। इसमें कीमतें खुद राज्य तय करता था। एक कड़ा नियम यह था कि राज्य से खरीदा माल उसी जगह बेचा नहीं जा सकता। यानी खरीदी गई सामग्री को किसी रूप में तैयार या पकाकर या उसे कहीं दूसरी जगह ले जाकर बेचना होता था। व्यापारियों के बीच राज्य के गुप्तचर भी होते थे जो राज्य को व्यापारी की खरीद-बिक्री का सही पता देते रहते थे ताकि व्यापारी अपने मुनाफे और राज्य के टैक्स के मामले में धोखा न दे सके। व्यापारी बाहर से लाए गए माल को राज्य के अंदर सिर्फ राज्य द्वारा तय मूल्य पर ही बेच सकता था। इस इंतजाम में अगर किसी को समाजवादी अर्थतंत्र की विशेषता दिखती है तो इसका श्रेय मगध के राज्य को नहीं, देखनेवाले को देना होगा। मगध के राज्य का उद्देश्य तो इन सभी तरीकों

से अपनी आमदनी और करों को सुनिश्चित करना था। इसलिए ये नियम व्यापारी से अधिक राज्य के हित में थे। व्यापारी के बिना बिके माल को राज्य के स्थानीय अधिकारी ऐसे मूल्य पर बेचने के लिए रख सकते थे जो वे प्राप्त सूचना के आधार पर समुचित समझें। यह नियम कहीं से भी व्यापारी के पक्ष में न था क्योंकि व्यापारी आमतौर पर जिन तरीकों से अपनी पूँजी में वृद्धि करते हैं, उनमें से एक तरीका वस्तुओं का संग्रह कर उन्हें बाद में ऊँचे दाम पर बेचने के लिए रोककर रखना होता है। मगध के राज्य की दृष्टि में सबसे बड़ा हित खुद राज्य का हित था। रामविलासजी कौटिल्य के राज्य में स्त्रियों की अच्छी दशा पर मुग्ध हैं। लेकिन इसी राज्य में वेश्यावृत्ति न तो अपराध मानी जाती थी, न पाप, बल्कि वह एक मंत्री के अधीन राजकीय उद्योग थी जिससे राजकोष में वृद्धि होती थी। शराब के लिए एक अलग मंत्रालय था जो शराब चुआने से लेकर उसकी बिक्री तक का इंतजाम करता था। सभी जुआघर एक विशेष अधीक्षक के मातहत राज्य के द्वारा ही चलाए जाते थे। राज्य किसी नैतिक या धार्मिक सिद्धांत से प्रेरित न था; उसका निर्देशक सिद्धांत हर उपाय से अपनी आमदनी को बढ़ाना और सुनिश्चित करना था। इसीलिए राज्य अपने बड़े-से-बड़े कर्मचारी को भी वेतन में गाँव या जागीर न देकर नकद मुद्रा देता था क्योंकि राज्य की नीति यह थी कि कोई भी ऐसी चीज न दी जाए जिससे राज्य की आमदनी घटे। इसी आमदनी के लिए सीताभूमि, व्यापार और उद्योग पर नियंत्रण, जुआघर, मदिरालय और वेश्यालयों का संचालन होता था। कोसांबी ने सही लिखा कि कौटिल्य के अर्थशास्त्र का अर्थ है आर्थिक लाभ का सिद्धांत—व्यक्ति के लिए नहीं, बल्कि एक खास तरह के राज्य के लिए। रामविलास जी *अर्थशास्त्र* में वर्णित राज्य की वाहवाही करते हुए उसकी ऊँची न्याय भावना, सहृदयता और मानवीयता की दाद देते नहीं थकते। वे लिखते हैं कि काने को एक आँख न रहने से जितना कष्ट है, कोढ़ी को उसकी तुलना में बहुत ज्यादा कष्ट है। इसीलिए *अर्थशास्त्र* के मुताबिक काने को काना कहने पर तीन पण का जुर्माना होगा। लेकिन कोढ़ी को कोढ़ी कहने पर जुर्माना बारह पण का होगा : "इस सहृदयता का जवाब नहीं।" (पृ. 224)। हकीकत यह थी कि *अर्थशास्त्र* में जुर्मानों से लेकर राष्ट्रीय विपत्ति हल करने तक की सारी व्यवस्था का एकमात्र लक्ष्य यही है कि सरकारी खजाने में ज्यादा-से-ज्यादा पैसा पहुँचे। रामविलासजी के मत से *अर्थशास्त्र* में कहीं भी दोषियों को शारीरिक दंड देने की व्यवस्था नहीं है, यह उसकी मानवीयता है। पर *अर्थशास्त्र* का लेखक शारीरिक दंड को बेकार समझता है; उससे क्या फायदा? शारीरिक दंड के बजाय जुर्माना राज्य के लिए ज्यादा फायदेमन्द है; इसलिए *अर्थशास्त्र* में हर चीज के लिए किसी मूल्य-सूची की तरह जुर्मानों की भी एक लंबी सूची मिलती है। *अर्थशास्त्र* हर चीज को पैसे से मापता है। अगर वह किसी मानवीयता से प्रेरित होता तो वह उन सैकड़ों अमानवीय, क्रूर और छल-कपट-भरे विश्वासघातक उपायों पर जोर न देता

जिनका एकमात्र उद्देश्य राज्य के खजाने में वृद्धि करना था। राज्यकोष में कमी पड़ने पर *अर्थशास्त्र* जिन उपायों को सुझाता है उनमें लोगों की संपत्ति, भंडार और अनाज पर एक बार नहीं, बल्कि कई-कई बार टैक्स लगाने के अलावा नए-नए देवी-देवताओं की झूठी कहानियाँ फैलाकर, नए-नए भूतों और साँपों की पूजा-उपासना का प्रचलन करके, लोगों की धार्मिक भावनाओं और पिछड़ेपन से लाभ उठाते हुए चंदा वसूल कर राज्यकोष में पहुँचाने के उपाय शामिल हैं। उसमें कहा गया कि राज्य जनता के बीच ऐसे गुप्तचर भेजे जो जनता को ऐसे अंधविश्वासों के लिए प्रेरित करें और उन्हें खुशी-खुशी राज्य को चंदा देने को उकसाएँ। *अर्थशास्त्र* राज्य के वित्तीय संकट के समय आधुनिक पूँजीवादी या सामंती राज्यों की तरह व्यापारियों से ऋण या राजकीय कर्जा लेने में विश्वास नहीं करता। इसके बजाय उसका निर्देश है कि : "उचित वेश में गुप्तचर किसी धनी व्यापारी को शराब पिलाकर नशे में धुत्त करें, उसे लूट लें, उस पर अपराध का झूठा आरोप लगा दें, या उसे मार भी डालें; व्यापारी का जब्त माल और धन राजकोष में आ जाए।" (पृ. 203, कोसांबी) कैसी मानवीयता है! *अर्थशास्त्र के* ग्यारहवें अध्याय में शक्तिशाली कबीलों को भीतर से तोड़ने के लिए घूस देने, घात लगाने, विष देने के उन सभी उपायों को दुहराया गया है जिनका इस्तेमाल अजातशत्रु ने वज्जियों और लिच्छवियों के खिलाफ किया था। कोसांबी ने लिखा : "संपूर्ण ग्रंथ में नैतिकता के अमूर्त प्रश्नों को न तो कहीं उठाया गया है, न उन पर विचार किया गया है। हत्या, विष-प्रयोग, मिथ्या आरोप, आंतरिक विद्रोह का उपयोग राजा के गुप्तचर आवश्यकता पड़ने पर कायदे से बेझिझक कर सकते थे।" क्योंकि "प्रत्येक कार्य का एकमात्र उद्देश्य था राज्य की सुरक्षा और लाभ।" (पृ. 177)

तो फिर ऐसे राज्य का वर्ग-आधार क्या था? उस राज्य का वर्ग-आधार वह स्वयं था। वह राज्य अपने ही हित में चलता था, यानी उस राज्य के राजा, उसके सहायकों, प्रशासनिक सैनिक और गुप्तचर उच्चाधिकारियों के हित में जिनके वेतन आदि पर ही राजस्व का सबसे बड़ा भाग खर्च होता था। इन्हीं के हित में समाज के दूसरे सभी वर्गों पर कड़ा अंकुश रहता था।

रामविलासजी के मत से वह राज्य सामंत और व्यापारी वर्ग के बीच संतुलन कायम करने वाला, वर्गों से स्वतंत्र राज्य था जिसका झुकाव व्यापारी वर्ग की ओर था। लेकिन *अर्थशास्त्र* के राज्य में किसान और राज्य के बीच सामंत वर्ग जैसे किसी बिचौलिए वर्ग का अस्तित्व नहीं मिलता। राज्य के कर्मचारी किसानों से कर सीधे वसूलते थे। राज्य की आमदनी का मुख्य स्रोत सीताभूमि थी जिस पर राज्य का सीधा नियंत्रण था। यह बात तो कोरी कल्पना ही है कि राज्य में सामंत और व्यापारी वर्ग के बीच ऐसा संघर्ष चल रहा था जिसमें पंच बनकर राज्य ने संतुलन कायम कर रखा था। जहाँ तक व्यापारी वर्ग का सवाल है, उसका अभ्युदय हुआ था। कोसांबी

ने लिखा है कि जहाँ तक उसके हित राज्य से टकराते नहीं थे, वहाँ तक वह पर्याप्त सुरक्षित था, लेकिन राज्य का सामान्य दृष्टिकोण उसके प्रति अविश्वास का था। और राज्य अपने अधिकतम लाभ के लिए उस पर कड़ा अंकुश भी रखता था। राज्य का उसकी ओर कोई खास झुकाव न था। वास्तव में, जैसा कि कोसांबी ने लिखा, *अर्थशास्त्र* का राज्य ऐसा राज्य है जो किसी भी वर्ग को स्वतंत्र रूप से विकसित होने नहीं देता। भारी-भरकम और विशाल राज्यतंत्र, जिसकी योजना *अर्थशास्त्र* में की गई, चलता रहे—इसके लिए सबसे ज्यादा जरूरत सुनिश्चित राज्यकोष की थी। राज्यकोष की सुनिश्चितता के लिए वह राज्य सभी वर्गों को—वे चाहे किसान हों, व्यापारी हों या पुरोहित—अपने कठोर नियमों से, और नियमविरुद्ध तरीकों से भी, अपने नियंत्रण में रखता था। *अर्थशास्त्र* का राज्य असल में "अधिकारी तंत्र द्वारा अधिकारी तंत्र के लिए चलाया जाता था।" (पृ. 204, कोसांबी)। एक ऐसा राज्य जो खुद ही सबसे बड़ा भू-स्वामी, उद्योगों का मालिक और वस्तुओं का सबसे बड़ा उत्पादक और खरीददार था। वह अपने प्रशासक अधिकारी वर्ग के द्वारा शासित होने के लिए बाध्य था। कोसांबी ने अपनी इस धारणा को और भी वस्तुपरक बनाते हुए लिखा कि : "शासक वर्ग को यदि स्वयं राज्य ने ही राज्य के लिए ही बनाया न था, तो कम-से-कम प्रशासन के अंग के रूप में उसको बहुत बढ़ाया तो था ही..." (पृ. 177)। मगध के राज्य का जो ढाँचा था, जिसमें उस युग में पाँच लाख की स्थायी सेना, उच्च और निम्न प्रशासकीय अधिकारी तंत्र तथा इतनी ही संख्या में गुप्तचर और भेदिए—पुराने इतिहास के किसी भी ज्ञात काल के मुकाबले यह एक विशालतम राज्यतंत्र था और कठोर नियमों से वसूला गया लगभग सारा राजस्व ऐसे विशालतम राज्यतंत्र को पालने-पोसने में ही खर्च हो जाता था। इतने बड़े प्रशासनतंत्र को पालने-पोसने के लिए यह जरूरी था कि अन्य सभी वर्गों को कठोर अनुशासन के नीचे दबाकर रखा जाए और हर तरीके से राज्यकोष में वृद्धि की जाए। ठीक इसी कारण से आगे चलकर वह राज्य विघटित भी हो गया क्योंकि ऐसी भारी-भरकम राज्य-व्यवस्था तत्कालीन साधनों के आधार पर लंबे समय तक नहीं चलाई जा सकती थी, चाहे उसे कितने भी कठोर नियमों से सुरक्षित रखने की कोशिश क्यों न की गई हो।

राज्य के सामने वर्गों के बीच सामंजस्य कायम करने का कार्यभार तो आगे चलकर पेश हुआ, जब *अर्थशास्त्र* का राज्य विघटित हो गया, वर्गों का क्रमशः विकास हुआ और समाज सामंती व्यवस्था की ओर बढ़ा। जैन और बौद्ध प्रतिष्ठानों ने व्यापारियों की पूँजी के साथ गठबंधन कर लिया और ब्राह्मण-पुरोहितों ने क्षत्रिय सैन्य शक्ति का सहारा लेकर बौद्ध धर्म की ताकत से निबटना तय किया। यह सामाजिक संघर्ष धर्म के आवरण में चला और इसके समाधान के प्रयत्न भी धार्मिक आवरण में चलते रहे। भारतीय इतिहास में चली इस प्रक्रिया का संकेत देते हुए कोसांबी ने लिखा :

"अशोक के बाद राज्य का एक नया कार्य हो गया, विभिन्न वर्गों का सामंजस्य।...इस सामंजस्यकारी कार्य के लिए विशेष अस्त्र एक नए अर्थ में, सार्वभौम 'धम्म' ही था" (पृ. 20)। कोसांबी ने लिखा कि इस कार्यभार की *अर्थशास्त्र* ने कभी कल्पना तक न की थी। आगे आनेवाले वर्गों के विकास की प्रक्रिया के बारे में लिखा : "वास्तव में समाज के वर्ग मानो मगध राज्य द्वारा व्यापक भूमि की सफाई, भूमि की आबादी और कठोरतापूर्वक नियमित व्यापार नीति के छिद्रों में से बढ़े।" (पृ. वही)। नियमों के कठोर शासन में वर्गों के विकास को नियंत्रित रखने में राज्य असफल हुआ। भ्रष्टाचार से और सैकड़ों सूक्ष्म तरीकों से नियमों के उल्लंघन की जो गुंजाइश रहती है, जिसका पता *अर्थशास्त्र* से भी चलता है, उससे वर्गों को बढ़ते रहने का मौका मिला। न सिर्फ केन्द्र से दूर रहने वाले राज्य के अधिकारी स्थानीय आबादी के प्रभावशाली गुटों के साथ मिलकर शक्तिशाली तत्त्व बनते गए बल्कि आनेवाली शताब्दियों में राष्ट्रभूमि और सीताभूमि का फर्क भी मिट गया। राज्य और किसानों के बीच बिचौलियों के रूप में जमींदारों के वर्ग का उद्‌भव हुआ। इन जमींदारों में ग्रामीण या कबीलाई मुखियों के अलावा कुछ जरूर पहले राज्य के कर-संग्राहक अधिकारी भी रहे होंगे। कर-संग्राहक अधिकारियों का स्थानीय जमींदारों में बदलने की प्रवृत्ति बिल्कुल स्वाभाविक है क्योंकि ठीक इसी ढंग से 19वीं सदी के पूर्वार्द्ध में अवध के इलाकों में सरकारी चकलेदार (कर-संग्राहक अधिकारी) ताल्लुकेदारों में बदलते देखे गए। राज्य ने ब्राह्मणों के अलावा राजकीय सेवा में लगे अधिकारियों को भी राजस्व-गाँव दान में या पट्टे पर देने की प्रथा शुरू की। राज्य का ढाँचा बदल गया और परवर्ती राज्यों के विवेचन के लिए *अर्थशास्त्र* की शब्दावली और धारणाएँ अप्रासंगिक हो गईं।

प्राचीन और मध्यकालीन भारत में पगार-प्रथा को दिखाने के लिए रामविलासजी ने मुख्यतः *अर्थशास्त्र* और कोणार्क मंदिर के निर्माण से संबंधित दस्तावेज को अपना आधार बनाया है। *अर्थशास्त्र* में कौटिल्य ने मौर्यकालीन मगध के शासन का वस्तुगत विवरण नहीं दिया है बल्कि राज्य के सिद्धांतों और नियमों का विवेचन किया है। ऐसे सैद्धांतिक विवेचन की लंबी परंपरा थी। रामविलासजी ने इसे मौर्य-शासन का वास्तविक विवरण मानकर अपना विवेचन किया है। बहुत मुमकिन है कि चंद्रगुप्त ने इनमें से कुछ या कई नियमों और सिद्धांतों को अपने राज्य के शासन में लागू किया हो।

कोणार्क मंदिर से संबंधित एक दस्तावेज *बय-चकड़ा,* जिसमें मंदिर के निर्माण का खर्च और हिसाब-किताब दिया गया है, एलिस बोनर तथा कुछ दूसरों द्वारा संपादित *न्यू लाइट ऑन द सन टेम्पल ऑफ कोणार्क* (चौखंभा प्रकाशन, 1972) में शामिल है। कोणार्क के निकट ग्रामीणों से मिले इस दस्तावेज की प्रामाणिकता कितनी है, पहले इसकी जाँच होनी चाहिए; खासकर इस दस्तावेज को हर सौ साल बाद नए संस्करण में ढालने की जो सूचना मिलती है (जिसने इसकी भाषा और पदावली में

भी परिवर्तन कर दिए हैं), उसे देखते हुए यह जाँच और भी जरूरी है। यह भी बतलाया गया है कि इसके प्रकाशन के बाद जब कुछ इतिहासकार इस दस्तावेज के संपादकों के पास गए और मूल दस्तावेज दिखाने के लिए कहा तो उन्होंने दिखाने से इनकार कर दिया। इस घटना से दस्तावेज की प्रामाणिकता विचारणीय हो जाती है क्योंकि आमतौर पर प्रकाशन के बाद दस्तावेज को इतिहासकारों के परीक्षण-निरीक्षण के लिए रख दिया जाता है।

अर्थशास्त्र और *बय-चकड़ा* से क्या साबित होता है? इनसे भारत में पगार देने की प्रथा के सबूत पेश कर रामविलासजी ने दिखाया है कि : "इस प्रथा के आधार पर यहाँ व्यापारिक पूँजीवाद का विस्तार हुआ।" (पृ. 248)। उन्होंने ध्यान दिलाया है कि : "भारत के पिछड़ेपन पर जिन देशी-विदेशी विद्वानों ने लिखा है, उन्होंने पगारजीवी श्रम की परंपरा पर विचार नहीं किया।" उनका दावा है कि इस परंपरा से भारत के सामाजिक-सांस्कृतिक इतिहास के लिए जो निष्कर्ष निकलते हैं, उनकी वे कल्पना नहीं कर सकते।" इससे निकलनेवाले निष्कर्ष क्या हैं, यह कम-से-कम रामविलासजी को जरूर बतलाना चाहिए क्योंकि उन्होंने ऐसे श्रम की परंपरा पर विचार किया है। लेकिन वे हमें इस बारे में साफ तौर से नहीं बतलाते, बल्कि उपर्युक्त दावे के साथ ही उनका पगारजीवी श्रम के अध्ययन वाला अध्याय खत्म हो जाता है। शायद ये निष्कर्ष, जो उन्होंने अंत में पेश नहीं किए, उनके विस्तृत विवेचन में ही कहीं मौजूद हों। संभवतः मगध के राज्य में समाजवादी अर्थतंत्र की विशेषता, आधुनिक पूँजीवाद की विशेषताएँ, पूँजीवाद की अराजकता का नियंत्रण, वर्गों का संघर्ष और उनका संतुलन करनेवाली राज्यसत्ता भी उन्हीं निष्कर्षों में हो। उन्होंने शुरू में पगार-प्रथा में पूँजीवादी उत्पादन-प्रणाली के भ्रूण रूप में मौजूद रहने से संबंधित एंगेल्स का जो उद्धरण दिया था, और अंत में इस प्रथा के आधार पर यहाँ व्यापारिक पूँजीवाद के विकास की बात कही—अगर इन दोनों बातों को मगध राज्य के विवेचन के प्रसंग में दिखलाई गई आधुनिक पूँजीवादी विशेषताओं के साथ मिलाकर पढ़ा जाए तो, वे जो कहना चाहते हैं, उसकी झलक मिलने लगती है। हालाँकि उन्होंने इसे कहीं भी साफ तौर पर नहीं कहा, फिर भी, अधखुले-अधढके ढंग से उन्होंने यही कहना चाहा है कि पगारजीवी श्रम और व्यापारिक पूँजी के विकास से मगध का राज्य व्यापारिक पूँजीवाद की ऐसी ऊँचाई तक पहुँच गया था जो औद्योगिक क्रांति की पूर्ववेला के इंग्लैंड के व्यापारिक पूँजीवाद से कहीं आगे था और उसमें आधुनिक पूँजीवाद की कई विशेषताएँ आ गई थीं। इस बात को पहले उन्होंने प्राचीन रोम के प्रसंग में कहा और फिर प्राचीन रोम तथा मगध की तुलना के प्रसंग में कहा। *यूरुप का पुनर्जागरण* अध्याय में उन्होंने विस्तार से पुनर्जागरणकालीन यूरोपीय समाज की प्राचीन रोमन और ग्रीक समाज से तुलना करते हुए लिखा : "औद्योगिक क्रांति से पहले का लंदन और प्राचीनकाल में रोम और एथेन्स उस पूँजीवपाद के केंद्र हैं

जो अभी विकसित नहीं हुआ, पर है वह पूँजीवाद ही। वास्तव में 16वीं-17वीं सदियों का ब्रिटिश पूँजीवाद यूनानी और रोमन पूँजीवाद से पिछड़ा हुआ था। कारण यह कि ब्रिटेन में उद्योग और कृषि का अलगाव न टूटा था जो पुराने इटली और यूनान में हो चुका था।'' (पृ. 92)। प्राचीन रोम में उत्पादन मुख्यतः दासों से कराया जाता था; पगारजीवी श्रम की प्रथा गौण थी, दासप्रथा मुख्य थी, जबकि इंग्लैंड में पगारजीवी श्रम की प्रथा मुख्य थी, दास-प्रथा गौण। लेकिन रामविलासजी के मुताबिक इससे कोई फर्क नहीं पड़ता क्योंकि ''पूँजी के विकसित और अविकसित रूपों में उसकी मूल प्रकृति नहीं बदलती।'' क्योंकि ''पूँजी का अस्तित्व दोनों जगह है, पूँजी लगाने के बाद अतिरिक्त मूल्य की कमाई दोनों जगह है। दास-प्रथा वाला समाज पूँजीवादी समाज ही है... ।'' उत्पादन चाहे दासों से कराओ, चाहे पगार देकर श्रमिकों से कराओ, इससे कोई फर्क नहीं पड़ता क्योंकि दोनों जगह पूँजी लगी हुई है, पूँजी की प्रकृति दोनों जगह एक है, इसलिए दोनों ही जगह पूँजीवाद है। इसके आगे थोड़ा संशोधन करते हुए लिखते हैं : ''वह रोमन समाज अविकसित पूँजी का समाज है क्योंकि इसमें प्रधानता विनिमय की है, उत्पादन की नहीं। उसे व्यापारिक पूँजीवाद के युग का समाज कहना उचित हो।'' (पृ. 85)। एक दूसरी जगह उन्होंने लिखा : ''दासों और पगारजीवी मजदूरों के श्रम में बहुत बड़ा अंतर नहीं है, दोनों के श्रम के आधार पर जो अर्थतंत्र विकसित होता है, वह पूँजीवाद है।'' (पृ. 129)

बहरहाल, प्राचीन रोम में भी व्यापारिक पूँजीवाद था, औद्योगिक क्रांति से पूर्व इंग्लैंड में व्यापारिक पूँजीवाद था। इतना ही नहीं, रोम में दास-प्रथा से उत्पादन होता था, इंग्लैंड में पगारजीवी श्रमकों से, इसके बावजूद ब्रिटिश पूँजीवाद प्राचीन रोमन पूँजीवाद के मुकाबले पिछड़ा हुआ भी था। आश्चर्य की बात है कि फिर भी इंग्लैंड में इस व्यापारिक पूँजीवाद के बाद उत्पादन की आधुनिक पूँजीवादी प्रणाली का जन्म हुआ, पर प्राचीन रोम में नहीं हुआ। रामविलासजी इस आश्चर्य को दूर करते हुए इसके असली कारण की व्याख्या करते हैं : ''यूनान और रोम के व्यवसायी पगारजीवी श्रमिकों का उपयोग बड़े पैमाने पर न कर सके, इसका कारण यह विशेष परिस्थिति थी कि उन्हें स्वाधीन नागरिकों की जरूरत फौजी सेवा के लिए थी। इंग्लैंड में उत्पादन की पूँजीवादी पद्धति का जन्म हुआ क्योंकि साम्राज्य के प्रसार और उसकी सुरक्षा के लिए भारतीय सेना काम आ रही थी और स्वाधीन नागरिक पगारजीवी श्रमिक बने बिना जीवित न रह सकते थे।'' (पृ. 91)। अगर यह व्याख्या सही है, अगर सिर्फ पगारजीवी श्रम की व्यापक सुविधा होने के कारण ही इंग्लैंड का 'पिछड़ा हुआ' व्यापारिक पूँजीवाद आधुनिक पूँजीवाद में विकसित हो गया और यह सुविधा न होने के कारण रोम का विकसित व्यापारिक पूँजीवाद भी आधुनिक पूँजीवाद में न बदल सका, तो फिर उस स्थापना का क्या हुआ कि ''दासों और पगारजीवी मजदूरों के श्रम में बहुत बड़ा अंतर नहीं है?'' लेकिन, प्राचीन भारत में तो स्वाधीन नागरिकों

के लिए फौजी सेवा अनिवार्य न थी। यहाँ पगारजीवी श्रम की प्रथा थी। व्यापारिक पूँजीवाद भी था और उद्योग का खेती से अलगाव भी था। फिर यहाँ उत्पादन की आधुनिक पूँजीवादी प्रणाली का विकास क्यों नहीं हुआ? यह प्रश्न रामविलास शर्मा न तो पूछते हैं और न इसका उत्तर देते हैं।

रामविलासजी के मुताबिक : "रोमन समाज उस व्यापारिक पूँजीवाद के युग का समाज है जो सामंती व्यवस्था को पूरी तरह तोड़ नहीं पाया। वह ऐसा प्राचीन समाज है जो 'आधुनिक' पूँजीवादी समाज के सर्वाधिक निकट है।" (पृ. 202)। 'आधुनिक' शब्द से कोई उलझन न रह जाए, इसलिए उन्होंने साफ करते हुए जोड़ा : "यहाँ मार्क्स के समकालीन समाज को 'आधुनिक' मानें।" रामविलासजी की एक मान्यता यह भी है कि इतिहास के दौरान दास-प्रथा वाला समाज सामंती समाज के आगे का समाज है, विकसित समाज है। (पृ. 155)। इसके समर्थन में उन्होंने मार्क्स का प्रमाण भी ढूँढ़ निकाला। (पृ. 129)। तो फिर, यह अचंभे की ही बात होगी कि रोमन व्यापारिक पूँजीवाद अपनी आधार-व्यवस्था–दास-प्रथा–से एक मंजिल पीछे के समाज–सामंती समाज–को भी पूरी तरह तोड़ नहीं पाया था। इस प्राचीन रोमन समाज से *अर्थशास्त्र* के राज्य की तुलना करते हुए उन्होंने लिखा : "कौटिल्य का समाज उस व्यापारिक पूँजीवाद के युग का समाज है, जो सामंती व्यवस्था को तोड़ नहीं पाया। एक बात में वह रोमन समाज की अपेक्षा आधुनिक पूँजीवाद के अधिक निकट है। वह बात है पगार देकर श्रमिकों से श्रम कराना।" (पृ. 203)। उन्होंने जोर देकर लिखा : "पगार देकर श्रम कराना उत्पादन की पूँजीवादी पद्धति की प्रमुख विशेषता है, वह कौटिल्य के समाज में विद्यमान है।" (पृ. वही) एंगेल्स ने लिखा था कि पगार-प्रथा में उत्पादन की पूँजीवादी पद्धति भ्रूण रूप में रहती है। रामविलासजी के विवेचन में वह भ्रूण विकसित होकर जवान हो गया; पगार की प्रथा पूँजीवादी उत्पादन पद्धति का भ्रूण रूप न रहकर उसकी *प्रमुख विशेषता* बन गई। अगले वाक्य में यह *प्रमुख विशेषता* और भी आगे बढ़कर स्वयं *पद्धति* बन जाती है : "उत्पादन की पद्धति में इस भिन्नता के कारण यह परिणाम अनिवार्य था कि रोमन साम्राज्य का सोना-चाँदी खिंचकर भारत आए, रोमन साम्राज्य के विभिन्न केंद्रों की अपेक्षा भारतीय विनिमय केंद्र अधिक विशाल और समृद्ध हों।" (पृ. वही)

तिल का ताड़ इसी प्रक्रिया से बनता है। पगार-प्रथा पहले भ्रूण–फिर प्रमुख विशेषता–फिर स्वयं पद्धति बन गई। इतिहास में मिथ्या विचारधारा के तत्त्वों का उद्भव और विकास कैसे होता है, उपरोक्त विवेचन इसका छोटा-सा उदाहरण है।

लेकिन यहाँ एक बार फिर "दासों और पगारजीवी मजदूरों के श्रम में बहुत बड़ा अंतर नहीं है" वाली धारणा का क्या हुआ? "बहुत बड़ा अंतर नहीं है" तो फिर उत्पादन की पद्धति में 'इस भिन्नता' की बात कैसे आ गई? या कि उत्पादन की दो पद्धतियों की 'भिन्नता' बहुत बड़ा अंतर नहीं होती? "दासों और पगारजीवी

मजदूरों के श्रम में बहुत बड़ा अंतर नहीं है'' फिर भी 'अनिवार्य परिणाम' यह रहा कि रोमन साम्राज्य का सोना-चाँदी खिंचकर भारत आ गया, रोमन साम्राज्य के विभिन्न केंद्रों की अपेक्षा भारतीय विनिमय केंद्र विशाल और समृद्ध हो गए!!

हम यहाँ उत्पादन की पूँजीवादी प्रणाली क्या चीज है, उसकी ऐतिहासिक विशेषताएँ क्या हैं, ऐसे बुनियादी प्रश्नों के विस्तार में जाने के और जिनके बारे में मार्क्स ने खुद इतने विस्तार से लिखा है, उनको दुहराने के इच्छुक नहीं हैं लेकिन रामविलासजी के विवेचन के संदर्भ में यहाँ एक बात पर विचार करना आवश्यक है। वह है व्यापारिक पूँजी के विकास के साथ उत्पादन की पूँजीवादी पद्धति का संबंध। रामविलासजी ने इस प्रसंग में मार्क्स की *पूँजी* के *तीसरे* खंड के 20वें अध्याय *व्यापारिक पूँजी के बारे में ऐतिहासिक तथ्य से* कई उद्धरण दिए और उनका विवेचन किया है। यह देखकर आश्चर्य होता है कि रामविलासजी द्वारा अपनी धारणाओं के लिए मार्क्स के लेखन से समर्थन जुटाने के बावजूद, खुद मार्क्स उनसे बिल्कुल भिन्न बात कहते हैं।

इसका कारण एक बार फिर उनकी विवेचन-पद्धति है जिसमें वे लक्षणों को समग्र ऐतिहासिक परिस्थितियों से अलग करके देखते हैं। जैसे, एंगेल्स के उस उद्धरण को देखिए जिसमें पगारजीवी श्रम में पूँजीवादी उत्पादन-प्रणाली के बीज रूप में रहने की बात कही गई है। एंगेल्स ने *ड्यूहरिंग मत खंडन* (प्रगति प्रकाशन, 1980) के एक फुटनोट में लिखा कि इस तरह का उजरती श्रम ''बहुत प्राचीन चीज है'' और ''इक्के-दुक्के बिखरे हुए रूप में वह सदियों तक दासों के श्रम के साथ-साथ पाई जाती थी।'' रामविलासजी ने भारत में उजरती श्रम यानी पगारप्रथा के इक्के-दुक्के रूप की जगह उसकी पूरी परंपरा की बात कही। फिर भी यह बात समझनी चाहिए कि उजरती श्रम की प्रथा, जिसमें पूँजीवादी उत्पादन-पद्धति बीज रूप में रहती है, का विकास तब तक नहीं हो सकता जब तक अन्य आवश्यक ऐतिहासिक परिस्थितियाँ तैयार न हो जाएँ। पूँजीवादी उत्पादन-प्रणाली के विकास के लिए दूसरी आवश्यक परिस्थितियाँ क्या हैं, इसका विवेचन एंगेल्स ने *ड्यूहरिंग मत खंडन* में और मार्क्स ने *पूँजी* में किया है। यहाँ उसे दुहराने की जरूरत नहीं। ध्यान देने योग्य बात यही है कि ऐसा इक्का-दुक्का, बिखरा हुआ पगारप्रथा वाला उजरती श्रम बहुत प्राचीन है, आधुनिक पूँजीवाद से बहुत पहले की चीज है और वह चाहे युगों तक चलता रहे, अगर दूसरी आवश्यक परिस्थितियों का विकास नहीं होता, तो वैसे श्रम के अंदर निहित पूँजीवादी उत्पादन पद्धति का भ्रूण आगे नहीं बढ़ सकता। उसी फुटनोट में, एंगेल्स ने इसे साफ करते हुए लिखा : ''परंतु यह बीज रूप विकसित होकर पूँजीवादी उत्पादन-प्रणाली केवल उसी समय बन सका, जब उसके लिए आवश्यक तमाम ऐतिहासिक परिस्थितियाँ पहले तैयार हो गईं।'' (पृ. 431)। ये आवश्यक परिस्थितियाँ क्या हैं और प्राचीन या मध्यकालीन भारत में किस हद तक थीं या नहीं थीं? इन

सवालों का सामना करना तो दूर रहा, रामविलासजी इन्हें अपने ध्यान में भी नहीं लाते।

मार्क्स ने दिखलाया है कि कैसे यूरोप में पूँजीवादी उत्पादन-पद्धति की परिस्थितियाँ मध्ययुग से ही तैयार हो रही थीं। ऐतिहासिक परिस्थितियों की समग्रता और उनके विकास की प्रक्रिया में ही पगारजीवी श्रम की प्रथा की कोई भूमिका सार्थक हो सकती है, अन्यथा वह चाहे युगों तक बनी रहे, इससे फर्क नहीं पड़ता। *ड्यूहरिंग मत खंडन* में एंगेल्स ने लिखा कि पूँजीवादी उत्पादन-प्रणाली को अपने जन्म के समय मालों के उत्पादन और विनिमय की कुछ मशीनरी बनी-बनाई मिल गई थी, "जैसे सौदागरी पूँजी, दस्तकारी और उजरती श्रम।" (पृ. 429)। नई उत्पादन-पद्धति में ये पुराने रूप कायम रहे। प्राक्-पूँजीवादी और पूँजीवादी उत्पादन पद्धति में उजरती श्रम की भूमिका में फर्क यह आया कि "पहले अपवाद के रूप में और सहायक श्रम के रूप में उजरती श्रम कराया जाता था, अब उसका नियम बन गया और इस प्रकार का श्रम समस्त उत्पादन का आधार हो गया।" "पहले उत्पादक कभी-कभी अपने एक गौण धंधे के रूप में मजूरी कर लिया करता था; अब मजूरी करना उसका एक मात्र धंधा बन गया।" (पृ. 432)। कोणार्क मंदिर के निर्माण में काम कर रहे मजूरों-कारीगरों को वेतन मिलते हुए जगदीश चंद्र माथुर ने भी अपने नाटक *कोणार्क* में दिखलाया था। ये मजदूर-कारीगर पिछले तीन महीनों से वेतन न मिलने के कारण हड़ताल करने पर उतारू दिखते हैं। लेकिन वे गाँव में खेती से भी जुड़े हुए थे। गाँवों में अकाल पड़ा था, इसलिए वे बकाया वेतन चुकाने की माँग करते हैं। अन्य परिस्थितियों के अलावा, पूँजीवादी उत्पादन-प्रणाली की खास विशेषता यह है कि इसमें उजरती श्रम *माल के उत्पादन* का आधार बनता है। उजरती श्रम पर आधारित *माल का उत्पादन* ही उत्पादन की सबसे मुख्य पद्धति बन जाता है और बाहरी परिस्थितियों के अलावा खुद इस पद्धति के अंदर *अपने विकास और प्रसार की आवश्यकताएँ और असीमित* संभावनाएँ अंतर्निहित होती है। किसी भी प्राक्-पूँजीवादी समाज में उजरती श्रम मजदूरों के एकमात्र धंधे के रूप में नहीं दिखता, न ही उजरती श्रम पर आधारित माल उत्पादन समस्त उत्पादन की मुख्य पद्धति बनते हुए दिखाई देता है। मगध के राज्य में उजरती श्रम से माल का उत्पादन होता था पाटलिपुत्र जैसे शहर में। वह उस समाज में उत्पादन का मुख्य रूप न था। किसी भी समाज में माल का उत्पादन और उजरती श्रम दोनों अलग-अलग मौजूद रह सकते हैं। लेकिन इतने से ही उत्पादन की पद्धति पूँजीवादी नहीं हो जाती। पूँजीवादी उत्पादन-पद्धति के लिए जरूरी है कि उजरती श्रम माल के उत्पादन का आधार बने। प्राचीन या मध्यकालीन समाजों में ज्यादातर ये एक साथ नहीं मिलते। जहाँ मिलते भी हैं, वहाँ एकाध शहरों तक सीमित मिलते हैं, उसकी दिशा व्यापक प्रसार की नहीं दिखती। रामविलासजी ने कोणार्क मंदिर के निर्माण में मजदूरों-कारीगरों को पगार देने की बात को पूँजीवादी उत्पादन-पद्धति का सबूत

माना। इसे सही नहीं कहा जा सकता। मंदिर का निर्माण माल का उत्पादन नहीं होता। अगर पगार की प्रथा को माल के उत्पादन से अलग कर लिया जाए तो वह और भी प्राचीन है क्योंकि सेना में सैनिकों को पगार देने की प्रथा बहुत प्राचीन काल से सारी दुनिया में मिलती है। नकदी की अर्थव्यवस्था का होना और बात है, उजरती श्रम पर आधारित माल का उत्पादन होना और बात है। जब उजरती श्रम पर आधारित माल का उत्पादन अतिरिक्त मूल्य का सृजन करे, सिर्फ तभी उजरती श्रम पूँजीवादी उत्पादन-प्रणाली की दिशा में ले जा सकता है। प्राचीन मगध में पुरोहितों को भी पूजा-पाठ कराने के बदले पगार मिलती थी या प्रशासनिक कर्मचारियों या गुप्तचरों को पगार दी जाती थी—यह नगदी की अर्थव्यवस्था का प्रमाण है, उजरती श्रम पर पण्य-उत्पादन-प्रणाली का नहीं। इसी तरह दासों के श्रम से माल का उत्पादन पूँजीवादी उत्पादन-प्रणाली नहीं माना जा सकता। खुद रामविलासजी ने दासों के श्रम और पगारजीवी श्रम से होनेवाले उत्पादन की पद्धतियों की 'भिन्नता' की बात मानी है, भले ही व्यक्ति के श्रम को खरीदना और खुद व्यक्ति को ही खरीद लेना—इसमें उन्हें बहुत बड़ा अंतर न लगता हो!

जो बात पगारजीवी श्रम के बारे में सच है, वही व्यापारिक पूँजी के बारे में भी। व्यापारिक पूँजी का उद्भव आधुनिक पूँजीवादी उत्पादन-प्रणाली से बहुत पहले, प्राचीनकाल में हुआ। मार्क्स ने लिखा : "व्यापारिक पूँजी पूँजीवादी उत्पादन-प्रणाली से अधिक प्राचीन है, और वास्तव में, ऐतिहासिक दृष्टि से, वह पूँजी के अस्तित्व की प्राचीनतम स्वतंत्र अवस्था है।" (पृ. 283, *पूँजी*, खंड 3, प्रगति प्रकाशन 1983)

यहाँ साफ है कि व्यापारिक पूँजी के अस्तित्व का आधुनिक पूँजीवादी प्रणाली से कोई ऐतिहासिक संबंध नहीं। वह आधुनिक पूँजीवाद से बहुत प्राचीन है। वह आधुनिक पूँजीवादी प्रणाली से बँधी हुई नहीं, बल्कि पूँजी के अस्तित्व की प्राचीनतम और स्वतंत्र अवस्था है। ऐतिहासिक रूप से आधुनिक पूँजीवादी उत्पादन-प्रणाली से जुड़ी हुई व्यापारिक पूँजी की भूमिका उस प्राचीन व्यापारिक पूँजी की भूमिका से बहुत भिन्न थी। चूँकि यूरोप में आधुनिक पूँजीवादी उत्पादन-प्रणाली से पहले व्यापारिक पूँजीवाद का दौर आया, इसलिए बहुत से लोग समझ लेते हैं कि प्राचीकाल में जहाँ-जहाँ व्यापारिक पूँजी का विकास दिखता है, वहाँ-वहाँ, उसके बाद आधुनिक पूँजीवादी उत्पादन-प्रणाली आने की संभावना थी। इसी समझदारी के तहत रामविलासजी ने भी प्राचीन रोम और मगध में हुए व्यापारिक पूँजी के विकास को आधुनिक पूँजीवाद के सर्वाधिक निकट बताया और जोर देकर उसे *पूँजीवाद* ही कहा। यहाँ उन सारी ऐतिहासिक परिस्थितियों को भुला दिया गया जिनके बीच वह व्यापारिक पूँजी काम कर रही थी। यह भुला दिया गया कि दो भिन्न ऐतिहासिक परिस्थितियों में व्यापारिक पूँजी दो भिन्न प्रकार के कार्य करती है।

यह देखकर ताज्जुब होता है कि *पूँजी* के दूसरे खंड का खुद अनुवाद करने

वाले रामविलास शर्मा ने *पूँजी* के तीसरे खंड को इतने मनोगत ढंग से पढ़ा है। इस खंड में मार्क्स ने व्यापारिक पूँजी से सम्बन्धित जिन ऐतिहासिक तथ्यों को पेश किया, उन्हें समझने में रामविलासजी बिल्कुल असमर्थ रहे। मार्क्स ने लिखा है कि व्यापारिक पूँजी के चरम विकास के बावजूद पूँजीवादी उत्पादन-प्रणाली का जन्म लेना जरा भी अनिवार्य नहीं है। जो लोग व्यापारिक पूँजी के विकास से पूँजीवादी उत्पादन-पद्धति के जन्म की संभावना देखते हैं, उन्हें समझाते हुए मार्क्स ने लिखा कि : "उसका विकास स्वयं अपने में इतनी क्षमता नहीं रखता कि एक उत्पादन-प्रणाली से दूसरी उत्पादन-प्रणाली में संक्रमण को प्रवर्तित कर सके अथवा उसकी व्याख्या कर सके।" (पृ. 285)। मार्क्स के जमाने में एक श्री मोमज़न थे जो रामविलासजी की ही तरह प्राचीन रोम में पूँजीवाद देखते थे। मार्क्स ने फुटनोट में किसेलवाख़ की, जो व्यापारिक पूँजी को पूँजी का सामान्यरूप समझते थे, आलोचना करते हुए मोमज़न का उपहास किया : "श्री किसेलवाख़ अपनी पुस्तक में सचमुच अभी एक ऐसी दुनिया के विचारों में ही उलझे हुए हैं, जिसमें व्यापारी पूँजी ही पूँजी का सामान्य रूप है। उन्हें पूँजी के आधुनिक अर्थ का उसी प्रकार तनिक भी आभास नहीं है जैसे कि श्री मोमज़न को जो अपने रोम के इतिहास में 'पूँजी' का और पूँजी के शासन की बात करते हैं।" (पृ. 286)। श्री मोमज़न की ही तरह रामविलासजी भी प्राचीन रोम में *पूँजी* के अस्तित्व की बात मानते हैं, पूँजी के शासन (पूँजीवाद) की बात मानते हैं। किसेलवाख़ की तरह उन्होंने व्यापारिक पूँजी को पूँजी का सामान्य रूप नहीं कहा, लेकिन जब वे पूँजी के विकसित और अविकसित (व्यापारिक पूँजी) भेद की बात करते हुए कहते हैं कि दोनों में *पूँजी की मूल प्रकृति एक ही है,* तो वे किसेलवाख़ की ही बात को घुमा-फिराकर कहते हैं।

सच बात तो यह है कि व्यापारिक पूँजी के विकास का पूँजीवादी उत्पादन-प्रणाली से कोई विशेष संबंध तो दूर रहा, उत्पादन की प्रणाली मात्र से भी कोई अनिवार्य संबंध नहीं होता। बिकाऊ माल का उत्पादन किस प्रणाली से हुआ है, इससे व्यापारिक पूँजी का कोई अनिवार्य संबंध नहीं होता। उसका संबंध तो उत्पादन हो जाने के बाद अस्तित्व में आए माल से होता है। इसीलिए यह जरा भी जरूरी नहीं है कि अगर व्यापारिक पूँजी का विकास हो रहा हो तो उसके फलस्वरूप उत्पादन की प्रणाली में भी कोई विकास हो रहा हो। व्यापारिक पूँजी सिर्फ बने हुए माल को खरीदने-बेचने का काम करती है, उसकी सारी गतिशीलता इन्हीं के बीच होती है। इसलिए कभी-कभी उत्पादन-प्रणाली तो बहुत ही पिछड़ी हुई बनी रहती है, उसमें कुछ भी फर्क नहीं आता, लेकिन व्यापार का विकास होता रहता है। इस सिलसिले में मार्क्स ने लिखा कि व्यापारी पूँजी का विकास उत्पादन के विकास की मात्रा के ठीक उल्टे क्रम में भी होता है। (पृ. 287, वही)। उन्होंने पुराने वेनिस, जेनेवा और डच व्यापार को इसका उदाहरण बताया। इन देशों के व्यापारी पिछड़े हुए देशों से सामान खरीदकर उस

सामान को दूसरे देशों में ले जाकर बेचते थे। व्यापार में आमतौर पर ऐसा होता है कि व्यापारी एक ऐसी पिछड़ी जगह से सामान खरीदते हैं जहाँ वह सबसे सस्ते में मिल जाए और उस सामान को ले जाकर ऐसी जगह पर बेचते हैं जहाँ उसकी कीमत अधिक मिले। (आज भी आदिवासी इलाकों से लाह, महुआ, साल और करंज के बीज तथा चिरंजी जैसी चीजें खरीदकर व्यापारी इनको राष्ट्रीय-अंतर्राष्ट्रीय बाजार में बेचते हैं) इससे व्यापारिक पूँजी का तो जबर्दस्त विकास होता है, लेकिन जिस समाज से यह माल खरीदा जाता है, वहाँ इसकी पैदावार की पद्धति में कोई विकास नहीं होता। इसके उलटे, कई बार व्यापारी माल की उत्पादन-प्रणाली की उन पिछड़ी हुई प्रथाओं और दशाओं को बनाए रखना चाहते हैं। जैसे आज भी आदिवासी इलाकों में वन-उपज की पद्धति अथवा उत्तर प्रदेश में बनारसी साड़ियों या दरी-कालीनों को तैयार करने वाले घरेलू उद्योगों की पिछड़ी हुई पद्धतियों को व्यापारी जिलाए हुए हैं। व्यापारी माल उन बिखरे हुए गरीब परिवारों से अलग-अलग व्यक्तिगत रूप से खरीदते हैं जो अपनी गरीबी और पिछड़ी हुई, असंगठित दशा के कारण अपना माल बहुत ही कम कीमत पर बेचने को लाचार होते हैं। यहाँ उत्पादन-प्रणाली में विकास का अभाव ही व्यापारिक पूँजी के विकास का मूख्य स्रोत बन जाता है। ऐसे समाज में उत्पादन व्यापार पर शासन नहीं करता जैसे कि आधुनिक पूँजीवादी उत्पादनवाले समाज में वह करता है, बल्कि इसके उल्टे, बाजार उत्पादन पर शासन करता है। पूँजीवादी उत्पादन-प्रणाली और प्राक्-पूँजीवादी उत्पादन-प्रणाली में व्यापारिक पूँजी की भूमिका में यह बुनियादी फर्क है कि एक में उत्पादन व्यापार पर शासन करता है, जबकि दूसरे में व्यापार उत्पादन पर शासन करता है। उत्पादन-प्रणाली विकसित होकर पूँजीवादी उत्पादन-प्रणाली में बदल जाए, यह व्यापारिक पूँजी के विकास पर नहीं, बल्कि सामाजिक विकास की दूसरी ऐतिहासिक परिस्थितियों पर निर्भर करता है। प्राक्-पूँजीवादी समाज में व्यापारी पूँजी दो बिन्दुओं के बीच काम करती रहती है—एक, जहाँ से वह माल खरीदती है, दूसरे, जहाँ वह माल बेचती है।

यही कारण है कि व्यापारिक पूँजी स्वयं कहीं भी उत्पादन-प्रणाली में कोई क्रांति न ला सकी। पुराने जमाने में रोम, यूनान, अरब और भारत में व्यापारिक पूँजी का अभूतपूर्व विकास हुआ, पर उससे उत्पादन की प्रणाली पूँजीवादी नहीं बनी। मार्क्स ने बताया कि वाणिज्य पुरानी उत्पादन-प्रणाली पर थोड़ा-बहुत प्रभाव तो डालता है, पर जहाँ तक पुरानी की जगह नई उत्पादन-पद्धति के चलन का सवाल है, "यह वाणिज्य पर नहीं, बल्कि स्वयं पुरानी उत्पादन-प्रणाली के स्वरूप पर निर्भर करता है।" (पृ. 289-90, वही)। मार्क्स ने प्राचीन रोम में वाणिज्य और व्यापारिक पूँजी के विकास के विकास के प्रभाव का वर्णन करते हुए लिखा : "प्राचीन विश्व में वाणिज्य के प्रभाव और व्यापारिक पूँजी के विकास का परिणाम सदा दास अर्थव्यवस्था रहा। बस, प्रस्थान बिंदु के अनुसार प्रत्यक्ष निर्वाह साधनों के उत्पादन में लगी

पितृसत्तात्मक दास-प्रथा का बेशी मूल्य के उत्पादन में निरत दास-प्रथा में रूपांतरण ही रहा है।'' (पृ. 290, वही)। यहाँ मार्क्स के विवेचन से रामविलासजी के विवेचन की भिन्नता को साफ देखा जा सकता है। रामविलासजी के मुताबिक प्राचीन दास अर्थव्यवस्था के आधार पर रोम में व्यापारिक पूँजीवाद का इतना विकास हुआ कि वह औद्योगिक क्रांति के पूर्व इंग्लैंड के व्यापारिक पूँजीवाद को मात करनेवाला था। इसी कारण उन्हें रोम के दासों के श्रम और इंग्लैंड के उजरती श्रम के बीच बहुत बड़ा अंतर नहीं लगा। इंग्लैंड और प्राचीन रोम, दोनों पूँजीवाद के केंद्र प्रतीत हुए। मार्क्स की स्थापना इसके उलट है। मार्क्स के मुताबिक प्राचीन रोम में दास अर्थव्यवस्था व्यापारिक पूँजी के विकास का कारण नहीं, बल्कि उसका परिणाम थी। व्यापारिक पूँजी के विकास के परिणामस्वरूप दास अर्थव्यवस्था कायम हुई—इसे मार्क्स ने स्पष्ट शब्दों में लिखा। पहले दास घरेलू होते थे। बढ़ते हुए वाणिज्य और व्यापारिक पूँजी के विकास की जरूरतों ने दास-प्रथा को घरों से निकालकर माल के सामाजिक उत्पादन में लगा दिया। जो दास-प्रथा सिर्फ घरों तक सीमित थी, वह अब अतिरिक्त मूल्य की कमाई के लिए सामाजिक अर्थव्यवस्था में बदल गई। प्राचीन काल में व्यापारिक पूँजी के विकास के इस परिणाम से बिल्कुल भिन्न परिणाम 17वीं-18वीं सदी के इंग्लैंड में निकला। ''लेकिन आधुनिक विश्व में इसका परिणाम पूँजीवादी उत्पादन-प्रणाली है।'' मार्क्स के मुताबिक इससे यह निष्कर्ष निकलता है कि अपने में ये परिणाम व्यापारी पूँजी के विकास के अलावा अन्य परिस्थितियों से उत्पन्न होते हैं।'' (पृ. वही)

प्राचीन रोम में व्यापारिक पूँजी का विकास दिखाकर उसे आधुनिक पूँजीवाद के सर्वाधिक निकट दिखाने के लिए रामविलासजी ने कितना कुछ लिखा और यह सब मार्क्स के नाम पर लिखा। लेकिन इस मामले में मार्क्स की धारणाएँ न केवल उनसे भिन्न, बल्कि उल्टी भी हैं। प्राचीन रोम में व्यापारिक पूँजी उत्पादन की पुरानी पद्धति को भी तोड़ नहीं पाई। जो दास-प्रथा पहले प्रत्यक्ष जीवन-निर्वाह के साधनों को जुटाने के लिए गृहस्थों की सेवा में काम कर रही थी, उसी दास-प्रथा को अब विनिमय मूल्यों को पैदा करने के लिए, माल के उत्पादन के लिए सामाजिक क्षेत्र में लगा दिया गया। बस, पुरानी पद्धति में इससे ज्यादा रूपांतर व्यापारिक पूँजी न ला सकी। लेकिन 17वीं-18वीं सदी के इंग्लैंड में, व्यापारिक पूँजी के विकास ने एक दूसरी तरह की भूमिका निभाई क्योंकि वह बिलकुल भिन्न परिस्थितियों में काम कर रही थी। व्यापारिक पूँजी के अलावा इन्हीं भिन्न परिस्थितियों ने जो मार्क्स के मुताबिक मध्ययुग से ही तैयार हो रही थीं, इंग्लैंड में पूँजीवादी उत्पादन-प्रणाली को जन्म दिया।

प्राक्-पूँजीवादी समाजों में वाणिज्य और व्यापारिक पूँजी के विकास का न सिर्फ पूँजीवाद उत्पादन प्रणाली से कोई अनिवार्य संबंध नहीं होता, बल्कि औद्यागिक विकास से भी उसका कोई अनिवार्य संबंध नहीं होता। रामविलासजी ने लिखा कि प्राचीन

रोमन व्यापारिक पूँजीवाद के मुकाबले 17वीं-18वीं सदी के इंग्लैंड का व्यापारिक पूँजीवाद पिछड़ा हुआ था, क्योंकि प्राचीन रोम में (प्राचीन भारत की ही तरह) उद्योग और खेती का अलगाव हो चुका था जबकि इंग्लैंड में अभी तक नहीं हुआ था। लेकिन, प्राचीन रोम में अगर हुआ था, तो भी औद्योगिक विकास से उसका कोई अनिवार्य संबंध न था। मार्क्स ने लिखा कि जब शहरी उद्योग और कृषि का अलगाव हो जाता है तब शहरी उत्पादन बिकाऊ माल बन जाता है जिसके लिए वाणिज्य की जरूरत पड़ती है। वाणिज्य का झुकाव नगरों की ओर होता है और नगरों की निर्भरता वाणिज्य पर होती है, "यहाँ तक तो स्वाभाविक ही है।" लेकिन, मार्क्स ने आगे लिखा : "यह सर्वथा भिन्न परिस्थितियों पर निर्भर करता है कि औद्यागिक विकास किस हद तक इस विकास के साथ-साथ चलेगा।" (पृ. 290)

अगर वाणिज्य का विकास होता रहे तो जरूरी नहीं कि इसका मतलब यह हो कि उद्योग का यानी पण्य-उत्पादन का भी विकास साथ-साथ हो रहा हो। जिस प्राचीन रोम को रामविलासजी ने पूँजीवाद का केंद्र कहा, उसके पूर्वार्द्ध में तो वाणिज्य-व्यापार और उद्योग, तीनों का विकास हुआ, लेकिन उसके परवर्ती काल में वाणिज्य और व्यापार का तो विकास तेजी से होता रहा, लेकिन उद्योगों में कोई प्रगति न हुई। मार्क्स ने लिखा : "अपने गणतांत्रिक काल के उत्तरवर्ती दौर में प्राचीन रोम ने शिल्पों के विकास में कोई भी प्रगति किए बिना व्यापारी पूँजी को प्राचीन विश्व में तब तक अभूतपूर्व सीमा तक विकसित कर लिया था।" (पृ. वही)। व्यापारिक पूँजी के विकास का औद्योगिक विकास से कोई अनिवार्य संबंध नहीं होता। गणतांत्रिक काल के उत्तरवर्ती रोम में व्यापारिक पूँजी का विकास तो अभूतपूर्व हुआ, लेकिन औद्योगिक विकास बिल्कुल नहीं हुआ। रोम के विपरीत, कोरिंथ, यूरोप और एशिया-ए-कोचक में व्यापार और उद्योग, दोनों का साथ-साथ विकास हुआ। दूसरी ओर घुम्मकड़ खानाबदोश कबीलों में भी व्यापारिक पूँजी का विकास देखने में आता है, जैसे हम भारत के बड़े नगरों में पठान या ईरानी कबीलों के लोगों को चश्मा हींग तथा दूसरी चीजों के व्यापार में लगे हुए देखते हैं।

व्यापारिक पूँजी के विकास से पूँजीवादी उत्पादन-पद्धति का जन्म होता है या हो सकता है—इस भ्रांत धारणा का जन्म, मार्क्स के मुताबिक, इसलिए हुआ क्योंकि आधुनिक यूरोप में पूँजीवादी उत्पादन-प्रणाली से पहले वाणिज्य और व्यापारिक पूँजी ने काफी विकास किया था और ये दोनों ही आधुनिक यूरोप में "सामंती उत्पादन-प्रणाली से पूँजीवादी उत्पादन-प्रणाली में संक्रमण को बढ़ावा देनेवाले मूल तत्त्वों में एक है।" (पृ. वही)। उपर्युक्त भ्रांत धारणा की चर्चा करते हुए मार्क्स ने वाणिज्य और व्यापारिक पूँजी के विकास को सामंती से पूँजीवादी उत्पादन-प्रणाली में संक्रमण को *बढ़ावा देनेवाले* प्रमुख तत्त्वों में सिर्फ एक माना। उनके अनुसार, बढ़ावा देनेवाले दूसरे प्रमुख तत्त्व थे—विश्वमंडी का आकस्मिक प्रसार, परिचलनगत जिंसों की संख्या-वृद्धि, एशिया के

उत्पादों और अमरीका की संपदाओं का स्वामित्व प्राप्त करने के लिए यूरोपीय राष्ट्रों का प्रतिस्पर्धात्मक उत्साह और औपनिवेशिक व्यवस्था : "सभी ने उत्पादन पर सामंती बेड़ियों को नष्ट करने में मौलिक योगदान किया है।" लेकिन वाणिज्य और व्यापारिक पूँजी का योगदान पूँजीवादी उत्पादन-प्रणाली के विकास के दूसरे दौर में हुआ। पूँजीवादी उत्पादन-प्रणाली के विकास का पहला दौर इस पर आधारित न था। मार्क्स ने लिखा : "लेकिन अपने पहले दौर–विनिर्माण अथवा मेन्युफेक्चर युग–में आधुनिक उत्पादन-प्रणाली ने केवल वहीं विकास किया, जहाँ उसके लिए अवस्थाएँ मध्ययुग में ही रूप ले चुकी थीं।" (पृ. वही)। पूँजीवादी उत्पादन-प्रणाली के विकास के संदर्भ में यहाँ मार्क्स ने व्यापारिक पूँजी की भूमिका के तर्कजाल को काटकर बिल्कुल अलग कर दिया। यूरोप में वाणिज्य और व्यापारिक पूँजी ने पूँजीवादी उत्पादन-प्रणाली के विकास के दूसरे दौर में–16वीं-17वीं सदी में–अपना प्रभाव डाला। लेकिन पूँजीवादी उत्पादन-प्रणाली के पहले दौर–मेन्युफेक्चर युग–के लिए आवश्यक अवस्थाएँ मध्ययुग में ही रूप ले चुकी थीं। यह 15वीं-16वीं सदी में लूथरन और काल्वनिस्ट धर्म-सुधारों के आंदोलन का युग था जिसे मार्क्स-एंगेल्स ने प्रथम पूँजीवादी क्रांति का काल कहा। मध्ययुग में जहाँ-जहाँ आवश्यक अवस्थाओं ने रूप ग्रहण कर लिया था, सिर्फ उन्हीं जगहों पर, प्रथम पूँजीवादी क्रांति शुरू हुई। इस क्रांति के दूसरे दौर में, 17वीं-18वीं सदी में दूसरे बहुत-से तत्त्वों की तरह वाणिज्य और व्यापारिक पूँजी के विकास ने भी पूँजीवादी क्रांति के विकास पर अपना प्रभाव डाला। वाणिज्य और व्यापारिक पूँजी पूँजीवादी क्रांति को आगे बढ़ानेवाला एक प्रमुख तत्त्व था, वह उसका पूर्व-आधार न था। रामविलासजी ने उल्टी बात लिखी : "सौदागरी पूँजी के विकास के बिना उत्पदन की पूँजीवादी पद्धति का जन्म न होता, यह स्पष्ट है।" (पृ. 91)। मार्क्स ने मानो इसी उल्टी धारणा को सीधा करते हुए लिखा : "और जब सोलहवीं सदी में और क्रमशः सत्रहवीं सदी तक में वाणिज्य के *सहसा* प्रसार तथा नई विश्वमंडी के उदय ने पुरानी उत्पादन-प्रणाली के पतन और नए पूँजीवादी उत्पादन के *आविर्भाव में जबरदस्त योग दिया,* तो इसके विपरीत, ऐसा *पहले से विद्यमान पूँजीवादी उत्पादन-प्रणाली के आधार पर हुआ।"* (पृ. 290-91, शब्दों पर जोर हमारा) वाणिज्य के प्रसार ने नई उत्पादन-प्रणाली को जन्म नहीं दिया था, उसके आविर्भाव में जबरदस्त *योग* दिया था। वाणिज्य का प्रसार सहसा हुआ था जिसका आधार पहले से ही विद्यमान पूँजीवादी उत्पादन-प्रणाली थी। आगे मार्क्स ने लिखा : "विश्वमंडी स्वयं इस उत्पादन-प्रणाली का आधार है।" यहाँ *आधार* से मतलब यह नहीं कि विश्वमंडी पूँजीवादी उत्पादन-प्रणाली को जन्म देती है। नहीं, यहाँ यह सिर्फ एक अमूर्त आधार है जो व्यवहार में पूँजीवादी उत्पादन का क्रमशः मूर्त आकार बन सकती है, या बनती जाती है। इसलिए मार्क्स ने लिखा कि एक ओर विश्वमंडी स्वयं इस उत्पादन-प्रणाली का आधार है, "दूसरी ओर, *इस उत्पादन-प्रणाली की चिर-विस्तृत पैमाने पर उत्पादन करने की अंतर्निहित*

आवश्यकता विश्वमंडी को निरंतर प्रसार की ओर ले जाती है, जिससे कि इस मामले में यह वाणिज्य नहीं है जो उद्योग में क्रांति उत्पन्न करता है, बल्कि उद्योग वाणिज्य में क्रांति लाता है।" (पृ. 291)

यहाँ विश्वमंडी पूरे विश्व की मंडी नहीं, बल्कि उपलब्ध विश्वमंडी है। विश्वमंडी का प्रसार विश्व के बाहर नहीं, अंदर ही होगा। इसलिए विश्वमंडी के प्रसार का मतलब उपलब्ध विश्वमंडी का प्रसार है। यह वाणिज्य नहीं है जो उद्योग में क्रांति उत्पन्न करता है बल्कि उद्योग वाणिज्य में क्रांति लाता है—यह बात मार्क्स ने आधुनिक पूँजीवादी प्रणाली के विकास के प्रसंग में कही। इसका क्या मतलब हुआ? पहले विश्वमंडी अमूर्त रूप में मौजूद है। अमूर्त रूप में इसका मौजूद होना पूँजीवादी उत्पादन-प्रणाली के आविर्भाव के लिए एक आवश्यक आधार है। लेकिन इस अमूर्त विश्वमंडी को मूर्त और वास्तविक विश्वमंडी में बदलने का क्रांतिकारी काम सिर्फ पूँजीवादी उत्पादन-प्रणाली कर सकती है और ऐतिहासिक रूप में उसने ऐसा ही किया भी, क्योंकि उसके अंदर बड़े पैमाने पर उत्पादन करने की आवश्यकता अंतर्निहित होती है। पूँजीवादी उत्पादन प्रणाली के स्वरूप में ही यह बात है कि उसके विकास के लिए यह जरूरी होता है कि वह लगातार बड़े पैमाने के उत्पादन की ओर बढ़ती रहे। अपने ऐसे चरित्र के कारण इस उत्पादन-प्रणाली द्वारा वाणिज्य में क्रांति ले आना इस प्रणाली के चरित्र की तर्कसंगत परिणति है। इसकी अंतर्निहित आवश्यकताएँ ही हैं कि विश्व को एक वास्तविक मंडी में बदलना और अपने विकास के लिए उसका निरंतर प्रसार करना इसके लिए अपरिहार्य हो जाता है। इसके विपरीत व्यापारिक पूँजी के लिए यह जरा भी जरूरी नहीं है, और न उसकी ऐसी क्षमता है कि वह अपने विकास के लिए पहले से विद्यमान उत्पादन-प्रणाली को पूँजीवादी उत्पादन-प्रणाली में बदल दे। इसके उल्टे, कई बार व्यापारिक पूँजी के विकास का मुख्य स्रोत पुरानी उत्पादन-प्रणाली का बने रहना ही होता है। यही कारण है कि प्राचीन रोम के उत्तरवर्ती दौर में उद्योग में, शिल्प में जरा भी प्रगति नहीं हुई, हालाँकि व्यापारिक पूँजी का अभूतपूर्व विकास हुआ।

(1987)

रामविलास शर्मा की विवेचन पद्धति और मार्क्सवाद-IV
नई जनवादी क्रांति

अपनी किताब *मार्क्स और पिछड़े हुए समाज* में रामविलास शर्मा ने एक अध्याय *मजदूर, किसान और जनवादी क्रांति* नाम से लिखा। इस अध्याय में उन्होंने मुख्यतः पूँजीवादी क्रांति और समाजवादी क्रांति से भिन्न, इन दोनों के बीच की नई जनवादी क्रांति पर विचार किया है। उन्होंने लिखा कि नई जनवादी क्रांति वह क्रांति है जो मजदूरों और किसानों के सहयोग से मजदूर वर्ग के नेतृत्व में होती है और पूँजीवादी क्रांति के सामंत विरोधी अधूरे कामों को पूरा करती है; पूँजीवाद का नाश नहीं करती, उसका नियंत्रण करती है और बिना खून-खराबे के समाजवादी क्रांति में शांतिपूर्ण संक्रमण के लिए रास्ता तैयार करती है। इसका विवेचन करते हुए उन्होंने जो कुछ लिखा, वह इस बात का उदाहरण है कि कैसे वे अपनी स्थापना को सिद्ध करने के लिए विषय के ऐतिहासिक स्वरूप की उपेक्षा कर, उसे स्थिर लक्षणों और सर्वव्यापी सिद्धांतों की तरह विशिष्ट संदर्भों का ख्याल किए बिना, इतिहास की किसी भी अवस्था पर लागू कर देते हैं।

रामविलास शर्मा की विवेचन पद्धति ऐसी है कि वे किसी घटना की बहुत सारी बातों में से किसी एक बात पर इतना जोर देते हैं कि उस एक के महत्त्व के आगे बाकी सबका महत्त्व विसर्जित हो जाता है। उसी एक बात की दृष्टि से सारी घटना को देखा जाने लगता है; बाकी सारी बातें इसी दृष्टिबिंदु के लिए समर्थन जुटाने या उसके साथ तालमेल बैठाने भर के लिए रह जाती हैं। उसी एक बात की पटरी पर सारा विवेचन दौड़ने लगता है और उसी एक बात की ईंट पर स्थापनाओं का पूरा महल खड़ा कर लिया जाता है। पूँजीवादी क्रांति द्वारा सामंतवाद विरोधी क्रांति के काम पूरे नहीं हुए—इतिहास की कई बातों में से यह भी एक ऐसी ही बात है जिसने रामविलासजी के राजनीतिक विवेचन को विशेष रूप से प्रभावित कर रखा है और राजनीतिक इतिहास की बहुत-सारी बातों की उनकी व्याख्या इसी एक

बात की दृष्टि से नियंत्रित होती है। इसी एक बात पर जोर देने के कारण उन्होंने नई जनवादी क्रांति को सिर्फ सामंतवाद विरोधी अधूरे कामों को पूरा करने तक सीमित कर दिया और वह किन ऐतिहासिक परिस्थितियों की देन है, इसे भुला दिया।

यूरोप में पूँजीवादी क्रांति ने सामंतवाद विरोधी काम पूरे नहीं किए, इससे हेगेलीय द्वंद्ववाद को गलत साबित करने के अलावा रामविलासजी ने यह निष्कर्ष भी निकाला कि "इतिहास में कोई विशुद्ध पूँजीवादी क्रांति नहीं हुई, इसलिए स्वभावतः इतिहास में कोई विशुद्ध समाजवादी क्रांति भी नहीं हुई।" (पृ. 296) 'विशुद्ध पूँजीवादी क्रांति' या 'विशुद्ध समाजवादी क्रांति' का क्या मतलब? क्या वह किसी टेक्स्ट बुक में दिए गए लक्षणों के मुताबिक विशुद्ध नहीं थी? इंग्लैंड या फ्रांस के इतिहास में हुई पूँजीवादी क्रांति विशुद्ध रही हो या नहीं, और उसने वहाँ सभी सामंती तत्त्वों को खत्म किया हो या नहीं, इस बात से कोई इनकार नहीं कर सकता कि इंग्लैंड या फ्रांस की पूँजीवादी क्रांति ने उन देशों में पहले से स्थापित सामंती उत्पादन प्रणाली को निर्णायक रूप से अपदस्थ कर दिया। इसी तरह रूस या चीन में व्यवस्था के अंदर चाहे जैसे भी अंतर्विरोध क्यों न रहे हों, इस बात से इनकार नहीं किया जा सकता कि क्रांति ने इन देशों में परंपरागत और पहले की सामंती उत्पादन प्रणाली को निर्णायक रूप से खत्म कर दिया। इसलिए ये क्रांतियाँ शुद्ध थीं या अशुद्ध इस बात का कोई मतलब नहीं निकलता। लेकिन जब ऐसी दृष्टि और तर्क की ऐसी पद्धति हो जिसमें सभी सामंतविरोधी काम पूरे हो गए या नहीं, इसी एक बात से क्रांति को पास या फेल होने का सर्टिफिकेट मिले और जिसमें क्रांतियों को शुद्ध या अशुद्ध की इतिहास-निरपेक्ष कोटियों में डाल दिया गया हो, तो नतीजे के रूप में यही निष्कर्ष निकलेगा कि तब, इतिहास असल में नई जनवादी क्रांति का मोहताज रहा है। यानी यूरोप के जिन देशों में अशुद्ध पूँजीवादी क्रांतियाँ हुई हैं, वहाँ-वहाँ सामंतविरोधी काम पूरे करने के लिए फिर नई जनवादी क्रांति होनी चाहिए थी, और जहाँ-जहाँ अशुद्ध समाजवादी क्रांतियाँ हुई हैं, वे असल में नई जनवादी क्रांतियाँ थीं या उन्हें ऐसा ही होना चाहिए था। सामंतविरोधी अधूरे कामों को पूरा करने का कार्यभार इतिहास पर कुछ इस तरह आ पड़ा जैसे किसी कड़े मिजाज वाले मास्टर का दिया हुआ होमवर्क हो, जिसे हर हाल में पूरा किए बिना छुटकारा नहीं मिल सकता। रामविलासजी ने लिखा है कि 1688 की इंग्लैंड की पूँजीवादी क्रांति और 1793 की फ्रांसिसी बुर्जुवा क्रांति, दोनों ने ही अपने सामंतविरोधी कामों को पूरा नहीं किया। (पृ. 297) आगे एक जगह लिखा, "वास्तव में पूँजीवादी यूरोप अपने सामंती अवशेष पूरी तरह न तो 1871 तक खत्म कर सका था, न 1871 के बाद।" (पृ. 303) लेनिन की 1921 की एक रचना से उद्धरण दिया कि "इंग्लैंड, फ्रांस जर्मनी, जैसे सबसे आगे बढ़े हुए देश भी आज तक मध्यकालीन वर्ण-व्यवस्था के अवशेषों को पूरी तरह खत्म नहीं कर सके।" (पृ. वही) इस तर्क से 1921 में भी यूरोप के इन देशों में सामंतविरोधी अधूरे कामों

को पूरा करने के लिए नई जनवादी क्रांति की जरूरत बनी हुई थी। यह जरूरत आज भी बनी हुई होगी क्योंकि इस बीच वहाँ कोई और क्रांति तो हुई नहीं। रामविलासजी ने इस जरूरत को 1871 तक सीमित रखा। (पृ. 304) यह कोई ग्रेस मार्क नहीं है, बल्कि मार्क्स कह गए थे कि "पेरिस-कम्यून (1871) ने पूँजीवादी परिवर्तनों का विकास-क्रम पूरा किया।" (पृ. 301)

रामविलासजी के मुताबिक 1871 का पेरिस-कम्यून भी नई जनवादी क्रांति ही थी, अगर नहीं थी तो यह उसकी गलती थी और उसे ऐसा होना चाहिए था।

उन्होंने अक्टूबर, 1917 की रूसी क्रांति को नई जनवादी क्रांति मानते हुए लिखा, "रूसी क्रांति उस नई जनवादी क्रांति की परिणति थी जिसका प्रारम्भिक असफल रूप पेरिस-कम्यून था।" (पृ. 305) कम्यून के समय फ्रांस की परिस्थितियों पर विचार करते हुए उन्होंने लिखा, "फ्रांस की वस्तुगत स्थिति समाजवादी क्रांति के अनुरूप नहीं थी। पूँजीपति वर्ग ने सामंतविरोधी क्रांति के काम पूरे नहीं किए थे, इसलिए परिस्थिति जनवादी क्रांति के अनुरूप थी। इस क्रांति की सफलता किसानों के सहयोग पर निर्भर थी, किसानों के सिवा मजदूरों को निम्न पूँजीवादियों का सहयोग भी मिल सकता था।" (पृ. 302) ऐसी परिस्थितियों में जो क्रांति हो सकती थी, उसका स्वरूप बतलाते हुए आगे लिखा, "मानना चाहिए कि 1848 से 1871 तक युरुप की सामाजिक परिस्थितियाँ ऐसी जनवादी क्रांति के लिए ही परिपक्व थीं जो किसानों के सहयोग से, मजदूरों के नेतृत्व में संपन्न हो, जो पूँजीवाद को नियंत्रित करे और समाजवादी विकास के लिए रास्ता साफ करें।" (पृ. 304)

सवाल है, अगर 1871 के फ्रांस में समाजवादी क्रांति की परिस्थितियाँ नहीं थीं, तो क्या ऐसी क्रांति—नई जनवादी क्रांति—के लिए परिस्थितियाँ मौजूद थीं?

उन्होंने 22 फरवरी, 1881 को मार्क्स द्वारा एक डच सोशलिस्ट को लिखे पत्र का एक वाक्य उद्धृत किया, "कम्यून में बहुमत उन लोगों का था जो न तो सोशलिस्ट थे और न हो सकते थे।" कम्यून में बहुमत समाजवादियों का न था, इसलिए समाजवादी क्रांति नहीं हो सकती थी। सही बात है। लेकिन क्या जनवादी क्रांति हो सकती थी? कम्यून में बहुमत समाजवादियों का न था, यह बात कहकर क्या मार्क्स यह कहना चाहते थे कि ऐसी हालत में वहाँ नई जनवादी क्रांति या इसी किस्म की क्रांति हो सकती थी? अगर कोई उस पत्र को पूरा पढ़े, फिर पेरिस-कम्यून पर मार्क्स की रचना फ्रांस में गृहयुद्ध पढ़े और एंगेल्स द्वारा लिखी उसकी भूमिका पढ़े, तो इन तीनों के मिलान से यह साफ हो जाएगा कि मार्क्स का यह आशय न था कि 1871 में वहाँ समाजवादी क्रांति की परिस्थितियाँ न थीं, पर नई जनवादी किस्म की क्रांति की थीं। असल में उस पत्र का संदर्भ ही कुछ दूसरा है। डच सोशलिस्ट फदीनांद दोमेला न्यूवेन्हाइस ने अपने पिछले पत्र में मार्क्स से पूछा था कि समाजवादियों को सत्तारूढ़ होने के बाद समाजवाद की रक्षा के लिए कौन-कौन से आर्थिक-राजनीतिक कदम

उठाने चाहिए? इसके जवाब में मार्क्स ने लिखा कि यह सवाल ही गलत लगता है क्योंकि भविष्य में कहाँ कौन से कदम उठाने चाहिए, यह परिस्थितियों पर निर्भर करता है। इसी सिलसिले में मार्क्स ने आगे लिखा, "शायद आप मुझे पेरिस-कम्यून का हवाला देंगे; परंतु इस तथ्य के अलावा कि यह एक नगर का असाधारण परिस्थितियों में विद्रोह था, कम्यून का बहुमत समाजवादी नहीं था और न वह ऐसा हो सकता था।" (पृ. 253, *संकलित पत्र–व्यवहार,* प्रगति प्रकाशन, मास्को, 1982) डच सोशलिस्ट का सवाल समाजवादी क्रांति की रक्षा कैसे की जाए, इस प्रसंग में था जिसके कारण मार्क्स ने उन्हें सूचित किया कि कम्यून का सवाल भिन्न है, क्योंकि कम्यून मुख्यतः समाजवादियों का नहीं था। आगे मार्क्स ने लिखा कि कम्यून के सदस्य थोड़ी-सी भी सहजबुद्धि की मदद से अपनी सत्ता को बचाने के लिए कुछ आवश्यक कदम उठा सकते थे, लेकिन उन्होंने नहीं उठाए, जैसे फ्रांसीसी बैंक का अधिग्रहण और बेर्साई सरकार के साथ समझौता।

"कम्यून का बहुमत समाजवादी न था" से मार्क्स का तात्पर्य उन ब्लांकीवादियों और प्रूदोवादियों से था जिनका कम्यून में बहुमत था, पर, जो मार्क्स की दृष्टि में समाजवादी नहीं, निम्न पूँजीवादी विचारधारा के क्रांतिकारी थे। मार्क्स के पत्र को *फ्रांस में गृहयुद्ध* की एंगेल्स द्वारा 1891 में लिखी गई भूमिका से मिलाइए। कम्यून का वृत्तांत देते हुए एंगेल्स ने लिखा कि उसमें बहुमत उन ब्लांकीवादियों का था जिनमें समाजवाद की सचेत सैद्धांतिक समझदारी न थी–"ब्लांकीवादियों का प्रबल बहुमत केवल क्रांतिकारी सर्वहारा की सहज प्रवृत्ति के कारण समाजवादी था; उनमें केवल कुछ ही ने वाइयां के जरिये (जो जर्मन वैज्ञानिक समाजवाद से अवगत था) सिद्धांत के विषय में अपेक्षाकृत अधिक दिमागी सफाई हासिल की थी।" (पृ. 114, *मार्क्स-एंगेल्स : संकलित रचनाएँ,* भाग-2, प्रगति प्रकाशन, मास्को) ब्लांकीवादी सचेत समाजवादी न थे। उनमें से कुछ एक ने ही समाजवादी सिद्धांतों को समझा था, वह भी वाइयाँ के जरिये। बाकी सदस्य केवल सहज-प्रवृत्तिवश समाजवादी थे। एंगेल्स ने आगे लिखा, "इसलिए यह बात समझ में आती है कि आर्थिक क्षेत्र में बहुत से ऐसे काम नहीं किए गए जिन्हें, आज हमारी राय में, कम्यून को करना चाहिए था।" उदाहरण दिया, "जिस बात को समझने में हमें सबसे अधिक कठिनाई होती है, वह यह है कि बैंक ऑफ फ्रांस के फाटक के सामने वे क्यों इस तरह अदब के साथ खड़े रहे, जैसे कि बैंक कोई देवस्थान रहा हो।" अगर कम्यून ने बैंक का अधिग्रहण कर लिया होता तो, "पूरा फ्रांसिसी पूँजीपति वर्ग वेर्साई सरकार पर कम्यून के साथ सुलह कर लेने के लिए दबाव डालता।" (पृ. 115) यहाँ एंगेल्स वही बात कह रहे हैं जो मार्क्स ने डच सोशलिस्ट को लिखी थी।

पेरिस-कम्यून में मार्क्स-एंगेल्स के अनुयायी नहीं के बराबर थे। उसमें बहुमत में थे ब्लांकीवादी और अल्पमत में थे मुख्यतः प्रूदोवादी। प्रूदो के विचारों का परिचय

देते हुए एंगेल्स ने लिखा, "छोटे किसानों और दस्तकार उस्तादों का समाजवादी प्रूदो संघबद्धता से सख्त नफरत करता था। इस विषय में उसका कहना था कि संघबद्धता में अच्छाई से अधिक बुराई है; वह स्वभावतः निष्फल ही नहीं, बल्कि हानिकर है क्योंकि वह मजदूर की स्वतंत्रता के लिए बंधन है,"...आदि-आदि। प्रूदो मार्क्स-एंगेल्स की दृष्टि में छोटे किसानों और दस्तकार उस्तादों का सिद्धांतकार था, मजदूरवर्ग के समाजवाद का नहीं। वह मजदूर यूनियनों से नफरत करता था और उन्हें हानिकर भी समझता था। ऐसे मत के अनुयायी मार्क्स-एंगेल्स की दृष्टि में कितने समाजवादी ठहरेंगे, यह समझा जा सकता है। असल में प्रूदो का झुकाव अराजकतावाद की ओर था।

मार्क्स के पत्र और एंगेल्स की भूमिका को मिलाकर पढ़ने से यह साफ हो जाता है कि जब मार्क्स ने कहा कि "कम्यून में बहुमत समाजवादियों का नहीं था" तो इससे उनका आशय इस बात से बिल्कुल नहीं था कि फ्रांस में परिस्थितियाँ समाजवादी क्रांति के लिए तो परिपक्व नहीं थीं पर नई जनवादी क्रांति के लिए थीं। उनका आशय, इससे अलग, सिर्फ उन ब्लांकीवादियों और प्रूदावादियों से था जो उनकी राय में वैज्ञानिक समाजवाद के अनुयायी नहीं थे।

1871 के फ्रांस के बारे में मार्क्स की अपनी राय यह थी कि फ्रांस में अभी समाजवादी क्रांति संभव नहीं। इसलिए नहीं कि पूँजीवादी क्रांति ने सामंत विरोधी काम पूरे नहीं किए थे, बल्कि इसलिए कि मजदूर वर्ग ने अभी क्रांति करने की क्षमता नहीं हासिल की है। फ्रांस में उस समय न पूँजीपति वर्ग में शासन करने की क्षमता थी, न मजदूर वर्ग में। इसलिए बोनापार्टशाही कायम थी। मार्क्स ने लिखा, "असल में ऐसे समय जबकि पूँजीपति राष्ट्र पर शासन करने की क्षमता खो बैठे थे और मजदूर वर्ग ने अभी वह क्षमता प्राप्त नहीं की थी; साम्राज्य सरकार का एकमात्र संभव रूप था।" (पृ. 160, वही) मजदूर वर्ग ने शासन करने की क्षमता अभी प्राप्त न की थी। वह समाजवादी क्रांति करने में अक्षम था। तो क्या वह नई जनवादी क्रांति करने में सक्षम था ?

तात्कालीन फ्रांस की भौतिक परिस्थितियों को बतलाते हुए रामविलासजी ने लिखा, "फ्रांस में अभी उतना पूँजीवादी विकास न हुआ था जितना मजदूरों को सचेत क्रांतिकारी बनाने के लिए पूँजीवाद की कब्र खोदने वालों को संगठित करने के लिए दरकार थी।" (पृ. 302) अपने समर्थन में उन्होंने 1911 में पेरिस-कम्यून पर लिखे गए लेनिन के निबंध को उद्धृत किया, "विजयी सामाजिक क्रांति के लिए कम से कम दो चीजें आवश्यक हैं–उत्पादन शक्तियाँ खूब विकसित हों और उसके लिए (क्रांति के लिए) सर्वहारा वर्ग की पर्याप्त तैयारी हो। लेकिन 1871 में ये दोनों चीजें नहीं थीं।" लेनिन ने अपने निबंध में 1871 के फ्रांस की वस्तुगत परिस्थितियों का चित्र खींचा–"फ्रांसीसी पूँजीवाद अभी मामूली-सा विकसित हुआ था (Poorly developed), उस समय फ्रांस प्रधान रूप से निम्न पूँजीवादी देश (a petty bourgeois country) था (किसान, कारीगर, दुकानदार इत्यादि) दूसरी ओर वहाँ मजदूरों की कोई पार्टी न थी। मजदूर वर्ग ने संघर्ष की पाठशाला में लंबा सत्र न गुजारा था और वह तैयार न था। अधिकतर अपने कार्यों की, और उन्हें पूरा करने के तरीकों की, स्पष्ट रूपरेखा भी उसके सामने न थी। सर्वहारा वर्ग का कोई गंभीर राजनीतिक संगठन नहीं था, न मजदूर संघ थे, न सहकार सभाएँ थीं।'' (पृ. 302, *'मार्क्स और पिछड़े हुए समाज' में उद्धृत)*

लेनिन के इस उद्धरण को देकर रामविलासजी ने इससे निष्कर्ष निकालते हुए लिखा, ''स्पष्ट है कि फ्रांस की वस्तुगत परिस्थिति समाजवादी क्रान्ति के अनुरूप नहीं थी। पूँजीपति वर्ग ने सामंत विरोधी क्रान्ति के काम पूरे न किए थे, इसलिए परिस्थिति जनवादी क्रान्ति के अनुरूप थी।'' (पृ. वही)

लेनिन ने 1871 के फ्रांस की वस्तुगत परिस्थितियों का जो चित्र खींचा, मजदूर वर्ग की दशा का जो चित्र खींचा, उसमें मजदूर वर्ग के नेतृत्व में न सिर्फ समाजवादी क्रांति की संभावना नहीं दिखती, बल्कि किसी भी तरह की क्रांति की संभावना नहीं दिखती। लेनिन के मुताबिक सामाजिक क्रांति की विजय के लिए कम से कम जिन दो चीजों की आवश्यकता होती है--उत्पादन शक्तियों का विकास और सर्वहारा वर्ग की पर्याप्त तैयारी--इन दोनों का ही 1871 में अभाव था। फिर भी रामविलासजी ने निष्कर्ष निकाल लिया कि वहाँ परिस्थितियाँ जनवादी क्रांति के अनुरूप थीं। क्यों अनुरूप थीं? क्योंकि पूँजीपति वर्ग ने सामंतविरोधी क्रांति के काम पूरे नहीं किए थे। ये काम तो संभव है कि आज तक भी कुछ न कुछ बचे हुए हों। लेकिन पूँजीवादी उत्पादन प्रणाली पहले की सामंती उत्पादन प्रणाली को निर्णायक रूप से अपदस्थ कर चुकी थी। 1793 में जो क्रांति हुई, वह निश्चित रूप से पूँजीवादी क्रांति थी। उसका विकास होता रहा। 1871 तक भी यह विकास कम था, यह बात दूसरी है। 1871 में पेरिस-कम्यून असफल हुआ, आगे भी कोई नई जनवादी क्रांति नहीं हुई, लेकिन फ्रांस में पूँजीवादी क्रांति का विकास रुक नहीं गया, वह जारी रहा। सामंती अवशेषों को वहाँ अगर किसी ने भी खत्म किया, तो इस पूँजीवादी विकास ने ही किया।

थोड़ी देर के लिए मान लें कि 1871 में पूँजीपति वर्ग ने सामंतविरोधी क्रांति के काम पूरे नहीं किए थे। तो, क्या सिर्फ इसी एक बात से उस समय परिस्थितियाँ नई जनवादी क्रांति के अनुरूप साबित हो जाती हैं? समाजवादी क्रांति नहीं हो सकती थी, इसका कारण बताते हुए खुद रामविलासजी ने लिखा कि मजदूर अभी सचेत क्रांतिकारी न बने थे। लेनिन ने लिखा कि मजदूरों की कोई पार्टी न थी। अपने कामों की और उन्हें पूरा करने के तरीकों की उसके सामने कोई रूप-रेखा नहीं थी। सोचने की बात है, इन परिस्थितियों में मजदूर वर्ग के नेतृत्व में नई जनवादी क्रांति कैसे

हो जाती? अगर समाजवादी क्रांति के लिए मजदूरों का सचेत क्रांतिकारी होना जरूरी था, तो क्या नई जनवादी क्रांति में अचेत क्रांतिकारियों से ही काम चल जाता ? समाजवादी क्रांति के लिए सर्वहारा का संगठित होना अगर जरूरी था, तो क्या नई जनवादी क्रांति असंगठित सर्वहारा भी कर लेता? क्या नई जनवादी क्रांति के लिए मजदूर वर्ग के राजनीतिक संगठन, उसकी यूनियनों की कोई जरूरत नहीं होती? नई जनवादी क्रांति, रामविलासजी के मुताबिक, 1917 के रूस में हुई। रूस में उस वक्त बीस सालों से भी ज्यादा पुरानी एक शक्तिशाली कम्युनिस्ट पार्टी थी जिसके सैकड़ों जन-संगठनों में मजदूर-किसान और बुद्धिजीवी संगठित थे। इस राजनीतिक संगठन के पास मार्क्सवाद-लेनिनवाद की सचेत क्रांतिकारी विचारधारा थी और साथ ही कठिन संघर्षों का एक लंबा अनुभव भी था। नई जनवादी क्रांति चीन में हुई जहाँ करीब तीस साल पुरानी कम्युनिस्ट पार्टी का नेतृत्व था। इस पार्टी के अपने आधार क्षेत्र थे, जन-संगठन थे और अपनी फौज थी। 1871 के फ्रांस में ऐसा क्या था? न मजदूरों की पार्टी, न मजदूर संघ, न सहकार सभाएँ। फिर भी परिस्थितियाँ ऐसी जनवादी क्रांति के लिए परिपक्व थीं जो किसानों के सहयोग से, मजदूरों के नेतृत्व में संपन्न हो! जो पूँजीवाद को नियंत्रित करे और समाजवाद के लिए रास्ता साफ करे!!

नई जनवादी क्रांति करके मजदूर वर्ग पूँजीवाद को नियंत्रित करता है। पूँजीवाद को नियंत्रित करने के लिए वह दूसरे उपायों के अलावा बड़े उद्योगों का राष्ट्रीयकरण करता है। ऐसा राष्ट्रीयकरण 1917 में रूस में हुआ, 1950 में चीन में हुआ। 1871 के फ्रांस में, रामविलासजी के मुताबिक, ''पूँजीवादी विकास अभी उतना नहीं हुआ था।'' लेनिन के मुताबिक फ्रांसिसी पूँजीवाद ''अभी मामूली सा विकसित हुआ था'' और वह ''प्रधान रूप से'' अब भी ''निम्नपूँजीवादी देश'' था—किसान, कारीगरों और दुकानदारों का देश। फिर मजदूर वर्ग नई जनवादी क्रांति करके किसे नियंत्रित करता? रामविलासजी ने लिखा कि नए जनतंत्र की एक विशेषता यह होती है कि इसका उद्देश्य ''समस्त पूँजीवाद को निर्मूल करना नहीं होता; पूँजीवाद के एक अंश को निर्मूल करना और दूसरे अंश को नियंत्रित रखना इसका उद्देश्य होता है।'' (पृ. 321) जिस पूँजीवाद को वह निर्मूल करता है, और जिसे नियंत्रित करता है, इन दोनों का चरित्र कैसा होता है? रामविलासजी इसका उत्तर नहीं देते। पर, चुप्पी साधकर प्रश्न के साथ ईमानदारी नहीं बरती जा सकती।

रूसी क्रांति में बड़ी पूँजी को निर्मूल किया गया। चीन में बड़ी और विदेशी पूँजी को निर्मूल किया गया। साम्राज्यवादी पूँजी को निर्मूल किया गया और राष्ट्रीय पूँजी को नियंत्रित किया गया। 1871 के फ्रांस में किस पूँजी को निर्मूल किया जाता और किसे नियंत्रित? रामविलासजी ने लिखा कि कम्यून ने ''देश के समस्त व्यवसाय में पूँजीवाद को समाप्त करने के बदले बड़े पूँजीपतियों से छोटे व्यवसायियों की रक्षा की।'' (पृ. 299) अगले पृष्ठ पर फिर लिखा, ''पेरिस-कम्यून ने बड़े पूँजीपतियों के

उत्पीड़न से छोटे पूँजीपतियों की रक्षा की।'' यहाँ एक बात साफ हो गई कि कम्यून ने किसी भी तरह की पूँजी को निर्मूल नहीं किया। सिर्फ छोटे व्यवसायियों और छोटे पूँजीपतियों की बड़े पूँजीपतियों से रक्षा की गई; निर्मूल न बड़े पूँजीपतियों को किया गया, न छोटे पूँजीपतियों को। मजदूर वर्ग के नेतृत्व में यह कैसी जनवादी क्रांति थी जिसने किसी भी तरह की पूँजी पर हाथ ही नहीं लगाया? सवाल यह भी है कि अगर 1871 के फ्रांस में एक ओर छोटे पूँजीपति थे और दूसरी ओर बड़े पूँजीपति थे, तो फिर रामविलासजी और लेनिन ने इस बात पर इतना जोर क्यों दिया कि फ्रांस में पूँजीवाद का मामूली-सा ही विकास हुआ था; कि यह विकास इतना कम था कि सर्वहारा वर्ग को संगठित तक नहीं किया जा सकता था, कि फ्रांस अब भी प्रधानतः निम्नपूँजीवादी देश था, किसानों, कारीगरों और दुकानदारों का! एक ओर रामविलासजी समाजवादी क्रांति नहीं हो सकती थी, यह साबित करने के लिए इन सब पर जोर दें, दूसरी ओर, नई जनवादी क्रांति के प्रसंग में छोटे और बड़े पूँजीपति वर्गों की मौजूदगी भी दिखला दें—यह अंतर्विरोध गले नहीं उतरता। फिर भी, यह पता तो चले कि फ्रांस के किस सामाजिक वर्ग को वे 'बड़े पूँजीपति' बता रहे हैं जिनके शोषण से, कम्यून ने, छोटे पूँजीपतियों की रक्षा की?

पेरिस-कम्यून पर मार्क्स की रचना और एंगेल्स की भूमिका में ऐसा कुछ नहीं है जिसके आधार पर यह कहा जा सके कि कम्यून ने बड़े पूँजीपतियों से छोटे पूँजीपतियों की रक्षा की थी। खुद रामविलासजी ने इसके प्रमाण के रूप में जो एक मात्र उदाहरण दिया है वह कम्यून द्वारा ऋणदाता और ऋणी के बीच झगड़ों को खत्म करने के लिए दिया गया एक खास आदेश है जिसके मुताबिक कर्जों पर ब्याज रद्द कर दिया गया था और मूलधन को तीन किस्तों में लौटाने का बंदोबस्त किया गया था। इसमें बड़े पूँजीपतियों की बात कहाँ है? कर्जा देने वाले साहूकार भी मध्यवर्ग (निम्न पूँजीवादी वर्ग) के थे, और कर्जा देने वाले लोग भी मध्यवर्ग के थे। इस बारे में मार्क्स ने लिखा कि फ्रांस के मालदार पूँजीपतियों को छोड़कर ''पेरिस के मध्यवर्ग—दुकानदारों, दस्तकारों, व्यापारियों आदि'' के अधिकांश भाग ने कम्यून का स्वागत किया था। क्यों ? क्योंकि, ''कम्यून ने, खुद मध्यवर्ग के भीतर बार-बार उठने वाले आपसी ऋणियों और ऋणदाताओं के हिसाब-किताब के झगड़ों का अत्यंत बुद्धिमानी के साथ निपटारा करके मध्यवर्ग की रक्षा की थी।'' (पृ. 167, *संकलित रचनाएँ, भाग-2*) कम्यून ने मध्यवर्ग की रक्षा की थी। किससे रक्षा की थी ? खुद मध्यवर्ग के आपसी झगड़ों से। ऋणी और ऋणदाता, दोनों ही मध्यवर्ग के थे। मार्क्स ने जिसे 'खुद मध्यवर्ग के भीतर' का झगड़ा बताया, उसी को रामविलासजी ने बड़े पूँजीपतियों और छोटे पूँजीपतियों का झगड़ा बना दिया और जिसे मार्क्स ने कम्यून द्वारा 'मध्यवर्ग' की रक्षा कहा, उसी को रामविलासजी ने ''बड़े पूँजीपतियों के उत्पीड़न से छोटे पूँजीपतियों की रक्षा'' में बदल दिया। यह है रामविलास शर्मा की विवेचन पद्धति जिसमें मूल

को अपने मन मुताबिक बदलकर क्या से क्या बना दिया जाता है! तथ्यों को इस तरह पेश करने के लिए ही उन्होंने जानबूझकर मार्क्स के शब्दों के बजाय मार्क्स की रचना पर टिप्पणियाँ लिखने वालों पर भरोसा किया।

प्रगति प्रकाशन, मास्को, से प्रकाशित मार्क्स-एंगेल्स की रचनाओं के संकलन (भाग-दो) के संपादकों ने संकलन के अंत में खुलासा करने वाली टिप्पणियों की जो सूची दी है, उसी में कम्यून ने कर्जों की अदायगी के बारे में जिस पुराने विधेयक को रद्द किया था, उसका परिचय देते हुए लिखा कि पुराने विधेयक के चलते "निम्न-पूँजीपति वर्ग का एक बहुत बड़ा भाग बिल्कुल ही चौपट हो गया और उसने अपने को बड़े पूँजीपति वर्ग के महाजनों पर सर्वथा आश्रित पाया।" (टिप्पणी संख्या-118) बस, यहीं से रामविलासजी ने मध्यमवर्ग के भीतर के झगड़े को छोटे और बड़े पूँजीपति के झगड़े में बदलने का आधार पा लिया। उन्होंने मार्क्स के विवरण के बजाय टिप्पणीकर्त्ता के शब्दों को चुना क्योंकि इससे उन्हें अपनी मनपसंद नई जनवादी क्रांति के एक काम को घटित होते हुए दिखाने में सुविधा होती थी।

मजदूरों द्वारा होने वाला कोई भी बड़ा संघर्ष पूँजी पर कुछ न कुछ प्रहार अवश्य करेगा। लेकिन पूँजी पर हुए किसी भी तरह के प्रहार में नई जनवादी क्रांति के चिह्न खोज लेना निरर्थक है। पेरिस-कम्यून असाधारण परिस्थितियों के बीच हुए एक नगर का विद्रोह था जो सिर्फ तीन महीनों तक जीवित रहा। इस स्थिति में कम्यून की आर्थिक या वित्तीय कार्रवाइयाँ अर्थपूर्ण होते हुए भी बहुत व्यापक और किसी दीर्घकालीन योजना के मुताबिक नहीं हो सकती थीं। इतिहास में नई जनवादी क्रांति जहाँ हुई, वहाँ मजदूर वर्ग ने एक लंबी योजना के तहत पूँजीवाद को अंशतः निर्मूल और अंशतः नियंत्रण में रखने के बहुत सारे व्यापक कार्यक्रम इस तरह से लिए जिनका लक्ष्य आगे समाजवादी संक्रमण के लिए रास्ता साफ करना था। कम्यून के पास इस तरह की क्रांति के लिए न कोई तैयारी थी, न समय था, न आवश्यक रूपरेखा। उसके सदस्य समाजवादी संक्रमण के रास्ते के सैद्धांतिक पक्ष और दूसरी व्यावहारिक समस्याओं के प्रति भी सचेत न थे। बड़े पूँजीवाद को निर्मूल करने की परिस्थितियाँ वहाँ किस हद तक थीं, यह तत्कालीन फ्रांस की भौतिक शक्तियों के विकास के स्तर से जाहिर है। बड़े पूँजीवाद को निर्मूल करने का विचार भी कम्यून के सामने किस हद तक रहा होगा, उसे इसी बात से समझा जा सकता है कि उसने फ्रांस के सबसे बड़े पूँजीवादी बैंक पर कब्जा नहीं किया, हालाँकि उसकी पहरेदारी करते रहे। जहाँ तक दूसरी वित्तीय कंपनियों या बड़े शोषकों की संपत्ति का सवाल है, ऐसी अभिलाषा जाहिर करते हुए मार्क्स ने लिखा, "बड़ी वित्तीय कंपनियों और ठेकेदारों ने, ओस्मान के संरक्षण में, पेरिस में जो भीषण लूट-खसोट मचाई थी, इसे देखते हुए यदि कम्यून ने उनकी संपत्ति जब्त कर ली होती, तो ऐसा करना लुई बोनापार्ट द्वारा आर्लिया-परिवार की जायदाद जब्ती से कहीं अधिक न्यायसंगत होता।" (पृ.

171, वही) जाहिर है, कम्यून ने यह भी नहीं किया। कम्यून ने सिर्फ उन्हीं वर्कशॉपों और फैक्टरियों पर कब्जा किया जिनके 'मालिक भाग गए' थे या 'काम बंद कर दिया' गया था। इन वर्कशॉपों और फैक्टरियों को कम्यून ने मजदूर संघों के हवाले कर दिया, लेकिन उनके भगोड़े अनुपस्थिति मालिकों के लिए 'मुआवजे की शर्त्त' के साथ! (पृ. 171, वही)

पेरिस-कम्यून को नई जनवादी क्रांति साबित करने के लिए रामविलासजी ने 1918 में लिखी गई लेनिन की एक रचना से एक वाक्य उद्धृत किया, "यदि हम पश्चिमी यूरोपियन क्रांतियों के पैमाने से अपनी क्रांति नापें तो मालूम होगा कि हम इस समय उसी स्तर पर हैं जिस पर 1793 और 1871 में वहाँ के लोग थे।" इस वाक्य से अपने मतलब का निष्कर्ष निकालते हुए रामविलासजी लिखते हैं, "रूस 1917 में जितना पिछड़ा हुआ था, उतना ही पिछड़ा हुआ 1871 में फ्रांस भी था। यदि मजदूर वर्ग के नेतृत्व में नई जनवादी क्रांति रूस में सफल हो सकती थी तो वह 1871 के फ्रांस में भी सफल हो सकती थी।" (पृ. 304) 1793 में फ्रांस में पहली बूर्जुवा क्रांति हुई थी। लेनिन के उद्धरण में 1917 की रूसी क्रांति, 1871 के पेरिस-कम्यून और 1793 की बूर्जुवा क्रांति—तीनों को एक ही स्तर पर रखा गया। रामविलासजी ने लेनिन के उद्धरण से लेनिन के एक ही वाक्य से, 1871 को चुन लिया, पर 1793 को छोड़ दिया। जिस तर्कपद्धति से उन्होंने 1871 में भी 1917 जैसी नई जनवादी क्रांति के संभव होने का निष्कर्ष निकाला, उसी तर्कपद्धति से 1793 में भी 1917 जैसी नई जनवादी क्रांति होने का निष्कर्ष निकलता है। 1871 के कम्यून को भी, इसी तर्कपद्धति से, 1793 की बूर्जुवा क्रांति के बराबर ठहराया जा सकता है। कितनी हास्यास्पद स्थिति है, इसकी कल्पना कीजिए! लेनिन अपनी बात कहने के लिए अक्सर दृष्टांत या उपमाएँ दिया करते थे। लेकिन उपमाएँ और तुलनाएँ लंगड़ी होती हैं, यह भी लेनिन ही कहते थे। इसलिए उनकी किसी उपमा या तुलना को कोई अगर लेनिन की निश्चित धारणा मान लेता हैं, तो इसके लिए लेनिन अंशतः ही जिम्मेदार हो सकते हैं, पूरी तरह नहीं। 1917 की अक्टूबर क्रांति के सिलसिले में लेनिन ने 1793 और 1871 का हवाला क्यों दिया, इसे ठीक-ठीक हम भी नहीं समझते। लेनिन ने ऊपर वाला वाक्य 1918 की अपनी रचना *सोवियत सत्ता के तात्कालिक काम* में लिखा था। इसका उपशीर्षक था : *रूसी सोवियत जनतंत्र की अंतर्राष्ट्रीय स्थिति और समाजवादी क्रांति के बुनियादी काम*। लेनिन ने इस रचना के जिस परिच्छेद में 1793 और 1871 से 1917 की क्रांति की तुलना की है, उस परिच्छेद में वे विवेचन कर रहें हैं कि रूस में पूँजीवाद पर निर्णायक प्रहार किया जा चुका है, पर आगे इस आक्रमण को जारी रखने के बजाय हमें अपनी मौजूदा स्थिति को मजबूत करना चाहिए ताकि हम पूँजीवाद को अंतिम रूप से खत्म कर सकें। मौजूदा स्थिति को मजबूत करने का मतलब यह है कि प्रशासन, संगठन और

कारोबार के जिन कामों को अभी तक पूँजीपति और उनके मैनेजर लोग सँभालते रहे हैं, उन्हीं कामों को अब मजदूर वर्ग और उसके प्रतिनिधियों को सीखना–सँभालना होगा। इस काम को पूरा करने के लिए हमें फिलहाल पूँजीवादी विशेषज्ञों की मदद चाहिए क्योंकि बहुत–से क्षेत्रों में, मसलन इंजीनियरिंग या बैंक आदि के लिए हमारे पास आवश्यक ज्ञान और विशेषज्ञ नहीं है। लेनिन ने लिखा कि इसके लिए हमें इन पूँजीवादी विशेषज्ञों को ऊँची तनख्वाहें भी देनी होंगी और हम देंगे। फिर, पेरिस-कम्यून को याद किया जिसमें सबको समान वेतन दिया जाता था और लिखा कि इस वक्त हमें समझौता करके चलना है, "पेरिस कम्यून और उस सर्वहारा सत्ता के सिद्धांतों से अलग हटकर चलना है, जो समस्त वेतनों को घटाकर एक औसत मजदूर की मजदूरी के स्तर पर ले आने का नारा देती है" आदि-आदि। जाहिर है कि क्रांति के बाद जो वास्तविक समस्याएँ दिखाई पड़ीं उन्हें हल करने के लिए लेनिन को उन बड़े दावों से पीछे हटना पड़ा जिनकी घोषणा अभी कुछ ही पहले तक वे कर रहे थे। वे पेरिस-कम्यून के नारों से भी पीछे हटने को तैयार हो गए। लेकिन, इससे यह कहाँ साबित होता है कि 1871 में फ्रांस उतना ही पिछड़ा हुआ था जितना 1917 में रूस, इसलिए जैसी क्रांति 1917 में रूस में हुई, वैसी ही 1871 में भी हो सकती थी! ऐसा कहकर रामविलासजी 1902 से लेकर 1917 तक रूसी समाज में क्रांतिकारी शक्तियों के हुए सारे विकास को नकार देते हैं। रामविलासजी की धारणा के विरुद्ध सिर्फ मार्क्स का ही वह कथन नहीं है कि उस समय फ्रांस में मजदूर वर्ग किसी भी क्रांति को संगठित करने में अक्षम था, बल्कि खुद रामविलासजी का कथन भी है कि सर्वहारा वर्ग सचेत क्रांतिकारी नहीं बन सके थे और न संगठित थे। इस स्थिति से 1917 के रूस की स्थिति को मिलाइए और फिर रामविलासजी की इस दलील पर विचार कीजिए कि 1871 में फ्रांस उतना ही पिछड़ा हुआ था जितना 1917 में रूस और दोनों ही जगहों पर एक जैसी क्रांति हो सकती थी।

खैर! 1917 के रूस में 'नई जनवादी क्रांति' सफल हुई, 1871 के फ्रांस में असफल। कारण क्या था? रामविलासजी के मुताबिक "मुख्य कारण किसानों से मजदूरों की एकता का कायम न होना था।" (पृ. 305)

इतिहास में जिन देशों में नई जनवादी क्रांतियाँ हुईं, जैसे चीन और वियतनाम में, वहाँ किसानों की भूमिका महत्त्वपूर्ण रही। माओ ने कहा कि चीनी क्रांति में किसान क्रांति की मुख्य शक्ति थे। रूसी क्रांति में किसानों की ऐसी भूमिका नहीं थी। फिर भी क्रांति में किसानों की भूमिका का क्या महत्त्व होगा, यह लेनिन की नजरों से कभी ओझल नहीं रहा। 1917 की अक्तूबर क्रांति समाजवादी थी या नई जनवादी थी, इस बहस में उलझे बिना भी यह साफ है कि क्रांति में किसानों ने एक हद तक भाग लिया था, किसानों की क्रांतिकारी समितियाँ मौजूद थीं। 1871 के फ्रांस में स्थिति क्या थी? रामविलासजी के मुताबिक परिस्थितियाँ परिपक्व थीं; नई जनवादी

क्रांति हुई, पर असफल हुई क्योंकि मजदूर वर्ग किसानों से एकता कायम न कर सका। यह एक काल्पनिक प्रश्न का काल्पनिक उत्तर है। प्रश्न काल्पनिक इसलिए क्योंकि वहाँ मजदूर वर्ग ने ऐसी एकता के प्रश्न को वास्तविक रूप से अपने सामने कभी रखा ही नहीं था। उत्तर काल्पनिक इसलिए क्योंकि उस समय ऐसी एकता के लिए आवश्यक आधार ही नहीं था। मजदूर वर्ग क्रांति के लिए किसानों के साथ संयुक्त मोर्चा बना सके, इसके लिए कम से कम दो बातें जरूरी हैं। पहली बात यह कि मजदूर वर्ग खुद संगठित हो और वह किसानों की क्रांतिकारी शक्ति के प्रति सचेत हो। दूसरी बात यह कि किसान खुद भी क्रांतिकारी संघर्ष चला रहे हों। जब उस समय फ्रांस में मजदूर वर्ग खुद ही संगठित न था, न उसकी पार्टी थी और न उसकी यूनियनें, तो पहला सवाल उसे खुद संगठित करने का था न कि इससे भी आगे बढ़ी हुई मंजिल पर, किसानों के साथ एकता कायम करने का था! मजदूर वर्ग स्वयं राजनीतिक रूप से न सचेत था, न संगठित था, फिर भी उसके सामने किसानों की एकता कायम करने की समस्या खड़ी हो गई!

क्रांति चाहे नई जनवादी ही हो, वह समाजवाद के सिद्धांतों से लैस और राजनीतिक रूप से सुसंगठित और अनुभवों से तपे हुए मजदूर वर्ग के नेतृत्व के बिना नहीं हो सकती। इतनी ही जरूरी बात यह कि वह व्यापक किसान समुदायों की क्रांतिकारी भूमिका के बिना नहीं हो सकती। ऐसी क्रांतिकारी भूमिका वही किसान निभा सकते हैं जो सचेत हों, संगठित हों। 1871 के फ्रांस में किसानों की स्थिति कैसी थी? इतना ही महत्त्वपूर्ण प्रश्न यह भी है कि मजदूर वर्ग की विचारधारा के प्रतिनिधियों की किसानों के प्रति धारणा कैसी थी? क्या वे किसानों को एक क्रांतिकारी शक्ति के रूप में देख रहे थे? क्या वे अपनी क्रांति में किसानों की भूमिका के महत्त्व को समझते थे जैसे रूसी या चीनी क्रांति में समझा गया? इन प्राथमिक और बुनियादी सवालों को पूछे बिना, इनका सामना किए बिना ही रामविलास शर्मा पेरिस कम्यून संबंधी अपना विश्लेषण क्या हवा में नहीं कर रहे?

यह सही है कि *फ्रांस के गृहयुद्ध* में मार्क्स ने लिखा कि शासक वर्ग पेरिस के चारों ओर पुलिस का घेरा डालने के लिए बेचैन था क्योंकि उसे डर था कि अगर कम्यून के पेरिस का, तीन महीनों तक, प्रांतों के साथ अबाध संचार-संबंध बना रहा तो किसानों में आम बगावत हो जाएगी। उन्होंने यह भी कहा कि कम्यून का कार्यक्रम ऐसा था कि किसान उसके विरुद्ध न जाते। किसानों द्वारा बगावत की संभावना मार्क्स का अपना अनुमान न था, वह शासक वर्ग की आशंका थी; अगर पेरिस का प्रांतों के साथ अबाध संपर्क बना रहता। अगर न बना रहता, तब? तब किसान बगावत कर सकते थे या नहीं, इस पर मार्क्स कुछ नहीं कहते। किसानों की बगावत की संभावना को मार्क्स ने सिर्फ शासक वर्ग की आशंका के तौर पर रखा, एक वस्तुगत स्थिति के रूप में पेश नहीं किया। कम्यून कार्यक्रम ऐसा था कि किसान

उसके विरुद्ध न जाते। यहाँ भी मार्क्स ने कम्यून के प्रति किसानों की स्थिति को सकारात्मक समर्थन के रूप में चित्रित नहीं किया। लगता है जैसे शासक वर्ग द्वारा किसानों को कम्यून के विरुद्ध उतारने की संभावना पहले से थी, पर कम्यून का कार्यक्रम ऐसा था कि वे उसके विरुद्ध न जाते। किसान खुद ही कम्यून के पक्षधर या समर्थक थे—यह मार्क्स ने कहीं नहीं कहा। तथ्य यंह है कि 1871 के फ्रांस में किसान बिल्कुल असंगठित थे; उनकी राजनीतिक चेतना पिछड़ी हुई थी और मार्क्स ने उन्हें क्रांतिकारी शक्ति के रूप में बिल्कुल महसूस नहीं किया। पेरिस के मजदूरों ने अपनी शक्ति से लुई बोनापार्ट के जिस साम्राज्य को चुनौती दी थी, वह साम्राज्य फ्रांसिसी किसानों के समर्थन से खड़ा हुआ था। "फ्रांसिसी किसान ने लुई बोनापार्ट को जनतंत्र का राष्ट्रपति निर्वाचित किया था।" लुई बोनापार्ट फ्रांस के सभी भ्रष्ट और शोषक लुटेरों का प्रतिनिधि था। किसानों के समर्थन से बने राष्ट्रपति बोनापार्ट ने सत्ता में पहुँचने के बाद किसानों के ही खिलाफ एक के बाद एक दमनकारी कानून जारी किए (जैसे हिंदी प्रदेश में गरीब किसानों और दलितों के समर्थन से कांग्रेस जीतती थी और कांग्रेस सरकारें सबसे ज्यादा जुल्म भी ठीक इन्हीं लोगों पर ढाती थीं)। फ्रांसिसी किसानों के पिछड़ेपन के बारे में मार्क्स ने लिखा, "किसान बोनापार्टवादी था क्योंकि उसकी दृष्टि में नेपोलियन उस महान क्रांति का, जिससे किसानों को इतने अधिक लाभ हुए थे, मूर्त रूप था।" (पृ. 16, *संकलित रचनाएँ*) लेकिन सरकारी कानूनों के जुल्म से किसानों का 'भ्रम' तेजी से टूट रहा था। हालाँकि उनमें 'अतीत के पूर्वग्रह' थे, पर ये पूर्वग्रह उनकी जीवंत हितों के प्रति कम्यून के आह्वान के आगे न टिकते, ऐसी उम्मीद मार्क्स ने जाहिर की। कुल मिलाकर मार्क्स ने इतना ही कहा कि किसान जिन कठिनाइयों में थे, और शासन के प्रति उनका भ्रम जिस तरह टूट रहा था, उससे यह संभावना दिखती थी कि अगर कम्यून उनके हितों में कुछ कार्यक्रम लागू करता है तो वे कम्यून के पक्ष में आ जाते। बस, इसी स्थिति को इससे बढ़ाकर मार्क्स ने पेश नहीं किया, न उन्होंने यह कहा कि देहातों में किसान सिर उठा रहे थे, संघर्ष चला रहे थे या वे एक ऐसी क्रांतिकारी शक्ति के रूप में उभर रहे थे जिस पर पेरिस के मजदूरों का भरोसा था।

लेकिन, कम्यून उनके हितों में कोई कार्यक्रम लागू कर पाता, ऐसा मौका आया ही नहीं।

उस समय तक मार्क्स-एंगेल्स किसानों को एक क्रांतिकारी शक्ति के रूप में देखते थे या नहीं, इसके लिए एंगेल्स की किताब *जर्मनी में किसान युद्ध* की भूमिका देखनी चाहिए। यह किताब एंगेल्स ने 1850 में लिखी। 1870 में, पेरिस-कम्यून के ठीक पहले इसका दूसरा संस्करण छपा तो एंगेल्स ने उसकी एक भूमिका लिखी। भूमिका में एंगेल्स ने फ्रांस के तो नहीं, जर्मनी के मजदूरों को अपना वर्ग-मित्र चुनने के लिए कहा और लिखा कि ऐसे मित्र उसे निम्न-पूँजीपतियों, लूंपन सर्वहाराओं, छोटे

किसानों या खेतिहर मजदूरों के बीच ही मिल सकते हैं। हम यहाँ खेतिहर वर्गों की बात करें। एंगेल्स ने बड़े किसानों के हिस्से को पूँजीपति वर्ग का ही अंग कहा और छोटे किसानों के तीन भेद किए–1. छोटे किसान या तो सामंती बंधनों में जकड़े हुए किसान हैं, यानी अपने प्रभुओं के लिए बेगारी करते हैं, भू-दास बने हुए हैं। इनके लिए एंगेल्स ने लिखा, "वे मजदूर वर्ग के हाथों ही अपनी मुक्ति की आशा कर सकते हैं।" (पृ. 93, *संकलित रचनाएँ,* भाग-2) 2. या फिर छोटे किसान वे छोटे काश्तकार हैं जिनपर लगान बहुत ज्यादा होता है और जो जमींदार की दया पर जीते हैं। इनके लिए एंगेल्स ने लिखा, "वे अपने परित्राण के लिए मजदूरों से आशा न करें तो किससे करें?" (पृ. वही) 3. या फिर छोटे किसान ऐसे स्वतंत्र किसान हैं जो अपने ही छोटे-छोटे खेतों को जोतते-बोते हैं। ऐसे किसान अक्सर कर्ज में फँसे रहते हैं, उनपर रेहन का भारी बोझ रहता है और वे सूदखोर महाजन के आश्रित होते हैं। ऐसे किसानों के लिए एंगेल्स ने लिखा, "इन लोगों के मन में यह बात बैठा देनी होगी कि सूदखोर महाजन से छुटकारा उन्हें तभी मिल सकता है जब जनता का दामन पकड़ने वाली सरकार हर रेहन राज्य को देय-ऋण में बदल देगी और इस प्रकार सूद की दर घटा देगी। और यह मजदूर वर्ग के ही किए हो सकता है।" (पृ. वही)

तीनों ही उदाहरणों में छोटे किसानों का वर्ग निष्क्रिय है। वह क्रांतिकारी शक्ति नहीं है। अपने उद्धार के लिए, अपने परित्राण के लिए, यहाँ तक कि सूदखोर महाजनों के चंगुल से निकलने के लिए भी, वह मजदूर वर्ग का मोहताज है। एंगेल्स ने खेतिहर मजदूरों को बड़ी जागीरों वाले इलाकों में गाँव का बहुसंख्यक वर्ग बताया और लिखा कि शहरी औद्योगिक मजदूर इन्हीं में अपना सबसे बहुसंख्यक और स्वाभाविक संघाती पा सकते हैं। पर इस वर्ग को भी उन्होंने 'निःशक्त' बताया जो मजदूरों की मदद के बिना आंदोलन में भी नहीं आ सकता; "इस वर्ग को, जो बँटा और बिखरा होने के कारण निःशक्त है, उभाड़ना और आंदोलन में खींचना–यही जर्मनी के मजदूर आंदोलन का फौरी और सबसे जरूरी काम है।" (पृ. 94, वही) एंगेल्स ने आशा प्रकट की कि जिस दिन खेतिहर मजदूर अपने हितों को समझना सीख जाएँगे, उस दिन जर्मनी में प्रतिक्रियावादी सरकार का अस्तित्व असंभव हो जाएगा। पेरिस-कम्यून के समय तक मार्क्स-एंगेल्स की दृष्टि में यूरोप के किसी भी देश में किसान क्रांतिकारी शक्ति के रूप में न थे। उनका विचार था कि अगर मजदूर वर्ग प्रयत्न करे तो खेतिहर मजदूर उसके स्वाभाविक मित्र बन सकते हैं। खेतिहर मजदूरों की संख्या सबसे ज्यादा इंग्लैंड में थी, फिर जर्मनी के बड़ी जागीरों वाले इलाकों में। पश्चिम यूरोप के बाकी देशों में छोटे किसान ही बहुसंख्यक थे, खासकर फ्रांस में जहाँ पूँजीपति वर्ग ने सबसे क्रांतिकारी ढंग से सामंतविरोधी क्रांति की थी। लेकिन इन बहुसंख्यक छोटे किसानों का कोई भी समुदाय मार्क्स-एंगेल्स की दृष्टि में क्रांतिकारी शक्ति न था।

लुई बोनापार्ट की अठारहवीं ब्रूमेर में फ्रांसिसी किसानों के प्रति मार्क्स का दृष्टिकोण क्या था जिसके लिए कोई-कोई उनपर किसानों की उपेक्षा करने का आरोप लगाते हैं, उसे यहाँ छोड़ दें। पेरिस-कम्यून के ही सिलसिले में देखिए। उन्होंने लिखा, ''कम्यून का किसानों से यह कहना कि 'हमारी विजय में ही तुम्हारी एकमात्र आशा निहित है', बिल्कुल ठीक था।'' (पृ. 168, वही) विजय उसकी होती है जो संघर्ष करता है। बाकी लोग, जो संघर्ष नहीं करते, किसी न किसी पक्ष की विजय की आशा लगाए संघर्ष को देखते रहते हैं। फ्रांस में संघर्षकारी वर्ग था मजदूरों का। आशा रखनेवाला वर्ग था किसानों का। यह आशा भी उसकी अपनी थी, ऐसा नहीं लगता; मजदूर वर्ग उसे आशा दिला रहा था। क्रांतिकारी शक्ति किसान नहीं, मजदूर थे। मार्क्स ने आगे लिखा, ''कम्यून किसानों को रक्तकर से छुटकारा दिलाता, उन्हें सस्ती सरकार देता, उनके वर्तमान खून चूसने वालों, लेख्य प्रमाणकों, वकीलों, निष्पादकों तथा अन्य अदालती जोकों को कम्यून वेतनभोगी तथा किसानों ही द्वारा निर्वाचित और उन्हीं के प्रति उत्तरदायी कर्मचारी बना देता।'' (पृ. वही) इन पंक्तियों में किसान क्रांतिकारी शक्ति नहीं है बल्कि ऐसे निष्क्रिय समुदाय हैं जिसे मजदूर वर्ग के शासन से लाभ मिलता। यहाँ मजदूर वर्ग किसानों का उद्धारक है। ऐसा ही वर्णन आगे जारी रहता है, ''वह (कम्यून) उन्हें ग्रामीण पुलिस, जेन्दार्म और प्रीफेक्ट की धाँधली से छुटकारा दिलाता; पादरियों द्वारा मूर्ख बनाए जाने के बदले स्कूल शिक्षकों द्वारा ज्ञान के प्रकाश से आलोकित कराता।'' (पृ. वही) साफ है कि यहाँ किसानों को ऐसी शक्ति के रूप में नहीं देखा गया है जो अपनी मुक्ति के लिए स्वयं लड़ने की क्षमता रखता हो। 1871 में फ्रांसिसी किसानों के प्रति मार्क्स के इस मूल्यांकन और दृष्टिकोण के मुकाबले रूसी क्रांति में किसानों को प्रति लेनिन का मूल्यांकन और दृष्टिकोण देखिए जिसे खुद रामविलासजी ने हमारे लिए उद्धृत कर रखा है। 1901 में *मजदूरों की पार्टी और किसान* लेख में लेनिन ने किसानों का निष्क्रिय सामाजिक समुदाय के रूप में नहीं देखा, बल्कि उन्हें सक्षम क्रांतिकारी शक्ति मानते हुए लिखा, ''किसानों को अपनी सक्षम मुक्ति की व्यवस्था खुद करनी होगी–अपनी समितियों द्वारा।'' जब लेनिन ने यह दृष्टिकोण पेश किया था, उस वक्त तक सही ढंग से बोल्शेविक कम्युनिस्ट पार्टी की स्थापना भी नहीं हुई थी। फ्रांस में मजदूर वर्ग किसानों की जिन समस्याओं को दूर कर देता, उन समस्याओं पर खुद किसान संघर्ष नहीं चला रहे थे। इसके विपरीत, रूस में किसान शुरू से ही अपनी माँगों पर लड़ते आ रहे थे और मजदूर वर्ग की पार्टी ने उनके संघर्ष का समर्थन किया। 1902 में रूस के कई हिस्सों में किसानों के जमींदार विरोधी जबर्दस्त संघर्ष हुए। लेनिन ने लिखा, ''किसान उठ खड़े हुए और उन्होंने जमींदारों के खिलाफ धावा बोल दिया।'' (पृ. 94, *मजदूर वर्ग और किसानों की दोस्ती,* संकलन, प्रगति प्रकाशन, मास्को) किसान विद्रोह इसलिए दबा दिया गया था कि ''गाँव के सर्वहारा ने तब तक शहर के सर्वहारा

के साथ एकता नहीं कायम की थी।" (पृ. 95) लेनिन ने गरीब किसानों को गाँव का 'सर्वहारा' कहा। जैसे मजदूर वर्ग अपने संघर्ष में साथी खोजता है, उसी तरह खुद किसानों को भी अपने संघर्ष में साथी खोजना है। समस्या को इस ढंग से मार्क्स-एंगेल्स ने कभी नहीं रखा क्योंकि समस्या इस रूप में उनके सामने कभी आई ही नहीं। लेनिन ने लिखा कि गाँवों में सामंती बंधन गरीब, मंझोले, यहाँ तक कि धनी किसानों को भी पीसते रहते हैं। इन बंधनों को हल्का करने का उपाय है "स्वतंत्र रूप से चुनी गई किसान-कमिटियाँ।" (पृ. 84) लेनिन ने किसानों के अपने संगठन की बात कही और किसानों की समस्याओं के हल के लिए उनकी पहलकदमी पर जोर दिया। "अपनी तकलीफों को किसानों से बढ़कर और कौन जान सकता है? खुद किसानों को छोड़कर दूसरा कोई जमींदारों का पर्दा अच्छी तरह फाश नहीं कर सकता... ।" (पृ. 85) लेनिन ने यह नहीं कहा कि मजदूर किसानों के लिए क्या-क्या कर देंगे। इसके उल्टे, उन्होंने कहा कि "किसान कमिटियाँ फैसला करेंगी" कि उनसे कौन-कौन सी जमीनें, चरागाह या घास के मैदान नाजायज ढंग से छीने गए हैं, कि इन जमीनों को मुआवजा देकर वापस लेना है या बिना मुआवजे के लेना है। "हर हालत में किसान कमिटियाँ किसानों को उन फंदों से छुड़ा देंगी, जिन्हें कुलीनों, जमींदारों की अनेक कमीटियों ने उनके गले में डाल दिया था।" फ्रांस में किसानों को पुलिस और प्रीफेक्त की धाँधली से छुटकारा मजदूर दिलाते, लेकिन रूस में "किसान कमिटियाँ किसानों को अफसरों की दस्तन्दाजी से बचाएँगी। वे दिखलाएँगी कि किसान अपने मामलों का खुद प्रबंध करना चाहते हैं और कर सकते हैं।" (पृ. वही) लेनिन ने किसानों को क्रांति की एक स्वतंत्र शक्ति मानते हुए लिखा, "इन कमिटियों की स्थापना से दूर देहातों के किसान अपने पैरों पर खड़ा होने और अपने भाग्य को अपने हाथों से गढ़ने की राह पर पहला कदम बढ़ाएँगे।" (पृ. 85-86, वही) यह सब लेनिन ने 1903 में लिखा। 1905 में बोल्शेविक पार्टी ने 'देहाती सर्वहाराओं के स्वाधीनता संगठन' कायम करने तथा 'पूरे किसान समुदाय की क्रांतिकारी जनवादी कार्रवाइयों में उसका समर्थन' करने का फैसला लेते हुए प्रस्ताव पास किया। (पृ. 105, वही) लेनिन ने रूस में 'असंदिग्ध रूप से क्रांतिकारी किसान आंदोलन के विकास' को नोट किया और लिखा कि सचेत समाजवादी मजदूरों को "इस आंदोलन का समर्थन करना चाहिए, सक्रिय रूप से किसानों की मदद करनी चाहिए, पदाधिकारियों और जमींदारों की सत्ता उखाड़ फेंकने में किसानों की अंत तक सहायता करनी चाहिए।" (पृ. 157, वही) जमींदारों की सत्ता को उखाड़ फेंकने का काम मजदूर नहीं, किसान खुद करते, सचेत मजदूर इस संघर्ष में उनकी 'सहायता' करते। 1905 में रूस में किसान रूसी समाज की एक क्रांतिकारी शक्ति थे। वे सामंतविरोधी क्रांतिकारी संघर्ष चला रहे थे। इन्हीं परिस्थितियों में लेनिन ने मजदूर-किसानों के सहयोग की, उनकी एकता की, बात कही। यहाँ पेरिस-कम्यून के समय फ्रांसिसी किसानों की स्थिति और रूसी

क्रांति के समय रूसी किसानों की स्थिति के बीच बुनियादी फर्क को देखा जा सकता है। नई जनवादी क्रांति में किसानों और मजदूरों का संयुक्त मोर्चा ऐसा नहीं होता जिसमें मजदूर वर्ग तो एक क्रांतिकारी शक्ति हो और किसान निष्क्रिय समूह जो अपने छुटकारे के लिए मजदूरों से उम्मीद लगाकर बैठे हों या इस उम्मीद के चलते उनके पक्ष में बैठे हों। नई जनवादी क्रांति में मजदूरों और किसानों का संयुक्त मोर्चा दो सक्रिय क्रांतिकारी शक्तियों का, उनके संघर्षों का संयुक्त मोर्चा होता है जैसा कि उसके वास्तविक और पूर्ण रूप में पहली बार चीन में ही देखा गया। 1871 में मार्क्स के दिमाग में मजदूर-किसानों के संयुक्त मोर्चे से होनेवाली नई जनवादी क्रांति जैसी कोई बात नहीं थी। उन्होंने किसानों को अपने बंधनों को खुद उखाड़ फेंकने वाले क्रांतिकारी सामाजिक वर्ग के रूप में नहीं देखा। यह मार्क्स का दोष न था, बल्कि उस समय की वास्तविक स्थिति थी। किसानों के प्रति मार्क्स के मन में कोई पूर्वग्रह या तिरस्कार न था, न उन्होंने अपनी कल्पना से उसे क्रांतिकारी बनाकर पेश करना चाहा। पेरिस-कम्यून पर अपनी रचना में मार्क्स ने अगर फ्रांसिसी किसानों को एक संघर्षशील, क्रांतिकारी शक्ति के रूप में नहीं दिखाया तो इसलिए कि ऐसे चित्रण का कोई वास्तविक आधार न था। जिस साम्राज्य के खिलाफ मजदूरों ने संघर्ष किया, उस साम्राज्य के प्रति मजदूरों और किसानों की राजनीतिक चेतना में बड़ा अंतर था। "फ्रांस के मजदूरों को अपना नागरिक कर्त्तव्य अवश्य ही पूरा करना चाहिए, किंतु साथ ही उन्हें फ्रांसिसी किसानों की तरह, जिन्होंने अपने को प्रथम साम्राज्य की राष्ट्रीय परंपराओं के धोखे में आने दिया था, अपने को 1792 की राष्ट्रीय परंपराओं के धोखे में नहीं आने देना चाहिए।" (पृ. 134) मार्क्स की इन पंक्तियों से किसानों की चेतना की झलक मिलती है। किसान सचेत न थे, वे साम्राज्य की राष्ट्रीय परंपराओं के धोखे में आते थे और साम्राज्य का आधार बनते थे। इस झलक को एंगेल्स की रचना *फ्रांस और जर्मनी में किसानों का सवाल* से मिलाकर देखा जाए तो चित्र पूरा हो जाता है। यूरोपीय समाजवादी आंदोलन में किसानों के सवाल ने जोर पकड़ा 1894 में जाकर। इससे पहले तक एक राजनीतिक शक्ति के रूप में किसानों की स्थिति कैसी थी, इसे एंगेल्स ने ऊपर वाली रचना में दिखलाया। इधर-उधर से तोड़े गए वाक्य नहीं, एंगेल्स का पूरा पैराग्राफ पढ़ने योग्य है। इसे एंगेल्स ने 1894 में लिखा। "राजनीतिक सत्ता में एक तत्त्व के रूप में किसानों ने अभी तक अधिकतर अपने को केवल अपनी उदासीनता द्वारा ही प्रकट किया है। इस उदासीनता का मूल ग्रामीण जीवन का बिलगाव है। आबादी के उस विराट समुदाय की यह उदासीनता न केवल पेरिस और रोम के संसदीय भ्रष्टाचार का ही, बल्कि रूसी निरंकुश शासन का भी सबसे प्रबल आधार-स्तंभ है। पर यह कोई दुस्तर बात नहीं है। जब से पश्चिमी यूरोप में, खासकर उसके उन भागों में जहाँ किसानों की छोटी जोतों का बोलबाला है, मजदूर आन्दोलन का जन्म हुआ है, पूँजीपति वर्ग के लिए किसानों के मस्तिष्क

में समाजवादी मजदूरों के प्रति संदेह और घृणा के बीज बोना खास कठिनाई का काम नहीं रहा है। उन्होंने किसानों को बरगलाया है कि ये मजदूर Purtaqeux लोग हैं, ऐसे लोग हैं जो 'सब-कुछ बाँट लेना' चाहते हैं, काम चोर और लालची शहरी लोग हैं, जो किसानों की संपत्ति पर दाँत गढ़ाए हुए हैं। फरवरी 1848 की क्रांति की अस्पष्ट समाजवादी आकांक्षाओं को फ्रांस के किसानों के प्रतिगामी मतदान ने शीघ्र ही दफना दिया। मानसिक शक्ति के लिए इच्छुक किसानों ने अपनी संचित स्मृति-निधियों से किसान-सम्राट नेपोलियन की कल्पना ढूँढ़ निकाली, और द्वितीय साम्राज्य का सृजन किया। यह सर्वविदित है कि किसानों के अकेले इस कारनामे की ही फ्रांस की जनता को कैसी भारी कीमत चुकानी पड़ी, वह आज भी उसके पश्चाद प्रभाव से पीड़ित है।" (पृ. 62-63, *संकलित रचनाएँ, भाग-4)*

1893 तक यूरोप में किसान एक सचेत और सक्रिय राजनीतिक शक्ति न थे। वे संसदीय भ्रष्टाचार और निरंकुश शासन के आधार थे। वे मजदूरों के खिलाफ पूँजीवादी प्रचार के शिकार थे और मजदूरों को संदेह की नजर से देखते थे। उनके पिछड़ेपन के कारण, साम्राज्य की पिछलग्गू बनने की उनकी प्रवृत्ति के कारण फ्रांस की जनता को भारी कीमत चुकानी पड़ी। इन किसानों को, मार्क्स-एंगेल्स क्या अपनी मर्जी से क्रांतिकारी घोषित कर देते? एंगेल्स ने लिखा कि फ्रांससि किसानों ने द्वितीय साम्राज्य का सृजन किया था। यहाँ इशारा लुई बोनापार्ट (नेपोलियन तृतीय) के शासनकाल की ओर है जिसका समय 1852 से 1870 तक था, पेरिस-कम्यून के ठीक पहले तक। इसका मतलब हुआ कि कम्यून के दौरान मजदूर वर्ग को उन्हीं किसानों से अपनी एकता कायम करनी थी जिन्होंने उस साम्राज्य का सृजन किया था। 1871 के फ्रांस में किसानों की इस वास्तविक स्थिति को भुलाकर अगर कोई कम्यून को 1917 की बोल्शेविक क्रांति के स्तर पर ला खड़ा करता है और चीनी क्रांति या रूसी क्रांति की ही तरह 1871 के फ्रांस में किसानों-मजदूरों का संयुक्त मोर्चा बनाने की समस्या पेश करता है और इस समस्या का हल न होने को कम्यून की 'नई जनवादी क्रांति' की असफलता का असली कारण घोषित करता है, तो वह सचमुच कल्पनालोक में ही विचरण करता है।

रामविलासजी ने अपने मत के समर्थन में लेनिन को उद्धृत किया है कि कम्यून मजदूर-किसानों के 'गठबंधन की ओर अग्रसर हो रहा था,' यद्यपि 'अनेक आंतरिक ओर बाह्य कारणों से' वह अपने लक्ष्य तक नहीं पहुँच सका। पता नहीं, लेनिन ने इस बारे में कौन-से तथ्य दिए, दिए भी या नहीं, क्योंकि रामविलासजी 'गठबंधन की ओर अग्रसर हो रहा था' की पुष्टि में कोई तथ्य पेश नहीं करते। वे तो बस, लेनिन के उद्धरण के एक वाक्यांश 'गठबंधन की ओर अग्रसर हो रहा था' पर जोर देते हैं और उन 'अनेक आंतरिक और बाह्य कारणों' पर जरा भी विचार करने के लिए नहीं ठहरते, जिनके चलते ऐसा गठबंधन नहीं हो सका। इस तरह वे 1871

के कम्यून और 1917 की क्रांति के बीच मौजूद सैद्धांतिक-राजनीतिक दूरी के साथ-साथ तथ्यों की भी सारी खाई को सिर्फ अपनी धुन से पाट देते है। उन्होंने अपने समर्थन में बाकूनिन की किताब *राज्यसत्ता और अराजकता* की 1875 में मार्क्स द्वारा लिखी गई आलोचना की भी कुछ पंक्तियों को उद्‌धृत किया। बाकूनिन ने अपनी किताब में लिखा था कि किसानों के प्रति मार्क्सवादियों का दृष्टिकोण सहानुभूतिपूर्ण नहीं है और संभावना यह है कि किसान सर्वहारा द्वारा शासित होंगे। मार्क्स ने इसके जवाब में जो लिखा उसे रामविलास जी ने अपने समर्थन में उद्‌धृत किया, "इसका अर्थ यह है कि जहाँ आम किसान अपनी जमीन के मालिक हैं, जहाँ वे बहुत-कुछ तत्त्वतः बहुसंख्यक हैं—पश्चिमी यूरोपियन महाद्वीप के सभी देशों में यही हाल है—जहाँ उनका लोप नहीं हुआ और उनका स्थान खेत-मजदूरों ने नहीं लिया, जैसे कि इंग्लैंड में, वहाँ निम्नलिखित बातें हो सकती हैं; या तो वे हर मजदूर क्रांति को रोकें या उसे भंग कर दें, जैसा कि अब तक फ्रांस में करते आए हैं या फिर शासन करते समय सर्वहारा वर्ग को (मालिक किसान सर्वहारा का अंग नहीं हैं जहाँ वह अपनी परिस्थिति के कारण अंग बन भी जाता है, वह समझता है कि वह उसका अंग नहीं है) ऐसे कदम उठाने होंगे जिनसे किसानों की हालत में प्रत्यक्ष सुधार हों और जिनके फलस्वरूप उन्हें क्रांति के पक्ष में किया जा सके।" इस उद्धरण से रामविलासजी ने यह मतलब निकाला कि मार्क्स के भी मुताबिक क्रांतिकारी आंदोलन की सफलता (इसी अर्थ में पेरिस-कम्यून की भी सफलता) उस समय किसानों के सहयोग पर निर्भर थी और यह सहयोग मजदूरों को तभी प्राप्त हो सकता था जब क्रांति से किसानों की हालत में प्रत्यक्ष सुधार की संभावना हो। (पृ. 302) रामविलासजी अपने विचारों को सही साबित करने की जल्दी में कई बार चीजों को कितने ऊपरी तौर पर लेते हैं, इसका यह उदाहरण है। सहयोग और सहयोग में फर्क होता है। सहयोग कई स्तरों पर हो सकता है। नई जनवादी क्रांति में मजदूरों और किसानों का सहयोग होता है सिर्फ इतना कहने से उस सहयोग का वास्तविक स्वरूप जाहिर नहीं होता। नई जनवादी क्रांति में किसानों का सहयोग क्रांति में उनकी मुख्य भूमिका के रूप में हुआ है, जैसा कि हम चीन या विएतनाम में देखते हैं। यह सिर्फ सहयोग न था, उससे बहुत अधिक था। वे स्वयं क्रांतिकारी शक्ति थे। मार्क्स ने कभी नहीं कहा कि पेरिस-कम्यून की असफलता का मुख्य कारण (या खास कारण) यह था कि मजदूरों और किसानों के बीच सहयोग या एकता कायम न हो सकी। मार्क्स-एंगेल्स के समस्त विशाल साहित्य में ऐसी बात का दूर-दूर तक कोई आभास तक नहीं मिलता। कम्यून की असफलता के बारे में मार्क्स का विचार यही था कि उन परिस्थितियों में मजदूर क्रांति के लिए सक्षम न थे, क्योंकि उत्पादक शक्तियों का विकास कम हुआ था और मजदूर वर्ग राजनीतिक दृष्टि से संगठित और शिक्षित न थे। यह बात उससे बहुत भिन्न है जो रामविलासजी मार्क्स के उपरोक्त उद्धरण में से निकालना चाहते

हैं। उद्धरण में मार्क्स ने सिर्फ सामान्य रूप से ऐसे सुधार करने का प्रस्ताव रखा जिससे कि किसान, पहले की तरह, क्रांति को रोक या भंग न कर सकें; और उन्हें क्रांति के पक्ष में लाया जा सके। कोई भी देख सकता है कि मार्क्स ने किसानों को क्रांति के पक्ष में करने की समस्या को पेश कर देने के अलावा और कुछ नहीं कहा, बल्कि मार्क्स ने किसानों की वास्तविक स्थिति का जो वर्णन किया, उस स्थिति में मजदूर-किसानों का सहयोग एक सामान्य और सीमित स्तर पर दिखता है; वह नई जनवादी क्रांति के लिए आवश्यक सहयोग जैसा, जैसा कि इतिहास में हमने देखा है, बिल्कुल नहीं दिखता। मार्क्स ने कहा कि इंग्लैंड को छोड़कर पश्चिमी यूरोप के देशों में छोटे किसानों का वर्ग ही बहुसंख्यक है। एक संभावना यह है कि वे हर मजदूर-क्रांति को रोकें या उसे भंग कर दें जैसा कि अब तक वे फ्रांस में करते आए हैं। यानी छोटे किसानों का बहुसंख्यक वर्ग मजदूर-क्रांति को रोके या भंग कर दे—यह संभावना से अधिक एक वास्तविकता थी। खासकर फ्रांस में। (मजदूर-क्रांति के खिलाफ किसानों का ऐसा रवैया आज हमें कुछ अटपटा-सा लग सकता है, लेकिन अगर हम यूरोपीय इतिहास पर ध्यान दें और उससे भारत जैसे देशों या चीन जैसे देशों के इतिहास की भिन्नता पर गौर करें तो यह अटपटा न लगेगा। यूरोप में, जिन देशों में पूँजीवादी क्रांतियाँ हुईं, खासकर फ्रांस में, किसानों को बहुत से सामंती बंधनों से छुड़ाने का और जमीन का मालिक बनाने का काम पूँजीपति वर्ग ने किया था। उसने जब यह काम किया था, उस समय वैज्ञानिक समाजवाद का जन्म भी न हुआ था। यही कारण है कि वहाँ किसान पूँजीपति वर्ग से, जिसने कि उसे इतने लाभ दिलाए थे, बहुत प्रभावित था। उसकी इन्हीं भावनाओं का इस्तेमाल करते हुए पूँजीपति वर्ग ने आगे जाकर उसे हमेशा मजदूर आंदोलनों के खिलाफ अपने पक्ष में खड़ा किया। रामविलासजी इस तर्क से कि पूँजीपति वर्ग ने सामंतविरोधी क्रांति के काम पूरे नहीं किए थे, उन पूँजीवादी क्रांतियों के महत्त्व को कम करके दिखाते हैं। वे बच गए सामंती अवशेषों पर ही सारा जोर देते हैं और किसानों के लिए उन पूँजीवादी क्रांतियों का महत्त्व क्या था, इसे आँख से ओझल कर देते हैं। भारत या चीन जैसे देशों में किसानों के सामंती बंधनों को तोड़ने का काम जब सामने आया तो मैदान में सिर्फ पूँजीपति वर्ग ही नहीं, मजदूर वर्ग और सोशलिस्ट तथा कम्युनिस्ट पार्टियाँ भी थीं। यहाँ सामंती बंधन तोड़ने का काम भी इस विशेष ऐतिहासिक परिस्थिति में हुआ कि इन देशों में साम्राज्यवादी प्रभुत्व के खिलाफ राष्ट्रीय आंदोलन चल रहा था। रामविलासजी दो बिल्कुल भिन्न ऐतिहासिक कालों में क्रांति के संदर्भ में उठे किसानों के सवाल को आपस में मिला देते हैं।) साफ है कि 1871 के फ्रांस में, जहाँ पूँजीवादी क्रांति ने किसानों को इतने लाभ दिलाए थे और राज्य के प्रति किसानों के भ्रम अभी भी पूरी तरह नहीं टूटे थे, मजदूर-किसानों के सहयोग का सवाल बाद में जिस रूप में पेश हुआ, उस रूप में न था। मार्क्स के उद्धरण को प्रमाण मानें तो वह एक

कठिन समस्या थी। वे किसानों को एक क्रांतिकारी शक्ति के रूप में अनुभव नहीं कर रहे थे। उनके मुताबिक मजदूर वर्ग किसानों को अपने पक्ष में तभी ला सकता था, जब वह पहले अपने खुद के प्रयत्नों से सत्ता में आ जाता और तब किसानों की दशा में सुधार के लिए कुछ कदम उठाता। तब किसान उसका विश्वास कर लेते और उसके खिलाफ वह संदेह और घृणा त्याग देते जो किसानों के अब तक हीरो रहे लोगों ने किसानों के दिमाग में भर रखा था। मार्क्स ने स्पष्ट रूप से लिखा—*शासन करते समय सर्वहारा को ऐसे कदम उठाने होंगे।* जाहिर है कि मजदूर वर्ग शासन में आने तक अपना संघर्ष किसानों के सहयोग के बिना ही चलाएगा या चलाने को बाध्य था, वह अपने संघर्ष के दौरान किसानों के लिए अपने कार्यक्रम की घोषणा तो कर सकता था, लेकिन सिर्फ घोषणाओं को सुनकर किसान उन मजदूरों के कितने पक्ष में हो जाएँगे जिन्हें अभी तक संदेह और घृणा से ही देखते आए थे, कहा नहीं जा सकता था। शासन में आने के बाद ही किसानों के हित में कदम उठाकर, अपने कार्यक्रम को व्यवहार में लागू कर, वह किसानों को अपने पक्ष में ला सकता था।

रामविलासजी ने ऐसी धारणा प्रकट की है कि नई जनवादी क्रांति के लिए होने वाले संघर्ष में किसानों की कोई क्रांतिकारी भूमिका भले ही न हो, क्रांति के बाद मजदूर वर्ग उन्हें अपनी बगल में बैठा लेगा और इस तरह सर्वहारा जनतंत्र की जगह नया जनतंत्र कायम हो जाएगा। उन्होंने खुद लिखा, ''पेरिस-कम्यून को किसानों के लिए कुछ करने का मौका न मिला।'' (पृ. 136) अगर मिल जाता, तो? ''मौका मिलता तो, मार्क्स के अनुसार, वह किसानों को उनके रक्तशोषक टैक्स से मुक्त कर देता; शासनतंत्र की जोंकों के बदले कम्यून के वेतनभोगी कारिंदे होते जिन्हें किसान चुनते और जो किसानों के प्रति उत्तरदायी होते।'' (पृ. 316-17) इस तरह मजदूर वर्ग के संघर्ष से जो जनतंत्र आता, उसके बारे में वे लिखते हैं, ''नया जनतंत्र शहरी मजदूरों तक सीमित न होता; उसके संचालन में किसान भी भागीदार होते।'' (पृ. 317) यह अंतिम वाक्य मार्क्स की नहीं, रामविलासजी की धारणा को प्रकट करता है। यहाँ नया जनतंत्र लाने वाली नई जनवादी क्रांति का रामविलासजी ने ऐसा रूप पेश किया है जिसमें किसानों की क्रांतिकारी भूमिका तो छोड़िए, किसी भी तरह की भूमिका नहीं दिखाई देती, उनके लिए सबकुछ मजदूर कर देते, फिर भी सत्ता के संचालन में वे भार्गीदार जरूर हो जाते। यहाँ क्रांति संपन्न करने के लिए मजदूर-किसानों के बीच एकता कायम करना जरूरी नहीं रह गया, उनके संघर्षों का संयुक्त मोर्चा बनना आवश्यक नहीं रहा। किसानों का संघर्ष मजदूर वर्ग खुद पूरा कर देता और नया जनतंत्र आ जाता जिसमें मजदूरों के साथ किसान भी भागीदार होते। लेनिन ने कई जगह बोल्शेविक सत्ता को मजदूर-किसानों की संयुक्त डिक्टेटरशिप कहा। चीन में माओ ने भी इसे मजदूर-किसानों की संयुक्त डिक्टेटरशिप कहा। यह

डिक्टेटरशिप किसानों को भेंट रूप में -उपहार में नहीं दी गई थी। किसानों की डिक्टेटरशिप संघर्ष में, क्रांति में, उनकी सक्रिय और महत्त्वपूर्ण भूमिका का परिणाम थी। रामविलासजी ने यहाँ जिस तरह नया जनतंत्र कायम किया, नई जनवादी क्रांति संपन्न की, उसमें किसानों की कोई भूमिका नहीं, फिर भी सत्ता में वे भागीदार हो जाते। यह डिक्टेटरशिप का मनोनयन नहीं तो और क्या है?

नई जनवादी क्रांति और नया जनतंत्र महज शब्द नहीं हैं। ये ऐतिहासिक दौर में उभरी हुई निश्चित कोटियाँ हैं। विश्व कम्युनिस्ट आंदोलन में इनके साथ एक विशेष अर्थ जुड़ा हुआ है। रामविलासजी जैसे मार्क्सवाद के विद्वान यह न जानते हों, ऐसी बात नहीं। इसलिए वे मार्क्स के ही वर्णन को जब इन निश्चित कोटियों में ढाल देते हैं तो वे जानबूझकर घपला करते हैं। मार्क्स की दृष्टि में मजदूर वर्ग किसानों को मुक्त करते हुए जो क्रांति करता, वह समाजवादी क्रांति ही होती और जिस जनतंत्र की स्थापना करते, वह सर्वहारा के अधिनायकत्व में कायम होने वाला वास्तविक जनतंत्र होता। आज रूस या चीन में जनतंत्र के नाम पर जो व्यवस्था प्रचलित है, जिसमें प्रेस पर कड़ा नियंत्रण, सूचनाओं पर राज्य का एकाधिकार और राजनीतिक विरोधियों को उनके विचारों के लिए सजा देना शामिल है, मार्क्स ने इसकी कभी कल्पना भी न की होगी। मार्क्स मानते थे कि मजदूर वर्ग समाजवादी क्रांति करके जिस जनतंत्र को कायम करेगा, वह जनतंत्र पूँजीवादी जनतंत्र के मुकाबले कहीं सच्चा और व्यापक जनतंत्र होगा। सिर्फ मजदूर वर्ग का राज्य ही जनता के सभी वर्गों के लिए वास्तविक जनतंत्र कायम कर सकता है। यह बात बिल्कुल सही है और अगर रामविलासजी इसी रूप में इसका समर्थन करते तो सही होता। लेकिन उन्होंने मार्क्स की इस धारणा पर एक बिल्कुल भिन्न नई जनवादी क्रांति और नए जनतंत्र की धारणा को थोप दिया है।

इतिहास में जिन देशों में नई जनवादी क्रांति हुई, वहाँ विभिन्न क्रांतिकारी वर्गों के संयुक्त मोर्चे की डिक्टेरशिप कायम हुई। जिस संयुक्त मोर्चे के संघर्ष के फलस्वरूप क्रांति पूरी हुई, उसी मोर्चे को सत्ता मिली। पेरिस-कम्यून का संघर्ष किसी संयुक्त मोर्चे ने नहीं चलाया था। कम्यून के अधिकांश सदस्य मजदूर थे, इसलिए सता भी उन्हीं के हाथों में आई। मार्क्स ने एक जगह लिखा कि कम्यून फ्रांसिसी समाज के सभी स्वस्थ तत्त्वों का सच्चा प्रतिनिधि था और इसलिए सच्ची राष्ट्रीय सरकार था। इस पर टिप्पणी करते हुए रामविलासजी ने इस बात पर जोर दिया कि कम्यून केवल एक वर्ग का प्रतिनिधित्व करने वाली सरकार का न था। यहाँ भ्रम हो सकता है कि कम्यून किसी संयुक्त मोर्चे की सरकार का था। भ्रम की संभावना बढ़ जाती है जब इसी प्रसंग में वे मार्क्स का हवाला देते हुए लिखते हैं कि कैसे मध्यवर्ग के साथ मजदूरों को संयुक्त मोर्चा बनाना चाहिए। (पृ. 300-01)

मार्क्स ने कम्यून का लेखा-जोखा करते हुए सिर्फ इतना बताया कि पेरिस के

मध्यवर्ग ने किन कारणों से कम्यून को "सामाजिक पहलकदमी की क्षमता रखने वाला एकमात्र वर्ग माना था।" (पृ. 167, *संकलित रचनाएँ*, भाग-2) कम्यून ने भी इस वर्ग के अंदरूनी झगड़ों से इसकी रक्षा की, पर "समय ही बताएगा कि मध्यवर्ग के इस बड़े जन-समुदाय की कृतज्ञता-भावना वर्तमान कठिन परीक्षा में टिकी रह सकेगी या नहीं।" (पृ. 168, वही) क्या यह संयुक्त मोर्चा बनाने का सुझाव है? अगर हो भी, तो यह कम्यून के टूट जाने के बाद का विश्लेषण है, खुद कम्यून के सामने यह सवाल कभी पेश नहीं हुआ। संघर्ष के दौरान मध्यवर्ग कम्यून के पक्ष में उसी तरह हो गया था जैसे अगर कम्यून किसानों के लिए कुछ कर पाता तो, किसान भी उसके पक्ष में हो सकते थे। इसी बात को बढ़ा-चढ़ाकर एक संयुक्त मोर्चे का सुझाव बता देना, जो कि संघर्षशील ताकतों का एक्र सचेत राजनीतिक गठबंधन होता है, कम्यून के संदर्भ में सही नहीं है। मार्क्स ने कम्यून को फ्रांसिसी समाज के सभी स्वस्थ तत्त्वों का प्रतिनिधि और सच्ची राष्ट्रीय सरकार होने की बात एक सामान्य अर्थ में लिखी। जैसे कहा जाता है कि मजदूरवर्ग की मुक्ति में सभी शोषित वर्गों की मुक्ति है। इसी अर्थ में मजदूर वर्ग सभी शोषित वर्गों के हितों का प्रतिनिधित्व कर रहा था क्योंकि उसने सभी शोषित वर्गों के हितों को अपने कार्यक्रम में शामिल किया था। चूँकि कम्यून के शासन से—मजदूर वर्ग के शासन से—समाज के दूसरे पीड़ित वर्गों को भी राहत मिली थी, इसलिए मार्क्स ने कम्यून को उन सभी वर्गों का सच्चा प्रतिनिधि कहा। वे सभी वर्ग स्वयं शासन में न थे, मजदूर वर्ग का शासन स्वयं उनके हितों का प्रतिनिधित्व कर रहा था। इस सामान्य अर्थ की जगह अगर कोई इसका यह विशेष अर्थ लगाए कि कम्यून इन सभी वर्गों की संयुक्त सरकार थी, तो तथ्यों की दृष्टि से यह सही न होगा। मार्क्स ने इसे और भी अच्छी तरह से साफ करते हुए लिखा कि कम्यून की नाना प्रकार की व्याख्याएँ की गईं, और नाना प्रकार के हितों ने उसका अपने अनुकूल अर्थ निकाला। ऐसा क्यों संभव हो सका? मार्क्स ने खुद ही जवाब दिया, उसका असली रहस्य यह था : "कम्यून मूलतः मजदूर वर्ग का शासन था।" (पृ. 165, वही) मजदूर वर्ग के शासन में ही सबको न्याय मिल सकता है, इसलिए नाना प्रकार के हितों ने उसे अपने-अपने अनुकूल अनुभव किया। मार्क्स के लिए कम्यून नई जनवादी क्रांति नहीं, विभिन्न वर्गों के मोर्चे की क्रांति नहीं, मजदूर क्रांति थी : "18 मार्च की गौरवमयी मजदूर क्रांति का निर्विवाद रूप से पेरिस पर अधिकार कायम हो गया।" (पृ. 151)

मार्क्स-एंगेल्स की निगाह में पेरिस-कम्यून इतिहास में सर्वहारा अधिनायकत्व का पहला वास्तविक रूप था, चाहे वह कितने भी कम समय के लिए क्यों न रहा हो। *फ्रांस में गृहयुद्ध* की भूमिका में एंगेल्स ने उन लोगों को संबोधित किया जो सर्वहारा के अधिनायकत्व से बौखलाते थे। एंगेल्स ने कम्यून के प्रति गौरव के भाव से भरकर कहा, "अच्छा तो सज्जनो! क्या आप जानना चाहते हैं कि इस अधिनायकत्व

का असली रूप क्या है ? पेरिस कम्यून को देख लीजिए। यही था सर्वहारा का अधिनायकत्व!" (पृ. 199, वही) मार्क्स ने कम्यून के शासन को सच्चा जनवादी शासन कहा, एंगेल्स ने भी कहा। इसका मतलब यह नहीं कि वे नई जनवादी क्रांति की बात कर रहे थे। उनके विचार से सच्चा जनतंत्र सिर्फ मजदूर वर्ग का शासन ला सकता था; सिर्फ श्रम की मुक्ति ही जनतंत्र को वास्तविक जनवादी संस्थाओं का आधार प्रदान कर सकती थी। रामविलासजी इस धारणा को मोड़कर नई जनवादी क्रांति और नए जनतंत्र तक पहुँचा देना चाहते हैं, "चाहे नया जनतंत्र कहो, चाहे वास्तविक जनतंत्र कहो, है वह जनतंत्र; उसकी जनतांत्रिकता इतनी व्यापक और गहरी है कि पूँजीवादी जनतंत्र उसका मुकाबला नहीं कर सकता।" (पृ. 315) शब्दों के प्रयोग की इस उदारता के पीछे इतिहास के किसी भी दौर में नई जनवादी क्रांति और नए जनतंत्र को दिखाने का तर्कहीन हठ छिपा हुआ है। इस हठ के अनुरूप ही उनकी विवेचन-पद्धति भी है। मार्क्स-एंगेल्स और लेनिन की रचनाओं में जहाँ-जहाँ जनक्रांति, जनता की क्रांति, जनता का शासन, वास्तविक जनतंत्र अथवा सच्चा जनतंत्र जैसे शब्द आए, रामविलास शर्मा ने उन सभी स्थलों को परिश्रमपूर्वक जमा करके नई जनवादी क्रांति के खाते में डाल दिया।

थोड़ा ठहरा जाए। इस आलोचना को छोड़कर एक दूसरे ढंग से सोचा जाए। मुमकिन है कि रामविलासजी एक ज्यादा गहरी बात करना चाह रहे हों जिसे हमने अभी तक समझने की कोशिश नहीं की। शायद वे यह मौलिक बात कहना चाहते हैं कि यूरोपीय इतिहास में पूँजीवादी क्रांतियों के बाद वस्तुगत परिस्थितियाँ ऐसी रहीं कि उनमें समाजवादी क्रांति का नहीं, नई जनवादी क्रांति का सिद्धांत पेश करना चाहिए था। यूरोप में पूँजीवादी क्रांतियों के बाद समाजवादी क्रांति कहीं हुई ही नहीं और वह हो भी नहीं सकती थी क्योंकि पूँजीवादी क्रांतियों ने सामंतविरोधी क्रांति के काम पूरे नहीं किए थे। किसानों को सामंती बंधनों से पूरी तरह छुटकारा दिलाने का काम अभी बाकी था। मजदूर वर्ग इतना बड़ा सामाजिक वर्ग न था कि वह अकेले क्रांति कर लेता। इसलिए सर्वहारा अधिनायकत्व की भी बात गलत थी। उसकी जगह मजदूर-किसानों की संयुक्त डिक्टेटरशिप कायम करने का सिद्धांत पेश करना चाहिए था। इस तरह जो क्रांति होती, उसे नई जनवादी क्रांति कहते। इस नई जनवादी क्रांति से आगे बिना खून-खराबे के समाजवादी क्रांति में जाने का रास्ता खुलता। इस तरह इतिहास के विकास की मंजिलें इस क्रम में होतीं—सामंतवाद—पूँजीवाद—नया जनवाद—समाजवाद। यूरोपीय मार्क्सवाद में क्रांति के सिद्धांत को भले ही इस रूप में पेश नहीं किया गया था, पर व्यवहार में जो हुआ, वह वास्तव में यही था जिसे पहचानने की जरूरत है।

अगर रामविलासजी सचमुच यही बात कहना चाहते हैं तो एक मौलिक बात है। इतिहास के प्रति एक नया दृष्टिकोण है। लेकिन, तब इस बात को उन्होंने इतना घुमा-फिराकर क्यों कहा? इतिहास की उनकी व्याख्या मार्क्स–एंगेल्स द्वारा दी गई व्याख्या से बिल्कुल अलग है। इसलिए साधारण मार्क्सवादियों के दिमाग में मार्क्सवाद के नाम पर जो चीज घर बनाकर बैठी हुई है, पहले उसकी सफाई की जानी चाहिए। रामविलासजी को सबसे पहले यह बात स्पष्ट रूप से कहनी चाहिए थी कि यूरोप में क्रांति के बारे में मार्क्स–एंगेल्स की जो धारणा थी, वह गलत थी। उनकी यह धारणा कि यूरोपीय पूँजीवादी देशों में समाजवादी क्रांतियाँ होंगी, गलत थी। यह बात तो साफ है कि मार्क्स–एंगेल्स इस बारे में सचेत न थे क्योंकि सैद्धांतिक रूप से वे समाजवादी क्रांति की ही बात करते रहे। लेनिन ने भी, व्यवहार में कुछ और ही करते रहने के बावजूद, मार्क्स–एंगेल्स की समाजवादी क्रांति की धारणा का खंडन या संशोधन नहीं किया। इसलिए हर हालत में व्यवहारिक तथ्यों और परिस्थितियों के बीच झांक रही नई जनवादी क्रांति की धारणा को सिद्धांत के स्तर तक पहुँचाने का आवश्यक काम तो बचा ही रहता है। इसलिए रामविलासजी को सबसे पहले स्पष्ट रूप से यह कहना चाहिए था कि यूरोप की वस्तुगत परिस्थितियों को देखते हुए वहाँ मार्क्स–एंगेल्स का समाजवादी क्रांति का सिद्धांत गलत था।

लेकिन बात यहीं खत्म नहीं हो जाती। इससे तो बात सिर्फ शुरू होती है। इसके बाद आगे बढ़ाकर रामविलासजी को उन असंगतियों पर विचार करना चाहिए था जो समाजवादी क्रांति के सिद्धांत के खंडन से मार्क्स–एंगेल्स के समस्त विवेचन में पैदा हो जाएँगी। आखिर मार्क्स–एंगेल्स का लेखन एक सुसंगत विचारधारा पर टिका हुआ था। अगर आप उसके एक बुनियादी सिद्धांत का खंडन करते हैं, उसे वहाँ से हटाते या बदलते हैं तो जाहिर है कि इसका प्रभाव उनके समस्त विवेचन पर, उस सिद्धांत से संबंधित दूसरे पक्षों पर भी पड़ेगा जिनकी अब नए सिरे से व्याख्या करने और नए स्थापित सिद्धांत के मुताबिक उनमें संगति बैठाने की जरूरत महसूस होगी। इसके अलावा उन सारे दार्शनिक, राजनीतिक और आर्थिक आधारों का भी सुसंगत रूप से खंडन करना आवश्यक होगा जिनके आधार पर मार्क्स–एंगेल्स ने पूँजीवादी क्रांति के बाद समाजवादी क्रांति का सिद्धांत विकसित किया था।

इन कठिनाइयों को हल करने के अलावा एक काम और करना होगा। प्रथम विश्वयुद्ध और रूसी क्रांति के बाद पराधीन और उपनिवेशिक देशों में क्रांति के लिए तीसरी इंटरनेशनल में लेनिन ने, फिर बाद में कमिन्टर्न के सिद्धांतवकारों ने नई जनवादी क्रांति की धारणा को उसके बीज के रूप में पेश किया था। वे इस धारणा को पश्चिमी यूरोप के पूँजीवादी राज्यों से भिन्न पूरब के पराधीन उपनिवेशिक तथा अर्ध–उपनिवेशिक समाजों की परिस्थितियों पर आधारित करते थे। रामविलासजी को उनकी भी समझ और धारणाओं का खंडन करना होगा। तीसरी इंटरनेशनल और कमिन्टर्न के नेताओं

ने नई जनवादी क्रांति की ऐसी धारणा क्यों बनाई जो पश्चिम से भिन्न पूरबी देशों के यथार्थ पर ही जोर देती थी जबकि नई जनवादी क्रांति का आधार पश्चिमी यूरोप में भी 18वीं सदी की पूँजीवादी क्रांतियों के बाद से ही मौजूद था? इस प्रश्न का भी उत्तर देना होगा। लेकिन रामविलास शर्मा इन प्रश्नों को न उठाते हैं, न इनका उत्तर देते हैं। उनकी विवेचन पद्धति ऐसी है कि वास्तविक प्रश्नों का सामना किए बिना ही थीसिस खड़ी कर ली जाती है।

(*1987*)

निर्मल वर्मा की कहानियों का सौंदर्यशास्त्र और समाजशास्त्र

"हमें किसी कलाकृति में कौन-से स्थल सबसे अधिक अभिभूत करते हैं? वह नहीं, जिनमें कलाकार ने अपनी अनोखी और अद्भुत अंतर्दृष्टियों को दर्ज किया है, वे संस्कृति के अंश हैं, जिन्हें उसने अर्जित किया है, कला में अर्जित अंतर्दृष्टि से परे एक दूसरा सत्य है, जिसे अंकित नहीं किया जाता है जैसे जंगल में दौड़ता हुआ हिरण, गाता हुआ वनवासी, माँद में स्वप्न देखता हुआ सिंह—किसी कॉपी में अपना अनुभव दर्ज नहीं करता...ऐसे अनुभव प्रकट होते हैं, ओझल हो जाते हैं—वे केवल उस कलाकार के पास आते हैं जो अपने अहं से मुक्त प्रकृति का ही हिस्सा जान पड़ता है—तब वे उससे डरते नहीं; उसे सूँघते हैं, चाटते हैं—और जब आश्वस्त हो जाते हैं कि यह कवि और लेखक मनुष्य न होकर समूची सृष्टि का ही अंग है, तो उसके भीतर अपने को सुरक्षित महसूस करते हैं, उसके खून में समा जाते हैं, उसकी धमनियों में धड़कते हैं..." (*ढलान से उतरते हुए*)

"कुछ शब्द जादुई होते हैं, अपने अर्थों में नहीं, बल्कि उनके परे; दैहिक रूप से जादुई, जिनका जादू उनकी ध्वनि में निहित होता है, ऐसे शब्द जो कोई संदेश देने से पहले भी अपना अर्थ रखते हैं, शब्द जो अपने में ही अर्थ और संकेत हैं, जिन्हें समझना नहीं, सुनना होता है, एक जानवर के शब्द, एक बच्चे की स्वप्न-भाषा...मारिना त्स्वेतायेवा ने यह बात पुश्किन के संदर्भ में कही थी, किंतु क्या हर कलाकृति पर लागू नहीं होती?" (वही, पृ. 45)

"...वास्तव में कला की कोई सामाजिक प्रासंगिकता नहीं है, क्योंकि इसका सच अपने आप में है, स्वायत्त और आत्मतुष्ट है और जिसकी अहमियत उसके निज के अस्तित्व की शर्तों पर ही आँकी जा सकती है।"

(*कला का जोखिम*, पृ. 32)

निर्मल वर्मा हिंदी के अनोखे कहानीकार हैं। अनोखे इसलिए कि न उनसे पहले उनकी जैसी कहानियाँ किसी ने लिखीं और न अब तक कोई लिख पाया है। कभी-कभी कहा जाता है कि हिंदी में कहानियों का एक प्रसाद-स्कूल है, जिसमें अज्ञेय हुए और इसी में निर्मल भी आते हैं। पर इसे स्कूल बहुत ऊपरी अर्थ में ही कहा जा सकता है, थोड़ी-सी बातों में कुछ ऊपरी समानता दिखती है, जबकि भिन्नताएँ गहरी हैं। अज्ञेय से निर्मल की समानता इतनी नहीं कि उन्हें एक स्कूल या परंपरा का कहा जा सके। कहानी को निर्मल जिस हद तक खींचकर ले गए हैं, अज्ञेय वहाँ तक कभी पहुँचे नहीं, बल्कि कहना चाहिए, सचेत रूप से वे उस हद के विरोधी थे। अज्ञेय से निर्मल के संबंध को देखने का मौका आगे आएगा।

निर्मल के पहले कहानी-संग्रह *परिंदे* को 1950 के बाद उभरी नई कहानी का प्रतिनिधि संग्रह बताया गया था। इसका मतलब यह हुआ कि नई कहानी की जो सामान्य विशेषताएँ थीं, निर्मल की कहानियाँ उसका प्रतिनिधित्व करती हैं। पर अब यह बात साफ दिखाई देती है कि नई कहानी के दूसरे सभी कहानीकारों और निर्मल की कहानियों के बीच बहुत अधिक फर्क है। अगर निर्मल की कहानियाँ नई कहानी की आम विशेषताओं का प्रतिनिधित्व करतीं तो उसके दूसरे कहानीकारों से निर्मल की कहानियों का इतना तीखा फर्क दिखाई न देता। सच बात तो यह है कि नई कहानी के दौर में निर्मल एक अनूठे कहानीकार थे और उनका अनूठापन लगातार बढ़ता ही गया। वे न सिर्फ नई कहानी की आम विशेषताओं से अलग और दूर होते गए, बल्कि खुद अपने पहले संग्रह की कहानियों से भी दूर निकल गए। इस विकास के बीज उनके पहले संग्रह में मौजूद थे जो आगे की कथा-यात्रा में पुष्पित और पल्लवित हुए। इस बीच निर्मल की राजनीतिक विचारधारा बदली, लेकिन उनकी कथा-यात्रा के विकास का इस राजनीतिक परिवर्तन से बहुत लेना-देना नहीं है।

निर्मल की कहानियों का अनूठापन मुख्यतः तीन बातों में है—*काव्यात्मक भाषा, चमत्कारपूर्ण कल्पना और रहस्यात्मकता।* यही तीन मुख्य विशेषताएँ हैं जो उन्हें नई कहानी के दूसरे सभी कहानीकारों से, और शायद हिंदी की पूरी कथा-परंपरा से, अलग करती हैं। कुछ दूसरी विशेषताएँ भी हैं, जैसे बारीक अनुभूतिशीलता और बिंबों में उसकी अभिव्यक्ति, अत्यधिक स्मृतिशीलता, छोटी-छोटी तफसीलों की जीवंतता, सूक्ष्म निरीक्षण-वृत्ति और खास किस्म का वातावरण, इत्यादि।

काव्यात्मक भाषा और चमत्कारपूर्ण कल्पना निर्मल से पहले के हिंदी-कहानीकारों में न मिलती हो, यह बात नहीं। यह प्रसाद में थी, अज्ञेय में थी और इन सबसे पहले चंडी प्रसाद हृदयेश में थी, जिनके आचार्य शुक्ल बड़े प्रशंसक थे। पर इन सबके और निर्मल के बीच फर्क है। कहानी में काव्यात्मक भाषा या कहीं-कहीं चमत्कारपूर्ण कल्पना का प्रयोग करना एक बात है और इन्हीं के आधार पर कहानी का सारा ताना-बाना बुनना और बात है। निर्मल के यहाँ काव्यात्मकता कहानी की बुनावट

में ही निहित है और काव्यात्मक भाषा या चामत्कारिक कल्पना और रहस्यमयता सिर्फ कलात्मक प्रयोग के रूप में नहीं मिलती, बल्कि यही उनकी कहानियों का बुनियादी दर्शन है, देह और प्राण, दोनों। उनकी दृष्टि में कहानी एक ऐसा 'दुर्लभ करतब' है जो हालाँकि कथा कहती है, पर जिसकी बुनावट पूरी तरह कविता की होती है। "क्या यह दुर्लभ करतब है कि कहानी अपनी संरचना में काव्यात्मक हो किंतु, अपने उद्देश्य में कथात्मक?" अपने इस सवाल का जवाब वे खुद ही अपने प्रिय लेखकों में खोज निकालते हैं : "यही दुर्लभ चमत्कार तो हमें इसाक बाबेल, हेमिंग्वे, केथरीन मैन्सफील्ड और डी. एच. लारेंस की कुछ कहानियों में मिलता है।" (*ढलान से उतरते हुए*, पृ. 35) उनकी दृष्टि में भाषा की सामर्थ्य को कलाकृति की अर्थवत्ता से अलग नहीं किया जा सकता; अनुभव का सत्य उसे अभिव्यक्त करनेवाली भाषा से एकाकार और अविच्छिन्न होता है। 'कहानी की विधागत पवित्रता' का अर्थ 'भाषा की अंतःशक्ति और कल्पना की अंतहीन ऊर्जा' है जो "अपने सत्य को बाहरी आवाजों से भ्रष्ट नहीं होने देती।" जैसे मछली सिर्फ पानी में जिंदा रह सकती है, उससे बाहर नहीं, उसी तरह कहानी का सत्य सिर्फ कहानी की भाषा में जीवित रहता है, उससे बाहर नहीं, "कलात्मक विधाएँ सार्वभौमिक हो सकती हैं, किंतु कलात्मक सत्य नहीं। वे अनिवार्यतः उस भाषा में लिपटे होते हैं जिसमें वे संप्रेषित किए जाते हैं।" (वही, पृ. 37) जाहिर है कि नई कहानी के दौरान भाषा की जो सामान्य विशेषता—छोटे-छोटे वाक्यों में लिखा गया सादा गद्य—प्रकट हुई थी, उससे निर्मल की काव्यात्मक भाषा भिन्न थी। उनकी भाषा उनके अपने विशेष आदर्शों पर ढली है। उनकी काव्यात्मक भाषा के कुछ उदाहरण देखिए—

> "ग्रामोफोन के घूमते हुए तवे पर फूल-पत्तियाँ उग आती हैं, एक आवाज उन्हें नरम, नंगे हाथों से पकड़कर हवा में बिखेर देती है, संगीत के सुर झाड़ियों में हवा से खेलते हैं, घास के नीचे सोई हुई भूरी मिट्टी पर तितली का नन्हा-सा दिल धड़कता है...मिट्टी और घास के बीच हवा का घोंसला काँपता है...काँपता है...और ताश के पत्तों पर जेली और शम्मी भाई के सिर झुकते हैं, उठते हैं, मानो वे दोनों चार आँखों से घिरी साँवली झील में एक-दूसरे की छायाएँ देख रहे हों।" ('*दहलीज*')
>
> "लड़के ने माथे का पसीना पोंछा। कंधों का बोझ उतर गया था, किंतु मुझे लगा कि चेहरे का बोझ जैसे का तैसा बना था। वह उन खुशमिजाज लोगों में था, जो अपनी उदासी को संदूक में बंद करके छुटकारा नहीं पा लेते थे—उसका कोई न कोई सिरा ढक्कन से बाहर झाँकता रहता है।" ('*छुट्टियों के बाद*')
>
> "वह कहता था, वह सुनती थी...घर कहीं न था, इसलिए घर की आवाज अच्छी लगती थी। इस आवाज में धूप होती थी और जब वह कहता था, तुम हमारी हो, तो वह धूप एक घने जंगल में चली जाती थी..." ('*वीकएंड*')

काव्यात्मक भाषा से तात्पर्य भाषा की व्यंजना से है, उसकी लाक्षणिकता से है। ऐसी भाषा में सृजनात्मक कल्पना का भारी महत्त्व होता है। कल्पना के वैभव से उसमें प्रतीकात्मकता, उपमाएँ, रूपक पग-पग पर दिखाई देते हैं। लय इस भाषा की आंतरिक प्रकृति होती है। काव्यात्मक भाषा की सबसे बड़ी विशेषता बिंबों के निर्माण में प्रकट होती है। जिस इसाक बाबेल को निर्मल ने काव्यात्मक कहानी का अपना आदर्श माना, उसी बाबेल की जो दूसरी विशेषता निर्मल को आकर्षित करती है, वह यह कि इसाक बाबेल ऐतिहासिक सत्य को काव्यात्मक बिंब के रूप में अंकित करते हैं। निर्मल के अनुसार बाबेल ने "अपनी कहानियों में अपने समय के इतिहास को इतनी पैनी नोक से भेदा था–तथ्यों और घटनाओं का विवरण देकर नहीं, बल्कि एक नंगी और नुकीली इमेज के द्वारा..." और "बाबेल ने इतिहास को एक काव्यात्मक बिंब में परिणत किया था।" (वही, पृ. 35)

अपने समय के यथार्थ को और उसके सत्य को किसी प्रभावशाली बिंब में अंकित कर देना कला की बहुत बड़ी शक्ति है। निर्मल की कहानियों में ऐसा कोई महत्त्वपूर्ण बिंब नहीं मिलता जिसमें हमारे युग के किसी महत्त्वपूर्ण सत्य को अंकित कर दिया गया हो। फिर भी, सामान्य रूप से उनकी भाषा में बिंब भरे पड़े हैं। स्थितियों या भावनाओं को उपमा, दृष्टांत, उदाहरण और रूपक इत्यादि के जरिये मूर्त करते हुए वे चित्रात्मक भाषा लिखते हैं। जैसे–

> " 'अभी नहीं...' उसने फुफकारते हुए कहा, 'अभी मैं कुछ नहीं खाऊँगा।' माँ का हाथ जहाँ था, वहीं टिका रहा। वह उसके गुस्से से घबराती थी, जैसे वह कोई नाटक हो, जिसमें उसके बच्चों और बच्चों के बाबू का मुख्य पार्ट हो और जब वे तमतमाते हुए स्टेज के पीछे आते, तो वह उनके पसीने को पोंछती, उखड़ा हुआ पेंट-पाउडर दुबारा जोड़ देती, ताकि वे दुबारा सज-धज कर मंच पर जा सकें।" ('*बीच बहस में*')
>
> " 'केशी'–मैंने धीरे से कहा–'केशी' –मैं अँधेरे में खड़ी रही–देहरी पर। मुझे लगता है जैसे मेरे भीतर बादल का एक श्यामल टुकड़ा आ समाया है–वह बूँद-बूँद टपक रहा है। मैं उसके नीचे खड़ी हूँ और भीग रही हूँ–देर तक भीगती रही।" ('*धागे*')
>
> अगर बादल का टुकड़ा उसके भीतर आ समाया है तो वह उसके नीचे कैसे खड़ी है? जाहिर है, निर्मल बिंबों के सुसंगत होने की चिंता नहीं करते। 'परिंदे' में पियानो की ध्वनि के स्वरूप और प्रभाव का बिंब तो निर्मल की काव्यात्मक भाषा का प्रसिद्ध उदाहरण है–
>
> "मुझे लगा, पियानो का हर नोट चिरंतन खामोशी की अँधेरी खोह से निकलकर बाहर फैली नीली धुंध को काटता, तराशता हुआ एक भूला-सा अर्थ खींच लाता है। गिरता हुआ हर 'पोज़' एक छोटी-सी मौत है, मानो घने छायादार

वृक्षों की काँपती छायाओं में कोई पगडंडी गुम हो गई हो, एक छोटी-सी मौत जो आने वाले सुरों को अपनी बची-खुची गूँजों की साँसें समर्पित कर जाती है...जो मर जाती है, किंतु मिट नहीं पाती, इसलिए मरकर भी जीवित है, दूसरे सुरों में लय हो जाती है।''

निर्मल की भाषा में मूर्तन और अमूर्तन, दोनों प्रक्रियाएँ आपस में गुँथ जाती हैं, इसलिए बिंब न सुसंगत रह पाते हैं, न प्रभावशाली बन पाते हैं। अगर पियानो का नोट अँधेरी खोह से निकलता है, बाहर की धुंध को काटता है तो जो चीज वह खींच लाता है, वह 'अर्थ' जैसी अमूर्त वस्तु न होकर कोई मूर्त वस्तु होनी चाहिए थी। 'सितंबर की एक शाम' कहानी में ''रह जाएगा केवल वह—उसके आकारहीन, अर्थ खोजते हुए अस्तित्व की परिधि को अनुप्राणित करता हुआ एक अस्पष्ट धुँधला-सा दर्द...'' यहाँ दर्द अस्तित्व को नहीं, अस्तित्व की परिधि को अनुप्राणित कर रहा है। क्या मतलब हुआ इसका? 'कुत्ते की मौत' कहानी में—''उसकी आँख अब भी थिर है—आलोक के उस दायरे पर, जो गली के लैंपपोस्ट से टूटकर घर की छत पर आ पड़ा था, एक अपूर्व रहस्य की आतुर कातरता में भीगा।'' रहस्य की कातरता? इस भाव की कल्पना करना कठिन है। और कातरता भी कैसी? आतुर कातरता! कातरता आतुर कैसे होती है?

काव्यात्मक भाषा लिखते हुए निर्मल अक्सर जुनून में आ जाते हैं, जैसे कोई लेखक भाषा के घने जंगल में दौड़ता चला जाए और यह भूल जाए कि उसे पहुँचना कहाँ है, रुकना कहाँ है। इस जुनून में आकर निर्मल एक के बाद एक शब्दों को पकड़ते चलते हैं, लेकिन जिस वस्तु का बोध कराना है, उसे भूल जाते हैं। इसलिए कल्पना के धनी निर्मल की कहानियों में ऐसे कितने ही वाक्य और पैराग्राफ मिलते हैं जिनसे कोई अर्थ नहीं निकलता। यहाँ भी शब्द वही हैं, फूल, तितली, गंध, काँपती-भीगी घास आदि-आदि, जिनसे वे काव्यात्मक भाषा रचते हैं। इनमें से हर एक का अलग-अलग अर्थ तो है, लेकिन सबको जोड़कर निर्मल कहना क्या चाहते हैं, यह समझ से बाहर है। ऐसी अस्पष्ट, उलझी हुई अमूर्त अभिव्यक्ति के उदाहरण उनकी लगभग हर कहानी में मिल जाएँगे—

''सपनों की बासी गंध, मानो तितली के रंगीन परों से बूँद-बूँद ढरककर विस्मृति की कब्रों पर उगी हुई पीली घास में खो गई...जहाँ कुछ फूल उग आए हैं, भींगे से फूल...'' (*'माया का मर्म'*)

यहाँ काव्यात्मकता के अनावश्यक लदाव के कारण वाक्य की संरचना ऐसी हो गई है कि अर्थ दुबक गया है।

''उसने पर्स से कागज निकाला और पता लिखने लगी। मेन गेट की बत्ती जल गई। उसकी झुकी हुई गर्दन के नीचे कालर बोन का छोटा-सा गढ़हा चमकने लगा। मुझे लगा, वह क्षण बहता पानी है, मेरी उम्र के सब साल इर्द-गिर्द

खड़े नीचे झाँक रहे हैं, उनकी छायाएँ मेरे और उस क्षण के बीच झिलमिल-सी तिरती जाती हैं।'' (*'पिक्चर पोस्टकार्ड'*)

इस उदाहरण के पूर्वार्ध में तो तथ्यात्मक विवरण है, लेकिन उत्तरार्ध में, जहाँ लेखक ने अपनी कल्पना भिड़ाई है कुछ गहरा कहने के लिए, वहाँ समस्त मूर्त-विधान के बावजूद अभिव्यक्ति नितांत अमूर्त रह गई है, कुछ भी अर्थ संप्रेषित नहीं होता।

''जब दोनों 'बूफे' से बाहर आए, अँधेरे पर एक फीका-सा आलोक छितर आया था, एक भूरे रंग का उजाला, जिसे सर्दी पीछे छोड़ जाती है और गर्मी उसे निगलती नहीं।'' (*'उनके कमरे'*)

इस वाक्य के पूर्वार्ध में 'बूफे' के अँधेरे से निकलने पर बाहर के भूरे उजाले का तथ्यात्मक विवरण है। लेकिन, इस विवरण के बाद एक पूँछ जोड़ी गई है—''जिसे सर्दी पीछे छोड़ जाती है और गर्मी उसे निगलती नहीं।'' क्या मतलब हुआ इसका? इससे कुछ भी प्रकट नहीं होता। यह सरासर निरर्थक कल्पना है, जो खामख़ाह भूरे उजाले को भी कोई अजीब-सी चीज बना देती है।

''हम फुटपाथ पर चले आए। सड़क ख़ाली पड़ी थी। एक अजनबी शहर का सन्नाटा। वह अपने शहर के सन्नाटे की तरह नहीं होता...। मुझे यह ख्याल कुछ अजीब-सा लगा। एक होता है स्वरहीन, दूसरा होता है सिर्फ खामोश। खामोशी हमेशा पहचानी-सी होती है। दुनिया शुरू होने से पहले सन्नाटा रहा होगा, खत्म होने के बाद सिर्फ खामोशी और दोनों में मुझे उतना ही अंतर जान पड़ा, जितना अपने और पराए शहर के सन्नाटे में।'' (*'अमालिया'*)

इन वाक्यों से अपने और पराए शहर के सन्नाटे के बीच क्या अंतर स्पष्ट हुआ?

''दिल्ली में उसे अगस्त के दिन हमेशा अच्छे लगते रहे हैं। वे तुम पर छाते नहीं और तुम इन दिनों दूसरे दिनों के बारे में सोच सकते हो—जो बीत गए हैं या जो आने वाले हैं। सारे साल में अगस्त का महीना ही एक पुल की तरह है, तुम उस पर से गुजर जाते हो, लेकिन खुद अपने में वह कुछ भी नहीं है।'' (*'पिछली गर्मियों में'*)

अगस्त महीने की महिमा कुछ प्रकट हुई? इस तरह के कुछ और उदाहरण देखिए—

''बहते पानी को देखना बहुत अजीब है। ज्यादा देर तक एकटक देखते रहें तो लगता है, हममें से भी कुछ टूट-टूटकर उसके संग बह रहा है। हमारे भीतर दूरी के जो हिस्से हैं, जिन्हें कभी-कभार सोते हुए नींद की चंद लहरें भिगोकर वापस लौट जाती हैं, जो हमारी आधी अँधेरी जिंदगी का हिस्सा है, लगता है, जैसे वे स्याह गहरे पानी के भीतर से उन पर झाँक रहे हों, हमें देख रहे हों।'' (*'जलती झाड़ी'*)

"अब अँधेरा था–दुपहर की रोशनी के बीच एक काला द्वीप, गर्म, साफ, उसकी साँसों को सहता, समोता हुआ। कहीं कुछ गलत है, उसने सोचा, कहीं कुछ इतना ज्यादा गलत है कि लगभग सही जान पड़ता है। उसने अँधेरे में टटोलकर अपने सुख को बाहर निकाला, एक संदिग्ध सिक्के की तरह उसे खटखटाया, बहुत ध्यान से उसकी खनक को सुना, कान लगाकर, जैसे सब कुछ उस पर निर्भर हो। सिर्फ हवा की गूँज थी–और कुछ नहीं।" (*'वीकएंड'*)

"और अम्मा छाया की तरह घूमती है छत पर। एक छोटा-सा दायरा है आलोक का, जो सड़क के लैंपपोस्ट से कटकर यहाँ आ पड़ा है। मुन्नी की निगाह स्थिर है इस दायरे पर, जैसे उसका लूसी की पीड़ा से कोई अज्ञात संबंध रहा हो और अब वह किसी काम का नहीं है–एक खोई हुई रोशनी का ढेर है या महज एक अंतराल, जिसे लूसी की चीख किनारे पर फेंककर पीछे मुड़ गई है और वह यहाँ पड़ा रहेगा, जब तक दूसरी चीख फिर मुड़कर उसे अपने में नहीं डुबो लेती।" (*'कुत्ते की मौत'*)

निर्मल की कहानियों में ऐसे वाक्य भरे पड़े हैं जो मानो किसी गहरी बात को कहने के लिए भाषा के जंगल में भटक रहे हों, लेकिन आखिरकार वे कुछ भी संप्रेषित नहीं कर पाते। कहानी के अंदर उनसे कोई अर्थ नहीं खुलता।

उपमा शब्द पुरानी पद्धति की काव्य-मीमांसा का है, एक घिसा-पिटा-सा शब्द। लेकिन उपमाएँ, हम आज भी देते हैं–अपनी अभिव्यक्ति को और भी पूर्ण बनाने के लिए, अपनी बात को चित्र के समान स्पष्ट करने के लिए, वस्तु के स्वरूप को मूर्त करने या उसके बोध को तीव्र बनाने के लिए। निर्मल की काव्यात्मक भाषा में उपमा एक शक्तिशाली अंग है, जिसके बिना वे शायद ही अपनी कोई बात पूरी करते हों। इन उपमाओं से उनकी सूक्ष्म निरीक्षण-वृत्ति और प्रखर कल्पना शक्ति का पता चलता है। कुछ उदाहरण देखिए–

"दरवाजा खुला हुआ था। उसके भीतर से बाबू के कमरे की रोशनी थर्मामीटर की चमकती हुई पारे की रेखा-सी फर्श पर खिंच आई थी।"–(*'अँधेरे में'*); "मेरे लिए वीक एंड है–अँधेरे में अलग-अलग लैंप-पोस्टों की तरह, जलते हुए। सुबह होते ही वे बुझ जाते हैं और मैं अपना स्लीपिंग बैग, पर्स और टूथ-ब्रश लेकर बाहर आ जाती हूँ।"–(*'वीकएंड'*); "सितंबर की रात चारों ओर फैली थी। आकाश में एक भी बादल नहीं था। सिर्फ तारे थे जो पालिश किए पीतल के बटनों से चमचमा रहे थे।"–(*'पिछली गर्मियों में'*); "डाक्टर का सिगार अँधेरे में लाल बिंदी-सी चमक रहा था।"–(*'परिंदे'*); "उसने धीरे से कहा, लगभग फुसफुसाते हुए, जैसे उसकी स्मृति एक चिड़िया हो जिसे पकड़ने के लिए बहुत दबे पाँव, साँस रोककर चलना होगा–अगर उसे जिंदा

ही पकड़ना हो, जैसी वह है।'' (*'खोज'*)

उपमाओं से अभिव्यक्ति कितनी समर्थ हो जाती है, यह देखना हो तो यहाँ देखिए—

''उनके हाथों की छुअन मेरी देह में घूमने लगी, एक शिकारी की तरह मेरी शिराओं में किसी दुबकी हुई याद को टोहती हुई—बीता हुआ स्नेह अँधेरे में जगमगा-सा उठा।'' (*'कव्वे और काला पानी'*) और, इस उदाहरण में देखिए—

''वहाँ एक ऐसे आदमी खड़े थे, जो दीन-दुनिया से बेखबर अपने से बात कर रहे थे और बीच-बीच में खुद ही हँसने लगते थे—दरवाजे से चिपटा, लुटा-पिटा मैं उन्हें देखता रहा—एक सम्मोहित पशु-सा, जो भय और मोह के बीच जड़-पुतले-सा खड़ा रहता है।''—(वही)

भाषा में उपमाएँ दो तरह से आती हैं; एक, यथार्थबोध से, दूसरे, कल्पना से। कल्पना से उपजी उपमाएँ अधिकतर बनावटी होती हैं और उनका उद्देश्य चमत्कार दिखाना होता है। लेखक में चमत्कार-वृत्ति जितनी ही अधिक होगी, उपमाओं की खोज में वह उतना ही कल्पना से अधिक काम लेगा। ऊपर के उदाहरणों में आई उपमाएँ कल्पना से गढ़ी हुई नहीं हैं, ये लेखक के यथार्थबोध का अंग हैं। उपमाएँ किसी लेखक की न सिर्फ सूक्ष्म निरीक्षण-वृत्ति को प्रकट करती हैं, बल्कि यथार्थ को ग्रहण करने की उसकी प्रवृत्ति को भी दर्शाती हैं। हर लेखक यथार्थ को, छोटे-छोटे ब्योरों को, अपने ढंग से देखता और ग्रहण करता है। उपमाएँ यथार्थ को कलात्मक ढंग से ग्रहण करने की लेखक की अपनी विशिष्ट प्रवृत्ति को दर्शाती हैं। इन उपमाओं से लेखक न सिर्फ यथार्थ के बोध को प्रखर करता है, बल्कि इन्हीं उपमाओं के जरिये वह एक छोटे-से ब्योरे के यथार्थ को भी, उसके सार तत्त्व को निचोड़कर, कलात्मक ढंग से पुनर्गठित करता है। कुछ एक कहानीकारों को छोड़कर आज की कहानियों की भद्दी, सपाट और बेजान चालू भाषा को देखें, जिसमें उपमाएँ बहुत कम मिलती हैं और जहाँ मिलती हैं, वहाँ कल्पना से जबरन गढ़ी हुई फूहड़ उपमाएँ होती हैं अथवा यथार्थ को विकृत ढंग से ग्रहण करने की लेखक की प्रवृत्ति को दर्शाती हैं, तो इनके मुकाबले में निर्मल की भाषा की शक्ति, उसका सामर्थ्य और सौंदर्य समझ में आता है। आज के जिन कुछ एक कहानीकारों को हमने छोड़ दिया, मसलन *स्वयं प्रकाश* आदि, उनकी भाषा साफ-सुथरी है, मगर निर्मल की तुलना में उसमें शक्ति बहुत कम है, सौंदर्य बहुत कम है।

निर्मल में भी हर जगह ऐसा नहीं है। उपमाओं से समर्थ अभिव्यक्ति का काम लेनेवाले निर्मल ज्यादातर मामलों में उपमाओं को यों ही हवा में उछाल देते हैं, सिर्फ अपनी कल्पना का वैभव दिखाने के लिए, चमत्कार पैदा करने के लिए। अगर उपमाएँ किसी वस्तु, स्थिति या भाव के स्वरूप को और स्पष्ट नहीं करतीं, उसकी अनुभूति या बोध को तीव्र नहीं बनातीं, तो वे सिर्फ वाग्जाल हैं। कदम-कदम पर ऐसी उपमाएँ

लुटाकर निर्मल पाठकों को अपनी कल्पना से चमत्कृत तो करते हैं, पर ये भाषा की आवश्यकता को पूरा नहीं करतीं, भाव या अर्थ-ग्रहण में सहायक नहीं बनतीं। कुछ बानगी देखिए–

> "पेड़ों के बाद बदन में भागता हिरन, आइसक्रीम का कोन, घास पर धूप में चमकता हुआ, एक साफ धुली पीड़ा की फाँक जैसा, जैसे अकेला अपने को टोह रहा हो।" (*'वीकएंड'*); "चेहरे पर आँखों के नीचे दो-तीन झुर्रियाँ गढ़ी थीं, पुरानी शिकायतों की तरह।" (*'दो घर'*); "जब कोई पक्षी झाड़ियों से बाहर निकलकर उड़ता है, उसके डैनों की छाया घूमते हुए लहू की तरह चाँदनी पर फिसलने लगती है।"–(*'धागे'*); "हर दिन का अपना आलोक होता है–देह की स्मृति की तरह।" (*'पिता और प्रेमी'*); "अपनी दोनों टाँगें स्टूल के आगे फैला दीं। दो लंबी खूबसूरत टाँगें, जो जुड़वाँ बहनों की तरह दिखाई देती थीं।" (*'इतनी बड़ी आकांक्षा'*)

यह अंतिम चमत्कारिक कल्पना हास्यास्पद-सी लगती है। जैसे कोई किसी के दो हाथों को देखकर कहे–बिल्कुल जुड़वाँ भाइयों की तरह।

> "उसका जबड़ा बार-बार काँप उठता था–जाल में फँसी मछली की तरह।"–(वही); "वह धीरे से हँसी–एक छोटी-सी हताश हँसी–जो फोन के भीतर एक घबराई चिड़िया-सी घूम रही थी।"–(*'जिंदगी यहाँ और वहाँ'*); "इतना बड़ा, अकेला घर, खाली कमरे–फोन की घंटी जैसे किसी उजाड़ जर्जरित गिरजे के बीच प्रार्थना कर रही हो।"–(वही); "उसने फोन को दोनों हाथों से पकड़ लिया–जैसे यह उसका छोटा-सा सिर हो।"–(वही)

निर्मल चमत्कार प्रेमी हैं। ऊपर जो उदाहरण दिए गए, वे उनकी चमत्कारप्रिय कल्पना के नमूने हैं। कविता या कला से पाठकों, दर्शकों को चमत्कृत करना बड़े पुराने जमाने से चला आ रहा है। कुछ कवि तो इसी चमत्कारप्रियता के कारण कविता को शब्दों की बाजीगरी में बदलते रहे हैं। इसी से चिढ़कर आचार्य शुक्ल ने साहित्य को कलाओं से बाहर रखने को कहा था। काव्यात्मक भाषा में कहानी लिखने के कारण निर्मल की चमत्कारप्रियता को खूब छूट मिलती है। चमत्कार देखने और दिखाने की प्रवृत्ति उनमें शुरू से रही है। यह सिर्फ भाषा के स्तर पर नहीं रही। यह उनकी जीवन-दृष्टि का अंग है और कहानी के दर्शन का भी। जीवन और साहित्य, दोनों के विवेचन के प्रसंग में निर्मल के यहाँ विस्मय, चमत्कार, जादू तथा अलौकिक जैसे शब्दों की जो भीड़ दिखाई देती है, वह अकारण नहीं है। साहित्य और जीवन, दोनों में चमत्कार होता है। उन्हें चमत्कार के रूप में देख पाना संवेदनशीलता और भाव की निश्छलता है। यह एक बात है। जीवन-स्थितियों की परस्पर संबद्धता को न पहचानकर सिर्फ उनके चमत्कारिक रूप पर मुग्ध होते रहना दूसरी बात है। निर्मल की कहानियाँ बहुतों को चमत्कृत करती हैं, उन पर मुग्धकारी प्रभाव डालती हैं। निर्मल

सचेत रूप से साहित्य में चमत्कार को महत्त्व देते हैं। वे अक्सर भाषा और साहित्य के जादुई असर का बात करते हैं। *लोलिटा* उपन्यास के मशहूर लेखक नाबोकोव निर्मल के प्रिय लेखकों में हैं। नाबोकोव को एक साहित्य-शिक्षक के रूप में मानते हुए उन्होंने अपने एक लेख में नाबोकोव की साहित्य संबंधी मान्यताओं का परिचय दिया और अनालोचनात्मक भाव से उनकी सराहना की है। नाबोकोव ने कहा था कि तीन दृष्टिकोणों से एक लेखक को जाँचा जा सकता है—कथावाचक, शिक्षक और जादूगर—"एक बड़े लेखक में तीनों के तत्त्व होते हैं किंतु *जादू का तत्त्व* ही उसे महान बनाता है।" *(कला का जोखिम, पृ. 99)* पाठक को भी कला का आनंद इस जादू से ही मिलता है। "कला के जादू से सराबोर होने के लिए एक बुद्धिमान पाठक किसी उत्कृष्ट पुस्तक को सिर्फ दिल से नहीं, सिर्फ दिमाग से नहीं, बल्कि अपनी रीढ़ से छूता है, क्योंकि कला का आनंद यहीं स्पंदित होता है।" (वही) निर्मल बताते हैं, "नाबोकोव ने अतार्किक ज्ञान की बात कही है—जिसमें पहेलियाँ हैं, लेकिन उत्तर नहीं।" (वही, पृ. 101) अतार्किक ज्ञान और पहेलियाँ और जादू—ये सब हमें चमत्कृत करते हैं, विस्मय में डालते हैं। निर्मल नाबोकोव की इस धारणा को सराहते हैं कि "महान उपन्यास असल में महान परी-कथाएँ होती हैं।" (वही, पृ. 98) "समय और स्थान, मौसम के बदलते रंग, मस्तिष्क और पुट्ठों के गतिमान स्पंदन...वे ऐसे अद्भुत विस्मयकारी चमत्कार हैं जिन्हें एक कलाकार अपने अद्भुत विस्मयकारी ढंग से ही अभिव्यक्त कर सकता है।" (वही) नाबोकोव अपनी रचनाओं में छोटी-छोटी तफसीलों के वर्णन को बहुत महत्त्व देते थे। कहना चाहिए कि वे छोटी-छोटी तफसीलों के वर्णन में ही साहित्य का मर्म देखते थे। इन्हीं तफसीलों के मुग्धकारी वर्णन से वे जादू की सृष्टि करते थे। यह धारणा जितनी नाबोकोव की है, उतनी ही निर्मल की भी। निर्मल की कहानियों का जो मुग्धकारी प्रभाव पाठकों पर पड़ता है, वह किसी विशेष घटना या स्थिति के वर्णन का नहीं होता। घटना का महत्त्व तो उनके यहाँ नगण्य ही रहता है। चमत्कृत कर देने वाला मुग्धकारी प्रभाव असल में सारी कहानी के ताने-बाने में यहाँ से वहाँ तक बुना रहता है—और यह बुनावट छोटी-छोटी तफसीलों की होती है। इसीलिए निर्मल नाबोकोव की इस धारणा को सराहते हैं कि "छोटी, नगण्य चीजों पर विस्मय करने की सामर्थ्य में ही आत्मा अपने स्वगत वचन बोलती है।" (वही, पृ. 100)

यह प्रवृत्ति निर्मल की कहानियों की सबसे बड़ी विशेषता है, जिससे उनकी कहानियों का तंतुजाल बनता है। चमत्कार सिर्फ भाषा के स्तर पर नहीं है, यह यथार्थ को देखने की उनकी दृष्टि को और उसे ग्रहण करने के उनके विशिष्ट ढंग को प्रभावित करता है। यहाँ तक उनके चरित्रों को भी अभिभूत करता है।

उपमाओं के अलावा और भी कई बातों का वर्णन लेखक चमत्कारिक रूप में करता है। मिसाल देखिए—

"किंतु मुस्कुराहट उनके होठों पर तब भी जमी रहती है, मानो वह उसे मिटाना भूल गई हैं।" (*'माया-दर्पण'*); "धूप का मैला धब्बा—जिसे सूरज वहाँ फेंक गया था और फिर उठाना भूल गया था।" (*'कव्वे और काला पानी'*); "सोचता हूँ, सागर एक स्वप्न है—एक डबडबाता स्वप्न।" (*'एक शुरुआत'*)

किसी भाव की चमत्कारपूर्ण अभिव्यक्ति का उदाहरण देखिए—

"लड़की की आँखों में गहरा-सा विस्मय छलक आया था और दबा-सा डर भी, जो केवल उनमें होता है, जिनके आगे सारी उम्र पड़ी होती है। वह कुछ उसी किस्म का होता है, जब हम किसी बहुत नाजुक और कीमती चीज को हाथ में पकड़ते हैं। उसे छूने का इतना सुख नहीं होता, जितना हाथ से उसके छूट जाने का डर।" (*'उनके कमरे'*)

बात को चमत्कारिक ढंग से कहने के कारण ही निर्मल की कहानियों में आई कई पंक्तियाँ सूक्तियों जैसी बन गई हैं—

"सुख? सुख क्या कोई ऐसी चीज है, जिस पर उँगली रखकर कहा जा सके, यह सुख है, यह तृप्ति है?...नहीं, सुख होता नहीं, सिर्फ़ याद किया जा सकता है अपनी भावना में।"—(*जिंदगी यहाँ और वहाँ*); "दुख में कोई डर नहीं होता, किंतु जिसे हम सुख कहते हैं, वह हमेशा डरों से घिरा आता है।"—(वही); "हमारा बड़प्पन सब कोई देखते हैं, हमारी शर्म केवल हम देख पाते हैं।" (*'पिक्चर-पोस्टकार्ड'*)

छोटी-छोटी बातों पर चमत्कृत और मुग्ध होने की प्रवृत्ति निर्मल के पात्रों में भी दिखाई देती है। स्थितियों या चीजों को देखकर वे चकित रह जाते हैं; कभी विस्मय प्रकट करते हैं, कभी अजीब-सा अनुभव करते हैं। जैसे 'एक शुरुआत' कहानी में कहानी का वक्ता 'मैं' लंदन से प्राग जाते हुए पानी के जहाज पर एक व्यक्ति से मिलता है जो डेक पर कुर्सी में बैठा कोई किताब पढ़ रहा है। जब वह व्यक्ति अपने हाथ आगे को निकालता है तो उन्हें देखकर 'मैं' चकित रह जाता है : "किताब बंद करने के लिए जब उन्होंने अपना हाथ डफल-कोट की जेब से निकाला तो मैं अचानक चकित-सा हो गया। उनके नंगे कोमल हाथों से उनकी कम उम्र का पता चलता है, किंतु उनके माथे की महीन झुर्रियों में अभी से हल्की थकान के चिह्न दिखाई देने लगे हैं।" इसी तरह 'पहाड़' कहानी में एक दंपति और उनका बच्चा है। उन्हें अपने बच्चे को बड़ा होते देखकर आश्चर्य होता है और इस बात पर भी विस्मय होता है कि एक ऐसा भी समय था, जब वे एक-दूसरे को नहीं जानते थे। "वह बड़ा होता गया था—दोनों के बीच नहीं, बल्कि अपने में अलग। जब वे उसकी ओर देखते तो उन्हें हल्का-सा आश्चर्य होता। उसका चेहरा एल्बम में लगी पुरानी फोटो-सा जान पड़ता; जब वे खुद बहुत छोटे थे और एक-दूसरे को नहीं जानते थे। उन्हें यह चीज बहुत विस्मयकारी-सी जान पड़ती कि कभी ऐसा समय भी रहा होगा, जब उनकी

स्मृतियाँ एक-दूसरे को लेकर नहीं बनी थीं।'' चमत्कार, विस्मय और अजीब-सा लगने के कुछ उदाहरण और देखिए—

''मैं हल्का-सा हो गया; जिस काम के लिए इतनी दूर आया था, वह इतनी आसानी से उनसे कह दूँगा, यह मुझे चमत्कार-सा जान पड़ा।'' (*'कव्वे और काला पानी'*); ''मुझे यह सोचकर कुछ अजीब-सा लगा कि भुवाली के बादल यहाँ आते हैं, आगे नहीं जाते...जैसे यह दुनिया का अंतिम छोर हो।'' (वही); ''निंदी, तुम्हें यह अजीब-सा नहीं लगता?'' वह शेल्फ से मुँह मोड़कर उसकी ओर देखने लगी।

''कैसा अजीब?''

''इस रात...इस रात हम सब घर में हैं—बहुत अरसे बाद...सिवा केशी के।'' (*'पिछली गर्मियों में'*)

''वह एकटक उसे देखती रही। उस आदमी को, जो स्क्वायर पार कर रहा था। मरती हुई धूप में चमकते पत्थर, उन पत्थरों पर चलते उसके पैर, बियर पीती हुई वह लड़की, उस आदमी को निहारती हुई...और तब उसे यह चमत्कार-सा जान पड़ा कि यह आदमी उसका है, उसके पास आ रहा है...यह एक अद्भुत अविश्वसनीय घटना थी।'' (*'वीकएंड'*)

जिस महिला को यह चमत्कार जान पड़ता है, वह उस पुरुष की घनिष्ठ मित्र है। हर शनिवार की तरह इस शनिवार को भी वे एक साथ हैं।

''मुझे कुछ हैरानी हुई कि वह लड़का कुछ भी नहीं खा रहा था, सिर्फ बीच-बीच में रेड वाइन का लंबा, गहरा घूँट ले लेता। ...मुझे यह बात हमेशा अजीब-सी लगती रही कि कुछ लोग ट्रेन छूटने से पहले स्टेशन की घड़ी देखते हैं, अपनी घड़ी नहीं...खासकर वे लोग, जो किसी को छोड़ने आए हों या जो खुद किसी को छोड़कर जा रहे हों।'' (*'छुट्टियों के बाद'*)

इस बात को अभी छोड़ दें कि किसी प्रसंग में मुझे चमत्कार-सा लगा, बहुत बिस्मय हुआ—यह कह देने-भर से ही चमत्कार या विस्मय की भावना पैदा होती है या नहीं। चमत्कार या विस्मय लायक कुछ होना भी तो चाहिए! बाबा तुलसीदास ने राम के बालरूप का वर्णन करते हुए बार-बार लिखा कि ऐसे सुंदर, मुग्धकारी बाल रूप को देखकर भी जो मुग्ध नहीं होते, वे अधम हैं, उन्हें धिक्कार है। पर वे राम के बाल रूप का कोई मुग्धकारी चित्र खींच न सके, जबकि सूरदास ने बिना किसी को धिक्कारे कृष्ण की बाल-लीला का ऐसा चित्र खींचा कि पाठक बरबस ही उस पर मुग्ध हो जाता है। सवाल है कि क्या निर्मल के पात्र जिन चीजों को देखकर या सोचकर चमत्कृत या विस्मित होते रहते हैं, उनके प्रति क्या पाठक भी ऐसा अनुभव कर पाता है? स्टेशन पर लोगों का घड़ी देखना या बादलों का भुवाली से आगे नहीं जाना—क्या सचमुच ये चमत्कारपूर्ण दृश्य हैं? हमारे विचार से हर छोटी

और मामूली बात पर आश्चर्य और विस्मय प्रकट करना *आत्मा का स्वगत वचन* नहीं होता। यह कैशोर्य-वृत्ति है।

यह अकारण नहीं है कि निर्मल के बहुत-से वयस्क पात्र किशोर-किशोरियों की तरह भावुक दिखते हैं। किशोरवय के लड़के-लड़कियाँ अक्सर भावुक होकर अपनी अनुभूतियों और साधारण बातों को भी, उनका पहली बार अनुभव होने के कारण, अत्यंत मार्मिक और अद्वितीय अनुभव मानते हुए उन्हें दुनिया से निराला समझते हैं। इस तरह की किशोर भावुकता अपने सुंदर रूप में अज्ञेय की *शेखर : एक जीवनी* में दिखाई दी थी। वहाँ सचमुच दो किशोर पात्र हैं और अज्ञेय ने उनकी भावुकता को बिल्कुल सही चित्रित किया है। निर्मल के पात्र किशोर वय के नहीं हैं, वयस्क हैं, फिर भी अपनी भावुकता में किशोर-किशोरियों को भी मात करते हैं। आदमी को हमेशा किशोर बने रहना नहीं चाहिए, बड़ा भी होना चाहिए ताकि वह दुनिया की और बातों के बारे में भी सोच सके। बड़ा होकर जब वह उन चीजों के बारे में सोचता है, जिनके बारे में किशोरवय के लोग सोचते हैं, तो, उसके सोचने का ढंग और सोच वही नहीं होगा जो एक किशोर या किशोरी का होता है। लेकिन यह तो तार्किकता की बात हुई, सामान्य बुद्धि की बात हुई—इससे वह जादू कैसे जगेगा जो कला का मर्म है? लिहाजा जादू और चमत्कार पैदा करने के लिए, विस्मय और अजीब-सा अनुभव करते रहने के लिए, निर्मल के पात्र वयस्क होकर भी बाध्य हैं। उदाहरण देखिए। 'वीकएंड' कहानी की स्त्री हर हफ्ते का आखिरी दिन अपने पुरुष मित्र के साथ गुजारती है। थोड़ी देर के लिए पुरुष अपनी बच्ची को छोड़ने के लिए जाता है और जब लौटता है, तब उसे आते देखकर स्त्री इस 'अद्भुत' तथ्य पर चमत्कृत होती है कि वह उसका अपना आदमी है। अब वह विस्मय के साथ यह सोच रही है कि बाजार में चारों ओर खड़े अजनबी लोग क्या इस तथ्य को जानते हैं कि वह उसके साथ सोती है? "क्या वे जानते हैं कि जो आदमी इसके कंधों पर सिर रखे ऊँघ रहा है, कल रात उसकी देह पर था..."

अक्सर किशोरवय के लोग अपनी भावनाओं की अद्वितीयता और उनके गौरवपूर्ण रहस्य को अनुभव करने के लिए खुद ही उन्हें एक गाढ़ा रंग प्रदान करते हुए सोचते हैं कि उनके अनुभव का रहस्य कभी भी कोई नहीं जान सकेगा। उनकी इस प्रवृत्ति को निर्मल अपनी कहानियों में अक्सर दोहराते रहते हैं। जैसे 'धागे' कहानी में "बँगले के परे, लॉन के परे पहाड़ी का मौन है...इस समय भी वहाँ चाँदनी फैली होगी...झाड़ियों पर, पुराने पत्थरों पर...कोई नहीं जानेगा। कोई नहीं जानेगा कि वहाँ टीलों और सदियों पुरानी चट्टानों के बीच बेर की एक झाड़ी है...पिछले साल उस झाड़ी के पीछे मैंने मीनू से कुछ कहा था, वे शब्द आज भी कहीं कच्चे बेरों के संग पड़े होंगे।" 'अमालिया' कहानी में एक पुराने मकान के खँडहर की मिट्टी में एक वायलिन दबा पड़ा होता है जिसे कहानी के पात्र, कुछ तय करके, नहीं उठाते हैं;

वहीं पड़ा रहने देते हैं। बाद में जब कभी वे उधर देखते हैं तो "जब हमने चाँदनी में भीगती टूटती दीवारों और ईंटों को देखा तो हमें अजीब-सी तसल्ली हुई कि यहूदी का वायलिन मलबे के ढेर-तले छिपा है और उसे कोई नहीं उठा सकता।" इस वाक्य में 'उसे कोई नहीं उठा सकता' की जगह *उसे कोई नहीं जानेगा* भी पढ़ा जा सकता है। 'जलती झाड़ी' कहानी का नायक इस पर आश्चर्यचकित होता है कि पहले वह और उसके बाद एक लड़की आकर उसी जगह बैठ गई, जहाँ पहले एक बूढ़ा व्यक्ति बैठा था। नायक की भावना देखिए–"कोई नहीं जानेगा, मैंने सोचा, कोई नहीं जानेगा कि अभी कुछ देर पहले तक वह बूढ़ा यहाँ, इसी जगह पर बैठा था।"

क्या विस्मित, चकित और चमत्कृत होने का कुछ संबंध स्मृतिशीलता से भी है? सबसे ज्यादा विस्मित और चकित बच्चे और किशोरवय के लोग होते हैं और स्मृतियाँ भी सबसे अधिक सजीव इन्हीं की होती हैं–कभी एक गाँठ बनकर, कभी आतंक बनकर, और कभी सजीव यथार्थ की तरह उन पर छाई रहती हैं। निर्मल की कहानियों में जो अनुभूतिशीलता है, उसका रूप-गठन बहुत-कुछ संवेदनशील शैशव और किशोरवय की इन दो विशेषताओं–विस्मय-भावना और स्मृतिशीलता–से हुआ है। *चीड़ों पर चाँदनी* किताब की भूमिका लिखते हुए निर्मल ने एक दिलचस्प प्रसंग का वर्णन किया है : "बचपन में मेरा एक प्रिय प्राइवेट खेल था–कुछ-कुछ मार्बिड भी। रात को नींद की प्रतीक्षा करते हुए मैं सहसा अपने-आप से पूछता था–फर्ज करो, अगले पाँच मिनट में तुम मर जाओगे, इस बीच तुम कौन-सी चीजें याद करना चाहोगे? मैं तब कुछ इतना घबरा-सा जाता था कि जल्दी-जल्दी हड़बड़ाहट में कुछ भी याद नहीं आता था। आज यदि अपने से मैं यह प्रश्न पूछूँ तो निश्चय है कि स्मृति अनायास उन वर्षों और उनसे जुड़ी घटनाओं के आस-पास घूमती रहेगी जिसके कुछ अंश इस पुस्तक में संगृहीत हैं–यह बात दूसरी है कि पाँच मिनट की 'मुहलत' इस प्रक्रिया में एक-दो घंटे तक खिंच जाती है! उसके बाद भी मृत्यु का न आना एक चमत्कार-सा ही लगता है!" यहाँ यह गौरतलब है कि एक ही व्यक्ति, जो खेल के अंदर भी मृत्यु के न आने में चमत्कार देखता है, वही, मृत्यु से ठीक पहले मिले वरदान में अपनी स्मृतियों में डूबना चाहता है।

चमत्कार और विस्मय की भावनाओं की ही तरह निर्मल की कहानियों में स्मृतिशीलता का भी खास स्थान है। जादू और चमत्कार की तरह स्मृतिशीलता भी उनकी कहानियों का सिर्फ अंग नहीं है, उनके कला-दर्शन का बुनियादी तत्त्व है। अपने एक निबंध में वे लिखते हैं, "वह सँकरा दरवाजा क्या है, जिसके सामने हर बार कुछ भी लिखते समय ठिठक जाना पड़ता है? मुझे हमेशा वह अपना अतीत, अपनी भूली हुई स्मृतियाँ, उन स्मृतियों में गुंफित लोकों का जाल जान पड़ता है।" (*शब्द और स्मृति*, पृ. 16) आगे और भी स्पष्ट रूप से कहते हैं, "महत्त्वपूर्ण मेरे लिए अनुभव नहीं, स्मृति का वह झरोखा है, जिसमें से गुजरकर वे कहानियाँ बनते

हैं।'' इधर निर्मल के लिए स्मृति ही कहानी बन गई है; ''कहानी लिखने के लिए स्मृतियों को सिर्फ छेड़ना-भर है!'' कहानी समय के दरिया में नहीं बहती, जहाँ उपन्यास बहता है; स्मृति का स्थिर समय, जिसमें याद करना ही उस सतह को थोड़ा-सा हिलाना है। (*ढलान से उतरते हुए,* पृ. 34)

कहानी के इसी दर्शन के कारण नाबोकोव उन्हें इतने पसंद हैं, क्योंकि नाबोकोव का भी यही आदर्श था। नाबोकोव के आदर्श की सराहना करते हुए निर्मल लिखते हैं : ''कहानीकार की प्रेरणा का उत्स क्या है; कौन-सा वह आत्मलोक है जहाँ उसे अपने उपन्यास का पहला दृश्य दिखाई देता है? नाबोकोव इसका उत्तर स्मृति के अप्रत्याशित स्फुरण में खोजते हैं।'' (*कला का जोखिम,* पृ. 100) और, यह स्फुरण किन स्मृतियों के बीच होता है? ये स्मृतियाँ किसी जाति की, किसी समाज, किसी समूह या वर्ग की नहीं, किसी संघर्ष या सामाजिक यथार्थ जैसी मोटी और भोंडी चीज की नहीं, बल्कि ''सीटी की धुन, पत्ते, बारिश, इन सबके बीच एक सहज किस्म का स्फुरण उत्पन्न होता है।'' (वही, पृ. 101)

कहानी में स्मृति की ऐसी भूमिका ने निर्मल की कहानियों में कैसी विशेषताएँ उत्पन्न की हैं, इसे हम आगे देखेंगे।

यह कहना गलत न होगा कि निर्मल की कहानियाँ काफी हद तक स्मृतियों की कहानियाँ हैं। पर, ये स्मृतियाँ कुछ खास किस्म की हैं। निर्मल की कहानियों में कोई भी चीज—मौसम, संवेदना, जीवन-स्थितियाँ, अनुभव या भाषा—अपने व्यापक और विविध रूपों में नहीं मिलती। हर चीज कुछ खास किस्म की, गिने-चुने रूपों में मिलती है और इन रूपों को आसानी से पहचाना जा सकता है; बल्कि उनकी पहचान अपने-आप उनकी आवृत्तियों से कायम हो जाती है। मसलन अगर बारिश का मौसम होगा तो उसका दृश्य आपको बारिश की धुंध में धूमिल पड़ती चीजों के अक्स में दिखेगा या पत्तों पर थरथराती बूँदों में दिखेगा, यह नहीं कि आपको कीचड़-भरी गलियों या हहराती हुई, सब कुछ को निगलती हुई बाढ़ का दृश्य दिख जाए। अगर हवा तेज चले तो उससे धूल उड़ सकती है, बाहर सूखने के लिए डाले कपड़े उड़ सकते हैं, गरीब के घर की छत भी उड़ सकती है; लेकिन निर्मल की कहानियों में हवा तेज चलती है तो सिर्फ पतझड़ के पत्ते ही उड़ते हैं। यही बात स्मृतियों के बारे में भी समझिए।

उनकी कहानियों में स्मृतिशीलता की एक स्थिति यह मिलती है कि पात्र स्वयं स्मृतिशील होते हैं। बात-बात पर उन्हें पुरानी बातों की स्मृतियाँ आती रहती हैं। स्मृतियाँ कुछ खास चीजों की अधिक आती हैं, जैसे पत्तों के झरने की, किसी रात की या गंध की। इन स्मृतियों को लेकर वे आगे नहीं बढ़ते, मतलब यह कि उन स्मृतियों के आधार पर कहानी आगे नहीं बढ़ती। बात इतनी ही है कि उन्हें इन चीजों की स्मृतियाँ आती रहती हैं, और बस। उदाहरण के लिए 'पिछली गर्मियों में'

कहानी के नायक की स्मृतिशीलता को देखिए—

> "वह विएना के एपार्टमेंट के बारे में सोचने लगा, जहाँ उसने पिछले तीन साल गुजारे थे। वहाँ से डैन्यूब की कैनाल दिखाई देती थी। इन दिनों वहाँ पत्ते झरने शुरू हो गए होंगे—उसने सोचा।"
>
> "जर्मनी का मार्क दिखाते हुए सहसा उसके हाथ ठिठक गए—उसे अचानक वह रात याद हो आई जो उसने बर्लिन की सड़कों पर बिताई थी।"
>
> "उसके बालों से वही पहचानी-सी गंध आ रही थी, बहुत अरसा पहले गरमी की छुट्टियाँ और पहाड़ी स्टेशन की गंध, जो बचपन में उसकी माँ के बालों से आती थी।"

स्मृतिशीलता की दूसरी स्थिति वह है जहाँ कोई व्यक्ति संबंधों में आ गई वर्तमान दूरी को बचपन में पाई निकटता की तुलना में देखता है। जैसे 'पिछली गर्मियों में' का नायक पिता और माँ के साथ की पुरानी स्मृतियों को याद करता है और उसके मुकाबले अब जो दूरी आ गई है, जिसके चलते माता-पिता उसके जीवन में झाँकते हुए या उससे कुछ कहते-पूछते भी घबराते हैं। यही बात भाई-बहन के संबंधों में भी दिखलाई पड़ती है, जब बचपन में वे अपने डर को एक-दूसरे के सामने खोलकर रख दिया करते थे, लेकिन बड़े होकर उस तरह के किसी डर को छूने से भी डरते हैं। 'कव्वे और काला पानी' में लेखक दस वर्ष पहले घर से अलग होकर संन्यासी हो गए बड़े भाई से मिलने जाता है। दोनों की दो अलग दुनिया हो चुकी हैं और लेखक बचपन में भाई के स्नेह की स्मृतियों को याद करता है, जिससे मौजूदा संबंधों के बीच की खाई और स्पष्ट होती है। यहीं से निर्मल की कहानियों में स्मृतिशीलता की तीसरी स्थिति दिखाई देने लगती है, जहाँ स्मृतियाँ ऐसा अतीत है जिससे जुड़ने या छुटकारा पाने की छटपटाहट है। स्मृतिशीलता की यही स्थिति निर्मल की कहानियों में सबसे मुख्य स्थिति है जो कहानी के कथ्य से जुड़ती है। 'धागे' की नायिका अपने पति से संबंध तोड़ चुकी है, अपने अतीत को दफना चुकी है, लेकिन अतीत से पूरा छुटकारा नहीं मिलता; संबंध का धागा बेटी के माध्यम से अब भी अतीत से बँधा हुआ है। इसके विपरीत 'परिंदे' की लतिका है जिसका अतीत मृत हो चुका है, लेकिन वह फिर भी उसी में जीती है। मि. ह्यूम उससे संबंध जोड़ना चाहता है, लेकिन लतिका अपने अतीत से बाहर निकल नहीं पाती। इसी तरह 'माया दर्पण' के बाबू हैं जो अपने अतीत में जीते रहते हैं, उससे मुक्त नहीं हो पाते। 'जिंदगी यहाँ और वहाँ' में माता-पिता मरकर भी स्मृतियों के रूप में जीते रहते हैं। 'खोज' में दो बहनें मृत भाई की स्मृतियों को पकड़ने की कोशिश करती हैं, लेकिन उस डर से मुक्त नहीं हो पातीं जो अतीत में भाई के प्रति था। एक स्थिति ऐसी भी होती है जहाँ आदमी अतीत से न जुड़ पाता है, न छूट पाता है। 'दो घर' कहानी ऐसी ही है, जिसमें एक हिंदुस्तानी अपने बीवी-बच्चों को कलकत्ते में छोड़कर विदेश

में बस गया है, एक नया घर बसा लिया है। वह अपने पहले घर की याद से कभी मुक्त नहीं हो पाता, लेकिन वहाँ वापस लौटने में डरता भी है। वह कहीं का नहीं रहता और मर जाता है। स्मृतिशीलता की चौथी स्थिति बच्चों के बारे में लिखी कहानियों में मिलती है, जहाँ स्मृतियाँ बच्चे की चेतना पर अमिट-सी छाप छोड़ जाती हैं, अतीत होकर भी एक रहस्यपूर्ण संकेत बनी रहती हैं। 'पहाड़' ऐसी ही कहानी है।

स्मृतिशीलता की इन विभिन्न स्थितियों में सबसे महत्त्वपूर्ण स्थिति उन कहानियों में है जहाँ वह कहानी के कथ्य से जुड़ी हुई है। इन कहानियों की समस्या अतीत है—अतीत से कैसे निपटा जाए? इन कहानियों के पात्र या तो अतीत की स्मृतियों को पकड़ रहे हैं और उनके माध्यम से अपने संबंधों को खोजना या जोड़ना चाहते हैं अथवा वे अपने अतीत से मुक्त होना चाहते हैं, हरदम मँडराती हुई अतीत की स्मृतियों से छुटकारा पाना चाहते हैं। ऐसी कहानियों में दो बातें गौर करने लायक हैं। पहली बात यह कि अतीत और उसकी स्मृतियाँ इन कहानियों के पात्रों की अत्यंत निजी दुनिया है जहाँ वे बिल्कुल अकेले हैं। स्मृतियों की उनकी यह दुनिया इतनी निजी है कि पाठक उससे अपना तादात्म्य नहीं कर पाता। कहानी लेखन में जब भी अनुभव और उसकी अंतर्वस्तु की जगह निजी स्मृतियों की इतनी अधिक भूमिका होगी जितनी निर्मल की कहानियों में है, तो उसका यह परिणाम निकलेगा ही। बहुत पहले निर्मल की इन कहानियों के बारे में प्रयाग शुक्ल ने लिखा था—"शिकायत तब होती है जब कोई कृति अपनी निजी दुनिया में बुलाकर यह कहे कि वह आपकी दुनिया में नहीं जाएगी—उसे नहीं छुएगी।" (*आलोचना,* अंक 40) निर्मल हिंदी के उन थोड़े-से लेखकों में हैं जो कला की स्वायत्तता में विश्वास करते हैं। लेकिन वे यह भी जानते हैं कि कलाकृति का सत्य चाहे कितना भी स्वायत्त और विशिष्ट क्यों न हो, अपने में चाहे कितना अद्वितीय और अनूठा क्यों न हो, उसका मूल्य अंततः अब तक के हमारे अनुभव-सत्यों के साथ जुड़ पाने में ही होता है। निर्मल की अतीतजीवी कहानियों के स्मृतिलोक और उसमें चलने वाली कशमकश का हमारे लिए क्या मूल्य है? मसलन 'जिंदगी यहाँ और वहाँ' कहानी को लीजिए, जिसमें नायक के अंदर अपने मृत माता-पिता की स्मृतियाँ सजीव हैं, वह उन स्मृतियों के साथ रहता है। ठीक इसी कारण उसकी प्रेमिका उसे छोड़ देती है, क्योंकि वह मृतकों के बीच नहीं रह सकती। कहानी के इस स्वायत्त अनुभव-संसार का हमारे लिए क्या मूल्य हो सकता है? ऐसे लल्लू नायक या ऐसी नक-चढ़ी नायिका के सत्य से पाठक अपने अनुभूत सत्य को कैसे जोड़े? ये छुई-मुई पात्र हैं जो स्मृतियों के मोम से बने हैं और जरा-सी आँच में पिघलकर खत्म हो जाते हैं। जीवन और समाज में विभिन्न प्रकार की स्थितियाँ होती हैं और आदमी को हर एक से निपटना होता है—वह किसी एक ही स्थिति में लुढ़ककर नहीं रह सकता। जिंदगी की मशक्कतों में पड़े लोग जिंदगी के रास्ते और ऐसे फैसले, जिसमें और लोग भी शामिल हों, इतने निजी एकांत में पलने वाली

स्मृतियों से तय नहीं करते। वे किसी बड़े अनुभव-सत्य के आधार पर तय किए जाते हैं। कोमल निजी स्मृतियों को यथार्थ जैसा मानकर उसी में जीवन का उतार-चढ़ाव देख रहे ये नाजुक पात्र उन कब्रों की तरह लगते हैं, जिनमें से हर एक के पीछे एक कहानी है, एक अतीत है—हम उन्हें देखते और सुनते हैं, पर वहाँ ठहरते नहीं।

इन कहानियों में गौर करने लायक जो दूसरी बात है—वह है स्मृति क्षणों का चित्रण। निर्मल के पात्र जब अपनी समृतियों को पकड़ रहे होते हैं, उन पर बात कर रहे होते हैं, उनको जी रहे या उनसे निपट रहे होते हैं, तो निर्मल उनके चारों ओर एक ऐसे गंभीर, चुप्पी-भरे, रहस्यपूर्ण वातावरण की घेराबंदी कर देते हैं कि जिसके अंदर पता नहीं क्या हो रहा है, पर आभास यह दिया जाता है कि जो कुछ हो रहा है, वह बहुत ही गंभीर और महत्त्वपूर्ण मामला है। पर वास्तव में इतने गंभीर मौन-भरे, रहस्यपूर्ण वातावरण के साथ उसके अंदर खुल रही स्मृतियों के मूल्य और महत्त्व का कोई मेल नहीं दिखाई देता। उन स्मृतियों की अंतर्वस्तु और उनके महत्व को देखें तो कई बार वे इतनी मूल्यवान या अर्थपूर्ण नहीं लगतीं। उनके इर्द-गिर्द एक गंभीर घटाटोप की सृष्टि करके निर्मल जबरन उन्हें गंभीर अर्थवत्ता ओढ़ाने की कोशिश करते हैं। जैसे किसी राज्यसत्ता के अधिकारी अत्यंत कड़ी सुरक्षा के बीच, लाल पत्थरों से बनी बड़ी-बड़ी इमारतों के अंदर बैठकर जो गोपनीय बैठक कर रहे होते हैं, उसका विषय सिर्फ इतना ही होता है कि फलाँ पार्टी के नेता को जनता में बदनाम कर देने के लिए अब कौन-सी रणनीति बनाई जाए या अमुक जगह सांप्रदायिक तनाव फैलाने के लिए कौन-सा माध्यम चुना जाए। जैसे हम अपने गाँव-घरों में भी देखते हैं कि परिवार और बिरादरी के बड़े-बुजुर्ग बैठकर कुछ मंत्रणा कर रहे होते हैं, जिसके बीच बच्चों और बुजुर्ग स्त्रियों तक को जाने का साहस नहीं होता, लेकिन वह मंत्रणा किस बात पर हो रही होती है? महज इस बात पर कि फलाँ की शादी पर लड़की की सास और ससुर को कितने कपड़े देने हैं, शगुन में कितने रुपये चढ़ाने हैं या सोना कितना तोला देना चाहिए। लेन-देन और सौदेबाजी के नंगे बाजार के चारों ओर गंभीरता का इतना मोटा परदा खींचा जाता है, मानो किसी राष्ट्र के संकट पर विचार करने बैठे हों! इसलिए जब निर्मल की कहानियों में खूब गंभीर और चुप्पी-भरे माहौल में फुसफुसाते हुए, किसी चीज की ओर रहस्यात्मक ढंग से इशारा करते हुए पात्र महत्त्वपूर्ण और मार्मिक ढंग से अपनी स्मृतियों को खोलते हैं, तो कभी-कभी यह देखकर एक खीज भी होती है कि इतने गंभीर ढंग से वे जिन स्मृतियों को उघाड़ रहे हैं, उनसे पराजित हो रहे या उन पर विजय प्राप्त कर रहे हैं—वे स्मृतियाँ उनके लिए चाहे कितनी भी महत्वपूर्ण और मूल्यवान क्यों न हों—हमें उनका कोई विशेष मूल्य दिखाई नहीं देता। कम से कम उस अनुपात में नहीं, जिस अनुपात में उनका प्रदर्शन या उद्‌घाटन किया जा रहा है। उदाहरण के लिए 'खोज' कहानी का वह अंश देखिए जहाँ दो बहनें कोन्याक पीते हुए अपने मृत भाई पुतुल के बारे में बातें

कर रही हैं। उस लंबे वार्तालाप और बीच-बीच में आए वर्णनों से कोई भी महत्त्वपूर्ण स्थिति या कथ्य नहीं उभरता। महज छोटी-छोटी मामूली बातों का यथा तथ्य विवरण है और आह, विस्मय, फुसफुसाहट और बीच-बीच में मौन के अंतराल आदि उपायों से इसे व्यर्थ ही गंभीर और रहस्यात्मक बनाने का प्रयास किया गया है।

क्या कारण है कि निर्मल की कहानियों में रहस्य तो रहस्य, मामूली चीजों के इर्द-गिर्द भी रहस्य का कोहरा छाया हुआ होता है? क्यों यहाँ पात्र, स्थितियाँ और कथ्य हमेशा ही रहस्य के झीने या गाढ़े परदे से ढँके मिलते हैं? क्या कारण है कि उन्हें किसी भी वस्तु, स्थिति या सत्य का सौंदर्य सिर्फ अवगुंठन में ही भाता है?

बात दरअसल यह है कि निर्मल की दृष्टि में कला हमेशा रहस्यात्मक होती है, उसे रहस्यात्मक होना चाहिए। इसीलिए वे अक्सर कला के सत्य को रहस्यपूर्ण बतलाते हैं। जिस सत्य को मनुष्य पूरी तरह हासिल कर लेता है, जिसके अर्थ के परे कुछ भी जानना शेष नहीं रहता, उसे वे अखबार की रपट समझते हैं, कलाकृति नहीं। उनकी दृष्टि में कलाकृति का सत्य ऐसा नहीं होता जिसे मनुष्य पूरी तरह उपलब्ध कर सके, "एक कलाकृति का सत्य यदि रहस्यमय होता है, तो इसलिए कि वह न तो पूरी तरह बोध के परे है, न पूरी तरह से मनुष्य उसे हासिल कर पाता है; वह कहीं इन दो चरमों के बीच में है; वह कुछ कहती है, कुछ नहीं कहती, इसलिए नहीं कि वह कहना नहीं जानती, बल्कि जो कलाकृति कहती है, उसमें वे अकथनीय सत्य भी शामिल होते हैं, जो अपनी चुप्पी के बावजूद उसमें मौजूद रहते हैं।" (*ढलान से उतरते हुए,* पृ. 39) लेखक आलोचक से उम्मीद करता है कि वह कलाकृति के कथ्य से उसके अकथ्य को उजागर करे। लेकिन सत्य जब अकथनीय हो, खुद लेखक के लिए भी, तो आलोचक क्या खाकर उसे उजागर करेगा? अन्यत्र निर्मल कहते हैं कि आलोचक रचना के सत्य को खोलता जरूर है, लेकिन यह खोलना, बकौल वाल्टर बेंजामिन, "परदे को उघाड़ना नहीं है, जिससे भेद नष्ट हो जाता है, बल्कि इस भेद की रक्षा करना है।" इसी के साथ निर्मल जोड़ते हैं, "वाल्टर बेंजामिन ने यह बात धार्मिक सत्य के बारे में कही थी, किंतु मुझे लगता है, वह रचना के अंतर्निहित मर्म को उजागर करने के लिए भी उतनी ही अनिवार्य है।" (*शब्द और स्मृति,* पृ. 16)

इस चर्चा से दो बातें स्पष्ट होती हैं। एक यह कि वस्तुओं, स्थितियों और सत्य का सौंदर्य लेखक को हमेशा अवगुंठन में ही इसलिए भाता है कि अवगुंठन में ही उनका सौंदर्य है; अवगुंठन को हटा दें तो वह सौंदर्य ही नष्ट हो जाता है, क्योंकि वस्तुएँ, स्थितियाँ और सत्य अपने प्रकृत रूप में उतने सुंदर नहीं हैं। क्या यह एक तरह की सौंदर्यवादी दृष्टि नहीं? क्या इससे हम हमेशा के लिए कला की ही दुनिया में कैद नहीं हो जाते? दूसरी बात यह कि निर्मल की दृष्टि में कला हर हालत में रहस्यात्मक होती है; रहस्य—अवगुंठन—को नष्ट करना कला को नष्ट करना

है। तब, कला अ-रहस्यीकरण का काम कभी न करेगी। हम जानते हैं कि हमारे समाज में कितनी ही ऐसी चीजें हैं, जिन पर सत्ता या व्यवस्था ने खुद ही कई अवगुंठन डाल रखे हैं, और इस तरह उन्हें खूबसूरत बना रखा है। उदाहरण के लिए व्यक्ति के अकेलेपन को या स्त्रियों की आत्म-चेतना को लीजिए, जिस पर मौजूदा और पुरानी व्यवस्था ने कई तरह के विचारों, सिद्धांतों और धार्मिक मर्यादा के अवगुंठन डालकर उनके प्रकृति रूप को छिपा रखा है। इन अवगुंठनों को हटाकर, इनके प्रकृत रूपों का उद्घाटन करना कला का काम है या नहीं? जाहिर है, कला में रहस्यात्मकता को मानते हुए भी उसको *सिर्फ रहस्य* में देखना कला के प्रति एक खास–एकांगी–धारणा है। बहरहाल, बेंजामिन ने जो बात *धार्मिक सत्य* के लिए कही, उसे निर्मल कला के सत्य के लिए भी ठीक समझते हैं। धर्म और कला में ऐसी नजदीकी उन्होंने अन्यत्र भी देखी है जब वे कहते हैं कि कला ''हमें रामकृष्ण या सेंट जॉन की आत्मविभोरता के सबसे नजदीक खींच लाती है, जहाँ उन्होंने संसार की वास्तविकता या यथार्थ को किसी व्याख्या के दर्पण में नहीं, दृष्टि की एक कौंध में अनुभव किया था–एक ऐसी कौंध जिसमें मनुष्य और ब्रह्मांड का द्वैतभाव पूरी तरह विलीन हो जाता है। इसके पार सिवाय खामोशी के और कुछ भी नहीं।'' (*कला का जोखिम,* पृ. 35) ठीक है, कई बार महान कलाकृतियाँ इस ढंग से भी असर डालती हैं जब हम एक कौंध के रूप में उनका अर्थ ग्रहण कर लेते हैं और खामोशी में रहकर उस अर्थ को आत्मसात करते हैं। लेकिन कलाकृति के अर्थ-ग्रहण का यही एकमात्र ढंग नहीं होता और न इस खामोशी तक पहुँचाकर उसकी अर्थवत्ता समाप्त हो जाती है। असल में यह तो कृति के अध्ययन या आस्वादन की एक स्थिति-भर है, यह भी हर तरह के अध्ययन में नहीं आती। लेकिन कृति के अर्थ और मूल्य को आलोचनात्मक स्तर पर ग्रहण करने की प्रक्रिया तो इसके बाद ही शुरू होती है। यह प्रक्रिया उस खामोशी के पार जाती है, उसे जाना चाहिए। अगर आत्मविभोरता की अवस्था में *एक कौंध* के रूप में कृति का अर्थबोध (अनुभव) हो और उसके पार कोई सजग दृष्टि, कोई चेतना न हो, सिर्फ खामोशी हो–तो यह स्थिति सूफियों के *इलहाम* और निर्गुण संतों की अनहद नाद वाली तुरीयावस्था के बहुत निकट होगी। आश्चर्य की बात है कि *जो लोग साहित्य को राजनीतिक उपयोगितावाद से मुक्त करने की घोषणाएँ करते हैं, वे ही साहित्य को समाधि की अवस्था तक पहुँचने का एक माध्यम-मात्र बना देना चाहते हैं!* साहित्य संबंधी ऐसा चिंतन हमें कहाँ ले जाएगा?

खैर, अब तक यह स्पष्ट हो गया होगा कि निर्मल की कहानियों में रहस्यात्मकता सिर्फ एक कलात्मक प्रयोग–कला की एक शक्ति–मात्र नहीं है। जिस तरह काव्यात्मक संरचना, कल्पना की उड़ान, चमत्कार और स्मृतिशीलता उनकी कहानी के दर्शन के बुनियादी तत्त्व हैं, उसी तरह रहस्यात्मकता भी है। उनकी कहानियों में रहस्यीकरण की प्रवृत्ति काफी प्रबल और व्यापक रूप में मिलती है। यह रहस्यीकरण कई स्तरों

पर चलता है—सबसे निचले स्तर से लेकर सबसे ऊँचे स्तर तक। सबसे निचला स्तर है मामूली सूचनाओं का जिनसे पाठकों को कहानी का पता-ठिकाना (लोकेशन) मालूम होता है। यहीं से रहस्यीकरण की प्रवृत्ति शुरू हो जाती है। मसलन पात्रों का परिचय नहीं दिया जाता, उनकी स्थिति को स्पष्ट नहीं किया जाता। कौन-सा पात्र कहाँ पर है, वह कहाँ से आया है या कहाँ जा रहा है, वह जिससे बातें कर रहा है, उससे उसका संबंध क्या है, इन सब मामूली बातों को निर्मल स्पष्ट नहीं करते। 'वे' शब्द से काम चलाते हैं—'वे पहली बार उससे मिले थे।' वे कौन? किससे मिले थे? पता नहीं चलता।

इसके बाद किसी वार्तालाप, घटना या प्रसंग में निर्मल शुरुआत ही इस ढंग से करते हैं या शुरू में ही कोई ऐसा वाक्य—प्रश्नसूचक—डाल देते हैं कि घटना, बातचीत या प्रसंग का सिरा पकड़ में नहीं आता—वह खुलता है, काफी देर से। तब तक आप रहस्य में झूलते रहिए। तीसरा स्तर वह है जहाँ पात्रों की मामूली हरकतों और भावनाओं को भी किसी अनजाने मौन या रहस्य में डुबा दिया जाता है। एक और स्तर वार्तालाप का है जो इस तरह से चलता है, जिससे बहुत कम जानकारी मिले, मामला (कथ्य) साफ न हो। और पाँचवाँ स्तर—कहानी कहना क्या चाहती है, यह कई बार अंत तक रहस्य बना रहता है।

इन स्तरों के कुछ उदाहरण देखें। 'जिंदगी यहाँ और वहाँ' कहानी का पहला वाक्य इस तरह है—"और तब फोन की घंटी बजी और वह समझ गया, यह वह है।" वह कौन और यह कौन? यह निर्मल आपको नहीं बताते, यह सब खुद कहानी में धीरे-धीरे साफ होगा। यह एक पृष्ठ के बाद हो सकता है, दो पृष्ठ के बाद भी। इसी कहानी में डेढ़ पृष्ठ आगे जाकर यह वाक्य आता है—"यदि वे जीवित होते, तो एकदम उसे पहचान लेते।" वे कौन हैं? इसे आप तुरंत नहीं जान सकते। हम लोग पहले किसी का नाम लेते हैं और बाद में उसे वे या वह कहते रहते हैं। यह क्रम निर्मल की कहानियों में उलट जाता है। 'कव्वे और काला पानी' में कहानी का पात्र एक पहाड़ी कस्बे में आकर बार-बार वे-वे करता है, जिससे वह मिलने आया है। यह 'वे' उसके बड़े भाई हैं, यह निर्मल आपको बताएँगे नहीं, सिर्फ वे-वे करते रहेंगे। कई बार निर्मल कहानी के शुरू में किसी पात्र का नाम-भर ले लेते हैं, लेकिन वह कौन है, उसकी स्थिति क्या है, जिस दूसरे पात्र के प्रसंग में उसका नाम लिया गया है, उससे उसका संबंध क्या है—यह सब देर तक पता नहीं चलता। वह नाम बस, नाम-भर रहता है, हवा में लटकता हुआ और चरित्र रहस्य बना रहता है। 'दहलीज' में शम्मी भाई का प्रवेश इसी तरह होता है। शम्मी भाई शम्मी भाई कहते हुए देर तक बातें चलती रहती हैं, लेकिन शम्मी भाई हैं कौन, इनके लगते क्या हैं—यह आप उनके नाम के आने के साथ ही नहीं जान सकते। 'एक दिन का मेहमान' में एक लड़की है। वह कौन है? घर आए जिए आदमी से वह दौड़कर लिपट गई, उसकी

क्या लगती है? इसे कुछ देर तक पाठक की अटकल लगाने की क्षमता पर छोड़ दिया गया। 'पिता और प्रेमी' कहानी का शुरू का वाक्य है–"वह ट्राम पर चढ़नेवाला था कि उसे अपना नाम सुनाई दिया।" यह नाम क्या है, इसे पाठक तो अंत तक सुन नहीं पाता और जिसने पुकारा है, वह कौन है? उसके बारे में यह वाक्य है–"वह दूसरे ट्राम-स्टैंड पर खड़ी थी।" इसके बाद उनमें बातचीत शुरू हो जाती है। वे दोनों हैं कौन, उनका संबंध क्या है, यह आप उनकी बातचीत से अंदाज लगाते रहिए। 'दो घर' कहानी में "बीच सड़क पर उनकी पुकार सुनाई दी।" किनकी? कोई परिचय नहीं। आगे बढ़िए–"वे दौड़ती हुई मेरी तरफ आईं।...वे हाँफती रहीं।" और आगे बढ़िए, "उन्हें सिर्फ एक बार भीतर घर में देखा था–साड़ी में। अब वे स्कर्ट पहने थीं।...उन्होंने कुछ नहीं कहा। मेरा हाथ पकड़ा और लगभग घसीटते हुए मुझे फुटपाथ पर ले गईं।"

निर्मल की अधिकांश कहानियाँ इसी तरह शुरू होती हैं और चलती रहती हैं। हम पात्रों के नाम, स्थिति और संबंधों को ठीक से जाने बिना उनकी बातें सुनते रहते हैं, उनकी हरकतों का अर्थ टटोलते रहते हैं–जैसे कोई दीवार के इस पार से चोरी-छिपे उस पर हो रही बातचीत को सुने और बातचीत करने वाले कौन हैं, उनका रिश्ता क्या हो सकता है, वे किस मुद्दे पर बात कर रहे हैं, इसका अनुमान भिड़ाता रहे। आखिरकार यह अनुमान लग ही जाता है, लेकिन इस बिंदु तक आने से पहले वे रहस्य की धुंध में लिपटे रहते हैं, उनकी बातों और हरकतों का अर्थ अनिश्चित बना रहता है।

कहानी में इस प्रणाली की कितनी सार्थकता है? इसके पक्ष में दो तर्क दिए जा सकते हैं। एक, पात्रों का नाम-परिचय तुरंत न देकर उन्हें रहस्य में रखने से पाठकों की जिज्ञासा बढ़ती है। रहस्यात्मकता के पक्ष में निर्मल का यह तर्क है भी। दूसरा तर्क यह हो सकता है कि क्या जरूरी है कि लेखक खुद उनका परिचय बताए? यह परिचय पाठक सीधे कहानी के ब्यौरों से ही क्यों न प्राप्त करे?

दोनों तर्कों के बारे में हमारा कहना यह है कि इस तरह के उद्देश्य किन्हीं दूसरी बातों से हासिल करने चाहिए। कहानी में किसी एक पात्र को तो यह-वह कहकर काम चलाया जा सकता है, लेकिन जहाँ एक से अधिक पात्र हों, वहाँ सबको यह-वह कहकर काम नहीं चलाया जा सकता। पात्रों की अलग-अलग पहचान के लिए उनके नाम, स्थिति तथा संबंधों का सामान्य परिचय या संकेत देना ऐसी मामूली, किंतु प्राथमिक सूचनाएँ हैं, जिनके बगैर पाठक का काम नहीं चलता। इनके बगैर हर हालत में पाठक की जिज्ञासा नहीं बढ़ती, खीज और झुँझलाहट भी बढ़ सकती है। पाठकों की जिज्ञासा को बढ़ाने तथा कहानी के ब्यौरों से संप्रेषित करने योग्य और बहुत-सी बातें पड़ी हैं।

लेकिन, यह बात उस लेखक के गले नहीं उतर सकती जो रहस्यात्मकता को

कहानी में एक कलात्मक प्रयोग या आवश्यकता के रूप में नहीं, बल्कि कला के दर्शन के रूप में, कला के सत्य के रूप में देखता हो। लिहाजा निर्मल मामूली और प्राथमिक सूचनाओं को भी जहाँ तक संभव हो, जान-बूझकर रहस्य के परदे में रखते हैं। पात्रों की तरह *स्थान* भी रहस्य की हवा में झूलते रहते हैं। मसलन 'जलती झाड़ी' का आरंभिक वाक्य देखिए—"मैं उस शहर में पहली बार आया था।" किस शहर में? कहा जा सकता है कि शहर का नाम देना जरा भी जरूरी नहीं। लेकिन, कहानी में उस शहर का जिक्र एक बार नहीं, कई बार आता है और लेखक हर बार उसे *अजनबी शहर, अजाने शहर, इस शहर* इत्यादि से संबोधित करता है, मानो किसी शहर के सच्चे-झूठे नाम के बजाय इस, उस या अजनबी या अजाने इत्यादि कहते रहना ज्यादा कलात्मक और अर्थपूर्ण हो! पहले पैराग्राफ में एक वाक्य है—"दिन-भर होटल में रहता और जब ऊब जाता तो अक्सर घूमते हुए *इस स्थान* की ओर कदम बढ़ जाते।" जाहिर है, पाठक *इस स्थान* के बारे में जानने को उत्सुक होगा। इस स्थान के बारे में जानना इसलिए भी जरूरी हो जाता है, क्योंकि आगे की सारी कहानी इसी स्थान पर कदम-ताल करती है। लेकिन लेखक इस स्थान के बारे में क्या बतलाता है? *इस स्थान* का अगला जिक्र देखिए—"वैसे भी कई बार *वहाँ* जाने का मन हुआ था।" और अगला जिक्र—"रात को किसी सस्ते रेस्तराँ की तलाश करते समय अक्सर *उस तरफ* निगाह चली जाती।" और भी अगला ज़िक्र—"इच्छा होती, यहीं उतर जाऊँ।"

पात्रों और स्थान की तरह प्रसंग-स्थितियाँ भी रहस्य के कुहरे में लिपटी हुई मिलती हैं। 'धागे' कहानी में एक प्रसंग है—"यही सितंबर का महीना था...हम पहाड़ी पर पिकनिक के लिए गए थे—बेर की झाड़ियों के पीछे मैंने सारा साहस बटोरकर मीनू से पहली बार बात कही थी, जो इतने दिनों से मैं अपने में छिपाती चली आ रही थी। मीनू ने समझा था, मैं हँसी कर रही हूँ, किंतु अगले क्षण जब उसने मेरे चेहरे को देखा तो वह चुप रही थी, कुछ भी नहीं बोली थी—एकटक फटी-फटी आँखों से मुझे निहारती रही थी।...

"कल इस बात को बीते एक साल हो जाएगा। कल हम फिर पिकनिक के लिए जाएँगे।"

वह बात क्या थी, यह निर्मल कहानी में अंत तक नहीं बतलाते। कोई बात कही गई थी, बस, इतना बताकर वे पाठक को रहस्य के लोक में ले जाकर छोड़ देते हैं। पढ़ते हुए चौकन्ना रहकर पाठक को खुद अटकल लगानी होगी कि वह बात क्या हो सकती है? रहस्यीकरण का एक स्तर यह भी है जहाँ कोई पात्र अचानक मौन हो जाता है या किसी ऐसी चीज में खो जाता है, जो पाठक के लिए जरा भी स्पष्ट नहीं है। उदाहरण के लिए 'एक शुरुआत' कहानी में डेक पर बैठा व्यक्ति कहता है—"नहीं, शुक्रिया!...मैं स्टीमर पर कुछ भी नहीं खाता।" और इसके बाद,

"उन्होंने अपनी आँखें दुबारा सामने फैले समुद्र पर गाड़ दीं, मानो कोई ऐसी चीज है, जो खो गई हो, और जिसे वह निश्चिंत निर्विकार भाव से खोज रहे हैं।" कहानी में ऐसे प्रसंग नहीं आते जिनमें हम इस तरह के अनिर्दिष्ट वर्णनों के अर्थ टटोल सकें। इसी कहानी में आगे चलकर, "उन्होंने अपना हाथ डेक की रेलिंग पर रख दिया। मुझे लगा, जैसे चैनल के नीले पानी में उनकी आँखें किसी भूले-बिसरे रहस्य की टोह में खो गई हैं।" इस तरह के वर्णनों से भी रहस्य का वातावरण बनता है।

रहस्यीकरण की प्रवृत्ति का सबसे ऊँचा स्तर है—कथ्य का रहस्यीकरण। निर्मल कहानी में कहना क्या चाहते हैं, उनकी अधिकतर कहानियों में हम इसे पूरी तरह कभी जान नहीं पाते। वे अपनी इस प्रतिज्ञा का सफल निर्वाह करते दिखाई देते हैं कि कलाकृति का सत्य ऐसा रहस्य है जो पूरी तरह कभी जाना नहीं जा सकता, क्योंकि उसे जान लेने के बाद जानने को कुछ शेष नहीं रहेगा। दुर्भाग्य से उनकी कुछ कहानियाँ इस प्रतिज्ञा को पूरा नहीं करतीं। ये कहानियाँ ऐसी हैं जिनका सत्य हमें जरा-भी समझ में नहीं आता। मसलन 'एक शुरुआत' कहानी को ही लें, जिसमें लेखक एक ऊँची बात कहना चाहता है—"मेरे लिए यूरोप के अर्थ क्या रहे हैं?" यह प्रश्न कहानी के केंद्र में है और प्रश्न का उत्तर भी (हालाँकि निर्मल इतने सपाट ढंग से कहानी कभी नहीं लिखते कि प्रश्न उठाएँ और उत्तर भी दें)—"विएना की उस रात लगा था, जैसे मैं गढ़हे के बहुत नीचे हूँ, जिसके नीचे और जाना नहीं होता। तब उन लमहों में, होटल के तंग, सीलन-भरे, अकेले कमरे में यूरोप का अर्थ धीरे-धीरे जोड़ पाया था—टेरर-टेरर ऑफ एनलाइटमेंट—ऐसा भय, जिसमें मृत्यु और मुक्ति दोनों ही समाहित हैं।" इतने स्पष्ट ढंग से प्रश्न करने और उत्तर देने के बावजूद कहानी एक अबूझ पहेली ही बनी रहती है, क्योंकि इस महत्त्वपूर्ण अनुभव-सत्य की घोषणा करनेवाली कहानी में वे अनुभव ही गायब हैं जिनसे यह सत्य निकाला गया—वे मानवीय स्थितियाँ नदारद हैं, जिनके अंदर से ही कोई सत्य हम उपलब्ध करते हैं। यहाँ स्थितियाँ इस हद तक रहस्यपूर्ण हैं कि उन्हें कभी जाना नहीं जा सकता, क्योंकि वे कहानी के अंदर हैं ही नहीं। 'सूखा' कहानी में भी यही बात है जहाँ रचनात्मकता के सूख जाने के नाम पर बड़े महत्त्वपूर्ण अनुभव-सत्य चीनी पहेली के रूप में रखे गए हैं, लेकिन वह जीवन-स्थितियाँ एक सिरे से नदारद हैं, जिनके बीच रचनात्मकता सूखी थी। अगर कोई स्थितियों को इस हद तक रहस्यपूर्ण रखे कि उनका अस्तित्व ही न दिखाई दे (वास्तव में लेखक उन स्थितियों को मोटा यथार्थ मानकर उनकी उपेक्षा करता है) तो, उनसे निकाले गए अनुभव-सत्य, फिर चाहे वे कितने भी महत्त्वपूर्ण क्यों न हों, पाठक कभी महसूस नहीं कर सकता—सिर्फ उनकी रहस्यात्मकता के कारण नहीं, बल्कि इसलिए भी कि कहानी में ठोस मानवीय स्थितियों के बीच से गुजरे बिना किसी भी तरह का अनुभव-सत्य न चरितार्थ किया जा सकता है, न उपलब्ध

किया जा सकता है।

निर्मल की कहानी जिन तत्त्वों के कारण पाठकों को मोह लेती है, उनमें-से एक मुख्य तत्त्व उनकी कहानियों के छोटे-छोटे ब्यौरे हैं। ये छोटे-छोटे ब्यौरे ही हैं, जिनसे वे लगातार एक काव्यात्मक जाल बुनते जाते हैं और पाठक उन ब्यौरों की सजीवता, चमक और प्रभाव में फँसता जाता है। वातावरण की एक-एक, छोटी-से-छोटी चीज को भी वे अपने ब्यौरों में समेटकर उन्हें इस तरह अंकित कर देते हैं, जैसे जंगल के किसी कोने में अचानक किसी ट्रक की शक्तिशाली हैड लाइट्स के जलने से उस कोने के एक-एक पेड़, टहनियाँ, पत्ते, झाड़ियाँ, घास और तिनके तक, सब आलोकित हो उठते हैं। जैसे उत्पल दत्त के बारे में कहा जाता रहा है कि वे अपने नाटकों में हर एक पात्र को—चाहे वह कितने ही कम समय के लिए मंच पर क्यों न आता हो—एक पूरा व्यक्तित्व देने का प्रयास करते हैं, उसी तरह निर्मल इर्द-गिर्द पड़ी हर एक वस्तु को सजीव व्यक्तित्व प्रदान करते हैं। हिंदी में और किसी कहानीकार ने कहानी में छोटी-छोटी चीजों के ब्यौरों को इतना महत्त्व नहीं दिया, जितना निर्मल के यहाँ दिखता है। कारण यह है कि निर्मल के लिए छोटे-छोटे ब्यौरे कला की तकनीक नहीं, स्वयं कला का मर्म है। उनके लिए ब्यौरे कहानी के दर्शन का वैसा ही बुनियादी तत्त्व है जैसे काव्यात्मक भाषा, चमत्कार, स्मृति और रहस्यात्मकता। यहाँ ब्यौरे सिर्फ स्थिति के वर्णन का अंग नहीं हैं, कहानी में चीजों को एक-दूसरे से जोड़ने की वर्णन-प्रणाली नहीं हैं, और न वे वातावरण की सृष्टि करने के लिए हैं, जैसा कि बहुतों ने मान रखा है। ब्यौरे निर्मल के लिए अपने-आप में एक स्वतंत्र अनुभव है, अपने में पूर्ण कला-विधान है, स्वयं कहानी है। वे लिखते हैं, "उपन्यास की तरह कहानी के ब्यौरे केवल माध्यम मात्र नहीं हैं जो एक-दूसरे से जुड़ते हुए अंत में एक समग्र प्रभाव छोड़ते हैं, बल्कि कहानी में हर डिटेल अपनी ही जिंदगी से स्पंदित होता हुआ एक स्नायुतंत्र है और जब कहानी खत्म होती है तो कुछ भी पूरा नहीं होता, क्योंकि उसमें कभी कुछ भी शुरू नहीं होता।" (*ढलान से उतरते हुए,* पृ. 34) इस धारणा के मुताबिक ब्यौरों को आप कहानी के अंदर छोटी-छोटी कहानियाँ समझ सकते हैं, सिर्फ इस अर्थ में कि जैसे पूरी कहानी एक अनुभव-सत्य को कहती है, वैसे ही हर ब्यौरा भी अपने-आप में एक अनुभव-सत्य है। ये ब्यौरे किसी बड़े अनुभव-सत्य तक पहुँचने की कड़ियाँ—माध्यम—मात्र नहीं हैं, बल्कि अपने आप में भी संपूर्ण हैं। कहा जा सकता है कि निर्मल की कहानी में ब्यौरे नहीं होते, बल्कि ब्यौरों में कहानी होती है।

यह अकारण नहीं है कि निर्मल अपने प्रिय लेखक नाबोकोव की साहित्य संबंधी जिन शिक्षाओं को महत्त्व देते हैं, उनमें छोटे-छोटे ब्यौरों का मत्त्व सर्वाधिक है। निर्मल हमें बताते हैं, "सिद्धांत की नहीं, तफसीलें, डिटेल, छोटी-छोटी बातें—नाबोकोव की दृष्टि में एक उपन्यास के प्राण उसके सूक्ष्म ब्यौरों में वास करते हैं, कमरे का फर्नीचर

या आँखों का रंग, कमरे, कपड़े, बातचीत का तरीका और रहन-सहन का ढंग—ये वे महीन तंतु हैं, जिनसे एक 'मास्टर पीस' का ताना-बाना बुना जाता है।'' (*कला का जोखिम*, पृ. 99) नाबोकोव की साहित्य-शिक्षा में जिस जादू तत्त्व की महिमा का बखान है—जिससे एक लेखक महान बनता है—वह जादू तत्त्व असल में अपनी अतार्किक कल्पना द्वारा व्यावहारिक समझ, सामान्य बुद्धि (कॉमन सेंस) को नष्ट करने के साहस से पैदा होता है। नाबोकोव कहते हैं कि अतार्किक कल्पना से ''मेरा मतलब है, सामान्य के साम्राज्य पर छोटी तफसील की विजय; अंश हमेशा समग्र की अपेक्षा अधिक प्राणवान होता है, मेरा मतलब उन छोटी तफसीलों से है जिसे मनुष्य सँजोकर रखता है, जबकि लोगों की भीड़ एक सामान्य प्रवृत्ति से मदमत्त होकर एक सामान्य लक्ष्य की तरफ भागती है।...छोटी-नगण्य चीजों पर विस्मय करने की सामर्थ्य में ही आत्मा अपने स्वगत वचन बोलती है।'' (वही, पृ. 100)

साहित्य संबंधी ऐसी समझ का आखिरकार कैसा नतीजा निकलता है, इसे हम बाद में देखेंगे। पहले निर्मल के ब्यौरों की शक्ति को समझ लिया जाए। निर्मल किसी एक अनुभव-सत्य को केंद्र में रखकर उसी को हर तरह से उजागर करने का आयोजन नहीं करते। वे छोटे-छोटे ब्यौरों को एक विस्तृत जाल की तरह बुनते जाते हैं और फँसी हुई चिड़िया की तरह इसी जाल में किसी जगह वह अनुभव-सत्य भी फँसा होता है जिसे हम अक्सर कहानी का कथ्य मानकर खोजते हैं। हम अनुभव-सत्य को कहानी के ब्यौरों से अलग करके ग्रहण करने के आदी हैं, पर निर्मल के यहाँ ब्यौरे और वह अनुभव-सत्य जिसे हम कथ्य कहते हैं—सब मिलकर एक अनुभव है, जो कहानी में रूपायित हुआ है। कई बार पाठक इन कहानियों के केंद्रीय कथ्य को पकड़ नहीं पाता, पर कहानी से मुग्ध होता है, चमत्कृत होता है। यह चमत्कार और मुग्धकारी प्रभाव, और बातों के अलावा मुख्यतः कहानी के ब्यौरों का होता है। इन ब्यौरों की शक्ति निर्मल की सूक्ष्म निरीक्षण-वृत्ति में है जो हिंदी कथा-साहित्य में विरल है। यह सूक्ष्म निरीक्षण प्रकृति के चित्रण में, हर महीने या मौसम के आकाश, धूप, रंग आदि के बारे में, नींद, बातचीत के लहजे (टोन), रोशनी के बिंब, सन्नाटे, डर, ध्वनियों, स्मृतियों के क्षण, अँधेरे, गंध, हवा, घर के अंदर या बाहर के वातावरण इत्यादि से लेकर व्यक्तियों की मनोवृत्ति, मनोभावों, तथा उनके ऐंद्रिय बोध तक के चित्रण में दिखाई देता है। कुछ उदाहरण देखिए

1. विभिन्न महीनों के आकाश, धूप, हवा, बादल और मौसम को निर्मल ने बड़ी बारीकी के साथ चित्रित किया है और बड़े चलते ढंग के ब्यौरों में भी इनका सूक्ष्म निरीक्षण दिख जाता है। जैसे—'अगस्त की उमस-भरी रातें' ('*पिछली गर्मियों में*'), 'गर्मियों की रातें, जब अँधेरे में सड़कों की भाप एक पत्थर से दूसरे पत्थर पर उड़ती रहती है।'' ('*इतनी बड़ी आकांक्षा*'), दिल्ली में जून के महीने में ''धूल के मैले पर्दे पर सूरज एक मोमबत्ती-सा पिघलता

है'' (वही) और जुलाई में ''बादलों के पीछे एक हल्का और पीला रोशनी का धब्बा दिखाई देता है—नहीं—दिखाई नहीं देता, सिर्फ आभास होता है—कोई चीज चमक रही है। वह सूरज है।'' (वही) एक कहानी में निर्मल ने जामुनी रंगवाले बादलों का जिक्र किया है, जिसे उनसे पहले सिर्फ नरेंद्र शर्मा ने एक कविता में चित्रित किया है।

2. खुली धूप में सोते हुए आदमी की नींद ''वह नींद की धुंध थी—जिसमें आधी देह सोई रहती है, आधी सिर बाहर निकालकर दुनिया को देखती है।'' (*'सुबह की सैर'*)

3. नींद में जब कोई बाधा पड़ रही हो—''बहुत देर तक पास वाले पलंग से हाँफती हुई साँसे सुनता रहा। जब वह थोड़ा-सा सोने लगता, वे उसकी नींद में सूराख कर जातीं और बड़ी मुश्किल से, मेहनत से वह जिस थोड़ी-सी नींद को इकट्ठा कर पाता, वह एक गंदे परनाले की तरह इन सूराखों से बाहर बह जाती है।'' (*'बीच बहस में'*)

इस उदाहरण में सूक्ष्म निरीक्षण ही नहीं, उसे अभिव्यक्त करने लायक भाषा और कल्पना भी देखने लायक है।

4. जब दो अल्प-परिचित व्यक्ति कमरे में बैठकर बातें कर रहे हों और अँधेरा घिर आया हो, तब अचानक बत्ती जलने पर—''बत्ती जलते ही अंधकार का मौन परिचय तीखी रोशनी में डूब गया और हम नए सिरे से अजनबी हो गए।'' (*'तीसरा गवाह'*), अथवा ''उन्होंने कमरे की बत्ती जलाई—शाम के धुँधलके में हम अनायास आत्मीय-से हो आए थे। अब रोशनी में नए सिरे से अजनबी हो गए।'' (*'दो घर'*)

5. रात में बंद कमरे का दरवाजा थोड़ा-सा खुलने पर—''प्रकाश की पतली-सी रेखा फर्श पर तेजी से लपकती हुई सामने की दीवार पर चढ़ गई।'' (*'अँधेरे में'*)

6. धीमी रोशनी में चीजों का स्वरूप—''नर्स बड़ी बत्ती बुझा गई थी। सिर्फ कोने में एक हल्का गुलाबी बल्ब जलता रहा। उसके आलोक में सब चीजें अपनी हैसियत खोकर दिवालिया-सी हो जातीं।'' (*'बीच बहस में'*)

7. ''मोमबत्तियों का धुआँ धूप में नीली-सी लकीर खींचता हुआ हवा में तिरने लगता।'' (*'परिंदे'*)

8. ''सिर्फ एक बासी गंध थी, जो अक्सर उन घरों में होती है जो अधिकांश समय बंद रहते हैं—एक घरेलू हवा, जिससे घर के प्राणी अपरिचित रहते हैं, किंतु जो बाहर के आदमियों को सहसा पकड़ लेती है।'' (*'दो घर'*)

9. इसी तरह मानवीय आदतों और मनोभावों का भी सूक्ष्म निरीक्षण मिलता है। जैसे रात के वक्त देहाती इलाकों या पहाड़ी कस्बों में लंबे रूट पर चलनेवाली

बसों के गुजरने पर—"कभी किसी बस के गुजरने के बाद मास्टर साहब किताब से सिर उठाकर घड़ी को देखते और लंबी साँस खींचकर कहते, 'यह भुवाली की बस है।' या कुछ देर बाद जब दो बार बस की पों-पों बजती, वे कहते, 'यह रामनगर जा रही है।' " (*'कव्वे और काला पानी'*)

10. बीमारी से उठने के बाद बच्चे का अनुभव—"कुछ दिनों बाद एक सुबह मुझे मुँह का स्वाद अच्छा लगने लगा। ...पहले मैं धूप से बचने के लिए खिड़की बंद किए रहता था, अँधेरे कमरे में आँखें मूँदकर लेटना भला लगता था। अब मैंने खिड़की खोलकर परदों को हटा दिया। बाहर की गर्म, ऊनी धूप मेरे पलँग को चारों ओर से घेर लेती है। मैं बिस्तर से उठकर मेज के सहारे खड़ा हो जाता हूँ। सिर पहले की तरह नहीं चकराता, मैं पायदान की ओर कुछ कदम बढ़ाता हूँ और मुझे लगता है, मानो मैंने जिंदगी में पहली बार अपने-आप चलना सीखा है।" (*'अँधेरे में'*)

11. बड़े शहरों के ड्राइंगरूम में बैठकर ड्रिंक करने के मुकाबले किसी पहाड़ी कस्बे में साधारण व्यक्ति के रसोईघर में चूल्हे के सामने फर्श पर बैठकर स्टील या पीतल के गिलास में दारू पीते हुए कैसा लगता है—"कमरे की आग के सामने हम दोनों कुछ ऐसे जान पड़ रहे थे, जैसे पीने के लिए नहीं—किसी पहाड़ी देवता की पूजा के निमित्त बैठे हैं।" (*'कव्वे और काला पानी'*)

कहानी के छोटे-छोटे ब्यौरों में ऐसे सूक्ष्म निरीक्षण के महत्त्व को कम करके नहीं आँकना चाहिए। हमारे चारों ओर जो प्रकृति, समाज और यथार्थ फैला हुआ है, जिसमें हम रोजमर्रा की जिंदगी जीते हैं और जिनसे दिन में सौ बार साबका पड़ता है, यह सजगता और संवेदनशीलता उन्हीं के प्रति है। यह बात दूसरी है कि निर्मल कुछ खास चीजों में ही रमते हैं। लेकिन, प्रतिभाहीन लेखक और उनके पक्षधर समीक्षक अक्सर इन ब्यौरों के सूक्ष्म निरीक्षण और उनकी कलात्मक अभिव्यक्ति का महत्त्व कम करके आँकते हैं, यहाँ तक कि इन्हें गैर-जरूरी बताकर या इनकी खिल्ली तक उड़ाकर अपनी प्रतिभाहीनता को ढँकते हैं।

यहाँ तक तो निर्मल के ब्यौरों की शक्ति की बात हुई। अब यह देखिए कि ब्यौरों को जब एक वर्णन-प्रणाली के अंतर्गत न मानकर, किसी अनुभव-सत्य को उसके संदर्भ और परिवेश तथा वातावरण सहित, यानी उसके पूरे पते-ठिकाने के साथ चित्रित करने की कलात्मक आवश्यकता न मानकर, उन्हें अपनी ही जिंदगी से स्पंदित होता एक स्नायुतंत्र मान लिया जाता है—स्वतंत्र अनुभवों की तरह—तो कहानी में इसका नतीजा यह निकलता है कि लेखक इनके बीच चयन करना छोड़ देता है या इनके प्रति काफी लचीला हो जाता है और फलस्वरूप कहानी में ब्यौरों का ढेर लगने लगता है। लेखक की कला-दृष्टि में उनका कितना भी मूल्य हो, पाठक कि लिए वे मूल्यवान नहीं होते—कम-से-कम कहानी के अुनभव-सत्य तक पहुँचने के लिए।

वे अनावश्यक लगने लगते हैं, फिर चाहे उनमें कितना भी सूक्ष्म निरीक्षण या भाषा का सौंदर्य क्यों न भरा हो। चेखव कहानी में अनावश्यक ब्यौरे लाने के सख्त विरोधी थे। हिंदी की नई कहानी में ब्यौरों के मामले में चेखव के सबसे अच्छे अनुयायी भीष्म साहनी हैं जो कभी कहानी में अनावश्यक ब्यौरे नहीं देते। निर्मल की कहानियों में ऐसे कई ब्यौरे मिलते हैं, जिन्हें कहानी से निकाल देने पर भी कोई फ़र्क नहीं पड़ता। उदाहरण के लिए 'लवर्स' कहानी में यह ब्यौरा देखिए—"डांसिंग फ्लोर के पीछे जो कुर्सियाँ अभी तक खाली पड़ी थीं, वे धीरे-धीरे भरने लगीं। लगता है, बाहर सूरज बादलों में छिप गया है। सामने खिड़की के शीशों पर रोशनी का हलका-सा आभास है। जब दरवाजा खुलता है, तो पहले की तरह धूप का टुकड़ा नहीं आता। सिर्फ हवा आती है, और मैली-सी धुंध। दरवाजा खुलकर, एकदम बंद नहीं होता और हम बाहर देख लेते हैं। बाहर सर्दी का धुँधलका है और दिसंबर का मेघाछन्न आकाश है...जो कुछ देर पहले नीला था।" कहानी में यह ब्यौरा किसी भी दृष्टि से, जरा भी आवश्यक नहीं दिखता। ऐसे अनावश्यक ब्यौरे निर्मल की कई कहानियों में मिलते हैं। ब्यौरों की ही तरह अनावश्यक और निरर्थक वार्तालाप भी मिलते हैं, जैसे 'इतनी बड़ी आकांक्षा' में। इस कारण निर्मल की कुछ कहानियाँ, भाषा के मुलम्मे के बावजूद, बेहद उबाऊ प्रतीत होती हैं। मामूली बातों के छोटे-छोटे ब्यौरे—जिनसे कोई जादू भी पैदा नहीं होता—लगातार एक के बाद एक चलते रहते हैं, जिनसे कुछ भी नहीं उभरता और कहानी दूर-दूर तक नजर नहीं आती। ऐसी कहानियों का एक प्रतिनिधि उदाहरण है 'जलती झाड़ी'। कहीं खत्म न होते दिखाई देने वाले, एक के बाद एक लगे हुए इसके ब्यौरों के लंबे सिलसिले में, राम जाने, निर्मल ने किस महत्त्वपूर्ण अनुभव-सत्य को व्यक्त किया है! हमारे जैसे पाठक तो उकता जाते हैं कि अरे महाराज! कुछ कहानी भी कहिएगा कि यही सब कहते रहिएगा?

निर्मल अक्सर कला की विचित्रता की बात करते हैं। क्या यह आश्चर्य की बात नहीं है कि उन्हीं की कहानियों में हम कला की विचित्रता को नष्ट होते हुए भी देखते हैं—खासकर उनके ब्यौरों में? एक स्थिति आती है, जब छोटी-छोटी नगण्य चीजों में आत्मा का स्वगत वचन नहीं सुनाई देता, आत्मा का घिसा-पिटा रिकार्ड बजने लगता है। जब लेखक अपनी भाषा को एक खास साँचे में ढाल लेता है, उसकी संवेदना कुछ खास विषयों को ही छूती है और उसकी निरीक्षण-वृत्ति कुछ खास चीजों में ही रमने लगती है, तब उसकी रचना भी एक खास दायरे में ही बार-बार चक्कर काटने लगती है। आत्मा का स्वगत वचन घिसे-पिटे रिकार्ड में इसलिए बदल जाता है क्योंकि उन स्वगत वचनों को हम कई-कई बार सुन चुके होते हैं। कला की विचित्रता कला की रूढ़ियों में बदलने लगती है। नई कहानी के दौर के किसी भी लेखक में इतनी रूढ़ियाँ नहीं मिलतीं, जितनी निर्मल के लेखन में दिखाई देती हैं। उनकी कहानियों में जीवन और संसार की परिस्थितियों की वह विविधता नहीं दिखाई देती, जिनसे

यह जीवन और संसार विचित्र लगता है। जीवन और संसार की विचित्रता से अलग उनकी कला की विचित्रता कला के कुछ तत्त्वों के विशेष संयोजन से उपजती है। इसीलिए बार-बार दोहराए जाने पर उनकी वह विचित्रता रूढ़ होने लगती है। बहरहाल, सूक्ष्म निरीक्षणवाले कुछ ब्यौरे उनकी कहानियों में इतनी बार दोहराए जा चुके हैं कि अब वे उनकी वर्णन-प्रणाली के लटके बन गए लगते हैं। इन रूढ़ ब्यौरों के कुछ उदाहरण देख लिए जाएँ।

निर्मल के यहाँ सबसे प्रचलित रूढ़ि है महीनों की नाम-माला। वह नवंबर की रात थी, यह दिसंबर की सुबह है। यह अप्रैल की धूप थी, वह अगस्त का आकाश था। ऐसी पंक्तियाँ उनकी कहानियों में इतनी बार आती हैं कि वह महीनों के नाम-जप से कम नहीं लगतीं। 'अक्तूबर के महीने में जब पत्ते झरने लगते' ('पहाड़'), 'मार्च की खुश्क, गरम हवा सायँ-सायँ करती चली आ रही थी', 'मार्च की पीली धूप', 'मार्च की उस शाम' ('दहलीज'), 'बाहर सड़क पर अगस्त के पत्ते थे' ('लंदन की एक रात'), 'बाहर दिसंबर का आकाश था, अबाध और नीरव' ('खोज'), 'वह सितंबर का महीना था।' ('धागे'), 'शुरू नवंबर का अँधेरा चारों ओर फैला था।' ('अमालिया'), 'चारों तरफ मार्च की धूप थी।' ('वीकएंड') इत्यादि। 'सितंबर की एक शाम' निर्मल की एक कहानी का नाम ही है।

यह सही है कि ऐसे कई स्थलों पर लेखक का इन महीनों के मौसम के बारे में सूक्ष्म निरीक्षण प्रकट होता है। लेकिन हर जगह यह बात नहीं है। उदाहरण के लिए "वह जुलाई की रात थी और मुझे दूसरे दिन चले जाना था"—इसमें मौसम का निरीक्षण क्या है? महीने का नाम एक तकिया कलाम-सा बना हुआ है। जैसे बैसाखियों के बिना कोई चल नहीं पाता, उसी तरह लेखक बिना महीने का नाम लिए अपनी बात कह नहीं पाता। इसी तरह "उसे आज भी अगस्त की वह शाम याद है" में कोई निरीक्षण नहीं है। इसकी जगह "उसे आज भी वह शाम याद है" कहना लेखक को अधूरा लगता है। "कितना अजीब था वह मार्च का दिन" ('बीच बहस में') यहाँ भी "कितना अजीब था वह दिन" कहना लेखक को अपर्याप्त लगा। एक-एक कहानी में कई-कई बार महीनों के नाम बतलाए जाते हैं। सात पृष्ठों की 'लवर्स' कहानी में नौ बार दिसंबर महीने का नाम आया है। अगर इस तरह की कुछ पंक्तियों में मौसम का बोध प्रकट हुआ हो, तो भी, इतनी बार दोहराए जाने पर उनका अर्थ घिसता ही है, वह बोध एक रूढ़ि बन जाता है।

एक जगह निर्मल ने "वह सितंबर की एक शाम थी। मैं सड़क पार कर रहा था"—इस वाक्य की व्याख्या करते हुए लिखा है कि "इस वाक्य को पढ़ते हुए हम एक-ब-एक चौंक पड़ते हैं, इस तरह जैसे अतीत के सारे अधूरे, उलझे और गड्मड् प्रभाव एक बहुत नुकीले बिंदु पर आकर जम गए हों—और वह स्मृति है। हम जो अनुभव करते हैं, वह जाना-पहचाना होते हुए भी इस वाक्य में वह नहीं है। इसमें

एक समयहीन गुण है, एक अनुभव जो शब्दों की जड़ों और वक्त की परतों से अपनी जिंदगी का सोता आप ही पैदा करता और जीवित रहता है।'' (*कला का जोखिम* पृ. 33) यह सरासर मनोगत व्याख्या है। उपरोक्त वाक्य को पढ़कर पाठक ऐसा कुछ भी अनुभव नहीं करता, उसके सामने ऐसा कुछ भी नहीं खुलता, जिसकी उड़ानें निर्मल भर रहे हैं। अपनी निजी स्मृतियों में डूबे निर्मल इतने आत्मनिष्ठ हैं कि यह वे बिल्कुल नहीं देख पाते कि इस वाक्य की जैसी भव्य व्याख्या उन्होंने की है, वह पाठक के लिए निरर्थक वाग्जाल है, क्योंकि रचना में वह सिद्ध नहीं होती। निर्मल की रूढ़ वर्णन-प्रणाली के अंतर्गत महीनों के नामों की ही तरह *शहरों के नाम* भी वाक्यों से चिपके रहते हैं। ''यह दिल्ली है...हमारा शहर'' ''यह दिल्ली है और दिसंबर के दिन है'' ('लवर्स'), ''डेक की कुरसी, गीली सफेद धूप और यूरोप का आकाश,'' ''लंदन की गरम, पगली रातों के संग लागर का तीखा रंग जुड़ा है,'' ''वियना की उस रात लगा था,'' ''यूरोप की एक रात बहुत दूर तक फैल गई है'' ('एक शुरुआत'), ''लंदन की उस खामोश गरम रात में 'वार' बहुत दूर की चीज लगती थी,'' ''बाहर लंदन की रात थी, हमारी प्रतीक्षा करती हुई,'' ''पारदर्शी धुंध के पीछे लंदन का आकाश घिर आता था'' ('लंदन की एक रात'), ''लंदन के बादलों को देखता,'' ''लंदन की मैली धूप पड़ोस की चिमनियों पर रेंग रही थी'' ('दूसरी दुनिया'), ''बाहर इंग्लैंड की पीली और मुलायम धूप फैली हुई थी'' ('एक दिन का मेहमान'), ''दिल्ली में जून का महीना एक अलौकिक-सी चमक लेकर आता था,'' ''तुम जानती हो, दिल्ली में अगस्त की रातें कितनी साफ होती हैं,'' ''जुलाई का अँधेरा दिल्ली की छतों पर अटका था'' ('जिंदगी यहाँ और वहाँ')।

बात दरअसल यह है कि निर्मल बहुत से शहरों में घूमे और रहे हैं। उन शहरों की रातों के बीच, धूप, हवा और आकाश के बीच जो अंतर है, उनकी अलग-अलग स्मृतियाँ निर्मल के मन में बसी हुई हैं। लेकिन वह अंतर क्या है, जो लेखक के मन में है, वह कहानी में नहीं आ पाता क्योंकि वहाँ यह सब बताने का कोई अवकाश नहीं। ऐसी स्थिति में यह दिल्ली की शाम थी या लंदन की शाम थी—इसका अर्थ लेखक के मन में भले ही स्पष्ट हो, पाठक के सामने स्पष्ट नहीं हो पाता।

कई बार निर्मल शहर का नाम न देकर हमारे शहर, इस शहर, उस शहर, पराए शहर, अजनबी शहर या अजाने शहर आदि शब्द जोड़ते चलते हैं। यह भी उनकी रूढ़ वर्णन-प्रणाली ही है, जिसमें विशेष नाम की जगह इन शब्दों ने ले ली है।

प्राकृतिक चित्रण के लिए निर्मल मशहूर हुए, लेकिन इसमें से बहुत-कुछ अब रूढ़िगत हो चुका है। जैसे, आखिरी धूप या धूप का टुकड़ा इत्यादि वर्णन। ''आखिरी धूप का उजलापन चाय की प्यालियों पर सिमट आया।'' ('पिछली गर्मियों में'), ''आखिरी धूप उसकी हथेली पर आई'' ('वीकएंड'), ''आखिरी धूप के धब्बे चीड़

की सूइयों पर लिपट गए थे'' ('पहाड़'), ''पुराने गिरजे के शीशे पर आखिरी धूप का धब्बा चमक रहा था'' ('जलती झाड़ी'), ''धूप के कुछ टुकड़े शेष रह गए थे'' (वही)। आखिरी धूप और धूप के टुकड़ों की तरह पत्तों का गिरना, झरना, उड़ना या भागना भी इन कहानियों की वर्णन-प्रणाली की रूढ़ि है। इसी तरह लैंपपोस्ट के आलोक की छाया या दायरे को भी समझिए। ''लैंपपोस्ट के नीचे पीले दायरे में हमारी छायाएँ चारों ओर सरक रही थी'', ''सड़क पर लैंपपोस्ट का फीका आलोक हमारे बक्सों और बिस्तरों पर गिर रहा था'' ('अमालिया'), ''बाहर लैंपपोस्ट जलता था, उसकी छाया दीवार पर आती थी'' ('वीकएंड'), ''एक छोटा-सा दायरा है आलोक का, जो सड़क के लैंपपोस्ट से कटकर यहाँ आ पड़ा है'' ('कुत्ते की मौत')। इसी तरह हवा में काँपती घास और पेड़ों से लिपटी या हवा में तिरती धुंध को भी वर्णन के रूढ़ विषय समझिए। ये सारे रूढ़िगत वर्णन मिलकर एक चित्र खड़ा करते हैं, उस परिवेश और वातावरण का जो निर्मल की कहानियों में रूढ़ है। इस परिवेश में इन प्राकृतिक दृश्यों के अलावा पब, क्लब, रेस्तरां और गिरजाघर भी शामिल हैं। इस सीमित और रूढ़ परिवेश के बाहर निर्मल कम ही निकलते हैं। यह रूढ़ परिवेश लेखक के रुझान के साथ-साथ उसकी सामाजिक स्थिति को भी दर्शाता है। इस रूढ़ परिवेश ने उनकी कहानियों की ऐसी पहचान बना दी है कि अक्सर जहाँ चार साहित्यकार जुटते हैं और निर्मल की कहानियों की चर्चा चलती है, भाई लोग तुरंत इन रूढ़िगत ब्यौरों को सामने रखकर अपना मनोरंजन कर लेते हैं।

इस रूढ़ वर्णन-प्रणाली में ब्यौरों की ही तरह कुछ शब्द भी रूढ़ हो गए हैं। जैसे चमकीला, उजला, मानवीय, अलौकिक इत्यादि। इन शब्दों के साथ निर्मल बँध-से गए हैं। इसी तरह कुछ बँधी-बँधाई अभिव्यक्तियाँ और उपमाएँ भी हैं। ''चादर के भीतर से लगता था, जैसे ये पाँव उसके अपने नहीं।'' ('कुत्ते की मौत'), ''मेरी बाँह मुड़ती गई...जैसे वह मेरी बाँह न हो'' ('लंदन की एक रात'), ''क्या यह मेरी देह है जो इस तरह थरथरा रही है'' (वही), ''उसके दोनों हाथ मेज पर टिके हैं, लगता है, जैसे वे उससे अलग हों'' ('लवर्स')।

'इतनी बड़ी आकांक्षा' कहानी में निर्मल ने लिखा कि ''फौजी को लग रहा था जैसे वह हवा में तनी रस्सी पर चल रहा है और नीचे खड़ी महिला तमाशबीन की तरह उसे देख रही है कि वह बीच में ही गिर जाएगा या पूरी रस्सी पार कर जाएगा।'' यही तमाशा 'सूखा' कहानी में सर्कस का खेल बन जाता है, जब डॉ. देव अपना पेपर ठीक से नहीं पढ़ पाता है—''अधूरे वाक्य के बीच सन्नाटा कुछ तन जाता, लगता जैसे हम किसी सर्कस के खिलाड़ी को बीच हवा में अटका हुआ देख रहे हों, क्या वह रस्सी से कूदकर रस्सी तक जा पाएगा?''

प्रेमचंद की एक पुरानी कहानी है 'पंच परमेश्वर'। उसमें पंचायत बैठती है तो उसका वर्णन करते हुए एक जगह प्रेमचंद ने लिखा है, ''नाई ताबड़तोड़ चिलम

भर रहा था। यह निर्णय करना असंभव था कि सुलगते हुए उपलों से अधिक धुआँ निकलता था या चिलम के दमों से।'' इस तरह की अभिव्यक्ति को प्रेमचंद ने अपनी और किसी कहानी में फिर दोहराया नहीं। लेकिन निर्मल वर्मा? उन्हें इस तरह की अभिव्यक्ति इतनी पसंद है कि वे उसे दोहराते रहते हैं। ''मैं निश्चय नहीं कर सका, उसे ज्यादा दुख किस बात पर है—कॉफी न पीने पर, या उल्टी करने पर।'' ('अमालिया'), ''कहना मुश्किल था, यह उसने नाचते हुए जोड़ों के लिए कहा था या रम पीते फौजियों के लिए।'' ('इतनी बड़ी आकांक्षा'), ''वह बासी हवा की बदबू है या हमारे अनधुले सीलन-भरे बिस्तरों की दुर्गंध—यह कहना मुश्किल था।'' ('अमालिया') इसी तरह निर्मल बेंगाटोल की गोली के फँसने की अभिव्यक्ति को भी बार-बार दोहराते हैं; ''बूढ़े के चेहरे पर मक्खी घूमने लगती, बेंगाटोल की गोली की तरह, जो बार-बार चारों तरफ घूमती हुई एक छेद में आ फँसती है।'' ('बीच बहस में') ''हमारी बात फिर वहीं आ अटकी थी—बेंगाटोल की उस गोली की तरह जो चारों ओर घूमकर एक ही छेद में आ फँसती है।'' (*लंदन की एक रात*), ''वह महीनों को उलटा गिनने लगता है और जनवरी पर आकर रुक जाता है। हमेशा एक ही महीने पर जैसे बेंगाटोल की गोली चारों तरफ टकराकर, बार-बार एक ही सूराख में घुस जाती है।'' (*जिंदगी यहाँ और वहाँ*)

इसमें कोई शक नहीं कि छठवें दशक की नई कहानी के दौर में निर्मल हिंदी कहानी में एक नया रंग-रूप लेकर सामने आए थे। अपने पहले कहानी-संग्रह *परिंदे* में कथा-संरचना, भाषा और संवेदना के बिल्कुल नए रूपों को प्रस्तुत करके उन्होंने बहुत मुग्धकारी प्रभाव डाला था। इस प्रभाव के कारण ही आलोचक 'परिंदे' को आलोचनात्मक दृष्टि से देखने में चूक गए। इसके बाद भी निर्मल ने जो लिखा, उस पर ध्यान देने की जरूरत थी। वे अपनी कथा-यात्रा में किन चीजों को छोड़ते गए और किन तत्त्वों का विकास करते गए? यह समूची कथा-यात्रा किस दिशा में चलती रही? अगर इस कथा-यात्रा के विकास को ध्यान से देखा जाए तो यह बात छुपी न रहेगी कि कैसे निर्मल अपनी शक्ति को ही अपनी सीमाओं में बदलते रहे हैं। शुगर से ताकत बहुत मिलती है। इस पर अगर कोई शुगर में ही जिंदगी को डुबो दे तो उसे ताकत न मिलेगी, उल्टे वह मौत की ओर बढ़ेगा। इस एकांगिता के शिकार दुनिया के बड़े-बड़े लेखक और विचारक हुए हैं। आचार्य शुक्ल ने पश्चिम के ज्ञान-क्षेत्र की प्रवृत्तियों की चर्चा करते हुए कहा कि वहाँ कई विद्वान अक्सर किसी एक ही बात को इतना बढ़ा-चढ़ाकर रखते हैं कि उसी के आधार पर एक मतवाद या संप्रदाय बना लेते हैं। काव्यात्मक भाषा, कल्पना का चमत्कार, रहस्यात्मकता तथा ऐसे ही दूसरे कला-तत्त्व जब किसी वस्तु या भाव-सत्य को संप्रेषित करने या उसे रूपायित करने का माध्यम न रहकर स्वयं ही प्रधान हो उठते हैं, तो वे अपना मूल्य और सौंदर्य भी खोने लगते हैं। यह अकारण नहीं है कि निर्मल अपने कई लेखों में कलावाद

की—खुलकर नहीं, बल्कि कमजोर ढंग से—वकालत करते नजर आते हैं। 'कला कला के लिए' नारे को क्रांतिकारी बताने के लिए वे इतिहास की दुहाई देकर कहते हैं, "आज के तथाकथित क्रांतिकारी युग में जहाँ कला के मूल धर्म को 'कलावाद' कहकर तिरस्कृत किया जाता है, तो हमें याद रखना चाहिए कि 19वीं सदी के अंतिम चरण में यही 'कलावादी' लेखक थे जिन्होंने मध्यवर्ग के सब मूल्यों को अस्वीकार करके समाज में एक विद्रोही 'आउट साइडर' की हैसियत से रहना पसंद किया था।" (*ढलान से उतरते हुए,* पृ. 32)

कलावादियों के पक्ष में दी गई यह अवसरवादी दलील है। अवसरवादी इसलिए कि जो निर्मल साहित्य की कोई सामाजिक प्रासंगिकता नहीं मानते, न ही सामाजिक दृष्टि से क्रांतिकारी होने को कला के औचित्य का कारण मानते हैं, वही निर्मल यहाँ सिर्फ सामाजिक कारणों का तर्क देकर कलावादियों की वकालत कर रहे हैं। वैसे भी यह दलील बहुत सही नहीं है। एक वर्ग या व्यवस्था से असहमति कई प्रकार की हो सकती है और सबके अपने अलग-अलग कारण होते हैं। आवश्यक नहीं कि हर असहमति क्रांतिकारी हो। मसलन आज भारत की सड़ी-गली राजनीतिक पार्टियों और भ्रष्ट राजनीतिक प्रणाली से आर. एस. एस. असहमत है। इससे आर. एस. एस. का क्रांतिकारीपन या औचित्य सिद्ध नहीं होता। असली सवाल तो यह है कि कला का मूल धर्म क्या है? क्या उसका मूल धर्म सभ्यता के ऊपरी आवरण और जटिलता को अंदर तक भेदकर, छद्म चेतना को नष्ट कर वस्तु-सत्य को मूर्त करना नहीं है? क्या उसका मूल धर्म सत्ता और प्रतिष्ठानों द्वारा सच्चाई के विरूपीकरण और रहस्यीकरण को भेदकर सच को उजागर कर देना नहीं है? अथवा उसका मूल धर्म सैकड़ों परदों से ढँकी सच्चाई पर एक और परदा—कला और रहस्य का—डाल देना है? बेशक, यह काम लेखक अपनी रचना के कलात्मक मूल्य की बलि देकर नहीं करता और वस्तु-सत्य को अभिव्यक्त करने के लिए भाषा के विशिष्ट प्रयोग, कल्पना और रहस्यात्मकता का भी सहारा लेता है; पर, सहारा ही लेता है, सत्य के ऊपर कला, काव्य और रहस्य की प्रतिष्ठा नहीं करता। कहानी सिर्फ यथार्थ का चित्रण कर देने से नहीं बनती। यथार्थ से ऊपर भी उठना पड़ता है। पर, यह ऊपर उठना यथार्थ के सारतत्व को, उसके सत्य को, प्रकट करने के लिए ही होता है। जब भी कला के तत्त्वों को वस्तु-सत्य के उद्‌घाटन या संप्रेषण का माध्यम न मानकर उन्हें ही वस्तु-सत्य की जगह प्रतिष्ठिंत किया जाएगा, हम कलावाद की ही दिशा में आगे बढ़ेंगे।

यह कहना सही न होगा कि निर्मल कलावादी हैं। तीसरी दुनिया के देशों में जिस तरह की सामाजिक-राजनीतिक परिस्थितियाँ हैं, उनमें रहते हुए कलावादी हो सकना मुश्किल है। शायद किसी भी देश की साधारण परिस्थितियों में रहते हुए कलावादी होना आसान नहीं। यही कारण है कि हर देश के साहित्य में कलावाद

का इतिहास बहुत क्षीण मिलता है। हमारी सामाजिक चेतना को मथनेवाली समस्याओं से और जन-जीवन के सामान्य प्रवाह से बिल्कुल अलग-थलग पड़कर ही कोई कलावादी बनने का साहस कर सकता है।

असल में निर्मल यूरोप-अमरीका में पिछले 60-70 सालों के अंदर विकसित हुए उन विभिन्न साहित्यिक सिद्धांतों से कमोबेश प्रभावित हैं जो सॉस्यूर के भाषा वैज्ञानिक सिद्धांत और रूसी रूपवाद से, और आगे चलकर इनके संयोग से अपनी खुराक पाते रहे हैं। मसलन नई समीक्षा, संरचनावाद, प्राग् स्कूल का रूपवाद और सेमियोटिक्स आदि। एक ओर साहित्यिक संरचनावाद है, जो भाषा के अंदर ही सारा प्रपंच देखता है और वास्तविकता को भाषा में प्रतिबिंबित न मानकर भाषा द्वारा उत्पन्न मानता है। निर्मल के सैद्धांतिक आग्रहों में इसकी प्रतिध्वनि मिलती है। दूसरी ओर इससे भिन्न हर्सल का 'फेनोमेनोलॉजी' सिद्धांत है जो ऐसे अर्थ और अनुभवों की बात करता है जो भाषा से परे और उससे स्वतंत्र रूप से होते हैं। इसकी भी प्रतिध्वनि निर्मल के आग्रहों में मिलती है। अपनी विशिष्टताओं के बावजूद इन सभी साहित्यिक सिद्धांतों में एक विशेषता समान रूप से मिलती है, वह है, सामाजिक चेतना का बहिष्कार। यह विशेषता कलावाद की भी है। आज वहाँ उत्तर-आधुनिकता (पोस्ट-मॉडर्निटी) की चर्चा चल रही है, जिसमें समाज के साथ व्यक्ति के संबंध को फिर से तलाशने का प्रयत्न हो रहा है, तो इधर निर्मल जी भी अब इसकी चिंता कर रहे हैं। हिंदुस्तान जैसे देश की परिस्थितियों में—जहाँ आज भी अधिकांश गाँवों में पीने का साफ पानी नहीं मिलता और न शिक्षा का इंतजाम है न स्वास्थ्य-सुविधाओं का—पश्चिम में रोज-रोज विकसित होनेवाले इन नए-नए साहित्यिक सिद्धांतों की हाँ में हाँ मिलाना क्या वैसा ही नहीं है, जैसे हमारे शासक यहाँ के पिछड़ेपन को दूर करने के लिए आर्थिक विकास के मॉडल और टेक्नोलॉजी भी वहीं से लेते हैं—हालाँकि हम सब, और निर्मल जी भी, इस स्थिति की आलोचना करते रहते हैं?

बहरहाल, निर्मल के लेखन में कलावाटी रुझान मिलते हैं। जब वे कला के बारे में बार-बार जादू, मायावी, विचित्र, रहस्य, चमत्कार और अलौकिक इत्यादि शब्दों के प्रयोग करते हैं, तो उनका रुझान किस किस्म की कला की ओर है, इसका संकेत मिलता है। वे कहानी में कला-तत्त्वों पर इस हद तक जोर देते हैं कि कई बार वस्तु-सत्य एक गौण चीज बनकर रह जाता है। उनकी कहानियों का कथ्य कला के आवरणों के नीचे दब जाता है।

महत्त्वपूर्ण बात यह है कि कलावादी रुझान हमेशा अपने ही उद्देश्यों को पराजित करता है। अर्थात्, वस्तु-सत्य तो इससे उपेक्षित होता ही है, कला स्वयं भी निष्प्राण होने लगती है। आखिर कला को गति कहाँ से मिले? जीवन और जगत की गति और प्रवाह के संपर्क में आकर ही कला भी नित-नवीन होती रहती है। यदि अनुभव-संसार बहुत छोटा हो और कुछ खास किस्म की बातें ही लेखक को मोहग्रस्त

किए हों, तो कला छोटे-से दायरे के अंदर ही बार-बार चक्कर काटती रहेगी। यह बात निर्मल के प्रशंसकों ने भी मानी है कि उनकी कहानियाँ उनकी निजी स्मृतियों की छोटी-सी सुरक्षित दुनिया से बाहर बहुत कम निकलती हैं। जीवन की विभिन्न परिस्थितियों से टकराए बिना एक छोटे-से घेरे के अंदर छोटी-छोटी समृतियों और अनुभूतियों को लेकर कला का जादुई खेल तो खेला जा सकता है, पर उसे बहुत अर्थपूर्ण नहीं बनाया जा सकता। कहते हैं, एक ही जादू बार-बार दिखाने पर वह जादू भी नहीं रह जाता। एक जानी-पहचानी 'ट्रिक' बन जाता है और तब, काव्यात्मक भाषा सिर्फ मुलम्मा चढ़ाने का काम करती है, कल्पना केवल चमत्कार पैदा करके रह जाती है, रहस्यात्मकता कोई उत्कंठा नहीं जगाती, सिर्फ झुँझलाहट पैदा करती है, उपमाएँ रूढ़ होने लगती हैं और स्मृतिशीलता एक बीमारी लगने लगती है।

इन रुझानों के कारण निर्मल की कहानियों को कई तरह की क्षति पहुँची है। पहली क्षति यह पहुँची कि वे कई मामलों में अपने को दोहराते नजर आते हैं। इसके कुछ उदाहरण ऊपर दिए जा चुके हैं।। दूसरी क्षति यह पहुँची कि कहानियों के चरित्र दब गए हैं। निर्मल की अधिकतर कहानियों के चरित्र याद नहीं रहते। जैसे किसी मेले या बाजार की भीड़-भाड़ में देखे चेहरे ज्यादा देर तक याद नहीं रहते, कुछ ऐसा ही निर्मल के चरित्रों के साथ भी है। यहाँ भीड़-भाड़ लोगों की नहीं, उन चमत्कारपूर्ण पंक्तियों और ढेरों छोटे-छोटे ब्यौरों की है, जिनके बीच चरित्र उभर नहीं पाते। ब्यौरों की झाड़ियों के पीछे से कभी-कभार झाँकते चरित्र जो अपनी किसी भी बात को कभी खुलकर नहीं कहते, सिर्फ फुसफुसाते-से रहते हैं, हमें किस बात के लिए याद आएँगे? कुछ ही कहानियाँ ऐसी हैं जिनमें चरित्र अपना व्यक्तित्व लेकर सामने आते है, जैसे 'डायरी का खेल', 'परिंदे' या 'माया-दर्पण' आदि के चरित्र। ये सभी निर्मल की शुरू की कहानियाँ हैं। लेकिन 'धागे', 'दहलीज', 'एक शुरुआत', 'कुत्ते की मौत', 'जलती झाड़ी', 'अंतर', 'जिंदगी यहाँ और वहाँ', 'छुट्टियों के बाद', 'वीकएंड', 'बीच बहस में', 'आदमी और लड़की', 'उनके कमरे', 'इतनी बड़ी आकांक्षा' तथा 'पिता और प्रेमी' कहानियों में चरित्रों का कोई व्यक्तित्व ही नहीं बनता। वे सब धुंध में तैरते चेहरों जैसे हैं। अजीब बात है कि जो निर्मल धूप के टुकड़े, कांपती घास और बजती हुई ध्वनियों तक को व्यक्तित्व प्रदान करते हैं, वे ही मनुष्य को कोई व्यक्तित्व प्रदान नहीं कर पाते। यह भी अजीब बात ही है कि जिन चेहरों से लेखक अपनी स्मृतियों में कभी मुक्त नहीं हो पाता, वे चेहरे पाठक की स्मृतियों में कोई जगह नहीं बना पाते?

तीसरी क्षति यह पहुँची है कि निर्मल एक खास तरह के शिल्प और शैली के गुलाम हो गए हैं, जो कई प्रकार के मानवीय अनुभवों और स्थितियों को अभिव्यक्त नहीं कर पाती। उदाहरण के लिए 'लंदन की एक रात' को लें। अक्सर निर्मल की देश और विदेश की पृष्ठभूमि पर लिखी गई कहानियों के बीच कोई खास फ़र्क नजर

नहीं आता; उनके अलग-अलग सामाजिक-राजनीतिक संदर्भों का बोध नहीं होता, क्योंकि सभी समान रूप से एक जैसी स्मृतियों-अनुभूतियों और स्थितियों के अंदर रहती हैं—बाहर के समाज को नहीं छूतीं। समाज के नाम पर इनमें पार्क, घास, आकाश, रात, पब, रेस्तराँ, बस-स्टैंड या रेलवे स्टेशन ही होता है। 'लंदन की एक रात' यूरोप की पृष्ठभूमि पर लिखी गई निर्मल की एकमात्र कहानी है, जिसमें वहाँ के सामाजिक-राजनीतिक यथार्थ को लिया गया है—नस्लवाद पर आधारित आतंक के अनुभव को अभिव्यक्त करने की कोशिश की गई है। पर कहानी में निर्मल अपनी ही कला के कैदी बनकर रह गए हैं। कहानी अलग ढंग के बर्ताव और शैली की माँग करती है, जबकि निर्मल उसे अपनी रूढ़ शैली में बाँधने का प्रयास करते हैं। जिस शैली में कोमल स्मृतियों या अकेलेपन या संबंधों के टूटने-जुड़ने की कशमकश के थरथराते अनुभवों को व्यक्त करते रहे हैं, उसी शैली में वे नस्लवादी आतंक के अनुभव को भी ढालते हैं। यहाँ उनकी एक मुख्य शैली—निरंतर वार्तालाप की दिखाई देती है जो 'पिक्चर-पोस्टकार्ड', 'खोज' और 'पिता और प्रेमी' जैसी कहानियों में अपनाई गई थी। कहानी में "वे वहाँ हैं" वाक्य बार-बार दोहराकर नस्लवादी गोरों की ओर संकेत किया गया है जो बाद में अश्वेत युवकों की पिटाई करते हैं। 'वे' को इतना रहस्यात्मक रखा गया है कि उनका कोई रूप नहीं उभरता। मार-पीट का दृश्य सिनेमा के रील की तरह चलता है और मुश्किल से समझ में आता है कि माजरा क्या है और कौन किसको पीट रहा है। जब यह कहानी पहली बार छपी थी तब इसकी प्रशंसा में यही तर्क दिया गया था कि आतंक हमेशा अमूर्त रहकर हमें डराता है। हकीकत यह है कि 'वे' को इस हद तक रहस्यात्मक बना दिया गया है कि आतंक का बोध भी नहीं होता, सिर्फ उसका अनुमान लगाया जा सकता है। कहानी को क्षति न सिर्फ जरूरत से बहुत ज्यादा रहस्यीकरण से पहुँची है, अनावश्यक ब्यौरों और लगातार चलने वाले अप्रासंगिक वार्तालाप से भी पहुँची है। जहाँ 'वे' सामने आ जाते हैं, वहाँ भी स्थिति को स्पष्ट नहीं रखा जाता और लगातार मामूली किस्म के वार्तालाप से आतंक का बोध छिन्न-भिन्न होता रहता है। सारी स्थिति एक हंगामे की उभरती है। लेखक अपनी कला की निरपेक्ष शर्तों और आदर्शों को पूरा करने के लिए वस्तु-सत्य को उभरने नहीं देता। 'लंदन की एक रात' एक घटनापरक कहानी है, जैसा कि निर्मल अक्सर नहीं लिखते। लंदन के कुछ हिस्सों में और अमेरिका के न्यू जर्सी में अश्वेत लोग गोरे नस्लवादियों की हिंसा और आतंक का शिकार होते रहते हैं। यह वहाँ का एक स्थूल, फूहड़, भोंडा पर क्रूर यथार्थ है। इस खुरदरे यथार्थ को व्यक्त करने लायक गद्य निर्मल के पास है ही नहीं। अपनी शैली के बल पर वे इसका अमूर्तीकरण करते हैं। इसकी तुलना अमरकांत की कहानी 'मौत का नगर' से कीजिए, जो सांप्रदायिक दंगे के समय कर्फ्यू लगे इलाहाबाद की स्थिति पर लिखी गई है। किस सादगी के साथ आतंक में जी रहे लोगों की मनःस्थिति और

उनकी हरकतों को दिखाया गया है। इसमें भी आतंक सामने कहीं नहीं है—लेकिन उसका अनुभव सब कर रहे हैं। पाठक को उस अदृश्य आतंक का बोध होता है, अनुमान लगाने की जरूरत नहीं होती। कहानी सिर्फ आतंक की मनःस्थिति को ही सामने नहीं लाती, बल्कि उस आतंक की स्थिति के लिए हमारे अपने अंदर छुपी उन कायरतापूर्ण और अवसरवादी प्रवृत्तियों के प्रति, जो ऐसे दंगों के समय अक्सर उभर आया करती हैं, शर्मिंदगी भी महसूस कराती है।

यह सही है कि अमरकांत की इस कहानी को हमें तत्काल दोबारा पढ़ने की जरूरत नहीं पड़ती, क्योंकि उसे एक बार पढ़कर ही हम कहानी का कथ्य ग्रहण कर लेते हैं। निर्मल की कहानियों को अक्सर दोबारा-तिबारा पढ़ने की जरूरत पड़ जाती है। अगर कोई कहानी हमें दोबारा-तिबारा पढ़ने के लिए मजबूर करती है, तो क्या यह हर हालत में कहानी की खूबी होगी? कहानी को दोबारा-तिबारा पढ़ने के अलग-अलग कारण हो सकते हैं। अगर रहस्यात्मकता या दुरूहता के कारण कहानी पल्ले न पड़ती हो, उसे एक पहेली की तरह बूझना पड़ता हो तो, यह कोई अच्छी स्थिति न होगी। कहानी का प्रभाव पीछे छूट चुका होगा; आगे जाकर जो आनंद मिलेगा वह किसी हिसाब को जोड़ने में हुई गलती का पता लगा लेने का आनंद होगा, दिल में कहानी के उतरने से जो आनंद मिलता है, वह न होगा। जो लोग कहानी के कलापक्ष की चिंता करते हैं, उन्हें यह चिंता भी करनी चाहिए कि कहानी पाठक की भाव-वृत्ति को भी लीन करती है या नहीं।

निर्मल की कहानियों का अनुभव-संसार कैसा है? वे हमें किन मानवीय सच्चाइयों से परिचित कराते हैं? जीवन और समाज के कौन-से प्रश्न उठाते हैं?

निर्मल की कहानियों का अनुभव संसार बहुत छोटा है। कुछ गिनी-चुनी स्थितियाँ हैं जो अक्सर उनकी कहानियों में दिखाई देती हैं। बेरोजगारी की मनःस्थिति, प्रेम या विवाह के प्रसंग में जीवन की अवरुद्ध स्थितियाँ, पुरानी स्मृतियों या संबंधों से जुड़ने या छूटने की स्थितियाँ और अलगाव या अकेलेपन तथा अस्मिता का सवाल। उनकी कहानियों के अनुभवों का मुख्य क्षेत्र यही है। हिंदी कहानी में हम जिस 'सामाजिक यथार्थवाद' का जिक्र सुनते रहते हैं, वह यहाँ बहुत कम मिलता है। ये कहानियाँ मानवीय स्थितियों की हैं—कुछ ऐसी स्थितियाँ जिनके बीच मनुष्य घिर जाते हैं। ये स्थितियाँ कहीं-न-कहीं सामाजिक परिस्थितियों से बँधी होती हैं, पर निर्मल की कहानियों में यह संबंध-सूत्र अक्सर गायब रहता है और उनके चरित्र आबद्ध स्थितियों से प्राप्त चेतना का कभी अतिक्रमण नहीं करते। अस्मिता, अकेलापन या संबंधों के सवाल का अंततः एक सामाजिक संदर्भ भी होता है। महत्त्वपूर्ण बात है लेखक की दृष्टि। उसके दृष्टिक्षेत्र के भीतर क्या-कुछ आता है और कितना-कुछ बाहर

रह जाता है?

बेरोजगारी की मनःस्थिति पर लिखी गईं निर्मल की कहानियाँ बहुत साधारण किस्म की हैं। 'माया का मर्म' कहानी में बड़ी नफासत के साथ बेरोजगार नायक पड़ोस की किसी बच्ची से बातें करते हुए अपनी बेरोजगारी को 'छुट्टी' के मनोभाव से स्वीकार कर लेता है। 'पिक्चर-पोस्टकार्ड' में बातूनीपन भरा हुआ है। सारी कहानी में लगातार वार्तालाप है—अभी-अभी यूनिवर्सिटी से निकले युवकों का। वे लड़कियों की, उनके साथ अपने इश्क की चर्चा करते हैं, रेस्तराँ में बैठकर बियर पीते हैं, लड़कियों से मिलने होस्टल जाते हैं, सिक्के डालकर मनपसंद रेकार्ड सुनते हैं—इन सबके बीच-बीच में रोजगार की चिंता भी कर लेते हैं। उपरोक्त दोनों कहानियों में शहरी मध्यवर्ग के शिक्षित बेरोजगार युवकों के बिल्कुल औसत अनुभवों के यथार्थ का वर्णन-भर है। आर्थिक असुरक्षा की उस भयानक भावना का कहीं बोध नहीं होता जो बेराजेगार भारतीय युवक-युवतियों के जीवन को हिलाकर रख देती है, उन्हें हीन भावना में डुबोती है, उनके व्यक्तित्व को संकुचित करती जाती है और इन सबके बीच खड़े होकर अपनी अस्मिता के लिए संघर्ष करने की चुनौती देती है। हाँ, 'सितंबर की एक शाम' में एक विशेष दृष्टि से देखने का असफल प्रयास मिलता है। संभावनाशील युवाशक्ति, जो दुनिया को बदल सकती है, कैसे बेकार जा रही है—इस स्थिति से आहत और नाराज व्यक्ति की दृष्टि से लिखी गई यह कहानी निर्मल की सबसे कमजोर कहानियों में है। जैसे आधुनिक कला के नाम पर कभी-कभी मुर्गी की टाँग बना दी जाती है, कुछ-कुछ वैसी ही यह कहानी भी हो गई है। "वह सत्ताइस साल का युवक है" और "यह सितंबर, 1955 की एक शाम है" वाक्य बार-बार दोहराए गए हैं, लेकिन कहानी में उनसे कुछ भी चरितार्थ नहीं होता। बहुत ही उबाऊ और सपाट ढंग से चलनेवाली इस कहानी में नायक के सामने जीतने को दुनिया पड़ी हुई है, उसके सामने चुनौती है कि वह जीवन को अर्थ दे, लेकिन वह बहन के दिए रुपयों को लेकर वेश्या के कोठे पर पहुँच जाता है और इस तरह अपनी स्थिति के प्रति विद्रोह-भाव प्रकट करता है। कहानी में कहीं ऐसी जीवन-स्थितियाँ नहीं हैं जो नायक के अनुभवों को सिद्ध कर सकें।

अपनी सारी कलात्मकता के बावजूद निर्मल की अधिकांश कहानियाँ ऐसा कोई अनुभव-सत्य नहीं कहतीं जो जीवन को देखने-समझने की सार्थक दृष्टि प्रदान करे। उनकी अधिकांश कहानियाँ किन्हीं मानवीय और नैतिक स्थितियों की कहानियाँ हैं, जिनमें कुछ चरित्र फँसे हुए हैं। ये स्थितियाँ और चरित्र अक्सर शिक्षित शहरी मध्यवर्ग के अंदर के एक छोटे-से तबके के होते हैं। इस तबके के जीवन में भी ऐसा बहुत कुछ होता है जो उसे समाज के दूसरे वर्गों या तबकों के संपर्क में लाता है और अनुभवों में साझीदार बनाता है। पर निर्मल इस तबके के जीवन के उस रूप और उन स्थितियों-अनुभवों को बिल्कुल नहीं छूते। इसलिए उनकी कहानियाँ न सिर्फ एक

छोटे-से तबके की हैं, बल्कि उस तबके के भी सीमित अनुभव-क्षेत्र की हैं। लेकिन यह सबसे महत्त्वपूर्ण बात नहीं है। सबसे महत्त्वपूर्ण बात है उन स्थितियों की विशिष्टता और पात्रों के साथ-साथ लेखक का उन स्थितियों के प्रति रुख। स्थितियों की विशिष्टता इस बात में है कि वे स्थितियाँ लगभग एक *विकल्पहीन-सी स्थितियाँ* बनाकर पेश की जाती हैं—एक ऐसी लंबी बीमारी जैसी—जिसका कोई इलाज नहीं। निर्मल की कहानियों में आई मानवीय स्थितियाँ लगभग जमी हुई जड़ीभूत स्थितियाँ होती हैं और पात्र अपनी स्थितियों के प्रति एक ऐसा शालीन, कोमल, सुकुमार, संवेदनशील पर गतिहीन रवैया दर्शाते हैं कि जाहिर है, वे उन स्थितियों से छूट नहीं सकते। ये पात्र अपनी स्थितियों में किसी तरह का हस्तक्षेप नहीं करते। वे न अपनी परिस्थितियों से लड़ते हैं, न उन परिस्थितियों के लिए जिम्मेदार व्यक्तियों या शक्तियों से लड़ते हैं। *संघर्ष-जैसे शब्द की वहाँ कोई जगह ही नहीं है, कोई अर्थ नहीं है। वहाँ है तो बस दुविधा है, प्रतीक्षा है, विवशता है, अपने-आप को चुपचाप अलग कर लेना है अथवा जो स्थिति है, उसी को अपनी नियति मान लेना है।* ये चरित्र एक-दूसरे के बहुत निकट आकर भी एक-दूसरे के जीवन में झाँकने से डरते या हिचकिचाते हैं; एक-दूसरे के संसार में प्रवेश नहीं करते; एक-दूसरे से जुड़ नहीं पाते और फिर इस झाँक न सकने, प्रवेश न कर सकने और जुड़ न पाने को जीवन की एक निर्मम सच्चाई की तरह मानकर स्वीकार कर लेते हैं। स्थितियों और अनुभवों की इस अति विशिष्टता और निजता के ऊपर लेखक की कला अपना कमाल दिखाती है जो सब-कुछ को और भी नाजुक, रहस्यपूर्ण और सहमे-थरथराते-से वातावरण से घेर देती है। पाठक इस दुनिया को, इन स्थितियों और उनमें पड़े लोगों की दुविधा, प्रतीक्षा या विवशता को बाहर-बाहर से देखता है, पर उससे अपना तादात्म्य नहीं कर पाता।

इस तरह निर्मल के चरित्र न सिर्फ अपनी निजता में डूबे हुए एक सामाजिक तबके का प्रतिनिधित्व करते हैं, बल्कि उस तबके के बौद्धिक प्रतिनिधियों की तरह अपनी निजता से उत्पन्न स्थितियों का साधारणीकरण और दार्शनिकीकरण भी करते हैं—अपनी स्थिति को सामान्य मानव-स्थिति और अपनी नियति को सामान्य मानव-नियति घोषित करते हैं। इस दृष्टि से *निर्मल हिंदी में छद्म चेतना के श्रेष्ठ लेखक हैं।*

कुछ अतीतजीवी कहानियों की चर्चा पहले हो चुकी है, जिनके पात्र निजी स्मृतियों की दुनिया में जीते हैं और स्मृतियों की आँच में मोम की गुड़ियों-से पिघलते हैं। उनकी स्मृतियों और अनुभवों का उनके लिए जो भी अर्थ हो, पाठक को वे *मूल्यहीन* प्रतीत होते हैं। यहाँ कुछ दूसरी कहानियों की चर्चा करें। 'धागे' कहानी को लें। इसमें दो बहनें हैं। छोटी बहन अपने पति से अलग हो चुकी है, लेकिन परित्यक्त पति बेटी के माध्यम से जुड़ा हुआ है। बड़ी बहन और उसके पति के बीच कोई आत्मिक लगाव नहीं रह गया है, फिर भी वे एक साथ रह रहे हैं। छोटी बहन को बड़ी बहन के पति के प्रति आकर्षण है, पर यह संबंध अभी कोई रूप नहीं ले पा

रहा। इस तरह यहाँ ऐसे संबंधों का चित्रण है जो महज कच्चे धागों से जुड़े हुए हैं। संबंधों के ये धागे न मजबूत हो पा रहे हैं, न पूरी तरह टूट पा रहे हैं। पूरी कहानी इसी विशिष्ट स्थिति का चित्रण-भर है। लेखक इस स्थिति का अनुभव कराता है, लेकिन क्यों? वह इस स्थिति को किस दृष्टि से देखता है? इन प्रश्नों के प्रति कहानी अद्भुत रूप से तटस्थ है। इसे आप दृष्टिहीन अनुभव की कहानी कह सकते हैं। उस स्थिति विशेष से निकलने या उसे बदलने का कोई प्रयास नहीं, उसके मूल्यांकन की कोई दृष्टि, कोई प्रेरक-विचार नहीं। लगता है, लेखक को उस स्थिति-विशेष ने मोह-आबद्ध कर रखा है या वह जान-बूझकर, दृष्टि को अलग रखकर, स्थिति को एक कलात्मक तटस्थता प्रदान कर रहा है। *दृष्टिहीन अनुभव ही अनुभववाद में बदलता है। यह अनुभववाद या तो रहस्यवाद के लिए रास्ता खोलता है या फिर छद्म-चेतना प्रदान करता है।* लेकिन, जैसा कि लोग जानते हैं, दृष्टिहीनता भी एक विशेष प्रकार की दृष्टि ही है। कविता में जिसे 'क्षणवाद' और 'अनुभव की अद्वितीयता' कहा गया, वह हिंदी की नई कहानी पर भी लागू होता है, खासकर निर्मल वर्मा की कहानियों पर।

दूसरों से जुड़ न पाने, अकेले रह जाने—अलगाव-बोध की—स्थिति को निर्मल ने अपनी कहानियों का मुख्य विषय बनाया है। 'वीकएंड' कहानी की नायिका अपने प्रेमी से हर हफ्ते के अंत में मिलती है और अगली सुबह लौट जाती है। उसके प्रेमी की पहले से एक बेटी है जो होस्टल में रहती है। यह बच्ची भी उसके साथ पार्क में आती है, जहाँ नायिका उसे देखती है, एक अजनबी की तरह उसे लगता है, बच्ची और उसके पिता की एक दुनिया है; इस दुनिया से नायिका का संबंध सिर्फ वीकएंड का है। वह खुद इस दुनिया का अंग नहीं बन पाती और हर बार उसे अपने अकेलेपन में लौटना पड़ता है। 'दूसरी दुनिया' कहानी का पुरुष लाइब्रेरी के बाहर पार्क में एक बच्ची से मिलता है। बच्ची को पार्क में छोड़कर उसकी माँ काम पर चली जाती है। माँ और बच्ची से पुरुष का परिचय होता है। पुरुष बच्ची के साथ बाजार में घूमता है, उसके तरह-तरह के शौक पूरे करता है। एक बार उनके घर भी हो आता है। यह सब उसे अच्छा लगता है, फिर भी यह उसकी दुनिया नहीं है—एक दूसरी दुनिया है, जिसमें थोड़ी देर के लिए आकर हर बार उसे लौटना पड़ता है—अपने अकेलेपन में। 'पिछली गर्मियों में' कहानी का नायक विएना से छुट्टियों में लौटकर घर आया है हिंदुस्तान में। विएना में वह एक स्त्री के साथ रहता है, इसे घर में सिर्फ बहन जानती है, माँ-बाप नहीं। शहर में उसकी पहली प्रेमिका अरुणा है जिससे वह मिलता नहीं। घर के संबंधों में एक दूरी आ गई है, जिसमें संवाद नहीं हो पाता। 'दो घर' कहानी में एक हिंदुस्तानी विदेश के किसी छोटे-से शहर में बस गया है—वहीं की एक स्त्री के साथ। दो बच्चे भी हुए हैं। उसका एक घर कलकत्ते में है जहाँ उसकी पत्नी और बच्चे हैं। वह न विदेश वाले घर से जुड़ पाता है, न कलकत्ते लौट

पाता है। लौटना चाहता है, पर लौटने से डरता है। 'सूखा' कहानी के नायक का परिवार बिखर चुका है। वह आंतरिक सूखे का शिकार है। एक सेमिनार में उसका परिचय एक लड़की से होता है, जिससे उसे आत्मीयता मिलती है। वह उसके घर दोबारा लौटकर आना चाहता है, पर इसी बीच वह मर जाता है।

निर्मल ने किसी से न जुड़ पाने और अलगाव तथा अकेलापन अनुभव करने की जिन स्थितियों को चित्रित किया है, उनका कारण हमारे वर्तमान समाज में ही है। मौजूदा समाज में प्रचलित रिश्तों को, उनमें निहित परंपरावादी मूल्यों को आधुनिक चेतना स्वीकार नहीं कर पाती। 'वीकएंड' की प्रेमिका ने अपने प्रेमी से जो संबंध बनाया है, वह समाज का परंपरागत संबंध नहीं है। उसका संबंध लीक से हटकर है। 'दूसरी दुनिया' का नायक बच्ची और उसकी माँ की दुनिया में अपने लिए जगह तलाशता है तो इसका मतलब यह भी है कि परंपरागत संबंधों की सुरक्षित दुनिया उसके पास नहीं है। 'पिछली गर्मियों में' के नायक ने विएना में जो संबंध बनाया है, वह उसके परिवार के संस्कारों के अनुरूप नहीं है। उसकी भावनाएँ परिवारवालों की भावनाओं से इतनी अलग जा पड़ी हैं कि उनके बीच कोई संवाद नहीं हो पाता। यह सारी स्थितियाँ इन पर किसी ने थोपी नहीं हैं, बल्कि इन्होंने खुद यह रास्ता चुना है। फिर भी ये अपने को अकेला महसूस करते हैं। यह अकेलापन उनके चुने हुए रास्ते में ही निहित था।

यह सच है कि मौजूदा समाज और उसकी व्यवस्था, परंपराएँ, संस्कार और रिश्ते इतने सड़े-गले हैं कि वे हमें मंजूर नहीं हो सकते। इन संबंधों की निस्सारता की चेतना जैसे ही हममें आती है, हमारा अकेलापन शुरू हो जाता है। इस स्थिति में अकेलापन गौरवपूर्ण होता है। लेकिन आदमी का स्वभाव अकेलेपन से छूटने और उसे तोड़ने का होता है। इसलिए वह संबंधों की एक ऐसी दुनिया भी बनाना चाहता है जहाँ अकेलापन न हो। चेतना और दृष्टि के बिना संबंधों की ऐसी दुनिया नहीं बन सकती। लेकिन निर्मल के पात्रों में ऐसी चेतना या दृष्टि नहीं दिखाई देती। उनके नए संबंध उनकी निजी सुख-लालसा के परिणाम हैं। 'वीकएंड' या 'पिछली गर्मियों में' के नायक किसी चेतना या दृष्टि के कारण पुरानी लीक से हटकर नए संबंध नहीं बनाते और न उनके संबंधों में कोई मूल्यदृष्टि दिखाई देती है। वे अपनी सुविधा के लिए इन संबंधों को बनाते दीखते हैं। पुराने संबंधों के प्रति भी उनमें कोई मूल्यदृष्टि नहीं दिखाई देती, सिर्फ उनकी अरुचि का पता लगता है। 'दूसरी दुनिया' का नायक बच्ची और माँ के संसार में किसी मूल्य को लेकर प्रवेश नहीं करना चाहता, बल्कि अपने खालीपन को भरने और खुद को अच्छा लगने के कारण ही प्रवेश करना चाहता है। इन सबों ने सिर्फ अपने लिए एक सुविधाजनक रास्ता चुना था जो समाज के परंपरागत संबंधों का सही विकल्प हो ही नहीं सकता था। पुराने संबंधों की अर्थहीन जकड़न को तोड़ने के लिए सिर्फ व्यक्तिगत रूप से कोई सुविधाजनक संबंध बना

लेना काफी नहीं। यह तो एक छलना होगी, जिसकी कलई उतरते देर न लगेगी। मौजूदा संबंधों की निरर्थक दुनिया का विकल्प तो नए संबंधों की एक सार्थक दुनिया ही बन सकती है—और, इस पीड़ादायक संघर्ष को बिना एक मूल्यदृष्टि के पूरा नहीं किया जा सकता। निर्मल संबंधों के सवाल को उन स्थितियों में तलाशते हैं जो स्थितियाँ बाँझ हैं, बूर्ज्वा समाज-व्यवस्था के ही अंदर प्रस्तुत वैकल्पिक स्थितियाँ हैं।

यह सही है कि मार्क्स ने पूँजीवादी समाज में आदमी के अकेलेपन की समस्या पर गहराई से विचार किया था और संबंधों के एक नए समाज का दर्शन दिया था, दर्शन से अधिक दृष्टि दी थी। कभी निर्मल वर्मा भी इस दृष्टि में विश्वास प्रकट करते थे। कम्युनिस्ट पार्टियों ने, जो खुद को मार्क्स के दर्शन का एकमात्र अधिकृत प्रवक्ता मानती हैं, अपने द्वारा नियंत्रित राज्यों में कहाँ तक मार्क्स के दर्शन को लागू किया, यह तो आज जग-जाहिर है। फिर भी, अकेलेपन के खिलाफ संघर्ष सामाजिक परिवर्तन के संघर्ष से जुड़ा है और एक सचेत मूल्यदृष्टि के बिना नए संबंधों की दुनिया नहीं रची जा सकती। यहाँ सवाल किसी बँधे-बँधाए दर्शन या संस्था का नहीं है, जो अकेलेपन को खत्म करने का घोषित कार्यक्रम रखती हो। समाज में ऐसे प्रयास होते रहते हैं, जिसमें लोग अपनी चेतना और दृष्टि के आधार पर आपस में जुड़कर नए संबंधों का रूप या प्रारूप विकसित कर रहे हैं। सिर्फ किसानों और मजदूरों की लड़ाईयाँ ही नहीं—जो बड़े पैमाने पर लोगों को आपस में जोड़ती हैं—बल्कि विनाशकारी बाँधों और उद्योगों के सवाल पर; जंगल, हिमालय और पर्यावरण की रक्षा के सवाल पर; आदिवासियों, दलितों या स्त्रियों के अधिकारों के सवाल पर; नागरिक अधिकारों की रक्षा, नए किस्म के स्वास्थ्य-आंदोलनों, विज्ञान-शिक्षण, नए पाठ्यक्रम निर्माण आदि कितने ही प्रश्नों पर सामाजिक परिवर्तन की दृष्टि लेकर कितने ही छोटे-बड़े ग्रुप काम कर रहे हैं, जिनके अंदर आपसी संबंधों, खासकर स्त्री-पुरुषों के संबंधों, की एक नई दुनिया उभर रही है। ये प्रयास आज सीमित हैं, छोटे हैं, स्थानीय हैं, लेकिन फिर भी, नए सार्थक संबंधों की दुनिया—जो मौजूदा अर्थहीन रिश्तों का विकल्प बन सके—अंततः ऐसे ही प्रयासों के बीच से उभरकर आएगी, क्योंकि इनके पास चेतना है, मूल्य-दृष्टि है जिसके आधार पर ये सार्थक संबंधों के लिए संघर्ष कर रहे हैं।

निर्मल जब आधुनिक किस्म के पात्रों को संबंधों की समस्या के बीच दिखलाते हैं, तो उनके पात्र सिर्फ पश्चिमी अर्थ में, विकसित पूँजीवादी समाज के अर्थ में ही, आधुनिक होते हैं—अपनी चेतना और दृष्टि के अर्थ में नहीं। उनके संबंध, उनकी स्थितियाँ और उनकी समस्या स्थापित समाज की ही विभिन्न स्थितियों को प्रतिबिंबित करती हैं। इनका अतिक्रमण करनेवाली कोई दृष्टि उनके पात्रों में नहीं होती। इसलिए वे निष्क्रिय बने रहते हैं। निस्सहाय और विवश बने रहते हैं। उनकी स्थिति चेखव की कहानी 'दुल्हन' की उस नायिका-जैसी है, जो दिन-भर ऊबती रहती है, उसके पास करने को कुछ काम नहीं, उसका जीवन नीरस है क्योंकि वह जिस वर्ग और

समाज की है, वह वर्ग और समाज ऐसा ही परजीवी है। 'दुल्हन' कहानी में नायिका को इन परिस्थितियों से लड़ने और इनसे बाहर निकालने के लिए झकझोरनेवाला एक पात्र है, जो उसे बतलाता है कि इसके बाहर भी एक दुनिया है। निर्मल की कहानियों में ऐसा कोई पात्र नहीं आता, न उन पात्रों के अंदर से कोई ऐसी आवाज उठती है। यह है चेखव से निर्मल वर्मा तक कहानी-विधा का विकास! *आधुनिक कहानी के विकास के नाम पर निर्मल ने संघर्ष के तत्त्व को मानवीय जीवन से खारिज कर रखा है।*

1969-70 के आसपास किसान-क्रांति के आदर्श के लिए बहुत-से युवक-युवतियाँ अपने घरों को छोड़कर बाहर निकल गए थे। क्रांतिकारी आंदोलन के बिखरने के बाद उनमें-से कई वापस लौट गए। लेकिन कहाँ लौट कर गए? वे वहाँ फिर कभी नहीं लौटे, जहाँ से वे गए थे। पंजाबी के कवि *सुरजीत पातर* ने इसी स्थिति का बयान करते हुए एक कविता लिखी थी, "अब घरों को लौटना बहुत मुश्किल है।" निर्मल की कहानियों में ऐसी भावना के मिलने की कल्पना भी नहीं की जा सकती। उनके पूरे साहित्य में घर एक शून्य की तरह, एक अभाव की तरह पात्रों को पीड़ित करता रहता है। जैसे खाली दाँत की जगह जीभ बार-बार लौटती है, वैसे ही उनकी चेतना बार-बार घर के अभाव की ओर लौटती है। उनकी कहानियों के अधिकांश पात्रों के घर नहीं हैं, पर इसका उन्हें गौरव नहीं, कोई अभिमान नहीं। किसी मूल्यबोध के लिए की गई साधना का संतोष नहीं। अपनी इस स्थिति से उनमें कोई आत्मविश्वास नहीं आता—आता है सिर्फ खोखलेपन का एहसास, अकेलेपन की पीड़ा। यह खोखलापन, यह अकेलापन उस व्यक्ति का नहीं हो सकता जिसने मौजूदा सामाजिक-पारिवारिक संबंधों की अर्थहीन दुनिया को सचेत भाव से नकार दिया है। यह अकेलापन और खोखलापन उस व्यक्ति का है, जिसने इस व्यवस्था के एक संबंध की जगह दूसरे संबंध को पकड़ा था। वह एक को जीता है और दूसरे का अभाव महसूस करता है, हालाँकि दोनों समान रूप से अर्थहीन होते हैं। निर्मल के पास नए संबंधों की कोई दृष्टि, कोई विजन नहीं है। आज अपना-अपना कैरियर बनाने के माहौल में कोई चाहे तो *सुरजीत पातर* को रोमांटिक कह ले, झक्की कह ले, लेकिन नए संबंधों की दुनिया अंततः वे ही बनाएँगे जो अब अपने घरों को कभी नहीं लौटेंगे।

बूर्ज्वा व्यवस्था जिस तरह मनुष्यों के बीच अलगाव और अकेलेपन की भावना पैदा करती है, उसी तरह उनसे उनकी अस्मिता—आत्मबोध—को भी छीन लेती है। ये दोनों ही समस्याएँ आधुनिक पश्चिमी समाज में पैदा हुई थीं और उन्हीं की चिंता का प्रत्यक्ष विषय बनीं। ये समस्याएँ भारतीय समाज में भी हैं—खासकर महानगरों में—हालाँकि उतने तीव्र रूप में नहीं। हिंदी में इनकी चर्चा स्वतंत्रता प्राप्ति के बाद ही शुरु हुई। निर्मल ने जैसे अकेलेपन के सवाल को अपनी कहानियों में उठाया, उसी तरह अस्मिता के सवाल को भी उठाया। उनकी एक कहानी है 'धूप का एक

टुकड़ा', जिसमें पति से अलग हो चुकी स्त्री अपने अकेलेपन में जी रही है। वह सहानुभूति चाहती है। पार्क में एक दूसरे अकेले आदमी से उसकी भेंट होती है। दोनों में बातचीत होती है पर वे एक-दूसरे के अकेलेपन को तोड़ नहीं पाते, उलटे उसे और दृढ़ कर देते हैं। एक जमाना था जब आइसलैंडी साहित्यकार *लैक्सनेस* से बातचीत करते हुए निर्मल ने अकेलेपन की भावना को अस्वीकार किया था। दिल्ली से प्रकाशित होने वाली पत्रिका *सारंगा* स्वर में छपे एक इंटरव्यू (23 अप्रैल, 88) में जब निर्मल का ध्यान 'धूप का एक टुकड़ा' कहानी के कथ्य और लैक्सनेस वाले इंटरव्यू के कथन के बीच विरोध की ओर खींचा गया तो निर्मल बड़ी चालाकी के साथ लैक्सनेस वाली बात को टाल गए। निर्मल ने बड़े स्पष्ट रूप में लैक्सनेस से यह कहा था कि "मैंने आज तक जिंदगी में यह अलगाव या अकेलापन महसूस नहीं किया। मैंने कभी यह महसूस नहीं किया कि मेरे और दूसरे लोगों के बीच ऐसी कोई खाई है जिसे पार नहीं किया जा सकता।" (*चीड़ों पर चाँदनी,* पृ. 158) सीधी-सी बात है कि तब निर्मल कम्युनिस्ट थे और अब नहीं हैं। लिहाजा तब समाज में व्यक्ति के अकेलेपन के बारे में उनकी जो दृष्टि थी, वह अब बदल चुकी है। तब उन्हें कम्युनिस्ट होने का मतलब 'समकालीन होना' लगता था, दूसरे शब्दों में, "अपने निजी घेरे के बाहर उन सब आवाजों का साक्षी होना, जो बीसवीं सदी के अँधेरे से टकराती हुई हमारे पास आती हैं।" (वही, पृ. 12) आज उन्हें कम्युनिस्ट होने का मतलब गुलाम होना लगता है और जहाँ तक निजी घेरे से बाहर की आवाजों के साक्षी होने का सवाल है, तो, कम-से-कम साहित्य-लेखन में, निजी घेरे से बाहर की हर आवाज उन्हें कला को 'भ्रष्ट करती' मालूम होती है।

'धूप का एक टुकड़ा' कहानी की नायिका को शादी के आठ साल बाद एक दिन यह एहसास होता है कि पति के साथ उसके संबंधों में कोई जीवित अनुभूति नहीं रही। ये संबंध अब आदत में बदल गए हैं जो एक भयानक बात है। वह एक रात उसके शरीर को छूती है लेकिन "बरसों पहले की गूँज, जो उसके अंगों से निकलकर मेरी आत्मा में बस जाती थी, अब कहीं न थी। मैं उसी तरह उसकी देह को टोह रही थी, जैसे कुछ लोग पुराने खंडहरों में अपने नाम खोजते हैं, जो मुद्दत पहले उन्होंने दीवारों पर लिखे थे। लेकिन मेरा नाम वहाँ कहीं न था।" इस अनुभव के बाद वह पति से अलग हो जाने का फैसला लेती है। वह अपना अकेलापन स्वयं चुनती है, क्योंकि अपनी अनुभूति के प्रति ईमानदार बने रहने के लिए यह जरूरी लगता है। अपने अकेलेपन को चुनकर, आदत में बदल गए अनुभूतिहीन संबंधों से मुक्त होकर, वह अपनी अस्मिता को उपलब्ध करती है। अकेलेपन की स्थिति चाहे कितनी भी पीड़ादायक क्यों न हो, अपनी अस्मिता को पाने के लिए यह अपरिहार्य है। यह है निर्मल वर्मा की आधुनिक जीवन-दृष्टि।

अलगाव में रहकर ही अपनी अस्मिता को उपलब्ध किया जा सकता है; शायद

इसीलिए, ज्यादातर कबीले अपनी अस्मिता की रक्षा के लिए अलगाववादी आंदोलन करते रहते हैं। यह अस्मिता कबीलोंवाली अस्मिता है जो किसी भी बाहरी संपर्क में आते ही उसी तरह नष्ट होने लगती है, जिस तरह हजारों वर्ष पुरानी चीनी ममी हवा के संपर्क में आने से नष्ट होने लगती है। यह तो सही है कि मौजूदा समाज व्यवस्था में अपनी भावनाओं के प्रति ईमानदार बने रहने के लिए, किसी-न-किसी हद तक अलगाव झेलना पड़ता है। संबंधों के बीच खाई भी होती है जिसे कई बार लाँघ सकना असंभव हो जाता है। लेकिन उसे लाँघ न सकने के निश्चित और ठोस कारण होते हैं जिन्हे समझा जा सकता है। निर्मल इन कारणों को रहस्यमय और मानव-नियति बनाकर प्रस्तुत करते हैं। लेकिन बात सिर्फ इतनी ही नहीं है। अलगाव सबसे नहीं होता। यह निरपेक्ष भी नहीं होता। हम अस्मिता के विरोधी तत्त्वों से ही अलग होते हैं, अनुकूल तत्त्वों से नहीं। दूसरी बात यह कि अकेलेपन को चुन लेने-मात्र से अस्मिता की समस्या हल नहीं हो जाती। मान लीजिए, हमने अकेलेपन को चुन लिया। तो, फिर? क्या इसी से अस्मिता उपलब्ध हो गई? क्या अपने अकेलेपन में घुसकर बैठे रहना, अपने 'गौरवपूर्ण एकांत' में रम जाना ही अस्मिता को उपलब्ध करना है? क्या अस्मिता सिर्फ अपने खयालों में उपलब्ध करने की चीज है? अस्मिता को उपलब्ध करने का मतलब स्वयं ही उसका मानसिक अनुभव करते रहना नहीं होता; उसका मतलब उसे समाज के बीच प्रतिष्ठित करना भी है। समाज से लगातार कटे रहकर, संबंधों से अलग-अलग रहते हुए अस्मिता की रक्षा करना अपने ही उद्देश्य को पराजित करना है। अस्मिता का बोध—अपने प्रति अपनी मान्यताओं का आदर्श, अपनी संभावनाओं का आदर्श, यानी हम क्या हैं और क्या बने रहना चाहते हैं। इसकी रक्षा का मतलब इस आत्म-बिंब को समाज के बीच व्यवहार में चरितार्थ करना, स्थापित करना है। अस्मिता का बोध और इसकी रक्षा, दोनों ही संबंधों से विच्छिन्न रहकर नहीं हो सकती। अस्मिता की रक्षा होती है संघर्ष करने से; अपने अकेलेपन में अस्मिता की उपलब्धि अंततः एक छलना है, आत्म-विडंबना है, एक दयनीय स्थिति है। 'धूप का एक टुकड़ा' की नायिका इसी आत्म-छलना और विडंबना की शिकार है और इसीलिए सहानुभूति की खोज में कभी इस बेंच पर, कभी उस बेंच पर, पार्क में भटकते रहने को विवश है। निर्मल अस्मिता के सवाल को मनोगत ढंग से देखते हैं।

अपनी इसी दृष्टि को वे 'कव्वे और काला पानी' कहानी में संन्यासवाद के रूप में विकसित करते हैं। इस कहानी में एक व्यक्ति है जो दिल्ली में अपना परिवार, माँ-बाप, भाई-बहन और जमीन-जायदाद, सब कुछ को छोड़कर एक छोटे-से पहाड़ी इलाके में जाकर अकेला रहने लगता है। लोग उसे संन्यासी समझते हैं, बाबा कहते हैं। वह संन्यासी धार्मिक अर्थ में नहीं, सिर्फ गृह-त्यागी के अर्थ में है। वह पहाड़ पर रहता-भर है; कोई पूजा-पाठ, जप-ध्यान आदि नहीं करता, न लोगों से ज्यादा

बातचीत करता है। दिल्ली में जब उसके बाकी भाई जायदाद का बँटवारा करने लगते हैं, तो उन्हें पहाड़ पर रह रहे बड़े भाई के दस्तखत की जरूरत पड़ती है। उसके घर छोड़कर जाने के दस वर्षों के बाद छोटा भाई सूटकेस में जायदाद से संबंधित जरूरी कागजात वगैरह लेकर उनके पास पहुँचता है। वह पहाड़ी कस्बे में एक अनजान व्यक्ति के घर ठहरता है, भाई के पास नहीं। भाई के बहुत आग्रह करने पर भी वह वहाँ दो दिन से ज्यादा नहीं ठहरता। वह अपनी स्थिति के सत्य का अनुभव करता है—"तुम पूरे दस साल बाद उनसे मिलने आए थे—और एक रात भी उनके साथ नहीं रह पाए? और अगर भागना ही था—तो एक रात भी क्यों ठहरे? मकान के कागजातों पर दस्तख़त कराते और अगली बस से लौट जाते? क्या मतलब था रुकने का, अगर एक ही रात और शहर में अलग-अलग छतों के नीचे सोना था? हमारा परिवार और भाई-बहन; आखिरी मौके पर पहुँचकर क्यों हम सब रूखे डंठल-से सूख जाते थे—सारा प्रेम कहीं राख और रेत में दब जाता था—और हम एक-दूसरे को अपनी हालत पर छोड़कर अलग हो जाते थे; क्या यह उदासीनता अपने में पाप नहीं थी? क्या इसी पाप से आतंकित होकर उन्होंने घर नहीं छोड़ा?"

कहानी अगर इतनी ही रहती, यथार्थ चित्रण के धरातल पर—तब भी वह प्रचलित संबंधों की अर्थहीनता को महत्त्वपूर्ण ढंग से उजागर करती। घर छोड़कर संन्यासी हो गए भाई से दस वर्षों के बाद जायदाद के कागजों पर दस्तखत कराने के लिए जाना—यह घटना अपने आप एक व्यंग्य और विडंबनापूर्ण स्थिति को दर्शाती है। छोटा भाई जिस चिंता से से पहाड़ पर पहुँचता है और जितनी जल्दी काम करा के लौटना चाहता है—वह इस विडंबना को और भी गहरा बनाती है। पर, निर्मल ऐसे स्थूल यथार्थ की कहानियाँ नहीं लिखते। हालाँकि यही विडंबनापूर्ण स्थिति इस कहानी की शक्ति है और निर्मल ने बड़े सजीव और रोचक ढंग से इसका चित्रण किया है और शायद पहली बार अपनी कुछ विनोद-वृत्ति का भी परिचय दिया है जो उनकी और किसी कहानी में नहीं मिलती; लेकिन, निर्मल कहानी में एक दूसरी बात कहना चाहते हैं। इस कहानी का बाबा एक ऐसा व्यक्ति है जिसने संबंधों की अर्थहीन दुनिया से अलग होकर स्वयं अपने लिए अकेलापन चुना—आध्यात्मिक अकेलापन। संन्यासी के रूप में। नित्यानंद तिवारी ने इस कहानी का विश्लेषण करते हुए बहुत सही लिखा है कि अर्थहीन संबंधों से उबरने की एक साधना भारतीय परंपरा ने की है, जिसे संन्यासवाद कहा जाता है। और, इसी समस्या के आधुनिक रूप से निबटने की दूसरी साधना अपने अकेलेपन को स्वयं चुनकर अपने भीतर के मौलिक एकांत में स्थिर होना है, जिसे अस्तित्ववाद कहा जाता है। कहानी का नायक इन दोनों साधनाओं को एकाकार करता है। "आधुनिकतावाद और परंपरावाद, अस्तित्ववाद और संन्यासवाद को अविरोधी रूप में पहचान लेना" और इस तरह आधुनिकता और परंपरा के अविरोधी स्तर तक पहुँचना ही निर्मल की दृष्टि में सहज रूप से भारतीय होना है।

असल में 'धूप का एक टुकड़ा' तथा 'कव्वे और काला पानी' कहानियाँ निर्मल के तत्त्व-चिंतन की दृष्टांत-कथाएँ हैं। जैसे एक हद तक पहुँचने के बाद अज्ञेय ने अपने विचार सूत्रों को काव्यात्मक बिंब में बदलना शुरू किया (यशपाल शुरू से ही विचार-सूत्रों को घटनात्मक रूप देते आ रहे थे), उसी तरह इन कहानियों को भी निर्मल की तत्त्व-चिंता का कथात्मक रूप समझना चाहिए।

सामाजिक व्यवस्था जीने की एक स्थिति प्रदान करती है। वह स्थिति अपने अंतर्विरोधों के चलते कुछ सवाल खड़े करती है। इन सवालों का उत्तर खोजना जरूरी हो जाता है। वही व्यवस्था इन सवालों के उत्तर भी पेश करती है—उत्तर में एक और स्थिति प्रदान करती है। यह वैकल्पिक स्थिति भी उस व्यवस्था का उतना ही अंग होती है, जितनी कि पहली स्थिति थी। इस तरह प्रश्न और उत्तर, समस्या और समाधान का एक छलमय क्रम शुरू होता है। सामाजिक यथार्थ की इसी छलना को पहचानते हुए मुक्तिबोध ने लिखा था—

> "कि मैं अपनी अधूरी दीर्घ कविताओं में
> प्रश्नोत्तरी की तुंग प्रतिमाएँ
> गिराकर तोड़ देता हूँ हथौड़ों से
> कि ये सब प्रश्न कृत्रिम, और उत्तर
> और भी छलमय।"

और, फिर भी उन्होंने सामाजिक यथार्थ के मंच से अलग हो जाना नहीं चाहा, बल्कि स्थितियों को बदलने के लिए स्वयं को बदलना चाहा—

> "व्यक्तित्वांतरित होकर
> जीना और समझना चाहता हूँ सच!"

व्यक्तित्वांतरित होकर जीने की उत्कट अभिलाषा का निर्मल की कहानियों में एक सिरे से अभाव है। चाहे अस्मिता का सवाल हो, चाहे आदमी-आदमी के बीच अलगाव का—निर्मल के सामाजिक दृष्टिकोण का सार-तत्त्व है—संघर्ष मत करो; जो स्थिति है, उसे अपनी नियति मानकर स्वीकार कर लो या फिर अलग हो जाओ। यही कारण है कि निर्मल की कहानियों से जीवन को शक्ति नहीं मिलती। उनमें मनुष्यता के भविष्य के प्रति कोई आशा नहीं दिखती। आधुनिक समाज में परिस्थितियों के अंतर्विरोधों का सबसे तीखा बोध मुक्तिबोध में मिलता है, पर मुक्तिबोध की कविताएँ आदमी को अद्भुत रूप से फिर-फिर जीने और सच को नए सिरे से समझने की चेतना प्रदान करती हैं, मनुष्यता के भविष्य के प्रति एक तपे हुए व्यक्ति की आस्था प्रकट करती हैं। इसका मूल कारण मुक्तिबोध का सामाजिक यथार्थ का गहन बोध और इससे भी बढ़कर संघर्ष की शक्ति में उनका अदम्य विश्वास था। निर्मल की कहानियों में अगर कहीं भूले-भटके से आशा का कोई संकेत मिलता भी है, तो वह अपने मन को मारकर बड़प्पन दिखाने का ही एक रूप प्रतीत होता है। इस सिलसिले

में निर्मल की कहानी-कला पर विजय मोहन सिंह की यह आशंका बार-बार याद आती है कि "यह 'कला' या ऐसी 'कला' अपनी अनुगूँजों के अनुरूप निष्क्रिय स्वप्नदर्शी और एक प्रकार की पंगु मानवीयता को तो जन्म नहीं देती है?" (*आज की कहानी,* पृ. 66)

अस्मिता संबंधों की सापेक्षता में होती है, यह बात निर्मल की ही 'एक रात का मेहमान' में दिखाई देती है जो एक महत्त्वपूर्ण कहानी है। पति-पत्नी के बीच संबंध लगभग टूट चुके हैं। पत्नी बेटी के साथ विदेश में रहती है। पति एक दिन के लिए उनसे मिलने हिंदुस्तान से आता है। वह संबंधों को फिर से जोड़ना चाहता है, पर, पत्नी दृढ़ता से ठुकरा देती है। यहाँ तक कि उसे एक रात के लिए भी घर में ठहरने नहीं देती। यहाँ अकेलापन खुद चुनने का सवाल नहीं है, वह घटनाओं की परिणति है। कहानी में जो चीज आकर्षित करती है, वह है माँ और पिता के साथ बेटी का संबंध। कहानी इसी संबंध की है। उसके इस संबंध में एक ऐसा संतुलन है और इस संतुलन के साथ उसका जो अपना स्वतंत्र व्यक्तित्व उभरता है, पिता को घर से बाहर कहीं ठहरने के लिए राजी कराने के बावजूद पिता के प्रति उसकी सद्‌भावना और मैत्री-भाव का जो रूप झलकता है, वह इस वर्ग की परिस्थितियों के बीच अलग हो गए माँ-बाप के साथ बेटी के एक नए ढंग के संबंध को दिखलाता है। माँ-बाप अपनी जो भी अस्मिता उपलब्ध करें, वह बेटी के साथ संबंध से निरपेक्ष नहीं हो सकती। अस्मिता की उपलब्धि के लिए बेटी के साथ इस संबंध को विच्छिन्न कर दीजिए—अस्मिता का घोर व्यक्तिवादी दर्शन नग्न हो जाएगा।

इन कहानियों के मुकाबले निर्मल की कुछ पुरानी कहानियों को देखिए। सामाजिक यथार्थ वहाँ भी नहीं है। वहाँ भी कुछ स्थितियाँ-भर हैं और नैतिक समस्याएँ हैं। वहाँ भी निर्मल के चरित्र परिस्थितियों से लड़ते नहीं, बल्कि कहीं-कहीं तो उनमें आत्म-पीड़ा का भाव मिलता है। जैसे 'डायरी का खेल'। इस कहानी पर जैनेंद्र का कुछ-कुछ असर लगता है, वर्णन की शैली पर और नायिका के चरित्र पर भी। 'डायरी का खेल' की बिट्टो जैनेन्द्र के स्त्री-चरित्रों से बहुत दूर नहीं लगती। बिट्टो पहले स्वस्थ और सुंदर थी। फिर तपेदिक की मरीज बन गई, शरीर सूख गया। घरवाले चाहते हैं कि किसी भी तरह, बीमारी की बात को छुपाकर भी, उसका विवाह हो जाए। बिट्टो को चिंता है अपनी अस्मिता की। वह जो है, उसे शायद कोई स्वीकार करना नहीं चाहता। दूसरों के लिए वह जो होगी, वह शायद अपने को मिटाकर ही जो सकेगी। वह इसकी पीड़ा को उदासी के साथ सहती है, स्थिति का विरोध नहीं करती। पुरानी कहानियों में निर्मल की नायिकाएँ एक खास किस्म की हैं जो पुराने बंगला साहित्य की नायिकाओं की धुँधली याद दिलाती हैं—भावुक, रहस्यमयी और कमजोर नायिकाएँ, जिनका जीवन कहीं ठहर-सा गया है। वे करुण स्थितियों में पड़ी दिखाई देती हैं और नैतिक दबावों के बीच भावुकता के साथ अपनी स्थितियों से चिपकी

रहती हैं। एक कहानी है—'तीसरा गवाह'। दुनिया से कटी हुई, अनुभवहीन, डरी-सहमी-सी, अवरुद्ध व्यक्तित्ववाली एक लड़की अपनी सूनी जिंदगी को लिए वर्षों से अपनी बीमार माँ की सेवा में अकेले लगी हुई है। उसकी खामोशी और करुण स्थिति से प्रभावित होकर नायक उसके जीवन में सायास प्रवेश करता है और विवाह का प्रस्ताव रखता है। सब-कुछ तय हो जाने के बाद शादी के अंतिम क्षण में वह कोर्ट-रूम से भाग खड़ी होती है। कहानी में इस ओर इशारा है कि वह कोर्ट के अजीब, भयानक-से ठंडे और अँधेरे कमरे के हृदयहीन वातावरण के प्रभाव से भाग गई अथवा उसका भागना एक छोटी-सी गलती का परिणाम था। लेकिन वास्तव में उसका भागना कोई संयोग नहीं लगता। यह उस लड़की के कमजोर और जड़बद्ध व्यक्तित्व के लंबे अभ्यास का स्वाभाविक परिणाम लगता है। कहानी में कुछ भी महत्त्वपूर्ण या उल्लेखनीय नहीं है, फिर भी, यह निर्मल की कहानियों का एक नमूना है। एक खामोश लड़की का गुमसुम, रहस्यमय जीवन और अकेलापन; एक बेरोजगार युवक का उससे रोमांस; पहाड़ी शहर का क्लब, बिलियर्ड का खेल और शराब के पेग के साथ चलनेवाली बातचीत! इस स्थिति और वातावरण पर सिर्फ भाषा का मुलम्मा चढ़ाया गया है।

'माया-दर्पण' और 'परिंदे'—ये दोनों निर्मल की सबसे अच्छी कहानियाँ हैं। 'माया-दर्पण' की मातृविहीन नायिका तरन विवाह योग्य हो चुकी है पर उसे दूसरे का—अपने पिता का—अकेलापन जीना पड़ रहा है। पुराने सामंती संस्कारों के पिता अपने अतीत के दंभ में जीते हैं, इसलिए वर्तमान में अकेले हैं। तरन का भाई इस स्थिति से विरोध प्रकट कर घर से बाहर निकल गया। तरन भी इस स्थिति से छूटना चाहती है, पर एक नैतिक दुविधा में पड़ी हुई है। उसके बिना पिता का क्या होगा? इसलिए वह पिता की छाया से बँधी हुई है। क्या उसकी जिंदगी में फेर-बदल आएगा? इंजीनियर बाबू इसकी हल्की-सी आशा जगाते हैं, पर क्या सचमुच वह बदलाव आएगा?

इस कहानी में रहस्यात्मकता नहीं है। स्थिति और वातावरण, दोनों को निर्मल ने बहुत सुंदर ढंग से मूर्त किया है। निर्मल की जो कहानियाँ अच्छी बन पड़ी हैं, उन सबमें रहस्यात्मकता या तो नहीं है, या बहुत कम है और चरित्र भी उभरे हैं। *निर्मल हिंदी के एकमात्र ऐसे लेखक हैं जिनमें सामंतवाद विरोधी चेतना कहीं दिखाई नहीं देती।* इस मामले में नई कहानी-दौर के लेखकों में *भीष्म साहनी* बेजोड़ हैं। 'माया-दर्पण' में घर के अंदर का वातावरण, रंग-ढंग और ढर्रा मूलतः सामंती संस्कारों का है, पर वह इस हद तक मानवीय और करुण बना दिया गया है कि वह किसी सामंतवाद विरोधी चेतना को नहीं जगाता, बस, एक नीरसता और घुटन का एहसास कराता है। फिर भी, तरन की स्थिति हृदय को छूती है। समाज में ऐसी कई तरन हैं जो ऐसी स्थितियों से बँधी होने के कारण अपने जीवन को दूसरों के लिए मिटाती रहती हैं। मृणाल सेन की 'खंडहर' फिल्म एक दूसरी स्थिति में ऐसे ही चरित्र को सामने लाती है। तरन बहुत अकेली है, इसलिए उसका संघर्ष बहुत कमजोर है, फिर

भी उसके अंदर एक अकुलाहट है, वह परिवर्तन का स्वप्न देखती है, इसलिए वास्तविक भी है।

निर्मल की सबसे समर्थ कहानी है 'परिंदे'। इसकी बहुत चर्चा रही है, जिसका श्रेय नामवरजी को है। कहानी की नायिका लतिका ने कैप्टन नेगी से प्यार किया था। नेगी अब इस संसार में नहीं है। लतिका उसकी स्मृति को लिए हुए पहाड़ के एक छोटे-से शहर के अंग्रेजी स्कूल में अकेलेपन की जिंदगी गुजार रही है। वह कोई दूसरा संबंध नहीं बना पाती। डॉ. मुकर्जी उसे प्रेरित करते हैं कि अपनी स्मृतियों के प्रति ईमानदार रहकर भी नया संबंध बनाया जा सकता है। जान-बूझकर न भूल पाना, हमेशा जोंक की तरह अतीत से चिपटे रहना—यह गलत है। लेकिन लतिका अपनी स्थिति से नहीं निकल पाती। कहानी इसी स्थिति को चित्रित करती है। अपनी मार्मिक संवेदनशीलता, स्थिति के अत्यंत सजीव चित्रण और कला की, भाषा-शैली की खूबसूरती के कारण यह कहानी अपनी समग्रता में बहुत प्रभावशाली है। इसमें कला के सारे तत्त्वों का सुंदर सामंजस्य है, और वह कलावादी रुझान नहीं है जो निर्मल में आगे चलकर विकसित हुआ। लतिका का अकेलापन उसकी स्थिति-भर है, ऐसी समस्या नहीं जिससे वह पीड़ित दिखाई देती हो। लतिका के अकेलेपन में भी एक गौरव-भावना है। उसका अकेलापन किसी ऊँची भावना की गरिमा लिए हुए है। वह संबंधों से कटी होने के कारण अकेली नहीं है, बल्कि संबंधों से जुड़ी होने के कारण अकेली है—संबंधों की स्मृति से जुड़ी होने के कारण। यदि वह स्मृति से जुड़ी न होती, तो अकेली भी न होती। यह स्मृति निर्मल की बाद की कहानियों में दिखनेवाली फुसफुसाहट भरी, रहस्यपूर्ण और बचकानी या मूल्यहीन स्मृतियों-जैसी नहीं है। इस स्मृतिशीलता में प्रेम की गरिमा है। अकेले रहकर वह इस प्रेम की गरिमा की रक्षा करती है। इसलिए यह अकेलापन उसे इतनी पीड़ा नहीं देता, जितना संवेदनशील बनाता है। अपने सहकर्मियों के साथ उसके संबंध बड़े सजीव और स्वस्थ हैं। किसी के भी प्रति वह विचित्र व्यवहार नहीं करती। एक नारी-सुलभ मधुरता है उसमें। प्रेम की स्मृति ने उसे कितना संवेदनशील बनाया, उसकी सबसे सुंदर झलक जूली के प्रति उसके व्यवहार में दिखती है। स्कूल के होस्टल की छात्रा जूली रेज़ीमेंट के किसी अफसर से प्रेम करने लगी है, जिसकी चिट्ठियों को होस्टल की 'वार्डेन' लतिका पकड़ लेती है। होस्टल के नियमों के मुताबिक जूली कसूरवार है। लेकिन लतिका उसे सजा नहीं देती, उसकी चिट्ठियाँ उसे लौटा देती है—उसके उगते हुए प्रेम के अंकुर की रक्षा करती है। अकेलेपन के बावजूद लतिका का यह मानवीय रूप उस गौरवपूर्ण प्रेम की अनुभूति की देन है, जिसकी स्मृति की रक्षा करते हुए वह अकेले रह गई है। इस अकेलेपन में जीवन की कमाई हुई पूँजी है। अकेलेपलन की अपनी स्थिति को ही मानव-नियति समझने की उसकी इच्छा इस कहानी का सबसे कमजोर पक्ष है। इस पक्ष को भुला दें तो 'परिंदे' 'उसने कहा था' के बाद

लिखी गई रेणु की 'रसप्रिया' की तरह हिंदी की एक श्रेष्ठ प्रेम कहानी है।

जब *परिंदे* संग्रह पहली बार (1956) छपा था, तो यह कहा गया था कि इन कहानियों की जीवन-स्थितियाँ "इतिहास की विराट नियति बनकर खड़ी हो जाती हैं" और उन स्थितियों के सामने खड़े पात्रों की जुबान से निकला मामूली-सा वाक्य "एक युगव्यापी प्रश्न बन जाता है।" खाकसर 'परिंदे' कहानी के सिलसिले में कहा गया था कि पक्षियों के झुंड को देखकर लतिका के मन में जो प्रश्न उठता है कि "क्या वे सब प्रतीक्षा कर रहे हैं? लेकिन कहाँ के लिए, हम कहाँ जाएँगे?"—इस प्रश्न का व्यापक संदर्भ है। "प्रश्न मामूली है लेकिन कहानी के माहौल में वह सिर्फ पक्षियों का या सिर्फ लतिका का व्यक्तिगत प्रश्न नहीं रह जाता। ...देखते-देखते प्रेम की एक कहानी मानव-नियति की व्यापक कहानी बन जाती है और एक छोटा-सा वाक्य पूरी कहानी को दूरगामी अर्थवृत्तों से वलयित कर देता है।" (*कहानी-नई कहानी,* नामवर सिंह, पृ. 59-60)

यह सही है कि निर्मल ने सामाजिक यथार्थ की वैसी कहानियाँ नहीं लिखीं, जैसी नई कहानी दौर के दूसरे लेखकों ने लिखी हैं। उन्होंने हमारे सामाजिक और पारिवारिक क्षेत्र के उन चिर-परिचित जीवनानुभवों को भी अपना विषय नहीं बनाया, जिनके अनखुले पक्षों को दूसरे लेखक उद्‌घाटित करते रहे हैं। इनकी जगह निर्मल ने एक छोटे-से तबके की विशिष्ट जीवन-स्थितियों को चुना और कुछ ऐसे सवालों को उठाया जो पश्चिमी जगत में उठाए जाते रहे हैं और शायद इसी नाते अंतर्राष्ट्रीय या व्यापक मानव-प्रश्न समझे जाते हैं—जैसे अकेलेपन और अस्मिता के प्रश्न। ऐसे गहन प्रश्नों को कहानी में उठाने का रास्ता अज्ञेय खोलना चाहते थे, हालाँकि इसके लिए उन्हें कहानी विधा नाकाफी लगी और इसलिए उन्होंने कहानियाँ लिखना ही बंद कर दिया था। *परिंदे* संग्रह में 'डायरी का खेल', 'माया का मर्म' और 'पिक्चर-पोस्टकार्ड' मामूली कहानियाँ हैं, किसी महत्त्वपूर्ण अनुभव-सत्य को नहीं कहतीं। 'तीसरा गवाह' मनोरंजक किस्सा बनकर रह गया है और 'सितंबर की एक शाम' लेखक की महत्त्वाकांक्षा के बावजूद ठीक से कहानी ही नहीं बन सकी है। संग्रह की दो कहानियाँ महत्त्वपूर्ण हैं—'अँधेरे में' और 'परिंदे'। 'अँधेरे में' एक बच्चे को केंद्र में रखकर लिखी गई है, जिसके माता-पिता के बीच विरेन चाचा के साथ माँ के संबंधों को लेकर तनाव है। तनाव की स्थितियाँ बच्चे की चेतना पर कैसे बिंब स्मृतियों के रूप में छोड़ रही हैं, इसका बहुत सूक्ष्म और प्रभावशाली चित्रण है। बच्चे की मानसिक दुनिया बहुत विश्वसनीय रूप से चित्रित हुई है। एक छोटे-से बच्चे की दुनिया—वह भी अँधेरे से ग्रस्त। उस अँधेरे में वह बच्चा अपने से बड़ों की हरकतों को भय और विस्मय से देख रहा है, उन्हें कुछ समझता और कुछ नहीं समझता है और लगातार इन्हीं अनुभवों के बीच बड़ा होता जा रहा है। एक बच्चे का अकेलापन कैसा होता है, इस कहानी में देखा जा सकता है। निश्चय ही यह

एक महत्त्वपूर्ण कहानी है, पर मानव-नियति की कहानी नहीं। मानव-नियति की कहानी 'परिंदे' भी नहीं है। पक्षियों को देखकर लतिका के मन में जो सवाल उठता है, वह लतिका की छद्‌म चेतना है, अपनी स्थिति का दार्शनिकीकरण है। इस छद्‌म चेतना को डॉक्टर की दृष्टि संतुलित करती है। यह डॉक्टर कहानी में न होता तो कहानी भावुकता में बह जाती। डॉक्टर उस तरह भावुक नहीं, जिस तरह लतिका है। जीवन की सिर्फ किसी एक घटना पर समूचे जीवन को अर्पित कर देने जैसी भावुकता उसमें नहीं है। फिर भी, प्रेम के प्रति उसकी भावनाएँ कम गहरी नहीं। बर्मा में उसकी पत्नी थी, घर था। युद्ध के दौरान घर नष्ट हो गया, पत्नी मर गई। वह बर्मा से हिमालय की तराई में पहुँच गया, जहाँ उसे कोई नहीं जानता। फिर भी वह स्मृतियों में नहीं जीता है। "मैं जी रहा हूँ, उम्मीद है कि काफी अर्सा और जीऊँगा। जिंदगी काफी दिलचस्प लगती है, और यदि उम्र की मजबूरी न होती तो शायद मैं दूसरी शादी करने में भी न हिचकता। इसके बावजूद कौन कह सकता है कि मैं अपनी पत्नी से प्रेम नहीं करता था—आज भी करता हूँ..."

एक प्रेम को खोकर दूसरी बार प्रेम करने का अर्थ यह नहीं है कि पहला प्रेम अब सच नहीं रहा। लतिका भावुक है। भावुकता में अपनी स्थिति को अपनी नियति समझती है। अन्यत्र वह डॉक्टर से पूछती है—"सब कुछ होने के बावजूद वह क्या चीज है जो हम चलाए चलती है, हम रुकते हैं तो भी अपने रेले में वह हमें घसीट ले जाती है।" लतिका नियति जैसी किसी चीज में विश्वास करना चाहती है, क्योंकि वह अपनी स्थिति को बदलने के लिए कभी सक्रिय नहीं होती, ऐसी कोई इच्छा या दृष्टि भी उसमें नहीं है। स्मृति में खोए व्यक्ति अपनी परिस्थितियों से संघर्ष नहीं करते, क्योंकि संघर्ष के लिए स्मृति से निकलकर वर्तमान स्थिति की चुनौती को अनुभव करना जरूरी होता है।

सवाल है, लतिका की प्रतीक्षारत स्थिति में मानव-नियति का व्यापक प्रश्न कैसे दिखाई दिया?

असल में यह कहानी की नहीं, समीक्षा-पद्धति की विशेषता है। यह समीक्षा-पद्धति है कहानी के किसी एक वाक्य को प्रतीकात्मक मानकर व्यापक अर्थ में उसकी व्याख्या करना। यह पद्धति हर हालत में उचित नहीं लगती। कहानी को अगर हम प्रतीकात्मक मानकर एक बृहत्तर स्थिति का अर्थ उससे निकालते हैं तो, इसके लिए वहाँ दो बातों का होना जरूरी है—एक यह कि प्रतीकात्मक अर्थ की प्रतीति पूरी कहानी से हो, सिर्फ एक-दो वाक्यों से नहीं। दूसरी बात यह कि कहानी में वर्णित स्थिति, उसके चरित्र, उनके कार्य-कलाप, उनसे प्रतीकात्मक अर्थ के योग्य हों। मसलन चेखव की कहानी 'वार्ड नं. 6' को अगर पूरे रूसी समाज का प्रतीक माना गया है, तो ऐसा उस कहानी के एक-आध वाक्य को प्रतीकात्मक मानकर नहीं किया गया। कहानी में पूरे अस्पताल की जो स्थिति है, वह रूसी समाज के तत्कालीन यथार्थ को अभिव्यक्त

करती है। उस संकटग्रस्त पतनशील समाज को सुधारने के लिए जो सुधारवादी प्रवृत्तियाँ उस समय के रूस में चल रही थीं, वे भी प्रतीकात्मक रूप से अस्पताल की दशा सुधारने के प्रयासों में दिखाई देती हैं—और दोनों की परिणति भी एक जैसी होती है। सुधारवादी प्रवृत्तियों का चरित्र—जनजीवन के प्रति तिरस्कार-भाव और परिवर्तन में अनास्था—डॉक्टर के चरित्र में प्रतिबिंबित हुआ है। और, ईमानदारी से सोचनेवालों को तथा असंतुष्ट विद्रोहियों को मानसिक रोगी करार देकर अस्पताल या पागलखाने में बंद कर देना—यह तो जारशाही रूस में होता ही था, क्रांतिकारी रूस में भी जारी रहा। इस तरह 'वार्ड नं. 6' कहानी अपने किन्हीं वाक्यों के कारण नहीं, बल्कि पूरी कहानी में व्याप्त स्थितियों के कारण रूसी समाज का प्रतीक बनती है। इसी तरह 'दुल्हन' कहानी में भी नायिका की नीरस, उबाऊ जिंदगी और उसके घर का घुटन-भरा, एकरस वातावरण उसके वर्ग के सामाजिक यथार्थ को—एक परजीवी वर्ग की वास्तविकता को—दिखलाता है। यहाँ भी प्रतीकात्मकता कहानी के अंदर चित्रित स्थितियों में व्याप्त है, किसी वाक्य में नहीं। उसका प्रेमी उसे बाहर की बेहतर जिंदगी के लिए प्रेरित करता है जो उस समय रूस में चल रहे आंदोलनों की ओर इशारा है। 'परिंदे' में चित्रित स्थिति इस स्तर की नहीं है कि उसमें मानव-नियति का व्यापक प्रश्न दिखाई दे, न उसके पात्रों का व्यक्तित्व और उनके क्रिया-कलाप आदि इस प्रतीकात्मक अर्थ को वहन करने योग्य हैं। लतिका की जीवन-स्थितियों का निष्कर्ष हमें इस प्रश्न तक पहुँचाने में असमर्थ है। मानव-स्वतंत्रता या मुक्ति की समस्या लतिका की लगती ही नहीं। वह खुद इसे समस्या के रूप में अनुभव करती नहीं दिखाई देती। समस्या तो यह तब बनती जब लतिका इसके लिए किसी तरह का प्रयत्न करती। लतिका के जीवन में गति नहीं है, प्रयत्न नहीं है।

हमारा प्रस्ताव है कि एक-दो वाक्यों को प्रतीकात्मक मानकर कहानी से बृहत्तर अर्थ की गूँज निकालने की पद्धति को कथा-समीक्षा के क्षेत्र से हटा देना चाहिए, क्योंकि इससे कहानी और समीक्षा, दोनों ही क्षेत्रों में अराजकता फैलती है। अगर कहानियों में बृहत्तर अर्थ की ध्वनि को केवल एक-दो प्रतीकात्मक वाक्यों में समेटने का चलन रहेगा तो ऐसे कहानीकारों की कमी न होगी जो हर कहानी में ऐसे कुछ-एक प्रतीकात्मक वाक्य बीच में या अंत में डाल देंगे और उन्हीं के बल पर कहानी को महत्त्वपूर्ण मनवाने पर तुल जाएँगे। यह कोई काल्पनिक खतरा नहीं है; नई कहानी के दौर में ऐसा ही हुआ था, जब मामूली प्राकृतिक चित्रण में या पात्रों के व्यवहार-चेष्टाओं में भी प्रतीक खड़े किए जाने लगे थे और उनसे कहानी का कथ्य अभिव्यक्त किया जाने लगा था। इसी तरह समीक्षा के क्षेत्र में भी व्याख्या की अराजकता फैलती है। उदाहरण के लिए आप देखिए कि निर्मल की कुछ दूसरी कहानियों में भी कुछ ऐसे वाक्य आते हैं, जिन्हें वे खुद भी शायद प्रतीकात्मक बन जाने की संभावना से डाल देते होंगे। अब अगर समीक्षक भी उन्हें प्रतीकात्मक मानकर उनसे कहानी का बृहत्तर

अर्थ तय करें तो यह उचित न होगा, क्योंकि आखिर पूरी कहानी को अपनी समग्रता में उस बृहत्तर अर्थ का अहसास कराना चाहिए। यह नई कहानी दौर का एक खास रुझान था, खासकर उन लेखकों में जो शिल्प के प्रति अत्यधिक सजग रहते थे। इसी तरह 'सितंबर की एक शाम' में निर्मल ने एक वाक्य जोड़ा—दुनिया उसकी प्रतीक्षा कर रही थी कि वह आकर उसे अर्थ दे। ऐसी ही एक दूसरी पंक्ति है, "उसने आँखें उठाईं—सारी दुनिया उसके सामने पड़ी थी और उसकी उम्र सत्ताइस वर्ष की थी।" इन वाक्यों से भी बड़े बृहत्तर अर्थ की ध्वनि निकलती है, जबकि कहानी चूहे के बिल में घुस जाती है। और, नामवर जी ने बाद में माना कि इस पंक्ति में ध्वनित बृहत्तर अर्थ भ्रामक सिद्ध होता है, क्योंकि कहानी में उसकी प्रतीति नहीं होती, जीवन-स्थितियों में वह सिद्ध नहीं होता ('*पहल*'—पुस्तिका—7; डॉ. नामवर सिंह से सुरेश पांडे की भेंट-वार्ता)

'लंदन की एक रात' कहानी में एक वाक्य बार-बार आया है—मैंने महसूस किया कि मुद्दत से मैंने सिगरेट नहीं पी। इसे कहानी में नायक की सेक्स-इच्छा का प्रतीक बताया जाता था। गनीमत है कि इससे पूरी कहानी के लिए कोई बृहत्तर अर्थ नहीं निकाला गया।

भाषा का मुलम्मा चढ़ाकर और छोटी-छोटी तफसीलों का जाल बिछाकर निर्मल ने कुछ हल्की-फुल्की कहानियाँ भी लिखी हैं। 'लवर्स' कहानी को देखिए जिसमें, दिसंबर के पत्ते झड़ा रहे हैं, कम से कम नौ बार कहा गया है। नायक रेस्तराँ के सामने खड़े होकर अपनी महिला-मित्र का इंतजार कर रहा है। सामने विदेशी पत्रिकाओं की दुकान पर अर्ध-नग्न युवती के चित्रोंवाली एक पत्रिका को ग्राहक रस लेकर उलट-पुलट रहे हैं। रेस्तराँ में नायक अपनी मित्र से कोई प्रस्ताव करता है, जिसे वह ठुकरा देती है और सिर्फ मित्र बने रहने का अनुरोध करती है। निराश नायक बाहर निकलता है तो अर्ध-नग्न युवती के चित्रोंवाली पत्रिका खरीद लेता है। अब यह पूरी तरह से एक फार्मूला-कहानी है। कहानी में वातावरण और भावों के वर्णन की प्रणाली ही रूढ़ नहीं, स्वयं वह वर्णन भी रूढ़ है जिसे निर्मल अपनी किसी भी कहानी में डालकर टुकड़ों की तरह सजा सकते हैं। इन सजावटी टुकड़ों के बीच पूर्व नियोजित एक उथली-सी बात कही गई है कि जब प्रेम की भावना कुंठित होती है तो मन नग्नता और अश्लीलता पर जाता है। चंद्रधर शर्मा गुलेरी बहुत पिछड़े हुए थे जिनकी कहानी का नायक उभरते हुए प्रेम की भावना के आहत होने पर रास्ते में गिरता-पड़ता किसी तरह घर पहुँचता है, लेकिन अपने संबंध की गरिमा और मर्यादा को अपनी स्मृति में न केवल सुरक्षित रखता है, बल्कि उसके लिए जीवन का बलिदान करता है। यह सब शायद पुरानी पीढ़ी के थोथे आदर्श थे। अब तो तत्काल प्यास बुझाने का जमाना आया है—प्रेमिका न मिली, तो पत्रिका के नग्न-चित्र ही सही। संबंधों का क्या करना है! 'लवर्स' का अनुभव-सत्य किसी चालू समाजशास्त्रीय

अध्ययन के निष्कर्ष जैसा है। कहानी का अंत इतना सुनियोजित है कि वहाँ तक पहुँचने के लिए ही कहानी लिखी गई लगती है। ऐसी ही सुनियोजित कहानी है 'छुट्टियों के बाद', जिसमें पेरिस के रेलवे स्टेशन पर एक फ्रेंच युवक दो लड़कियों को विदाई देने आया है। एक लड़की ट्रेन के चलने तक युवक के हाथ में हाथ दिए खड़ी रहती है। ट्रेन की सीटी बजती है तो वह युवक के कंधे पर सिर टिकाकर रोने लगती है। युवक उसे बार-बार चूमता है। यह एक स्टेशन का दृश्य हुआ। अगले स्टेशन का दृश्य यह है कि लड़की स्टेशन पर उतरती है तो उतरने से पहले पर्स से निकालकर अपनी सगाईवाली अँगूठी पहन लेती है, क्योंकि उसका मंगेतर उसे लेने के लिए आया है। स्टेशन पर उतरते ही वह उसके आलिंगन में लिपट जाती है। स्टेशन बदला तो संबंध भी बदल गए। गहन मानवीय स्थितियों के नाम पर निर्मल ने यह सब भी लिखा है। 'लवर्स' की ही तरह अंत में झटका देनेवाली यह पूर्व-नियोजित कहानी उस लड़की के प्रति एक भद्दा-सा इशारा जैसी लगती है—जरा, देखो इसे!

कभी-कभी निर्मल को प्रसाद और अज्ञेय की परंपरा का कथाकार बताया जाता है। प्रसाद को तो छोड़ ही दीजिए, जो वस्तुतः रोमैंटिक यथार्थवादी थे और लघुता की ओर साहित्यिक दृष्टिपात में विश्वास करते थे। अज्ञेय से भी निर्मल का कोई विशेष मेल नहीं। यह हिंदी साहित्य जगत में चलनेवाली राजनीति है, जिसके कारण निर्मल को अज्ञेय के 'कैंप' में या उसके निकट दिखाया जाता है। निर्मल हिंदी के अनोखे कथाकार हैं और हिंदी की किसी भी परंपरा से उनका मेल बैठाना मुश्किल है। साहित्य-लेखन के मामले में निर्मल से अज्ञेय का बुनियादी फर्क इस बात में है कि अज्ञेय रचना का मूल धर्म संप्रेषण को मानते थे, महज अभिव्यक्ति को नहीं। "मैंने हमेशा माना है कि रचना का पहला धर्म अभिव्यक्ति नहीं, संप्रेषण है। इस नाते प्रत्येक रचना स्वयं अपने लिए वह स्थिति उत्पन्न करती है जिसमें संप्रेषण हो—और अगर नहीं करती है तो असफल होती है।" (भूमिका, *अज्ञेय की संपूर्ण कहानियाँ*—1, पृ. 6)

रचना स्वयं संप्रेषण की स्थिति उत्पन्न करे—इसकी परवाह निर्मल को लगातार कम होती गई है। इस धर्म को उलटकर वे कला की रहस्यात्मकता की ओर बढ़ते गए। अज्ञेय मानते थे कि "असल बात तो समाज को साथ ले चलने की है, संप्रेषण की है, स्वयं कहीं पहुँच जाने-भर की नहीं, अभिव्यक्ति मात्र की नहीं।" (वही) निर्मल की दृष्टि में रचना करते हुए समाज को साथ ले चलने का आग्रह गैर-साहित्यिक होगा। निश्चित रूप से वे ऐसी शर्तों को रचना की सफलता या असफलता की कसौटी नहीं मानते। अज्ञेय ने कभी भी उस हद तक कला की दुनिया को रहस्यमय, मायावी और जादुई नहीं माना, जिस हद तक निर्मल मानते हैं। अज्ञेय हिंदी के अनोखे कथाकार

कभी नहीं रहे। अपनी विशिष्टताओं के बावजूद वे राष्ट्रीय आंदोलन के दौर की देन थे। उनका व्यक्तित्व स्वाधीनता आंदोलन की परिस्थितियों से कहीं न कहीं बँधा हुआ था। उनकी कहानियों में जीवनानुभवों की विविधता है, समाज की विभिन्न परिस्थितियों का चित्रण है।

क्रांतिकारी राष्ट्रवाद को लेकर उन्होंने आदर्शवादी कहानियाँ लिखीं, सत्ता के खिलाफ उत्पीड़ितों के विद्रोह की 'कैसांड्रा का अभिशाप' जैसी कहानियाँ लिखीं, सैनिक जीवन की और उत्तर-पूर्वी सीमांत में बसे कबीलों के जीवन की कहानियाँ लिखीं, उनके स्थानीय इतिहास की रोमांचकारी गाथाएँ लिखीं, भारत-विभाजन से जुड़ी मानवीय स्थितियों और प्रश्नों पर कहानियाँ लिखीं और आधुनिक जीवन की विडंबनाओं पर भी कहानियाँ लिखीं। अज्ञेय की कहानियाँ हमारे इर्द-गिर्द के वास्तविक संसार की कहानियाँ हैं, हमारे निकट इतिहास की कहानियाँ हैं। उनके चरित्र निष्क्रिय स्वप्नदर्शी नहीं हैं। इन कहानियों की दुनिया से तादात्म्य करने में हमें कठिनाई नहीं होती। कुल मिलाकर अज्ञेय का कहानी-दर्शन निर्मल के कला-दर्शन से बुनियादी तौर पर अलग रहा है। अज्ञेय में वैसे कलावादी रुझान कभी नहीं रहे, जैसे निर्मल में दिखाई देते हैं। अपने आखिरी दौर में वे रहस्यवाद की ओर मुड़ गए थे, पर कहानी लिखना उन्होंने 1955-60 तक पूरी तरह बंद कर दिया था और वहाँ कोई रहस्यवाद नहीं मिलता। अज्ञेय भाषा के सौंदर्य का ध्यान रखते थे, पर भाषा के अंदर ही सब कुछ नहीं देखते थे। उनकी भाषा संगीत और लय से इतनी बँधी नहीं है, जितनी निर्मल की। अज्ञेय की अभिव्यक्ति में इतना अमूर्तन नहीं, जितना निर्मल में है। कई दृष्टियों से अज्ञेय की भाषा का निर्मल की भाषा से बिल्कुल भिन्न आधारों पर गठन हुआ है। समानता इस बात की है कि दोनों की कहानियों में एक खास किस्म की संस्कृति मिलती है। यह संस्कृति शिक्षित मध्यवर्ग के एक तबके की है, जिसमें बौद्धिकता के साथ-साथ शालीनता भी दिखाई देती है। यहाँ व्यक्ति की निजता या वैयक्तिकता एक अनिवार्य मूल्य बनकर मौजूद रहती है। वातावरण के भावपूर्ण वर्णन और छोटे-छोटे ब्यौरों के सूक्ष्म विवरण की प्रवृत्ति अज्ञेय में एक हद तक ही मिलती है—यानी कला के तत्त्व या माध्यम के रूप में, न कि एक कला-दर्शन के रूप में। निर्मल के कला-दर्शन की दृष्टि से देखें तो अज्ञेय पिछड़े हुए लेखक साबित होंगे।

निर्मल ने अज्ञेय पर जो निबंध लिखे हैं वे बहुत अच्छे नहीं हैं। उनमें अज्ञेय की अपनी विशेषताओं और महत्त्व को इतना सराहा नहीं गया, जितनी यह खीज प्रकट की गई है कि अज्ञेय मेरे (निर्मल) जैसे क्यों नहीं बने! अज्ञेय की कमजोरी यह बतलाई गई है कि अज्ञेय वहाँ तक क्यों नहीं जाते जहाँ तक निर्मल पहुँचे। जाहिर है, निर्मल खुद अच्छी तरह जानते हैं कि अज्ञेय उनसे दूर हैं।

निर्मल अज्ञेय से ही दूर नहीं हैं, वे पुराने निर्मल वर्मा से भी दूर हुए हैं, गोकि यह दूरी अधिक नहीं है। निर्मल के पहले कहानी-संग्रह की कहानियों में कलात्मक

तत्त्व कम नहीं हैं, पर अभी वे कला का दर्शन नहीं बने थे। यद्यपि इस दिशा में बढ़ने की संभावनाएँ वहाँ भी दिखती हैं। रहस्यीकरण थोड़ा-बहुत था—कला के कौशल के रूप में—कला का चरित्र नहीं बना था। *परिंदे* के प्रकाशन ने आलोचकों का ध्यान बड़े जोरों से खींचा। *परिंदे* संग्रह की मुक्त-कंठ से सराहना की गई। यह इतना गलत न था जितना यह कि वह सराहना एकांगी थी, आलोचनात्मक नहीं थी। वस्तु-स्थितियों की उपेक्षा करके कलात्मक आग्रहों के कलावादी रुझानों में बदलने की जो संभावना थी, उसकी ओर ध्यान नहीं दिया गया। ऐसी एकांगी, अनालोचनात्मक सराहना न निर्मल की कथा-यात्रा के लिए ठीक थी, न उस समय की कहानियों के रचनात्मक माहौल के लिए और न कथा-समीक्षा के विकास के लिए। बाद में 'माया-दर्पण' और 'लंदन की एक रात' को छोड़कर निर्मल की ज्यादातर कहानियाँ एक छोटी-सी दुनिया के अंदर कला का जादू दिखाने में लग गईं। यह हिंदी-आलोचना की एक दुर्घटना ही है कि जिन्होंने निर्मल के पहले संग्रह को सराहा, वे बाद में उभरी तथा सुदृढ़ हुई गलत प्रवृत्तियों की समय रहते आलोचना करने में चूक गए।

कथा-साहित्य में निर्मल की प्रतिष्ठा के पीछे उनकी खास कहानी-कला के अलावा क्या राजनीति का भी हाथ नहीं है? निर्मल कम्युनिस्ट पार्टी के सदस्य भी थे, क्या यह तथ्य उनकी आलोचना को एकांगी करने का कारण नहीं बना? अन्यथा क्या कारण है कि अज्ञेय की कहानी-कला शक्तिशाली होते हुए भी उचित सराहना न पा सकी?

आज गाँधीवादियों, पुराने परिमलवालों और समाजवादियों ने निर्मल को जो महत्त्व दे रखा है, उसका कारण निर्मल की कहानियाँ नहीं, उनके कुछ राजनीतिक विचार हैं। एक प्रभावशाली लेखक द्वारा मार्क्सवाद और कम्युनिज़्म का अंधविरोध और गाँधी जी, जयप्रकाश, लोहिया आदि के प्रति तथा हिंदू संस्कृति के प्रति उसकी घोषणाएँ। लेकिन राजनीतिक-सामाजिक विचारधारा से निर्मल की कहानियों का कभी कोई खास संबंध नहीं रहा। जब वे मार्क्सवादी थे और कम्युनिस्ट पार्टी के सदस्य थे, तब भी नहीं, और आज जब वे गाँधीवादी हो गए, हिंदू संस्कृति के अन्वेषक और समाजवादियों के निकट हो गए, तब भी नहीं। बल्कि उनकी राजनीतिक विचारधारा और उनकी कहानियों के बीच हमेशा ही एक लंबी-चौड़ी खाई रही है, ऐसा अंतर्विरोध रहा है जो और किसी लेखक में नहीं दिखता। उनकी कहानियों में चित्रित जीवन-स्थितियों, अनुभवों, संवेदना और दृष्टि से मार्क्सवाद या गाँधीवाद का क्या संबंध है? कई बार तो उनकी वैचारिक घोषणाओं और उनकी कहानियों के अनुभव-संसार के बीच की खाई एक पाखंडपूर्ण स्थिति में बदलती दिखाई देती है। मसलन वे बहुत गहरे अंदाज में दिल को कँपा देनेवाली हिंदुस्तान की दरिद्रता की बात करते हैं, लेकिन उनकी कहानियों से इस दरिद्रता का लेशमात्र भी अनुभव नहीं होता। यह एक विडंबना ही है कि जो निर्मल कला को राजनीतिक-सामाजिक आग्रहों से मुक्त रखने के पक्षपाती

हैं, उनकी कला को आज उनके राजनीतिक-सामाजिक आग्रहों के कारण महत्त्व दिया जा रहा है। अन्यथा निर्मल की कहानियों में ऐसा क्या अनुभव-सत्य है जिसे गाँधीवादी और समाजवादी साझा करते हैं?

एक बात कथा-समीक्षा के सिलसिले में। निर्मल की कहानियों की सराहना के लिए इधर किस ढंग की समीक्षाएँ लिखी गई हैं, इसे भी देख लिया जाए। निर्मल की कहानियों में दिखनेवाली अनुभूतिशीलता और उनकी अर्थ-प्रतीति की विवेचना करते हुए मलयज लिखते हैं—"निर्मल वर्मा अनुभूति को किसी विक्षुब्ध मनोभूमि से नहीं उठाते, बल्कि हमेशा एक उदास गीतिलय की मनोभूमि से उठाते हैं, जिसे तनाव के छोटे-छोटे आघातों से गहरा करते जाते हैं। अनुभूतियों में से अपनी रचना का अर्थ संप्रेषित करते हुए वे कभी-कभी अर्थ के परे चले जाते हैं, जैसे कि अर्थ की ठोस प्रतीति कराना नहीं, अर्थ को पकड़ने में निरंतर खुद के भटकने का अहसास देना उनका मकसद हो। एक लय में, भावानुभूतियों के एक संतुलित उतार-चढ़ाव में भटकना। इस भटकने के संगीत को अपनी अनुभूतियों में महसूस करना और शब्दों में अंकित करना। शब्दों में इस गीतिलय को इतना पारदर्शी बना देना कि उसे आप न सिर्फ सुन सकें, बल्कि 'देख' भी सकें।" (प्रेमसिंह द्वारा संपादित *'निर्मल वर्मा : सृजन और चिंतन'*, पृ. 42)

निश्चय ही मलयज महत्त्वपूर्ण आलोचक थे और वे निर्मल की कमजोरियों को भी समझते थे। लेकिन यहाँ आलोचक इस बात पर विचार नहीं करता कि इस सबकी—अर्थ की खोज में संगीतमय ढंग से भटकने की—कहानी में सार्थकता क्या है? कहानीकार अनुभूतियों के अर्थ को संप्रेषित करने के प्रयास में अर्थ की प्रतीति न कराके अर्थ को पकड़ने के लिए भटकता है और अपने ही भटकने के संगीत की लय को सुनता है। इस स्थिति पर कोई आलोचनात्मक टिप्पणी नहीं, बल्कि इसकी जगह उस लय की विशेषता को बताया जाता है कि आप उसे सुन ही नहीं, 'देख' भी सकते हैं! यहा कैसी समीक्षा है जो सिर्फ रचना की लहरों पर बहती है, जमीन पर टिककर विचार नहीं करती? आगे मलयज ने इसी तरह की और भी टिप्पणियाँ की हैं, जिससे लगता है कि अब समीक्षा अमूर्तन का उत्तर अमूर्तन से देते हुए कहानी से उसी तरह संगत किया करेगी, जैसे तबलची सितारवादक की करता है।

'जलती झाड़ी' कहानी पर कृष्ण रायन की एक समीक्षा है। मूलतः अंग्रेजी में लिखी गई इस समीक्षा का हिंदी अनुवाद प्रेमसिंह द्वारा निर्मल पर संपादित पुस्तक में शामिल है। इस कहानी में 'अबोधगम्य और गूढ़ तत्त्व मौजूद होने' तथा 'अस्पष्टता के बोझ से और अधिक दबे होने' की बात कहकर भी आलोचक ने 'सतह के नीचे कथानक को पाना' संभव माना है। उसने सांकेतिक अर्थों के सहारे कहानी को इस तरह पकड़ा—"कहानी के सभी पात्र अपने-अपने ढंग से कहानी कहने वाले के अलग-अलग रूप हैं; लड़के के रूप में, प्रेमी के रूप में और वृद्ध व्यक्ति के रूप

में वे कहानी कहनेवाले का ही प्रतिरूप हैं और वे सभी—मछली पकड़नेवाले काँटे के छोर, मुट्ठी-भर पत्तियों और केंकड़े को—चुनौतियों के प्रतीक स्वरूप उसके अंतर्मन की नदी में फेंकते रहते हैं। अपने बहकते-बदलते अहम् में बसे रहने से संतुष्ट कहानी कहने वाले को चुनौती दी जा रही है कि वह उससे विकसित होकर बाहर आए और अपने आत्म की खोज और घोषणा करे!"

समीक्षा का एक दूसरा अंश—"अपने आत्म—मूलभूत आंतरिक अस्तित्व—के दर्शन (विज़न) का अस्वीकार नकारात्मक ढंग से स्वयं एक दर्शन है, इसी तरह प्रकाशन (रेबिलेशन) के प्रतीक के रूप में 'जलती झाड़ी' की *ओल्ड टेस्टामेंट* जैसी महत्ता कहानी में प्रामाणिकता प्राप्त कर लेती है।"

निर्मल की दूसरी कहानियों की ही तरह इस कहानी में भी पतझड़ की पत्तियाँ गिरती-दौड़ती हैं। आलोचक इसकी व्याख्या इस तरह करता है—"वे गिरती हैं; उनका ढेर बनाया जाता है और जला दिया जाता है, उन्हें इकट्ठा किया जाता है और नदी में बहा दिया जाता है, वे सरसराती हैं, उन्हें पैरों से और लेटकर रौंद दिया जाता है; विच्छिन्नता और बिखराव का इस तरह पैदा किया गया कुल प्रभाव सच्चे, समग्र आत्म को पहचानने और उससे जुड़ी जिम्मेदारी से कतराने से उत्पन्न विघटन को आधार प्रदान करता है।"

और, अंत में उसका यह मूल्यांकन है कि " 'जलती झाड़ी' कहानी में असाधारण शक्ति है। स्याह प्रवाह और भेद छुपाए झाड़ी सहित कहानी का टापू एक परीलोक है; झरती-बिखरती पत्तियों की दुनिया में लगातार एक-दूसरे में घुलती अस्मिताएँ स्वप्न-संसार की तरह हैं।" (वही, पृ. 89)

अगर 'जलती झाड़ी' कहानी की यही व्याख्या है, तो यह, कहानी और समीक्षा, दोनों के खतरे की महत्त्वपूर्ण सूचना है! निर्मल वर्मा का रहस्यवाद, भाषा का प्रतीकवाद और छोटे-छोटे ब्यौरों में बोलती आत्मा के स्वगत वचन कहानी को कहाँ तक पहुँचा सकते हैं, इसका एक उदाहरण है 'जलती झाड़ी'। यहाँ पहुँचकर कहानी उस शास्त्रीय संगीत की तरह भी नहीं रह जाती जिसे सुनकर रीझने की क्षमता कुछ ही संस्कारशील लोगों में होती है, बल्कि किसी धार्मिक संप्रदाय के उन मंत्रों-जैसी हो जाती है जिसे सिर्फ उस संप्रदाय में दीक्षित अनुयायी ही समझ सकते हैं। और, समीक्षक की भूमिका क्या रह जाती है? उसे तो, बस, प्रतीकों तथा प्रतीकार्थों के जोड़े तैयार करने हैं। यह रहा प्रतीक और यह रहा उसका प्रतीकार्थ! इन्हें क्रम से बैठाते जाना है और कहानी अपना ध्वन्यर्थ पा जाएगी। अगर निर्मल दो-चार कहानियाँ और इसी तरह की लिख देते तो कोई आश्चर्य नहीं कि उनकी कहानियों के भी प्रतीकों और प्रतीकार्थों के वैसे ही जोड़े तैयार कर लिए जाते जैसे मध्यकालीन निर्गुण संतों या महादेवी वर्मा की रहस्यवादी कविताओं का अर्थ खोलनेवाले जोड़े बने मिलते हैं। संयोग ही कहिए कि निर्मल ने इस दिशा में और प्रयत्न नहीं किए।

अंत में एक बात काव्यात्मक भाषा के बारे में। कहानियों के लिए काव्यात्मक भाषा कहाँ तक उचित है? यहाँ पहले दो बातें स्पष्ट कर दी जाएँ। काव्यात्मक स्थिति की अभिव्यक्ति काव्यात्मक भाषा से अलग चीज है। जैसे 'परिंदे' कहानी का वह अंश जहाँ लतिका कैप्टन नेगी के साथ अपने प्रेम की स्मृतियों में डूब जाती है—"बुरूँस का लाल फूल लाए हो न झूठे!" वह पूछती है। नेगी उसके बालों में फूल लगाता है। यह प्रसंग बहुत ही मधुर और काव्यात्मक है। हालाँकि निर्मल ने यहाँ सादगी-भरे गद्य से काम लिया है, फिर भी स्थिति का प्रभाव प्रसाद की किसी कविता से कम नहीं पड़ता। दूसरी बात है, कवि-दृष्टि से देखना। अज्ञेय का विचार था कि कवि लोग कहानियाँ ज्यादा अच्छी लिख सकते हैं, क्योंकि कवि-दृष्टि यथार्थ में ज्यादा गहराई तक उतरती है। वह अधिक संश्लिष्ट होती है। यह बात आज भी कभी-कभी कही जाती है। इस पर विवाद करने की जरूरत नहीं—क्योंकि कहानियाँ सामने हैं और सब कुछ उन्हीं से सिद्ध होता है। कवि-दृष्टि से यथार्थ को देखना या लिखना भी काव्यात्मक भाषा से अलग चीज है। कहानियों में काव्यात्मक भाषा आज कवि नहीं लिख रहे हैं। हमारे विचार से काव्यात्मक भाषा कहानी के लिए उचित नहीं। कहानी गद्य की चीज है और गद्य अपना काम दूसरे ढंग से करता है। गद्य विवेचन की भाषा है, यथार्थ को अनावृत करने की भाषा है, वस्तुपरकता की भाषा है। कविता की संरचना गद्यात्मक विधाओं से अलग है। कविता की संरचना ही ऐसी होती है कि वह विवेचन करने, यथार्थ को अनावृत करने और वस्तुपरकता की भाषा को नहीं अपना सकती। कविता अनुभव-सत्य को दूसरे ढंग से प्रकट करती है। दोनों की भिन्न प्रकृति और भिन्न उपयोग है। अलग-अलग भूमिकाएँ हैं। काव्यात्मक भाषा में कहानी लिखने से कहानी का विकास सही दिशा में नहीं होगा। उससे कहानी में अमूर्तन बढ़ेगा, रहस्यीकरण और कल्पना का चमत्कार बढ़ेगा। गद्य की इन विधाओं—उपन्यास और कहानी—ने हमारे सामाजिक यथार्थ को, उसमें निहित पाखंड, विषमताओं, विडंबनाओं और अंतर्विरोधों को उद्घाटित करने की जो शक्ति दिखाई है—जिसके आचार्य शुक्ल इतने प्रशंसक रहे—वह शक्ति कम होगी। कहानी की दुनिया छोटी होगी। कम-से-कम निर्मल वर्मा की कहानियों से यह सबक लिया जा सकता है।

(*1989*)

हरिशंकर परसाई पर कुछ नोट्स

हरिशंकर परसाई के साहित्य में दो धाराएँ घुल मिल गई हैं—नई कहानी की धारा और पुराने प्रगतिशील साहित्य आंदोलन की धारा। व्यंग्यात्मक लेखन प्रगतिशील साहित्य आंदोलन की एक मुख्य प्रवृत्ति थी—सिर्फ कविता में ही नहीं, गद्य में भी। *नया पथ* या *नया साहित्य* पत्रिका में ख्वाजा अहमद अब्बास तथा दूसरे लेखक भी व्यंग्य-रचनाएँ लिखते थे। नई कहानी के दौर में इस प्रवृत्ति का विकास परसाई ने किया।

व्यंग्य रचनाएँ तो पहले भी लोग लिखते रहे हैं, परसाई पहले लेखक हैं जो इसी में घर बनाकर बैठ गए। इससे ऐसी रचनाओं की अलग पहचान बनी। इसी से कहा जाता है कि परसाई ने हिंदी में व्यंग्य को प्रतिष्ठित किया। यह प्रतिष्ठा कितने संघर्षों के बाद मिली, इसका पता परसाई की किताबों की भूमिका से लगता है। शुरू-शुरू में आलोचकों के सामने यह स्पष्ट नहीं था कि परसाई की रचनाओं को किस विधा में रखा जाए? परसाई यह क्षोभ प्रकट करते रहे कि समीक्षक उनकी रचनाओं को उचित मान्यता नहीं देते। साहित्यिक पत्रिकाओं से भी उनकी नाराजगी रही : साहित्यिक पत्रिकाएँ ब्राह्मण होती हैं; व्यंग्य शूद्र वर्ग का माना जाता है। यह संघर्ष चलता रहा। 1968 में *कल्पना* (हैदराबाद) जैसी प्रतिष्ठित साहित्यिक पत्रिका के संपादक बदरीविशाल पित्ती ने परसाई को एक स्थायी स्तंभ लिखने के लिए आमंत्रित किया। परसाई को लगा कि बदरीविशाल अछूतोद्धार में लग गए हैं। पाँच साल बाद परसाई ने संतुष्ट होकर लिखा—"व्यंग्य की प्रतिष्ठा इस बीच साहित्य में काफी बढ़ी है—वह शूद्र से क्षत्रिय मान लिया गया है।" (भूमिका, *वैष्णव की फिसलन*) हिंदी में व्यंग्य-लेखन प्रतिष्ठित हुआ। इसी के साथ परसाई भी प्रतिष्ठित हुए। पुरस्कृत और सम्मानित भी हुए।

परसाई हमारे समय के एक महत्त्वपूर्ण लेखक हैं—इसमें कोई शक नहीं। क्या वे एक महान लेखक भी हैं?

इधर कुछ सालों में परसाई पर बहुत से लोगों ने लिखा है। इसमें श्रद्धा, भक्ति और गुणगान बहुत है।

व्यंग्य रचनाएँ दो तरह की हो सकती हैं। एक वह जिसमें पाखंड, भ्रष्टाचार और विसंगतियों पर व्यंग्योक्तियाँ कसी गई हों, चरित्रों और स्थितियों को हास्यास्पद बनाया गया हो। परसाई ने इस तरह की रचनाएँ बहुत लिखी हैं। दूसरी तरह की रचना वह है जिसमें पग-पग पर व्यंगोक्तियाँ नहीं मिलतीं, हास्यास्पद स्थितियाँ मिल भी सकती हैं और नहीं भी; लेकिन रचना किसी बड़े यथार्थ को उजागर करती हुई उस पर स्वयं एक व्यंग्यात्मक टिप्पणी बन जाती है। ऐसी रचना लिखना कठिन काम है। चेखव की *एक क्लर्क की मौत* ऐसी ही महान व्यंग्य रचना है जिसका अंत हंसी से नहीं, उदास कर देने वाली ट्रैजिक स्थिति से होता है।

क्या हिंदी में ऐसी रचनाएँ किसी ने लिखी हैं? प्रेमचंद ने? इसकी जाँच होनी चाहिए। प्रेमचंद की *सद्‌गति* बेशक व्यंग्य की प्रवृत्ति से नहीं लिखी गई है, लेकिन इस कहानी का शीर्षक और इसका अंत सीमित अर्थ में ऐसी ट्रैजिक व्यंग्य रचना के काफी निकट है। *सद्‌गति* शीर्षक, जिसमें कहानी की परिणति होती है, पूरी कहानी को एक व्यंग्यात्मक रूप दे देता है। व्यंग्य दुखिया के उस मूल्य-बोध पर है जो उसे वर्णवादी व्यवस्था से मिला है और जिसे वह उचित मानकर चलता है। बेटी के विवाह के लिए साइत पूछने के लिए आया भूखा-प्यासा दुखिया बेगार में पंडितजी की लकड़ी चीरता हुआ जिस सद्‌गति को प्राप्त होता है, वह सद्‌गति क्या है? उसकी अकाल मृत्यु। इतना ही नहीं, उसके शव को कुत्ते की तरह खींचा जाता है; चील और गिद्ध उसे खुले में नोच-नोचकर खाते हैं। यही उसकी सद्‌गति है। ब्राह्मणों और धर्मात्माओं की निष्ठापूर्वक सेवा करने का यही पुरस्कार है।

परसाई ने ऐसी व्यंग्य रचनाएँ शायद नहीं लिखीं।

परसाई के लेखन-काल में उत्तरार्द्ध के बजाए पूर्वार्द्ध की रचनाएँ अधिक अच्छी हैं। उनकी प्रारंभिक कहानियों में *तट की खोज* महत्त्वपूर्ण है जो व्यंग्य-रचना नहीं है। कहानी स्त्री-पुरुष संबंधों की है जो नई कहानी के दौर का प्रिय विषय था। कथाकार स्वयं प्रकाश ने स्वयं इस लंबी कहानी की ओर ध्यान खींचकर अच्छा काम किया, लेकिन इसकी जो व्याख्या की, वह ठीक नहीं लगती। यह नारीवादी कहानी नहीं है और न हो सकती थी। कहानी की नायिका अपनी बेसहारा स्थिति में भी मनोहर के मिलते हुए सहारे को नहीं लेती तो इसका कारण यह नहीं है कि वह स्त्री की मुक्ति की खोज अकेले ही करने में विश्वास करती है या वह समझती है कि स्त्री के विकास के लिए पुरुष का अवलंब अनिवार्य नहीं। इसके उल्टे, उसका विश्वास तो यह है कि स्त्री और पुरुष, दोनों को ही अपने विकास के लिए एक-दूसरे का सहारा चाहिए। अपने अंतिम पत्र में वह मनोहर को लिखती है—"पुरुष और नारी एक दूसरे के पूरक हैं, दोनों का स्वाभाविक संबंध जरूरी है, जीवन के विकास का यही उत्तम मार्ग है।" तब फिर वह मनोहर के सहारे को क्यों ठुकरा देती है? क्योंकि मनोहर की स्त्री-पुरुष की मान्यता—जो उसे पितृसत्तात्मक समाज से मिली

है—इकतरफा है। इसके मुताबिक पुरुष सबल है और स्त्री अबला, लिहाजा पुरुष हमेशा सहारा देता है और स्त्री सहारा लेती है। यह दाता और याचक का संबंध नायिका को मंजूर नहीं—"परस्पर सहारे की बात हो तो बहुत अच्छा है; लेकिन लता और वृक्ष? नहीं, नहीं।"

यह काफी सुलझी हुई दृष्टि है कि जहाँ पुरुष और स्त्री दोनों को परस्पर सहारे की जरूरत न हो, सहारा इकतरफा हो, वहाँ उनके बीच प्रेम न होगा। वहाँ होगी करुणा, दया, एहसान तले दबे होने का बोझ या प्रभुत्व और शासन की भावना। ऐसा संबंध ज्यादा दिन चल नहीं सकता; चलेगा तो दोनों पक्षों को कटुता और तनाव देता हुआ चलेगा। इसलिए नायिका ऐसे संबंध की खोज में निकलती है जहाँ सहारा परस्पर का हो और प्रेम पर आधारित हो।

सत्य को जानना ही काफी नहीं होता। उसके अनुसार जीने का साहस भी होना चाहिए। अक्सर इस साहस के अभाव में हम स्थितियों से घिरते जाते हैं, उनकी जकड़बंदी को तोड़ नहीं पाते। फिर, स्थितियों के इस घेरे को, इस जकड़बंदी को यथार्थ की जटिलता मानकर उसमें फँसे पड़े रहते हैं।

इतनी साफ-सुथरी कहानी अपनी सुलझी हुई जीवन दृष्टि के बावजूद कहीं न कहीं से कमजोर है जिसके चलते इसे बहुत प्रशंसा नहीं मिल सकी। वह कमजोरी कहाँ है? क्या इसकी कमजोरी शिल्प में है? लेकिन शिल्प तभी कमजोर होता है जब अंतर्वस्तु में कहीं कोई कमजोरी हो। इस कहानी की कमजोरी अपने कथ्य को कहानी के अंत में एक नाटकीय मोड़ देकर पेश करने में अभिव्यक्त हुई है। स्त्री-पुरुष संबंधों के बारे में नायिका जिस धारणा को अंत में पत्र के जरिये प्रकट करती है, वह धारणा और उससे उत्पन्न होने वाला द्वंद्व और तनाव क्यों उसमें पहले कहीं नहीं दिखता? क्या इसे मनोहर के साथ उसके संबंधों की पूरी विकास-प्रक्रिया में निहित नहीं होना चाहिए था?

फिर भी यह एक महत्त्वपूर्ण कहानी है। इसकी खासियत नायिका की वह भावुकता रहित दृष्टि है जो सहानुभूति और सहारे के पीछे छुपी वास्तविक संबंध भावना को निर्ममता से पहचान लेती है। यह कहानी 1958 में लिखी गई थी जब बहुतेरे नए-पुराने कहानीकार स्त्री-पुरुष संबंधों के प्रति भावुकता पूर्ण दृष्टि से ग्रस्त थे, दावे उनके चाहे जो रहे हों। *वापसी, एक शिल्पहीन कहानी* और *धरती अब भी घूम रही है* आदि की चर्चा के प्रसंग में नामवर जी ने भावुकतारहित दृष्टि को पहली बार नई कहानी की एक विशेषता के रूप में समझने की कोशिश की थी। इससे पहले ही परसाई *तट की खोज* जैसी कहानी लिख चुके थे लेकिन उसका महत्त्व अनेदखा ही रहा। इससे भी ज्यादा आश्चर्य की बात यह है कि अपनी इसी कहानी को रोमानी समझकर परसाई आज इसका सामना करना नहीं चाहते।

नामवर जी ने परसाई की रचनाशीलता के बारे में एक महत्त्वपूर्ण सवाल उठाया।

उन्होंने गौर किया कि परसाई क्रमशः कहानी की दुनिया को छोड़ते हुए उन निबंधों की ओर बढ़ते गए जिसमें घटनाओं को केवल उदाहरण के रूप में लिया जाता है। इस पर नामवरजी ने परसाई की रचनाधर्मिता की जाँच करने का सवाल उठाया—"आखिर वह कौन-सी चीज रही है जो परसाई जी को कहानियों की दुनिया से निबंधों की ओर ले गई?" (*साम्य* विशेषांक)

परसाई का गुणगान करने वाले बहुत सारे लेखों के मुकाबले यह अकेला सवाल कहीं अधिक सार्थक है।

कहानी का सत्य कहानी से अलग नहीं रह सकता, जैसे मछली पानी से अलग नहीं रह सकती। कहानी अपनी बात खुद बोलती है। परसाई को कहानी की कला पर भरोसा नहीं। उनका व्यक्तित्व मूलतः शिक्षक, प्रचारक और सुधारक का है। कहानी कहने का उनका मकसद है लोगों को शिक्षित करना, जागरूक बनाना। शिक्षा देने के लिए शिक्षक कहानी कहता जरूर है लेकिन सिर्फ कहानी को आगे करके वह चुप नहीं रह सकता। उसका जोर इसके निष्कर्ष पर होता है। इस सिलसिले में परसाई का *पंचतंत्र संगोष्ठी* में दिया गया भाषण महत्त्वपूर्ण है। वहाँ परसाई ने कहा—"मैं कहानी लिखता हूँ। मुझे यह कठिनाई बराबर आती है कि जो मैं कहना चाहता हूँ, वह मेरे इन पात्रों में से कोई नहीं कह सकता। तो क्या करूँ? क्या कहानी के बीच में निबंधों का टुकड़ा डाल दूँ? पर इससे कथा-प्रवाह रुकेगा। तो फिर क्या एक और पात्र निर्मित करूँ जो मेरी बात कह दे?" (पृ. 226, *परसाई रचनावली-6*)

यह प्रश्न परसाई की रचनाधर्मिता के स्वरूप को समझने के लिहाज से महत्त्वपूर्ण है। एक उदाहरण देकर परसाई अपनी कठिनाई को और ठोस ढंग से पेश करते हैं—"अभी मैंने एक कहानी लिखी जिसका नायक डॉक्टर ऑफ साइंस है, आधुनिक है। वेश-भूषा, रहन-सहन पश्चिमी है। मगर वह बाहर बैठक में गैलिलियो और आइंस्टीन के चित्र लगाए हैं और भीतर हनुमानजी तथा सत्य साईं बाबा के। शनिवार को वह हनुमान दर्शन करने जाता है। वह मानता है कि उसे डॉक्टरेट हनुमान की कृपा से मिली है और प्रोफेसर वह सत्य साईं बाबा की कृपा से हुआ है। वह जातिवादी है। आधुनिकता और मध्ययुगीनता उसमें साथ-साथ हैं। और वह एक सांस्कृतिक बौद्धिक विकृति हो गया है। इस बात को मैं कहानी में कैसे कह दूँ?"

यहाँ परसाई की कठिनाई बिलकुल स्पष्ट हो गई है। समस्या कहानी लिखने की नहीं है। यह तो लिखी या सोची जा चुकी है, समस्या इस बात को उस कहानी में डाल देने की है। इस कठिनाई को दूर करने के लिए परसाई पंचतंत्र की आख्यान शैली पर निगाह टिकाते हैं—"मैंने ठीक विष्णुशर्मा की शैली अपनाई कि कथा को अभी स्थिर रहने दो। पंचतंत्र में विष्णुशर्मा सदियों के मानवजाति के अनुभव और निष्कर्ष के आप्तवचन जैसे कथा के बीज डालते जाते हैं। जैसे—"अतिथि के आने पर जिस गृहस्थ का स्वामी उपेक्षापूर्वक इधर-उधर दिशाओं की ओर देखने लगता

है, उस घर में अतिथि के रूप में जाने वाले व्यक्तियों को सींग रहित बैलों के समान ही समझना चाहिए।...इसमें कथा स्थिर है। अप्रत्याशित और चमत्कारिक अंत इस कथा का होगा जिसमें अंतिम सूत्र मिलेगा। पर बीच-बीच में ये वक्र वक्तव्य कथाकार देता जाता है।''

इस तरीके से परसाई की समस्या का हल निकल आया। ''मैंने दुहरे व्यक्तित्व वाले विज्ञान के आधुनिक आचार्य की कहानी में बेखटके अपना वक्तव्य इस तरह डाल दिया क्योंकि मुझे लगा कि पूरे यथार्थ को और उसके निष्कर्ष को कहानी के (वेल मेड स्टोरी) फार्म में नहीं कहा जा सकता। कहानी के इस फार्म को तोड़ना ही होगा।''

कहानी का फार्म कोई पवित्र या सनातन विधान नहीं होता। अब तक के फार्मों को किसी न किसी हद तक तोड़कर ही कहानी कला का विकास होता रहा है। यहाँ भी क्या कहानी का ही विकास हुआ है? इसका अंदाजा तो उस वक्तव्य को ही देखकर लगाया जा सकता है जिसे, परसाई के मुताबिक, कहानी अपने आप प्रकट नहीं कर पा रही थी। वह वक्तव्य इस प्रकार है—''आधुनिकता, वैज्ञानिकता उन्होंने ऊपर से पूरी तरह ओढ़ ली है। मगर भीतर उनकी आत्मा में अपनी जाति ने जो कुसंस्कारों, अंधविश्वासों, मिथ्याचारों, रूढ़ियों की *विष्ठा* हजारों सालों से जमा की है, वह रखी है। रसायनिक विधि से उन्होंने उस *विष्ठा* को ताजा रखा है। वरना *विष्ठा*, जिसे मैला कहते हैं, बहुत अच्छा खाद है जो गोभी जैसी फसल देता है। अगर ये पुनरुत्थानवादी आधुनिक अपने अतीत के इस मैले को आत्मा में न रखते, वह आम मनुष्य की चेतना के खेतों की खाद बन जाता, तो स्वस्थ विश्वास, वैज्ञानिक दृष्टि, तर्कपूर्ण जीवन-मूल्य की फसल आ जाती। मगर ये अधूरे, मिथ्या आधुनिक बुद्धिवादी उस मैले को खाद नहीं बनने दे रहे।''

तो यह है वह वक्तव्य जिसके लिए कहानी का फार्म तोड़ना पड़ा। इससे कहानी का कितना विकास या भला हुआ? कहने की जरूरत नहीं कि यह वक्तव्य कहानी का निष्कर्ष है, उसकी शिक्षा है, जिसे यहाँ कहानी के साथ कहानी के अतिरिक्त, दे दिया गया है।

अपने लेखन के पूर्वार्द्ध में अपनी बात कहने के लिए परसाई को कहानी में अलग से वक्तव्य डालने की जरूरत नहीं पड़ती थी। कहने के लिए कोई बात तब भी होती थी, लेकिन वह कहानी से खुद-ब-खुद निकलती थी। मिसाल के लिए 1956 में प्रकाशित संग्रह *तब की बात और थी* की एक कहानी *बाबू की बदली* को लें। एक दफ्तर के बड़े साहब दौरे में अपने मातहत कर्मचारी के घर में ठहरते हैं और छल कपट से उसे बाहर भेजकर उसकी पत्नी से बलात्कार करते हैं। इसके बाद पत्नी आत्महत्या कर लेती है और अपना अंतिम पत्र पति के नाम छोड़ जाती है कि अब यह तन जीने योग्य नहीं रहा। कहानी जब छपी तो कई स्त्रियों ने इसके

अंत के प्रति विरोध जाहिर किया। स्त्रियों ने परसाई से पूछा कि यदि छल-कपट से बाध्य हो बाबू की पत्नी का अफसर से शरीर संपर्क हो गया तो क्या उसे मर जाना चाहिए था? आपने इस स्त्री से समर्पण क्यों कराया, क्या वह प्रतिकार नहीं कर सकती थी? क्या वह अफसर का गला नहीं घोंट सकती थी? (भूमिका *तब की बात और थी*)।

इन सवालों से समझा जा सकता है कि कहानी ने स्त्रियों के अंदर कितना रोष पैदा किया था। जवाब में परसाई ने जो कहा—बल्कि उद्घाटित किया—वह और भी दिलचस्प है। परसाई ने कहा कि मैं नारी की गुलामी का समर्थक नहीं हूँ। अनिच्छापूर्वक ही क्यों, इच्छापूर्वक भी अगर नारी का संपर्क अन्य पुरुष से हो जाए, तो भी वह एक हद तक क्षम्य है। परस्त्री गामी पुरुष का भी तो कुछ बिगड़ता नहीं। 'पर', परसाई ने कहा, "कहानी की नायिका अगर प्रतिकार कर देती, तो व्यक्ति के इस प्रतिकार से हम संतोष का अनुभव भर कर लेते। बड़े पद और धन के प्रभाव से मातहतों की स्त्रियों की इज्जत लूटना, बड़े परिणाम में एक सामाजिक बुराई है जिसका अंत व्यक्ति के प्रतिकार से नहीं होगा। हर आदमी के हाथ में बंदूक दे देने से क्रांति नहीं हो जाएगी। ऐसी सामाजिक बुराई के लिए सामाजिक करुणा और सामाजिक रोष को जगाना होगा, संगठित सामाजिक संघर्ष करना होगा। बाबू की पत्नी के बलिदान में यही प्रयोजन है।" (वही)

स्पष्ट है कि कहानी के इस अंत के पीछे एक खास मकसद था जिसमें लेखक सफल भी रहा। अगर नायिका प्रतिकार कर देती तो पढ़ने वालों में वह रोष उत्पन्न न होता जिसे लेखक उनमें जगाना चाहता था।

परसाई के लोकशिक्षक का रूप यहाँ भी झलकता है। लेकिन शिक्षा के लिए उसे कहानी के बीच में कोई वक्तव्य डालने या अतिरिक्त कहने की जरूरत नहीं पड़ी।

जनता को समाज, संस्कृति और राजनीति के प्रति जागरूक और शिक्षित करने के लिए परसाई ने साहित्यिक लेखन को अपना माध्यम बनाया। यह काम सफलतापूर्वक करने के लिए उन्होंने साहित्यिक विधाओं के चौखटों की परवाह नहीं की और *पंचतंत्र*, *महाभारत* तथा *रामचरितमानस* की शैली में कथा के माध्यम से जीवन विवेक प्रस्तुत किया। घटनाओं या प्रसंगों की उद्भावना कर, पात्रों की सृष्टि कर अपनी बात कहने का रास्ता निकाला। परसाई के साहित्य की लोकप्रियता का रहस्य इसी आख्यान शैली में है। ऐसा लेखनकर्म परसाई ने एक मिशनरी की तरह, एक पेशेवर कार्यकर्ता की तरह इतने बड़े पैमाने पर किया कि देखकर आश्चर्य होता है। पत्रिकाओं और अखबारों में कालम लिखकर, पाठकों के प्रश्नों के उत्तर देकर, कहानियाँ, निबंध और संपादकीय लिखकर, भाषण देकर—सभी माध्यमों से उन्होंने जीवन और समाज की आलोचना करके, रोचक किस्से और खरी-खोटी बातें सुनाकर, आँखों में उँगली डालकर

लोगों को सत्य दिखाया, उन्हें सचेत किया। इन माध्यमों से पिछले 30-40 सालों से वे भारतीय समाज के रूढ़िवाद, सांप्रदायिकता और प्रतिक्रियावादी राजनीति के खिलाफ लड़ते आ रहे हैं। यही है परसाई का वह बड़ा रचनात्मक व्यक्तित्व जिसके प्रति आज उचित ही श्रद्धा उमड़ी है। श्रद्धा-भक्ति के इस वातावरण में उनकी रचनाओं के विवेकपूर्ण मूल्यांकन का काम कुछ कठिन हो गया है।

हिंदी व्यंग्य साहित्य में परसाई का एक महत्त्वपूर्ण योगदान यह है कि उन्होंने व्यंग्य के विषय क्षेत्र का अभूतपूर्व विकास किया। इससे पहले व्यंग्य का विषय मुख्यतः राजनीतिक ही रहता था या सतही आधुनिकता और कुछ धार्मिक-सामाजिक रूढ़ियाँ। प्रगतिशील साहित्य आंदोलन के दौरान जब यथार्थवाद का बोलबाला हुआ—कई नए क्षेत्रों को भी व्यंग्य के लिए ले लिया गया। लेकिन परसाई की दृष्टि जीवन और समाज के हर क्षेत्र पर पड़ी। उन्होंने व्यंग्य के लिए असंख्य नए विषय जुटाए जिन पर पहले किसी की नजर नहीं गई थी। उन्होंने स्वतंत्रता के बाद हमारे निजी पारिवारिक और सामाजिक-राजनीतिक-सांस्कृतिक जीवन में उभरी नई प्रवृत्तियों, नई प्रक्रियाओं, नए पेशों, नए तबकों-गिरोहों, नए चरित्रों और नई मनोवृत्तियों की अचूक पहचान कराई। स्वतंत्र भारत की इमारत के नव निर्माण के समय से ही उसमें कौन-कौन से दीमक लग गए, इसे बखूबी दिखाया। यह 'सिस्टम' काम कैसे करता है, सरकारी और गैर-सरकारी संस्थाओं की कार्यप्रणाली और कार्यक्षमता के रहस्य क्या हैं, इसे परसाई ने दिखाया। खासकर शिक्षित मध्यवर्ग की संस्कृति, आचरण और मनोवृत्तियों की पोल बेलाग ढंग से खोलकर रख दी। व्यंग्यात्मक लेखन में समकालीन जीवन और समाज की इतनी विस्तृत जानकारी और चुटीली आलोचना परसाई से पहले और किसी लेखक में नहीं मिलती।

व्यंग्य कोई अलग विधा है या नहीं, इसे लेकर परसाई के मन में दुविधा दिखती है। ज्ञानरंजन से इंटरव्यू में उन्होंने कहा कि व्यंग्य कोई विधा नहीं है; एक 'स्पिरिट' है। लेकिन *तिरछी रेखाएँ* की भूमिका में उन्होंने व्यंग्य को अलग विधा मानकर बात की है।

व्यवहार में परसाई ने अपनी रचनाओं से व्यंग्य को लगभग एक विधा बना दिया। उन्होंने इसके लिए दो तरह के ढाँचे विकसित किए। एक ढाँचा छोटी रचनाओं का है। इसकी विशेषता यह है कि इसमें कोई एक मुख्य कथ्य तो होता है लेकिन लेखक उसी पर डटा नहीं रहता, बल्कि अक्सर उसे पीछे छोड़कर या उसके इर्द-गिर्द चक्कर काटते हुए चलता है। बीच-बीच में या अंत से पहले मुख्य कथ्य पर लौट जरूर आता है। लेखक मानो सामने बैठे श्रोताओं को अपने अनुभव सुना रहा हो। इसी सिलसिले में वह छोटे-छोटे किस्से या प्रसंग-संस्मरण सुनाता जाता है। बात से

बात निकलती जाती है और अंतर्निहित विषय की आलोचना भी चलती रहती है।

व्यंग्य रचना का यह ढाँचा, जो परसाई का विकसित किया हुआ है, आज सभी व्यंग्यकारों के बीच रूढ़ हो गया है। इस ढाँचे के विकास के पीछे दैनिक या साप्ताहिक अखबारों की बाध्यताओं का काफी हाथ है जिनके स्थायी स्तंभों में ऐसी अधिकतर रचनाएँ छपीं। व्यावसायिक कारणों से ये स्तंभ ज्यादा लंबे नहीं हो सकते थे। ऐसी रचनाओं के विषय, स्वरूप और स्तर पर भी इन अखबारों के अपने स्तर और उनके पाठकों के स्तर का भी प्रभाव पड़ता रहा है। इन रचनाओं में हास्य और व्यंग्य दोनों का मिला-जुला रूप रहता है। इस प्रचलित रूढ़ ढाँचे में जो व्यंग्य रचनाएँ आजकल विभिन्न हिंदी अखबारों में निकलती रहती हैं, उनका कोई साहित्यिक मूल्य नहीं दिखता।

परसाई ने व्यंग्य का जो दूसरा ढाँचा विकसित किया, वह लंबी व्यंग्य रचनाओं के लिए है। एक तरह से यह पहले ढाँचे का ही विस्तृत और विकसित रूप है। इसमें कोई एक मूल कथा रहती है जो बहुत सीधी होती है। लेकिन लेखक उसमें कई मोड़ उपस्थित कर, पौराणिक आख्यानों की शैली में नए प्रसंगों, घटनाओं और चरित्रों की उद्भावना कर लेता है। मूल कथा की दृष्टि से कई बार ये उद्भावनाएँ अनिवार्य नहीं होतीं, लेकिन इन्हीं नए प्रसंगों, चरित्रों और घटनाओं के बहाने लेखक विभिन्न सामाजिक संस्थाओं, प्रवृत्तियों और स्थितियों पर व्यंग्य कर पाता है। जैसे फिल्मों में गानों के लिए और मारधाड़ के लिए स्थितियाँ निकाल ली जाती हैं, उसी तरह इन लंबी व्यंग्य रचनाओं में व्यंग्य करने के लिए स्थितियाँ बना ली जाती हैं। ऐसी रचना में फैंटेसी या अद्भुत प्रसंगों की भरमार होती है। परसाई की *रानी नागफनी की कहानी* ऐसी ही रचना है।

लेकिन परसाई की श्रेष्ठ व्यंग्य रचनाएँ इन दोनों ढाँचों से बाहर उन कहानियों और निबंधों के रूप में लिखी गई हैं जिनमें लेखक ने बहुत गंभीरता, एकाग्रता और कलात्मक संयम के साथ किसी कथ्य का निर्वाह किया है और बात से बात निकालने और चुहल करते रहने की प्रवृत्ति पर अंकुश लगाया है। *कंधे श्रवण कुमार के, पगडंडियों का जमाना, घायल वसंत, ठिठुरता हुआ गणतंत्र, अकाल उत्सव, हैडमास्टर और प्रेम-पत्र, एक मध्यवर्गीय कुत्ता, इंस्पेक्टर मातादीन चाँद पर* और *एक लड़की, पाँच दिवाने* परसाई की ऐसी ही श्रेष्ठ व्यंग्य रचनाएँ हैं।

परसाई की सबसे प्रतिनिधि व्यंग्य रचना *रानी नागफनी की कहानी* को माना जा सकता है। इसमें मूल कथा तो प्रेम और प्रेममार्ग की बाधाओं की है, लेकिन इसी में परसाई ने विभिन्न पात्रों और प्रसंगों की सृष्टि करके हमारी शिक्षा और परीक्षा प्रणाली, प्रेम और विवाह संबंधी रूढ़िवादी मान्यताएँ, कुर्सी की लड़ाई के दाँवपेंच, दहेज की सौदेबाजियों और साधु-महंतों के वेष में भ्रष्ट-अपराधी तत्त्वों के कारनामों और उनके राजनीतिक संपर्कों को अपने व्यंग्य की चपेट में लिया है। यह व्यंग्य

कहीं-कहीं चुभता है और सूक्ष्म सामाजिक निरीक्षण को सूचित करता है, तो कई जगह सपाट और स्थूल है। कुछ जगहों पर यह सिर्फ हँसी और मनोरंजन पैदा करने तक, एक बातूनीपन तक सीमित रहता है। परसाई का कमाल इस कहानी में मदारी की पतली रस्सी का संतुलन साधते हुए चलने में है। एक ओर वे अपने नायक-नायिका का हास्यास्पद आचरण दिखाकर उनके चरित्र पर, उनकी मनोवृत्तियों पर व्यंग्य कसते हैं, दूसरी ओर प्रेममार्ग की बाधाओं को सामने कर, पाठक की सहज न्यायवृत्ति को उकसाकर इन्हीं नायक-नायिकाओं के प्रति सहानुभूति भी बनाए रखते हैं। इससे पता चलता है कि परसाई की कला कितनी मँजी हुई है। लेकिन उनकी असली ताकत तो उनकी निर्मम, भावुकता रहित दृष्टि है जिससे वे हर झूठे आवरण को भेद डालते हैं। इसी दृष्टि के कारण प्रेम मार्ग के सारे संघर्षों को दिखाते हुए वे बड़ी सहजता से प्रेम संबंधों में पहले से ही लगे हुए नैतिक भ्रष्टाचार के दीमक को भी दिखा देते हैं। प्रेम की विडंबना के ऐसे दो प्रसंग जिक्रेकाबिल हैं। विवाह के समय दुल्हन के रूप में सजती हुई नागफनी अपनी सखी करेलामुखी से पूछती है कि मेरे भूतपूर्व प्रेमियों ने जो कपड़े और आभूषण दिए हैं, उनका क्या करूँ? करेलामुखी कहती है कि उन्हें अपने साथ ले जाओ। नागफनी दुविधा में पड़ती है कि 'वे' क्या सोचेंगे? प्रेमियों के उपहार ससुराल ले जाना क्या अच्छा है? करेलामुखी ने कहा—"कुमार बहुत उदार विचारों के हैं। वे स्वयं प्रेम कर चुके हैं और उनके दिए वस्त्र-आभूषण कई कुलवधुएँ पहन रही हैं। वे जानते हैं कि तुम्हारा स्वभाव बहुत प्रेमपूर्ण है। जब तुम विवाह के पूर्व प्रेम कर चुकी हो तो विवाह के बाद तुम पति को बहुत प्रेम करोगी ही।"

दूसरा प्रसंग। ऐन विवाह के वक्त दहेज की सौदेबाजी में दूल्हा अस्तमान बिना कुछ भी बोले, एक शरीफ आदमी की तरह चुपचाप कलम लिए तब तक खड़ा रहता है जब तक उसे दस लाख रुपए का चेक नहीं मिल जाता। अमात्य उसे विश्वास करने के लिए कहता है कि "चेक तो हम देंगे ही" जबकि चेक उसकी जेब में पड़ा है लेकिन वह निकालकर नहीं दे रहा है। चेक अस्तमान को मिलता है, वह शादी के कागज पर दस्तखत करता है और इस विडबनापूर्ण दृश्य का अंत इस तरह होता है—"बाहर शहनाई बजने लगी। फूलों की वर्षा होने लगी। नगर में जय-जयकार होने लगा।" भीतर हुई सौदेबाजी और बाहर हो रही जय-जयकार के बीच की विसंगति ही व्यंग्य की वह चोट है जिसके लिए और किसी वक्तव्य की जरूरत नहीं।

परसाई की व्यंग्य रचनाओं में फैंटेसी की भूमिका महत्त्वपूर्ण है। यह परसाई की कला है। *अकाल उत्सव* इस कला की श्रेष्ठ उपलब्धि है। इसमें फैंटेसी की वही भूमिका है जो मुक्तिबोध की कविताओं में है।

मध्यवर्ग की संस्कृति और मूल्य, उसकी विडंबनाएँ और पाखंड, उसकी तर्कहीनता और स्वार्थपरता परसाई की रचनाओं के प्रिय विषय हैं। मध्यवर्गीय व्यक्ति की

मनोवृत्तियों पर व्यंग्य कसना कोई परसाई से सीखे। उदाहरण के लिए—*वो जरा वाइफ है न!*

व्यक्ति की ही नहीं, पूरे युग की मनोवृत्ति को भी परसाई ने पकड़ने की कोशिश की है। हालाँकि यह कोशिश दूर तक गई या सफल हुई नहीं दिखती। उदाहरण के लिए—*विकलांग श्रद्धा का दौर।*

कभी-कभी परसाई की संवेदनशीलता मुक्तिबोध के बहुत नजदीक पहुँचती दिखाई देती है। जैसे—*एक मध्यवर्गीय कुत्ता* में।

नई कहानी के दौर में प्रतीकात्मकता की जो प्रवृत्ति चली थी, वह परसाई की व्यंग्य रचनाओं में भी मिलती है। *घायल वसंत, पगडंडियों का जमाना* और *कंधे श्रवण कुमार के* में वसंत, पगडंडियाँ और श्रवण कुमार के कंधे ऐसे ही बृहत्तर सामाजिक यथार्थ की ओर संकेत करते हैं।

घायल वसंत पर हजारीप्रसाद द्विवेदी की शैली का प्रभाव झलकता है।

व्यंग्य रचनाओं में अवलोकन बिंदु का सवाल कि लेखक किस जगह से चीजों को देख रहा है—महत्त्वपूर्ण होता है। परसाई की रचनाओं में यह अवलोकन बिंदु कहाँ है? इसकी विस्तृत जाँच होनी चाहिए। इससे कुछ महत्त्वपूर्ण बातें हाथ लगेंगी तो साथ ही गड़बड़ियाँ भी दिखने की संभावना है। अगर अवलोकन बिंदु सही हो तो व्यंग्य प्रखर बन जाता है। *प्राइवेट कालेज का घोषणा-पत्र* इसी कारण प्रभावशाली रचना बन गई है। इसमें एक प्राइवेट कालेज की असलियत को प्रामाणिकता के साथ खोलने के लिए सारा वृत्तांत खुद उसके मालिक सेठ की दृष्टि से दिया गया है। चूँकि वह इस बारे में अपने विश्वसनीय व्यक्तियों को ही पत्र लिख रहा है, इसलिए वह सहज-स्वाभाविक ढंग से सारी बातें कहता जाता है। इससे ऊपरी आवरण और भीतर का यथार्थ, दोनों साथ-साथ उजागर होते चलते हैं।

परसाई की भाषा की एक खासियत विभिन्न तबकों या पेशों की प्रतिनिधि भाषा की नकल उतारने में, उसका लहजा ले आने में है। जैसे धार्मिक लोगों की कुछ पुराने ढंग की भाषा, आर्यसमाजियों की कुतर्कपूर्ण भाषा या राजनीतिक दलों—जनसंघियों, कम्युनिस्टों और संसोपाइयों की जुमलोंवाली, खास शब्दावली से युक्त भाषा। *प्राइवेट कालेज का घोषणा-पत्र* में ऐसे कालेज चलानेवाले व्यापारियों-सेठों की भाषा का अच्छा नमूना है।

परसाई के सभी स्तंभों में *कल्पना* पत्रिका वाला *और अंत* में स्तंभ सबसे प्रभावशाली रहा है। साहित्य जगत की हलचलों, प्रवृत्तियों और वातावरण पर ऐसे चुटीले व्यंग्य हिंदी में और किसने लिखे हैं?

अपनी भूमिकाओं में परसाई ने चिढ़कर लिखा है कि व्यंग्य को लोग हल्का साहित्य समझते हैं और इसे स्थायी महत्त्व का नहीं माना जाता। बात चिढ़ने की नहीं है। व्यंग्य होने या न होने मात्र से कोई रचना हल्की या भारी, स्थायी या अस्थायी

नहीं होती। यह तो उसकी अंतर्वस्तु, प्रभाव और अर्थ पर निर्भर करता है। व्यंग्य रचनाएँ भी हर तरह की हो सकती हैं। खुद परसाई की भी सभी व्यंग्य रचनाएँ एक ही स्तर की नहीं हैं। उनमें बहुत-सी हल्की भी हैं जिनका कोई स्थायी महत्त्व नहीं होगा। राजनीतिक हलचलों, पार्टियों और नेताओं से संबंधित कई रचनाएँ ऐसी हैं इन्हें एक बार पढ़ चुकने के बाद दुबारा पढ़ने की जरूरत नहीं होती। प्रेमचंद की कई कहानियाँ हम आज भी दुबारा तिबारा पढ़ना चाहते हैं, लेकिन उन्हीं की लिखी हुई कई टिप्पणियाँ जैसे बनारस की म्युनिसिपैलिटी या गन्ना उत्पादकों पर लगाए गए टैक्स संबंधी लेख हम आज क्यों नहीं पढ़ते?

व्यंग्य को अगर एक विधा जैसा मानकर रचना की जाएगी तो उसकी सीमाओं को भी मानना पड़ेगा। अरुण कमल ने परसाई की भाषा को संतों की भाषा की तरह सीधी और स्पष्ट बताते हुए लिखा है कि—"गद्य या कविता, हर जगह, जहाँ व्यंग्य का तत्त्व होगा, भाषा एक ही अर्थ देगी।" महत्त्वपूर्ण साहित्यिक रचना न इतनी सीधी और स्पष्ट होती है, न उसका संत की भाषा की तरह एक ही निश्चित अर्थ होता है। वर्षों पुरानी महान रचनाएँ बार-बार इसलिए पढ़ी जाती हैं क्योंकि आनंद देने के अलावा उनका अर्थ भी कभी निःशेष नहीं होता। हर युग में उनसे एक नया अर्थ ग्रहण किया जाता है। परसाई की जो रचनाएँ श्रेष्ठ हैं, उनमें भी शायद एक ही सीधा और स्पष्ट अर्थ नहीं है।

बार-बार कहा जाता है कि व्यंग्य सिर्फ हास्य नहीं है। परसाई इस पर जोर देते हैं कि व्यंग्य मूलतः करुणा या क्रोध जगाता है। सिद्धांत रूप से कही गई यह बात व्यवहार में, रचनाओं में कहाँ तक दिखाई देती है? परसाई की रचनाओं में करुणा कहाँ है? क्या क्रोध भी सब जगह है?

परसाई की कुछ प्रारंभिक कहानियों में—*एक घंटे का साथ* और *रामदास* जैसी रचनाओं में करुणा का भाव है। *हैडमास्टर और प्रेमपत्र* तथा *एक लड़की पाँच दिवाने* में ऐसी करुणा है जो समाज और मनुष्य के स्वभाव की सही समझ से पैदा होती है। *ठिठुरता हुआ गणतंत्र* में ठिठुरते हुए हाथों से ताली बजाने की बात में वैसी ही मार्मिक करुणा कौंध जाती है जैसी चार्ली चैपलिन की फिल्मों में अनुभव होती है। इस तरह के उदाहरणों के बावजूद यह कहना जरूरी है कि परसाई की ज्यादातर व्यंग्य-रचनाएँ मूलतः करुणा नहीं जगातीं। उदाहरण के लिए—*भोलाराम का जीव* में दफ्तर की लाल फीताशाही को देखिए। अंत में एक टेबल के नीचे से भोलाराम का जीव चिल्लाता है—मैं यहाँ हूँ। इससे स्थिति हास्यास्पद ही बनती है, करुणा या क्रोध नहीं उपजता। असल में परसाई ने व्यंग्य रचनाओं के लिए जो आम ढाँचा विकसित किया है जिसके साथ वे बँध गए हैं, उसके पीछे करुणा की दृष्टि होने के बजाय स्थितियों की हास्यास्पदता को प्रकट करने और चुटीली आलोचना करने की प्रवृत्ति ही अधिक है।

एक *सब-टेनेंट की कथा* को देखिए। सब-टेनेंट की स्थिति सचमुच करुण होती है। लेकिन पाठक उससे अपना मनोरंजन करते हैं। उसका डरना, सहमना, सिमटना और चौकन्ना रहना—यह सब उसके व्यक्तित्व को दीन-हीन और हास्यास्पद बनाता है। इसका कारण परसाई का अवलोकन बिंदु है। परसाई सब-टेनेंट के यथार्थ को कहाँ खड़े होकर देखते हैं? वे उसके मालिक के दोस्त हैं और उसके साथ खड़े होकर जो दिखाई देता है, सिर्फ वही देखते हैं। *राम का दुःख और मेरा* में खुद किराएदार बनकर परसाई किराएदार के दुःख को मनोरंजक बनाकर पेश करते हैं। लेखक सोचता है कि अगर तुलसी के राम किराएदार होते तो वर्षा ऋतु में सीता को याद करने के बजाय लक्ष्मण को टपकती हुई छत की मरम्मत का कुछ इंतजाम करने के लिए भेजते। लक्ष्मण बाण मारकर बादलों को छितरा देता या मकान-मालिक का सिर काट लेता। इन सबसे मनोरंजन ही होता है। सिर्फ गालिब की पंक्तियाँ उद्धृत कर देने से ही करुणा नहीं उपज सकती। इसी प्रवृत्ति के कारण जिन स्थितियों में क्रोध आना चाहिए, वहाँ क्रोध भी नहीं आता। *आई बरखा बहार* में नल के पानी से केंचुए निकलते हैं। परसाई ने इस स्थिति को इतना हास्यास्पद बनाया है कि उससे कार्पोरेशन के प्रति क्रोध आ ही नहीं सकता। यही बात *गाँधी को चिट्ठी पहुँचे* पर भी लागू होती है। एक व्यंग्य-रचना है *मिल लेना*। जनता के जरूरी काम सरकारी दफ्तरों में राजधानी के मंत्रालयों में अटके पड़े रहते हैं। सत्ता के दलालों का एक तबका ऐसा विकसित हुआ है जिनके जरिये पैसा खर्च करके लोग अपना काम करवाते हैं। जो साधनहीन हैं, वे नहीं करा सकते। इस सामाजिक स्थिति के दो पक्ष हैं—सत्ता के दलालों के हाथ कितने लंबे हैं, वह कितना शक्तिशाली तबका है, इसकी भयानकता को दिखाना। खुद लेखक बताता है कि यही लोग बजट बनवाते हैं, सरकार चलाते हैं, युद्ध और शांति इनके इशारे पर होती है। लेकिन लेखक इनकी इस क्षमता की भयानकता का एहसास दिलाने वाले प्रसंग नहीं चुनता। वह मानो हँस कर कहता है—अरे भाई। ये क्या नहीं करा सकते। दूसरी ओर वह उन साधनहीन लोगों की करुण स्थिति पर दृष्टि ही नहीं डालता। पूरी रचना में वह सिर्फ काम करा लेने की कला में अपने अनाड़ीपन और अनिच्छा से उत्पन्न होने वाली हास्यास्पद स्थितियों को ही चित्रित करने में मग्न दिखता है।

ऐसी रचनाओं के आधार पर अगर कोई कहे कि व्यंग्य रचनाएँ हल्की-फुल्की होती हैं, तो इसमें गलत क्या है?

परसाई की राजनीतिक दृष्टि यथार्थ को देखने या उजागर करने में हमेशा सहायक नहीं बनती; बाधक भी बनती है। नेहरू पर व्यंग्य इसकी मिसाल है। एक ओर वे नेहरू की अदा पर जान छिड़कने वाली जनता को मूर्ख बताते हैं, दूसरी ओर खुद नेहरू को अच्छा, पर कांग्रेसियों को बुरा समझते हैं (देखिए, *कांग्रेस, सेठ और समाजवाद, रचनावली-6*)। इंदिरा गाँधी के प्रति परसाई की राजनीतिक दृष्टि ने परसाई

की व्यंग्य क्षमता और लेखनी को मानो ग्रस लिया हो। परसाई आपात्काल की सफाई देते, उसकी वकालत करते और उसकी असंगतियों से भरी व्याख्या करते दिखाई देते हैं। वे आपात्काल विरोधी आंदोलन को बहुत सरल-सपाट बनाकर (सी. आई. ए. से प्रेरित प्रतिक्रियावादी आंदोलन के रूप में) देखते हैं और खुद यथार्थ से कट जाते हैं। परसाई को इसका कोई एहसास नहीं है कि आपात्काल में सरकार ने मजदूर वर्ग पर कितने हमले किए। ऐसी राजनीतिक दृष्टि परसाई की व्यंग्यात्मक क्षमता और रचनाशीलता को सीमित और निस्तेज करती है।

बहुत जागरूक होने के बावजूद परसाई कम्युनिस्टों को अपने व्यंग्य का विषय नहीं बना सके। संसदीय राजनीति की दलदल में फँसी कम्युनिस्ट पार्टियों की शक्तिहीनता और भ्रष्टाचार, मुट्ठी भींचकर लाल सलाम बोलने वाले कामरेड की पार्टी लाइन के साथ-साथ बदलते रहने की मजबूरी और कामरेडों का व्यक्तिगत आचरण—घर में, परिवार में, मजदूरों और किसानों के बीच—और इस आचरण की विसंगतियाँ—परसाई की व्यंग्य दृष्टि इन पर नहीं पड़ती है। वे अपने सबसे पास खड़े संगठन और लोगों में उभरी नई प्रवृत्तियों, नई मनोवृत्तियों और विद्रूपताओं को नहीं देख पाते।

इसका कारण शायद यह है कि विचारधारा यथार्थ को देखने में हमेशा सहायता नहीं करती, बाधा भी देती है।

परसाई ने साम्प्रदायिकता के खिलाफ हमेशा साहसपूर्वक संघर्ष किया है। पर उनकी सांप्रदायिकता संबंधी समझ के कुछ एक पक्षों पर सावधानी से विचार करने की जरूरत है। वे सांप्रदायिकता की जड़ें मध्ययुगीन इतिहास और स्मृतियों में मानते हैं। लेकिन आज की सांप्रदायिकता एक आधुनिक विचारधारा है और यह एक दूसरी आधुनिक विचारधारा राष्ट्रवाद से घनिष्ठ रूप से जुड़ी हुई है। विचारधाराओं के रूप में ये दोनों ही मध्ययुग में नहीं थी। ऐतिहासिक स्मृतियाँ और इतिहास लेखन इस विचारधारा के अस्त्र-शस्त्र हैं, जड़ें नहीं।

परसाई सांप्रदायिकता को मुख्यतः आर्थिक कारणों से जोड़कर कभी-कभी सरलीकृत भी करते हैं।

खालिस्तान की माँग पर आज से दस साल पहले अकाली दल और भिंडरावाले के अनुगामी उग्रपंथियों के बीच कोई भेद नहीं करना उचित नहीं लगता। लेकिन इससे भी ज्यादा परसाई की ये पंक्तियाँ परेशान करती हैं—"मैं सारे भारत-भर में बसे हुए, धंधे और नौकरियों में लगे हुए सिक्खों से, खासतौर से अपील करता हूँ कि वे गुरुद्वारों और अपने धार्मिक, सामाजिक संगठनों के द्वारा घोषणा करें कि वे इस उन्मादी विघटनकारी आंदोलन का विरोध करते हैं। उनका अभी तक चुप रहना स्थिति को बिगाड़ रहा है।...यह आंदोलन सारे सिक्खों को बदनाम कर रहा है।"

पंजाब की समस्याएँ राजनीतिक और आर्थिक हैं जिन्हें उग्रपंथी खालिस्तानियों

ने सांप्रदायिक रूप दे दिया। यानी उसे सिक्खों का सवाल बना दिया। यहाँ परसाई भी, अनजाने में ही, उसे सिक्खों का सवाल मानकर अपील कर रहे हैं। इनका निहितार्थ बहुत घातक है। यह कहना कि सिक्खों के चुप रहने से स्थिति बिगड़ रही है—सिक्खों की बदनामी हो रही है—यह तो सिक्खों को धमकी देना हुआ। इस तरह तो तमिल टाइगरों की हिंसा से हिंदुओं की और कश्मीरी आतंकवाद से भारत में बसनेवाले मुसलमानों की बदनामी होनी चाहिए। आसाम के उल्फा उग्रवादियों की गतिविधियों से देश के बाकी हिंदुओं की बदनामी होनी चाहिए! क्यों देश के सभी मुसलमान या सभी सिक्ख बार-बार अपनी देश-भक्ति की कसम खाएँ?

यहाँ सांप्रदायिकता के खिलाफ लगातार लड़ने वाले लेखक पर हिंदी क्षेत्र में फैली सिक्ख विरोधी सांप्रदायिक धारणाओं का अनजाने में ही पड़ा असर झलकता है।

(*1993*)

प्रेमचंद की जीवनी का सवाल

मधुमती के अक्तूबर, 1987 के अंक में कमल किशोर गोयनका का लेख छपा, *प्रेमचंद-जीवनी : शोध की संभावनाएँ*। लेख में गोयनका ने अमृतराय की लिखी प्रेमचंद की जीवनी *कलम का सिपाही* की त्रुटियाँ गिनाते हुए उसके महत्त्व को घटाने की कोशिश की और बार-बार जोर देकर कहा कि प्रेमचंद के जीवन पर अभी बहुत शोध करने की संभावनाएँ हैं। मतलब यह कि प्रेमचंद की जीवनी फिर से लिखी जानी चाहिए।

एक साधारण व्यक्ति के जीवन को भी कई तरह से पेश किया जा सकता है। किसी भी व्यक्ति के जीवन पर लिखी गई कोई किताब अंतिम नहीं कही जा सकती। जब एक कविता की कई व्याख्याएँ हो सकती हैं, तो एक पूरे जीवन की कोई एक ही व्याख्या क्यों हो? लेकिन जरूरी नहीं कि जो अंतिम हो, वही सही या बेहतर भी हो। अंतिम और निर्णायक में गोयनका फर्क समझते होंगे। हिंदी साहित्य के कुछ इतिहास रामचंद्र शुक्ल से पहले लिखे गए, कुछ बाद में। लेकिन जो महत्त्व शुक्लजी के लिखे इतिहास का है, वह न उसके पहले लिखे गए किसी इतिहास को मिला, न उसके बाद। कारण क्या है? गोयनका ने अपने लेख में जीवनी को भी इतिहास मानते हुए तथ्यों पर बड़ा जोर दिया है। लिखते हैं, "जीवनी विधा वास्तव में उन लेखकों के लिए है जो इतिहासकार के समान तथ्य को ही सबसे बड़ा सत्य मानते हों।" जीवनी लिखना भी इतिहास लिखना ही है या वह एक सृजनात्मक साहित्यिक विधा है, इस सवाल को अभी छोड़ दें। खुद इतिहास में भी तथ्य ही सबसे बड़ा सत्य नहीं होता, सृजनात्मक साहित्य में तो और भी नहीं। अगर तथ्य ही सबसे बड़े सत्य होते तो उनका लिखा इतिहास ज्यादा सही होना चाहिए था जो शुक्लजी के बाद लिखे गए, मसलन रामकुमार वर्मा का इतिहास या गणपतिचंद्र गुप्त का, क्योंकि इनके पास तथ्य शुक्लजी के समय से ज्यादा रहे हैं। पर तथ्यों के रहते हुए भी इनके इतिहास को कोई पूछता नहीं। गोयनका जब तक यह समझते रहेंगे कि तथ्य ही सबसे बड़ा सत्य होता है, तब तक वे न प्रेमचंद की अच्छी सही जीवनी लिख पाएँगे, न साहित्यिक आलोचना। इसका मतलब यह नहीं है कि साहित्य या इतिहास तथ्यों पर आधारित नहीं होते। तथ्य तो सबसे पहली चीज है। कच्चा माल

है। यहाँ से शुरुआत होती है, मंजिलें आगे हैं। तथ्य अपनी व्याख्या के मोहताज होते हैं, साहित्य में भी और इतिहास में भी। व्याख्या के लिए संदर्भ पेश करना होगा। किसी संदर्भ में तथ्यों की व्याख्या करने के लिए दृष्टि चाहिए, विश्वदृष्टि भी और अंतर्दृष्टि भी। जिसके पास यह न होगी, वह तथ्यों की व्याख्या न कर पाएगा। वह न अच्छा साहित्य लिख सकता है, न अच्छा इतिहास। वह मात्र तथ्य संग्रहकर्ता हो सकता है। अमृत राय ने प्रेमचंद के जीवन संबंधी जितने तथ्यों की खोज की थी, आज गोयनका के पास उनसे कुछ ज्यादा तथ्य हैं। ज्यादातर अमृतराय तथा दूसरों के द्वारा जुटाए हुए, कुछ खुद के खोजे हुए। रामविलास शर्मा को प्रेमचंद संबंधी जितने तथ्य मालूम हैं, उनसे कहीं ज्यादा गोयनका को जरूर मालूम हैं। लेकिन सिर्फ इसी कारण गोयनका अमृतराय के मुकाबले प्रेमचंद की जीवनी ज्यादा बेहतर लिखेंगे और रामविलास जी के मुकाबले आलोचना ज्यादा सही करेंगे, इसमें संदेह है। ज्यादा मुमकिन यही है कि गोयनका ने जिन तथ्यों को खोजा और जमा किया है, उनका उपयोग (साभार) करके कोई दूसरा प्रेमचंद की अच्छी जीवनी लिखे। वह भी अंतिम न होगी।

सतही प्रश्नों से घिरा संग्रहकर्त्ता

कलम का सिपाही के प्रकाशन के 26 सालों के बाद आज उसकी आलोचना में बहुत कुछ कहा जा सकता है। लेकिन, 1962 में जब यह किताब पहली बार छपी थी, तब यह हिंदी साहित्य में लिखी गई पहली महत्त्वपूर्ण जीवनी थी। इससे पहले हिंदी साहित्य में इतने व्यवस्थित ढंग से कोई जीवनी नहीं लिखी गई। यूरोपीय साहित्य में जीवनी विधा का विकास काफी हो चुका था। हिंदी में इसकी कोई महत्त्वपूर्ण परंपरा न थी। अमृतराय ने प्रेमचंद की जीवनी लिखकर एक नए ढंग की परंपरा की नींव डाली। अच्छी और मजबूत नींव। गोयनका इस कृति को हिंदी साहित्य के विकास की परंपरा में नहीं देखते। इसलिए वे इस तथ्य की भी व्याख्या नहीं कर सकते कि कैसे आज हिंदी में रामविलास शर्मा की लिखी *निराला की साहित्य साधना* (भाग एक) और विष्णु प्रभाकर की लिखी *आवारा मसीहा* जैसी महत्त्वपूर्ण और महान जीवनियाँ मौजूद हैं। हिंदी में हुए इस साहित्यिक विकास को इसकी नींव—*कलम का सिपाही*—के महत्त्व को ओझल करके नहीं समझा जा सकता। इन जीवनियों में ऐतिहासिक तथ्य भी हैं, लेकिन इनका महत्त्व इन तथ्यों के कारण नहीं है। ये जीवनियाँ ऐतिहासिक तथ्यों का क्रमबद्ध विवरण नहीं हैं, ये रचनात्मक कृतियाँ हैं। तथ्य कैसे एक रचना में बदल जाते हैं, जीवनी लेखन का यह मूलभूत प्रश्न गोयनका की चिंता नहीं बनता। अपने विवेचन में इस मूलभूत प्रश्न से टकराए बिना जब वे जीवनी लेखन की बात करते हैं तो असल में वे सिर्फ तथ्य-संग्रह की बात करते हैं। अमृतराय ने *कलम का सिपाही* की भूमिका में जो सवाल उठाए हैं, वे एक जीवनी-लेखक के

सवाल हैं, तथ्य संग्रहकर्ता के नहीं। उन्होंने लिखा—"या तो हम जानते ही नहीं कि अच्छी जीवनी होती क्या है, या कुछ इस तरह की गाँठ हमारे लिखने वालों के मन में पड़ी हुई है कि जीवनी साहित्य की सृजनात्मक विधा नहीं है" (भूमिका)। उन्होंने लिखा कि यूरोप में महान प्रतिभाशाली लेखकों ने जीवनियाँ लिखी हैं, लोग इनको उपन्यासों से भी ज्यादा चाव से पढ़ते हैं; लेकिन हिंदी में "अभी बेचारी जीवनी अछूत की तरह ड्योढ़ी के उस पार खड़ी है—अंदर आने की मनाही है" (वही)। प्रेमचंद की जीवनी को एक रचनात्मक कृति मानते हुए उन्होंने उपमा देते हुए लिखा—यह भी एक उपन्यास ही है जिसका नायक प्रेमचंद नाम का आदमी है...(वही) "उसी को जीवन के संदर्भ में देख सकने में मुझको रचनाकार का सच्चा सुख मिला है।" (वही)

गोयनका ने अपने लेख में जीवनी लेखन के सवाल पर विचार करते हुए इसे एक सृजनात्मक विधा के रूप में नहीं देखा। वे इसमें एक तथ्य संग्रहकर्ता का सुख—नए तथ्यों को खोज निकालने का सुख—देखते हैं, रचनाकार का नहीं। वे जीवनी को तथ्यों का संग्रह समझते हैं और तथ्य को ही 'सबसे बड़ा ऐतिहासिक सत्य' समझते हैं। *कलम का सिपाही* की उनकी आलोचना इसी तथ्यवादी दृष्टि से है।

कमल किशोर गोयनका पिछले कितने ही सालों से प्रेमचंद संबंधी तथ्यों की खोज में जुटे रहे हैं। समय-समय पर उन्होंने दावा भी किया कि उन्होंने प्रेमचंद संबंधी हजार पृष्ठों की नई समग्री ढूँढ निकाली है। यह बिल्कुल मुमकिन है। आश्चर्य इस बात का है कि इतनी नई सामग्री खोज निकालने के बावजूद प्रेमचंद-जीवनी लिखने के सिलसिले में उन्होंने कोई नई बुनियादी बात नहीं कही। उनकी आलोचना में मौलिकता भी कम है। *कलम का सिपाही* के प्रसंग में उन्होंने जो त्रुटियाँ गिनाई हैं, उनमें से बहुत-सारी रामविलास शर्मा की बतलाई हुई हैं। रामविलास शर्मा ने आज से 22-23 साल पहले *कलम का सिपाही* की आलोचना लिखी थी। यह *प्रेमचंद और उनका युग* में उसके तीसरे संस्करण (1965) से उसमें शामिल कर ली गई। गोयनका ने अपने लेख के एक लंबे पैराग्राफ में रामविलास जी द्वारा बतलाई गई त्रुटियों को संक्षेप में दिया है। गोयनका ने अपनी ओर से जो त्रुटियाँ जोड़ीं, वह रामविलास जी की आलोचना के सिर्फ एक पक्ष, तथ्यगत त्रुटियों, का विस्तार मात्र है। दूसरे पक्षों का नहीं।

इसके उल्टे, वे रामविलास जी के विवेचन के कई महत्त्वपूर्ण पक्षों को समझ ही नहीं पाते हैं और इसलिए उन्हें बिल्कुल छोड़ देते हैं। इसका कारण जीवनी विधा संबंधी गोयनका की वह दृष्टि है जो जीवनी को सिर्फ तथ्य संग्रह तक सीमित करके देखती है और तथ्य को ही 'सबसे बड़ा सत्य' समझती है। उदाहरण के लिए संदर्भ या परिप्रेक्ष्य का सवाल लीजिए। किसी भी जीवनी लेखक के सामने एक बुनियादी सवाल यह होता है कि वह जिस व्यक्ति की जीवनी लिखने बैठा है, उस व्यक्ति को किस संदर्भ या परिप्रेक्ष्य में रखकर देखे? गोयनका इस सवाल से परिचित नहीं

लगते अन्यथा वे *कलम का सिपाही* के सिलसिले में संदर्भ के सवाल पर चुप न रहते। संदर्भ के सवाल को हल किए बिना जीवनी लिखी ही नहीं जा सकती। अमृतराय ने लिखा, "मैं समझ ही न पाता था कि मैं इसमें लिखूँगा क्या, किताब आगे बढ़े तो कैसे बढ़े" (भूमिका)। इस समस्या का हल इस तरह हुआ—"लेकिन जब इसी पीड़ा और उद्वेग में से अचानक यह गुर मेरे हाथ लगा कि इस व्यक्ति के जीवन को उसके देश और समाज के जीवन से जोड़कर तो देखो, तब जैसे सारे बंद दरवाजे यकबयक खुल गए और इस अति-सामान्य जीवन को एक नया आकाश, एक नई अर्थवत्ता मिल गई" (वही)। इस तरह अमृतराय ने प्रेमचंद को मुख्यतः राष्ट्रीय और सामाजिक आंदोलनों के संदर्भ में पेश किया। मुख्यतः इसी परिप्रेक्ष्य में उन्होंने प्रेमचंद के जीवन को चित्रित किया। क्या ऐसा करना सही था? किस हद तक सही था? गोयनका के सामने ये सवाल नहीं उठते। इस सिलसिले में रामविलास जी की वह आलोचना महत्त्वपूर्ण है जिससे गोयनका ने कई तथ्यपरक त्रुटियाँ तो ले लीं, लेकिन उसके सबसे महत्त्वपूर्ण पक्ष को ठीक से दोहरा भी नहीं सके। गोयनका ने अपने लेख के शुरू में लिखा कि प्रेमचंद के साहित्य के प्रेरणा-स्रोतों और उनकी मूल चेतना को "उनके जीवन के संदर्भ में ही प्रामाणिकता के साथ समझा जा सकता है।" यहाँ प्रेमचंद के साहित्य के प्रेरणा स्रोतों के लिए संदर्भ की बात कही गई है। यह संदर्भ प्रेमचंद का अपना जीवन बताया गया। लेकिन उनके जीवन को किस संदर्भ में देखा जाए? जीवनी लेखन के लिए यही प्रश्न मूलभूत है। गोयनका इसे सामने नहीं रखते। प्रेमचंद-साहित्य के प्रेरणा-स्रोतों को प्रेमचंद के जीवन के संदर्भ में देखने की धारणा भी सही नहीं कही जा सकती। लेखक की रचनात्मकता और उसकी साहित्यिक प्रतिबद्धता के सारे स्रोत उसके अपने जीवन में ही नहीं होते। यह साहित्य संबंधी एकांगी धारणा है। लेखक की चेतना और उसके प्रेरणा-स्रोत उसके जीवन में भी होते हैं और उससे बाहर, सामाजिक-राष्ट्रीय-अंतर्राष्ट्रीय जीवन में भी होते हैं। गोयनका की यह धारणा मौलिक भी नहीं है। यह रामविलास जी की उसी आलोचना से ली गई है। रामविलास जी ने प्रेमचंद की जीवनी-लेखन के सिलसिले में संदर्भों का सवाल उठाते हुए कई बुनियादी संदर्भों की बात लिखी जिसमें उनके साहित्य के प्रेरणा-स्रोतों को देखने के लिए एक संदर्भ प्रेमचंद का अपना जीवन, विशेषकर पारिवारिक जीवन, बताया। गोयनका ने इस संदर्भ के पीछे ठोस रूप से दिए गए कारण को छोड़ दिया। उन्होंने रामविलास जी द्वारा प्रेमचंद जीवनी को किन मूल संदर्भों में लिखना चाहिए, इससे संबंधित सारे विवेचन और सवालों को नजरअंदाज कर दिया और सिर्फ प्रेमचंद-साहित्य के प्रेरणा-स्रोतों के लिए प्रेमचंद के अपने जीवन के संदर्भ को एकांगी रूप से, एक सामान्य कथन बनाकर पेश किया। इसी में प्रेमचंद साहित्य की सारी प्रामाणिकता को सीमित मान लिया। जीवनी-लेखन के सिलसिले में आवश्यक संदर्भ या परिप्रेक्ष्य का सवाल गोयनका की धारणा में है ही नहीं।

अमृतराय की लिखी जीवनी हर दृष्टि से सही है, ऐसा नहीं कहा जा सकता। यह कहना सही न होगा कि उसमें त्रुटियाँ नहीं हैं। लेकिन किसी रचना को ठीक करने के लिए, उसे और बेहतर बनाने के लिए किस चीज की जरूरत है, पहले इसे समझ लेना चाहिए। गोयनका ने अपने लेख का शीर्षक *प्रेमचंद जीवनी : शोध की संभावनाएँ* रखा है। उनकी विचार दृष्टि को देखते हुए यह शीर्षक ठीक ही है। शोध करने पर हमेशा नए-नए तथ्य मिलते ही रहेंगे। लेकिन, सभी तथ्यों का महत्त्व एक जैसा नहीं होता और न सभी तथ्य किसी की जीवनी लिखने के लिए हमेशा सार्थक होते हैं। अमुक दिन प्रेमचंद किस व्यक्ति से मिले थे, अमुक दिन प्रेमचंद के सिरहाने कौन-कौन लोग थे, प्रेमचंद ने कितनी बार शराब पी थी, प्रेमचंद की मृत्यु सुबह सात बजे हुई थी या सवा दस बजे, यह सब शोध का विषय है और इनके बारे में नए-नए तथ्य मिलते ही रहेंगे। लेकिन जीवनी किसी के जीवन का कोश नहीं होती, वह एक कलात्मक रचना होती है। यह सही है कि दूसरी विधाओं के मुकाबले जीवनी में तथ्यों की भूमिका कहीं अधिक होती है। जीवनीकार उन तथ्यों से बँधा हुआ होता है। इसके बावजूद जैसे इतिहासकार के लिए हर तथ्य समान रूप से महत्त्वपूर्ण नहीं होता, उसी तरह जीवनीकार के लिए भी नहीं होता। प्रश्न सिर्फ तथ्यों के होने का नहीं, उनकी सार्थकता का भी है। यह जरा भी जरूरी नहीं कि किसी की जीवनी में उसके जीवन से संबंधित हर एक तथ्य दर्ज हो। जीवनीकार अपनी आलोचनात्मक दृष्टि, विषय के संदर्भ और रचना के प्रयोजन के अनुसार उन तथ्यों में से चुनाव करेगा। इसलिए जीवनीकार के लिए सवाल शोध की संभावनाओं का नहीं, शोध की दिशाओं का होता है। इतिहासकार या जीवनीकार के लिए भी कभी-कभी यह बात कही जाती है कि कोई तथ्य, चाहे जितना भी छोटा या मामूली क्यों न हो, वह महत्त्वपूर्ण है। यहाँ ध्यान रखना चाहिए कि वह छोटा या मामूली तथ्य अपने-आप में महत्त्वपूर्ण नहीं होता। उसे महत्त्व तब मिलता है जब उसे एक खास संदर्भ में रख दिया जाता है। इसलिए तथ्यों की सार्थकता इतिहासकार या जीवनीकार की दृष्टि पर निर्भर करती है कि वह किस तरह, किस संदर्भ में उन तथ्यों का उपयोग करता है। इतिहास या जीवनी में सिर्फ किसी तथ्य की प्रामाणिकता नहीं खोजी जाती, बल्कि उस पूरे संदर्भ की प्रामाणिकता परखी जाती है जिसमें इन तथ्यों का उपयोग होता है। अन्यथा जैसा कि इ. एच. कार ने कहा है, तथ्यों का ढेर समुद्र किनारे जमा की गई मछलियों के ढेर से ज्यादा महत्त्वपूर्ण नहीं। उनसे आप क्या पकाएँगे, यह आप पर निर्भर करता है।

शोध का स्तर

जीवनी के सवाल को छोड़कर कुछ देर के लिए आइए हम गोयनका के स्तर पर, तथ्यों के स्तर पर उतर आएँ। देखना चाहिए कि इस स्तर पर गोयनका, जो बार-बार

नए तथ्यों को अपनी खोज का दावा करते रहे हैं, हमें किस किस्म के नए तथ्यों से परिचित कराते हैं। जिन लोगों ने गोयनका की किताब *प्रेमचंद अध्ययन की नई दिशाएँ* (साहित्य निधि, दिल्ली, 1981) पढ़ी है, वे गोयनका द्वारा खोजे गए कुछ नए तथ्यों से जरूर परिचित होंगे। जरा उनकी दिशा देखिए। उनके द्वारा खोजा गया पहला नया तथ्य यह है कि प्रेमचंद ने अपनी बेटी का भूत उतारने के लिए रामदास गौड़ से झाड़-फूँक कराने के बारे में पूछा था। दूसरा तथ्य यह है कि प्रेमचंद की जब मृत्यु हुई थी, तब उनकी बैंक पास बुक में करीब चार हजार रुपए थे। तीसरा तथ्य यह है कि उन्होंने अपनी बेटी के ब्याह में दहेज दिया था। और भी कई नए तथ्य हैं जिनका जिक्र हम आगे करेंगे। सवाल है कि इन नए तथ्यों से गोयनका प्रेमचंद अध्ययन की कौन-सी नई दिशाएँ खुलती देखते हैं? इन तथ्यों से वे क्या साबित करना चाहते हैं? अगर गोयनका यह समझ रहे हों कि इन तथ्यों से यह साबित होता है कि प्रेमचंद प्रगतिशील लेखक नहीं थे, वे दकियानूसी विचारों के थे या पाखंडी थे, तो यह भ्रम छोड़ देना चाहिए। इन तथ्यों को बार-बार उछालकर भी गोयनका हिंदी भाषी जनता के मन में बैठी प्रेमचंद की उस छवि को, जो जहालत, रूढ़ियों, सामाजिक-आर्थिक कुरीतियों, साम्प्रदायिकतावाद और शोषण उत्पीड़न के खिलाफ लड़ने वाले एक प्रगतिशील लेखक की छवि है, मिटा नहीं सकते, बदल नहीं सकते।

अगर गोयनका का तात्पर्य इन तथ्यों के जरिये प्रेमचंद के जीवन के अंतर्विरोधों को दिखाना है, तो यह सही है। लेकिन तब, इनसे प्रेमचंद के जीवन का कोई नया पक्ष नहीं खुलता। प्रेमचंद के जीवन में अंतर्विरोध थे, कमजोरियाँ थीं, यह जानी हुई बात है। शिवरानी देवी ने उनके अंतर्विरोधों और कमजोरियों को सबसे आगे बढ़कर दिखलाया है। रामविलास जी ने प्रेमचंद के अंतर्विरोधों को दिखाने वाले दो प्रसंगों का जोरदार हवाला दिया था–एक, शिवरानी को चपत लगाने का दूसरा पहली पत्नी के जिन्दा रहने की बात छुपाने और उसके खुल जाने पर शिवरानी से हुई तकरार का। अमृतराय का झुकाव अपने पिता की ओर ज्यादा रहा है, इसके बावजूद उन्होंने भी अपनी जीवनी में प्रेमचंद को कमजोरियों और अंतर्विरोधों से मुक्त नहीं दिखाया। महताबराय से मन-मुटाव के प्रसंग में उन्होंने प्रेमचंद की कमजोरियों को बड़ी खूबी से दिखलाया। रामविलास जी ने लिखा–"अमृतराय ने महताब राय से मन-मुटाव का चित्र खींचा है, प्रेमचंद की सारी कमजोरियाँ पेश करते हुए, विस्तार से" (पृ. 185) पहले से जाहिर प्रेमचंद के जीवन के अंतर्विरोधों और कमजोरियों में। गोयनका ने कुछ और तथ्य जोड़े हैं इसका श्रेय उन्हें मिलना चाहिए। लेकिन उन्होंने अध्ययन की कोई नई दिशा नहीं खोली।

जहाँ तक शोध का सवाल है, बेटी का भूत उतारने के लिए झाड़फूँक कराने के लिए प्रेमचंद ने रामदास गौड़ को जो पत्र लिखा था, उस पत्र को हासिल करने में गोयनका की कुछ मदद शायद रामविलास जी ने भी की थी। रामविलास जी इस

तथ्य को गोयनका से काफी पहले से जानते थे। उन्होंने इसे गोयनका की तरह उछाला नहीं, लेकिन छुपाया भी नहीं। प्रेमचंद के व्यक्तित्व के अंतर्विरोधों के सिलसिले में लिखते हुए उन्होंने लिखा, कि प्रेमचंद "एक तरफ धार्मिक अंधविश्वासों के कट्टर आलोचक थे, दूसरी तरफ पुनर्जन्म, भूत-प्रेत और भाग्य पर विश्वास की ओर भी झुकते थे।" (पृ. 188) यहाँ भूत-प्रेत की ओर झुकने वाली बात के पीछे रामदास गौड़ को लिखा वह पत्र ही है।

गोयनका को इस बात का श्रेय जरूर है कि उन्होंने ही सबसे पहले प्रेमचंद की गरीबी के बारे में बनी धारणा पर सवाल उठाया। मार्क्स के बारे में भी लोगों में एक समय तक ऐसी ही धारणा प्रचलित थी जो अब बदली गई है। मार्क्स या प्रेमचंद की गरीबी की बात एक खास स्तर पर ही की जा सकती है उसके मापदंड वही नहीं हो सकते जो मार्क्स या प्रेमचंद के वक्त में मौजूद एक कारखाने के मजदूर या गाँव के गरीब किसान की गरीबी मापने के लिए अपनाए जाते हैं। मार्क्स और प्रेमचंद दोनों ही शहर के साधारण मध्यवर्ग के बीच कहीं रहे होंगे। अपने लेखक जीवन की शुरुआत में प्रेमचंद जितने निर्धन थे, जीवन के अंतिम वर्षों में उतने नहीं। यह तथ्य हलके ढंग से अमृतराय की जीवनी में है। आखिरी सालों में प्रेमचंद का प्रेस घाटे में भले चल रहा हो, लेखन से उन्हें अच्छे पैसे मिल रहे थे। अमृतराय ने उनके प्रसन्न जीवन का चित्र खींचते हुए लिखा कि प्रकाशक पैसे लिए उनके पीछे घूमते थे ("छापने वाला पैसे लिए दरवाजे पर बैठा है")।

गोयनका ने अमृतराय से हासिल प्रेमंचद की बैंक पास बुक से और रॉयल्टी तथा व्यवसाय में लगी पूँजी का हिसाब करके प्रेमचंद को मिली आर्थिक सुरक्षा को दिखाकर पुरानी धारणा को बदलने की कोशिश की है। महत्त्वपूर्ण बात यह है कि इसके बावजूद गरीब किसानों, मजदूरों के प्रति, शोषक पूँजीवाद, सामंतवाद और साम्राज्यवाद के प्रति प्रेमचंद की भावनाएँ और विचार बदले नहीं। उसका स्वाभाविक विकास होता रहा।

गोयनका ने प्रेमचंद जीवनी के लिए नए तथ्यों के शोध की संभावना पर जोर देते हुए शोध की संभावनाओं का एक सामान्य स्वरूप प्रस्तावित किया है, "मेरे विचार में प्रेमचंद के जीवन पर जो शोध की दिशाएँ हो सकती हैं, वे इस प्रकार हैं–

1. उपलब्ध तथ्यों की सत्यता एवं कालनिर्धारण
2. अप्राप्य एवं अज्ञात तथ्यों का उद्‌घाटन
3. समकालीनों तथा प्रकाशकों से संबंधों की तलाश
4. जीवन से संबंधित मिथकों किंवदंतियों आदि की परीक्षा।
5. कुल प्रकाशित उर्दू एवं हिंदी रचनाओं की काल-क्रमानुसार सूची।"

प्रस्ताव की भव्यता के मुकाबले विवेचन के दौरान खुद उन्होंने जिस किस्म के और जिन तथ्यों का संकेत दिया है, उसे देखकर आजकल अंग्रेजी में छपने वाले

इतिहास और समाजशास्त्र संबंधी प्रकाशनों की याद आती है। आजकल अंग्रेजी में इस तरह के नामवाली किताबें छपती हैं—वर्किंग क्लास मूवमेंट इन इंडिया। नाम देखकर खुशी की लहर दौड़ पड़ती है। जिल्द पलटने पर अंदर कोष्ठक में या उप-शीर्षक में यह लिखा मिलता है—ए स्टडी ऑफ जमालपुर रेलवे स्ट्राइक : 1907। इसी तरह किताब का नाम तो नेशनल मूवमेंट एंड पेजेन्ट्री होगा, पर अंदर लिखा होगा ए स्टडी ऑफ पेजेण्ट सत्याग्रह इन खेड़ा : 1917-19। इसी तरह गोयनका ने शोध की दिशाएँ तो भव्य रूप में रख दीं, लेकिन उसके बाद प्रसंग वही पुराने उछाले हैं कि प्रेमचंद की कोई रखैल थी या नहीं, कि उनकी शव यात्रा पर कितने लोग गए थे।

इस प्रसंग में गोयनका के अपने शोध की स्थिति क्या है? एक उदाहरण लें। प्रेमचंद का किसी तीसरी स्त्री से संबंध का। शिवरानी देवी ने ऐसे संबंध के होने का जिक्र अपनी किताब में किया है। इस पर गोयनका ने लिखा, "यह आत्मस्वीकृति जीवनीकार को शोध के लिए आमंत्रित करती है कि वह स्त्री कौन थी?" तो फिर, उन्होंने इस पर क्या शोध किया? एक शोध तो यह किया कि 1963 में मार्च के *ज्ञानोदय* में विष्णुकांत शास्त्री ने पत्र लिखकर आरोप लगाया था कि अमृतराय इस स्त्री की कोई जानकारी नहीं देते। दूसरा शोध यह किया कि अमृतराय को कोसा—"अभी अगस्त में हुई साहित्य अकादमी की गोष्ठी में उन्होंने अपनी माँ को 'दारुण दंभी' बताते हुए इस स्त्री के अस्तित्व को भी अस्वीकार कर दिया।" शोध का निष्कर्ष इस टिप्पणी में—"किसी भी जीवनीकार की यह दृष्टि कि चरित्र-नायक से संबंधित अप्रिय प्रसंगों को असत्य मानकर छोड़ देना चाहिए, उसे जीवनीकार के मूल धर्म से च्युत कर देता है।" यह टिप्पणी अमृतराय पर है। लेकिन शोध के लिए मिले आमंत्रण का क्या हुआ? वह भी इस टिप्पणी के साथ ही पूरा हो गया। आप गौर करें। माँ कहती है, पिता ने एक और स्त्री रख छोड़ी थी। बेटा कहता है, नहीं, माँ दंभ से ऐसा कहती है। दोनों में से किस पर विश्वास किया जाए? गोयनका का जवाब है—बेटे पर नहीं, माँ पर। इस तरह शोध का लक्ष्य संधान से पहले ही सिद्ध है।

दूसरा उदाहरण देखिए।

गोयनका ने लिखा है कि "अमृतराय ने जीवनी में प्रेमचंद के अंतिम समय का जो चित्र खींचा है, वह न केवल अधूरा है, बल्कि वास्तविकता से भी काफी दूर है।" आगे लिखा कि प्रेमचंद के देहावसान के लगभग एक मास पूर्व से हिंदी-उर्दू लेखक उनसे मिलने के लिए बराबर आते थे। अमृतराय ने कुछ का उल्लेख किया है, लेकिन अनेक को छोड़ दिया है। ये अनेक कौन थे, इसे गोयनका ने भी छोड़ दिया। गोयनका का यह सोच भी नहीं सकते कि मिलने आने वालों की पूरी फेहरिस्त कोश में तो जरूरी हो सकती है, लेकिन जीवनी में नहीं। "बनारस के समाचार-पत्र *आज* में प्रेमचंद की बीमारी का समाचार बराबर छपता था, परंतु वह भी उनसे छूट

गया है।" यह मुमकिन है। अमृतराय ने प्रेमचंद की मृत्यु शय्या पर आने वाले निराला का जिक्र विस्तार से जीवनी में किया है। निराला कई बार आए थे। इन मुलाकातों के बाद भरे दिल से उन्होंने प्रेमचंद की बीमारी का जिक्र करते हुए अक्तूबर, 1936 के *भारत* में लिखा। अमृतराय ने उसे विस्तार से उद्धृत किया। निराला ने लिखा था, "कितने दुख की बात है हिंदी के जिन पत्रों में हम राजनीतिक नेताओं के मामूली बुखार का तापमान प्रतिदिन पढ़ते रहते हैं, उनमें श्री प्रेमचंद जी की, हिंदी का महान उपकार करने वाले प्रेमचंद जी की अवस्था की साप्ताहिक खबर भी हमें पढ़ने को नहीं मिलती।" (पृ. 160; *कलम का सिपाही*)। अखबार में प्रेमचंद की बीमारी का समाचार 'बराबर' छपता रहा, लेकिन वह अमृतराय से ही नहीं, प्रेमचंद के जीवन-काल में ही निराला से भी छूट गया था।

लेकिन, यहाँ गोयनका एक ढंग का सवाल उठाते हैं। क्या प्रेमचंद की शवयात्रा इतने गुमनाम ढंग से हुई थी जितना अमृतराय ने दिखलाया है? क्या काशी के साहित्यिक समाज ने प्रेमचंद की शवयात्रा में शामिल होकर अपनी श्रद्धा प्रकट नहीं की? अमृतराय के चित्रण से ऐसा ही लगता है। मुमकिन है, यह चित्रण सही न हो। तो फिर, इस दिशा में गोयनका ने क्या शोध किया? उन्होंने उस शवयात्रा में प्रसाद, रायकृष्णदास, जैनेन्द्र, परिपूर्णानंद वर्मा और वाचस्पति पाठक के शामिल होने की बात लिखी। इसी के बाद एक वाक्य उन्होंने यह लिखा–"परिपूर्णानंद वर्मा ने जो संस्मरण लिखा है, उसमें कई लेखकों के उपस्थित होने का उल्लेख है।" अब तथ्य यह है कि परिपूर्णानंद ने भी 'कई लेखकों के उपस्थित होने' की बात ठीक इसी ढंग से लिख रखी है जिस ढंग से खुद गोयनका ने यहाँ लिखी है। परिपूर्णानंद वर्मा का यह संस्मरण उनकी किताब *बीती यादें* (पूर्वोदय प्रकाशन, दिल्ली, 1976) में शामिल है। इस संस्मरण में परिपूर्णानंद वर्मा ने प्रेमचंद का एक बड़ा दोष यह गिनाया है कि वे नास्तिक थे। बीमार पड़े हुए प्रेमचंद को परिपूर्णानंद ने यह सलाह दी थी कि "भाई साहब, आप बीमार हैं। जरा भगवान को याद कीजिए। कष्ट कम होगा।" इस पर प्रेमचंद ने उपहास करते हुए कहा, "वाह, कष्ट तो डाक्टर कम करेगा। क्या तुम भी जवानी में अल्ला मियां को पुकारने लगे।" परिपूर्णानंद ने लिखा, "और इस वार्तालाप के ठीक पाँच दिन बाद उनका शरीर छूट गया।" (पृ. 18) प्रेमचंद ने भगवान की शक्ति में विश्वास नहीं किया, इसकी सजा कितनी जल्दी उन्हें मिल गई। अब बुलाते रहें डाक्टर को!

इन्हीं परिपूर्णानंद वर्मा ने अपने प्रेमचंद संबंधी संस्मरण में प्रेमचंद की शवयात्रा के प्रसंग में एक पंक्ति लिखी है, "जब उनका शव कंधों पर उठाकर वाराणसी के साहित्यकार ले चले, ऐसा लगा कि साहित्य के आकाश से एका जगमगाता सितारा टूट कर गिर रहा हो।" (पृ. 22) जयशंकर प्रसाद संबंधी अपने संस्मरण में उन्होंने शुरुआत ही प्रेमचंद की शवयात्रा से की है : "श्मशान जाने के लिए नगर के सैकड़ों

संभ्रांत साहित्यिक उतावले हो हरे थे।" (पृ. 67) आप इनकी भाषा पर ध्यान न दें। यही दो पंक्तियां हैं जिन्हें गोयनका ने शवयात्रा में "कई लेखकों के उपस्थित होने" का सबूत बनाया है। वे कई लेखक - सैकड़ों संभ्रान्त साहित्यिक-आखिर थे कौन ? यह सवाल मत पूछिए। परिपूर्णानंद के एक सामान्य कथन को दोहरा देने से ही शोध का आमंत्रण पूरा हो गया।

1962 में अमृतराय की लिखी जीवनी छपी। इसके 19 साल बाद गोयनका का *प्रेमचंद विश्वकोश* छपा। इसके बाद सात साल गुजर गए। पर शोध अब भी एक संभावना ही बना हुआ है। गोयनका पिछले कई सालों से प्रेमचंद को अपने शोध का विषय बनाए हुए हैं। पिछले कई सालों से वे इस तरह के कई तथ्यों को सामने लाने की संभावनाएँ व्यक्त करते रहे हैं। और अब भी शोध संभावनाओं की सीमा से आगे नहीं खिसका। शोध की वृत्ति तथ्यों पर संदेह करने, उन पर अटकलें लगाने और दूसरों के सामान्य कथन को दोहराने में अपना संतोष पा रही हैं। छोटे-छोटे साधारण तथ्यों को भारी खोज समझा जा रहा है।

काल-निर्धारण

गोयनका ने प्रेमचंद के जीवन और साहित्य पर कितना सार्थक शोध किया है और कितना करने का तूमार बाँधा है, इसे जाँचने का एक उदाहरण है प्रेमचंद की रचनाओं के काल-निर्धारण संबंधी उनका बड़बोलापन। उन्होंने दावा किया है कि प्रेमचंद की सभी रचनाओं का अभी तक वैज्ञानिक ढंग से ठीक-ठीक काल निर्धारण भी नहीं हुआ है, ऐसी हालत में, उनके साहित्य का सही मूल्यांकन कैसे हो सकता है? इस सिलसिले में उन्होंने हिंदी के बड़े-बड़े लेखकों को ललकारा है। "हिंदी के बड़े से बड़े समीक्षक नंद दुलारे वाजपेयी, इन्द्रनाथ मदान, रामविलास शर्मा आदि ने प्रेमचंद के उपन्यासों के प्रथम प्रकाशन की तिथियाँ देने में भारी भूलें की हैं।" इससे भी ज्यादा महत्त्वपूर्ण उनकी यह चेतावनी है कि "इतिहास में जैसे घटनाओं की तिथियाँ गलत होने से गलत निष्कर्ष निकल सकते हैं वैसे ही साहित्य में भी रचना एवं रचनाकार को कालक्रम में न रखने और परखने से अवास्तविक निष्कर्ष सामने आ सकते हैं।"

गोयनका यह नहीं बतलाते कि प्रथम प्रकाशन की तिथियाँ देने में भूल करने वाले रामविलास जी ने या दूसरे बड़े समीक्षकों ने प्रेमचंद की रचनाओं से कौन-से अवास्तविक निष्कर्ष निकाले? कालक्रम का मतलब सिर्फ तिथि से नहीं होता। उसका मतलब एक पूरे ऐतिहासिक संदर्भ से है। सामाजिक-सांस्कृतिक परिवेश से भी है। किसी उपन्यास से वास्तविक निष्कर्ष निकालने के लिए प्रथम प्रकाशन की सही तिथि जानना ही काफी नहीं होता, कुछ साहित्यिक दृष्टि और ऐतिहासिक-सामाजिक संदर्भों को देखने वाला सही दृष्टिकोण भी होना चाहिए। यह ठीक है कि उपन्यासों के प्रथम प्रकाशन की सही तिथि भी जाननी चाहिए। लेकिन जो इन तिथियों को ठीक-ठीक

जानते हैं, वे उपन्यास भी ठीक-ठीक समझ लेंगे, इसकी कोई गारंटी नहीं। उदाहरण के लिए प्रेमचंद के उपन्यास *प्रेमाश्रम* के बारे में खुद गोयनका की समझदारी को लीजिए। इसमें कोई संदेह नहीं कि इसके प्रकाशन की सही तिथि रामविलास जी के बजाय गोयनका ज्यादा सही जानते होंगे। रामविलास जी ने इस उपन्यास के बारे में अपनी किताब *प्रेमचंद और उनका युग* में लिखा है कि यह उपन्यास *सेवासदन* के बाद की रचना है। इसे उन्होंने विश्वयुद्ध के बाद लिखा उपन्यास कहा, सन् 19-20 में लिखा उपन्यास कहा, असहयोग आंदोलन के बाद छपा उपन्यास कहा। यह सब उन्होंने कहा, पर इसका प्रथम प्रकाशन कब हुआ था, यह शायद उन्हें पता न हो क्योंकि इस बारे में उन्होंने कुछ भी नहीं लिखा। गोयनका जरूर जानते होंगे। इसके बावजूद *प्रेमाश्रम* पर रामविलास जी के विवेचन से गोयनका के विवेचन की क्या कोई तुलना हो सकती है? सच्चाई यह है कि अपने सारे शोध और सही तिथियों की जानकारी के बावजूद गोयनका ही *प्रेमाश्रम* से अवास्तविक निष्कर्ष निकालते हैं और रामविलास जी उन्हें सुधारते हैं। अपने पी. एच. डी. के शोध ग्रन्थ *प्रेमचंद के उपन्यासों का शिल्प विधान* में गोयनका *प्रेमाश्रम* के बारे में लिखते हैं कि इस उपन्यास में प्रेमचंद ने पश्चिमी और भारतीय शिक्षा प्रणाली की टक्कर को चित्रित किया है, पश्चिमी शिक्षा प्रणाली की आलोचना की है। अब प्रेमाश्रम के बारे में इससे ज्यादा गलत समझदारी सिर्फ शैलेश जैदी की ही हो सकती है। गोयनका ने उपन्यास के प्रमुख चरित्र ज्ञानशंकर को, जो बी. ए. पास एक जमींदार है, पश्चिमी शिक्षा प्रणाली की देन कहा। ज्ञानशंकर एक कुटिल, स्वार्थी, क्रूर और महत्त्वाकांक्षी व्यक्ति है। शायद इसीलिए गोयनका उसे पश्चिमी शिक्षा प्रणाली की देन मानते हैं। उपन्यास में ज्ञानशंकर की टक्कर होती है प्रेमशंकर के साथ, जो उसका बड़ा भाई है। प्रेमशंकर ज्ञानशंकर के ठीक उल्टा है। ज्ञानशंकर स्वार्थी है तो प्रेमशंकर निःस्वार्थी। ज्ञानशंकर अपनी जमींदारी बढ़ाने और दूसरों की जमींदारियाँ हड़पने के लिए कुटिल चालें चलता है जबकि प्रेमशंकर अपनी जमींदारी को भी स्वेच्छा से त्याग देता है और जमींदारी प्रथा का ही विरोधी है। ज्ञानशंकर अंग्रेजी राज का मित्र है, तो प्रेमशंकर स्वराजी है। ज्ञानशंकर जितना ही दुर्जन है, प्रेमशंकर उतना ही सज्जन। यह प्रेमशंकर किस शिक्षा प्रणाली की देन है? वह भारत से भागकर अमरीका चला गया था। वर्षों वहाँ रहकर उसने उच्च शिक्षा प्राप्त की और फिर भारत के गाँवों में सुधार का आंदोलन चलाने के उद्देश्य से स्वदेश लौट कर आया। यानी वास्तव में प्रेमशंकर और भी अधिक पश्चिमी शिक्षा प्राप्त व्यक्ति है। इस तरह गोयनका जिन दो चरित्रों को दो विरोधी शिक्षा प्रणालियों की टक्कर मानते हैं, उनकी शिक्षा-प्रणाली वास्तव में एक ही है। प्रथम प्रकाशन की सही तिथि जानने के बाद भी उपन्यास से ऐसे अवास्तविक निष्कर्ष निकाले जा सकते हैं। रामविलास जी सही तिथि नहीं जानते, लेकिन *वर्तमान साहित्य* के जुलाई, 1987 के अंक में एक लेख लिखकर उन्होंने गोयनका के अवास्तविक

निष्कर्षों को सुधारा।

प्रेमचंद के उपन्यासों के प्रथम प्रकाशन की सही तिथियों के बारे में गोयनका का शोध कैसा है? आइए, इसकी भी जाँच कर ली। उदाहरण के लिए फिर *प्रेमाश्रम* को ही लिया जाए। गोयनका की सबसे प्रमुख कृति *प्रेमचंद विश्वकोश* के दो भाग छपे हैं। दोनों भागों में *प्रेमाश्रम* के प्रथम प्रकाशन की तिथियाँ दी हुई हैं। पहले भाग के पृ. सं. 70 पर गोयनका लिखते हैं–"फरवरी (होली)–रामदास गौड़ की भूमिका *अनुवचन* के साथ 'प्रेमाश्रम' उपन्यास प्रकाशित हुआ।" लेकिन इसी विश्वकोश के दूसरे भाग में प्रथम संस्करण की यह तिथि वे एक महीना पीछे खिसका देते हैं–"जनवरी, 1922।" (देखिए पृ. 257, *प्रेमचंद विश्वकोश, भाग दो*)। एक ही किताब के दो भागों में प्रथम प्रकाशन की दो-दो तिथियाँ। इसी शोध ग्रन्थ के लिए गोयनका को रांची विश्वविद्यालय से 'डॉक्टर ऑफ लिटरेचर' की उपाधि मिली है। लेकिन *प्रेमाश्रम* के प्रथम संस्करण की तिथि का निर्धारण यहीं खत्म नहीं हो गया। गोयनका की एक दूसरी किताब *प्रेमचंद अध्ययन की नई दिशाएँ* (साहित्य निधि, दिल्ली, 1981) में पृ. 83-84 पर गोयनका की टिप्पणी और भी ध्यान से पढ़ने लायक है। लिखते हैं, "डॉ. गोपाल राय ने 'प्रेमाश्रम' के आठवें संस्करण के साथ संलग्न रामदास गौड़ लिखित अनुवचन (जो प्रथम संस्करण का है) के आधार पर प्रेमाश्रम की प्रकाशन तिथि मार्च 1922 के होने का अनुमान किया है। (*हिंदुस्तान साप्ताहिक*, 17 फरवरी, 1963, पृ. 13)। गोपाल राय का मत सत्य के निकट अवश्य है लेकिन पूर्णतः सत्य प्रतीत नहीं होता। प्रेमचंद ने निगम को लिखे 14 जुलाई तथा 1 अक्तूबर 1923 के पत्रों में (*चिट्ठी-पत्री, भाग-1,* पृ. 127) क्रमशः एक हजार और एक हजार दो सौ प्रतियों के बिकने का सोत्साह उल्लेख किया है। 31 मई, 1922 के पत्र के साथ इन पत्रों को ध्यान में रखकर यह निष्कर्ष निकाला जा सकता है कि 'प्रेमाश्रम' का प्रकाशन सन् 1921 के अंत अथवा 1922 के जनवरी मास में कभी हुआ था। मार्च 1922 (गोपाल राय का मत) में प्रकाशित होने पर 14 जुलाई तक एक हजार प्रतियों का बिक जाना संभव नहीं लगता।" यहाँ प्रथम संस्करण की तिथि 1921 के अंत या 1922 के जनवरी मास में कही गई।

यह है कि प्रेमचंद के उपन्यासों के प्रथम प्रकाशन के सही काल-निर्धारण पर गोयनका का शोधनंद दुलारे वाजपेयी, इन्द्रनाथ मदान और रामविलास शर्मा पर प्रथम प्रकाशन की तिथियाँ देने में भूल करने का आरोप लगाते हैं, इससे उपन्यास से अवास्तविक निष्कर्ष निकलने का उपदेश देते हैं, और खुद वर्षों के शोध के बाद भी एक ही उपन्यास के प्रथम प्रकाशन की तीन-तीन तिथियाँ निर्धारित करते हैं!! प्रेमचंद की रचनाओं के काल-निर्धारण में ऐसा घपला आज तक किसी ने नहीं किया। आप इस बात पर भी ध्यान दें कि गोयनका ऐसी गड़बड़ी किन्हीं नए तथ्यों के मिल जाने पर नहीं कर रहे। *प्रेमचंद विश्वकोश* के दोनों भाग एक ही साथ 1981 में प्रकाशित

हुए। *प्रेमचंद अध्ययन की नई दिशाएँ* भी उसी साल, यानी 1981 में प्रकाशित हुई। एक ही साल में, एक ही समय के अंदर, एक ही जैसे तथ्यों के आधार पर वे एक ही उपन्यास के प्रथम प्रकाशन को तीन तिथियाँ घोषित करते हैं। 'जनवरी, 1922, फरवरी 1922 और 1921 के अंत अथवा 1922 के जनवरी मास में।' यह कैसा शोध है?

गोपाल राय ने रामदास गौड़ के *अनुवचन* में दी गई तिथि 1922 की होली को *प्रेमाश्रम* के प्रथम प्रकाशन की तिथि निर्धारित करने का आधार बनाया। गोयनका गोपाल राय के मत की आलोचना करते हुए विद्वत्ता की धाक जमाने की कोशिश करते हैं लेकिन खुद भी विश्वकोश के दूसरे भाग में 1922 को होली को ही प्रथम प्रकाशन की तिथि मानते हैं। इस तरह वे जिस बात का एक जगह खंडन करते हैं, उसी को दूसरी जगह प्रामाणिक घोषित करते हैं। गोपाल राय से गोयनका का फर्क यह है कि गोपाल राय ने मार्च की बात कही, गोयनका ने फरवरी की। मजे की बात यह है कि गोपाल राय ने जो तिथि सुझाई, वह ठीक ही थी कि *प्रेमाश्रम* का प्रकाशन 1922 के मार्च में हुआ होगा। *प्रेमाश्रम* की भूमिका रामदास गौड़ ने लिखी थी। भूमिका के नीचे तारीख डाली 1922 की होली। आम तौर पर होली फरवरी के अंत या मार्च में पड़ती है। आमतौर पर भूमिका किताब के प्रकाशन के अंतिम दौर में लिखी जाती है। शोध के लिए आवश्यक यह था कि गोयनका पता लगाते कि 1922 के साल में होली ठीक किस दिन पड़ी थी। वह गोयनका ने नहीं किया और सामान्य रूप से होली लिख दिया। उन्होंने भूमिका लिखी जाने और किताब के अंतिम रूप से छप जाने के बीच कुछ दिनों का फर्क होने की संभावना को भी नकार दिया और भूमिका के लिखे जाने के दिन को ही किताब के प्रकाशन का दिन भी घोषित कर दिया। जो भी हो, रामदास गौड़ की भूमिका के नीचे पड़ी तारीख से इतना तो साबित होता ही है कि *प्रेमाश्रम* का प्रकाशन 1922 की फरवरी से पहले नहीं हो सकता। लेकिन गोयनका एक सही निष्कर्ष का निषेध करते हुए, खुद *प्रेमाश्रम* के प्रथम संस्करण में दी गई भूमिका की तारीख को भी नकारते हुए, उल्टी दिशा में आगे बढ़ते हैं। *प्रेमाश्रम* के प्रकाशन की तिथि को और पीछे की ओर ठेलते हुए 1922 की जनवरी या 1921 के अंत का समय मानने का आग्रह करते हैं। इसका मतलब यह निकलेगा कि भूमिका बाद में लिखी गई, किताब पहले ही छप गई? या रामदास गौड़ ने भूमिका लिखकर उस पर तारीख उसी दिन की नहीं डाली, बल्कि कई महीने आगे की डाल दी? गोयनका ने तिथि तय करने के लिए लिखित प्रमाण पर विश्वास नहीं किया, सहारा लिया इस अटकल का कि जुलाई तक उपन्यास की एक हजार प्रतियाँ कैसे बिक सकती हैं? इसलिए अनुमान भिड़ाया कि उपन्यास और पहले प्रकाशित हुआ होगा। यह प्रेमचंद अध्ययन की नई दिशाएँ नहीं, उल्टी दिशाएँ हैं। गोयनका को इस बात का गुमान नहीं कि *प्रेमाश्रम* को अपने युग में कैसी असाधारण

लोकप्रियता मिली थी, एक साल के अंदर उसका दूसरा संस्करण भी छप गया था।

गोयनका मुख्यतः तथ्य संग्रहकर्ता हैं। प्रेमचंद के जीवन और साहित्य पर पहली बार व्यवस्थित ढंग से शोध करने वाले, पहली बार प्रेमचंद की प्रामाणिक जीवनी लिखने वाले और पहली बार प्रेमचंद का हजारों पृष्ठों का असंकलित साहित्य-लेख और कहानियाँ–खोजकर प्रकाशित करने वाले अमृतराय थे। उनका उपहास करते हुए गोयनका लिखते हैं, "आश्चर्यजनक स्थिति है कि अमृतराय को प्रेमचंद के कुल प्रकाशित साहित्य की भी जानकारी नहीं है।" वे इस बात को तरह-तरह से, कई भंगिमाओं के साथ दोहराते हैं। कभी आश्चर्य प्रकट करते हुए कहते हैं, कभी दुख प्रकट करते हुए, "यह अत्यंत दुखद स्थिति है कि जीवनीकार को अपने चरित्र नायक के संपूर्ण साहित्य की ही जानकारी न हो।" कभी शर्म प्रकट करते हैं, "यह स्थिति उनके दो पुत्र प्रकाशकों तथा उर्दू-हिंदी के शोधार्थियों के लिए निश्चय ही शर्म की बात है।" कभी आश्चर्य, कभी दुख और कभी शर्म की भंगिमाओं के साथ वे जिस बात पर इतरा रहे हैं वह यह है कि, "मैंने स्वयं उनके लगभग डेढ़ हजार पृष्ठों के ऐसे साहित्य को खोजा है। परंतु अभी भी लगभग एक हजार पृष्ठों का अज्ञात अप्राप्त साहित्य हिंदी-उर्दू पत्रिकाओं में छिपा हुआ पड़ा है।" जो साहित्य उन्होंने खोजा, उसके तो पृष्ठ गिने ही, जो अभी तक नहीं खोजा, जो अज्ञात अप्राप्य है, उसके भी पृष्ठ गिन लिए। तथ्य यह है कि अमृतराय ने जो काम किया, उसके बिना गोयनका एक कदम भी आगे न चल पाते। शिवरानी देवी की *प्रेमचंद घर में* और अमृतराय की *कमल का सिपाही* तथा अमृतराय द्वारा खोजकर प्रकाशित कराए गए प्रेमचंद के पत्र *विविध-प्रसंग* के तीनों खंड और *गुप्तधन* के दो खंड अगर सामने न होते तो गोयनका के *प्रेमचंद विश्वकोश* का जन्म भी न हुआ होता।

प्रेमचंद विश्वकोश की असलियत

गोयनका ने खुद भी प्रेमचंद की एक जीवनी बनाई है–*प्रेमचंद विश्वकोश* के रूप में। इसमें कोई शक नहीं कि *प्रेमचंद विश्वकोश* के दोनों खंड प्रेमचंद साहित्य का अध्ययन करने वालों के लिए बहुत उपयोगी संदर्भ ग्रंथ हैं। इसकी उपयोगिता यह है कि इसमें प्रेमचंद के जीवन और साहित्य से संबंधित बहुत सारे तथ्यों और सूचनाओं को एक जगह क्रम से व्यवस्थित कर दिया गया है। इससे प्रेमचंद संबंधी सामान्य जानकारी या सूचनाएँ हासिल करने के लिए विद्यार्थियों को अब इधर-उधर दौड़ना नहीं पड़ता। यह हिंदी में अपने ढंग का अकेला कोश है। पर इसका महत्त्व संदर्भ-ग्रंथ होने में है या जीवनी होने में?

किसी व्यक्ति की जीवनी लिखने का मतलब यह होता है कि कुल मिलाकर उस व्यक्ति की हमारे सामने छवि कैसी बनती है। यह छवि तब बनेगी जब उस व्यक्ति के जीवन संबंधी तथ्यों का विश्लेषण कर, महत्त्वपूर्ण और गौण तथ्यों का

भेद कर, तथ्यों के ढेर में निहित सत्य को संबद्ध परिप्रेक्ष्य में प्रकट किया जाए। *प्रेमचंद विश्वकोश* से कुल मिलाकर प्रेमचंद की कौन-सी छवि उभरती है?

गोयनका ने इस बात को माना है कि उनका विश्वकोश *कलम का सिपाही* या *आवारा मसीहा* के समान 'सृजनात्मक कलाकृति' नहीं है, बल्कि यह सिर्फ 'प्रेमचंद की एक तारीखवार जीवनी' है; 'कालचक्र में बँधा हुआ उनका तथ्यात्मक जीवन' है; रेलवे की समय-सारणी की तरह यह प्रेमचंद की 'जीवन सारणी' है। (पृ. 14, *विश्वकोश*।) इस जीवन सारणी में, गोयनका के शब्दों में "प्रेमचंद के लगभग 56 वर्षों के जीवन का 'तिथिगत इतिहास है।" (पृ. 15, वही) 56 वर्षों के जीवन को यहाँ 'तिथि, मास एवं वर्ष में बाँधकर' प्रस्तुत किया गया है। किसी के जीवन का इतिहास सिर्फ तिथि, मास एवं वर्षों में बाँधकर प्रस्तुत कर दिए गए तथ्यों को नहीं कहते; जैसे भारतीय रेलवे की समय सारणी भारतीय रेलवे का इतिहास नहीं है, उसी तरह किसी के जीवन की समय-सारणी उसके जीवन का इतिहास नहीं होती। इस बात को अभी छोड़ दिया जाए। अपने काम का गुरुत्व बतलाते हुए गोयनका ने लिखा कि प्रेमचंद के जीवन को "तारीखों से जोड़कर देखना और प्रस्तुत करना—कितनी श्रमसाध्य, शोधसाध्य एवं पीड़ाजनक प्रक्रिया है, इसे मैंने विगत 12 वर्षों से निकट से देखा और भोगा है।" (पृ. 14, वही)

तथ्यों के अंबार में से प्रेमचंद के जीवन-सत्य को उजागर करने और उनकी एक निश्चित छवि प्रदान करने के सृजनात्मक दायित्व से गोयनका ने खुद को पहले ही बरी कर लिया। उनका दावा प्रेमचंद की कलात्मक जीवनी लिखने का नहीं, बल्कि उनके जीवन के 56 वर्षों का, 'तिथिगत इतिहास' प्रस्तुत करने का है। इस दावे की हकीकत क्या है? इसके लिए कितना मौलिक शोध किया गया?

प्रेमचंद विश्वकोश कोई शुरू से अंत तक पढ़ता नहीं है। जरूरत पड़ने पर, संदर्भ देखने के लिए, कोई खास सूचना पाने के लिए लोग उसके इस या उस पृष्ठ पर निगाह दौड़ाते हैं। सावधानी से देखने पर गोयनका के दावे की असलियत का पता चल जाता है और दावे का आधार भी दिख जाता है। असलियत यह है कि प्रेमचंद के जीवन के 56 वर्षों के अध्यायों में से सात अध्याय इस कोश में पूरी तरह गायब हैं। 1880 से शुरू होकर 1936 में खत्म होने वाले इस कोश में सन् 1881, 1882, 1884, 1887, 1889, 1891 और 1898 के वर्षों में प्रेमचंद के जीवन का कोई नाम-निशान नहीं मिलता। फिर एक अध्याय में 1892 से 1895 तक के चार वर्ष एक ही साथ समेट लिए गए और आप यह नहीं जान सकते कि जिन घटनाओं का उल्लेख किया जा रहा है, वे किस खास वर्ष में घटी थीं। कोश के आरंभिक भाग में सात वर्ष तो गायब हैं ही, तिथियाँ और मास भी गायब हैं। तिथियों और मास के गायब होने का यह सिलसिला कोई दो-चार सालों तक नहीं, पूरे 22 सालों तक चलता है। प्रेमचंद की जन्म तिथि को छोड़कर 1880 से 1902 तक,

बाईस वर्षों की जीवन सारणी में न कहीं कोई तारीख है, न कोई महीना। पूरे साल के जीवन का इतिहास थोड़ी-थोड़ी पंक्तियों में पूरा कर दिया गया। 1883 का जीवन चार पंक्तियों में और 1901 का जीवन करीब तीन पंक्तियों में ही पूरा कर दिया। प्रारम्भिक 22 वर्षों के जीवन में से 7 वर्ष तो गायब ही हैं, बाकी 15 वर्ष भी बिना किसी तारीख के हैं। यदि बालक, किशोर और युवा हो चुके प्रेमचंद के 22 वर्षों के जीवन को इसी तरह निपटाना था तो इसे 56 वर्षों का 'तिथिगत इतिहास' क्यों कहा जाए? आखिर जिन्होंने प्रेमचंद की सृजनात्मक ढंग से जीवनी लिखी है, उनमें भी कालक्रम का निर्वाह तो मिलता ही है। ऐसा तो नहीं है कि उन्होंने उलटे-पुलटे ढंग से आगे का जीवन पहले और पहले का जीवन आगे चित्रित कर दिया हो। तारीखवार जीवनी लिखने की घोषणा करके गोयनका ने एक ओर जीवनीकार की सृजनात्मकता से छुट्टी पा ली, दूसरी ओर 22 सालों में से 7 साल गायब करके और 15 सालों का विवरण बिना किसी तिथि मास के देकर तारीखवार जीवनी लिखने के अपने दावे का भी निर्वाह नहीं किया। उनकी इस असमर्थता का राज बहुत गहरा नहीं है। एक और सामग्री का अभाव, दूसरी ओर उनकी कोश निर्माण की पद्धति। यह कोश निर्माण पद्धति पहले से ही प्रकाशित और सुलभ सामग्री पर बुरी तरह निर्भर दिखाई देती है।

प्रेमचंद ने लिखना शुरू किया 1903 से। *जमाना* के संपादक दयानारायण निगम से उनका पत्राचार 1905 से मिलता है। यहीं से गोयनका के विश्वकोश में भी कुछ जान आती दिखाई देती है। हाँ, प्रेमचंद की सर्विस बुक से भी उनके यहाँ-वहाँ हुए तबादलों की तारीखें मिलती हैं। लिहाजा गोयनका भी 1903 से प्रेमचंद की तारीखवार जीवनी शुरू करते हैं। लेकिन यहाँ भी तारीखें उसी अनुपात में हैं, जिस अनुपात में पहले से सामग्री सुलभ है। इसलिए 'तिथि, मास और वर्ष' में बाँधकर प्रेमचंद के जीवन का 'तिथिगत इतिहास' लिखने की योजना फिर आधे-अधूरे ढंग से ही चल पाती है। अब साल के साल गायब नहीं होते, लेकिन महीने के महीने जरूर बार-बार गायब हो जाते हैं। 1903 के वर्ष में कुल नौ महीने गायब हैं। 1904 के वर्ष में कुल पाँच महीने गायब। इसी तरह 1905, 1906 और आगे के कई सालों तक यह 'तिथिगत इतिहास' कई-कई महीनों तक गायब रहता है।

'तिथि मास और वर्ष में बाँधकर' प्रस्तुत किए गए 56 वर्षों के 'तिथिगत इतिहास' में वर्ष और मास का तो यह हाल है। तिथियों को भी देख लिया जाए। 56 वर्षों के 'तिथिगत इतिहास' में तिथियाँ शुरू होती हैं 22 साल बाद जाकर 1903 से। लेकिन, अमावस्या के बाद निकले चंद्रमा की तरह क्षीण। उदाहरण के लिए 1903 के पूरे साल में सिर्फ तीन तिथियाँ दिखाई देती हैं—1 मई, 20 सितम्बर और 8 अक्तूबर। वर्ष 1904 की 365 तारीखों में से सिर्फ चार तारीखों की सूचना मिलती है—30 अप्रैल, 1 मई, 4 मई और इसके बाद सीधे 8 दिसंबर। 1907 तक प्रेमचंद के दो उपन्यास

छप चुके थे, कई लेख भी। एक उर्दू लेखक के रूप में उनका नाम हो चला था। फिर भी गोयनका उनकी जीवन सारणी में कुछ ही तारीखों का हवाला दे सके। उदाहरण के लिए 1907 के वर्ष में बिना किसी तारीख के वे सीधे मार्च महीने से शुरू करते हैं। ग्यारह पंक्तियों में पूरे मार्च को बिना किसी तारीख के निपटाकर वे अप्रैल मई दोनों को संयुक्त रूप से सिर्फ दो पंक्तियों में समेटते हुए (फिर बिना किसी तारीख के), जून को छोड़ते हुए वे सीधे 31 जुलाई की तारीख पर पहुँच जाते हैं। यह इस वर्ष के अंतर्गत दी गई पहली तारीख है। 1908 के वर्ष में पहली तारीख मिलती है 11 अगस्त की। दूसरी 20 सितम्बर, तीसरी 22 सितम्बर और फिर बस, वर्ष पूरा हो गया। 1909 में अप्रैल में सिर्फ एक तारीख, 29 अप्रैल। नवंबर में सिर्फ एक तारीख, 20 नवंबर। 1911 के जून में सिर्फ एक तारीख, 24 जून। इस पूरे साल के अंतर्गत दी गई यह एकमात्र तारीख है। तारीखों का यह अभाव बहुत आगे तक चलता है।

श्रम साध्य शोध की स्थिति यह है कि कई जगह तारीख नहीं देकर, सिर्फ महीने के नाम बताकर काम चला लिया गया है। इस तरह जीवन सारणी कहीं वर्ष के हिसाब से, कहीं दिन के हिसाब से और कहीं सिर्फ महीने के हिसाब से चली है। 1907 के वर्ष में सिर्फ मार्च लिखकर कुछ पंक्तियों की सूचना दे दी गई। तारीख कोई नहीं। 1908 में फरवरी महीना लिखा, तारीख कोई नहीं। अप्रैल महीना लिखा, तारीख नहीं। 1909 में फरवरी महीना लिखकर डेढ़ पंक्ति की सूचना, तारीख गायब। दिसंबर महीना, तारीख गायब। 1910 में अगस्त-सितंबर संयुक्त रूप से लिखकर डेढ़ पंक्ति की सूचना, तारीख का पता नहीं। अक्तूबर महीना लिखा, तारीख का पता नहीं। 1911 के जनवरी, मई, नवंबर और दिसंबर, चार महीनों में तारीख एक भी नहीं। यह सिलसिला पूरे कोश में चलता है।

'तिथि, मास और वर्ष में बाँधकर' प्रस्तुत किए गए 56 वर्षों के जीवन के 'तिथिगत इतिहास', 'तारीखवार जीवनी' की असलियत यही है।

इस असमर्थता का कारण कोश निर्माण की पद्धति से जुड़ा हुआ है। प्रेमचंद की तारीखवार जीवनी लिखने के लिए गोयनका ने शोध उतना नहीं किया, जितना शोध करने का प्रचार किया। शोध के बजाय उन्होंने कौशल से काम लिया। एक आसान रास्ता चुना, लेकिन इसी रास्ते ने उनकी तारीखवार जीवनी को सीमित भी कर दिया। प्रेमचंद के जीवन से संबंधित बहुत-सी सामग्री पहले से प्रकाशित थी। गोयनका ने 'तिथिगत इतिहास' तैयार करने के लिए पहले से ही प्रकाशित सामग्री को तारीखें डालकर सिलसिलेवार ढंग से सजा दिया। इसी कौशल से पूरा कोश तैयार हुआ है। उदाहरण के लिए उन्होंने अमृतराय द्वारा संपादित और प्रकाशित *चिट्ठी-पत्री* के दोनों भागों में संकलित प्रेमचंद के पत्रों को लिया। किसी भी पत्र को पढ़कर यह अनुमान लगाया जा सकता है कि यह पत्र जिस पत्र के जवाब में लिखा गया,

उस पत्र में क्या कुछ पूछा या लिखा गया होगा। (कई बार यह अनुमान नहीं भी लगाया जा सकता) तारीख पत्र के ऊपर आमतौर पर लिखी रहती है। अतः गोयनका ने 'तिथिगत इतिहास' लिखने के लिए पद्धति यह अपनाई कि सबसे पहले पत्र पर दी गई तारीख को कोश में उतार दिया। इसके बाद अनुमान पर आश्रित वे बातें संक्षेप में लिख डालीं जिनका जवाब देने प्रेमचंद बैठे थे। जहाँ ऐसा अनुमान न लग सका, वहाँ इसे छोड़ दिया। इसके बाद कुछ पंक्तियों में प्रेमचंद के पत्र का सारांश प्रस्तुत किया। सारांश में गोयनका क्या लिखते और क्या छोड़ते हैं, यह उनकी अपनी समझ पर निर्भर करता है। बहुत-सी जगह उन्होंने कई मार्मिक बातें छोड़ दीं। खैर, पद्धति यही रही कि पत्र का कुछ सारांश पेश किया और इसके बाद 'प्रेमचंद ने पत्र में लिखा कि' वाक्यांश जोड़ते हुए आगे प्रेमचंद के पत्र का एक अंश उद्धृत कर दिया। इस तरह अमुक तारीख को प्रेमचंद के जीवन के एक दिन का 'तिथिगत इतिहास' तैयार हो गया।

इसी पद्धति से *चिट्ठी-पत्री* के दोनों भागों में छपे सैकड़ों पत्रों को कोश में तारीखों के साथ क्रमबद्ध रूप से सजा दिया गया है। यह काम श्रम साध्य तो हुआ, पर शोध साध्य नहीं। तिथियों के क्रम से तो वे पत्र *चिट्ठी-पत्री* में भी संकलित हैं। गोयनका की एक विशेषता यह रही कि उन्होंने एक-एक पत्र को उद्धृत करते हुए प्रेमचंद के एक-एक दिन की 'जीवनी' तो बना ही डाली, लोभवश कई जगह एक ही पत्र के आधार पर प्रेमचंद के दो-दो दिनों की भी 'जीवनी' बना डाली है। इसके लिए, तिथियों की प्रामाणिकता पर जोर देने वाले गोयनका ने कई जगह प्रामाणिकता की कोई परवाह नहीं की। उदाहरण के लिए कई जगह प्रेमचंद के पत्रों से यह पता नहीं चलता कि वे जिस पत्र का जवाब लिखने बैठे हैं, वह पत्र उन्हें आया कब था। फिर भी, तारीखवार जीवनी बनाने की धुन में (और विवशता में भी) गोयनका ने मनमाने ढंग से पत्र के पहुँचने को भी किसी न किसी तिथि में डाल दिया। उदाहरण के लिए 17 फरवरी, 1923 को प्रेमचंद ने निगम को अपना वह मशहूर पत्र लिखा जिसमें उन्होंने लिखा था कि मैं मौजूदा किसी राजनीतिक पार्टी में नहीं हूँ। गोयनका ने इस पत्र को अपने कोश में सजाते हुए प्रेमचंद के 17 फरवरी, 1923 के दिन की 'जीवनी' तैयार कर डाली। यहाँ तक तो ठीक। लेकिन, इसी के साथ, लगे हाथ उन्होंने 16 फरवरी की भी जीवनी बना डाली—यह लिखते हुए कि "मुंशी दयानारायण निगम का पत्र आया। निगम ने 'जमाना' के नुकसान में चलने तथा 'जमाना' के लिए बहुत समय से कुछ न लिखकर देने की शिकायत करते हुए पूछा कि प्रेमचंद किस पार्टी में हैं।" वगैरह-वगैरह। अब इस बात का कोई प्रमाण नहीं मिलता कि निगम का वह पत्र प्रेमचंद को 16 फरवरी को ही मिला था। यह बिल्कुल मनमानी जीवन सारणी है। यह मनमानापन गोयनका की पद्धति का अंग बनकर पूरे कोश में मौजूद है।

इसी तरह शिवरानी देवी की किताब *प्रेमचंद घर में* से सामग्री लेकर उसे भी कहीं तारीख डालकर, कहीं बिना तारीख के, सिर्फ महीने या वर्ष का उल्लेख कर, विश्वकोश में सजा दिया गया है। गोयनका ने एक तरह से शिवरानी देवी की पूरी किताब ही अपने विश्वकोश में क्रमशः उद्धृत कर दी है, पर नीचे उद्धरण का स्रोत कहीं नहीं लिखा। विश्वकोश का एक बड़ा भाग *चिट्ठी-पत्री* के अलावा *प्रेमचंद घर में* की सामग्री से सजकर तैयार हुआ।

इस जीवन सारणी का तीसरा मुख्य आधार खुद प्रेमचंद की रचनाओं को बनाया गया है। यानी कई जगह प्रेमचंद की कई रचनाओं का सारांश या उद्धरण तारीख डालकर सजा दिया गया और इसे उनके अमुक दिन की जीवनी बताया गया। उदाहरण के लिए अगर किसी पत्रिका के किसी अंक में प्रेमचंद का कोई लेख छपा, तो विश्वकोश में तारीख डालकर यह लिखा गया कि प्रेमचंद का अमुक लेख छपा है। फिर लेख का कुछ सारांश और उद्धरण। इस तरह अमुक दिन की जीवन सारणी तैयार हुई। इसमें दिक्कत यह रही कि कई पत्रिकाएँ मासिक थीं, इसलिए लेख के छपने की कोई एक निश्चित तारीख नहीं डाली जा सकती थी। लिहाजा ऐसी जगहों पर महीने के हिसाब से जीवनी बनानी पड़ी। लेकिन साथ ही यह भुला दिया गया कि वह लेख छपा भले ही अमुक महीने में हो, लेकिन लिखा तो पहले गया था। जैसे प्रेमचंद का लेख *दौरे करीम और जरीद* जमाना के फरवरी, 1919 के अंक में छपा। गोयनका ने इसी वर्ष और महीने के अंतर्गत लेख का सारांश और उद्धरण देते हुए इसे प्रेमचंद के फरवरी, महीने की जीवनी बताया। लेकिन प्रेमचंद ने यह लेख लिखा था 1918 के नवंबर-दिसंबर में। कायदे से यह उनके फरवरी, 1919 के जीवन का अंग न होकर नवंबर-दिसंबर, 1918 के जीवन का अंग था। अमृतराय ने भी *कलम का सिपाही* में प्रेमचंद की रचनाओं के सारांश और उद्धरण दिए हैं। लेकिन, वहाँ इनके लिए एक संदर्भ है, एक परिप्रेक्ष्य है जिसमें उन रचनाओं को उद्धृत करते हुए प्रेमचंद के जीवन, उनकी रचना और ऐतिहासिक परिवेश, तीनों को एक साथ जोड़कर दिखाया गया है। विश्वकोश में सिर्फ तारीख डालकर लेख का सारांश मात्र दे देने से वह जीवनी किसी भी दृष्टि से नहीं बनती।

इसी तरह जिन लोगों ने प्रेमचंद पर इधर-उधर संस्मरण लिखे हैं (और ये सभी प्रकाशित हैं), उनके संस्मरणों के अंशों को भी, जहाँ तारीख उपलब्ध थी वहाँ तारीख डालकर, जहाँ उपलब्ध नहीं थी, वहाँ सिर्फ वर्ष का जिक्र करते हुए, उद्धृत कर दिया गया है। प्रेमचंद विश्वकोश का लगभग 90 प्रतिशत भाग इसी पद्धति से पहले से प्रकाशित सामग्री को क्रम से सजाकर तैयार हुआ है।

हम यह नहीं कहते कि 56 वर्षों की जीवन सारणी में एक-एक दिन का विवरण होना चाहिए था। यह तो असंभव ही है। लेकिन गोयनका ने अगर सचमुच में आवश्यक

शोध किया होता तो उनके 'तिथिगत इतिहास' में इतनी तिथियाँ, महीने और वर्ष गायब न रहते। 'तिथिगत इतिहास' लिखने के दावे का सफल निर्वाह वह इसलिए नहीं कर सके क्योंकि वे इस काम के लिए लगभग पूरी तरह से पहले से प्रकाशित सामग्री पर ही निर्भर रहे। शोध करने के बजाय जरूरत सिर्फ इस कौशल की समझी कि जो कुछ सामग्री पहले से उपलब्ध है, उसे ही तारीखवार सजा दिया जाए। इसमें मौलिकता कहाँ है?

गोयनका पहले से उपलब्ध इस सामग्री का भी पूरा उपयोग नहीं कर सके। अमृतसराय की *कलम का सिपाही* अथवा *चिट्ठी-पत्री* में संकलित चिट्ठियों में प्रेमचंद के जीवन से संबंधित कई मार्मिक प्रसंग और घटनाएँ गोयनका की 'तारीखवार जीवनी' में नहीं मिलतीं। ऐसे दो उदाहरण देखिए। प्रेमचंद के दिल में अपने बच्चों के भविष्य को लेकर चिंता रहती थी। प्रेमचंद खुद को ऐसी उम्र में महसूस करते थे जहाँ पहुँचकर आदमी को अपने बच्चों के भविष्य के प्रति निश्चिंत हो जाना चाहिए था। पर 1934 तक, जब उनकी उम्र 54 वर्ष पार कर चुकी थी, यह काम न हो सका। इसका दुख प्रेमचंद को अंदर ही अंदर सालता रहता था। इसका जिक्र इन्होंने निगम को लिखे एक खत (9 जनवरी, 1934) में किया। दिल को छूने वाले दर्द को खोलते हुए अपने आत्मीय मित्र को उन्होंने लिखा, "आप लड़कियों के एतबार से पिदरीयत के जिस दर्जे में हैं, मैं लड़कों के एतबार से उसी दर्जे में हूँ। इस वक्त मुझे इन खरखशों से निजात मिल जाना चाहिए था, ताकि किसी गोशे में ब-इतमीनान पड़ा हुआ कुछ लिखा-पढ़ा करता, मगर यहाँ अभी बच्चे पाल रहा हूँ। जो काम चालीस की उम्र में होना चाहिए था, वह अब पचपन साले में हो रहा है, जब आदमी पेंशनर हो जाता है।"

प्रेमचंद ने सहानुभूति की माँग करते हुए आगे लिखा, "उम्मीद है आप मेरी इस दास्ताने गम पर आँसू की दो नन्ही बूँदें गिरा देंगे।" (पृ. 208, *चिट्ठी पत्री प्रथम*)

तुच्छ से तुच्छ तथ्यों को दर्ज करने वाले गोयनका के कोश में प्रेमचंद के जीवन का यह तथ्य नहीं मिलता।

अपने इसी पत्र में प्रेमचंद ने अपने दोनों बेटों के बारे में भी निगम को एक ऐसी बात लिखी जो उन्हें कुछ उदास करती थी। प्रेमचंद अपने दोनों बेटों के बीच फर्क महसूस करते थे। इस फर्क को बतलाते हुए उन्होंने निगम को लिखा, "बड़े साहबजादे अबकी एफ. ए. का इम्तिहान दे रहे हैं। लेकिन औसत दर्जे में हैं। जेहनियत की कोई खास अलामत नजर नहीं आती। छोटा ज्यादा जहीन है, मगर अभी आठवीं में है।" अपने दो बेटों के बीच फर्क का प्रेमचंद का यह अनुभव महत्त्वपूर्ण है। गोयनका ने इस पत्र से सामग्री लेकर अपने कोश में सजाई, लेकिन प्रेमचंद के इस अनुभव को छोड़ दिया, दर्ज नहीं किया।

गोयनका ने अमृतराय की लिखी जीवनी से कई विवरण लेकर उन्हें अपने कोश में तारीखवार सजाया। फिर भी, उसमें आए कुछ महत्त्वपूर्ण प्रसंगों को छोड़ दिया। उदाहरण के लिए *मजदूर* फिल्म के सेट पर प्रेमचंद को भी एक-दो मिनट के लिए आना था। फिल्म के निर्देशक भवनानी उन्हें पर्दे पर दिखलाने के लिए बहुत उत्सुक थे। भवनानी उन्हें शायद एक खास अंदाज में, एक खास लेखकीय अदा में पेश करना चाहते थे जैसा कि फिल्मों में चलन था। मुंशी जी किसी तरह सेट पर आने के लिए राजी तो हो गए, पर बिना मेकअप कराए और अपने रोज के ही मामूली कपड़ों में सेट पर आए, भवनानी के हठ के बावजूद। अमृतराय ने इस प्रसंग के महत्त्व को सही समझा और इसका वर्णन किया। प्रेमचंद के व्यक्तित्व और विचारों को समझने के लिहाज से यह एक छोटा-सा, पर सार्थक प्रसंग है। दिखावे, आडंबर और झूठ का विरोध करने वाले प्रेमचंद ने अपने जीवन में दो मिनट के लिए भी अपना विरोध नहीं छोड़ा। अपनी रोजाना पोशाक और असली हुलिए के ऊपर किसी किस्म की लेखकीय अदा या बौद्धिक भव्यता को ओढ़ना मंजूर नहीं किया। अमृतराय के दिए गए इस सार्थक वर्णन (पृ. 542, *कलम का सिपाही*) को भी गोयनका ने अपने कोश में दर्ज नहीं किया। पहले से प्रकाशित और सहज ही उपलब्ध होने पर भी इन तथ्यों की ओर गोयनका की दृष्टि नहीं जाती। इन उदाहरणों से प्रेमचंद विश्वकोश की ही कमी नहीं, प्रेमचंद के जीवन और व्यक्तित्व को समझने के लिए आवश्यक अंतर्दृष्टि की भी कमी झलकती है।

अपने कोश के लिए गोयनका ने कुछ शोध भी जरूर किया है; कई सूचनाएँ नई खोजी हैं; पर ज्यादातर मुख्य-मुख्य तथ्य और विवरण शिवरानी और अमृतराय से लिए हैं। यही कारण है कि जो मुख्य तथ्य अमृतराय की लिखी जीवनी में नहीं मिलता, वह गोयनका के यहाँ भी नहीं मिलेगा। उदाहरण के लिए 1933 में कुप्रिन के *यामा* उपन्यास पर प्रेमचंद और जैनेन्द्र के बीच जो महत्त्वपूर्ण बातचीत हुई, उसे अमृतराय ने लिखा, गोयनका ने भी लिखा। 1934 की जनवरी में जो भूकंप आया, उसके बारे में प्रेमचंद के विचार अमृतराय ने लिखे तो, गोयनका ने भी लिखे। इसी तरह अवध उपाध्याय और श्रीनाथ सिंह ने प्रेमचंद पर जो कीचड़ उछाला और विवाद खड़ा किया, उसकी खोज करके अमृतराय ने उसका विस्तृत विवरण दिया। गोयनका ने इसी विवरण को दुहराया और अमृतराय द्वारा उस विवाद का स्रोत प्रकट कर दिए जाने का लाभ उठाते हुए मूलस्रोत से कुछ और सामग्री भी लेकर जोड़ दी। लेकिन, 1922 में प्रेमचंद के उपन्यास *प्रेमाश्रम* को लेकर *प्रभा* और *माधुरी* पत्रिकाओं में जो विवाद चला जिसमें फ़िराक़, हेमचंद्र जोशी, रामदास गौड़ और जनार्दन झा 'द्विज' ने भाग लिया था, उसकी जानकारी चूँकि अमृतराय को नहीं रही, इसलिए आप देखेंगे कि इसका विवरण गोयनका के विश्वकोश में भी नहीं मिलता। इस तरह के कई उदाहरण हैं। गोयनका ने 1934 में दिल्ली में हुए हिंदी साहित्य सम्मेलन में

प्रेमचंद से संबंधित ब्योरा कई पृष्ठों में दिया है। इस सम्मेलन का बहुत-सा विवरण गोयनका ने अमृतराय की किताब से लिया। लेकिन उसी सम्मेलन के दौरान प्रेमचंद की कुछ बातचीत ऋषभचरण जैन से भी हुई थी। उन दिनों प्रेमचंद के उपन्यास *सेवासदन* पर फिल्म बन रही थी। ऋषभचरण जैन की उस फिल्म में दिलचस्पी थी। वे खुद एक फिल्मी पत्रिका *चित्रपट* का संपादन प्रकाशन कर रहे थे और *सेवासदन* पर फिल्म बनवाने के लिए इस पत्रिका की ओर से भी कुछ प्रयास हुए थे। दिल्ली सम्मेलन में ऋषभचरण जैन ने प्रेमचंद से *सेवासदन* फ़िल्म के निर्माण के बारे में बातचीत की थी। प्रेमचंद को दोपहर को उनके घर में भोजन करना था। उसी सुबह ऋषभचरण जैन ने स्टूडियो में प्रेमचंद के साथ फोटो भी खिंचवाई। इन सबका विवरण अमृतराय की लिखी जीवनी या शिवरानी देवी की किताब में नहीं मिलता। पाठक देखेंगे कि इनका विवरण गोयनका के विश्वकोश में भी नहीं मिलता।

चलते-चलाते एक बात तथ्यपरकता पर। तथ्यों पर ही सबसे ज्यादा जोर देने वाले और 'तथ्यात्मक जीवनी' लिखने का दावा करने वाले गोयनका के कोश में कहीं-कहीं ऐसे तथ्य भी मिल जाते हैं कि पाठक सिर पकड़कर बैठ जाएँ। बात सिर्फ 32 जनवरी जैसी तिथि की नहीं है (देखिए, *विश्वकोश* प्रथम, पृ. 54)। 1934 के वर्ष के अंतर्गत तारीखों पर नजर डालिए। गोयनका को सबसे अधिक पीड़ा प्रेमचंद के जीवन को तारीखों से जोड़कर प्रस्तुत करने में हुई। 1934 की जीवन सारणी के प्रारंभ में तीन तारीखें दी गई हैं--9 जनवरी, 10 जनवरी और 12 जनवरी। गोयनका ने इन तारीखों के साथ दिन (वार) भी जोड़कर प्रस्तुत किया है। शायद पूरे विश्वकोश में यही एक जगह है जहाँ तारीखों के साथ दिन भी दिए गए हैं। लेकिन कैसे? नौ जनवरी के साथ कोष्ठक में दिन लिखा—सोमवार। 10 जनवरी के साथ कोष्ठक में दिन लिखा—रविवार। और, 12 के साथ कोष्ठक में दिन लिखा—बृहस्पतिवार। यह कौन-सा कैलेण्डर है जिसमें सोमवार से अगला दिन रविवार पड़ता है और रविवार के एक दिन छोड़कर अगला दिन बृहस्पतिवार पड़ जाता है? पीड़ाजनक शोध कार्य को पढ़ना भी कहीं-कहीं पीड़ाजनक हो गया है। डी. लिट्. की उपाधि के लिए पेश किए गए शोधग्रंथ में शायद यह सब चलता है।

थोथा चना बाजे घना

एक दावा गोयनका का यह है कि अमृतराय को प्रेमचंद के समस्त साहित्य की जानकारी नहीं। खुद गोयनका को भी नहीं है। उन्होंने लगभग एक हजार पृष्ठों की सामग्री के अब भी अज्ञात-अप्राप्य रहने की बात लिखी है। इससे क्या निष्कर्ष निकलता है? निष्कर्ष यह निकलता है कि इसकी खोज आगे भी जारी रहेगी। प्रेमचंद का अभी और भी बहुत-सा साहित्य, खासकर उनकी कहानियाँ, खोजने पर आगे मिल सकती

हैं। यह बात रामविलास शर्मा ने कही, अमृतराय ने भी कही। 1962 में प्रकाशित प्रेमचंद की गुमशुदा कहानियों के संकलन *गुप्तधन* की भूमिका में अमृतराय ने लिखा "मेरा अनुमान है कि अभी तीस-चालीस कहानियाँ और मिलनी चाहिए।" आगे फिर लिखा "मुझे यकीन है कि अगले कुछ बरसों में मुझे या मेरे किसी और उत्साही भाई को और भी कुछ कहानियाँ मिलेंगी।" तो फिर गोयनका ने कौन-सी नई बात कही? प्रेमचंद का कुछ साहित्य अब भी अज्ञात अप्राप्य है, इस तथ्य के बल पर यह निष्कर्ष नहीं निकलता कि प्रेमचंद की जो जीवनी उनके अब तक के ज्ञात साहित्य के आधार पर लिखी गई है, वह प्रामाणिक नहीं है। ज्ञान हमेशा सापेक्ष रहता है, वह निरपेक्ष नहीं होता। सिर्फ तिथियाँ और मोटे तथ्य ही निरपेक्ष होते हैं। प्रेमचंद की कुछ अज्ञात-असंकलित रचनाएँ मैंने भी खोजकर छपवाई हैं। इनमें से एक उनकी कहानी *प्रतिज्ञा* है जो जबलपुर से निकलने वाली पत्रिका *श्रीशारदा* के 21 मार्च, 1920 के अंक में छपी थी। इसका उर्दू रूप *रूहे-स्याह* शीर्षक से *सुब्हे-उम्मीद* पत्रिका के नवंबर, 1920 के अंक में छपा। उर्दू रूप बाद में छपा, हिंदी रूप पहले। दोनों रूपों में कुछ फर्क भी है। उर्दू रूप पर टिप्पणी करते हुए गोयनका ने अपने विश्वकोश के भाग दो में पृ. 355 पर लिखा है, "प्रेमचंद ने इसका हिंदी में अनुवाद नहीं किया।" तथ्य यह है कि गोयनका को इसके हिंदी रूप की जानकारी ही नहीं थी। उर्दू में छपने से आठ महीने पहले हिंदी रूप छप चुका था। इस पर गोयनका ने *जनसत्ता* में पत्र लिखकर बड़ी विनम्रता के साथ अपने अज्ञान की सफाई दी, "नए तथ्यों के उद्‌घाटन से पुराने निष्कर्ष सदैव संशोधित होते रहते हैं। अतः *'प्रेमचंद विश्वकोश'* (1981) में दिया गया मत 1987 में नए तथ्यों के संदर्भ में बदला ही जा सकता है।" (*जनसत्ता,* दिल्ली : 23-8-87) तो, बहुत-सी चीजों का पता गोयनका को नहीं है। जैसी विनम्रता वे अपनी अज्ञानता पर दिखाते हैं, वैसी ही विनम्रता दूसरों के प्रति भी रखनी चाहिए।

प्रेमचंद के साहित्य की तरह उनके जीवन और व्यक्तित्व में भी कई अंतर्विरोध थे। हिंदी में बड़े लेखकों की पूजा-अर्चना ज्यादा होती है, उनकी कमियों और अंतर्विरोधों की चर्चा कम होती है। होती है तो दबी जुबान से। अमृतराय द्वारा लिखी गई प्रेमचंद की जीवनी इसका अपवाद नहीं है। अपने सौतेले भाई महताब राय के साथ उनका बर्ताव, *जागरण* को लेकर विनोदशंकर व्यास के साथ हुआ विवाद, सरस्वती प्रेस में मजदूरों की हड़ताल और प्रेस मैनेजर प्रवासीलाल वर्मा के साथ रुपयों को लेकर हुआ झगड़ा—ये कुछ ऐसे बड़े मामले हैं जिनमें प्रेमचंद की भूमिका विवादास्पद है। इन मामलों की काफी जाँच-पड़ताल करने की जरूरत है। उनके व्यक्तित्व में और भी कई छोटे-बड़े अंतर्विरोध थे जिनमें से कई उनके साहित्य में भी दिखाई देते हैं। प्रेमचंद की ऐसी जीवनी लिखी जानी अभी बाकी है जिसमें स्वाधीनता के लिए और शोषण-उत्पीड़न से मुक्ति के लिए लगातार लड़ते रहने वाले उनके लेखक रूप के

साथ-साथ उनके जीवन के विवादास्पद पक्षों की पड़ताल और दूसरे गंभीर अंतर्विरोधों पर भी विचार किया गया हो। शोध का यह सारा मैदान अब भी खाली पड़ा है। अगर गोयनका में इसकी क्षमता होती और इस काम का दसवां हिस्सा भी उन्होंने किया होता तो उन्हें अपने बारे में इतना बढ़-चढ़कर बोलने की जरूरत नहीं पड़ती; उनका काम खुद ही बोलता।

(*1988*)

आलोचना

सन् साठ के बाद की कहानियाँ

सन् 54-55 के करीब हिंदी कहानी में एक नई पीढ़ी उभरकर सामने आई। स्वतंत्रता के बाद उभरकर आई इस पीढ़ी ने जिस तरह की कहानियाँ लिखीं, उनकी संवेदना पहले के कहानीकारों से बहुत भिन्न थी। यह भिन्नता इसलिए भी जरूरी थी कि बदलते यथार्थ को ठीक से पकड़कर व्यक्त किया जा सके। नई संवेदना और बदले यथार्थवाली इन कहानियों को *नई कहानी* का नाम दिया गया। सन् 60-62 के बाद इस नई कहानी की सार्थकता भी घटने लगी। कहानीकारों की एक नई युवा पीढ़ी सामने आई जिसने 'नई कहानी' से अनिवार्यतः भिन्न कहानियाँ लिखीं।

यहाँ पहुँचकर कई सवाल उठते हैं। सन् साठ के बाद की कहानी अपने से पहले की कहानी से किस प्रकार भिन्न है? इसके पहले के कहानीकारों की अनुभूतियाँ चुक गई थीं या वे समय की दौड़ में पीछे रह गए थे? इनकी कहानियाँ क्रमशः झूठी क्यों पड़ गईं? सन् साठ के बाद जो कहानीकार आए, उनकी भिन्नता क्या मात्र स्वयं को स्थापित करने के लिए थी या सचमुच उन्होंने किसी नई वास्तविकता की खोज की थी? क्या 'नई कहानी' और आज की कहानी के बीच कोई विभाजन रेखा खींची जा सकती है? 'अकहानी' क्या है? क्या यह केवल एक लगाया हुआ 'चेहरा' नहीं है?

इस क्रम में पहले प्रश्न को लें। साठ के बाद की कहानी की भिन्नता कई स्तरों पर है। मसलन शिल्प, संवेदना और दृष्टि। किसी एक को रेखांकित करना मुश्किल है। पूरी की पूरी पीढ़ी की कहानियों में सामान्य धरातल पर जो मुख्य अंतर है, वह यह कि जहाँ सन् 60 के पहले की कहानियों में एक स्पष्ट सामाजिक दृष्टि का आग्रह था अथवा 'मूल्यों की खोज' बनाम 'भविष्यवाद' था, सन् 60 के बाद की कहानियों में इसका बिल्कुल लोप हो गया। यथार्थ को उसके निर्मम रूप में सन् साठ के बाद की कहानियों में चित्रित किया गया है। रवीन्द्र कालिया की *बड़े शहर का आदमी,* महेन्द्र भल्ला की *एक पति के नोट्स* इसका अच्छा उदाहरण हैं। इसकी तुलना में राजेन्द्र यादव की *जहाँ लक्ष्मी कैद है* या कमलेश्वर की *खोई हुई दिशाएँ* को देखने से बात स्पष्ट हो जाती है।

यह भिन्नता की स्थिति सन् 60 के आस पास ही उत्पन्न हुई है। पुरानी पीढ़ी के कहानीकारों की अनुभूतियाँ 'चुक' गईं या वे समय की दौड़ में पीछे रह गए? इस सवाल में विकल्प चुन लेने से बात एकांगी हो जाएगी? कारण दोनों ही हैं। नई कहानी आंदोलन के कुछ लेखकों की अनुभूतियाँ चुक गईं, तो कुछ लेखक अपने पिटे-पिटाए तरीकों से कहानियाँ बुनते रहे और बदलते यथार्थ को पकड़ने में बिल्कुल असमर्थ रहे।

ऐसा क्यों हुआ? इसका भी एक कारण नहीं है। जैनेन्द्र ने कलकत्ते के कथा-समारोह में ठीक ही कहा था—"कहानी की भाषा जीने की भाषा है, जानने की भाषा नहीं।" लेकिन कमलेश्वर की पीढ़ी ने उसे जानने की भाषा बनाया...और जानने-जनाने के लिए गोष्ठियाँ करवाईं, गुट बनाया, वक्तव्य दिए। कहानी नीचे दबती गई, वक्तव्य ऊपर उभरते गए। सबके मूल में थी—लोकप्रिय साहित्यिक नेता बनने की भावना; और व्यावसायिकता? वह तो थी ही!

लेकिन सन् साठ के बाद जो कहानीकार आए, उनकी भिन्नता स्वयं को स्थापित करने के लिए थी या सचमुच उन्होंने किसी नए यथार्थ की खोज की? ऐसा सोचना सही नहीं होगा कि या तो वह एक ईमानदार कोशिश होगी या फिर स्वयं को स्थापित करने की चेष्टा!

यह अतिवादी तरीका है। जिन कहानीकारों को मिलाकर सन् साठ के बाद की पूरी पीढ़ी बनती है, उनमें से कई एक ने ईमानदारी से तमाम असंगतियों के बीच खुद को पहचानने (खोजने) की कोशिश की, तो कई एक ने स्वयं को स्थापित करने की चेष्टा। यहाँ तक कि कई कहानीकारों ने दोनों दायित्व ग्रहण किए। गंगाप्रसाद विमल ने *विध्वंस* और ? लिखकर खुद को स्थापित करने का प्रयत्न किया तो ज्ञानरंजन ने *पिता* और *फेंस के इधर और उधर* लिखकर बदलते हुए यथार्थ को पकड़ने की कोशिश की। रवीन्द्र कालिया ने दोनों ही काम किए। यों यह तथ्य समझने का है कि ईमानदारी से लिखकर ही वास्तविक रूप में स्थापित हुआ जा सकता है और महेन्द्र भल्ला ऐसा ही करते हैं। उदाहरण...उनकी कोई भी कहानी।

सन् साठ के पहले और बाद की कहानियों के बीच यदि विभाजन रेखा खींची जा सकती है तो केवल दृष्टि और संवेदना के स्तर पर। दृष्टि अधिक यथार्थपरक और संवेदना बिल्कुल इन्वाल्व व्यक्ति की। सन् साठ के बाद का लेखक कहानी चित्रित नहीं करता, कहानी जीता है, 'भोगता' है। कहानी चाहे *तीन-चार दिन* हो या *नौ साल छोटी पत्नी*, इनमें व्यक्ति की भोगी हुई प्रामाणिक अनुभूतियाँ हैं।

परंपरा से बिल्कुल कटी हुई वह है नहीं। होती, तो कोई महत्त्व नहीं होता। उसकी जो भी 'आधुनिकता' है...उसका महत्त्व, उसका मूल्य, परंपरा के संदर्भ में ही है। एक ऐतिहासिक क्रम में वह हिंदी कहानी का एक अत्यंत विकसित आधुनिक रूप है।

किंतु, सन् साठ के बाद की कहानी का रूप (फॉर्म) एकदम बदल गया। डॉ. देवीशंकर अवस्थी के शब्दों में अब वह 'एलिगरी' या मात्र चुटकलेबाजी बन गई। रवीन्द्र कालिया की कहानियाँ (अकहानियाँ) पढ़िए...कथ्य तक नहीं होता। बाहर से कोई गठन...जिसे नए कहानीकार 'शिल्प' कहते थे—बिल्कुल नहीं है। सिर्फ कुछ छोटे-छोटे टुकड़े हैं, छोटे-छोटे चित्र हैं, अखबार की कटिंग्स की तरह कुछ प्रसंग अधूरे-अधूरे से, जिन्हें यों ही बिना किसी सिलसिले के जमा कर दिया गया है...और सब मिलाकर एक ही चीज बचती है...एक प्रभाव। एक बिम्ब। इसी अर्थ में वह 'अकहानी' है। इसी अर्थ में वह परंपरा से कटी हुई है। नई है। उसमें कथ्य, शिल्प आदि की योजना नहीं है। नई कहानी का 'प्रतीकवाद' भी नहीं है।

लेकिन इन सबके विपरीत, स्थिति का एक दूसरा पहलू भी है। कुछ ईमानदारी से सोचें तो पता चलता है कि सन् साठ के बाद की कई कहानियाँ, जो सचमुच बहुत अच्छी समझी गई हैं और चर्चित हुई हैं, वे नई कहानी वाली परंपरा से बहुत अलग नहीं हैं। मसलन दूधनाथ सिंह की *रक्तपात* या *प्रतिशोध,* ज्ञानरंजन की *पिता* और *शेष होते हुए,* अनीता औलक की *चरागाहों के बाद,* से. रा. यात्री की *गर्द और गुबार* तथा देवेन गुप्त की *अजनबी समय की गति* कहानियाँ लीजिए। ये कहानियाँ साठोत्तरी पीढ़ी की उपलब्धि मानी जाती हैं। लेकिन यह भी स्पष्ट है कि ये कहानियाँ नई कहानी की परंपरा से जुड़ी हुई हैं और उसी का विकसित रूप हैं। इनमें कथ्यपरकता है, शिल्प का स्थान है। इनका रूप किसी एलबम या अखबार की कतरनों के जमाव जैसा नहीं है। किंतु धीरे-धीरे यह पीढ़ी अब परंपरा के इस छोर से भी आगे बढ़ रही है।

'अकथा' या 'विकथा' को सिर्फ 'चेहरा लगाना' कहना एक फतवा देना होगा। इस शब्द की आवश्यकता है—अंतर दिखाने के लिए। कहानी, कविता या साहित्य की कोई भी विधा हो, उसका स्रोत जीवन है। आज जीवन आपको जीवन लगता है, जैसाकि वह पारम्परिक रूप में था? इतनी विकृतियाँ, इतनी विवशताएँ, इतनी विसंगतियाँ, इतने व्यंग्य, इतनी विषमताएँ और इतने विचित्र सुख-दुख...यह जीवन उस 'जीवन' जैसा नहीं लगता जिसे हम अक्सर 'जीवन' कहा करते हैं, तो फिर कहानी ही कहानी कैसे रह पाएगी? उस विरूपित, विसंगत जीवन को, जो कहीं 'अजीवन' प्रतीत होता है...व्यक्त करने वाली कथा को यदि 'अकथा' या 'विकथा' कहा जाए तो इसमें भन्नाने की क्या बात? रवीन्द्र कालिया की *सत्ताइस साल की उम्र तक, दफ्तर, विकथा,* ज्ञानरंजन की *एक नमूना सार्थक दिन* तथा *संबंध* इत्यादि कहानियों में चित्रित 'जीवन' जीवन नहीं लगता...तो इनको भोगनेवाली विधा 'अकहानी' ही हो सकती है। इनकी विशेषता, जैसा कि गंगाप्रसाद विमल समझते हैं, कथ्य, कथानक या शिल्प इत्यादि पारम्परिक कथा-विधानों का अभाव होना ही नहीं है, बल्कि सारी कहानी का बिखरी हुई तस्वीरों जैसा, कतरनों की तरह टुकड़े-टुकड़े प्रसंगों का एक

क्रमहीन और असंगत एलबम होने के बावजूद एक अर्थपूर्ण 'प्रभाव', एक 'बिंब' पैदा करना है।

यदि केवल पारंपरिक कथा विधानों का अभाव होना ही अकहानी होता तो यह पिछले दो दशक क्या, चार दशकों से लिखी जा रही है। मसलन शिवपूजन सहाय की *कहानी का प्लाटा* और कमलेश्वर की *दुख भरी दुनिया*। किंतु नहीं, इन दशकों में जो लिखा गया, वह अकहानी नहीं थी। उस समय न ऐसा जीवन था, न जीवन की ऐसी पकड़।

(1965)

प्रेमचंद-शरतचंद्र विवाद

प्रेमचंद अपने जीवनकाल में कई बार साहित्यिक विवादों में खींचे गए। अक्सर उनके विरोधियों ने उन पर साहित्यिक चोरी के झूठे इल्जाम लगाए और साहित्य की दुनिया में उनकी प्रतिष्ठा पर कीचड़ उछालने की कोशिश की। कुछ-एक ने प्रेमचंद को प्रचारवादी और किसी ने उन्हें ब्राह्मणों के खिलाफ घृणा के प्रचारक के रूप में साबित करने की कोशिशें कीं। 1926 में *सरस्वती* के अंकों में अवध उपाध्याय, 1932 में *भारत* के अंकों में नन्ददुलारे वाजपेयी और 1933 में *सरस्वती* के संपादक श्रीनाथसिंह द्वारा शुरू किए गए विवादों से प्रेमचंद सहित्य के अध्येता परिचित हैं। लेकिन, इन सब विवादों से भी पहले 1922-1923 में प्रेमचन्द के उपन्यास *प्रेमाश्रम* के प्रकाशन पर शरतचंद्र द्वारा प्रेमचंद की रवीन्द्रनाथ ठाकुर के साथ की गई कथित तुलना को लेकर जो विवाद चला, उसकी जानकारी बहुत कम लोगों को होगी। प्रेमचंद के जीवनीकार अमृतराय के ग्रंथ *प्रेमचंद : कलम का सिपाही* में अवध उपाध्याय, नन्ददुलारे वाजपेयी और श्रीनाथसिंह वाले विवादों की विस्तृत चर्चा है। लेकिन प्रेमचंद को लेकर शरतचंद्र की कथित तुलना से संबंधित विवाद की चर्चा *कलम का सिपाही* में कहीं नहीं मिलती। हमारे 'प्रेमचंद विशेषज्ञ' गोयनका के प्रेमचंद विश्वकोश से भी उस विवाद का कोई अता-पता नहीं चलता।

1922 की होली के बाद जब कलकत्ते की हिंदी पुस्तक एजेंसी से *प्रेमाश्रम* प्रकाशित हुआ तो इसे हिंदी साहित्य में एक ऐतिहासिक घटना कहा गया। औपनिवेशिक भारत में अँग्रेजी राज द्वारा थोपी गई दलाल सामंती भूमि-व्यवस्था के खिलाफ किसानों के संघर्ष को केंद्र में रखकर लिए गए इस उपन्यास ने उस जमाने में हिंदी उपन्यासों की परंपरा में एक नए युग की शुरुआत की थी। डेढ़ साल तक हिंदी की विभिन्न पत्र-पत्रिकाओं में इसकी समीक्षाएँ छपती रहीं, इसके विज्ञापनों की धूम रही और हजारों लोगों ने इस उपन्यास को पढ़ा। साम्राज्यवाद के विरुद्ध चल रहे राष्ट्रीय स्वाधीनता आन्दोलन के इस दौर में *प्रेमाश्रम* हिंदी के पहले राजनीतिक उपन्यास के रूप में मशहूर हुआ। इस पर छपी बहुत-सारी समीक्षाओं में एक प्रसिद्ध समीक्षा रघुपति सहाय फ़िराक़ की थी। कानपुर की *प्रभा* के जुलाई, 1922 के अंक में छपी

अपनी लंबी समीक्षा में रघुपति सहाय ने *प्रेमाश्रय* के प्रकाशन को एक ऐतिहासिक घटना कहते हुए प्रेमचंद की यथार्थवादी कला को यूरोप के बड़े लेखकों के मुकाबले में रखा और *प्रेमाश्रम* में चित्रित किसान-जीवन के यथार्थ और चरित्रों की तुलना गोर्की, टाल्स्टॉय, शेक्सपियर, वर्ड्स्वर्थ और बाल्जक की रचनाओं से की।

प्रेमाश्रम और प्रेमचंद की कला की ऐसी तारीफ होते देखकर उस समय हिंदी के एक दूसरे लेखक हेमचंद्र जोशी ने भयंकर प्रतिक्रिया की। रघुपति सहाय की समीक्षा में कई सही बातें थीं, लेकिन अतिशयोक्ति भी थी। हेमचंद्र जोशी ने उसे संतुलित करने के बजाय प्रेमचंद पर हमला बोल दिया। *साहित्य कला और प्रेमाश्रम* शीर्षक से *प्रभा* के मार्च, 1923 के अंक में हेमचंद्र जोशी, बी. ए. का लेख छपा। इस लेख में उन्होंने साहित्य और कला-सौंदर्य के अंतर्राष्ट्रीय मानदंडों की दुहाई दी, साहित्य कल में मनस्तत्त्व की बारीकियों का महत्त्व बतलाया, यूरोप के बड़े-बड़े लेखकों की प्रशंसा की और बतलाया कि प्रेमचंद का *प्रेमाश्रम* दो कौड़ी का उपन्यास है और प्रेमचंद एक सतही, प्रचारवादी लेखक हैं।

हेमचंद्र जोशी जब प्रयाग के म्योर कालेज में चौथे वर्ष के छात्र थे, तब रघुपति सहाय वहाँ तीसरे वर्ष में थे और प्रोफेसर रामदास गौड़ इन दोनों के अध्यापक थे। अपने समय में वैज्ञानिक-दार्शनिक विषयों के लेखक के रूप में मशहूर रामदास गौड़ ने *प्रेमाश्रम* के पहले संस्करण में भूमिका के रूप में *अनुवचन* लिखा था। उस अनुवचन में उन्होंने *प्रेमाश्रम* और प्रेमचंद की कला की तारीफ करते हुए एक पंक्ति यह भी लिखी थी कि "प्रसिद्ध उपन्यासकार शरत बाबू ने अपनी मातृभाषा की गौरव रक्षा का पूरा विचार रखते हुए दबती जबान से कहानियाँ लिखने में, स्वभाव-चित्रण में, रवीन्द्र ठाकुर से हमारे प्रेमचंदजी की तुलना कर डाली है।" रघुपति सहाय द्वारा टाल्स्टाय, गोर्की, बाल्जक आदि के साथ प्रेमचंद की तुलना करने से हेमचंद्र जोशी को जो बौखलाहट हुई थी, उसकी आग में रामदास गौड़ के इस वाक्य ने थोड़ा घी और डाल दिया। शरतचंद्र द्वारा रवींद्र ठाकुर से प्रेमचंद की तुलना के इस हवाले पर हेमचंद्र जोशी ने सक्रिय होकर ऐसा हल्ला मचाया कि इस प्रसंग ने एक विवाद का रूप ले लिया और *प्रभा* के अंकों में अगले पाँच-छः महीनों तक इस पर बहस चलती रही।

हेमचंद्र जोशी ने लिखा कि आलोचकों ने ये आलोचनाएँ अपनी दोस्ती निभाने के लिए लिखी हैं : "यदि ऐसा न होता तो क्या बाबू रामदास गौड़ यह लिखने का साहस करते कि 'शरत बाबू प्रेमचंद की तुलना दबी जबान से रवींद्र ठाकुर से कर गए।' इससे गलत बात और कोई हो ही नहीं सकती।" यह बात क्यों गलत है, यह बतलाते हुए जोशी ने लिखा : "शरत बाबू संसार के उन इने-गिने लेखकों और साहित्य कला के मर्मज्ञों में हैं जो दो-चार की गिनती में होने पर भी वीणापाणी, कमलदलशोभिनी, शुभ्र वस्त्रावृत्ता सरस्वती देवी के सितार पर हाथ फेर रहे हैं। भारत

में क्या एशिया भर में ऐसा उच्चकोटि का लेखक नहीं है। रवि बाबू की बात अभी छोड़ दीजिए। जिस मनस्वी साहित्य धुरंधर को रवि बाबू नमस्कार करते हैं, वह यह कहे कि प्रेमचंद जी रवींद्र से टक्कर लेते हैं? कदापि नहीं। असंभव से भी अधिक असंभव।''

प्रेमाश्रम के बारे में जोशी ने लिखा : ''प्रेमाश्रम में धरा ही क्या है? एक भी चरित्र नहीं जो साहित्य का सम्मान रख सके। एक वाक्य ऐसा नहीं जो दिल पर असर करे। एक परिच्छेद ऐसा नहीं जिसमें भद्दी भूलें न हों।'' यानी प्रेमचंद दो कौड़ी के लेखक हैं। जोशी ने रघुपति सहाय द्वारा यूरोपीय लेखकों से प्रेमचंद की तुलना का मजाक उड़ाया, लेकिन शरतचंद्र के बारे में दावा किया कि एशिया-भर में ऐसा उच्चकोटि का लेखक नहीं।

जोशी ने शरत द्वारा प्रेमचंद की रवींद्र से तुलना करने की सूचना को असम्भव बताया था। *प्रभा* के अप्रैल, 1923 के अंक में रामदास गौड़ ने इस पर लिखा : ''सुना है कि जोशीजी कलकत्ते में ही हैं। क्या उन्होंने शरत बाबू से पूछकर यह लिखा है?'' रामदास गौड़ ने *प्रेमाश्रम* का *अनुवचन* जेल से लिखा था जहाँ वे असहयोग आंदोलन में भाग लेने के कारण बंद थे। शरतचंद्र द्वारा तुलनावाली बात उन्होंने अपने कलकत्ते के एक मित्र द्वारा दी गई सूचना की स्मृति से लिखी थी। जोशी ने इस सूचना को असंभव बताया तो रामदास गौड़ ने अपने दोस्त को फिर पत्र लिखकर पूछा। दोस्त ने जो जवाब भेजा, उसे उन्होंने *प्रभा* के अपने लेख में उद्धृत किया। दोस्त ने अपने पत्र में लिखा था : ''शरत बाबू ने इस भाव का वाक्य लिखा था कि रवि बाबू को छोड़कर बंगाल में और कम ही लेखक हैं जो प्रेमचंद के ऐसी कहानियाँ लिख सकें। संभवतः शरत बाबू आज भी यही भाव रखते होंगे। वे प्रेमचंद की रचना का बहुत आदर करते हैं। मैं जब उनसे मिलता हूँ, वे बराबर उनकी रचना के संबंध में बड़े प्रेम से पूछताछ करते थे। यदि मैं चाहता तो उनसे लंबी-चौड़ी प्रशंसा लिखवा सकता था, लेकिन कोई आवश्यकता न थी। वह सम्मति भी उन्होंने मेरे कहने पर नहीं, बल्कि *सप्तसरोज* को पढ़कर यों ही उस पर लिख रखी थी जिसे मैंने उनकी अनुमति से प्रकाशित किया था।''

दोस्त के इस पत्र को उद्धृत करने के बाद रामदास गौड़ ने जोशी के ही शब्दों में जोशी को ललकारा : ''जो आपने इस संबंध में लिखा है उससे भी अधिक साहस की बात कोई हो सकती है? कदापि नहीं, असंभव से भी अधिक असंभव! आप स्वयं शरत बाबू से पूछ देखिए।''

हेमचंद्र जोशी साम्राज्यवाद विरोधी राष्ट्रीय आंदोलन की जरूरतों को ध्यान में रखकर लिखे जाने वाले साहित्य को प्रचारवादी मानते थे और कला में सत्यम्, शिवम्, सुंदरम् की बात करते थे, जो उनकी दृष्टि से *प्रेमाश्रम* में नहीं मिलता। प्रेमचंद, रघुपति सहाय और रामदास गौड़ आदि लेखक असहयोग आंदोलन के सिपाही थे; कला और

साहित्य को भी उस वक्त चल रहे साम्राज्यवाद विरोधी राष्ट्रीय आंदोलन से अलग करके न देखते थे। रामदास गौड़ ने यूरोपीय साहित्य के तरुण भक्त हेमचंद्र जोशी की आलोचना पर टिप्पणी की : "हमारे नए जौहरी और प्रवीण पारखी स्वदेशोद्भूत साहित्य रत्नों को अभी विदेशी काँटों पर ही तौलते हैं, उसे गोरी कसौटी पर कसते हैं, और साथ ही 'सत्यम्, शिवम्, सुंदरम्' की दुहाई भी देते हैं।" इसके साथ ही रामदास गौड़ ने यह भी लिखा कि आज यदि समालोचनाएँ बेसिर-पैर की निकल रही हैं तो भविष्य में, धीरे-धीरे अंग-अंग दुरुस्त होकर भी कभी अवश्य निकलेंगी।

मई के अंक में जोशी ने रामदास गौड़ का जवाब दिया। रामदास गौड़ ने पूछा था, क्या जोशी जी ने शरतचंद्र से पूछकर प्रतिवाद किया है? जोशी ने लिखा कि मैं शरतचंद्र को उनकी रचनाओं से जानता हूँ। मैंने उनकी *आँधार आलो*, *चरित्रहीन* और छोटी-बड़ी अनेक किताबें पढ़ी हैं। "लेखक की आत्मा का वास्तविक स्वरूप उसकी पुस्तकों से देखा जाता है, उसके पास बैठने से नहीं, इसी विश्वास पर मैंने लिखा था कि शरत बाबू ऐसी बात कभी नहीं कह सकते।" लेकिन, जोशी ने यह भी लिखा कि रामदास गौड़ का लेख पढ़ने के बाद वे शरतचंद्र से मिलने गए। जोशी ने शरतचंद्र के घर जाने का वर्णन किया : "सरस्वती के इस मंदिर में मैंने काँपते हुए हृदय से प्रवेश किया।" रामदास गौड़ के हवाले की असलियत पूछने पर शरतचंद्र ने मीठी हँसी हँसते हुए जोशी ने कहा : "एक बार म. नामक एक सज्जन (महावीर प्रसाद पोद्दार—लेखक) प्रेमचंद जी की पुस्तक मेरे पास लाए थे। उसकी भूमिका में उनकी रवि बाबू से तुलना की गई थी। मैंने कहा, 'रवि बाबूर तो कथाई नाई' अर्थात् रवि बाबू से तुलना करने का तो नाम ही न लेना चाहिए। कालिदास के बाद रवि बाबू से बड़ा लेखक बंगाल में नहीं जन्मा है। संसार में इस समय इतना बड़ा लेखक दूसरा है कि नहीं, इसमें भी संदेह है। तब प्रेमचंदजी की तुलना रवि बाबू से करना ऐसा ही है जैसा अर्जुन की तुलना आजकल के किसी वीर लड़ाके से करना, किसी अच्छे सारथी से भगवान कृष्ण की तुलना करना।"

शरतचंद्र के मुताबिक प्रेमचंद की किसी पुस्तक की भूमिका में रवि बाबू से प्रेमचंद की तुलना की गई थी। यह पुस्तक *प्रेमाश्रम* छोड़कर और कोई दूसरी नहीं हो सकती, क्योंकि सिर्फ *प्रेमाश्रम* की भूमिका में ही ऐसी तुलना की गई है। उसमें शरतचंद्र ने अपने नाम का हवाला जरूर देखा होगा। लेकिन, जोशी ने शरत का जो उत्तर उद्धृत किया, उससे ऐसा नहीं लगता। अपने उत्तर में शरतचंद्र ने अपने नाम के उल्लेख का विरोध नहीं किया, न उसका कोई जिक्र किया। जो सज्जन उक्त पुस्तक लेकर आए थे (महावीर प्रसाद पोद्दार, *प्रेमाश्रम* के प्रकाशक। शायद रामदास गौड़ ने इन्हीं को अपना दोस्त कहा और उनके पत्र का जोशी को हवाला दिया), उनसे शरतचंद्र ने अपने नाम के उल्लेख पर कुछ भी क्यों नहीं कहा? शरतचंद्र ने बंगाल में कालिदास के बाद रविबाबू को सबसे बड़ा लेखक बताया मानो कालिदास

भी बंगाल में ही हुए थे।

जोशी ने लिखा कि शरतचंद्र ने उनसे कहा कि प्रेमचंद हिंदी में अच्छा लिखते हैं, लेकिन रवि बाबू से उनकी तुलना उचित नहीं। प्रेमचंद और रवि बाबू में 'स्वर्ग-मर्त्येर तफ़ात' अर्थात् जमीन-आसमान का फर्क है। शरतचंद्र ने खुद के साथ प्रेमचंद का और बांग्ला साहित्य के साथ हिंदी साहित्य का फर्क भी जोशी को समझा दिया। अपने उपन्यास *चरित्रहीन* का जिक्र कर शरतचंद्र ने कहा : "उक्त छः सौ पेज का ग्रन्थ केवल एक लाइन की घटना पर लिखा गया है। मेस में सतीश और सावित्री की कामवासना तथा अंत में उसका विशुद्ध प्रेम में परिणित हो जाना। किंतु प्रेमचंदजी या हिंदी के लेखक अभी उस जमाने में हैं जिसमें बंकिम बाबू या दामोदर बाबू घटनाओं के ताँतों के आधार पर उपन्यास लिखते थे।" किसी भी उपन्यास को, यदि कोई चाहे तो, एक लाइन में कह सकता है। इससे बेहतर और घटिया उपन्यास के फर्क का पता नहीं चलता। घटना बहुल उपन्यास हर हालत में घटिया होगा, और घटनाशून्य उपन्यास हर हाल में बेहतर—शरतचंद्र की यह खुशफहमी भी हैरानी में डालनेवाली है।

शरतचंद्र के जवाब को उद्धृत करने के बाद जोशी ने टिप्पणी की, "इन बातों से हिंदी के पाठकों को—उन भोले-भाले पाठकों को जो साधारण-से-साधारण लेखक को गुरु मानकर बैठ जाते हैं—समझ लेना चाहिए कि हिंदी साहित्य में मनमानी घरजानी का राज्य है।" जोशी ने लिखा कि वे हिंदी में साहित्य के ज्ञान की कमी के विरुद्ध आवाज उठा रहे हैं। 'स्वदेशोद्भूत साहित्य के आचार्यों' को ललकार कर उन्होंने कहा कि यदि हिंदी साहित्य की उन्नति करनी है, यदि साहित्य द्वारा उच्च विचार, संस्कृति और सभ्यता को आगे बढ़ाना है, तो कभी यह बात ध्यान में न लानी चाहिए कि स्वदेशोद्भूत साहित्य रत्नों को विदेशी काँटों पर तौलना पाप है, उसे गोरी कसौटी पर कसना देशद्रोह है। साहित्य की कसौटी संसार-भर में एक है। यह कसौटी, जो संसार-भर में एक थी, जिसके द्वारा उच्च विचार, संस्कृति और सभ्यता आगे बढ़ती थी, इस कसौटी पर हेमचंद्र जोशी को शरतचंद्र एशिया के सबसे बड़े लेखक लगे, शरतचंद्र को रवि बाबू संसार के सबसे बड़े लेखक लगे, लेकिन इसी कसौटी पर प्रेमचंद जोशी को दो कौड़ी के लेखक लगे।

जोशी ने अपना यह जवाबी लेख शरतचंद्र को दिखलाया तो शरतचंद्र बोले : "मेरा मत तुमने ठीक दर्शाया है। परंतु एक बात और जोड़ दीजिए। बाबू रामदास गौड़ को मेरी झूठी सम्मति छापते देखकर मुझे बड़ी चोट पहुँची है। जब यह बात रवि बाबू देखेंगे तो मुझे क्या कहेंगे? गौड़ जी ने मुझे झूठमूठ बुरी स्थिति में डाल दिया। क्या रामदास बाबू बांग्ला जानते हैं? रवि बाबू को समझनेवाला ऐसी तुलना नहीं कर सकता।"

प्रभा के पृष्ठों पर चल रही इस बहस में किसी तीसरे सज्जन ने जुलाई अंक

में 'साहित्य' छद्मनाम से लेख लिखा। लेखक ने बहस के मुद्दे पर खेद प्रकट किया : "हमें हिंदी साहित्य की इस अधोगति पर बड़ा खेद होता है। अब हम इतने गए-गुजरे हो गए हैं कि अन्य भाषावालों से अपनी पुस्तक पर सनद माँगते हैं।" इस लेखक ने लिखा कि शरत बाबू बांग्ला के अच्छे लेखक हैं, लेकिन इसी से उन्हें हिंदी साहित्य के न्यायाधीश का पद पेश नहीं किया जा सकता। जब किसी जाति या राष्ट्र का अधःपतन हो जाता है तो उसे अपने ऊपर विश्वास नहीं रहता। उसे अपनी सभी चीजें दूसरों की तुलना में तुच्छ और हीन जान पड़ती हैं। यदि यूरोपवालों ने उपनिषदों का इतना आदर न किया होता तो अब तक हम उनको पुराने जमाने के गपोड़े समझने लगते। बांग्ला भाषा-साहित्य का रोब हमारे दिलों पर छाया हुआ है। किसकी मजाल है कि जो यह कहने का साहस करे कि हिंदी का कोई लेखक बंगालियों की बराबरी कर सकता है? पराधीनता केवल पराक्रम का ही नाश नहीं करती, वह दास प्रवृत्ति को पुष्ट करती है। यही प्रवृत्ति साहित्य क्षेत्र में भी उपस्थित है।

इस लेख के साथ *प्रभा* के संपादक ने बहस के खात्मे का ऐलान किया, लेकिन बहस खत्म न हुई। बहस 'प्रभा' के पृष्ठों से निकलकर *माधुरी* के पृष्ठों पर आ गई। *माधुरी* के 1923, जून अंक में जनार्दन प्रसाद झा ने *साहित्यकला और प्रेमाश्रम* लेख लिखकर *प्रभा* वाली बहस की पृष्ठभूमि में *प्रेमाश्रम* के महत्त्व को फिर प्रतिष्ठित किया। इस समय बर्लिन की सैर कर रहे हेमचंद्र जोशी ने बर्लिन से ही *माधुरी* में लेख लिखकर जवाब दिया। इस लेख से पता चलता है कि 1922-23 में कुछ लोगों ने *प्रेमाश्रम* के लिए प्रेमचंद को उस युग का महत्त्वपूर्ण साहित्यिक सम्मान मंगलाप्रसाद पुरस्कार देने का प्रस्ताव रखा था। हिंदी कवि श्रीधर पाठक ने इस प्रस्ताव का विरोध किया था। जोशी ने लिखा, "यदि मैं भूला नहीं हूँ, तो शायद पं. श्रीधर पाठक ने इस पुस्तक के लेखक को मंगलाप्रसाद पुरस्कार के अयोग्य इसलिए बतलाया था कि पचास साल बाद इसका इतना महत्त्व नहीं रहेगा। क्यों? इसलिए कि वर्तमान समस्याएँ उन दिनों पुरानी जँचेंगी, लेकिन *गोरा* आज का-सा ही आनंद देगा।" जोशी ने अपनी *प्रभा* वाली आलोचना को उचित ठहराया : "मैंने प्रेमाश्रम की आलोचना इसलिए की थी कि मातृभाषा हिंदी में साहित्य का आदर्श उतना ही ऊँचा रहे जितना संसार की अन्य भाषाओं में।" जोशी ने लिखा कि उनका उद्देश्य हिंदी साहित्य में अराजकता को फैलने से रोकना था ताकि बेबूझ राजा हिंदी संसार में अंधेर नगरी न कायम करें। जोशी ने एक बार फिर कहा कि "साहित्य में *प्रेमाश्रम* का स्थान बहुत नीचे है" और *प्रेमाश्रम* को हिंदी में युगांतरकारी रचना कहने और रवींद्र से प्रेमचंद की तुलना करने से अन्य भाषा-भाषियों के सामने हिंदी साहित्य की हँसी होती है : "उस रोज एक बंगाली साहित्यिक ने मुझसे कहा—क्या हिंदीवाले साहित्य का अर्थ नहीं समझते हैं?"

प्रेमचंद ने अपने नाम और साहित्य पर चल रहे इस विवाद में हिस्सा नहीं

लिया। इस पर कोई टिप्पणी नहीं लिखी। अपने मित्रों को लिखे पत्रों में भी उन्होंने इस विवाद का कहीं कोई जिक्र नहीं किया।

1922-23 में *प्रभा* और *माधुरी* में चली यह बहस उस जमाने में हिंदी साहित्य पर छाए बांग्ला के रोब का एक प्रतिनिधि उदाहरण है। हिंदी में ऐसे लोगों की कमी न थी जो बांग्ला साहित्य के भक्त थे और हिंदी साहित्य को उसके आगे तुच्छ समझते थे। हेमचंद्र जोशी ऐसे ही लोगों के एक प्रतिनिधि थे। खुद बांग्ला लेखकों में भी ऐसे भाव मौजूद थे। *प्रेमाश्रम* के प्रकाशन काल में हिंदी में बांग्ला उपन्यासों के अनुवादों और छायानुवादों की धूम थी। *सरस्वती* जैसी हिंदी की प्रतिनिधि जातीय पत्रिका में बांग्ला से अनूदित उपन्यासों के विज्ञापन भरे रहते थे। हिंदी उपन्यास साहित्य में बांग्ला की क्या भूमिका थी, इसका पता *मर्यादा* के अप्रैल, 1921 के अंक में छपे कालिदास कपूर के लेख *उपन्यास साहित्य* से चलता है। कालिदास कपूर ने लिखा कि हिंदी में तीन तरह के उपन्यासों का चलन है। हिंदी में उपन्यासों की एक धारा देवकीनन्दन खत्री के तिलिस्मी उपन्यासों की है, दूसरी धारा किशोरीलाल गोस्वामी के *लंदन रहस्य* जैसे उपन्यासों की है और तीसरी धारा बांग्ला उपन्यासों के अनुवादों या छायानुवादों की है। यह धारा कितनी प्रबल थी, इस पर कपूर ने लिखा : "यह बांग्ला साहित्य के लिए क्या कम गौरव का सूचक है कि उसके अनुवादों ने हिंदी साहित्य के मौलिक उपन्यासों की आभा को फीका कर दिया है।...जो संबंध 18वीं शताब्दी में अंग्रेजी साहित्य का फ्रेंच से था वह इस समय हिंदी का बांग्ला से है।"

मौलिक उपन्यास गिनती-भर के थे। उस जमाने में इस बात पर यकीन ही नहीं किया जाता था कि हिंदी में कोई मौलिक उपन्यास लिख सकता है। 1917 में इलाहाबाद से रामेश्वरी नेहरू द्वारा सम्पादित पत्रिका *स्त्री दर्पण* के सितंबर अंक में कलकत्ते की श्रीमती कुमुदबाला के हिंदी उपन्यास *सदाचारिणी* की समीक्षा छपी। उपन्यास के निवेदन में लिखा था : "पुस्तक किसी भाषा की अनुवाद की हुई नहीं है, बिल्कुल स्वतंत्र है।" यानी उस वक्त हिंदी में अनूदित उपन्यास ही आम सच्चाई थे। जो उपन्यास अनूदित न हो, स्वतंत्र हो, उसके बारे में अलग से लिखना पड़ता था कि उपन्यास अनूदित नहीं है। लेकिन *सदाचारिणी* की लेखिका के इस दावे पर कुछ अविश्वास, कुछ व्यंग और कुछ कुतूहल से समीक्षक ने टिप्पणी लिखी : "हिंदी भाषा का अहोभाग्य है कि देवियाँ भी बिल्कुल स्वतंत्र उपन्यास लिखने लगी हैं।" जहाँ देवता भी स्वतंत्र उपन्यास न लिखते थे, वहाँ देवियाँ भी स्वतंत्र उपन्यास लिखने लगी हैं! अविश्वास और कुतूहल की यह स्थिति 1922 तक बनी रही और इस अविश्वास के शिकार सिर्फ कुमुदबाला जैसी अल्पज्ञात लेखिकाएँ ही न थीं, बल्कि प्रेमचंद जैसे मशहूर लेखक भी थे और अविश्वास और कुतूहल का भाव रखनेवालों में महावीर प्रसाद द्विवेदी जैसो हिंदी के दिग्गज भी थे। 1922 के अक्तूबर की *सरस्वती* में पं. महावीर प्रसाद द्विवेदी ने *उपन्यास रहस्य* शीर्षक लेख लिखा। उपन्यास विधा के स्वरूप

और महत्त्व का निरूपण करने वाले इस लेख में द्विवेदीजी ने प्रेमचंद का नाम लिए बिना उनके बारे में लिखा : "हिंदी के सौभाग्य से इन प्रांतों में एक ऐसे भी उपन्यास लेखक प्रकाश में आए हैं, जिनके उपन्यास, सुनते हैं, उन्हीं की उपज हैं। 'सुनते हैं' इसलिए क्योंकि हमको उनकी उपज का स्वतः कुछ भी ज्ञान नहीं।" द्विवेदीजी ने प्रेमचंद के तब तक प्रकाशित दो उपन्यास *सेवासदन* और *प्रेमाश्रम* नहीं पढ़े थे। आगे अपनी टिप्पणी में द्विवेदीजी ने *प्रभा* और *माधुरी* में चली बहस के प्रसंग में कुछ बातें कहीं जो प्रेमचंद के विरोध में ही थीं। द्विवेदीजी ने अपने लेख में हिंदी में बांग्ला के दो अनूदित उपन्यासों 'शशांक' और *करुणा* की तारीफ की (बिना पढ़े ही, *लीडर* में उनकी समालोचना देखकर), रवि बाबू के *गोरा* की तारीफ की (बिना पढ़े ही), रवि बाबू को सबसे बड़ा लेखक बतलाया और हिंदी उपन्यास साहित्य के बारे में टिप्पणी की : "उपन्यास रचना के संबंध में, हिंदी में, अभी कूड़े-कचरे ही का जमाना है।" ऐसी टिप्पणी द्विवेदीजी *सेवासदन* और *प्रेमाश्रम* को पढ़े बिना ही कर सकते थे (उन्हें *प्रेमाश्रम* का नाम तक याद नहीं था; उन्होंने उसे *सेवाश्रम* लिखा)। उपन्यास विधा का निरूपण करनेवाला द्विवेदीजी का यह लेख कितना कमजोर था, इसे उन्हीं दिनों *माधुरी* में प्रकाशित प्रेमचंद के लेख *उपन्यास रचना* को देखकर समझा जा सकता है।

प्रेमाश्रम के प्रकाशन काल में हिंदी उपन्यासों की एक धारा बांग्ला से हिंदी में किए गए अनुवादों या छायानुवादों की थी। हिंदी में कोई मौलिक उपन्यास लिखेगा, इस पर यकीन कम किया जाता था। ऐसी हालत में, कोई हिंदी लेखक शरतचंद्र या रवि बाबू की टक्कर की मौलिक रचना लिखेगा, इसका सवाल ही कहाँ उठता था?

लेकिन, *प्रेमाश्रम* के प्रकाशन ने हिंदी उपन्यासों की दुनिया बदल डाली। हिंदी कथा साहित्य की जिस सामाजिक यथार्थवादी परंपरा को खुद प्रेमचंद की कहानियों ने जन्म दिया था, *प्रेमाश्रम* ने उस यथार्थवादी परंपरा को हिंदी साहित्य में गहराई के साथ प्रतिष्ठित कर दिया। जिस *प्रेमाश्रम* को लेकर हेमचंद्र जोशी ने बांग्ला साहित्य के आगे हिंदी साहित्य को तुच्छ घोषित किया था, उसी *प्रेमाश्रम* ने हिंदी पर छाए बांग्ला के जादू को हमेशा के लिए तोड़ दिया। *प्रेमाश्रम* के प्रकाशन के बाद हिंदी पाठकों के बीच बांग्ला उपन्यासों की पहले जैसी धूम फिर कभी नहीं रही। हिंदी पत्र-पत्रिकाओं में बांग्ला उपन्यासों के अनुवादों के विज्ञापन धीरे-धीरे लुप्त हो गए और हिंदी-उपन्यास साहित्य की एक धारा हमेशा के लिए सूख गई। *प्रेमाश्रम* को केंद्र बनाकर *प्रभा* और *माधुरी* में चला प्रेमचंद-शरतचंद्र विवाद हिंदी पर बांग्ला के रोब की आखिरी कड़ी बनकर खत्म हो गया।

बांग्ला साहित्य के प्रति प्रेमचंद की धारणा क्या थी?

3 जून, 1932 को बनारसीदास के पत्र का उत्तर देते हुए प्रेमचंद ने लिखा :

"मेरे ऊपर किसी विशेष लेखक की शैली का प्रभाव नहीं पड़ा। बहुत कुछ पं. रतन नाथ दर लखनवी और कुछ डॉ. रवीन्द्रनाथ ठाकुर का असर पड़ा है।" (पृ. 76, *चिट्ठी-पत्री II*) फिर दो वर्ष बाद इंद्रनाथ मदान के पत्र के जवाब में लिखा : "हाँ, मेरे ऊपर टाल्स्टॉय, विक्टर ह्यूगो और रोमे रोलां का असर पड़ा है। जहाँ तक कहानियों की बात है, शुरू में उनकी प्रेरणा मुझे डाक्टर रवीन्द्रनाथ से मिली थी। पीछे मैंने अपनी शैली का विकास कर लिया।" (पृ. 236, वही) विक्टर ह्यूगो, रोमे रोलां, रवीन्द्रनाथ ठाकुर—यह सब बाहर कहने की, रोब जमाने की बातें थीं। इनकी शैली का प्रेमचंद पर असर नहीं मिलता। बहुत पहले, 1914 में निगम के नाम खत में प्रेमचंद ने, बिना किसी के पूछे, खुद अपनी ओर से लिखा था—"मुझे अभी तक यह इत्मीनान नहीं हुआ कि कौन-सा तर्जे-तहरीर अख्तियार करूँ। कभी तो बंकिम की नकल करता हूँ, कभी आजाद के पीछे चलता हूँ। आजकल काउंट टाल्स्टॉय के किस्से पढ़ चुका हूँ। तब से कुछ उसी रंग की तरफ तबीयत माइल है। यह अपनी कमजोरी है, और क्या।" (पृ. 29, *चिट्ठी-पत्री I*) इन दिनों प्रेमचंद ने इतिहास के हिंदू आदर्श चरित्रों को लेकर कुछ राष्ट्रवादी कहानियाँ लिखी थीं। इन पर बंकिम का असर रहा होगा। लेकिन आगे प्रेमचंद ने ऐसी कहानियाँ लिखनी छोड़ दीं। उनकी यथार्थवादी चित्रण कला पर शुरू में रतन नाथ दर का और बाद में टाल्स्टॉय का असर पड़ा था। लेकिन, रवीन्द्रनाथ ने प्रेमचंद के साहित्य लेखन को कभी प्रभावित नहीं किया।

दो-दो बार डॉ. रवीन्द्रनाथ का नाम लेने पर भी रवीन्द्रनाथ के प्रति प्रेमचंद का दृष्टिकोण क्या था, यह शांतिनिकेतन से मिलनेवाले निमंत्रणों पर उनकी प्रतिक्रिया से जाहिर हो जाता है। 1935 में हजारीप्रसाद द्विवेदी ने नववर्ष के अवसर पर प्रेमचंद को शांतिनिकेतन आने के लिए निमंत्रण भेजा। द्विवेदीजी उन्हें गुरुदेव से मिलाना चाहते थे। निमत्रंण शांतिनिकेतन की ओर से भी गया। द्विवेदीजी ने अपने पत्र में अनुरोध किया था : "इस बार आप जरूर पधारें। हमारे आग्रहपूर्वक निमंत्रण को आप अस्वीकार न करें। आपको गुरुदेव से मिलाकर हम गर्व अनुभव करेंगे।" (पृ. 275, *चिट्ठी-पत्री II*) लेकिन प्रेमचंद नहीं गए।

द्विवेदीजी की तरह जैनेंद्र भी प्रेमचंद को शांतिनिकेतन चलने और रवि बाबू से मिलने के लिए आग्रह करते थे। प्रेमचंद ने न जाने का एक बहाना बनाया, "मैं तो वहाँ स्वर्ग की सैर करूँ, यहाँ घर के लोग तकलीफ में दिन काटें, क्या यह मेरे लिए ठीक है?" और दूसरा बहाना यह बनाया, "महाकवि रवींद्रनाथ तो अपनी रचनाओं द्वारा यहाँ भी हमें प्राप्त हैं। क्या वहाँ मैं उन्हें अधिक पा जाऊँगा?" (पृ. 99, *प्रेमचंद स्मृति*)।

जापानी कवि नोगुची शांतिनिकेतन आए। कलकत्ते से बनारसीदास चतुर्वेदी ने प्रेमचंद पर दबाव डाला कि आप शांतिनिकेतन जरूर आएँ, गुरुदेव से मिलें और

नोगुची का व्याख्यान सुनें। प्रेमचंद 'घरवालों को कैसे छोड़ूँ' बहाना बनाकर फिर नहीं गए। 18 मार्च, 1936 को प्रेमचंद ने बनारसीदास को जो पत्र लिखा, उसमें सच्चाई कुछ खुली : "मैं शांतिनिकेतन नहीं जा सका। वहाँ पर मेरे लिए कोई आकर्षण नहीं।" (पृ. 94, *चिट्ठी-पत्री II*) सारे भारत के आकर्षण के केंद्र शांतिनिकेतन में प्रेमचंद के लिए कोई आकर्षण न था। लेकिन, शांतिनिकेतन में प्रेमचंद के हिंदी भक्त प्रेमचंद को शांतिनिकेतन लाने के लिए बड़े इच्छुक थे। प्रेमचंद ने उन्हें आस बँधाते हुए लिखा : "वे लोग मुझे काफी पहले से बुलाएँ तो आने की कोशिश कर सकता हूँ। मिनट-भर की तार की सूचना पर मैं तैयारी नहीं कर सकता।" (पृ. 94, वही)। जैनेंद्र का एक मामूली पत्र दोपहर दो बजे पाकर उसी शाम पाँच बजे प्रेमचंद दिल्ली के लिए रवाना हो सकते थे, लेकिन शांतिनिकेतन 'काफी पहले से' बुलाने पर ही जाने की 'कोशिश' कर सकते थे। जिस खत में प्रेमचंद ने शांतिनिकेतन आकर नोगुची का व्याख्यान सुन सकने में असमर्थता प्रकट की, उसी पत्र में प्रेमचंद ने एक टुकड़ा ऐसा लिखा, जो गौर करने लायक है। उन्होंने लिखा : "मैं ऐसे आदमी की कल्पना ही नहीं कर सकता जो धन-संपत्ति में डूबा हुआ हो। जैसे ही मैं किसी आदमी को धनी देखता हूँ, उसकी कला और ज्ञान की सब बातें मेरे लिए बेकार हो जाती हैं। मुझको ऐसा लगता है कि इस आदमी ने वर्तमान समाज-व्यवस्था को, जो अमीरों द्वारा गरीबों के शोषण पर आधारित है, स्वीकार कर लिया है।" चिट्ठी में इन पंक्तियों के लिए कोई प्रसंग न था। क्या यह टिप्पणी रवींद्रनाथ पर थी? यह टिप्पणी रवींद्रनाथ पर हो या न हो, अपने ऊपर डॉ. रवींद्रनाथ के साहित्यिक असर की बात कहने वाले प्रेमचंद लाख बुलाने पर भी जीवन के अंत-अंत तक शांतिनिकेतन नहीं गए, यह तथ्य महत्त्वपूर्ण है।

शांतिनिकेतन में प्रेमचंद के लिए कोई आकर्षण न था और बांग्ला साहित्य में उन्हें जनानापन लगता था। जब प्रेमचंद *प्रेमाश्रम* का उर्दू मसौदा पूरा करके उसकी हिंदी कर रहे थे, उस वक्त, 14 सितंबर, 1920 को इम्तियाज अली 'ताज' को अपने खत में उन्होंने लिखा कि वे आगरे के उर्दू पत्र *नक्काद* में लिखना गवारा नहीं करते, क्योंकि, " *नक्काद* अक्सर चोंचले बहुत करता है। मुझे यह जनानापन पसंद नहीं। मैं लिटरेचर को Masculine देखना चाहता हूँ, Feminine ख्वाह वह किसी सूरत में हो, मुझे पसंद नहीं। इसी वजह से मुझे टैगोर की अक्सर नज्में नहीं भातीं।" (पृ. 122, वही)।

साहित्य में मर्दानापन होना चाहिए। टैगोर की नज्मों में जनानापन है, इसलिए वह पसंद नहीं। बांग्ला साहित्य के बारे में प्रेमचंद की यह धारणा 12 वर्ष बाद भी बनी रही। जैनेंद्र ने उनसे पूछा, बांग्ला साहित्य हृदय को अधिक छूता है, क्यों? प्रेमचंद ने जवाब दिया : "उसमें स्त्री-भावना अधिक है।" जैनेंद्र इस उत्तर से संतुष्ट न हुए : "स्त्रीत्व है, इसी से वह साहित्य हृदय को अधिक छूता है?" प्रेमचंद बोले : "हाँ

तो। वह जगह-जगह Reminiscent (स्मरणशील) हो जाता है। स्मृति में भावना की तरलता अधिक होती है, संकल्प में भावना का काठिन्य अधिक होता है। विधायकता के लिए दोनों चाहिए।''

प्रेमचंद बोल तो गए, लेकिन उन्हें लगा, मानो वे अपनी बात ठीक से समझा नहीं पाए। कहीं कुछ कमजोरी है। कुछ देर चुप रहकर फिर बोले : ''जैनेंद्र, मुझे कुछ ठीक नहीं मालूम। मैं बंगाली नहीं हूँ। वे लोग भावुक हैं। भावुकता में जहाँ पहुँच सकते हैं, वहाँ मेरी पहुँच नहीं। मुझमें उतनी देन कहाँ?...जैनेंद्र, मैं सोचता हूँ, काठिन्य भी चाहिए।'' कुछ देर और ठहरकर उन्होंने कहा : ''रवीन्द्र, शरत् दोनों महान हैं। पर हिंदी के लिए क्या वही रास्ता है? शायद नहीं। हिंदी राष्ट्रभाषा है। मेरे लिए तो वह राह नहीं ही है।'' (पृ. 83-84, *प्रेमचंद स्मृति*)।

प्रेमचंद आलोचक न थे। वे अपनी बात ठीक से न कह पाए। बांग्ला साहित्य में स्त्री-भावना अधिक है; हिंदी के लिए वह राह नहीं है क्योंकि हिंदी राष्ट्रभाषा है।—ये तर्क उस वस्तुगत फर्क को अभिव्यक्त नहीं करते थे, जो प्रेमचंद के साहित्य को शरत और रवींद्र के साहित्य से अलगाता था। आज, आधी शताब्दी बीत जाने के बाद, हम इस सुविधाजनक स्थिति में हैं कि उस फ़र्क को सही ढंग से पकड़ सकें। फ़र्क दोनों के साहित्य की अंतर्वस्तु में था, उनके सामाजिक दृष्टिकोणों में था। प्रेमचंद साम्राज्यवाद और सामंती व्यवस्था के खिलाफ उठ रही हिंदी भाषी जनता की शक्ति और संघर्ष को चित्रित कर रहे थे, जबकि शरतचंद्र, जैसा कि रामविलासजी ने लिखा, परमानेंट सेटलमेंट से उजड़ रहे उस जमींदारवर्ग को अपनी करुणा प्रदान कर रहे थे जिसके आवारा लड़के एक ओर अभिजात्य वर्ग की अर्थहीन प्रथाओं और मिथ्या दंभ के खिलाफ विद्रोह कर रहे थे और दूसरी ओर, अपने अकेलेपन के जख्मों को भरने के लिए नारी के प्यार भरे आँचल का आश्रय खोज रहे थे। बांग्ला लेखक एक मिटते हुए कुलीन वर्ग की दुर्दशा पर द्रवित थे। प्रेमचंद ने मिटते हुए पुराने जमींदार की दुर्दशा को देखा, उसे सहानुभूति भी दी, लेकिन उसे अपने साहित्य का केंद्र न बनाया। केंद्र बनाया उन लाखों किसानों को, जो जमींदारी प्रथा को ध्वस्त कर देने के लिए उठ रहे थे।

1922-23 का प्रेमचंद-शरतचंद्र विवाद हिंदीभाषी जनता के नवजागरण का ही अंग था। वह विवाद हिंदीभाषी जनता और उसके साहित्य की अस्मिता के लिए हो रहे संघर्ष का एक अंग था। हिंदी जनता एक ओर औपनिवेशिक शोषण के खिलाफ जूझ रही थी, दूसरी ओर, उसके शिक्षित मध्यवर्गीय बुद्धिजीवियों का एक बड़ा हिस्सा ऐसे साहित्य पर मुग्ध था जो हिंदी भाषी जनता के संघर्षपूर्ण यथार्थ से मेल न खाता था। एक ऐसे साहित्य की रचना और उसकी प्रतिष्ठा, जो हिंदी भाषी प्रदेश की बहुसंख्यक किसान जनता के यथार्थ को प्रतिबिंबित करता हैं, हिंदी भाषी जनता की अस्मिता की प्रतिष्ठा के लिए संघर्ष का अनिवार्य अंग था। प्रेमचंद की कला और

उनके *प्रेमाश्रम* ने इस संघर्ष को विजय तक पहुँचाने और हिंदी भाषी जनता की सांस्कृतिक अस्मिता को प्रतिष्ठित करने में महत्त्वपूर्ण योगदान किया।

इतिहास की धारा ने 1922-23 के इस विवाद पर क्या टिप्पणी की?

पं. हेमचंद्र जोशी ने बंगला के आगे *प्रेमाश्रम* को नीचा दिखाने की जरूरत इसलिए समझी थी कि साहित्यिक आलोचना में मर्यादा और ऊँचे आदर्श बने रहें और साहित्यिक मानदंडों में अराजकता न आने पावे। लेकिन, हिंदी आलोचना में मर्यादा और ऊँचे आदर्शों की स्थापना कर साहित्यिक मानदंडों का वैज्ञानिक और व्यवस्थित विकास पं. हेमचंद्र जोशी न कर सके, यह काम किया आचार्य रामचंद्र शुक्ल ने, जो उस युग में बांग्ला साहित्य और रवीन्द्रनाथ ठाकुर के समर्थकों में न थे। इसके विपरीत, रामचंद्र शुक्ल ने हिंदी आलोचना का जो विकास किया, वह बांग्ला साहित्य की प्रवृत्तियों और हिंदी पर उनके घातक प्रभावों की आलोचना और उनके प्रतिरोध के रास्ते से गुजरकर किया। हिंदी आलोचना का विकास बांग्ला के प्रभाव और उसके प्रति एक मुग्ध भाव रखते हुए नहीं हुआ, बल्कि उस मुग्धकारी प्रभाव का प्रतिरोध करते हुए हुआ।

प्रेमचंद के जीवनकाल में उन पर हमला करने वाले बहुत से लोगों ने बाद में अपनी सफाई दी और अपनी धारणाएँ बदलीं। 1926 में प्रेमचंद को यूरोपीय साहित्य का नकलची बतानेवाले अवध उपाध्याय ने 1937 में अपनी सफाई दी और अपनी धारणा को बदलते हुए लिखा कि "उनकी अमर कीर्ति की ध्वजा सर्वथा फहराती रहेगी।" हेमचंद्र जोशी ने बाद में क्या कहा, हमें इसका पता नहीं। लेकिन 1922-23 में *प्रेमाश्रम* और प्रेमचंद के बारे में जो धारणाएँ हेमचंद्र की थीं, वही उनके भाई इलाचंद्र जोशी की भी थीं। 15 बरस बाद, इस बहस को याद करते हुए इलाचंद्र जोशी ने *हंस* के प्रेमचंद स्मृति अंक में लिखा : "उन दिनों मेरी रगों में कच्ची उम्र का नया खून जोश मार रहा था। *प्रेमाश्रम* के संबंध में तत्कालीन साहित्यालोचकों से मेरा मतभेद होने पर मैं रह न सका और अत्यंत प्रबल आक्रोश के साथ परिपूर्ण शक्ति से मैं उन पर बरस पड़ा। इस पर आलोचना-प्रत्यालोचना का जो लंबा चक्कर चला, उससे तत्कालीन साहित्य के ऐतिहासिक गगन में जो क्रांतिकारी बवंडर मचा था, उससे उस युग के पाठक भली-भाँति परिचित हैं।" इतना लिखने के बाद इलाचंद्र जोशी ने लिखा : "आज मैं अपनी उस असहनशीलता के कारण लज्जित हूँ।" इलाचंद्र जोशी ने 1922-23 की अपनी असहनशीलता पर लज्जा प्रकट की, और *प्रभा* में रघुपति सहाय वाली समालोचना से भी आगे बढ़कर गोर्की और प्रेमचंद के साहित्य की समानता को दिखलाया, उनके भीतरी व्यक्तियों की समता के अलावा उनकी मुखाकृतियों की समता तक की बात कही।

हेमचंद्र जोशी ने लिखा था कि हिंदी साहित्य अभी इस योग्य नहीं है कि उसको बांग्ला या यूरोपीय भाषाओं के मुकाबले में रखा जा सके। बांग्ला साहित्य और

रवीन्द्रनाथ से प्रेमचंद की तुलना करने पर हिंदी की हँसी होती है। हेमचंद्र जोशी बांग्ला साहित्य के मर्मज्ञ थे। हजारीप्रसाद द्विवेदी बांग्ला साहित्य और रवीन्द्रनाथ ठाकुर के साहित्य के उनसे भी बड़े मर्मज्ञ हुए। द्विवेदीजी ने बांग्ला साहित्य और रवीन्द्रनाथ की प्रतिभा से आतंकित हुए बिना प्रेमचंद के साहित्य को दूसरी भाषाओं के साहित्य के मुकाबले में पेश किया। 1935 में बंगला साहित्य और रवींद्रनाथ के गढ़ में बैठकर द्विवेदीजी ने प्रेमचंद के महत्त्व पर जो टिप्पणी लिखी, उसे बांग्ला साहित्य के मर्मज्ञों को ध्यान से पढ़ना चाहिए। प्रेमचंद को लिखे एक पत्र में द्विवेदीजी ने लिखा : "आपके साहित्य ने हिंदी को समृद्ध किया है और हिंदी भाषियों को दुनिया में मुँह दिखाने लायक। इसलिए आपके यश को हम लोग निर्विचार बाँट लिया करते थे। जब हम रंगभूमि या कर्मभूमि को दूसरों को दिखाते हैं तो मन-ही-मन गर्वपूर्वक पूछा करते हैं—है तुम्हारे पास कोई ऐसी चीज!"

ऐसी बात नहीं कि द्विवेदीजी ने प्रेमचंद की यह तारीफ सिर्फ अपने व्यक्तिगत पत्र में कर दी हो और रवींद्रनाथ के डर से बाहर कुछ न कहा हो। 1939, नवंबर की *वीणा* में द्विवेदीजी ने *प्रेमचंद का महत्त्व* शीर्षक लेख लिखा जिसमें उन्होंने रवींद्रनाथ, शरतचंद्र और प्रेमचंद के साहित्य का मूल्यांकन इस ढंग से किया : "रवींद्रनाथ की कहानी पढ़कर पाँच मिनट रोऊँगा, पंद्रह मिनट सोचूँगा; शरतचंद्र की कहानी पढ़कर सत्रह मिनट रोऊँगा, तीन मिनट सोचूँगा; और प्रेमचंद की कहानी पढ़कर दस मिनट रोऊँगा, दस मिनट सोचूँगा।" (पृ. 18, *दूसरी परंपरा की खोज*) इस टिप्पणी में द्विवेदीजी ने रवींद्रनाथ और शरतचंद्र की तुलना में जीवन के प्रति प्रेमचंद की संतुलित दृष्टि को दिखलाया। *दूसरी परंपरा की खोज* में इस पर ठीक ही टिप्पणी की गई है कि शांतिनिकेतन में रहते हुए भी द्विवेदीजी हिंदी की जातीय परंपराओं के प्रति सजग थे। द्विवेदीजी ने *प्रेमाश्रम* पर लेख लिखकर उसमें जमींदारी प्रथा के खिलाफ किसान संघर्ष के महत्त्व को पहचाना और रवींद्रनाथ के जीवनकाल में ही प्रेमचंद के बारे में लिखा : "वे अपने काल में समस्त उत्तरी भारत के सर्वश्रेष्ठ साहित्यकार थे।" (पृ. 49, वही)।

द्विवेदीजी के इन शब्दों को 1922-23 में हुए प्रेमचंद-शरतचंद्र विवाद पर खुद इतिहास की टिप्पणी माना जा सकता है।

(*1984*)

अच्छी लड़की कौन है?

दुनिया में पहचान के जितने भी सवाल हैं उनमें सबसे पुराना और जटिल सवाल स्त्री की पहचान का है। स्त्री की पहचान का सवाल होने के कारण ही यह इतना जटिल है। स्त्री को मनुष्य के रूप में उस तरह नहीं पहचाना जाता जिस तरह पुरुष को पहचाना जाता है। खुद स्त्री अपने आप को मनुष्य के रूप में पहचान नहीं पाती। समाज ने यही व्यवस्था कर रखी है। इसीलिए स्त्री और पुरुष के बीच आमतौर पर सहज संबंध नहीं मिलते। वह सहजता सिर्फ वहाँ और उसी हद तक दिखाई देती है जहाँ और जिस हद तक उनके बीच मनुष्यता का संबंध दिखाई देता है। असल में यौन सामग्री और घरेलू श्रमशक्ति के रूप में स्त्रियों पर पूरा नियंत्रण रखने की व्यवस्था ही मूल समस्या है जो स्त्री को मनुष्य बनने नहीं देती। इस सत्य की नग्नता को ढँकने के लिए स्त्रीत्व की परिभाषाएँ गढ़ी गईं, तरह-तरह की सामाजिक, पारिवारिक मर्यादाओं, मूल्य, परंपराओं तथा संस्कृति और सभ्यता का तामझाम खड़ा किया गया। यह सब स्त्री की वास्तविक स्थिति को छुपाने के लिए उस पर डाले गए रहस्य के आवरण हैं। हजारों सालों से चल रही इस छलपूर्ण व्यवस्था की यह विडंबना है कि खुद स्त्री भी अपने ऊपर डाले गए रहस्यों को ही सत्य मानकर अपने आप को देखने लगी। विडंबना यह है कि खुद पुरुष भी इन रहस्यों में विश्वास कर स्त्री को रहस्यपूर्ण मान बैठा। इस समूचे सांस्कृतिक और राजनीतिक शक्ति-संतुलन के खेल के नीचे छिपे सत्य को विश्लेषण करके पहचाना जा सकता है।

पुरुष प्रधान समाज ने स्त्री की जो जगह और भूमिका तय कर रखी है, उसे जो पहचान दे रखी है, उसके खिलाफ स्त्री चेतना के संघर्ष का भी एक इतिहास रहा है जो इस शताब्दी में काफी आगे तक पहुँचा है। इस स्त्री चेतना ने स्त्री के बारे में रचे गए कई मिथकों को तोड़ा है। पुरुष लेखक अपनी सहानुभूति की कमी के कारण नहीं, बल्कि अपनी स्थिति के कारण, अपने परिवेश और संस्कारों के कारण कई बार स्त्री की स्थिति को, उसके सच को नहीं समझ पाता। यही कारण है कि कई प्रगतिशील पुरुष लेखकों ने हालाँकि अपनी रचनाओं में कई सशक्त स्त्री चरित्र दिए, लेकिन स्त्री जीवन के कई नए, अनछुए और अनजाने पक्षों को स्त्री लेखिकाएँ

ही सहज ढंग से सामने लाती रही हैं। इसी संदर्भ में *वागर्थ* के प्रवेशांक (जनवरी, 1995) में राजी सेठ की कहानी *मैं तो जन्मा ही* ध्यान देने लायक है। इस कहानी में नौकरी करने और अपना दूल्हा खुद तलाश करने वाली एक लड़की के प्रयत्नों को लेखिका ने बहुत सहानुभूति के साथ और ऐसी सजग दृष्टि से देखा है जो अक्सर पुरुष लेखकों में नहीं मिलतीं। कहानी का नायक दूसरे शहर में नया-नया नौकरी पर आया है। वह पीछे उस लड़की नयना को छोड़ आया है जिससे वह शादी करना चाहता है। लड़की नौकरी करती है पर कमाई पिता का परिवार चलाने में देनी पड़ती है। विवाह भी पिता के कारण ही नहीं हो पा रहा। नए शहर में नायक के पास पहुँचने की कोशिश उसी के दफ्तर में काम करने वाली एक लड़की चिक्की करती है। नायक की उसमें दिलचस्पी नहीं है, बल्कि वह उसके व्यवहार से असुविधा अनुभव करता है। फिर भी, इसी लड़की से वह ऐसी दृष्टि हासिल करता है जिससे प्रेरित होकर वह अपनी प्रेमिका को भी वैसा ही संघर्ष करने की सलाह देता है।

इस कहानी में सबसे महत्त्वपूर्ण है लेखिका की दृष्टि। उसने जिस दृष्टि से चिक्की के व्यवहार को देखा और दिखाया है, वह दृष्टि नई है। चिक्की बिना बुलाए अप्रत्याशित रूप से नायक को जन्मदिन की मुबारक देने उसके घर पहुँच जाती है। अपने घरेलूपन वाले गुणों को प्रदर्शित करती है। एक-दो बार उससे सटकर भी निकलती है और अपने व्यवहार से स्थिति को विवाह के प्रस्ताव पर सोचने तक ले जाती है। उसकी ऐसी कोशिशें उसे नायक की दृष्टि में कुछ दयनीय और अशोभनीय बनाती हैं। सवाल है कि नायक उसके प्रति ऐसा रुख क्यों अपनाता है? क्या यह हमारे परंपरावादी समाज का सोच नहीं है (जिसका शिकार नायक है) कि जो लड़किया प्रेम या विवाह के मामले में खुद पहल करती हैं, वे ऐसी ही होती हैं? जो प्रयत्न चिक्की करती है, वही प्रयत्न नायक करता तो अटपटा या दयनीय नहीं लगता। यह काम तो पुरुष का ही है कि वह स्त्री को फँसाए, उससे निकटता के लिए सभी हथकंडे अपनाए और उससे प्रस्ताव करे। स्त्री का काम तो पुरुष के ऐसे प्रयत्न और प्रस्ताव पर लजाना, ना-नुकुर करना, समर्पण करना या फिर अपने पिताजी से मिलने के लिए कहना है। बहुत शिक्षित और समझदार लड़की होगी तो वह ऐसे प्रस्ताव पर अपनी स्वतंत्र सहमति या असहमति जताएगी, लेकिन खुद पहल वह भी नहीं करेगी। अच्छी लड़कियाँ ऐसा ही करती हैं। लेकिन यह कहानी अच्छी लड़की की इसी परंपरागत धारणा पर पुनर्विचार करने के लिए मजबूर करती है, बल्कि आगे बढ़कर पुनर्विचार करने की दृष्टि देती है। अच्छी लड़की कौन है? और क्यों? वह जो अपनी कमाई को पिता के चरणों पर रख देती है और अपने विवाह के लिए, चोरी-छिपे प्रेम करने के बावजूद, पिता की इच्छा पर निर्भर है? अथवा वह जो अपनी कमाई खुद रखती है और अपना दूल्हा खुद तलाश करती है? पुरुष प्रधान समाज ने अच्छी लड़की की जो छवि तय कर रखी है, उसी के मुताबिक नायक सोचता

है कि वह नयना को चिट्ठी लिखेगा तो इस चिक्की का भी जिक्र करेगा—"मेरी आफिस असिस्टेंट...एकाएक घरेलू लड़की बनने को उतावली लग रही है। लगता है, माँ-बाप ने मैदान में छोड़ रखा है। कमाओ, खाओ, जहाँ-तहाँ सींग मारो।" लेकिन चिक्की नायक के इस परंपरागत (सुसंस्कृत) सोच को ध्वस्त करके रख देती है। अपने प्रति नायक के दृष्टिकोण में हल्केपन का आभास पाकर वह तीखा जवाब देती है—"ऐसी कोई गिरी पड़ी वस्तु नहीं हूँ मैं। माता-पिता हैं। घर-बाहर है। आपस में आदर-प्यार है। मैं दूसरों की गाली क्या इसलिए सुन लूँ कि मैं अपनी जिम्मेदारी खुद उठाती हूँ या कि अपना रास्ता खुद तलाश करना चाहती हूँ?"

माता-पिता ने पढ़ा-लिखा दिया, यह क्या कम किया? आत्मनिर्भर होने में मेहनत करनी पड़ती है। लालच कम करना पड़ता है। प्राप्तियाँ भी घट जाती हैं। संरक्षण भी। नायक ने जो सुसंस्कृत दृष्टिकोण अपना रखा था, वह सुसंस्कृत दृष्टिकोण लड़कियों की पराधीनता की बुनियाद पर विकसित हुआ था। जब एक लड़की इस पराधीनता से बाहर निकलने की कोशिश करती है, खुद को पूरा मनुष्य बनाने की कोशिश करती है तो उसकी पहली टक्कर इसी सुसंस्कृत दृष्टिकोण से होती है। चिक्की की स्थिति को चिक्की की दृष्टि से देखने के बाद नायक एक नई दृष्टि हासिल करता है। यह परिवर्तन कहानी में सहज ढंग से घटता है। वह अपनी दब्बू और शालीन प्रेमिका को पत्र तो लिखता है लेकिन इस बार चिक्की के बारे में न लिखकर अपनी प्रेमिका नयना के बारे में लिखता है—"यह ठीक है कि घर छत और संरक्षण देता है, पर क्या जरूरी है कि संरक्षण मिलता ही रहे? तुम्हारी स्थितियों में तो संरक्षण तुम दे रही हो। कंधा खींचकर तो देखो। कौन जाने ये अपने पैरों पर खड़े होना सीख जाएँ?" यह दृष्टि का आमूल परिवर्तन था। इस परिवर्तन के पीछे उस स्त्री चेतना का हाथ है जिसने पुरुष प्रधान समाज में कुलशीलयुक्त अच्छी लड़की की बनी छवि को तोड़ा है। यह छवि नायक की दृष्टि में तो टूट जाती है, पर नयना की दृष्टि में भी टूटेगी या नहीं? न जाने कितनी नयनाएँ समाज की अपेक्षाएँ पूरी करने के लिए इसी छवि को ढो रही हैं। इसका श्रेय राजी सेठ को है कि उन्होंने प्रेम और विवाह में पहल करने वाली लड़की के प्रयत्नों को—जिन्हें हम अब तक अश्लील, हास्यास्पद और जहाँ-तहाँ सींग मारना जैसी चीज समझते आए हैं—एक बिल्कुल नई दृष्टि से देखना सिखाया है। कहानी हमें यह महसूस करा देती है कि जैसे कभी पसीने और धूल से सने मजदूर और किसान को देखने के लिए हमें अपनी सौंदर्य दृष्टि को बदलने की जरूरत पड़ी थी, उसी तरह चिक्की जैसी लड़कियों को समझने और सराहने के लिए हमें अपनी सांस्कृतिक और सामाजिक दृष्टि को बदलना पड़ेगा। यह स्त्री के संघर्ष को सजग स्त्री दृष्टि से देखना है। यह दृष्टि ही इस कहानी की उपलब्धि है।

लेकिन इस कहानी का एक पहलू और है जो लेखिका की स्त्री चेतना के

अंतर्विरोध को दर्शाता है। नायक नयना को समझाता है कि घर उसे संरक्षण नहीं दे रहा, बल्कि वह अपने घर को संरक्षण दे रही है। इसी के साथ वह उससे घर को सहारा दे रहे अपने कंधों को खींच लेने के लिए भी कहता है। यानी अगर उन दोनों को विवाह करना है तो लड़की को अपने माता-पिता और भाई-बहनों का भरण-पोषण करना छोड़ना होगा। यह एक अहम मुद्दा है। सवाल यह नहीं कि बूढ़े माँ-बाप को पालना संतान के लिए बोझ हो जाता है या नहीं। सवाल यह है कि क्या एक विवाहित स्त्री को यह हक है कि वह अपने भाई-बहनों और बूढ़े माँ-बाप को भी अपनी नौकरी से पाल सके? स्त्री जब तक अविवाहित है, तब तक तो वह इन्हें जरूर पाल सकती है। लेकिन क्या विवाह के बाद भी उसे ऐसा करने का अधिकार है? हमारे समाज में पहले माँ-बाप अपनी बेटी की कमाई नहीं खाते थे। अब खाने लगे हैं। लेकिन विवाहित बेटी की कमाई खाने में लोकनिंदा का डर है—खासकर सवर्ण मध्यवर्ग में। लेकिन कहानी में यह समस्या माँ-बाप की ओर से पेश नहीं होती। वह पेश होती है नायक की ओर से। इसी कारण यह समस्या स्त्री समस्या बन ज़ाती है; स्त्री-पुरुष संबंधों की समस्या बन जाती है। एक विवाहित पुरुष, जो कमाता है, उसे अपने माँ-बाप और भाई-बहनों को पालने का हक है। हक ही नहीं, बल्कि यह उसका फर्ज भी माना जाता है। लेकिन विवाहित स्त्री, जो कमाती है, उसे यह हक क्यों नहीं? अगर एक स्त्री की परिस्थितियाँ ऐसी हैं कि उसके माँ-बाप और छोटे भाई-बहन आर्थिक रूप से उस पर निर्भर करते हैं तो विवाह के बाद भी इनका भरण-पोषण क्या उसे नहीं करना चाहिए?

क्यों एक स्त्री को इन दो में से किसी एक को चुनने के लिए मजबूर किया जाता है कि या तो वह विवाह कर ले या फिर अपने माता-पिता का भरण पोषण कर ले? एक को छोड़ने की शर्त पर ही उसे दूसरी चीज का हक दिया जाता है। क्यों हम समाज की ऐसी व्यवस्था मंजूर नहीं कर पाते जिसमें जिस तरह एक विवाहित पुरुष खुद पर आर्थिक रूप से निर्भर करने वाले पारिवारिक सदस्यों की देखभाल करता है, उसी तरह कमाने वाली एक विवाहित स्त्री भी अपने ऊपर निर्भर सदस्यों की देखभाल कर सके? इस मामले में हमें परंपरा से चले आ रहे नजरिए और संस्कारों को बदलने की सख्त जरूरत है। दुर्भाग्य से हमारी कहानी लेखिका अपनी सजग स्त्री चेतना के बावजूद इस पारंपरिक नजरिए और संस्कारों की शिकार लगती है। कम से कम कहानी में वह इस मुद्दे पर स्पष्ट नहीं है। अगर मेरी यह आलोचना सही है तो फिर इससे एक ही निष्कर्ष निकलता है कि हिंदी प्रदेश में नारीवादी चेतना और आंदोलन को बड़े पैमाने पर तेज करने की जरूरत है।

(*1995*)

बातें जो कही नहीं जातीं

उनको ये शिकायत है कि हम कुछ नहीं कहते,
अपनी तो ये आदत है कि हम कुछ नहीं कहते।
कुछ कहने से तूफान उठा लेती है दुनिया,
और उसपे कयामत है कि हम कुछ नहीं कहते।
कहने को बहुत कुछ था अगर कहने पे आते,
दुनिया की इनायत है कि हम कुछ नहीं कहते!

बरसों पहले सुनी यह गज़ल पहले भी बहुत अर्थपूर्ण और मार्मिक लगती थी। लेकिन नारीवादी लेखन के संदर्भ में इसका अर्थ तब और भी महसूस हुआ जब हाल में तीन मूर्ति लाइब्रेरी में हुए एक सेमिनार में बोलते हुए हिंदी की लेखिका प्रभा खेतान ने कहा कि हम स्त्रियाँ अपनी बात उसी हद तक बोल पाती हैं जिस हद तक बोलने की छूट हमें मिली होती है। बात बहुत गहरे अर्थों में सच है। संदर्भ समाज के सच को स्त्री की दृष्टि से देखने और कहने का था। प्रभा खेतान कोई मामूली स्त्री नहीं हैं। उद्यमियों-व्यवसायियों की सर्वोच्च संस्था की अध्यक्ष रह चुकी और सारी दुनिया घूमी हुई। प्रभा खेतान जैसी शक्तिशाली स्त्री भी जब ऐसा महसूस करती है कि उन्हें अपने अनुभवों का सच पूरी तरह बोलने की छूट नहीं है तो फिर इस देश की करोड़ों मामूली स्त्रियाँ अपनी आवाज समाज को सुनाने की हिम्मत किस हद तक जुटा पाती होंगी?

स्त्रियों को समाज में अपनी हालत और अपने साथ होने वाले बर्ताव का जो कटु अनुभव दिन-रात होता रहता है, उसका शायद सौवाँ हिस्सा भी वो समाज को सुना नहीं पाई हैं। उन्हें इसकी छूट ही नहीं है। यह छूट किसी सभा में तय नहीं होती। यह छूट किसी भी समाज-विशेष में प्रचलित संस्कृति, धर्म, रीति-रिवाज और सामाजिक, राजनीतिक विकास की आम हालत से तय होती है। हमारे पुरुष प्रधान समाज को स्त्री के अनुभव का सच सुनना गवारा नहीं है। इसमें इतनी ताब कहाँ कि वह स्त्री का पूरा सच सुन सके? क्योंकि वह सच इस पितृसत्तात्मक समाज के बुनियादी ढाँचे में स्त्री के खिलाफ मौजूद अन्याय और असमानता को उजागर करता

है जिसने स्त्रियों को घरेलू श्रमशक्ति और भोग-विलास की वस्तु बनाए रखने के लिए उन्हें पूर्ण मनुष्य का दर्जा देने से इनकार कर रखा है। स्त्री का शोषण वैसा नहीं है जैसा मजदूर वर्ग का है। स्त्री के शोषण और दमन की व्यवस्था दुनिया की सबसे पुरानी, सबसे गहरी और सबसे जटिल व्यवस्था है जिसकी जड़ें हमारे धर्म, संस्कृति और परंपराओं में धँसी हुई हैं, समाज और मनुष्यता की हमारी आम धारणाओं में धँसी हुई है। एक बार एडगर स्नो को इंटरव्यू देते हुए माओ-त्से-तुंग ने कहा था कि चीन में स्त्री-पुरुषों के बीच बराबरी आने में अभी ढाई-तीन सौ साल और लगेंगे। समाजवादी व्यवस्था के लुभावने सब्जबाग दिखाने के बजाय माओ ने एक निर्मम सच्चाई पेश की थी। सिर्फ राजनीतिक और आर्थिक क्रांति स्त्री समस्या को आधा भी हल नहीं कर सकती। एक गहरी सामाजिक, सांस्कृतिक क्रांति के बगैर इसका हल नामुमकिन है।

जहाँ तक आवाज उठाने की बात है, स्त्रियों की आवाज धीरे-धीरे उठ रही है। पिछली सदी के आखिरी दशकों में उभरा नारीवादी आंदोलन आज काफी आगे बढ़ चुका है। जैसे-जैसे स्त्रियाँ अपनी बिखरी हुई और असंगठित हालत से निकलकर अपने संगठन बनाती जा रही हैं, उनकी आवाज समाज को सुननी पड़ रही है। पिछले पच्चीस सालों के दौरान नारीवादी आंदोलन ने सारी दुनिया में अपनी विचारधारा की जीत हासिल कर ली है। उसने अपने सैद्धांतिक सवालों को करीब-करीब सुलझा लिया और अपनी बुनियादी मान्यताएँ कायम कर ली हैं। इधर दो-तीन बरस में नारीवादी आंदोलन का एक नया पक्ष उभरा है—मोटी-मोटी और बड़ी-बड़ी समस्याओं को पेश करने और दोहराने के बजाय आज ज़ागरूक स्त्रियाँ अपनी रोजमर्रा की जिंदगी के छोटे-छोटे अनुभवों को सुना रही हैं। सिर्फ सुना नहीं रही हैं, उनका गहराई से विश्लेषण करके उनके जरिये एक बड़े सच को साबित कर रही हैं। रोजमर्रा की जिंदगी के ये अनुभव—जो अब तक स्त्रियों के बहुत ही निजी और गोपनीय-से समझे जाते रहे हैं—हमारे समाज को सुनने की आदत नहीं है। ये अनुभव समाज की विवेक चेतना को कचोटते और उसे शर्मिंदा करते हैं। कल तक ये बातें कही नहीं जाती थीं। स्त्री आंदोलन अब इस मुकाम तक पहुँच चुका है और उसने शिक्षित समाज में इतनी चेतना पैदा कर दी है कि अटपटे से लगने वाले इन स्त्री अनुभवों को वह सुने और अपनी समाज व्यवस्था पर फिर से सोचे।

आप उन छोटी-छोटी सैकड़ों सुविधाओं के बारे में सोचें जो इस समाज में पुरुषों को हासिल हैं, पर स्त्रियों को नहीं। मिसाल के लिए शहरों, कस्बों और भीड़ भरे बाजारों में पेशाबघरों की व्यवस्था पर विचार करें। यहाँ पुरुषों को तो हर तरह की सुविधा हासिल है, जबकि स्त्रियों को नहीं के बराबर—जबकि इनकी जरूरत पुरुषों और स्त्रियों दोनों को समान रूप से है। रोजमर्रा की जिंदगी में बार-बार उठने वाली इस समस्या की ओर पुरुषों का ध्यान ही नहीं जाता क्योंकि यह उनकी समस्या

नहीं है। वे यह भी उम्मीद करते हैं कि स्त्रियाँ अपनी ऐसी असुविधाओं की बात उठाकर उन्हें असुविधा में नहीं डालेंगी। दिल्ली, कलकत्ता और बंबई जैसे महानगरों तक में स्त्रियों के लिए बने ऐसे स्थानों की जो दुर्दशा है, वह बेवजह नहीं। उसके पीछे स्त्रियों की जरूरतों के प्रति हमारे पुरुष प्रधान समाज और पुरुष प्रधान सरकार एवं शासन व्यवस्था की संवेदनशून्यता है। शासन की ओर से सुविधा न होने पर भी पुरुष सड़क के किनारे कहीं भी खड़े हो इस समस्या से निपट लेते हैं, लेकिन यही बात स्त्रियों के मामले में हमारा समाज पसंद नहीं करता। वह इसे अशोभनीय मानकर, स्त्री की लज्जा, शालीनता और मर्यादा के खिलाफ मानकर, इसे बर्दाश्त नहीं करता। सवाल है, यह शोभा, शालीनता, मर्यादा सब सिर्फ स्त्रियों के लिए ही क्यों?

नारीवादी आंदोलन को अभी कल तक हमारे समाज के उच्च मध्यवर्ग और ऊँची सवर्ण जातियों की स्त्रियों तक सिमटा हुआ माना जाता था। लेकिन आज यह आंदोलन समाज में काफी नीचे तक पहुँच चुका है। इसका सबूत है, हाल में दिल्ली में हुआ दलित लेखक सम्मेलन जिसका एक सत्र दलित लेखिकाओं का था। इस सत्र में दलित लेखिकाओं की प्रखर और तीखी स्त्री चेतना ने यह बिल्कुल साफ कर दिया है कि दलित लेखिकाएँ जितना एक दलित के रूप में अपनी स्थिति के प्रति सजग हैं, उतना ही एक स्त्री के रूप में भी अपनी हालत को महसूस करती हैं। इनमें एक दलित लेखिका सुमन प्रभा की एक कहानी का जिक्र यहाँ प्रासंगिक होगा जो एक कथा-गोष्ठी में पढ़ी गई थी। 'सुषमा' नामक इस अप्रकाशित कहानी में तीन दृश्य हैं जहाँ स्त्री की रोजमर्रा की जिंदगी के छोटे-छोटे अनुभव चित्रित किए गए हैं। एक दृश्य है—गाँव से बुआ शहर में अपने भाई के घर आती है। बाथरूम में नहाकर पेटीकोट में निकलती है और बाहर पेड़ पर रखी अपनी धोती उठाने के लिए हाथ बढ़ाती है। भाई यह दृश्य देखकर आग बबूला हो उठता है और बहन पर बेशर्मी का आरोप लगाते हुए बरस पड़ता है। दूसरा दृश्य है, भेड़ाघाट की यात्रा पर अपनी माँ और बहनों के साथ गई एक लड़की वहाँ घाट पर औरों को नहाते देख नहाने का लोभ नहीं छोड़ पाती। वह नहाती है तो उसकी धोती पानी में बार-बार फूल जाती है। आसपास में पुरुष मौजमस्ती से नहा रहे हैं। उनका ध्यान करके किनारे खड़ी बहनें लड़की को झिड़कती हैं—अपनी धोती सँभाल। इस तरह से नहा, उस तरह से नहा। लड़की परेशान हो उठती है—कपड़े ही सँभालती रह जाऊँ? मन की उमंग के साथ अपने ढंग से नहा भी नहीं सकती? तीसरा दृश्य है, दिल्ली की भयानक गर्मी से बचने के लिए वही लड़की अपने घर में कुछ हल्के कपड़े पहन लेती है ताकि शरीर को हवा लगती रहे। पिता बाहर से लौटते हैं, गर्मी को कोसते हुए पैंट-कमीज उतारकर पलंग पर फेंकते हैं और घुटनों तक का कच्छा पहनकर नंगे बदन राहत की साँस लेते हैं। अचानक नजर अपनी बेटी पर पड़ती है। बस, आँखों से आग

बरसने लगती है—बेशर्म कहीं की! ये कपड़े पहन रखे हैं? नंगी रहने का शौक है?

भेदभाव भरे बर्ताव और उसमें निहित अन्याय के ये छोटे-छोटे अनुभव एक बड़े सच के हिस्से हैं। इन उदाहरणों में स्त्री को भी पुरुष की तरह मनुष्य मानने से इनकार किया गया है। वह इनसान तो है, पर ठीक वैसा इनसान नहीं जैसा पुरुष है। उससे कुछ कमतर है। पुरुष को गर्मी लग सकती है, पर स्त्री को नहीं। पुरुष उमंग के साथ नहा सकता है, पर स्त्री नहीं। पुरुष सुविधा से पेशाब कर सकता है, पर स्त्री नहीं। स्त्री के ऐसे अनुभव पुरुष सुनना नहीं चाहता क्योंकि उसे ये बातें कहने-सुनने की नहीं लगतीं। लेकिन स्त्रियाँ आज ऐसे अनुभव सुना रही हैं क्योंकि इनमें उनके अस्तित्व का सच बोलता है।

आज स्त्री आंदोलन में उच्च मध्य वर्ग और निम्न वर्ग, दोनों की चेतना स्त्रियों के मुद्दों पर निकट आ रही है। हाल में 'इकोनॉमिक पॉलिटिकल वीकली' के स्त्री अध्ययन अंक (20 अप्रैल, 95) में छपे एक लेख में शोधकार्य के लिए फील्डवर्क में जाने वाली स्त्रियों के छोटे-छोटे अनुभवों का ब्यौरा दिया गया है कि गाँवों में फील्डवर्क करने वाली स्त्री को पुरुष के मुकाबले कैसी सुविधाओं या असुविधाओं का सामना करना पड़ता है। सुमन प्रभा ने अपनी कहानी में जिस तरह के स्त्री अनुभवों को चित्रित किया है, उस तरह के अनुभव बहुत पहले भी कुछ-एक असाधारण स्त्रियों ने प्रकट किए थे जिन पर किसी का ध्यान नहीं गया। आज नारीवादी आंदोलन ने जिस चेतना को जगाया है, उसके परिप्रेक्ष्य में स्त्री लेखन की पुरानी परंपरा को फिर से जाँचा-परखा जा रहा है। इस सिलसिले में उपरोक्त पत्रिका के उसी अंक में छपा विद्युत भार्गव का एक खोजपूर्ण लेख 'मराठी लिटरेचर एज ए सोर्स फॉर कंटेम्पेरेरी फेमिनिज़्म' काफी महत्त्वपूर्ण है। इसमें महाराष्ट्र की मध्यकालीन भक्ति आंदोलन की स्त्री संतों के पदों को नारीवादी चेतना के परिप्रेक्ष्य में रखकर देखा गया है। महाराष्ट्र के भक्ति आंदोलन में संत चक्रधर द्वारा स्थापित महानुभाव संप्रदाय में कई स्त्रियाँ भी शामिल हुईं जिन्होंने अपने अभंगों (मराठी गेय पद) में अपनी स्त्री चेतना को प्रकट किया था। यह संप्रदाय इस दृष्टि से प्रगतिशील था कि इसने मासिकधर्म के समय स्त्रियों को अलग-थलग रखने की दकियानूसी ब्राह्मणवादी परंपरा को बिल्कुल ठुकरा दिया था। इस नई चेतना के लिए इसके संस्थापक संत चक्रधर की उदार दृष्टि की तारीफ की जाती है। लेकिन इसी संप्रदाय की बैसा नामक संत स्त्री ने स्त्रियों पर लगाई गई दूसरी सामाजिक पाबंदियों को साहसपूर्वक तोड़ा था, उसकी तारीफ कहीं भी दर्ज नहीं मिलती। बैसा ने स्त्री-पुरुष भेद पर खड़ी उन सामाजिक मर्यादाओं का उल्लंघन किया था जो शारीरिक स्थिति और मुद्राओं की सहज स्वाभाविक अभिव्यक्ति के लिए पुरुष की तो टोकाटाकी नहीं करती, लेकिन स्त्रियों को कट्टरता से रोकती है। बैसा हर रोज दो सौ पचास बार अपने ईश्वर को साष्टांग नमस्कार करती थी। अपने एक पद में उन्होंने लिखा है कि ऐसे नमस्कार करते समय मेरे

कपड़े इधर-उधर हट जाने से आसपास खड़े पुरुषों को मेरे गुप्तांगों को झाँकने का जो मौका मिल सकता है, उसकी मुझे परवाह नहीं। विद्युत भार्गव ने सवाल किया है कि क्यों साहित्यिक इतिहास में रूढ़िवादी मर्यादाओं को तोड़ने के लिए चक्रधर की तो तारीफ मिलती है, लेकिन शालीनता, शोभा और मर्यादा के नाम पर स्त्री की सहज शारीरिक अभिव्यक्ति का दमन करने वाली सामाजिक मान्यताओं को चुनौती देने वाली बैसा की इस हिम्मत की तारीफ नहीं मिलती? कारण शायद यही है कि प्रगतिशीलता की सीमा क्या हो, कौन-सी प्रथा तोड़ी जाए और कौन-सी नहीं, इसे तय करने का हक पुरुष सिर्फ अपने पास रखना चाहते हैं। स्त्री के प्रति पुरुष समाज का बुनियादी दृष्टिकोण ही ऐसा है कि उसने स्त्री के लिए गोपनीयता, शोभा, शालीनता इत्यादि मर्यादाओं को कट्टरता से लागू कर रखा है, लेकिन खुद अपने लिए इनकी परवाह नहीं करता। स्त्री को पैर फैलाकर नहीं बैठना चाहिए, जोर-जोर से हँसना नहीं चाहिए, उसके कपड़े इधर-उधर नहीं होने चाहिए, उसे इस तरह नहीं चलना चाहिए, उस तरह नहीं उठना चाहिए। बैसा ने स्त्रियों पर इस तरह थोपी गई मर्यादाओं को चुनौती दी। इस शालीनता, गोपनीयता और शोभा वगैरह का मनुष्य की जरूरतों, सहज स्वाभाविक स्थितियों और प्राकृतिक आवश्यकताओं से क्या कोई मेल है? अगर ये मर्यादाएँ इतनी अच्छी और जरूरी हैं तो फिर इनको पुरुषों पर भी इतनी ही कट्टरता से क्यों लागू नहीं किया जाता?

क्या वजह है कि अशोभनीय लगने और गोपनीयता उद्घाटित हो जाने के डर से स्त्रियों को बुनियादी मानवीय सुविधाओं से भी वंचित कर दिया जाता है? उनके शरीर की सहज स्वाभाविक अभिव्यक्ति का भी दमन कर उन्हें घुटन भरे जीवन की आदत डाली जाती हैं? क्या वजह है कि पुरुष समाज स्त्री अनुभवों के इस सच को नहीं देख पाता और उनकी असुविधाओं-समस्याओं को महसूस नहीं कर पाता?

स्त्रियों को काबू में रखने के लिए हमने जो समाज व्यवस्था बनाई है, उसके ये लाजिमी नतीजे हैं, लेकिन बात सिर्फ इतनी ही नहीं है। यह व्यवस्था स्त्रियों को भी सही और स्वाभाविक लगे, इसके लिए जो प्रपंच रचा गया, स्त्री के चारों ओर सौंदर्य, शोभा, मर्यादा और भावनात्मक बंधनों के जो गहरे रंग भरे गए, उसने स्त्री को तो भरमाया ही, खुद पुरुष की नजरों में भी स्त्री एक रंगीन जादू की तरह दिखने लगी। इस बिना पर स्त्री और पुरुष का एक दूसरे के प्रति जो नजरिया बना, वह बुनियादी तौर पर गलत बना। इस गलत नजरिए की एक मिसाल स्त्री की सुंदरता के प्रति पुरुषों की धारणा है। स्त्री की सुंदरता क्या है, किस बात में है? इस सुंदरता का हमारा पैमाना क्या है और इस सुंदरता को स्त्री के लिए सबसे जरूरी गुण क्यों मान लिया गया? इस सुंदरता के बोध से मनुष्यता और सामाजिक प्रगति के बोध का और खुद स्त्री के विकास का कोई अंतर्विरोध तो नहीं है? स्त्री को काबू में रखने की व्यवस्था के अंदर सदियों से हमने जो संस्कृति विकसित की है, उसमें स्त्री

की सुंदरता एक अजीब चीज बन गई है। वह एक ऐसा मिथ, ऐसा जादू और एक ऐसी आनंददायक वस्तु बन गई है जिसका उपभोग पुरुष तो कर सकता है, लेकिन खुद स्त्री के लिए वह एक बंधन है, उसकी मनुष्यता को खंडित करने और सामाजिक रूप से उसे पिछड़ा बनाकर रखने वाली चीज है। स्त्री की सुंदरता को एक ऐसा मूल्य बना दिया गया है जो स्त्री के इंसानी गुणों, उसके व्यक्तित्व की ताकत, उसकी बौद्धिक योग्यता और क्षमताओं का मूल्य कम करती है।

यह परंपरागत सौंदर्यबोध हमारे परिवेश और संस्कारों में इस कदर घर करके बैठा है कि शिक्षित वर्ग भी इससे बाहर नहीं निकल पाता। बौद्धिक गुणों से संपन्न एक व्यक्तित्ववान स्त्री से आमतौर पर पुरुष दूर रहने में ही अपनी भलाई देखता है और उसकी जगह नाक-नक्श से ठीक लेकिन एक मामूली, दब्बू और शर्मीली स्त्री को तरजीह देता है। क्या स्त्री सौंदर्य की इससे भी दुर्भाग्यपूर्ण कोई और धारणा हो सकती है? क्या इस समाज में स्त्रियों को खुद को परिभाषित करने की छूट है?

(*1996*)

हिंदी नवजागरण : अध्ययन की समस्याएँ

आज से 20-25 साल पहले तक हिंदी नवजागरण जैसी किसी धारणा का जिक्र नहीं होता था। सिर्फ 15 साल पहले, 1977 में डॉ. रामविलास शर्मा ने पहली बार इस धारणा को *महावीर प्रसाद द्विवेदी और हिंदी नवजागरण* नामक किताब में पेश किया और यह धारणा चल निकली। हिंदी के ज्यादातर लेखकों ने न सिर्फ इसे जस-का-तस मंजूर कर लिया बल्कि इसकी खींची गई भव्य रूपरेखा में दो-चार रेखाएँ और बढ़ा दीं—हालाँकि ऐसा करते हुए किसी ने भी इसके बारे में ठोस विश्लेषण करने की कोशिश नहीं की, न कोई बारीक जाँच-पड़ताल की। इसकी जो भी चर्चा अब तक हुई, उसकी सबसे खास बात इसकी अनालोचनात्मक प्रवृत्ति रही है—एक आध अपवाद को छोड़कर।

रामविलास शर्मा ने अपनी किताबों में गदर के बारे में काफी कुछ लिखा है और हिंदी नवजागरण को सन् 57 के गदर से शुरू हुआ बताया है। गदर से शुरू करके उन्होंने इस नवजागरण की एक परंपरा बनाई जो बढ़ते हुए क्रांतिकारी निराला तक पहुँचकर रुक जाती है। इस परंपरा में भारतेंदु के बाद सरस्वती पत्रिका के संपादक महावीर प्रसाद द्विवेदी की भूमिका सबसे महत्त्वपूर्ण बताई गई है।

रामविलास शर्मा की किताब *सन् सत्तावन की राज्यक्रांति और मार्क्सवाद* में गदर के इतिहास को समझाने का प्रयास कम है, राजनीतिक प्रचार ज्यादा है। इसमें गदर को एक खास राजनीतिक चौखटे में किसी भी तरह जकड़ देने की कोशिश की गई है। गदर संबंधी शोध और दूसरे इतिहासकारों की किताबों को देखते हुए रामविलास जी का विवेचन बहुत विवादास्पद है। इस पर अलग से जाँच-पड़ताल और विचार करने की जरूरत है। इसके अलावा वह भी जाँचने की जरूरत है कि गदर से हिंदी नवजागरण की परंपरा का वास्तव में कोई संबंध बैठता है या नहीं? इस सिलसिले में गदर और हिंदी नवजागरण दोनों के अलग-अलग सामाजिक वर्ग-आधारों, संघर्ष की अलग-अलग पद्धतियों और दोनों के सामने मौजूद अलग-अलग सवालों पर भी गौर करना होगा। दूसरी बात यह कि वे हिंदी जाति के नवजागरण की बात करते हैं लेकिन हिंदी प्रदेश के मुसलमानों से, उनके बीच हुए नई रोशनी के आंदोलन से और उर्दू भाषा-साहित्य से इसका क्या संबंध है, इसका जिक्र तक नहीं करते। इससे उनकी 'हिंदी जाति' क्या सिर्फ हिंदुओं तक सिमटकर नहीं रह जाती?

हिंदी प्रदेश में नवीन सामाजिक चेतना को फैलाने में महावीर प्रसाद द्विवेदी को सबसे उपयुक्त व्यक्ति मानने का भी कोई ठोस आधार नहीं दिखता। एक संपादक और साहित्यिक नेता के रूप में द्विवेदीजी ने हिंदी के जिन लेखक-कवियों को आगे बढ़ाया—मसलन मैथिलीशरण गुप्त—वे नवीन कला और नवीन सामाजिक चेतना—दोनों ही दृष्टियों से सबसे महत्त्वपूर्ण नहीं थे। इसके उल्टे कुछ दूसरे लोग जो हिंदी साहित्य में नई धारा के प्रवर्तक थे, जैसे श्रीधर पाठक या निराला, द्विवेदीजी को पसंद नहीं आए। राजनीतिक चेतना की दृष्टि से खुद द्विवेदीजी के विचार नरमदली कांग्रेसियों के निकट थे। इन तथ्यों के बावजूद हिंदी नवजागरण पर लिखने वाले ज्यादातर हिंदी लेखकों ने रामविलास शर्मा के विचारों की जाँच-पड़ताल नहीं की। उल्टे अपनी ओर से भी कुछ वैसी ही बातें और जोड़ दीं। मसलन पूरे भारतीय नवजागरण के बीच में या बंगाल और महाराष्ट्र के नवजागरण की तुलना में हिंदी नवजागरण की स्थिति कैसी है, इस पर कभी कोई गंभीर अध्ययन नहीं हुआ। फिर भी काफी सतही और चलताऊ ढंग से हिंदी नवजागरण को बंगाल या महाराष्ट्र के मुकाबले दो कदम आगे ही बताया जाता है। उदाहरण के लिए डॉ. बच्चन सिंह ने लिखा है कि बंगाल का नवजागरण क्षेत्रीय चेतना पर आधारित था जबकि, भारतेंदु ने पूरे भारतवर्ष की चिंता की। (*आलोचना,* अप्रैल-जून 1990) और बातों के अलावा डाक्टर साहब ने इस पर भी ध्यान नहीं दिया कि बंगाल का नवजागरण बहुत पहले शुरू हुआ था जबकि भारतेंदु काफी बाद में हुए। इतना ही नहीं, भारतेंदु ने जिस अखिल भारतीयता की बात कही, वह भी बंगाल के नवजागरण की ही देन थी और वहाँ पहले से ही अखिल भारतीय संगठन बनाने की कोशिशें शुरू हो चुकी थीं। अखिल भारतीय कांग्रेस के लिए बंगालियों ने ही भारतेंदु से संपर्क किया। इसी तरह विजेन्द्र नारायण सिंह ने स्वामी दयानंद सरस्वती को सबसे बड़ा बुद्धिवादी और तार्किक नेता मानते हुए लिखा है कि नवजागरण हिंदी क्षेत्र में थोड़ी देर से आया, लेकिन जब आया तो पूरे परिपक्व रूप में आया (वही) लेखक ने न तो दयानंद के बुद्धिवाद और तार्किकता के चरित्र पर विचार करने की कोशिश की और न ही उस परिपक्वता का मतलब स्पष्ट किया। इसी तरह रामविलास शर्मा ने यह मौलिक तुलना पेश की है कि राजा राममोहन राय और सर सैयद अहमद खाँ के नवजागरण हिंदुओं और मुसलमानों तक सीमित थे, इस हद तक वे बंगाली और हिंदी जातियों के गठन और विकास में बाधक थे जबकि स्वामी दयानंद ने सभी धर्मों की रूढ़ियों पर प्रहार किया था, उनका यह कार्य कबीर की परंपरा के अनुरूप था। (*पहल* 43-44) मतलब यह कि हिंदी प्रदेश में जो आर्य-समाज आंदोलन हुआ, वह तो गैर सांप्रदायिक था जबकि बंगाल में हुआ ब्रह्मो-समाज का आंदोलन सांप्रदायिक था। शायद इसीलिए आज बंगाल सांप्रदायिकता से इतना विषाक्त है जबकि हिंदी प्रदेश इससे इतना अछूता!!

आर्य समाज के प्रति यह श्रद्धा-भक्ति गौर-तलब है। राममोहन राय का आंदोलन

हिंदुओं तक और सैयद साहब का मुसलमानों तक सीमित था तो क्या दयानंद का आंदोलन हिंदू, मुसलमान, बौद्ध ईसाई, सबके लिए था? यानी इन सब धर्मवालों को वेदों को मानकर चलना चाहिए? रामविलास जी ने एक खास वाक्य लिखा है–"आर्य समाज आंदोलन को भी सांप्रदायिक रूप देकर उसके क्रांतिकारी तेज को नष्ट किया जा सकता है।" (वही) यह बात भविष्य के लिए कही जा रही है। यानी कि आज तक 1. आर्य समाज बतौर आंदोलन जिंदा है। 2. इसका क्रांतिकारी तेज कायम है और 3. इसको सांप्रदायिक रूप कभी नहीं दिया गया। ये बातें यथार्थ जगत की कम, कल्पना-लोक की ज्यादा हैं। आर्य समाज का आंदोलन शुद्ध प्रतिक्रियावादी या पुनरुत्थानवादी नहीं था और न ही इतना क्रांतिकारी और गैर-सांप्रदायिक था। उसकी जटिल भूमिका की आलोचनात्मक जाँच-पड़ताल करने के बजाय रामविलास जी ने उसका झंडा फहरा देना ही जरूरी समझा। दयानंद द्वारा सभी धर्मों की आलोचना को कबीर की परंपरा के अनुरूप बतलाना भी क्या खूब है! दयानंद ने सभी धर्मों की आलोचना की थी वैदिक धर्म की प्रतिष्ठा करने के लिए। क्या कबीर की भी यही परंपरा थी? कबीर ने भी इसी उद्देश्य से सभी धर्मों की आलोचना की थी? जो व्यक्ति कबीर और दयानंद को एक ही परंपरा का मानता है, फिर वह कितना भी बड़ा आलोचक क्यों न हो, उसने न तो कबीर को ठीक से समझा है, न दयानंद को।

डॉ. रामविलास शर्मा ने हिंदी नवजागरण को हिंदी जाति के गठन से संबंधित अपनी उलझी हुई धारणा से उलझा दिया है। इसके साथ ही हिंदी नवजागरण को तथाकथित हिंदी जाति के जातीय गर्व की वस्तु भी बना दिया है। डॉ. शर्मा एक मार्क्सवादी आलोचक के रूप में मशहूर हैं लेकिन वे मार्क्स के इस विचार से सहमत नहीं लगते कि भारत में ब्रिटिश शासन भले ही अपने निकृष्ट स्वार्थों से प्रेरित था लेकिन भारत में एक सामाजिक क्रांति लाने का वह एक माध्यम बन गया। डॉ. शर्मा ब्रिटिश शासन के निकृष्ट स्वार्थों से प्रेरित होने की बात को सच मानते हैं लेकिन सामाजिक क्रांति में उसके माध्यम होने की बात को नहीं। वे किसी भी द्वंद्वात्मक प्रक्रिया को एक सपाट प्रक्रिया बनाकर ही उसे मान पाते हैं। विरोधी तत्त्वों की उनकी धारणा में एक ओर ब्रिटिश शासन के निकृष्ट स्वार्थ हैं, दूसरी ओर है भारतीय जनता का प्रतिरोध। खुद ब्रिटिश शासन की भूमिका के अंदर कोई द्वंद्वात्मकता उन्हें नहीं दिखाई देती। वे ब्रिटिश शासन की कल्पना एक ऐसे बर्बर हमले के रूप में करते हैं जिससे लड़कर भारतीयों ने आधुनिकता हासिल की। अगर ब्रिटिश शासन एक सपाट बर्बर हमला-भर था, उसके अंदर और कोई विरोधी प्रक्रिया (उसकी सृजनात्मक भूमिका) नहीं थी तो उसका विरोध करने के क्रम में आधुनिकता कैसे पैदा हो गई? डॉ. शर्मा ऐसे प्रश्नों की चिंता नहीं करते। उनकी ज्यादा दिलचस्पी यह बताने में है कि हिंदी नवजागरण में रहस्यवादी या औद्योगीकरण विरोधी जो प्रवृत्तियाँ दिखाई देती हैं, ये बुराइयाँ बंगाल और गुजरात से आई हुई हैं।

रामविलास शर्मा ने हिंदी नवजागरण की जो भव्य रूपरेखा खींची है, उसे और भी भव्य बनाने का काम किया डॉ. शंभुनाथ ने। *भारतेंदु और भारतीय नवजागरण* किताब में उन्होंने लिखा कि भारतीय नवजागरण की एक धारा अगर भारतीय परंपरा पर साम्राज्यवादी परंपराओं के प्रभुत्व की है तो दूसरी धारा भारतीय परंपरा की साम्राज्यवादी परंपराओं से टकराहट की है।

राजा राममोहन राय का नवजागरण साम्राज्यवाद की ओर झुका हुआ एकांगी नवजागरण था और भारतेंदु का नवजागरण साम्राज्यवाद विरोधी समग्र नवजागरण था। अपनी इस मौलिक उद्भावना को सिद्ध करने की जरा भी चिंता किए बिना, एक भी तथ्य पेश किए बिना, डॉ. शंभुनाथ और भी आगे बढ़कर फरमाते हैं कि राजा राममोहन राय वाली एकांगी नवजागरण की धारा के मूल सामाजिक आधार में तो विशिष्ट वर्ग के लोग थे, जबकि भारतेंदु वाले समग्र नवजागरण की धारा के मूल सामाजिक आधार में साधारण मध्यवर्ग और किसान वर्ग के लोग थे। विशिष्ट वर्ग से क्या मतलब? भारतेंदु वाले नवजागरण के सामाजिक आधार में क्या साधारण मध्यवर्ग से ऊपर के लोग नहीं थे? अगर थे तो क्या वे तथाकथित विशिष्ट वर्ग से अलग थे? और किसान वर्ग के लोग कौन थे? यह सब न पूछने की बातें हैं, न बताने की।

जरा इन आत्मतुष्ट विचारों को डॉ. रामविलास शर्मा के विचारों के साथ रखकर देखें कि ब्रह्म समाज तो सांप्रदायिक था और आर्य-समाज कबीर की परंपरा का गैर-सांप्रदायिक। इन लोगों ने हिंदी नवजागरण को तथाकथित हिंदी जाति के एक अंधविश्वास—सच पूछिए तो अंध-राष्ट्रवाद—में बदलने के प्रयास में क्या कोई कसर छोड़ी है? इन 'मार्क्सवादी' लेखकों ने मार्क्सवाद की विश्लेषण पद्धति को ताख पर रखकर कैसी भाषणबाजी की है! शंभुनाथ लिखते हैं कि समग्र नवजागरण की साम्राज्यवाद विरोधी धारा से जुड़ने के लिए "भारतेंदु ने अपने को वर्ग-च्युत किया अपनी पैतृक संपत्ति क्रमशः फूँककर।" क्या बात है! पैतृक संपत्ति को फूँकना या उड़ाना वर्ग-च्युत होना है? अपने वर्ग से च्युत होकर किस वर्ग में चले गए भारतेंदु? जाहिर है कि रामविलास शर्मा की चलाई लाइन पर शंभुनाथ बहुत आगे निकल गए। इसलिए खुद रामविलास शर्मा पर यह आरोप उन्होंने लगाया कि डॉ. शर्मा ने भारतेंदु की साहित्यिक अंतर्वस्तु के कई क्रांतिकारी पहलू की उपेक्षा कर दी। भारतेंदु के क्रांतिकारी नजरिए से परिचित कराते हुए शंभुनाथ बताते हैं कि एक बात पर भारतेंदु शुरू से ही दृढ़ हैं कि भारत के सभी दुख-कष्टों का कारण अंग्रेजी राज है। शुरू से? 1868 से? यानी कि उपनिवेशवाद विरोधी राष्ट्रवादी आलोचना का विकास करने वाले किसी भी बुद्धिजीवी ने जब इसे नहीं समझा था, तब से। राष्ट्रीय आंदोलन में ब्रिटिश विरोधी आलोचना के उद्भव और विकास की सारी प्रक्रिया एक तरफ और भारतेंदु दूसरी तरफ। फिर भी भारतेंदु का कोई मुकाबला नहीं। हिंदी प्रदेश ब्रिटिश भारत में बहुत बाद में शामिल हुआ था। भारतेंदु की अर्थशास्त्र में विशेष गति न

थी और न ही उन्होंने ब्रिटिश विरोधी राजनीतिक अर्थशास्त्रीय आलोचना का व्यवस्थित ढंग से विकास किया था। अभी पूरे भारत में ब्रिटिश विरोधी आलोचना का विकास हो रहा था। फिर भी भारतेंदु शुरू से ही ब्रिटिश शासन को भारत के सभी दुख-कष्टों का कारण समझने पर दृढ़ हो गए—भारतेंदु की इस असाधारण उपलब्धि की व्याख्या शंभुनाथ नहीं करते। क्या यह भारतेंदु की जन्मजात प्रतिभा थी? शंभुनाथ इसकी भी चिंता नहीं करते कि भारतेंदु की इस असाधारण समझ के साथ न उनके पहले के ऐतिहासिक काल का संदर्भ जुड़ता है और न इस समझ के बाद की स्थिति का संबंध बैठता है। लेकिन शंभुनाथ इससे भी आगे बढ़कर दावा करते हैं कि 1881 में भारतेंदु सामंतवाद के साथ-साथ साम्राज्यवाद के भी *संपूर्ण रूप* से विरोधी हो गए थे। सामंतवाद से क्या मतलब? शायद राजाओं और नवाबों की आलोचना करना, उनका मजाक उड़ाना। या भू-स्वामित्व और उत्पादन की पूरी प्रणाली? इस प्रणाली पर भारतेंदु के क्या विचार थे?

हिंदी नवजागरण पर अब तक हुए लेखन में एक ओर तो ऐसा ही आत्मतुष्टि से भरा विवेचन मिलता है, दूसरी ओर हम देखते हैं कि अभी तक बहुत-से सार्थक सवालों को उठाया ही नहीं गया। मसलन हिंदी भाषा के प्रति हिंदी भाषी शिक्षित मध्यवर्ग के रवैये को लीजिए। हिंदी प्रदेश के शिक्षित मध्यवर्ग का सदस्य जरा-सा भी अमीर होता है तो सबसे पहले हिंदी भाषा के व्यवहार को छोड़ता है और अंग्रेजी को सपरिवार गले लगाता है। ऐसी बात नहीं है कि तमिलनाडु, बंगाल या महाराष्ट्र के शिक्षित मध्यवर्ग में अंग्रेजी का बोलबाला नहीं है। लेकिन साथ में वहाँ अपनी मातृभाषा के प्रति एक स्वाभिमान का बोध भी मिलता है जिसका हिंदी प्रदेश में अभाव दिखता है। उन प्रदेशों के अंग्रेजी में निपुण शिक्षित मध्य वर्ग के सदस्यों ने भी अपना लेखन कार्य (सिर्फ कलात्मक साहित्य नहीं, बल्कि अर्थशास्त्र, इतिहास, राजनीतिक इत्यादि भी) अपनी मातृभाषा में किया है जबकि हिंदी प्रदेश में ऐसे उदाहरण बिरले ही मिलेंगे। हिंदी नवजागरण के दौरान हिंदी भाषा की प्रतिष्ठा हुई, राष्ट्रीय आंदोलन के दौरान हिंदी को राष्ट्रभाषा बनाने का आंदोलन चला और आज स्वतंत्र भारत में यह कानूनी तौर पर भारत सरकार की राजभाषा भी है। इन सबके बावजूद हिंदी भाषी शिक्षित मध्यवर्ग में अपनी भाषा के प्रति इतना हीनभाव क्यों है?

हिंदी नवजागरण के अध्ययन में सांप्रदायिकता के सवाल पर कभी गंभीरता से विचार नहीं किया गया। आज हिंदी प्रदेश सांप्रदायिक विचारधारा का गढ़ बना हुआ है और यह आज ही नहीं, काफी दिनों से, राष्ट्रीय आंदोलन के समय से ही बना हुआ है। हिंदू राष्ट्र और पाकिस्तान, दोनों की राजनीति का मुख्य आधार हिंदी प्रदेश रहा। हिंदी नवजागरण से इसका क्या कुछ संबंध है? हिंदी नवजागरण पर विचार करने वाले अक्सर भारतेंदु के एक उद्धरण 'हिंदू, मुसलमान, सिक्ख, ईसाई, सब एक-दूसरे का हाथ पकड़ो' का हवाला देकर संतुष्ट हो जाते हैं कि हिंदी नवजागरण

शुरू से ही सांप्रदायिकता का विरोधी था। यह बात बहुत उड़ते हुए ढंग से कही जाती है। भारतेंदु के जमाने में हिंदी प्रदेश में सांप्रदायिक विचारधारा का विकास हो रहा था। उस वक्त इसका विकास कुछ ठोस मुद्दों पर हो रहा था। ये मुद्दे थे अदालतों और स्कूलों में किस भाषा और लिपि को मान्यता दी जाए यानी हिंदी—नागरी और उर्दू भाषा-लिपि का विवाद, धर्म के साथ भाषा-लिपि और देशभक्ति का संबंध, गो-हत्या की समस्या, नौकरियों में हिंदू-मुसलमानों का अनुपात, अंग्रेजी राज में हिंदू-मुसलमानों का बदल रहा शक्ति संतुलन और मुगलकालीन इतिहास की स्मृतियाँ तथा उसका मूल्यांकन। इन मुद्दों पर भारतेंदु का, उनकी मंडली के और लोगों का, द्विवेदी युग के लेखकों का, क्या दृष्टिकोण था?

अगर पूरे भारतीय नवजागरण के संदर्भ में देखें, खासकर महाराष्ट्र के संदर्भ में तो इस बात पर ध्यान गए बिना नहीं रहता कि हिंदी नवजागरण ने वर्ण व्यवस्था और जातिप्रथा को कोई गंभीर चुनौती नहीं दी। इसका कारण क्या है? जिस हिंदी प्रदेश के भक्ति आंदोलन में इतने सारे निर्गुण संत निचली जातियों से आए, वहाँ नवजागरण में इसकी परंपरा क्यों नहीं मिलती?

वर्ण के अलावा वर्ग की दृष्टि से भी हिंदी नवजागरण पर नहीं सोचा गया। हिंदी नवजागरण लाने वाले लोगों का उत्पादन के साथ क्या संबंध था? उसकी नवीन चेतना का सामाजिक आर्थिक संदर्भ क्या था? इस सवाल की चिंता हिंदी में नहीं दिखाई देती। सुमित सरकार और अशोक सेन ने बंगला नवजागरण के संदर्भ में इस सवाल को उठाया है। हिंदी में डॉ. बच्चन सिंह ने इस प्रश्न को यांत्रिक मार्क्सवादी दृष्टिकोण, बहुत-कुछ न्यूनीकृत (रिडक्शनिस्ट) और नियतिवादी (डिटरमिनिस्ट) बताते हुए खारिज कर दिया और भारतीय नवजागरण को इटली के रिजोर्गमेंटों आंदोलन जैसा कहा जिसकी तुलना अन्तोनियो ग्राम्शी ने 1789 की फ्रांसीसी क्रांति से की थी। दिक्कत यह है कि इस संबंध में बिना एक भी तथ्य पेश किए, बिना किसी तरह का विश्लेषण किए ही डॉ. बच्चन सिंह यह सारा फैसला सुना देते हैं, जैसा कि हिंदी लेखन में अक्सर रिवाज रहा है। अगर नवजागरण में प्रकट हुई नवीन चेतना के सामाजिक-आर्थिक, राजनीतिक और सांस्कृतिक संदर्भों को समझने का प्रयास नहीं किया जाता है, नवजागरण ने किन सामाजिक वर्गों पर प्रभाव डाला और यह क्योंकर संभव हो सका—ऐसे प्रश्नों पर विचार नहीं किया जाता है तो नवजागरण का अध्ययन अधूरा और अपर्याप्त होगा।

हिंदी नवजागरण के अध्ययन के सिलसिले में कुछ और महत्त्वपूर्ण सवाल इस तरह के हो सकते हैं—

1. भारत के दूसरे प्रदेशों की तुलना में हिंदी नवजागरण की स्थिति कैसी थी?
2. हिंदी नवजागरण की अभिव्यक्ति के क्षेत्र कौन-कौन से हैं? हिंदी लेखकों ने नवजागरण की चेतना को सिर्फ हिंदी साहित्य में ही खोजने की कोशिश की।

डॉ. बच्चन सिंह ने बहुत चलताऊ ढंग से ख्याल गायिकी के क्षेत्र में इसका जिक्र किया जिससे कुछ भी स्पष्ट नहीं होता। चित्रकला में इसकी क्या स्थिति थी?

3. धार्मिक-सांस्कृतिक और सामाजिक-सुधार के आंदोलन के प्रभाव में कौन-कौन वर्ण और वर्ग आए और क्यों आए? इसमें प्रभाव-क्षेत्र का भी विश्लेषण करना जरूरी है। जैसे आर्यसमाज का आंदोलन कलकत्ता या बंबई को क्यों प्रभावित नहीं कर पाया जहाँ पहले से नवजागरण चल रहा था? पंजाब में इसका प्रभाव खासकर पड़ा, इसकी वजह क्या है? क्यों हिंदी प्रदेश में भी इसने जैसा प्रभाव पंजाब से सटे पश्चिमी उत्तरप्रदेश पर डाला, वैसा पूर्वी उत्तरप्रदेश पर नहीं? फिर अतीत की जिन चीजों से ये प्रेरणा लेते हैं, जैसे वेद, वेदांत या बौद्धधर्म से, उसका सामाजिक, सांस्कृतिक और राजनीतिक परिणाम क्या निकला?
4. उपनिवेशिक प्रभुओं के साथ नवजागरण के नेताओं के संबंध किस प्रकार के थे? किसानों, मजदूरों, अछूतों और स्त्रियों के आंदोलनों के प्रति उनका रवैया क्या था?
5. हिंदी नवजागरण के अंदर क्या एक से अधिक धाराएँ थीं?
6. हिंदी नवजागरण क्या सिर्फ शहरों के शिक्षित मध्यवर्ग तक सीमित रहा या समाज के देहाती इलाकों और निम्नवर्गों में भी यह पहुँचा?
7. हिंदी नवजागरण की क्या कोई ऐसी परंपरा या परंपराएँ भी हैं जो शिक्षित मध्यवर्ग से बाहर निम्न वर्गों की रही हों और जो शिक्षित मध्यवर्गीय नवजागरण की परंपरा से भिन्न और स्वतंत्र रही हों?

आखिर में एक सवाल हिंदी नवजागरण की धारणा और ढाँचे (मॉडेल) का भी है। हिंदी नवजागरण से क्या मतलब है? क्या इसका मतलब हिंदी भाषा के माध्यम से हुए नवजागरण से है या हिंदी साहित्य में हुए नवजागरण से है? अथवा इसका मतलब पूरे हिंदी प्रदेश में हुए नवजागरण से है या तथाकथित हिंदी जाति के नवजागरण से है? उसके अध्ययन के ढाँचे को किस आधार पर तय किया जाए? इसका संबंध यूरोपीय पुनर्जागरण से और बंगाल या महाराष्ट्र के नवजागरण की धारणा और उनके अध्ययन के ढाँचे से किस तरह का होगा?

इन्हीं सवालों के परिप्रेक्ष्य में हिंदी नवजागरण का अध्ययन तुलनात्मक दृष्टि से करने पर उसकी असली शक्ल उभर सकती है, वरना अब तक उसकी जो भव्य रूप-रेखाएँ खींची गई हैं उनके बल पर तो 'गर्व से कहो हम हिंदू हैं' की जगह 'गर्व से कहो हम हिंदी हैं' का भाव ही उत्पन्न होता है। कहने की जरूरत नहीं कि इस तरह का आत्मतुष्ट भाव पहले ही से पिछड़े हुए हिंदी बुद्धिजीवियों को और भी कूपमंडूक बनाएगा।

(1993)

अकादमिक संस्थानों में हिंदी बुद्धिजीवी

अकादमिक संस्थान कई तरह के हैं—उच्चतर अध्ययन के शोध संस्थान भी हैं, विश्वविद्यालय और स्थानीय कालेज भी हैं। इनकी कार्यप्रणाली और माहौल में फर्क होता है। सभी अकादमिक संस्थान एक जैसे स्तर के नहीं होते—ऊँचे स्तर से लेकर निम्न स्तर तक के हैं। इनमें काम करने वाले बुद्धिजीवियों, खासकर हिंदी बुद्धिजीवियों, की स्थिति और भूमिका के बारे में यहाँ विचार देश के तीन महत्त्वपूर्ण और प्रतिष्ठित संस्थानों के मेरे अनुभवों पर आधारित है—जवाहरलाल नेहरू विश्वविद्यालय, भारतीय उच्चतर अध्ययन संस्थान, शिमला और काशी हिंदू विश्वविद्यालय।

कहने की जरूरत नहीं कि समाज के दूसरे क्षेत्रों में आए पतन की तरह इन अकादमिक संस्थानों में भी पिछले दशकों में काफी गिरावट आई है। यह पतन इन संस्थानों के सभी विभागों में एक जैसा नहीं है—कहीं कम, कहीं ज्यादा है क्योंकि हर विभाग की अपनी स्थिति, परंपरा भी है। इनमें कुछ एक व्यक्तियों को भी, उनकी एकनिष्ठ साधना को देखते हुए, अलग से पहचाना जा सकता है। लेकिन एक वर्ग या समुदाय के रूप में अकादमिक बुद्धिजीवियों का पतन बिलकुल स्पष्ट है। उनके नामों के साथ जुड़ी हुई मशहूरी दूर के ढोल जैसी सुहावनी लगती है—नजदीक आने पर उसकी कर्कशता और कुरूपता का अहसास होता है। 1968 में जब मैं काशी हिंदू विश्वविद्यालय में पढ़ने गया तब वहाँ वे सारे बड़े नाम वाले विद्वान मौजूद थे, जिनसे बी. एच. यू. को जाना जाता था। लेकिन ये विद्वान गैर-अकादमिक आधारों पर बँटे हुए थे और गैर-अकादमिक मुद्दों की राजनीति में उलझे हुए थे। विश्वविद्यालय का माहौल विद्वानों के जातिवादी गुटों की लड़ाई से गंदा हो चुका था। जवाहरलाल नेहरू विश्वविद्यालय में आज हिंदी-उर्दू का पाठ्यक्रम देश के किसी भी विश्वविद्यालय के मुकाबले कहीं आगे और ऊँचे स्तर का है, लेकिन अकादमिक वातावरण व्यक्तिगत ईर्ष्या-द्वेष और ओछी राजनीति से इतना दूषित हो चुका है कि अच्छा से अच्छा पाठ्यक्रम भी गुड़-गोबर हो सकता है। एक अच्छे अकादमिक संस्थान की कसौटी अपने विद्यार्थियों में प्रगतिशील मूल्यों के प्रति निष्ठा जगाने के अलावा उन्हें, कम से कम मेधावी विद्यार्थियों को, सृजनशील और दृष्टि-संपन्न बनाना है; उनमें ज्ञान की प्यास जगाना

है। कहने की जरूरत नहीं कि हिंदी विभागों के मौजूदा माहौल में यह काम किसी भी तरह मुमकिन नहीं। इसके बावजूद कुछ प्रतिभाशाली विद्यार्थी अपनी सृजनशीलता और ज्ञान का विकास करते हैं तो यह हिंदी विभागों के पतन, पिछड़ेपन और दमघोंटू माहौल के बावजूद उनकी अपनी उपलब्धि है।

हिंदी में ऐसे कई बड़े कवि, लेखक और आलोचक हैं जो अकादमिक संस्थानों के अंग रहे हैं। एक लेखक या बुद्धिजीवी के रूप में उनकी काफी प्रतिष्ठा और उपलब्धियाँ हो सकती हैं। लेकिन यह जरूरी नहीं कि जिन विभागों में वे नौकरी करते रहे हैं, वहाँ भी उनकी भूमिका इतनी प्रशंसनीय हो। डॉ. नगेंद्र इसके मशहूर उदाहरण हैं, जिन्होंने एक समय में हिंदी आलोचना में काफी धाक जमाई थी, लेकिन दिल्ली विश्वविद्यालय के हिंदी विभाग में उनकी भूमिका आलोचक से ज्यादा तानाशाही प्रवृत्ति के प्रशासक के रूप में मशहूर हुई। जवाहरलाल नेहरू विश्वविद्यालय सहित सभी विश्वविद्यालयों के हिंदी विभागों में काम करने वाले हिंदी के बुद्धिजीवी अपने लेखन में सामंतवाद की चाहे जितनी आलोचना कर लें, अपने विभागों में वे जनतंत्र को कभी पनपने नहीं देते। हिंदी विभागों में सबसे बड़ी कमी जनतांत्रिक मूल्यों और जनतांत्रिक कार्यप्रणाली की है। इसकी बुनियादी वजह हिंदी भाषी क्षेत्र के बुद्धिजीवियों की सामान्य पृष्ठभूमि है, वह सामाजिक परिवेश है जिसमें पितृसत्तात्मक परिवार के सामंती मूल्यों और परंपराओं का बोलबाला, अब भी काफी हद तक कायम है। इस पृष्ठभूमि से आए हिंदी के बुद्धिजीवी अपने लेखन में जनतंत्र की बातें करते हैं, लेकिन उनकी कार्यप्रणाली, उनका आचरण सामंती संस्कारों में पग होता है। अक्सर हिंदी विभागों की उपमा परिवार से दी जाती है। यह बात अक्सर उसकी तारीफ में कही जाती है कि विभाग में सभी शिक्षक एक ही परिवार के सदस्य की तरह रहते हैं। वास्तव में यह परिवार—परिवार की धारणा—काफी हद तक सामंती संस्कारों पर आधारित होती है और कुछ हद तक उनके स्वार्थों पर। यह परिवार हमेशा ही सत्ता के एक केंद्र के इर्द-गिर्द जमा होता है और अपने मुखिया के प्रति समर्पित होता है।

हिंदी का बड़ा से बड़ा लेखक-बुद्धिजीवी एक विभागअध्यक्ष की हैसियत से विभाग को अपना परिवार मानकर चलाना चाहता है। यह अपने सहकर्मियों को संरक्षण देता है—समानता नहीं। उसके सामंती संस्कारों की सबसे बड़ी पहचान यह है कि वह सबसे पहले अपने लिए वफादारी चाहता है, किन्हीं मूल्यों या सिद्धांतों के लिए नहीं। अगर विभाग की किन्हीं उपलब्धियों का श्रेय उसे है तो विभाग के पतन में भी उसकी जिम्मेदारी माननी चाहिए। अपने सबसे बुरे रूप में वह खुद को ऐसा आचार्य समझता है जो किसी मठ के महंत से कम नहीं। सामान्य रूप से वह ऐसा पारिवारिक मुखिया होता है जो कभी धैर्यपूर्वक मीठे बोल बोलकर तो कभी निर्मम दमन से अपना शासन बनाए रखता है। हिंदी विभागों में परिवारवाद की जगह जनतंत्र लाने के लिए

अभी लंबी लड़ाई लड़नी होगी क्योंकि इसकी चेतना आमतौर पर हिंदी के बुद्धिजीवियों में नहीं है। चेतना से अधिक उनमें साहस की कमी है। कभी लोभ से, कभी स्वार्थ से, कभी भय से वे विभाग के अंदर जनतंत्र की लड़ाई नहीं लड़ते; सिर्फ कागज पर अपनी रचनाओं में अपनी अतृप्त इच्छाओं को अथवा जनतांत्रिक मूल्यों के आडंबर को पूरा कर लेते हैं।

किसी भी अकादमिक संस्थान के तीन पक्ष होते हैं जिनसे बुद्धिजीवी जुड़े होते हैं। प्रशासिनक पक्ष, अकादमिक पक्ष और दूसरे शिक्षकों-विद्यार्थियों से उनके संबंध। इन संस्थानों के प्रशासनिक पदों पर—विभागाध्यक्ष, रेक्टर, वाइस चांसलर, डायरेक्टर और ऐसे ही दूसरे ओहदों पर—वे आते-जाते रहते हैं। साहित्य की दुनिया में महत्त्वपूर्ण योगदान करने वाला बुद्धिजीवी प्रशासक के रूप में भी महत्त्वपूर्ण भूमिका निभाए, यह जरा भी जरूरी नहीं। हजारीप्रसाद द्विवेदी इसके अच्छे उदाहरण थे। हिंदी के बुद्धिजीवी अक्सर बुरे प्रशासक साबित हुए हैं। उनके मातहत प्रशासन की हालत अक्सर वैसी ही रही है जैसी किसी भी दूसरे सरकारी महकमे में होती है। निष्क्रियता, समय पर समस्याओं का हल नहीं निकालना, चीजों को वैसे ही चलते रहने देना, शिकायती पत्रों का जवाब न देना, शिकायतों पर कोई कार्रवाई न करना, गलत का विरोध न करना, अच्छे को प्रोत्साहित नहीं करना, पक्षपात तथा भेद-भाव भरे फैसले लेना और निरंकुश आचरण—सामान्य प्रशासन के ये सारे लक्षण बुद्धिजीवियों के द्वारा संचालित अकादमिक संस्थानों में भी समान रूप से मिलते हैं। कुछ-एक अपवाद हर जगह होते हैं।

अकादमिक संस्थानों में प्रशासनिक अधिकारों वाले बुद्धिजीवियों की एक महत्त्वपूर्ण भूमिका नियुक्तियों में होती है। विभागाध्यक्ष, चयन समिति के सदस्य या वाइस चांसलर की हैसियत से वे प्रोफेसर, रीडर, लेक्चरर आदि की नियुक्तियाँ करते हैं। विभिन्न विभागों में ये नियुक्तियाँ किस तरह होती रही हैं, यह किसी से छिपा नहीं है। ऐसी बात नहीं है कि हर एक बुद्धिजीवी हर जगह गलत नियुक्ति करता हो। सही समझी जाने वाली नियुक्तियाँ भी इन्होंने ही की हैं। असल में समस्या दूसरी है। इन नियुक्तियों के लिए इन पर कई तरह के दबाव पड़ते हैं, जिसके कारण वे हमेशा अपनी इच्छानुसार स्वतंत्र निर्णय नहीं ले पाते। अक्सर दबावों में आकर, जानते-समझते हुए भी, गलत नियुक्तियों के लिए वे राजी हो जाते हैं—कई बार तो बहुत आसानी से राजी हो जाते हैं। क्या यह नैतिक दृष्टि से सही है? ऐसे उदाहरण ज्यादा नहीं मिलते जब उन्होंने गलत नियुक्तियों के खिलाफ अपनी असहमति दर्ज कराई हो या खुलेआम रोष प्रकट किया हो, इनके खिलाफ समाज में आंदोलन का वातावरण बनाना तो दूर रहा! नियुक्तियों में उन्होंने जिस सौदेबाजी की प्रथा को मानकर आगे बढ़ाया, उसने व्यावहारिकता के नाम पर मूल्यहीन आचरण की संस्कृति को बढ़ावा दिया। इससे भला उतना नहीं हुआ जितनी बुराई फैली। असल में मध्यवर्गीय

बुद्धिजीवियों को थोड़ी-सी, नाम-भर की सत्ता भी बहुत आकर्षित करती है। इसीलिए कोई स्वतंत्र भूमिका न मिलने पर भी वे इन चयन समितियों में सिर्फ शोभा की चीज बनकर रहने को तैयार हो जाते हैं। अगर ये शोभा की चीज बनने को तैयार न हों तो उन्हें चयन समिति में रखा ही नहीं जाएगा। लेकिन ऐसे बुद्धिजीवियों के भी उदाहरण हैं जिन्होंने खुद को शक्तिशाली बनाया और निर्णायक भूमिका अदा करने का प्रयत्न किया। इस मामले में नामवर सिंह का नाम सबसे ऊपर आएगा। उन्होंने अपनी शक्ति का इस्तेमाल सही नियुक्तियों के लिए किया। पर क्या उन्होंने भी हमेशा ऐसा ही किया? उनके बाद जो स्थिति सामने आई है, वह सिर्फ पतन के गड्ढे में ले जाने वाली है। अब सत्ता ऐसे बुद्धिजीवियों के हाथ आ गई है जो अपने कद से बड़े को तो क्या, बराबर को भी बर्दाश्त नहीं कर सकते—उनका खुद का कद चाहे जितना छोटा हो। विभागाध्यक्ष की हैसियत से, योग्य-अयोग्य की परवाह किए बिना, वे सिर्फ अपने वफादारों को भर्ती कर रहे हैं जिनके बीच वे खुद को सुरक्षित अनुभव कर सकें। इन्हें न अकादमिक स्तर की कोई चिंता है, न हिंदी विभागों की किसी स्वस्थ परंपरा में आस्था। उनकी सारी चिंता खुद को पुजवाने की है। लोग उनकी कमजोरियों को समझते हैं और उसका फायदा उठाते हैं। विद्यार्थी अपने चार पन्ने के उत्तर में दस बार उनका नाम लेता है तो वे समझते हैं कि उनसे बड़ा कोई आचार्य नहीं। हिंदी के अकादमिक संस्थानों में आज ऐसों की ही बन आई है।

सत्ता की ताकत इन बुद्धिजीवियों को मदांध भी बनाती है। ताकत पाकर ईर्ष्या-द्वेष या अहंभाव से दूसरों को नुकसान पहुँचाना आम बात है। अगर नियम-कायदे मनमानी करने में बाधक बनते हैं तो इनके अंदर आपराधिक मनोवृत्ति जगती है। विभाग के संचालन और नियुक्तियों के समय यह मनोवृत्ति सबसे सक्रिय रहती है कि कैसे कागज पर नियमों का पालन दिखाते हुए या उनसे सावधानीपूर्वक बचते हुए व्यवहार में हर नियम-विरोधी काम को अंजाम दिया जा सके। अपने मित्रों की चयन समिति गठित करके या करवा के बेरीढ़ के व्यक्तियों की नियुक्ति करा लेना तो आम बात है। जरा-सी भी आशंका होने पर तार भेजकर या गुमराह करने वाले फोन करके एक्सपर्ट को आने से रोक देना अथवा पहले उसे अनौपचारिक रूप से बुलाकर अपनी मनपसंद नियुक्ति की बात पक्की कर लेना, उसके बाद ही उसे औपचारिक पत्र देना, ऐसी घटनाएँ भी सुनने में आती रहती हैं।

अकादमिक संस्थाओं में बुद्धिजीवी अपने प्रशासनिक पदों का वैसा ही दुरुपयोग करते हैं जैसे किसी भी दूसरे महकमे के प्रशासक करते हैं। केंद्र में भाजपा नेतृत्व वाली सरकार बनने के बाद जब उच्चतर अध्ययन संस्थानों का भगवाकरण शुरू हुआ तो इसके खिलाफ उचित ही काफी रोष प्रकट किया गया। लेकिन उससे पहले इन संस्थानों में क्या सभी कुछ ठीक चल रहा था? शिमला उच्चतर अध्ययन संस्थान के निदेशक के पद पर हमेशा किसी विख्यात बुद्धिजीवी को ही बहाल किया गया।

इन्होंने अपने पद का इस्तेमाल क्या व्यक्तिगत राजनीति के लिए नहीं किया? अपना या अपने परिवार का भला करने वालों को संस्थान की फेलोशिप देकर पुरस्कृत करना, बाहर के जिन प्रभावशाली व्यक्तियों से संपर्क कायम करना या बढ़ाना है, उन्हें विजिटिंग फैलो के रूप में आमंत्रित करना और अपने चहेतों को हजारों रुपये के प्रोजेक्ट सौंपना आम बात रही है। सेमिनारों में पुस्तकालय के लिए किताबों की खरीद बड़े पैमाने पर बुद्धिजीवी ही करते हैं और यह कौन कह सकता है कि उसमें घोटाले नहीं होते होंगे? विभिन्न सलाहकार समितियों, चयन समितियों के सदस्य होने के नाते या पी.-एच. डी. के परीक्षक होने के नाते, कई बार गलत बिल पर टी. ए., डी. ए. हासिल करते हैं और इसे बहुत बड़ा पाप नहीं माना जाता।

आज जो एक नया यथार्थ उभरकर आया है, वह यह कि अकादमिक दुनिया प्रतिष्ठा और यश के अलावा शक्ति और धन भी दिला सकती है। यह बात पहले बहुत सीमित रूप में थी—मसलन डॉ. श्याम सुंदर दास (बी. एच. यू. में हिंदी के पहले विभागाध्यक्ष) के इनकम टैक्स रिटर्न और कोर्स में लगी उनकी किताबों की रॉयल्टी के कागजात देखने से पता चलता है कि सिर्फ अकादमिक क्रिया-कलापों से ही उनकी आमदनी काफी थी। आज सिर्फ हिंदी में शिखर पर कम से कम आठ-दस ऐसे बुद्धिजीवी देखे जा सकते हैं जो विश्वविद्यालयों, साहित्य अकादमियों, अन्य अकादमिक संस्थानों और समितियों से जुड़े होने के कारण बहुत प्रभावशाली हैसियत रखते हैं। वे सत्ता के गलियारों में चमकते हैं। प्रिंट और इलेक्ट्रॉनिक मीडिया में चमकते हैं और बहुत बड़े बौद्धिक तंत्र पर भी अपना नियंत्रण रखते हैं। इन सबके साथ-साथ वे नियमानुसार काफी धन भी कमाते हैं। अकादमिक बुद्धिजीवी को विद्वान होने के नाते सम्मान तो मिलता है, पर दौलत नहीं, यह धारणा अब सही नहीं रही।

जहाँ तक संस्थानों में बुद्धिजीवी के अकादमिक पक्ष का सवाल है, यह पक्ष सबसे पहले उनके बनाए पाठ्यक्रमों और पाठ्यपुस्तकों में झलकता है। इस सिलसिले में हिंदी में सबसे पहला महत्त्वपूर्ण नाम रामचंद्र शुक्ल का है जिन्होंने विद्यार्थियों के लिए बनाए अपने नोट्स के आधार पर *हिंदी साहित्य का इतिहास* और *रस मीमांसा* जैसे असाधारण ग्रंथ लिखे और *चिंतामणि* के निबंधों और सूर, तुलसी, जायसी की समीक्षाएँ लिखकर उस जमाने में हिंदी पाठ्यक्रम का एक स्तर कायम किया था। यहाँ यह कहना भी जरूरी है कि हिंदी के अकादमिक बुद्धिजीवी अकादमिक कार्यकलापों में अपनी मध्यमवर्गीय स्थिति के अलावा अपने धार्मिक-जातिगत पूर्वाग्रहों और संस्कारों से भी प्रभावित रहे हैं और रामचंद्र शुक्ल इसके अपवाद नहीं थे। रामचंद्र शुक्ल की परंपरा की खामियों को दूर कर के उसका विकास नहीं किया गया, हालाँकि हजारीप्रसाद द्विवेदी ने इस ओर गंभीर प्रयत्न किए। रामचंद्र शुक्ल की शुरू की गई अकादमिक परंपरा घिसी-पिटी होती चली गई। आज देश के ज्यादातर विश्वविद्यालयों के हिंदी विभागों का पाठ्यक्रम सामान्य रूप से पिछड़ा हुआ, जड़ और निम्नस्तरीय है।

हिंदी पाठ्यक्रम हिंदी के औसत अकादमिक बुद्धिजीवियों के आलस्य, पिछड़ेपन और रूढ़िवाद का सबसे स्पष्ट उदाहरण है। इस सिलसिले में पचासों साल बाद जाकर एक ही अपवाद सामने आया, वह है जवाहरलाल नेहरू विश्वविद्यालय का हिंदी पाठ्यक्रम जिसका श्रेय नामवर सिंह को है। साहित्यिक दुनिया में एक आलोचक के रूप में वह चाहे विवादास्पद रहे हों, हिंदी की अकादमिक दुनिया में वह निर्विवाद रूप से महत्त्वपूर्ण व्यक्ति रहे हैं। सवाल सिर्फ पाठ्यक्रम का नहीं, उसे पढ़ने-पढ़ाने के ढंग का भी है। अब तक यह ढंग ऐसा रहा है कि साहित्य के प्रति आम विद्यार्थी की धारणा पूजा भाव से भरी हुई, बिल्कुल जड़ किस्म की बनती है जिसमें आलोचनात्मक दृष्टि एक सिरे से गायब रहती है। अकादमिक क्षेत्रों में कई एक प्रभावशाली बुद्धिजीवी हुए हैं, पर रामचंद्र शुक्ल के कद और उनकी तरह व्यापक असर डालने वाले तो नहीं। हाँ, सीमित क्षेत्र के अंदर, लेकिन बहुत महत्त्वपूर्ण असर डालने वाला अगर कोई हुआ तो वह नामवर सिंह हैं। हिंदी के अकादमिक पक्ष को प्रभावित करने में वह सबसे सक्षम रहे क्योंकि इस काम के लिए उनके पास जैसा विस्तृत ज्ञान और अनुभव था, उतनी ही विस्तृत उन्हें शक्ति और सत्ता भी मिल गई। ऐसा संयोग किसी दूसरे बुद्धिजीवी को नसीब नहीं हुआ। जनेवि में उन्होंने न सिर्फ एक आधुनिक, प्रगतिशील हिंदी पाठ्यक्रम बनाने और मार्क्सवादी आलोचना को एक स्वतंत्र विषय के रूप में स्थापित करने का काम किया बल्कि हिंदी पाठ्यक्रम की परंपरावादी जकड़न को तोड़कर पहली बार अंतर्राष्ट्रीय स्तर पर प्रतिष्ठित साहित्यिक अनुशासनों, सिद्धांतों और अध्ययन पद्धतियों का भी उसमें समावेश किया। एन.सी.ई.आर.टी. के स्कूली पाठ्यक्रम और जिन विश्वविद्यालयों की हिंदी पाठ्यक्रम समितियों में वह रहे, वहाँ भी उन्होंने ऐसे प्रयत्न किए। उनके रिटायर होने के बाद इस परंपरा को आगे बढ़ाने वाला कोई नहीं उभरा। खुद जनेवि में उनकी परंपरा अवरुद्ध होती नजर आ रही है। पाठ्यक्रम तो वही है, पर उसके अध्ययन-अध्यापन का न वह माहौल है, न उसकी गंभीरता। अकादमिक संस्थानों में सृजनात्मकता का वातावरण पारदर्शी और जवाबदेह लोकतांत्रिक प्रणाली के बिना असंभव है। यही वजह है कि विश्वविद्यालयों में अपने स्तर पर स्वतंत्र अकादमिक चिंतन करने वालों की मौजूदगी के बावजूद अकादमिक ढाँचों में कोई बदलाव ला पाना या विकास करना संभव नहीं होता। सबसे अफसोस की बात यह है कि बदलाव और विकास के लिए कोई बेचैनी भी नहीं दिखती। अकादमिक संस्थानों में हिंदी का बुद्धिजीवी सामान्यतः अपनी नौकरी-भर से संतुष्ट दिखता है। अकादमिक जड़ता और स्तरहीनता के आगे वह किंकर्त्तव्यमूढ़ और निरुपाय-सा खड़ा है।

इस अकादमिक दुनिया का सबसे दुर्भाग्यपूर्ण पक्ष यहाँ होने वाले शोध कार्य हैं। कुछ एक राज्यों में ये बुद्धिजीवी बँधे-बँधाए रेट पर शोध-ग्रंथ लिखकर देने का धंधा तक करते हैं। शोधार्थी को डिग्री लेने के लिए रिसर्च नहीं करनी पड़ती बल्कि

हर मंजिल पर पैसे खर्च करने पड़ते हैं। कहीं-कहीं तो परीक्षक को लेकर आने, उसे होटल में ठहराने से लेकर उसके लिए सुरा और मुर्गे के साथ लड़की का इंतजाम भी करना पड़ता है। लेकिन सब जगह ऐसा नहीं होता। फिर भी, देश के सभी विश्वविद्यालयों में हर साल सैकड़ों की तादाद में जमा होने वाले शोधग्रंथों का मूल्य क्या है? आमतौर पर अध्ययन-अध्यापन की तरह शोधकार्य भी एक औपचारिकता बनकर रह गया है। उसमें शोध जैसे कुछ भी नहीं होता। दस-बीस किताबों से, इधर-उधर से सामग्री सजाकर, उद्धरणों की भरमार कर, शोधग्रंथ तैयार कर लिए जाते हैं। वे दृष्टिहीनता के शिकार हैं। ऐसे शोधग्रंथ जिनके निर्देशन में तैयार होते हैं, उनमें हिंदी के बड़े-बड़े कवि, लेखक और आलोचक शामिल हैं। कुछ एक अपवादों को छोड़कर शायद ही कोई इस काम को गंभीरता से लेता हो। एक शोध निदेशक की हैसियत से इन बुद्धिजीवियों में किसी तरह का कर्त्तव्यबोध या मूल्यबोध नहीं दिखता। घटिया से घटिया शोधग्रंथ भी कभी खारिज नहीं किया जाता। विद्यार्थी की डिग्री रोककर, 'उसके पेट पर लात मार कर', बैठे-बिठाए कौन मुसीबत मोल ले? खुद हिंदी आलोचना में शोध का महत्त्व बहुत कम समझा गया है। अकादमिक संस्थानों से जुड़े रामचंद्र शुक्ल, हजारीप्रसाद द्विवेदी, रामविलास शर्मा और नामवर सिंह जैसे कुछ एक बड़े आलोचक ही हैं जिन्होंने अपनी आलोचना को शोधपरक बनाया। हिंदी का औसत आलोचक शोध और आलोचना के संबंध को बिल्कुल नहीं समझता। वे शोध के प्रति ऐसी धारणा रखते हैं मानो यह कोई अलग अनुशासन, अलग विधा या कोई अलग काम हो जिसका आलोचना से कोई लेना-देना नहीं है। इसी समझ के तहत वे इसे सिर्फ पी-एच. डी. करने वालों का काम समझते हैं। कहने की जरूरत नहीं कि यह शोध के प्रति निहायत गलत दृष्टि है जिसकी वजह से खुद हिंदी आलोचना भी पिछड़ेपन का शिकार है। शोध भी आखिरकार आलोचना ही है। शोध चीजों को नए परिप्रेक्ष्य में देखना है, नई दृष्टि से नई व्याख्या करना है। महत्त्वपूर्ण आलोचना भी यही काम करती है। नगेंद्र का यह कहना बिल्कुल सही है कि अच्छी आलोचना अच्छा शोध भी होती है और अच्छा शोध एक अच्छी आलोचना होता है। रामचंद्र शुक्ल की लिखी *पद्मावत* की भूमिका, हजारीप्रसाद द्विवेदी की *हिंदी साहित्य की भूमिका*, रामविलास शर्मा का लंबा निंबध '*भारतेंदु हरिश्चंद्र और हिंदी भाषा की विकास परंपरा*' और धर्मवीर की *कबीर : नई सदी में* आलोचना और शोध के परस्पर अभिन्न संबंध की सबसे बेहतरीन मिसालें हैं। अकादमिक संस्थानों की तरह हिंदी आलोचना में भी शोध संबंधी धारणा को बदलने की जरूरत है। हिंदी पुस्तकालयों की दुर्दशा, पुरानी सामग्री के रख-रखाव के लिए आवश्यक आधुनिक साधनों का अभाव इस काम में रुकावट है जो अकादमिक बुद्धिजीवियों की शोध संबंधी उदासीनता का एक और प्रमाण है। पुस्तकालय और संग्रहालय कायम करने, उन्हें बेहतर ढंग से चलाने के लिए अब बुद्धिजीवियों में उत्साह नहीं रहा। इलाहाबाद के हिंदी साहित्य सम्मेलन

का संग्रहालय एक अपवाद है जिसे सत्यप्रकाश मिश्र जैसे बुद्धिजीवियों ने अपनी लगन और सजगता से बेहतर हालत में बनाए रखने की कोशिश की है।

अकादमिक संस्थानों का तीसरा पक्ष अपने सहकर्मियों और विद्यार्थियों से बुद्धिजीवियों के संबंधों का है। हर पेशे के अपने कुछ मूल्य, अपनी मर्यादाएँ होती हैं। एक शिक्षक के रूप में विद्यार्थियों और सहकर्मियों से उनका संबंध इस पर निर्भर करता है कि अपने पेशे के मूल्यों के प्रति उनमें कितनी निष्ठा है, उनका आचरण उन मूल्यों पर कितना आधारित है। अगर कोई शिक्षक अपने विषय पर अधिकार न रखता हो, उससे संबंधित नई जानकारी से अछूता हो या क्लास न लेने की बीमारी का शिकार हो तो वह अपने विद्यार्थियों से कैसा संबंध रखेगा? इस सिलसिले में हिंदी बुद्धिजीवियों की एक जैसी स्थिति नहीं है। रामचंद्र शुक्ल से लेकर नामवर सिंह तक और इनके अलावा भी कई नाम हैं जिन्होंने अपने अकादमिक कर्त्तव्यों को असाधारण क्षमता और निपुणता के साथ निभाया जिसके लिए उनके विद्यार्थी उन्हें आदर के साथ याद करते रहेंगे। यह स्थिति का एक पक्ष है जो उज्ज्वल है।

स्थिति का दूसरा पक्ष शर्मनाक है। अपने विषय की पर्याप्त योग्यता न रखने और नियमित रूप से क्लास न लेने की प्रवृत्ति अँकादमिक संस्थानों में आज महामारी की तरह फैल चुकी है। इस कर्त्तव्यहीनता और मूल्यहीनता के कारण शिक्षक विद्यार्थियों को नाजायज छूट देते हैं और उनके बीच सस्ती लोकप्रियता हासिल करने की कोशिश करते हैं। विद्यार्थी भी ऐसे शिक्षकों के प्रति झूठे भक्तिभाव का प्रदर्शन करते हैं और पीठ पीछे उनकी निंदा करते हैं। इससे अकादमिक स्तर का कितना पतन हुआ इस ओर हमारा ध्यान नहीं जाता। अकादमिक स्तर के भयंकर पतन की एक मिसाल यह है कि आज देश के पचासों विश्वविद्यालयों में हिंदी में एम. ए. पास करने वाले ज्यादातर विद्यार्थी साफ-सुथरी, व्याकरण की दृष्टि से सही हिंदी भाषा तक नहीं लिख सकते—हिंदी साहित्य संबंधी उनकी जानकारी और समझ को तो छोड़ दें। 14-15 साल तक हिंदी पढ़ने के बाद भी अगर हिंदी ठीक से लिखनी न आए तो आप ऐसे अकादमिक स्तर के लिए किसको जिम्मेदार ठहराएँगे? बेशक यह पतन पूरे सामाजिक संदर्भ के साथ जुड़ा हुआ है और इसके कई पक्ष हैं—लेकिन इस मामले में अकादमिक बुद्धिजीवियों की कर्त्तव्यहीनता, अपने पेश के प्रति उनकी मूल्यहीनता को किसी भी तरह नजरअंदाज नहीं किया जा सकता।

आज हालत यह है कि शिक्षक और विद्यार्थी के बीच जैसा जनतांत्रिक संबंध होना चाहिए, वह एक सिरे से गायब है। शिक्षा के क्षेत्र में गुरु-शिष्य संबंधों की पुरानी देशी परंपरा के प्रभाव से सामंती संस्कारों का बोलबाला है। छोटे शहरों और कस्बों में यह ज्यादा खुलकर है हालाँकि देश की राजधानी के विश्वविद्यालय भी इससे अछूते नहीं हैं। इस हालत का नाजायज फायदा गुरु उठाता है। विद्यार्थी उसके पाँव छूता है और शिक्षक विद्यार्थी से अपने निजी या घरेलू काम कराता है। बदले में

विद्यार्थी को पढ़ाई और परीक्षा में ऐसी छूट मिलती है जिसे फौरी तौर पर वह अपना फायदा समझता है लेकिन दरअसल वह उसके और पूरे अकादमिक स्तर के पतन का रास्ता होता है। यहाँ शिक्षक और विद्यार्थी के वामपंथी या दक्षिणपंथी होने से कोई फर्क नहीं पड़ता। इसी सिलसिले में भ्रष्टाचार और दुराचार भी पनपता है। बी.एच.यू. के कुछ विभागों में गाइड द्वारा शोधार्थियों के फेलोशिप और कंटिजेंसी के पैसों से अपना निजी सामान खरीदवाने और दिल्ली विश्वविद्यालय में—जहाँ साठ से ज्यादा संबद्ध कालेज हैं—नौकरी दिलाने का आश्वासन देकर महिला शोधार्थियों का यौन शोषण करने के मामले सुनने में आए हैं। अकादमिक संबंधों में सामंती संस्कारों के साथ ही एक दूसरी प्रवृत्ति भी उभरी है, जो इसके ठीक उलट है—संबंधों के व्यवसायीकरण की प्रवृत्ति। यह प्रवृत्ति खासकर बड़े शहरों में, सबसे ज्यादा दिल्ली में, दिखाई देती है। पूरे समाज में रिश्तों का जैसा व्यवसायीकरण हुआ, वैसा अकादमिक संस्थानों में भी हुआ। यहाँ गुरु-शिष्य संबंधों में किसी किस्म की भावुकता नहीं, उसका दिखावा हो तो हो। यहाँ न गुरु गुरु हैं, न शिष्य शिष्य। दोनों अपनी राजनीति और स्वार्थपरता में बेशर्मी से धँसे हुए हैं—पाखंड वे चाहे जैसा करें। दिल्ली के एक अत्यंत प्रतिष्ठित विश्वविद्यालय में घटी हाल की एक घटना से इस नए संबंध का चरित्र अच्छी तरह उजागर होता है। विद्यार्थी अक्सर पीठ पीछे अपने गुरुओं की निंदा-स्तुति करते रहते हैं। यह नई बात नहीं। नई बात यह हुई कि कुछ विद्यार्थी जब अपने खासमखास गुरुओं की आलोचना करते हुए खुले गले से उन्हें गंदी से गंदी गालियाँ दे रहे थे, उस समय विरोधी ग्रुप के कुछ विद्यार्थियों ने इसे टेप कर लिया और टेप उन गुरुओं को जाकर सुना दिया जो हिंदी के मशहूर आलोचक भी हैं। दिलचस्प बात यह थी कि गालियाँ बकने वाले विद्यार्थी उन खास गुरुओं के सबसे प्रिय और पालतू शिष्य थे। इससे भी दिलचस्प बात यह घटित हुई कि टेप में अपने लिए बेहद गंदी गालियों को सुनकर वे गुरु झुँझलाए और बड़बड़ाए तो जरूर—पर उन्होंने अपने प्रिय शिष्यों से पल्ला नहीं झाड़ा, बल्कि मामला तूल पकड़ता देखकर उन्हीं शिष्यों का बचाव किया क्योंकि उनकी उपयोगिता अभी खत्म नहीं हुई थी। किसी भी तरह की भावुकता से मुक्त और मूल्य-मर्यादाओं से भी मुक्त गुरु-शिष्य का यह नया संबंध आज अकादमिक बुद्धिजीवियों के बीच उभरी किस प्रवृत्ति का सूचक है?

आज अकादमिक दुनिया में रिश्तों का ऐसा रूप उभरकर आया है जो जितना व्यावसायिक है उतना ही बीभत्स और क्रूर भी। यहाँ बुद्धिजीवी एक-दूसरे की टाँग खीचने में व्यस्त हैं। हो सके तो वे एक-दूसरे का गला घोंटने को भी तैयार हैं। अपने सहकर्मियों को परेशान करना, उनके खिलाफ दुष्प्रचार चलाना और षड्यंत्र रचना आम बात हो गई है। गिरोह बनाकर अपने निकृष्ट स्वार्थों की पूर्ति के लिए हर तरह का गलत काम करते हैं और जो भी उनकी राह में रुकावट डालता है, उसके

खिलाफ सामूहिक मोर्चा खोल लेते हैं। इस अकादमिक संस्कृति में अपना काम नियमपूर्वक और ईमानदारी से करने वाला व्यक्ति अकेला पड़ जाता है और मानसिक यातना झेलता है। सहकर्मियों को परेशान करने की साजिशों में वे विद्यार्थियों का इस्तेमाल करने से भी बाज नहीं आते। ये विद्यार्थी भी अकादमिक बुद्धिजीवी ही हैं जो अपने लाभ और सुरक्षा का आश्वासन पाकर सौदेबाजी के तहत षड्यंत्रों में शामिल हो जाते हैं। शिक्षक गलत किस्म के विद्यार्थियों को पाल-पोसकर अपनी छोटी-छोटी निजी सेनाएँ बनाते हैं और बदले में उन विद्यार्थियों के नाजायज कार्यों को संरक्षण देते हैं। एक वाक्य में कहें तो अकादमिक संस्थाओं में हिंदी का आम बुद्धिजीवी विभागीय राजनीति में फँसा हुआ है—चाहे अपनी मर्जी से, चाहे मजबूरी से। हैनरी किसिंगर ने कहीं लिखा है कि दुनिया में हर किस्म की राजनीति होती है लेकिन विश्वविद्यालयों की विभागीय राजनीति जैसी निकृष्ट राजनीति कोई दूसरी नहीं। निकृष्ट इसलिए कि जिन लक्ष्यों को पाने के लिए यह राजनीति की जाती है, वे लक्ष्य बड़े तुच्छ किस्म के होते हैं। मसलन कोई रीडर से प्रोफेसर बनना चाहता है, कोई विदेश का ट्रिप लगाना चाहता है, कोई किसी लड़की को अपने मातहत रिसर्च कराना चाहता है, कोई वाइस चांसलर के संपर्क में आना चाहता है, कोई स्पोर्ट्स या लाइब्रेरी का इंचार्ज बनना चाहता है तो कोई, और कुछ नहीं तो, कम से कम टाइमटेबल का ही इंचार्ज बन जाना चाहता है। इन्हीं महत्वाकांक्षाओं को लेकर अकादमिक बुद्धिजीवी अपना जीवन जीता है। यही उसके संघर्ष के गर्मागर्म मुद्दे होते हैं। इन्हें हासि.ल करने के सिलसिले में कभी वह विद्रोही तेवर दिखाता है, कभी सिद्धांतहीन समझौते करता है, गुटबंदी करता है, हमलावर और परपीड़क बनता जाता है या फिर घुटनाटेक कायर बन जाता है। अकादमिक बुद्धिजीवी की इस विकृति, अर्थहीन और पतनशील दुनिया की जड़ें कहाँ हैं? वह इसी समाज की देन है। समाज, जात-बिरादरी और परिवार से वह सामंती संस्कार लेकर आता है और शहरों की भावुकता रहित व्यावसायिकता से अपना तालमेल बैठाते-बैठाते विद्रूप हो जाता है, अपनी पहचान खोकर सबके जैसा हो जाता है। वह जीवन में एक ही आकांक्षा गहराई से पालता है—कैरियर बनाने की, अपना नाम चमकाने की, कुछ सत्ता और अधिकार—जो उसके लिए सुलभ नहीं होते—किसी तरह पा लेने की। किसी वामपंथी संगठन की सदस्य सूची में उसका नाम होने से इसमें फर्क नहीं पड़ता। फर्क इसलिए नहीं पड़ता क्योंकि आमतौर पर वामपंथी वह सिर्फ अपने घोषित विचारों से होता है, अपने आचरण और संस्कारों से नहीं। वह अपना कैरियर छोड़कर बुनियादी मेहनतकश जनता के हिस्सों के बीच काम करने के लिए कभी नहीं जाता जहाँ उसके जीवन और चरित्र में अर्थपूर्ण बदलाव आने की संभावना होती है। अपनी जीवन परिस्थितियों में, रहन-सहन, सामाजिक संबंधों और आशा-आकांक्षाओं में वह पूरी तरह से मध्यवर्गीय होता है और मध्यवर्गीय जीवन के दायरे से बाहर नहीं निकलता। मध्यवर्ग से अलग

उसका कहीं कोई अस्तित्व नहीं होता। हिंदी का अकादमिक बुद्धिजीवी इसी वर्ग की संतान है और उसकी अकादमिक दुनिया इसी वर्ग की संस्कृति, शक्ति, पहुँच और सड़ाँध से चहक और महक रही है। व्यक्तिगत रूप से अपनी दिलचस्पी के मुताबिक कोई अकादमिक बुद्धिजीवी हिमालय पर चढ़ सकता है, किसी जन-आंदोलन या स्वैच्छिक संगठन में शामिल हो सकता है। लेकिन एक वर्ग या समुदाय के रूप में उससे क्या उम्मीदें की जा सकती हैं?

तीन कार्यों में उसकी भूमिका महत्त्वपूर्ण हो सकती है–

1. वे ज्ञान-विज्ञान की विभिन्न महत्त्वपूर्ण धाराओं के विकास का आलोचनात्मक अध्ययन-अध्यापन करके उनके विकास की अगली संभावनाओं को खोल सकते हैं।
2. स्वस्थ परंपराओं और प्रगतिशील नए मूल्यों को नई पीढ़ी तक पहुँचाने का काम कर सकते हैं।
3. समाज, साहित्य और संस्कृति के महत्त्वपूर्ण प्रश्नों पर शोधपरक अध्ययन-लेखन कर सकते हैं।

पहली दो भूमिकाओं को अदा करने के लिए अकादमिक संस्थानों में पर्याप्त सुविधाओं के अलावा जैसा पारदर्शी और जवाबदेह प्रशासन तथा लोकतांत्रिक कार्यप्रणाली, ढाँचा और वातावरण चाहिए, वह आज ज्यादातर संस्थाओं में बिल्कुल नहीं है। इसलिए किसी हद तक इक्की-दुक्की जगहों को छोड़कर ज्यादातर संस्थानों में इन भूमिकाओं को निभाना उसके लिए नामुमकिन है। लेकिन तीसरे काम में उसकी भूमिका की संभावना काफी हद तक खुली हुई है। लेखक होना अकादमिक बुद्धिजीवी के लिए कोई जरूरी शर्त नहीं है। महत्त्वपूर्ण लेखन वही करेगा जिसमें इस लायक प्रतिभा और दृष्टि हो। लेकिन किसी भी लेखक को अकादमिक बुद्धिजीवी होने के नाते सबसे ज्यादा सुविधा शोधपरक अध्ययन की होती है। ज्यादातर बुद्धिजीवी इस काम के प्रति उदासीन और अगंभीर हैं, हालाँकि अकादमिक संस्थानों में इसके लिए उन्हें पर्याप्त समय मिलता है। उनका प्रशिक्षण और संस्थान में मिली सुविधाएँ भी इस काम में मददगार होती हैं। अगर वह दृष्टि संपन्न हो तो उसका अध्ययन-लेखन समाज के लिए विचारोत्तेजक और मूल्यवान हो सकता है। रामविलास शर्मा का लेखन इसकी सबसे अच्छी मिसाल है। इस तरह का थोड़ा-बहुत काम कुछ और लोग भी कर रहे हैं। लेकिन एक सामाजिक तबके के रूप में हिंदी के अकादमिक बुद्धिजीवियों का समुदाय समाज का सबसे सुविधावादी और साहसहीन समुदाय है। मैं नहीं समझता कि अपनी मौजूदा चारित्रिक विशेषताओं के साथ वह समाज में कोई महत्त्वपूर्ण या सराहनीय भूमिका अदा कर सकता है।

(2001)

परख

चेखव की कहानियाँ

योगेश भटनागर हिंदी के कहानीकार और रूसी भाषा-साहित्य के विशेषज्ञ हैं। वे अमृत मेहता के संपादन में निकलने वाली एक अनोखी और असाधारण पत्रिका 'सार-संसार' के संपादक मंडल में भी रहे हैं जिसमें यूरोपीय, अरब तथा लैटिन अमरीकी देशों के आधुनिक कथा-साहित्य का मूल भाषा से सीधे हिंदी में अनुवाद छपता है। हाल में उन्होंने चेखव की 19 कहानियों का रूसी से सीधे हिंदी में अनुवाद किया। 'डॉक्टर तथा अन्य कहानियाँ' शीर्षक से इनका संग्रह इसी साल प्रकाशन संस्थान, दिल्ली से छपा है। संग्रह में चेखव की कृतियों के रूसी संपादक मंडल द्वारा चेखव-साहित्य की आलोचना के बारे में लिखा गया एक महत्त्वपूर्ण लेख भी शामिल है।

यह किताब चेखव की कहानियों का महत्त्वपूर्ण संग्रह है। इसकी खासियत यह है कि इसमें शामिल सभी कहानियाँ चेखव ने सन् 1887 में लिखी थीं जो उसी साल छपी भी थीं। रूसी कथा-साहित्य में और चेखव के जीवन में सन् 1887 का महत्त्व क्या है? इसके बारे में योगेश भटनागर ने अपनी भूमिका में लिखा—"बताना जरूरी है कि 1887 चेखव के रचना-जीवन का सबसे महत्त्वपूर्ण और सार्थक मोड़ है—इस साल चेखव हास्य प्रधान और हल्की-फुलकी कहानियाँ लिखना बंद कर देत है और लंबी, बड़ी, संजीदा और संवेदनशील कहानियाँ लिखनी शुरू करता है। यह तक कि 1887 में ही वो एक उपन्यास भी लिखना शुरू करता है पर बाद में उ भिन्न-भिन्न कहानियों में तोड़कर छाप देता है। इसी साल वो लेखक और साहित्य के उत्तरदायित्व और अपेक्षाओं पर अपने मत पूरी सजगता और परिपक्वता से जाहि करता है जिनसे वह आखिर तक जुड़ा रहता है, साथ ही आलोचकों के बारे में अप मत खुले रूप से बताता है।"

1887 में चेखव की गिनती बड़े लेखकों में होने लगी थी। चेखव के रूस आलोचकों ने उसे सलाह दी कि वह हास्य कहानियों तक सीमित न रहकर बड़े गंभ साहित्यिक लेखन की ओर मुड़े। खुद चेखव यही चाहते थे। अब चेखव साहित्य व भूमिका को इस तरह देखने लगे थे—"साहित्य का काम है अप्रतिबंध और ईमानद सच की अभिव्यक्ति।" और लेखक—"एक इनसान होता है जो अपने जमीर अ

कर्तव्य के प्रति सचेतन रूप से अनुबंधित और उत्तरदायी होता है।''

चेखव की कृतियों के रूसी संपादक मंडल ने जो लेख लिखा, उससे समझ में आता है कि किसी दौर का आम लेखन कैसे कुछ खास प्रवृत्तियों और ढर्रों से बँधा चलता है और उस दौर की आलोचना भी उसी के साथ कदमताल करती चलती है। ऐसे में जब कोई लेखक उस प्रवृत्ति और ढर्रे से अलग हटकर कुछ महत्त्वपूर्ण लिखता है तो अक्सर उस दौर की आलोचना उसे पहचानने-समझने में असफल रहती है। 1887 के आस-पास रूसी कहानियों में एक ओर रूढ़िवादियों-कलावादियों का जोर था, दूसरी ओर उन वामपंथियों का जो बड़े उद्देश्यपूर्ण ढंग से आदर्शों और यथार्थ का चित्रण कर रहे थे। यह आम हालत थी जिसके कुछ अपवाद भी थे। जब चेखव ने इस आम ढर्रे से अलग संजीदा और सूक्ष्म कहानियाँ लिखीं तो आलोचकों ने उस वक्त इनकी निंदा की। चेखव की कहानियों पर उद्देश्यहीनता और आदर्शहीनता के इल्जाम लगाए गए। इल्जाम लगाने वालों में एन. के. मिखाइलोवस्की जैसे बड़े आलोचक भी थे जो वामपंथियों में सम्मानित थे। एक दूसरे बड़े आलोचक आर. डिस्ट्रोला ने चेखव को जनतांत्रिक साहित्य की धारा से बाहर करते हुए यथार्थ के साथ उनके रिश्ते को सतही करार दिया। उन्होंने लिखा कि चेखव—''जीवन में केवल सैर करने के लिए निकला है। इस सैर के दौरान उसे कभी रोचक इनसान मिल जाते हैं या विशिष्ट दृश्य या खूबसूरत प्रकृति मिल जाती है। तब वो एक मिनट के लिए रुकता है, पेंसिल उठाता है और बहुत ही हल्के हाथ से अपनी तस्वीर बना देता है।'' तीसरे आलोचक पेरत्सत ने चेखव को सामाजिक समस्याओं के प्रति उदासीन ठहराया तो चौथे आलोचक ने रूसी साहित्य का इतिहास लिखते हुए उसमें चेखव की कमी बताई—''किसी भी तरह के सिद्धांतों या आदर्शों का अभाव और क्षणिक प्रभाव में निष्ठा।''

1902 के करीब आलोचकों ने लिखा कि चेखव ने अपनी प्रतिभा सिर्फ घबराहट, अधीनता, रोगग्रस्त शिथिलता और थकान जैसी मनःस्थितियों को दर्शाने में खपा दी। रूसी संपादक मंडल ने चेखव के इन मूल्यांकनों से परिचित कराते हुए लिखा—''कहना जरूरी है कि चेखव बड़े ही ध्यान से अपनी कहानियों की आलोचना पढ़ा करता था। ज्यादातर पत्रिकाओं और अखबारों के पूर्वाग्रह और मतभेदों से चेखव बहुत निराश हुआ करता था।''

जाहिर है, चेखव जैसे महान लेखक की प्रतिभा को, जो किसी भी गुट या दल में शामिल नहीं था, संकीर्ण विचारधारात्मक खेमों से बँधे आलोचक समझ नहीं पाए। लेकिन उसी दौर में टाल्स्टॉय और गोर्की जैसे लेखकों ने आलोचकों से असहमति जाहिर करते हुए चेखव के महत्त्व को, उनकी कला की बारीकियों और खूबियों को खुलेदिल से सराहा। इसके बाद एक पूरी सदी बीत गई। जिस चेखव को कभी कलावादी, उद्देश्यहीन और आदर्शहीन समझा जाता था, आज वही चेखव कला की सार्थकता

और उसकी महानता को साधने वाले अमर लेखक के रूप में याद किए जाते हैं। जिस लेखक को, उसके दौर में लिखे जा रहे स्थूल यथार्थवादी लेखन के बीच सामाजिक यथार्थ से कटा हुआ कहा जाता था, वही आज उस दौर के सामाजिक यथार्थ के गहरे और विश्वसनीय चित्र देने वाले माने जाते हैं। योगेश भटनागर द्वारा अनूदित ये कहानियाँ चेखव की जीवन-दृष्टि और कहानी कला की ऊँचाइयों को दर्शाती हैं।

चेखव ने अपने समय के सामाजिक यथार्थ को बड़े गहरे ढंग से समझा और चित्रित किया है। इस यथार्थ को वे अपने समय के व्यक्तियों में, औरत-मर्दों में, उनकी मनोवृत्तियों और दूसरों के प्रति उनके आचरण के तौर-तरीकों में, देखा करते थे। उन्होंने उनकी प्रवृत्तियों और मनोविज्ञान पर गौर किया और उसी के जरिये अपने समय के यथार्थ को एक आलोचनात्मक दृष्टि से देखते हुए चित्रित किया।

गोर्की पहले लेखक थे जिन्होंने चेखव की कहानियों में व्यक्त मनोविज्ञान के इस महत्त्व को समझा। अपने संस्मरण में उन्होंने लिखा—"चेखव गरीब आदमियों के मनोविज्ञान को बहुत गहराई और संवेदना से समझते थे।" चेखव संपन्न और संतुष्ट लोगों के मनोविज्ञान को भी बड़ी पैनी दृष्टि से देखते और समझते थे। चेखव परिस्थितियों की चोट खाए गरीबों के आहत स्वाभिमान, उनकी दयनीयता, असहायता और बेचैनी को जितना समझते थे, उतना ही मध्य और उच्च वर्ग के लोगों के दिखावे को, उनकी उबा देने वाली आत्मश्लाघा, दूसरों पर तरस खाने के पीछे छुपे झूठे बड़प्पन, हमेशा खुद को सही समझने और निर्मम होकर दूसरों को सरल नुस्खों का उपदेश पिलाते रहने की उनकी प्रवृत्तियों को भी बड़ी घृणा के साथ देखते और समझते थे। लेकिन चेखव ने लोगों के इस मनोविज्ञान को कभी भी बँधे-बँधाए प्रचलित मुहावरों में या चालू किस्म की लेखन शैली में व्यक्त नहीं किया। शायद इसी वजह से उनकी कहानियाँ अपने समय की प्रचलित रुचियों वाले आलोचकों के गले नहीं उतरती थीं।

इस संग्रह में शामिल कहानियाँ अपने समय के संपन्न वर्गों के प्रति चेखव की आलोचनात्मक दृष्टि को और समाज व्यवस्था में पिसने वाले असहाय लोगों के प्रति उनकी गहरी सहानुभूति को दिखाती है। इनमें प्रकृति के सूक्ष्म निरीक्षण की उनकी प्रवृत्ति भी दिखाई देती है। मसलन *मुलाकात* कहानी में यह वाक्यांश "दिखाई पड़ रहे थे मंद गति में उड़ते हुए कुछ पक्षी और हवा में था वैसा ही कंपन जो हमेशा बहुत गर्मियों के दिनों में होता है।" इतना ही सूक्ष्म निरीक्षण मानवीय जगत का भी है। *शत्रु* कहानी में अबोगिन द्वारा बोले गए शब्दों में सच होने के बावजूद वे शब्द सूखे और बनावटी से लगते हैं। उसका खुलासा करते हुए चेखव आगे लिखते हैं—"खुशी या दुख की संपूर्ण अभिव्यक्ति अक्सर खामोशी में ही पाई जाती है। प्रेमी एक-दूसरे को ज्यादा बेहतर समझते हैं जब वे खामोश होते हैं। दफन के वक्त कहे गए भावना और उत्तेजनापूर्ण शब्द केवल गैरों के दिलों को ही छू सकते हैं। मरे हुए व्यक्ति की विधवा और बच्चों को वे शब्द ठंडे और निरर्थक लगते हैं।"

हिंदी में अज्ञेय की एक कविता की पंक्ति—"दुख सबको माँजता है" खूब दोहराई जाती है। गोरख पांडे ने इस कविता का अपने ढंग से खंडन किया था। चेखव की मशहूर कहानी *'शत्रु'* में गाँव का एक समृद्ध जमींदार अचानक बेहोश हो गई अपनी पत्नी के इलाज के लिए शहर से एक ऐसे डॉक्टर को आग्रह करके ले आता है जिसका इकलौता बेटा कुछ ही घंटे पहले मर गया। गाँव पहुँचने पर वह पाता है कि उसकी पत्नी किसी और के साथ भाग गई है—बेहोश होने का उसने नाटक किया था। इस धोखे से वह पागल हो उठता है जबकि डॉक्टर बेवजह यहाँ तक घसीटे जाने के कारण उस पर बरस पड़ता है। दोनों दुखी थे, पर "दोनों पर दुखियारों का इगोइज्म हावी था।" चेखव ने अपने-अपने दुख में डूबे हुए, संपत्तिशाली और मध्यवर्ग के दुखी व्यक्तियों के अहं को, जो उन्हें दूसरों का दुख समझने नहीं देता, बहुत बारीकी से इस कहानी में चित्रित किया है—"दुख इनसानों को जोड़ता नहीं, बल्कि अलग करता है, यहाँ तक कि अगर कुछ इनसानों का दुख एक-सा हो, तो भी।"

गाँव के अनपढ़, गरीब लोग, जो राज्य के कायदे-कानूनों और विभिन्न संस्थाओं से न वाकिफ होते हैं, न इनसे काम लेने की क्षमता रखते हैं, पूरी व्यवस्था में कितने असहाय होते हैं, इसे 'अंधकार' कहानी दिखाती है। एक लड़का अपने छोटे भाई को, जो बिना वजह पुलिस के हाथों पड़कर जेल पहुँच गया था, छुड़ाने के लिए यहाँ से वहाँ दौड़ता रहता है, पर नाकामयाब रहता है। *'भिखारी'* कहानी में चेखव दिखाते हैं कि आत्मसंतुष्ट और संपन्न लोग, जो दूसरों को समझने और उनकी भलाई करने का दावा करते हैं, असल में दूसरों को बिल्कुल नहीं समझते और न किसी की भलाई कर सकते हैं। वे सिर्फ अपने अहं की संतुष्टि करते हैं। इससे मिलती-जुलती हालत *'खत'* कहानी में है। शहर का समृद्ध बड़ा पादरी गाँव के गरीब, शराबी पादरी को डाँटता है कि उसने अपने बेटे की परवरिश सही ढंग से नहीं की, इसीलिए आज उसका बेटा गलत जिंदगी बिता रहा है—"तुम माँ-बाप हो, वह तुम्हारा बच्चा है। तुम्हें उसके अंदर भगवान के प्रति डर और आदर पैदा करना चाहिए था। समझाना, पढ़ाना चाहिए था। पैदा करने को तो पैदा कर दिया तुमने, पर जब डाँटना चाहिए था, तब डाँटा नहीं। यह पाप है। गलत है। शर्मनाक है।" समाज को ठीक रखने वाले ये धार्मिक ठेकेदार जीवन और नैतिकता को सिर्फ पाप-पुण्य के बँधे-बँधाए नजरिये से देखते हैं और उन्हें कड़ाई से लागू कर देना ही हर मानवीय समस्या का हल समझते हैं। इनसान को बेहतर बनाने की जिम्मेदारी ओढ़ने वाले ये लोग अक्सर इनसान को बदतर बनाने के लिए जिम्मेदार होते हैं। दरअसल गलत राह में पड़ गए लोगों को सुधारने के लिए धार्मिक दंड की नहीं, सहानुभूति और हमदर्दी से समझे जाने की जरूरत होती है।

'मुलाकात' कहानी में आग से जल गए चर्च को फिर से खड़ा करने लिए

जमा की गई चंदे की रकम चुराने वाला कुज्मा पैसे चुराने के लिए भगवान के प्रति खुद को गुनहगार जरूर महसूस करता है, पर पोप और चर्चा के लिए चंदा देने वालों के प्रति नहीं।

जिस कहानी के लिए गोर्की ने चेखव को गरीब लोगों के मनोविज्ञान का चितेरा कहा था, वह मशहूर कहानी 'बोसा' भी संग्रह में शामिल है। एक सिपाही किसी जमींदार के घर में दी गई पार्टी के दौरान अँधेरे कमरे में किसी औरत द्वारा किसी और के भ्रम में चूमे जाने पर उस अनुभव को कभी भूल नहीं पाता। वह दुबारा उस औरत को ढूँढ़ निकालना चाहता है, उसके बारे में तरह-तरह की कल्पनाएँ करता है। अचानक, बिना किसी योग्यता के मिल गए इस अनुभव से वह अपने जीवन को समृद्ध होता महसूस करने लगता है जबकि धीरे-धीरे वह समझ जाता है कि यह चीज, जो असल में अर्थहीन थी, उसे दुबारा नहीं मिल सकती।

मूल रूसी से हिंदी में कहानियों का यह अनुवाद अच्छा है। सहज, प्रवाहपूर्ण और साफ-सुथरी भाषा में किया गया अनुवाद। फिर भी कुछ-एक कमियाँ गौरतलब हैं। योगेश भटनागर ने कहानियों के अनुवाद में कई जगह बेवजह अंग्रेजी शब्दों को रखा है जो बुरी तरह खटकते हैं। उनकी कोई जरूरत नहीं थी। वे भाषा के सौंदर्य को नष्ट करते हैं और कहानी की मूल भाषा के बारे में भ्रम खड़ा करते हैं। इसके अलावा स्कंधास्थियाँ, ग्रीवा भाग, तैलीय बाल, पर्णांग और प्रकन्द जैसे ठेठ संस्कृत शब्द कहानी की यथार्थपरक भाषा में जँचते नहीं। रूसी संपादक मंडल वाले लेख की भाषा में गलतियाँ ज्यादा हैं। उसमें कई जगह वाक्य की बनावट और शब्द क्रम गड़बड़ और अस्वाभाविक है। लगता है, अनुवादक ने अपना मसौदा दुबारा नहीं जाँचा।

अपनी भूमिका के आखिर में अनुवादक ने लिखा है कि यह संग्रह चेखव को समझने में मदद करने के अलावा "हिंदी साहित्य में तुलनात्मक अध्ययन प्रेरित कर पाएगा तो मैं अपना ये प्रयास सार्थक मानूँगा।" बेशक यह संग्रह चेखव को समझने में मदद करता है। चेखव को लेकर हिंदी कहानी में ढंग के तुलनात्मक अध्ययन बहुत कम हुए हैं। चेखव की कहानी कला का असर हिंदी के किन कहानीकारों पर दिखाई देता है? क्या निर्मल वर्मा पर, जिन्होंने चेखव को सबसे ज्यादा याद किया? काशीनाथ सिंह ने शायद चेखव की हास्य और विनोदवृत्ति पर जरूर गौर किया हो, जो उनकी अपनी कहानियों में भी रही है। क्या अमरकांत में चेखव का असर दिखाई देता है?

अंत में, दो सवाल! आज कहानीपन को बरकरार रखने में क्या चेखव की कहानी कला पर गौर करने की जरूरत है? चेखव में वह क्या है जो सामाजिक यथार्थ की चित्रणकला में आज भी बहुत आकर्षित करता है?

(*2001*)

किसान आंदोलन : पहाड़ी ऊँचाइयाँ

शेखर पाठक की किताब 'उत्तराखंड में कुली-बेगार प्रथा' कई दृष्टियों से एक महत्त्वपूर्ण शोधकार्य है। प्राकृतिक विज्ञानों या सामाजिक विज्ञानों से संबंधित प्रश्नों पर हिंदी या दूसरी भारतीय भाषाओं में किए गए गंभीर अध्ययन मान्यता नहीं पाते। भारतीय बुद्धिजीवियों का प्रभावशाली ऊपरी तबका उसे नजरअंदाज करता है। इस तबके की नजर में हिंदुस्तानी भाषाओं में लिखना-पढ़ना एक तरह से हीन काम करना समझा जाता है। नतीजा यह है कि प्राकृतिक या सामाजिक विज्ञानों से संबंधित अध्ययन के क्षेत्र में अंग्रेजी का एकाधिकार-सा कायम है। भारतीय जनता के बौद्धिक विकास की दृष्टि से यह दशा शोचनीय है। बेशक, यह औपनिवेशिक शासन से मिली विरासत है जिसे भारत का अंग्रेजीदां उच्च मध्य वर्ग अब भी अपने वर्ग-हितों में बरकरार रखना चाहता है। लेकिन मौजूदा व्यवस्था के खिलाफ जन संघर्षों से जुड़े बुद्धिजीवियों को काहिली या दंभ से भरी इस अपमानजनक हालत को उलटना होगा। शेखर पाठक में एक ऐसे ही बुद्धिजीवी की झलक मिलती है। अपनी इस किताब में उन्होंने 1815 से 1921 तक के बीच उत्तराखंड में कुली बेगार प्रथा के विकास और उसके खिलाफ हुए आंदोलनों के इतिहास का शोधपरक अध्ययन पेश किया है।

उत्तराखंड का मतलब है उत्तर प्रदेश के आठ पहाड़ी जिले—नैनीताल, अल्मोड़ा, पिथौरागढ़, पौड़ी, देहरादून, टिहरी, उत्तरकाशी और चमोली। इनमें से पहले तीन कुमाऊँ मंडल में और बाद के पाँच गढ़वाल मंडल में पड़ते हैं। प्राचीन काव्य पुराणों के किन्नर-किरातों का देश यही था। मध्यकाल में यहाँ कत्यूरी शासकों के बाद 12वीं-13वीं सदी में नेपाल के शासकों ने शासन किया। अंग्रेजी राज की हुकूमत यहाँ 1815 में कायम हुई। उससे पहले पच्चीस बरसों तक यहाँ गोरखा शासकों की भयंकर सैनिक सामंतशाही कायम रही। अंग्रेजी राज में टिहरी एक रियासत थी जहाँ राजा का शासन चलता रहा। बाकी इलाका ब्रिटिश गढ़वाल और कुमाऊँ के नाम से जाना जाता था।

तुर्की भाषा के 'कुली' शब्द का अर्थ है सेवक या दास। 'बेगार' फारसी का शब्द है। किसी से मुफ्त में जबरन काम कराना बेगार कहलाता है। अंग्रेजी राज में कुमाऊँ-गढ़वाल इलाकों में कुली बेगार प्रथा के तहत तीन तरह का शोषण चलता

था—बेगार, उतार और बर्दायश। बेगार में बिना मजूरी दिए जबरन काम लिया जाता था। उतार की प्रथा बेगार से इस बात में अलग थी कि इसमें कुछ मजदूरी देने का नियम था। बर्दायश में माल की ढुलाई या श्रम नहीं कराया जाता था, बल्कि खाने-पीने और दूसरी जरूरतों को पूरा करने का सामान माँगा जाता था। मैदानी इलाकों में इसी को 'रसद' कहा जाता था जो बेगार में देनी पड़ती थी। बर्दायश के लिए भी कुछ कीमत अदा करने का नियम था। पर अमल में ज्यादातर न उतार की मजदूरी दी जाती, न बर्दायश की कीमत। तीनों ही प्रथाएँ बेगार में आती थीं, क्योंकि तीनों ही जबरन थीं। जब भी बुलाहट हो, बेगार, उतार या बर्दायश देनी ही पड़ती थी। इन्हें देने वालों को कुली कहा जाता। उत्तराखंड का हर किसान, चाहे वह खेत का मालिक हो या लगान पर खेती करता हो, कुली बनने को लाचार था। 1815 से पहले गोरखाओं के शासन में चल रही इन सामंती प्रथाओं को अंगरेजों ने फायदेमंद पाकर इन्हें कानूनी रूप दे दिया। अंगरेजी राज में पहली बार बेगार की प्रथा को काश्तकारी बंदोबस्त के इकरारनामों में दर्ज कराया गया जिसे देने के लिए हर काश्तकार, चाहे वह जिस भी जाति का हो, बाध्य था, हालाँकि ब्राह्मण आदि कथित ऊँची जाति वाले अक्सर अपने एवज में अपने यहाँ काम करने वाले शिल्पकारों (शूद्रों) को कुली बनने के लिए भेज दिया करते थे। सभ्य अंगरेजों ने दिखावे के लिए दलील यह दी थी कि कुमाऊँ के काश्तकारों से माजगुजारी कम ली जाती है, इसलिए बेगार ली जाती है। पर, बंदोबस्त की रपटों से यह साबित नहीं होता।

शेखर पाठक ने लिखा है कि करीब सौ वर्षों तक औपनिवेशिक शासन ने रास्तों, सड़कों, पुलों, स्कूली इमारतों, डाक-बंगलों आदि के निर्माण के लिए उत्तराखंड के किसानों से बेगार में काम कराया, माल ढुलाया और बर्दायश ली। बेगार और उतार के तहत पुलिस केस में घायल या मृत व्यक्तियों को ढोने का काम कराया जाता था। 1891 तक एक जगह से दूसरी जगह तक डाक पहुँचाने के लिए भी बेगार ली जाती थी। इसके लिए किसानों की बारी लगती थी। हाकिमों, साहबों, सैलानियों, शिकारियों, सैनिकों और सर्वे-दल तथा वन विभाग के कर्मचारियों-अधिकारियों की यात्राओं के दौरान किसानों को उनका सामान ढोना पड़ता था। पटवारी, तहसीलदार और चपरासी के लिए किसानों को बेगार खटनी पड़ती थी। बड़े साहबों के छोटे-छोटे काम भी—लकड़ी चीरना, पानी भरना, बर्तन साफ करना, बेगार में कराए जाते थे। गाँव के हर एक परिवार से एक आदमी को बेगार में भेजने का नियम था। किसानों को इसके लिए अपनी खेती के बहुत जरूरी काम भी छोड़ने पड़ते थे।

कभी-कभी एक महीने तक कुलियों को छोड़ा नहीं जाता और उन्हें काफी दूर के पड़ावों तक ले जाया जाता। कभी-कभी बीस-तीस मील दूर के गाँवों से कुलियों को बुलाया जाता। उन्हें अपने भोजन की सामग्री साथ में लानी पड़ती जो कई बार रास्ते में ही खत्म हो जाती, क्योंकि उन्हें पता नहीं रहता था कि उनको कब छोड़ा

जाएगा। कई कुली जंगली जानवरों के हमलों में या पहाड़ी रास्तों से फिसलकर मर जाते। 1823 में बरमदेव से लोहाघाट तक सामान ढोने के लिए 210 कुलियों को एक साथ बुलाया गया। 1917 में बीरोखाल से लीसाकोट तक बोझ ढोने में उस स्त्री को लगाया गया जिसको बच्चा जन्मे सिर्फ सात दिन हुए थे और उसका पति कोटा या कराची गया हुआ था। इस स्त्री की मृत्यु रास्ते में ही हो गई। उतार की प्रथा में जबरन माल ढुलाई के लिए कुछ मजदूरी देने का नियम था जिसका पालन बहुत कम किया जाता था। मजदूरी भी बहुत कम थी। शेखर पाठक बतलाते हैं कि 1815 के करीब दिन भर के लिए ढुलान की मजदूरी एक आना थी। इससे तो कुली-परिवार के सिर्फ भोजन की समस्या भी हल नहीं होती थी। यह मजदूरी 1897 में बढ़कर ढाई आने और 1914 में 4 आने प्रति पड़ाव हो गई। इस तरह व्यक्तिगत विरोधों, प्रस्तावों, अपीलों और सामूहिक माँगों के बाद भी पूरे सौ वर्षों में कुली की मजदूरी सिर्फ एक आने से बढ़कर चार आने तक पहुँची। कुली बर्दायश प्रथा के तहत विभिन्न पड़ावों पर सरकारी दौरे में आए हुए साहबों, सैनिकों, कर्मचारियों या गोरे सैलानियों के लिए अनाज, सब्जी, घी, दूध, दही, मुरगी, अंडे, बकरी, पानी, लकड़ी, छिलके, घास, बर्तन, सत्तू, वगैरह मुफ्त में पहुँचाना पड़ता था। नमक, मसाला, तेल, चटाई, चारपाई या पुआल का भी इंतजाम करना पड़ता था। हालाँकि इन चीजों के लिए दाम चुकाने का नियम था, पर अक्सर इनका दाम नहीं चुकाया जाता या कहने भर को कुछ दाम फेंक दिया जाता। कई बार बर्दायश में किसानों से ऐसी चीजों की फरमाइश की जाती जो उनके पास या उनके गाँव-इलाके में होती ही नहीं। जैसे जौ या मड़वे की रोटी खाने वाले किसानों से गेहूँ का आटा या बासमती चावल माँग लिए जाते और किसानों की जान सांसत में पड़ जाती। कई बार बर्दायश में जरूरत से कहीं ज्यादा सामान माँग लिया जाता और कई बार तो उसे किसानों से छीन ही लिया जाता।

बेगार प्रथा का चलन टिहरी रियासत में भी था जहाँ यह देण, प्रभुसेवा और मंजिल बेगार के नाम से जानी जाती थी।

1815 में उत्तराखंड में जब औपनिवेशिक शासन कायम हुआ तो पहले ईस्ट इंडिया कंपनी ने बेगार के मामले में कुछ परहेज और सावधानी दिखलाई। कुछ हद तक इसे नियंत्रित करने की कोशिश भी की गई और लिए गए श्रम और रसद के बदले दाम चुकाने का नियम बना। लेकिन लालच और आर्थिक दबावों से कंपनी ने जल्द ही बेगार प्रथा को सुधारने या नियंत्रित करने का इरादा छोड़ दिया और इससे फायदा उठाने में ही अपनी भलाई समझी। 1856 से 1885 के बीच उत्तराखंड में बेगार-प्रथा का तेजी से विकास हुआ। इसके तीन मुख्य कारण थे। औपनिवेशिक नौकरशाही का लगातार बढ़ना, सैनिक छावनियों का बढ़ना और वन-विभाग का खुलना। इन तीनों की जरूरतों को पूरा करने के लिए बेगार प्रथा में असाधारण बढ़ोतरी

हुई। एक और कारण था माल की ढुलाई के लिए लद्दू जानवरों (घोड़ों-खच्चरों) की पुरानी व्यवस्था को तोड़ देना। 1825 तक कुमाऊँ में खच्चरों से माल की ढुलाई की व्यवस्था चल रही थी जो पहाड़ी इलाके की परिस्थितियों से मेल खाती थी। अंगरेजी शासन ने इस व्यवस्था को खत्म कर दिया क्योंकि खच्चरों पर खर्च ज्यादा आता था जबकि इनसानी कुलियों पर कम।

बेगार की प्रथा सारे हिंदुस्तान के सामंती समाज में चलती थी जिसे अंगरेजी राज ने बरकरार रखा और बढ़ाया। 1918-20 में लिखे गए प्रेमचंद के उपन्यास *'प्रेमाश्रम'* में बनारस के गाँवों में प्रचलित बेगार के बहुत ही वास्तविक और सजीव चित्र मिलते हैं। इसमें जमींदार के बाप की बरसी पर काश्तकारों से बेगार में घी माँगा जाता है, सरकारी दौरे पर आए हाकिमों के लिए दूध, घोड़ों की घास, लकड़ी, बकरियाँ और गाँव के बनियों से आटा, तेल, नमक माँगा जाता है। बेगार में किसानों से घास छिलवाई जाती है, टेनिस का कोर्ट बनवाया जाता है और सामान ढोने के लिए उनकी बैलगाड़ियाँ पकड़ ली जाती हैं। यह महज इत्तेफाक नहीं है कि 1920 में जब कुमाऊँ-गढ़वाल की पहाड़ियाँ बेगार विरोधी आंदोलन से गूँज रही थीं, ठीक उसी वक्त उस गूँज से बेखबर गोरखपुर में स्कूल मास्टरी कर रहे प्रेमचंद अपने उपन्यास के किसान चरित्रों को इस प्रथा के खिलाफ लड़ते हुए दिखा रहे थे।

बेगार विरोधी आंदोलन

जहाँ अन्याय है, वहाँ प्रतिरोध भी जरूर होगा। गदर-पूर्व सरकारी कागजों की छानबीन करके शेखर पाठक ने काश्तकारों द्वारा अलग-अलग किए गए प्रतिरोध की छिटपुट घटनाओं को खोज निकाला। 1827 में काली कुमाऊँ के एक जमींदार ने सैनिक बैरकों के निर्माण के लिए पत्थर (स्लेट्स) उपलब्ध कराने से इनकार कर दिया। 1830 में लोहाघाट में माँग के मुताबिक बुलाए गए कुली नहीं आए। 1832 में पिथौरागढ़ में भी यही हालत रही। 1841 में लोहाघाट में कम मजदूरी मिलने के कारण कुलियों ने उसे लेने और काम करने से इनकार कर दिया। 1844 में सोमेश्वर से अल्मोड़े के बीच पिलग्रिम को भी पर्याप्त कुली नहीं मिले।

लेकिन बेगार प्रथा के खिलाफ उत्तराखंड में सार्वजनिक वाद-विवाद वर्षों बाद जाकर तब शुरू हुआ जब औपनिवेशिक शासन के अधीन एक शिक्षित शहरी मध्यवर्ग का विकास हो गया और प्रेस कायम हुआ। 1868 में *समय विनोद* के प्रकाशन के साथ उत्तराखंड में हिंदी पत्रकारिता का इतिहास शुरू हुआ। 1871 में *अल्मोड़ा अखबार* का निकलना शुरू हुआ और 1903 में *गढ़वाली* का प्रकाशन आरंभ हुआ। इन अखबारों ने बेगार में होने वाले अन्याय की घटनाओं को समाज के सामने लाना शुरू किया और सरकार को इस बारे में अधिक उचित और मानवीय दृष्टिकोण अपनाने की सलाह दी। इन पत्रों के संपादक सरकार की नजरों में प्रतिष्ठित और निरापद नागरिक

थे। शिक्षित मध्यवर्ग के ये मुखर प्रतिनिधि ऐसे राजभक्त लोग थे जिन्हें औपनिवेशिक शासन का लाभ मिल रहा था। इसी वर्ग के प्रतिनिधियों ने 1897 में पहली बार गवर्नर जनरल की प्रांतीय काउंसिल में बेगार का सवाल उठाया। इसके बाद तो प्रांतीय काउंसिल में बेगार संबंधी समस्याओं पर सरकार का ध्यान खींचने का सिलसिला जारी रहा।

1903 में बेगार के खिलाफ एक ऐसी घटना घटी जिसकी उस वक्त कोई प्रतिध्वनि नहीं हो सकी। खत्याड़ी के ग्रामीणों को बेगार देने के लिए तहसील में आने का हुक्म हुआ। सभी सोलह ग्रामीणों ने हुक्म को ठुकरा दिया। उन्हें जाब्ता फौजदारी कानून की धारा 68 के मुताबिक तहसील में हाजिर होकर न आने और कुली बनने से इनकार करने का कारण बताने का हुक्म मिला। ग्रामीणों ने इस हुक्म को भी ठुकरा दिया। तब उन पर मुकदमा चला और 16 में से 14 को प्रति व्यक्ति दो रुपए जुर्माना और जुर्माना न अदा कर सकने पर आम कैद की सजा सुनाई गई। इस फैसले के खिलाफ ग्रामीण, इलाहाबाद उच्च-न्यायालय में गए जहाँ जस्टिस नौक्स ने उन्हें यह कहते हुए बरी कर दिया कि उन्होंने कोई अपराध नहीं किया है। लेकिन यह प्रतिरोध एक अकेले गाँव की घटना बन कर रह गया।

छिटपुट घटनाओं तथा काउंसिल और अखबारों में बार-बार उठाए जाने से सरकार ने इस प्रथा को कुछ सुधार कर जिंदा रखने के उद्देश्य से 1910 में कुली एजेंसी कायम की। एजेंसी का पूरा नाम 'ट्रांसपोर्ट एंड सप्लाई को-ऑपरेटिव एसोसिएशन' रखा गया। इसके फंड से प्रतिमाह आठ रुपए मजदूरी पर स्थायी कुली रखे गए और खच्चरों की भी व्यवस्था की गई। एजेंसी के फंड में ग्रामीणों से प्रति परिवार एक रुपया 12 आने से 2 रुपए 8 आने तक लिए जाते थे। इस तरह गढ़वाल में एजेंसी के लिए जनता साल में 35000 रुपए देती थी। यह एक तरह से कुली प्रथा को कायम रखना था लेकिन कुली बनने के एवज में मुआवजा देना पड़ता था। एजेंसी के बावजूद मजदूरी और बर्दायश का दाम चुकाने से बचने के लिए सरकारी कर्मचारी एजेंसी से कुली या रसद न लेकर सीधे काश्तकारों से बेगार लेते रहे।

बेगार के खिलाफ निर्णायक लड़ाई 1916 से 1921 के बीच लड़ी गई और शेखर पाठक ने तफसील से इसी दौर के आंदोलन का चित्र खींचा है। 1916 में कुमाऊँ परिषद का गठन हुआ। यह एक क्षेत्रीय राजनीतिक संगठन था। इस परिषद की खास बात यह थी कि इसके शिक्षित मध्यवर्गीय नेतृत्व ने संगठन को गाँवों के काश्तकारों के बीच फैलाने का निर्णय लिया। परिषद की दूसरी खास बात यह थी कि इसने तिलक और गाँधी के नेतृत्व में चले राष्ट्रीय स्वाधीनता आंदोलन के साथ भी अपना संबंध कायम किया। 1918 में कांग्रेस के दिल्ली अधिवेशन में 60 से ज्यादा लोग उत्तराखंड से गए जिनमें से अनेक परिषद के सदस्य थे। 1919 में कांग्रेस के अमृतसर अधिवेशन से लौटने के बाद परिषद के नेता और कार्यकर्ता गाँव-गाँव

में संगठन बनाने में लग गए। देहाती इलाकों में जन-सभाओं का दौर शुरू हुआ और राजनीतिक चेतना तेजी से फैलने लगी। कुमाऊँ परिषद का सबसे महत्त्वपूर्ण चौथा अधिवेशन 21-22-23 दिसंबर 1920 को काशीपुर में हुआ जिसमें पहली बार नरमपंथी बुजुर्गों के सरकारपरस्त नेतृत्व को किनारे धकेलकर परिषद का लड़ाकू युवापक्ष अपने खेमे के हरगोविंद पंत को अध्यक्ष बनाने में सफल हो गया। नरमपंथियों की अनेक रुकावटों के बावजूद इस अधिवेशन में असहयोग का प्रस्ताव भी पास हो गया। उत्तराखंड के तमाम प्रतिनिधियों ने खड़े होकर प्रतिज्ञा की कि वे अब कुली-बर्दायश नहीं देंगे। इस कलंक को मिटा देंगे। नेताओं से बागेश्वर के उत्तरायण मेले में आने को कहा गया जहाँ बड़ी तादाद में किसान होंगे और उनके बीच आंदोलन का आह्वान किया जा सकेगा। नागपुर अधिवेशन से लौटे चामी के किसानों ने हरू मंदिर के सामने सभा कर के कुली बेगार न देने की शपथ ली तो इससे मानो आंदोलन के लिए रणनीति का संकेत मिल गया। 1921 की 12 जनवरी को बागेश्वर में जुलूस निकला। लाल कपड़े का बड़ा बैनर जिसमें 'कुली उतार बंद करो' लिखा था, पूरे बाजार में घूमा। कई लोगों ने नागपुर से लाई गाँधी टोपियाँ पहन रखी थीं। 'महात्मा गाँधी की जय', 'स्वतंत्र भारत की जय' के साथ 'कुली उतार बंद करो' के नारे लगे। जुलूस सरयू नदी के तट पर दस हजार लोगों की विशाल सभा में बदल गया। बदरीदत्त पांडे ने आह्वान किया कि कुली बनने से इनकार कर दो। सरकार चालान करे तो हाजिर मत होओ। जुर्माना करे तो मत दो। यह भी कहा कि नागपुर से गाँधी ने संदेश भेजा है कि बेगार मत देना। बदरीदत्त ने कहा कि चाहे मेरे कोई काट के टुकड़े-टुकड़े कर दे या गोली मार दे, पर मैं कुली नहीं बनूँगा। यही स्वराज्य की दिशा में पहला कदम है। (पृ. 170) भाषण के बाद उन्होंने बेगार न देने वालों से हाथ उठाने को कहा तो समूची जनता ने हाथ उठा दिए। चिरंजीलाल ने कहा कि हम अकाल से घिरे हैं, और रुपये का तीन सेर अन्न बिकता है, पर सरकार अनाज बाहर भेज रही है और जब उसे रुपयों की जरूरत होती है तो वह भी (वार फंड) हमीं से वसूले जाते हैं। हरगोविंद पंत ने कहा कि यदि तुम सच्चे ब्राह्मण, क्षत्रिय, वैश्य या शूद्र हो तो इस गंगा के तट पर शपथ लो कि हम कुली उतार नहीं देंगे। इसके बाद हर पगरने-पट्टी का नाम ले-लेकर पुकारा गया और सबने बारी-बारी से बेगार न देने की शपथ ली। कुछ मालगुजारों ने अपने गाँव के कुली-रजिस्टर सरयू में डुबो दिए।

बागेश्वर में लिए गए फैसलों को जनता तक पहुँचाने के लिए गाँव-गाँव में सभाएँ होने लगीं। ताकुला के प्राइमरी स्कूल के अहाते में 600 लोगों ने गणानाथ को साक्षी मानकर कुली-उतार न देने का प्रण किया। गनारी गाँव में आर्य समाज की ओर से बेगार विरोधी सभा हुई। किसानों ने बेगार देना सचमुच बंद कर दिया। मजिस्ट्रेट, कलक्टर और हाकिमों को एक जगह से दूसरी जगह जाने के लिए कुली

मिलने बंद हो गए। अल्मोड़ा में शंख, ढोल, घंटों और झंडों के साथ जुलूस निकला। झंडों पर 'अल्लाहो अकबर', 'भारत माता की जय', 'मुहम्मद अली-शौकत अली की जय' और 'हिंदू मुसलमान की जय' लिखा हुआ था (पृ. 175) आंदोलन की खबरों को सुनकर बनारस और दूसरे विश्वविद्यालयों में पढ़ रहे गढ़वाली विद्यार्थी पहाड़ पर वापस लौट आए और देहातों में संगठन के काम में जुट गए।

सभाओं में शपथ लेने की लहर 1921 की जनवरी-फरवरी-मार्च और अप्रैल तक चलती रही। मार्च में सरकारी दमन शुरू हुआ। नेताओं को बोलने से मनाही के आदेश दिए जाने लगे और गिरफ्तारियाँ होने लगीं। दमन के माहौल में भी 10-11 अप्रैल को काठोलिया महादेव में दस हजार लोगों की सभा में बेगार का पुतला जलाया गया। *शक्ति* अखबार में छपे आंदोलन संबंधी लेखों के लिए उससे छह हजार रुपये की जमानत माँगी गई। जून 1921 तक बेगार विरोधी आंदोलन असहयोग के राष्ट्रीय आंदोलन के साथ मिलकर एक हो गया। 1922 में काउंसिल से बेगार प्रथा के उन्मूलन की घोषणा के साथ टिहरी रियासत को छोड़कर कुमाऊँ-गढ़वाल में बेगार विरोधी आंदोलन अपनी विजय की मंज़िल पर पहुँच गया।

इस सारे आंदोलन में स्त्रियों की भागीदारी क्या थी, कितनी थी—इसका पता नहीं चलता। यह शेखर पाठक के शोध कार्य की कमी ही कही जाएगी।

आंदोलन का स्वरूप और नेतृत्व

उत्तराखंड में बेगार-विरोध के इतिहास को देखने से आंदोलन के विकास का एक ढाँचा उभरता दिखाई देता है। सबसे पहले दौर में खुद काश्तकारों के स्वतःस्फूर्त प्रतिरोध की छिटपुट घटनाएँ हैं। इनसे किसी संगठित या असंगठित आंदोलन का जन्म नहीं होता और न शासक वर्ग पर कोई दबाव पड़ता है। दूसरे दौर में शहरी शिक्षित उच्च मध्य वर्ग के प्रतिनिधि बेगार के सवाल को काउंसिल और अखबारों में उठाते हैं। ये प्रतिनिधि अंगरेजी राज के भक्त हैं, प्रशासनिक सेवाओं में हैं या वकालत के पेशे में। राय बहादुर बदरीदत्त जोशी, हरिराम पांडे और ज्वालादत्त जोशी ऐसे ही लोग थे। पेशे से वकील और आगे चलकर रायबहादुर बने तारादत्त गैरोला, *गढ़वाली अखबार* के संस्थापक गिरजादत्त नैथाणी, भूतपूर्व सरकारी अफसर विशंभर दत्त चंदोला भी इसी वर्ग के प्रतिनिधि थे। ये बेगार का उन्मूलन नहीं, उदारतावादी ढंग से उसमें सुधार चाहते थे। ये विरोध को राष्ट्रीय आंदोलन के साथ जोड़ने के भी खिलाफ थे। जब आंदोलन निर्णायक दौर में पहुँचा तो ये लोग पीछे हट गए। फिर भी इनकी एक भूमिका थी, उस समय (1868-1912) समाज में यही वर्ग था, जिसकी आवाज सुनी जाती थी। अखबारों, सार्वजनिक सभाओं और काउंसिलों में बेगार-समस्या को उठाने वाले ये उदारतावादी भद्र लोग बेगार के खिलाफ किसी जन-आंदोलन को संगठित करने के दृष्टिकोण से प्रेरित नहीं थे, न इनकी कोशिशों

से बेगार के उत्पीड़न में कोई उल्लेखनीय कमी आई। फिर भी, इनके प्रयत्नों ने बेगार के प्रश्न को काश्तकारों के अलग-थलग छिटपुट विरोधों से आगे बढ़ाकर एक ज्यादा ऊँची मंजिल पर जरूर पहुँचा दिया, जहाँ बेगार की समस्या एक सामाजिक प्रश्न के रूप में उभरकर सामने आई। आगे के आंदोलन के लिए यह मंजिल एक जरूरी शर्त थी। तीसरे दौर में शिक्षित मध्यवर्ग का अधिक विकास और विस्तार होता है। अब उसमें सिर्फ बड़े वकील, अफसर और रायबहादुर वगैरह ही नहीं, बल्कि साधारण कर्मचारी, स्कूल मास्टर और पत्रकार भी शामिल होते हैं। अब नेतृत्व वह हिस्सा संभालता है जो तिलक और गाँधी की राजनीति से प्रेरित और प्रभावित था। इसमें हरगोविंद पंत, बदरीदत्त पांडे, चिरंजीलाल, मुकुंदीलाल और चेतराम शामिल थे। यह नेतृत्व एक ओर आंदोलन को राष्ट्रीय स्वाधीनता संग्राम से जोड़ता है तो दूसरी ओर गाँव के काश्तकारों को समेटता है। कुमाऊँ परिषद में ऐसे बहुत से सदस्य थे जो ग्रामीण और गरीब तबकों से आए थे। मोहनसिंह मेहता, अनुसूयाप्रसाद बहुगुणा, केशर सिंह रावत, ईश्वरी ध्यानी, कृष्णानंद उप्रेती, प्रयागदत्त पूरी तरह गाँवों से आए प्रतिनिधि थे तो लक्ष्मीदत्त शास्त्री, प्रेमवल्लभ पांडे, रामदत्त, शिवदत्त पांडे और चेतराम ऐसे नेता-कार्यकर्ता थे जो सभा-सम्मेलनों में जाने के बजाय पूरी तरह गाँवों के किसानों के बीच काम करते रहे। इस तरह जो बेगार-विरोध स्वतःस्फूर्त ढंग से छिटपुट रूप में अलग-थलग काश्तकारों के बीच उभरा था, वह शहर के उच्च शिक्षित मध्यवर्ग के उदार हाथों से गुजरता हुआ सक्षम और निपुण साधारण शिक्षित मध्यवर्ग के अधिक लड़ाकू और अधिक जनवादी चरित्र द्वारा संगठित होकर फिर से अपनी जड़ों की ओर लौटा और गाँवों के किसानों के बीच एक संगठित और शक्तिशाली आंदोलन के रूप में कायम हो गया। अब यह एक जन आंदोलन बन गया जिसमें उत्तराखंड के समाज के लगभग सभी वर्गों ने भाग लिया। इसमें किसान, प्रधान (जिनके माध्यम से सरकार राजस्व वसूलती थी) शहरी मध्यवर्ग, भूतपूर्व सैनिक, अध्यापक और छात्र सभी शामिल हुए। पत्रकारों, संपादकों, कवियों और लोक गायकों ने भी अपनी भूमिका निभाई। नेतृत्व सामूहिक रहा और उसकी सफलता का कारण शेखर पाठक ने कोसांबी के इस सूत्र में बताया कि जहाँ सामाजिक शक्तियाँ पर्याप्त मजबूत होती हैं वहाँ नेतृत्व की कमजोरी या खराबियों पर नियंत्रण भी पाया जा सकता है। आंदोलन के संदर्भ में इस सूत्र की और ज्यादा ठोस व्याख्या की जरूरत थी, जो शेखर पाठक नहीं करते। वे इसी पर जोर देते हैं कि सामूहिक नेतृत्व पूरी तरह से उस कार्यकर्ता-वर्ग पर तथा ग्रामीण नेतृत्व पर निर्भर रहा जिसका सीधा संबंध स्थानीय जनता से था। नेतृत्व के आत्मविश्वासी होने का मूल कारण काश्तकारों की जागृति से जुड़ा था। (पृ. 222) यह सही है कि अगर मध्यवर्गीय नेतृत्व ने काश्तकारों को जाग्रत न किया होता और काश्तकारों ने कुली न बनने का प्रण न लिया होता तो आंदोलन ऊँचे नेतृत्व में बावजूद कभी सफल न हो पाता। इन दोनों को जोड़ने वाली कड़ी का

आंदोलन में शामिल होना जरूरी था। शेखर पाठक ने इसकी भूमिका के महत्त्व को समझते हुए यह साफ किया कि 1920 में जहाँ शिक्षित मध्यवर्गीय नेतृत्व राष्ट्रीय वातावरण से परिचित-प्रभावित था, वहाँ गाँव के किसानों का गुस्सा सिर्फ बेगार या वन विभाग की नीतियों के खिलाफ सीमित था। "पर ग्रामीण कार्यकताओं में कुछ ऐसे भी थे जो गाँवों के तत्कालीन राजनीतिक वातावरण और शहरी नेतृत्व के सोच—दोनों से परिचित थे। इसी कड़ी ने दोनों को मिलाने का महत्त्वपूर्ण कार्य किया।" (पृ. 219) इसलिए जिन नेताओं ने निर्णायक घड़ी में जनता और मुख्य नेतृत्व दोनों में साहस और आत्मविश्वास कायम रखने में सफलता पाई वे मध्यवर्ग के ऊपरी तबके से आए वकील या संपादक नहीं थे, बल्कि गाँवों से जुड़े नेता थे। इन विशेषताओं के बावजूद आंदोलन का मुख्य नेतृत्व निश्चित रूप से शिक्षित शहरी मध्यवर्ग के हाथों में रहा जिसमें ब्राह्मणों की प्रधानता थी। आंदोलन से राजनीतिक ख्याति पाकर 1923, 1926 या 1937 के चुनावों में बार-बार ब्राह्मणों को ही प्रमुखता मिली। यह नेतृत्व गाँवों के सबसे उत्पीड़ित समुदाय शिल्पकारों को आंदोलन में लाने में सफल नहीं हो सका, हालाँकि ये शिल्पकार ही बेगार से सबसे अधिक पीड़ित थे।

अवध और उत्तराखंड

जिन दिनों (1918-22) उत्तराखंड में कुली बेगार प्रथा के खिलाफ आंदोलन निर्णायक दौर में पहुँचा, उन्हीं दिनों अवध के जिलों में ताल्लुकेदारी प्रथा के शोषण-उत्पीड़न के खिलाफ एक बड़ा किसान आंदोलन चल रहा था। इसमें एक खास मुद्दा बेगार का था। यहाँ किसानों को उस तरह कुली बनना नहीं पड़ता था, जैसे उत्तराखंड में। लेकिन बाकी सारी बातें समान थीं। दोनों का तुलनात्मक अध्ययन किया जाए तो कई महत्त्वपूर्ण निष्कर्ष निकलेंगे। इससे औपनिवेशिक भारत में एक सफल जन-आंदोलन का मूल ढाँचा और स्वरूप कैसा हो सकता था—यह उभर कर आता है और किसान आंदोलनों के बारे में गाँधी जी के दृष्टिकोण को फिर से जाँचने का एक आधार मिलता है।

अवध और उत्तराखंड के आंदोलन में कई बातें एक जैसी मिलती हैं। दोनों में किसानों से बेगार लेने की प्रथा के खिलाफ संघर्ष हुआ। दोनों जगह नेताओं में शहरी वकील शामिल थे। दोनों में राष्ट्रीय नेताओं से सहयोग माँगा गया। दोनों में पत्र-पत्रिकाओं और उनके संपादकों ने भाग लिया या समर्थन दिया। दोनों में यूरोप की लड़ाई से लौटकर आए सैनिकों ने भाग लिया। 1920 के दिसंबर में काशीपुर में कुमाऊँ परिषद का सम्मेलन हुआ। ठीक इसी समय अयोध्या में अवध के किसानों का सम्मेलन हुआ। दोनों जगह इन सम्मेलनों का महत्त्व निर्णायक साबित हुआ। संयोग से दोनों ही सम्मेलन सरयू के तट पर हुए। दोनों जगह सम्मेलन के बाद किसान नेता कांग्रेस के नागपुर अधिवेशन में गए और वहाँ से लौटने के बाद, दोनों ही जगह,

आंदोलन प्रबल वेग से फूट पड़ा और गाँवों में चारों ओर फैल गया। दोनों जगह किसानों ने धार्मिक प्रतीकों को साक्षी मानकर शपथ ली और संगठन के सदस्य बने। दोनों जगह हिंदू-मुसलमान की जै के नारे लगे और इनकी एकता कायम हुई। दोनों आंदोलनों का दमन भी एक ही समय में हुआ। दोनों ही जगह किसान आंदोलन, राष्ट्रीय आंदोलन में मिलकर एक ही तरह से विलीन हुआ। इन सारी समानताओं के बावजूद अवध में किसानों की वैसी जीत नहीं हुई, जैसी उत्तराखंड में हुई। उत्तराखंड में किसानों की माँग पूरी हो गई जबकि अवध के किसान घुमा-फिराकर कमोबेश उन्हीं बंधनों में जकड़े रहे। (देखिए, पृ. 188-89, पेजेंट्स इन रिवोल्ट, कपिल कुमार, मनोहर, 1984।)

दोनों आंदोलनों के विकास में कई लक्षण समान होने पर भी उनके नतीजों में इतना फर्क क्यों है? इतना ही नहीं सरकार की निगाह में अवध का आंदोलन कहीं ज्यादा ताकतवर था। जब "कुमाऊँ में मजिस्ट्रेट डायविल ने घबराकर सरकार से आंदोलन को कुचलने के लिए अनुमति माँगी तो सरकार ने यह कहते हुए अनुमति नहीं दी कि कुमाऊँ में जो हो रहा है, वह उसके मुकाबले बहुत कम है जिसे हम अवध में भुगत रहे हैं।" (179, शेखर पाठक) बात सही थी। अवध में आंदोलन आक्रामक हो गया था। किसानों ने बड़े पैमाने पर ताल्लुकेदारों की कोठियों पर हमले किए, उनकी फसलों और भंडार को लूट लिया, उनकी संपत्ति लूट ली, कई जगह आग लगा दी, पुलिस की गोलियों का मुकाबला किया, कहीं-कहीं सरकारी अमलों की हत्या भी कर दी और कुछ इलाकों में तो अपनी समानांतर सरकार कायम कर ली। उत्तराखंड में ऐसा कुछ भी नहीं हुआ। फिर भी, जीत उत्तराखंड के किसानों की हुई, अवध के किसानों की नहीं, इसका कारण क्या था?

जाहिर है कि आक्रामकता किसी जन-आंदोलन को विजय तक पहुँचाने वाला मुख्य तत्त्व नहीं बन सकता। अवध का आंदोलन ज्यादा आक्रामक था, उत्तराखंड का आंदोलन कम। कारण दोनों की कुछ महत्त्वपूर्ण भिन्नताओं में है। किसी आंदोलन की सफलता और कई बातों के अलावा उसमें शामिल सामाजिक वर्गों के विकास, उनकी भूमिका और उनके आपसी संबंधों के सही अनुपात और संतुलन से तय होती है। औपनिवेशिक भारत में इन सबको एक बड़े संदर्भ में साम्राज्यवाद विरोधी राष्ट्रीय आंदोलन के संदर्भ में देखना होगा। चेतना की दृष्टि से औपनिवेशिक भारत में सबसे ज्यादा विकसित और जाग्रत वर्ग शहरी शिक्षित मध्यवर्ग था। साम्राज्यवाद विरोधी विचारधारा इसी वर्ग की विचारधारा थी। अवध और उत्तराखंड, दोनों जगह लड़ाई का आधार किसान थे, लड़ाई के केंद्र में किसानों की समस्या थी। अवध में आंदोलन नीचे से, खुद गाँव के किसानों ने संगठित किया था, उत्तराखंड में इसे ऊपर से शहरी शिक्षित मध्यवर्ग ने संगठित किया था। अवध में किसान आंदोलन मूलतः स्थानीय ग्रामीण नेतृत्व में हुआ, उत्तराखंड में शहरी शिक्षित मध्य वर्ग के नेतृत्व में हुआ।

शिक्षित मध्यवर्गीय नेतृत्व अवध के किसान आंदोलन में भी मौजूद था। गौरीशंकर मिश्र, जो किसानों के सबसे निकट थे, इलाहाबाद में स्कूल मास्टर थे, उन्होंने नई-नई वकालत शुरू की थी। माताबदल पांडे प्रतापगढ़ में वकील थे। पुरुषोत्तम दास टंडन, पं. सुंदरलाल और जवाहरलाल नेहरू भी आंदोलन के नेताओं में थे। मोतीलाल नेहरू अवध की किसान सभा के अध्यक्ष भी बने। लेकिन इस शिक्षित मध्यवर्गीय नेतृत्व ने किसानों के साथ वैसा तादात्म्य कायम नहीं किया जैसा उत्तराखंड नेतृत्व ने कर लिया था। इसलिए इन आंदोलनों की सफलता-असफलता का मूल कारण आंदोलन के नीचे से या ऊपर से संगठित होने में नहीं, बल्कि शहरी मध्यवर्गीय नेतृत्व और ग्रामीण वर्गआधार के बीच सही संबंध कायम करने में निहित था। अवध में ऐसा संबंध कायम नहीं हुआ। इसका कारण किसानों की मनोवृत्ति नहीं थी। किसान तो शहरी राष्ट्रवादी मध्यवर्गीय नेताओं की गुहार लगा रहे थे। एकता कायम न होने का कारण मध्यवर्गीय नेताओं की मनोवृत्ति और विचारधारा थी। उनका दृष्टिकोण राष्ट्रीय आंदोलन के लिए किसानों को सिर्फ इस्तेमाल करने का था, किसानों की समस्या को हल करने में इनकी दिलचस्पी नहीं थी। उत्तराखंड में मध्यवर्गीय नेतृत्व ने किसान आंदोलन को सचमुच में संगठित किया था और उसके अंदर राष्ट्रीय आंदोलन को फैलाया था। इस तरह उन्होंने दोनों को जोड़ा, जबकि अवध में किसान आंदोलन का बलिदान कर राष्ट्रीय आंदोलन खड़ा करने की कोशिश की गई। असली अंतर्विरोध गाँधीवादी नेतृत्व की विचारधारा और कार्यक्रम में था।

इतिहास लेखन के क्षेत्र में रंजीत गुहा की रहनुमाई में उभरे सबाल्टर्न स्टडीज ग्रुप में किसानों की स्वायत्त-चेतना पर काफी जोर दिया गया और सूक्ष्म विश्लेषण किया गया है। उन्होंने राष्ट्रवादी मध्यवर्गीय नेतृत्व की सही आलोचना की है कि इसके वर्गीय नेतृत्व ने किसानों के साथ विश्वासघात किया। लेकिन, स्वायत्त किसान चेतना, किसान-समस्या को हल नहीं कर सकती—यह बात वे साफ नहीं कहते। किसानों की स्वायत्त चेतना ने तो अवध में किसानों की समानांतर सरकार कायम की थी जो असल में स्थापित व्यवस्था का ही प्रतिरूप था। किसान जीवन की परिस्थितियाँ ऐसी रही हैं कि उसके अंदर से सही वैकल्पिक विचारधारा का विकास नहीं हो सकता। यह विचारधारा और चेतना उसे अपनी वर्ग-सीमाओं के बाहर ही मिल सकती है। अवध के किसान अपने स्थानीय शत्रुओं के खिलाफ लड़े तो सही, लेकिन वे स्थानीय शत्रुओं को संरक्षण देने वाले अंगरेजी शासन की भूमिका समझने में असमर्थ रहे जबकि उस वक्त पूरे देश में अंगरेजी शासन के खिलाफ संघर्ष चल रहा था। सबाल्टर्न स्टडीज ग्रुप के इतिहासकार मार्क्स-एंगेल्स या लेनिन के बजाय ग्राम्शी के उद्धरण देना पसंद करते हैं। लेकिन, ग्राम्शी ने कभी किसान चेतना की स्वायतत्ता को गौरवान्वित नहीं किया। उल्टे उन्होंने हमेशा ही संघर्ष के लिए विभिन्न वर्गों की चेतना के बीच अंतःसपंर्क और क्रांतिकारी वर्गों की आपसी एकता पर जोर दिया। औपनिवेशिक भारत में किसान

समस्या का हल किसानों और राष्ट्रवादी शिक्षित मध्यवर्ग की सही एकता पर निर्भर करता था। दोनों की चेतना की स्वायत्तता नहीं, संघर्षों का अलगाव नहीं, बल्कि दोनों की चेतना और संघर्ष के आपसी संबंध और एकता पर जोर देने की जरूरत है। चलते-चलते यहाँ यह भी बता दिया जाए कि अवध के आंदोलन में देहात के सबसे निचले वर्ग पासी, भर, चमार, मुराई और गड़ेरिया जाति के भूमिहीन खेतिहर मजदूरों ने बड़ी संख्या में भाग लिया था। इनकी चेतना और भी अधिक स्वायत्त रही होगी। इससे आंदोलन की आक्रामकता तो बढ़ी, पर आंदोलन के विकास में इस वर्ग की और कोई उल्लेखनीय भूमिका नहीं रही। दूसरी ओर उत्तराखंड के देहातों में सबसे निचले तबके के—शिल्पकार—बेगार से सबसे ज्यादा पीड़ित थे, पर आंदोलन में इनकी भी कोई भूमिका नहीं रही। इसके उल्टे, किसानों ने जब कुली न बनने की शपथ ली और डायविल को बाहर निकलने के लिए कुली न मिले तो सबसे पहले उसे जिसने कुली दिलाए, वह एक शिल्पकार ही था। शासक वर्ग शिल्पकारों को बाकी समाज के प्रतिद्वंद्वी के रूप में खड़ा करने में सफल हुआ। 1925 में अल्मोड़ा में शिल्पकार कान्फ्रेंस में 'सम्राट की जै', 'ब्रिटिश राज की जै' कहता हुआ जुलूस निकला और शिल्पकार नेताओं ने कहा कि हम ब्रिटिश शासन की कृपा से बचे हुए हैं। (पृ. 235, शेखर पाठक) शिक्षित मध्यवर्ग की साम्राज्यवाद विरोधी विचारधारा के संपर्क में आए बिना यह स्वायत्त चेतना स्वायत्त ही रही, विकसित न हो सकी। मानना चाहिए कि अवध और उत्तराखंड, दोनों जगह किसान समुदायों में सबसे महत्त्वपूर्ण भूमिका गाँवों के साधारण और निम्न मध्यवर्गीय किसानों की रही। यही वर्ग आंदोलन की मुख्य शक्ति बना। उत्तराखंड का शिक्षित मध्यवर्गीय नेतृत्व अगर साधारण मध्यवर्गीय किसानों को भूमिहीन खेत मजदूर शिल्पकारों से जोड़ने में असमर्थ रहा तो यह कोई आश्चर्य की बात नहीं, क्योंकि इस समस्या को आज भी बिहार, बंगाल, आंध्र या और कहीं भी देहाती इलाकों में क्रांतिकारी किसान आंदोलन चला रहे कम्युनिस्ट संगठन भी निर्णायक रूप से सुलझा नहीं सके हैं।

साम्राज्यवाद विरोधी किसान आंदोलन

प्रोफेसर पी. सी. जोशी ने यह सवाल उठाया था कि उत्तराखंड के कुली बेगार विरोधी आंदोलन को एक खेतिहर आंदोलन कैसे माना जाए? खेतिहर आंदोलन खेती से जुड़े दो वर्गों के बीच के अंतर्विरोध को हल करता है। अवध में यह अंतर्विरोध असामियों और जमींदार ताल्लुकेदारों के बीच था। उत्तराखंड में जमींदार-ताल्लुकेदारों जैसा कोई सामंत वर्ग कुमाऊँ-गढ़वाल में नहीं था। फिर इसे खेतिहर आंदोलन कैसे कहा जा सकता है?

अगर हम औपनिवेशिक भारत के इस तथ्य पर ध्यान दें कि देश के कई हिस्सों में अंग्रेजी शासन ही सबसे बड़ा भू-स्वामी था, तो इस प्रश्न का उत्तर मिल जाता

है। कुमाऊँ-गढ़वाल में राज्य और रैयत के बीच बिचौलियों के रूप में दलाल भू-स्वामी वर्ग नहीं था। किसान सीधे राज्य के रैयत थे और राज्य ही सबसे बड़ा भू-स्वामी था। इसी हैसियत से वह किसानों से बेगार लेता था। इसलिए उत्तराखंड का आंदोलन निश्चित रूप से खेतिहर आंदोलन था। सही शब्दों का इस्तेमाल करें तो वह एक साम्राज्यवाद विरोधी किसान आंदोलन था।

गाँधी जी ने अवध में हुए किसान आंदोलन को अपना आशीर्वाद नहीं दिया। इससे तीन साल पहले चंपारन में हुए किसान आंदोलन को न सिर्फ उन्होंने आशीर्वाद दिया, बल्कि अपने ढंग से उसे संगठित करके चलाया भी। इस घटना से ही प्रेरित होकर 1920 के जून में प्रतापगढ़ जिले के किसान नेता पैदल 70 किलोमीटर का देहाती रास्ता चलकर गाँधीजी से मिलने इलाहाबाद गए। वहाँ गाँधीजी नहीं थे। बाद में, 1920 के दिसंबर में किसान प्रतिनिधि नागपुर कांग्रेस में गए जहाँ कांग्रेस ने अवध के किसानों को लगान बंदी का आंदोलन शुरू करने से मना कर दिया। इसके बावजूद किसानों का स्वतःस्फूर्त आंदोलन फूट पड़ा और आक्रामक होकर देहाती इलाकों में फैल गया। तब जाकर गाँधीजी उसमें आए—आंदोलन का समर्थन करने के लिए नहीं, विरोध करने लिए। उन्होंने फरवरी, 1921 में बनारस और फैजाबाद में भाषण करते हुए आंदोलनकारी किसानों की भर्त्सना की। गाँधीजी के निर्देश पर जवाहरलाल नेहरू तथा दूसरे कांग्रेसी नेताओं ने भी किसान आंदोलन से अपने हाथ खींच लिए। हालाँकि किसान गाँधीजी की जै बोल रहे थे, पर गाँधी जी ने 9 मार्च, 1921 को अवध किसान आंदोलन के बारे में अपने जो उन्नीस निर्देश जारी किए (पृष्ठ 426, *गाँधी वाङ्मय, भाग-19*), उनका मतलब अमल में किसान आंदोलन को खत्म कर देना ही था। यही हुआ भी। एक ओर सरकारी दमन, दूसरी ओर राष्ट्रीय नेताओं की भर्त्सना, दोनों के बीच किसान आंदोलन ढह गया।

इसके उल्टे, उत्तराखंड में गाँधी जी ने किसान आंदोलन को अपना आशीर्वाद दिया। कुमाऊँ परिषद के नेता गाँधी जी को बुलाने के लिए कलकत्ता गए, पर अपनी व्यस्तता के कारण वे नहीं आ पाए। कांग्रेस के नागपुर अधिवेशन में गाँधीजी से फिर मुलाकात हुई। आंदोलन के बारे में उन्हें बताया गया। गाँधीजी आ तो नहीं सके, पर आंदोलन को आशीर्वाद देते हुए कहा कि कुमाऊँ के किसानों से कहना कि "कुली बनना नहीं होता है।" (पृष्ठ 168) आंदोलन को न सिर्फ गाँधी जी का आशीर्वाद मिला बल्कि कांग्रेस के गाँधीवादी नेतृत्व ने खुलकर आंदोलन का साथ दिया और उत्तराखंड के बड़े कांग्रेसी नेताओं ने उसमें पूरा हिस्सा लिया। इनमें गोविंद बल्लभ पंत भी थे। 1929 में जब गाँधी जी कुमाऊँ आए तो उन्होंने आठ साल पहले हुए बेगार विरोधी आंदोलन को याद किया, उसकी तारीफ की और उसको चलाने वाले किसानों को उसकी विजय का श्रेय दिया।

इन दो आंदोलनों के प्रति गाँधीजी की दो अलग-अलग नीतियों का कारण

क्या था?

कारण यह था कि अवध का किसान आंदोलन सामंत विरोधी था जबकि उत्तराखंड का आंदोलन अंगरेजी राज का विरोधी था। पास में ही टिहरी रियासत थी जहाँ सामंत भी थे और कुली बेगार प्रथा भी थी। पर, उस समय यहाँ आंदोलन नहीं चलाया गया। यहाँ आंदोलन हुआ 1939 में, जब रियासतों में आंदोलन के लिए प्रजामंडल का गठन हुआ। उत्तराखंड में किसान बेगार देते थे अंगरेज सरकार को, विदेशी राज्य के हाकिमों और अमलों को। कुछ स्थानीय लोगों को भी देनी पड़ती थी, पर वह मुद्दा गौण था। चंपारन में भी किसानों की लड़ाई मुख्यतः नील की खेती कराने वाले गोरे जमींदारों के खिलाफ थी। गुजरात के बारदोली में भी गाँधी जी ने किसान-सत्याग्रह शुरू किया अथवा उससे कुछ पहले खेड़ा में किसान आंदोलन का समर्थन किया जहाँ सरदार पटेल नेता बनकर उभरे। यहाँ भी किसान सीधे अंगरेजी सरकार की रैयत थे, राज्य ही उनका सबसे बड़ा जमींदार था। गाँधीजी ने चंपारन, उत्तराखंड, खेड़ा और बारदोली में किसान आंदोलनों का समर्थन किया, अवध में नहीं। अवध में किसान अंगरेजी सरकार की रैयत न थे। वे असामी थे हिंदुस्तानी ताल्लुकेदारों-जमींदारों के। यहाँ ताल्लुकेदार-जमींदार भू-स्वामी थे जिनके शोषण-उत्पीड़न के खिलाफ किसान लड़ रहे थे। गाँधीजी की धारणा यह थी कि विदेशी सरकार से लड़ने के लिए सब हिंदुस्तानियों को एक हो जाना चाहिए। भू-स्वामित्व का सवाल छोड़ भी दें तो, बेदखली, नजराना, रसद, बेगार, डांड़ और छप्पन तरह के अबवाबों के नाजायज सामंती शोषण-उत्पीड़न की कटुता और कष्ट के साथ किसान, ताल्लुकेदारों से कैसे एक हो जाते? गाँधीजी ने इस सवाल का संतोषप्रद उत्तर कभी नहीं दिया। यह सही है कि गाँधीजी आजादी की लड़ाई के लिए राजाओं-नवाबों और जमींदारों-ताल्लुकेदारों पर भरोसा नहीं करते थे। उन्होंने कई बार इस वर्ग के अत्याचारों के बारे में भी लिखा। लेकिन, क्या वे किसानों पर भरोसा करते थे? जब-जब किसान खुद इस सामंती वर्ग के खिलाफ लड़ने को उठकर खड़े हुए, गाँधीजी ने किसानों का समर्थन नहीं किया। अंगरेजी राज के खिलाफ एक हो जाने के नाम पर उन्होंने ताल्लुकेदारों-जमींदारों के नाजायज दावों के प्रति भी नरम रुख अपनाया और उन्हें किसानों के जायज क्रोध से बचाया, हालाँकि बड़े ताल्लुकेदार-जमींदार आम तौर पर अंगरेजी राज के दलाल और उनके सामाजिक आधार ही थे।

इधर साम्राज्यवाद विरोधी संघर्ष में गाँधीजी की भूमिका के पुनर्मूल्यांकन का दौर चल रहा है। प्रसिद्ध मार्क्सवादी इतिहासकार बिपिनचंद्र और उनके अनुयायी इतिहासकार किसान आंदोलनों के प्रति गाँधी जी के दृष्टिकोण को सही ठहराते हैं। इसके लिए वे साम्राज्यवाद-विरोध का संदर्भ सामने रखते हैं और चीन में माओ के जापान-विरोधी संयुक्त मोर्चे का भी हवाला देते हैं। मानना चाहिए कि उत्तराखंड में कुली बेगार विरोधी आंदोलन साम्राज्यवादविरोधी संघर्ष के दौरान सफल जन-आंदोलन

का एक हद तक लगभग आदर्श उदाहरण पेश करता है। इस तरह के साम्राज्यवादविरोधी किसान आंदोलनों के प्रति गाँधीजी का दृष्टिकोण सैद्धांतिक रूप से मूलतः सही था। फिर भी, खुद अपने ही दृष्टिकोण के मुताबिक उन्होंने देश भर में, जहाँ भी अँगरेज सरकार सीधे-भूस्वामी थी, ऐसे किसान आंदोलनों को संगठित करने का कार्यक्रम कभी नहीं बनाया। गाँधीजी ने ऐसा कार्यक्रम क्यों नहीं बनाया जबकि इसके जरिये लाखों करोड़ों किसानों को साम्राज्यवादविरोधी संघर्ष में उतारा जा सकता था? जहाँ अँगरेजी सरकार सीधे भूस्वामी नहीं थी, बीच में जमींदारों-ताल्लुकेदारों के रूप में एक सामंती भू-स्वामी वर्ग मौजूद था, वहाँ किसान आंदोलनों के बारे में गाँधी जी कभी सही नीति क्यों नहीं तय कर सके? इन प्रश्नों की व्याख्या भी प्रोफसेर बिपिनचंद्र को करनी चाहिए।

(*1987*)

इंटरव्यू

यशपाल से मुलाकात

कॉफी हाउस के ठंडे और हल्के अँधेरे कमरे से निकलकर मैं फिर लखनऊ की धूप, गर्मी और लू भरे आसमान के नीचे आ गया। "यशपाल आजकल कुछ कमजोर हो गए हैं और उन्होंने कॉफी हाउस आना छोड़ दिया है।" यह स्वर था कॉफी हाउस के काउंटर पर बैठे आदमी का।

मैं बाहर निकलकर रिक्शे पर बैठ गया–"महानगर चलो।"

हजारों ख्यालों के तूफान से भरा मन लेकर मैं महानगर में यशपाल जी के बंगले पर पहुँच गया। सुंदर फूलों के पौधों और लॉन वाले खामोश बंगले के आँगन में जाकर चुपचाप खड़ा हो गया। यह बंगला बाहर से कितना स्तब्ध और खामोश दिखता है। कौन कह सकता है कि बाहर से इतने स्तब्ध और खामोश दिखने वाले बंगले के अंदर अनगिनत विचारों से भरा पैंसठ वर्षों का वह बूढ़ा व्यक्ति...इस युग के महान लेखकों में एक...यशपाल रहता है...मैंने कॉलबेल पर उँगली रख दी और साँस रोककर प्रतीक्षा करने लगा।

सरल कहानी का मास्टर

मुझे बैठकखाने में बैठा दिया गया। कमरा ठंडा और अँधेरा था...सिर्फ एक छोटा-सा बल्ब जल रहा था। कमरे में कोई नहीं था। एक हल्की-सी आहट सुनाई पड़ी। सिर मोड़ा...दरवाजे पर चश्मा लगाए एक लम्बा...बूढ़ा व्यक्ति खड़ा था। "नमस्ते!" मुझे विश्वास नहीं हो रहा था कि जिस व्यक्ति को मैं नमस्ते कर रहा हूँ, वह यशपाल ही हैं।...वे यशपाल ही थे। यशपाल कमरे में आए और सोफे पर बैठ गए।

"आप भी इधर नजदीक आकर बैठ जाइए।" यशपाल ने मुझे पास बुला लिया।

"कहिए, क्या बात है?"

"मैं आपसे कुछ प्रश्न पूछना चाहता था।"

"पूछिए।"

मैं घबड़ा गया। यह व्यक्ति इतनी सहजता के साथ और इतने सीधे तरीके से बातें कर रहा है कि मैं कुछ नहीं बोल सकूँगा। उन्होंने नीली तहमद बाँध रखी

थी और सफेद कुर्ता पहन रखा था।

मैं, एक छोटे शहर से आया और बी. ए. प्रथम वर्ष में पढ़ रहा विद्यार्थी, यह सोच नहीं पा रहा था कि बात किस सिरे से शुरू करूँ। पर यशपाल ने मुझे उबार लिया। "क्या करते हो? कहाँ रहते हो? पिताजी क्या करते हैं?"...नितांत घरेलू और आत्मीयता से भरी बातें पूछकर वे खुद को मेरे काफी करीब ले आए।

"बातें करने से पहले मैं आपको बता दूँ कि मैंने आपको बहुत कम पढ़ा है।" मैं अपनी स्थिति साफ कर रहा था, "दादा कामरेड, दिव्या, मार्क्सवाद और कुछ-एक कहानियाँ। 'दिव्या' में जो तेजस्विता है, गरिमा है, उसके कारण वह मुझे 'दादा कामरेड' से कहीं अधिक अच्छी लगी। और 'मार्क्सवाद'...आज तक मैंने जितनी भी पुस्तकें पढ़ीं...'मार्क्सवाद' ने मुझ पर सबसे अधिक प्रभाव डाला है। यह अकेली पुस्तक है—जिसे पढ़कर मैं और मेरे दोस्त कई-कई महीनों तक हर शाम 'मार्क्सवाद' पर गर्म बहसें करते रहे।"

...इसके बाद, मैं सीधे प्रश्नों पर उतर आया।

"यशपाल जी, नए लेखकों का कहना है कि हम किसी भी प्रकार के मूल्यों की खोज या स्थापना नहीं कर सकते। साहित्यकार मूल्यों की खोज करता है, मूल्यों की स्थापना करता है...यह सारी बातें अब झूठी पड़ गईं। आज जिंदगी जितनी जटिल हो गई है और उस पर जितनी तरह के दबाव पड़ रहे हैं—उसके आधार पर सच्चाई यह सामने आती है कि साहित्य अधिक से अधिक अपने पढ़नेवाले को कुछ सुसंस्कृत बना सकता है, उसे कुछ चेतनाशील बना सकता है। बस, इससे अधिक और कुछ नहीं। आप इस विषय में क्या सोचते हैं?

"ठीक है", यशपाल बोले, "यह ठीक है कि साहित्यकार आज मूल्यों की स्थापना नहीं कर सकता। मूल्यों की स्थापना साहित्यकार करता भी नहीं है। वह तो परिस्थितियाँ करती हैं—उन्हें मनुष्य स्वीकार करता है। लेकिन, यदि साहित्यकार अपने पाठक को सुसंस्कृत बनाता है, उसे चेतनाशील बनाता है...तो यह क्या कम है? यह खुद एक मूल्य है। वह मूल्यों की स्थापना नहीं कर सकता...लेकिन मूल्यों की तरफ ध्यान खींच सकता है।...और यह काफी है।"

मैंने दूसरा प्रश्न किया, "नई पीढ़ी के लेखकों का कहना है कि हमें सिर्फ अपने जीवन में भोगे हुए अनुभवों का ही चित्रण करना चाहिए। क्योंकि हर बाहरी चीज धीरे-धीरे झूठी पड़ती जा रही है। इसलिए, कल्पना के आधार पर लिखा गया साहित्य झूठा है। केवल भोगी हुई अनुभूतियों वाला साहित्य ही सच्चा होता है। तो यदि यह बात मान ली जाए तो क्या हिंदी साहित्य का मार्ग काफी तंग नहीं हो जाएगा?"

"भई, नए लेखक यदि भोगे हुए अनुभव द्वारा ही सफल कहानी लिखने की बात करते हैं...तो यह नुस्खा उन्हें मुबारक हो। मैं तो मानता हूँ कि आपकी कहानी पाठक की आवश्यकता पूरी करती है या नहीं—यही देखना है। पाठक की आवश्यकता

से मेरा तात्पर्य उसकी साहित्यिक आवश्यकता से है। यदि आपकी कहानी पाठक को स्वाभाविक लगती है, तो कहानी सफल है। अब यह चाहे भोगे हुए अनुभव द्वारा लिखी गई हो, चाहे कल्पना के द्वारा। नए लेखक यदि सिर्फ भोगे हुए अनुभव द्वारा कहानियाँ लिखना चाहते हैं, तो वे लिखें। लेकिन, और लोग जिस तरह लिख सकते हैं, उन्हें लिखने दिया जाए।''

''लेकिन उनका कहना है कि कल्पना द्वारा लिखा गया साहित्य सच्चा नहीं हो सकता?''

''मैं नहीं मानता। एक व्यक्ति कल्पना के आधार पर भी उतना ही स्वाभाविक चित्रण कर सकता है, जितना कि दूसरा अपने जीवन में भोगकर। मैं नहीं मानता कि किसी भी चीज का चित्रण करने के पहले लेखक उसे भोगने जाए। उदाहरण के रूप में मैं दिव्या को लेता हूँ। अब आपने ही कहा...कि वह आपको काफी अच्छी लगी। और भी कई लोगों को वह बहुत अच्छी लगी। अब बताइए कि क्या मैंने उसे अपने जीवन में भोगकर लिखा था? यदि नहीं, तो क्या आज वह झूठी पड़ गई है? दूसरा उदाहरण लीजिए देशद्रोही का। उसमें एक स्थान आता है जो अफगानिस्तान और रूस के बीच है। राहुलजी ने तो उस पुस्तक को पढ़कर उस स्थान के चित्रण के बारे में लिखा कि उतना सशक्त और स्वाभाविक चित्रण उन्होंने और कहीं नहीं पढ़ा। राहुल जी वहाँ जा चुके हैं...और मैं आपको बताऊँ, मैं वहाँ कभी नहीं गया। केवल सुनकर और पढ़कर मैंने कल्पना के बल पर उस स्थान का चित्रण किया था। ऐसा ही एक उदाहरण और है। रामविलास ने...जो कि आलोचक थे...आज भी हैं, उस पुस्तक को पढ़कर कहा कि वहाँ का चित्रण स्वाभाविक तो है पर उतना प्रभावशाली नहीं, जितना कि 'जा सांई सच्चे'। 'जा सांई सच्चे' मेरी पहले की कहानी है, जो काफी चर्चित रही, और बहुतों को अच्छी लगी है। अब मैं आपको बताऊँ, लगभग 40-50 वर्ष पहले मैं कभी उस इलाके से गुजरा था और ट्रेन से गाँव के कुछ घरों को देखा था। सिर्फ इस पर और कुछ पढ़-सुनकर मैंने वहाँ के लोगों का उस कहानी में चित्रण किया था। अब वह मूर्खराज (रामविलास) कहता है कि यह चित्रण बिल्कुल स्वाभाविक और सधा है'' बोलकर यशपाल मुस्कराए, ''तब बतलाइए कि कल्पना द्वारा लिखा गया साहित्य कैसे झूठा हुआ?''

मैं अनुभव कर रहा था कि मेरा मूल प्रश्न समझा नहीं जा रहा है। मैं किसी स्थान-विशेष के चित्रण की बात नहीं, अनुभूतियों के चित्रण की बात कर रहा था। मैंने एक बार फिर कहा, ''उनका (नई पीढ़ी का) विचार है कि आज की दुनिया में हर चीज धीरे-धीरे झूठी पड़ती जा रही है। उदाहरण के लिए मार्क्सवाद लीजिए : दुनिया में पिछले 40-50 वर्षों से होने वाले प्रयोगों ने धीरे-धीरे काफी झूठा साबित कर दिया है। आज मार्क्सवाद अपने मूल रूप से काफी परे हो गया है। स्पष्ट है कि कोई भी बाहरी चीज अंत तक सच्ची नहीं रह सकती।''

यशपाल गहन-गंभीर हो गए। प्रश्न उनकी सबसे बड़ी आस्था का था। बोले– " 'मार्क्सवाद झूठा हो गया है' से आपका क्या तात्पर्य? क्या मार्क्सवाद का लक्ष्य आज बदल गया है? मार्क्सवाद का लक्ष्य तो नहीं बदला है! समाजवाद, समाजवाद आखिर क्या है? मार्क्सवाद का लक्ष्य भी तो समाजवाद ही है! क्या समाजवाद और मार्क्सवाद में कहीं कोई अंतर्विरोध आ गया है? अगर आ गया है, तो ऐसा मानने वाले नए लेखकों को चाहिए कि वे अपने साहित्य द्वारा इस अंतर्विरोध को दिखलाएँ।"

"लेकिन स्थिति को बिना भोगे हुए...?"

"फिर वही बात,"...यशपाल बिल्कुल स्वाभाविक ढंग से झल्लाए, "मैं पूछता हूँ कि क्या मेरी वह कृतियाँ आपको झूठी लगती हैं, जिन्हें मैंने केवल अपनी कल्पना द्वारा लिखा है? यदि नहीं, तो फिर कैसे आप कहते हैं कि कल्पना द्वारा लिखा गया साहित्य झूठा होता है?...एक उदाहरण लीजिए, 'झूठा-सच'। लोगों ने बहुत तारीफ की है उसकी। नगेन्द्र जैसे आलोचक ने उसे 'महाकाव्य' कहा है। उसमें विभाजन के समय के पंजाब की कहानी है। अब मैं आपको बताऊँ कि मैं सन् 38 के बाद आज तक सिर्फ एक बार पंजाब गया हूँ। सन् 38 के पहले की जो कुछ सुध थी उसके बल पर और कुछ समाचारों और रिपोर्टों के आधार पर मैंने वह उपन्यास लिखा है।...जिसे आप 'महाकाव्य' कहते हैं। वह केवल कल्पना के बल पर लिखा गया है, भोगे हुए अनुभव का स्थान उसमें बिल्कुल नहीं है। तब उसे क्यों 'महाकाव्य' माना जाता है?"

...तर्क के रूप में उनकी बातों का विरोध नहीं किया जा सकता था। फिर भी, मैंने प्रश्न को आखिरी मोड़ पर लाते हुए कहा, "नई पीढ़ी रचना की कसौटी के लिए कुछ मान्यताओं का आग्रह करती है...जैसे कि अनुभूति की प्रामाणिकता..."

"ये सब शब्दजाल है।"...साठ साल की उम्र तक लिख चुकने वाला वह अनुभवी लेखक बतला रहा था, "यह आवश्यक नहीं होता है कि सब कुछ एक व्यक्ति ही भोगे। लेखक दूसरों के अनुभवों को भी अपना अनुभव बना सकता है। मेरी कहानी 'पागल है, पागल है' हाल ही में 'धर्मयुग' में छपी है। वह कहानी बंगाल में हुए हाल ही के दंगों पर लिखी गई है। दंगे के समय मैं बंगाल में नहीं था। बंगाल गए मुझे अर्सा हो गया है। मैंने समाचार सुन रखे थे और मैं इतना जानता था कि कलकत्ते में बेलूरमठ एक जगह है। उस कहानी में 'लेटर-बाक्स' जलाए जाने की घटना है। यह वास्तव में कलकत्ते में नहीं, अंबाले में घटी थी। अंबाले से मुझे एक व्यक्ति ने अपने पत्र में इस घटना का जिक्र करते हुए लिखा था कि इन सब से क्या लाभ होता है? मैंने उस व्यक्ति की संवेदना का अनुभव किया और उसके अनुभव का प्रयोग कलकत्ते की घटनाओं के माध्यम से किया। अब वह कहानी बहुत से लोगों को बिल्कुल सच्ची और अच्छी लगती है।...इसलिए मैं कहता हूँ कि यह आवश्यक नहीं है कि सब कुछ लेखक ही भोगे। समाज जो कुछ भोगता है, उसका भी लेखक

रचना में चित्रण कर सकता है।''

मार्क्सवादी; जिसे लोकतंत्रीय तरीकों में गहरा विश्वास है

मुझे अब भी लग रहा था कि यदि मैं प्रश्न को किसी अन्य कोण से उभारता तो शायद यशपाल ऐसा उत्तर देते जो हम नई पीढ़ी के लोगों के लिए और संतोषप्रद होता। लेकिन समय कम था, इसलिए मैंने यह बात यहीं तक रखी। मैंने आगे पूछा, ''यशपाल जी, केरलबंद, बंगालबंद, खाद्यान्न संकट, उड़ीसा का अकाल, रोज-रोज होने वाली हड़तालें, अनुशासनहीन और अलोकतंत्रीय आचरण और सरकार की उपेक्षापूर्ण नीति तथा रोडेशिया का प्रश्न, चीन का विस्तारवाद और वियतनाम की समस्या...इन सारी बातों को ध्यान में रखते हुए आपको लोगों का भविष्य कैसा लगता है?''

''मुझे अँधेरा नहीं लगता'' यशपाल बोले, ''ठीक है कि यह सब है।...एक चेतनाशील समाज और व्यक्ति के लक्षण हैं। नई बात नहीं है। ऐसी समस्याएँ पहले भी उठती थीं। लेकिन यह है कि उस समय हम इतने सजग और चेतनाशील नहीं थे। आज हम बहुत अधिक चेतनाशील हैं। हम बहुत महसूस करते हैं, इसलिए ये घटनाएँ हमें अधिक अपील करती हैं। किंतु इससे निरुत्साहित होने की आवश्यकता नहीं है, क्योंकि ये पहले भी होती रही हैं और इनके समाधान भी होते रहे हैं।''

''और इन रोज-रोज होने वाली हड़तालों और प्रदर्शनों के बारे में आप क्या सोचते हैं?''

''मुझे हड़तालों और प्रदर्शनों के प्रति सहानुभूति है। लेकिन जो विध्वंसक कार्य होते हैं, मैं उनकी कड़ी निंदा करता हूँ। यह सब विवेकहीनता है। आप बसें जलाते हैं, लेटरबाक्स जलाते हैं, किसका नुकसान होता है? आपका सरकार से मतभेद है, ठीक है। आप प्रदर्शन कीजिए, सरकार के विरोध में हड़ताल कीजिए। अच्छी बात है, आपकी सजगता का सबूत है। लोकतंत्रीय तरीकों से लोग अपनी माँगें पेश करें, तो यह बहुत बड़ी बात है। मान लीजिए रेलवे के कर्मचारी हड़ताल करते हैं। यदि वे सब मिलकर यह निश्चय कर लें कि उनमें से कोई भी काम पर नहीं जाएगा...और कोई भी न जाए। मैं कहता हूँ...सरकार छः घंटे में ही बिल्कुल 'निल डाउन' हो जाएगी। यह लोकतंत्र की बहुत बड़ी विजय है। लेकिन आप बसों और ट्रेनों में आग लगाते हैं, पत्थर फेंकते हैं, तो किसको हानि पहुँचती है? आप समझते हैं गवर्नमेंट को? आफटर आल हू इज़ गवर्नमेंट? एंड हूज गवर्नमेंट?''

...यशपाल तड़पते हुए विवेक और सही तरीकों की बात कर रहे थे और...मैं सोच रहा था कि मार्क्सवाद में आस्था रखने वाले इस व्यक्ति को लोकतंत्रीय तरीकों से जीवन जीने में कितना गहरा विश्वास है!

''तो ऐसी अराजकतापूर्ण घटनाओं से आपको निराशा नहीं होती है?''

"ना, मुझे निराशा नहीं होती है।"

"लेकिन ऐसा न होने का आधार क्या है?"

"व्यक्ति की चेतना।" यशपाल बोल रहे थे, "ऐसा पहले भी होता रहा है। फर्क सिर्फ इतना है कि आज हम चेतनाशील अधिक हो गए हैं। जो चेतना व्यक्ति से बसें जलवाती है, पत्थर फेंकवाती है...वह हमेशा ऐसा ही तो नहीं कराएगी। वह चेतना व्यक्ति की शक्ति को सही दिशा की ओर भी मोड़ सकती है। पाकिस्तानी हमले से पहले देश में कितनी अराजकता थी। लेकिन हमले के समय सारा देश एक हो गया—निराशा और अविश्वास कहाँ चला गया था?"

मैंने रुककर एक दूसरा प्रश्न किया, "पिछले चार-पाँच वर्षों से आप जिस तरह की कहानियाँ लिख रहे हैं, मसलन शुरफा, मक्खी या मकड़ी, 'कलाकार की आत्महत्या' दाग ही दाग और पागल है, पागल है इत्यादि...ये सारी कहानियाँ अत्यंत निर्मम और तटस्थ व्यंग की कहानियाँ हैं। इनमें आप व्यंग इतनी तटस्थता के साथ करते हैं कि यदि पाठक बहुत सतर्क और समझदार न हो, तो वह बिलकुल उल्टा ही समझ लेगा। वह व्यंग को नहीं पकड़ सकेगा और उसे लगेगा कि आप उन स्थितियों का समर्थन कर रहे हैं।

...यशपाल ने बहुत दिलचस्प उत्तर दिया, "साहब, पहले जबकि मैं सीधी-सीधी और साफ-साफ कहानियाँ...सब कुछ खोल कर लिखता था—तो कहते थे कि प्रचार करता हूँ, और अब कुछ घुमा-फिरा कर लिखता हूँ, तो कहते हैं कि पकड़ में नहीं आती।...बताइए, क्या करूँ?"

सहज प्रतिबद्ध लेखक

दोपहर के 12 बजने वाले थे। उन्हें भीतर से एक बार आवाज भी दी जा चुकी थी...शायद भोजन के लिए। अतः मैंने उठते हुए अंतिम प्रश्न किया, "यशपाल जी, आपके साहित्य पर अक्सर यह आरोप लगाया गया है कि वह मात्र प्रचारवादी साहित्य है। आपके बारे में अधिकतर आलोचक यह कहते रहे हैं कि यशपाल ने सदा प्रचार किया है। आज...इतनी लंबी जिंदगी तक लिख चुकने के पश्चात आप इस आरोप के प्रति क्या सोचते हैं?"

"कुछ नहीं," यशपाल ने मस्ती के साथ जवाब दिया, "मुझे कोई पश्चात्ताप नहीं है। मैं मानता हूँ कि मैंने प्रचार किया है और इसका मुझे कोई अफसोस नहीं है। किसने प्रचार नहीं किया? आप जब भी कुछ लिखते हैं, आप प्रचार नहीं करते? मैंने मार्क्सवाद का प्रचार किया तो, आपने किसी और का प्रचार किया। हर लेखक किसी न किसी चीज का प्रचार ही करता है।" समय काफी हो चुका था...मैं उठकर खड़ा हो गया। जाते समय यशपाल जी ने बतलाया कि वे 'धर्मयुग' के लिए एक लेख लिख रहे हैं 'प्रगतिवाद और मार्क्सवाद।'

...यशपाल के ठंडे मकान से निकलकर मैं फिर नंगे आसमान के नीचे आ गया। विश्वास नहीं हो रहा था...कि मैं इतने बड़े लेखक से मिलकर आ रहा हूँ। वक्रता, कृत्रिम गंभीरता या झूठी शिष्टता उस व्यक्ति को छू तक नहीं गई! कितना दूर है वह इन सब से। तहमद बाँधे और घर में धोया सफेद कुर्ता पहने वह बूढ़ा व्यक्ति जो मुझसे इतनी देर तक कभी उत्तेजित होकर और कभी नर्म पड़कर बातें करता रहा...वह इस युग का महान लेखक यशपाल ही था। कितना सहज था वह!... अब सोचता हूँ, सहज है वह, चूँकि बड़ा है वह। बड़ा व्यक्ति ही सहज हो सकता है।

(*1965*)

उत्पल दत्त से बातचीत

'कल्लोल'। यह नाम उनके एक प्रसिद्ध नाटक का है और यही नाम उनके उस घर का भी है, जिसके फाटक पर यह लिखा हुआ है।

आगे छोटा-सा बगीचा है जिसे पार कर हम बरामदे पर आ गए और कालबेल पर उँगली रखी।

मैं सोच रहा था कि दरवाजा कौन खोलेगा...कि दरवाजा खुला।

वे उत्पल दत्त ही थे। भारी भरकम शरीर, लंबा उतना नहीं जितना कि चौड़ा। काफी भरा हुआ, चौड़ा मुँह, जिस पर मुस्कुराहट, मस्ती और आत्मीयता—सब कुछ एक ही साथ था और खूब ऊँचा ललाट। शरीर से उत्पल दत्त यही थे। उन्होंने हल्के नीले रंग का एक ढीला-ढीला पायजामा और वैसा ही ढीला कुरता पहन रखा था।

अंदर एक बड़े कमरे में मैं और मेरे एक मित्र, जो मुझे उन तक लाए थे, सोफे पर बैठ गए। पास ही एक छोटे सोफे पर उत्पल दत्त बैठे और उन्होंने वह कप होंठों से लगा लिया जो कि पहले से ही उनके हाथ में था।

''पहले हम लोग एक-एक कप चाय पी लें, तब बातचीत अच्छी रहेगी।'' उन्होंने कहा और भीतर वाले कमरे में चले गए। कमरे से लौटते हुए वे गुस्से में ''चाय, चाय कहाँ है? चाय लाओ।'' जोरों से चिल्लाए। मुझे बड़ा आश्चर्य हुआ। वे फिर सहज होकर हँसने लगे और मेरे मित्र से बांग्ला में बोले—''तुम्हें याद है, जेल में वह बन्दी पागल रोज सुबह इसी तरह किया करता था।'' और वे हँस पड़े।

...तो मैं एक नाटककार से मिल रहा हूँ, मुझे याद आ गया।

कहाँ से शुरू किया जाए, मैंने सोचा।

''आप हिंदी तो समझ लेते होंगे?''

''जी हाँ, मैंने हिंदी फिल्मों में काम किया है।''

''ओह, मैं तो भूल ही गया था!'' मुझे कुछ शर्म महसूस हुई।...''अच्छा तो हम हिंदी में ही बातें करेंगे। आपको जहाँ दिक्कत हो वहाँ आप बांग्ला में बोलें। मैं बांग्ला समझ लेता हूँ।''

उन्होंने यह स्वीकार कर लिया।

"मैंने आपके अधिकांश नाटक नहीं देखे हैं," मैंने शुरू में ही कहा—"जमशेदपुर में दुर्गापूजा की रात आपकी एक 'जात्रा' देखी थी—*'राइफल'* और फिर बनारस में वहाँ की 'इप्टा' द्वारा खेला गया आपका नाटक *'मृत्यूर अतीत'* देखा था। इसके अलावा मैंने आपके तीन-चार नाटकों के कथानक अपने मित्रों से सुने हैं। आपके श्रेष्ठ नाटकों को न देख पाया, इस अभाव को दूर करने के लिए कम-से-कम उन्हें पढ़ लेना चाहता हूँ। क्या आपके नाटक पुस्तक रूप में भी प्रकाशित हुए हैं? खासकर हिंदी भाषा में? यदि हुए हैं तो कहाँ से?"

उन्होंने मेरे इस ब्योरे, लेकिन महत्त्व के छोटे से सवाल का जवाब कुछ ही शब्दों में दे दिया, "मेरे नाटक पुस्तक-रूप में भी प्रकाशित हुए हैं। वे बांग्ला में भी हैं और हिंदी में भी। हिंदी में मेरे तीन नाटक, *'कल्लोल'*, *'अंगारे'* और *'वियतनाम'* प्रकाशित हुए हैं। ये किताबिस्तान, इलाहाबाद से प्रकाशित हुए हैं।"

मैंने अगला प्रश्न किया—"आप तो अपने लेखन में कम्युनिस्ट राजनीति के प्रति प्रतिबद्ध रहे हैं। एम. एल. (मार्क्सवादी-लेनिनवादी) पार्टी से पहले बनी क्रांतिकारियों की समन्वय समिति में भी रहे थे, जिससे आपको कई राजनीतिक आरोप लगाकर निकाल दिया गया। आपने इन आरोपों को गैरमार्क्सवादी बताते हुए उनके जवाब में एक लंबा लेख भी लिखा था। यह क्रांतिकारी राजनीति में आपका एक कड़ुआ अनुभव था। किंतु, भारत के बहुत से अच्छे क्रांतिकारियों से भी आपका संबंध रहा है। राजनीति के अच्छे पक्षों को भी आपने देखा है। आप एक ऐसे व्यक्ति हैं, जिन्हें भारत की क्रांतिकारी कम्युनिस्ट राजनीति के अच्छे और बुरे दोनों पक्षों का अनुभव है। इस अनुभव के आधार पर कृपया बतलाइए कि भारत में क्रांति का क्या भविष्य है?"

इस गंभीर प्रश्न पर उत्पल दत्त बहुत ज़ोरों से ठहाका लगाकर हँस पड़े—"क्रांति का कोई भविष्य नहीं है!"

यह उत्पल दत्त कह रहे हैं? मैंने जरा चौंककर पूछा, "आपका मतलब? क्या भारत में क्रांति नहीं होगी?"

"कौन करेगा? ये बंगाली?"

इस बार मैं भी हँस पड़ा। कुछ देर हम लोग हँसते रहे। थोड़ी देर बाद मैंने फिर अपना प्रश्न उनकी ओर देखते हुए दृष्टि से व्यक्त किया।

वे गंभीरता से बोले, "क्रांति तो भारत में होगी ही। ज़रूर होगी। कोई नहीं करेगा, कम्युनिस्ट पार्टी नहीं करेगी तो जनता खुद करेगी। क्रांति ज़रूर होगी, लेकिन," ... वे कुछ देर रुक कर बोले—"लेकिन भारत की कम्युनिस्ट पार्टी ने मार्क्सवाद-लेनिनवाद के बहुत से तत्त्वों को भुला दिया है।"

"वे तत्त्व कौन से हैं, जिन्हें भुला दिया गया है?"

"भारत एक बहु-जातीय देश है,"—उन्होंने स्तालिन को उद्धृत करते हुए

कहा—"यहाँ बहुत पहले से, आर्यों के आने के भी पहले से भिन्न-भिन्न जातियाँ रही हैं और आज भी हैं। उन सबकी अपनी विशिष्ट भाषा, रहन-सहन, वेश-भूषा और संस्कृति-सभ्यता है। साथ ही यह एक अर्द्ध-औपनिवेशिक देश है। अर्द्ध-औपनिवेशिक देश की क्रांति हमेशा राष्ट्रीय युद्ध के रूप में होती है, साम्राज्यवाद के विरुद्ध। स्तालिन ने बतलाया था कि किसान वर्ग को अन्य किसी प्रकार की क्रांति में नहीं खींचा जा सकता, केवल राष्ट्रीय युद्ध में ही किसान वर्ग को खींचा जा सकता है, और वह मज़दूर वर्ग के नेतृत्व में। केवल मज़दूर वर्ग की कोई राष्ट्रीयता (जातीयता) नहीं होती है—दुनिया के समस्त मज़दूरों की संस्कृति-सभ्यता एक है। लेकिन किसान वर्गों की अपनी-अपनी विशिष्ट राष्ट्रीयता होती है। और भारत एक बहु-राष्ट्रीयता वाला देश है। इसलिए यहाँ का राष्ट्रीय युद्ध सभी जातियों का अपना-अपना राष्ट्रीय युद्ध होगा—उसका 'रूप' एक-दूसरे से भिन्न होगा, लेकिन इन सब भिन्न-भिन्न रूपों का 'मूल तत्त्व' एक ही होगा—वह होगा अंततोगत्वा एक जनवादी क्रांति। ऐसा इसलिए होगा, क्योंकि भिन्न-भिन्न जातीयता वाले किसान वर्गों का युद्ध मज़दूर वर्ग के नेतृत्व में होगा—और मज़दूर वर्ग की कोई राष्ट्रीयता नहीं होती। एक बहु-राष्ट्रीयता वाले देश के राष्ट्रीय युद्ध के इस रूप को, जो कि मार्क्सवाद-लेनिनवाद का बुनियादी तत्त्व है—यहाँ की कम्युनिस्ट पार्टी ने भुला दिया, बहुत शुरू से भुला दिया और अब भी वह उसे भूली हुई है।"

"क्या और भी ऐसे तत्त्व हैं, जिन्हें भुला दिया गया है?"

"और भी हैं" वे बोले—"उदाहरण के लिए भारतीय पूँजीपति वर्ग के चरित्र को लीजिए। क्या भारतीय पूँजीपति वर्ग राष्ट्रीवादी है अथवा दलाल है? मैंने अभी हाल ही में भारतीय क्रांति और अर्थ-व्यवस्था के चरित्र का विवेचन अपने 77 पृष्ठों की एक लंबी थीसिस में किया है। थीसिस बांग्ला में है और उसे कोई छापने को तैयार नहीं है। एक चीज़ तो स्पष्ट है कि भारतीय पूँजीपति वर्ग विदेशी पूँजी पर आश्रित है, इसलिए यह आवश्यक रूप से उसका दलाल है। लेकिन कोई भी चित्र केवल सफेद या केवल काला नहीं होता। यह चित्र अपने में दो विरोधी रंगों को लिए हुए होता है। यही द्वंद्ववाद भारतीय पूँजीपति वर्ग पर भी लागू होता है। भारतीय पूँजीपति वर्ग जहाँ एक ओर विदेशी पूँजी का दलाल है, वहीं उसका विरोधी भी है। वह उस पर आश्रित है और साथ ही अपनी मुक्ति के लिए और अपने विस्तार के लिए संघर्ष भी करता है। हमें इन दोनों पक्षों का ध्यान रखना चाहिए। उदाहरण के लिए..." कहते हुए उन्होंने कई उदाहरण दिए कि कैसे किर्लोस्कर ने एक विदेशी बैंक को बाजार से हटाया और भारतीय पूँजीपतियों ने विदेशी साबुनों को बाज़ार से हटाया है, इत्यादि इत्यादि।

बात चूँकि राजनीति की चल रही थी, इसलिए एक राजनीतिक प्रश्न मैंने और पूछ लिया जो कि इन दिनों कम्युनिस्ट राजनीति का अत्यधिक विवादास्पद प्रश्न बना

हुआ है।

"इन दिनों चीनी कम्युनिस्ट पार्टी के रुख के बारे में आपके क्या विचार हैं?"

"चीन की कम्युनिस्ट पार्टी कभी कुछ कहती है, कभी कुछ," उन्होंने कहा,–"एक बार उसने उत्तरी कोरिया के किम इल् सुंग को 'मूर्ख' कहा और दूसरी बार उसे एक 'महान क्रांतिकारी नेता' कहा।" कहते हुए उन्होंने 'पीकिंग रिव्यू' की अंक-संख्या, तारीख़ तथा पूरी पंक्तियाँ उद्धृत कर दीं। उनकी स्मरण-शक्ति विलक्षण है। स्तालिन की रचनाएँ और पंक्तियाँ तो जैसे उन्हें कंठस्थ हैं। अन्य राजनीतिक उक्तियाँ और विभिन्न प्रकार के आँकड़े भी उन्हें पूरी तरह से याद रहते हैं। इतना ही नहीं, आस्ट्रेलिया, अमेरिका, क्यूबा और कोरिया आदि की जिन पत्रिकाओं का वे हवाला देते थे, वे पत्रिकाएँ भी इस देश में बहुत कम ही लोगों के पास आती होंगी।

उनका कहना जारी था, "पिछले 15 वर्षों से चीन की कम्युनिस्ट पार्टी वामपंथी और दक्षिणपंथी भटकावों की शिकार हुई है। 1960 ई. से 1965 ई. तक चीन की पार्टी में दक्षिणपंथी भटकाव आया जिसके अंतर्गत ल्यूशाओची राष्ट्रपति बने रहे। सन् 65 से 70 तक पार्टी में वामपंथी भटकाव आया जब कि सांस्कृतिक क्रांति के दौरान उन्होंने विदेशी दूतावासों को क्षति पहुँचाई, ब्रिटिश दूतावास में तोड़-फोड़ की और सारी दुनिया से कटकर अकेले हो गए। यह वामपंथी भटकाव अपने पिछले वर्षों की दक्षिणपंथी ग़लतियों को सुधारने के क्रम में आया था। और अब सन् 70 से उन्होंने अपनी वामपंथी ग़लतियों को सुधारना शुरू किया है। ब्रिटिश दूतावास को क्षति पहुँचाने के लिए उन्होंने ब्रिटिश सरकार से क्षमा माँगी। इतना ही नहीं, जो क्षति हुई उसके लिए हर्जाना देना भी स्वीकार किया। लेकिन वामपंथी ग़लतियों को सुधारने के क्रम में वे इतने अधिक सिमटते गए कि दक्षिणपंथी भटकावों में जा फँसे हैं। लंका में विद्रोह के बाद उन्होंने लंका-सरकार को अपनी आर्थिक दशा में सुधार करने अथवा हथियार ख़रीदने के लिए कई लाख पौंड का कर्ज़ा दिया। पूर्व बंगाल में विद्रोह में याहिया खाँ की सैनिक सरकार को समर्थन तथा पिंगपांग टूर्नामेंट से शुरू हुई राजनीति जो कि अब निक्सन की चीन यात्रा तक आ पहुँची है–यह सब उनके दक्षिणपंथी भटकावों के उदाहरण हैं।"

"और रूस के संबंध में उनकी आलोचना?"

"वे सोवियत संघ को सामाजिक साम्राज्यवादी कहते हैं। लेकिन मुझे यह बात पूरी तरह से सही नहीं लगती। यह सच है कि वहाँ कुछ तबकों में ऐयाशी बढ़ी है, वहाँ अपराध होते हैं, फैशन बढ़ा है, नाइट क्लब खुल गए हैं तथा उत्पादन में कुछ तेजी-मंदी आई है, लेकिन केवल इन लक्षणों से ही यह सिद्ध नहीं हो पाता कि वहाँ पूँजीवाद की स्थापना फिर से हो चुकी है या वे सामाजिक साम्राज्यवादी हो गए हैं।"

"लेकिन अल्बानिया की कम्युनिस्ट पार्टी भी तो यही कहती है? अल्बानिया

की पार्टी ने ही सबसे पहले सोवियत संघ की आलोचना की थी, चीनी पार्टी ने उसके बाद की थी।''

''हाँ, ठीक है। लेकिन अल्बानिया की कम्युनिस्ट पार्टी का चीनी पार्टी से आलोचना की नीति पर मतभेद है। यह इधर और भी उभरकर सामने आ गया है।'' उन्होंने फिर एक क्यूबाई पत्रिका का हवाला देते हुए उसकी पूरी पंक्तियाँ जो उन्हें कंठस्थ थी, उद्धृत कर दीं, ''अल्बानिया की कम्युनिस्ट पार्टी ने चीनी पार्टी को इस बात के लिए दोषी ठहराया है कि उसने पूर्वी यूरोप के देशों से अपना नाता तोड़कर खुद को अकेला कर लिया है।''

इस बीच डाकिया चिट्ठियाँ लेकर आया और वे उठकर चले गए। मालूम हुआ कि चिट्ठियाँ उनके यहाँ काफी संख्या में आती हैं। एक बार एक चिट्ठी आई जिस पर केवल इतना-सा पता लिखा हुआ था—उत्पल दत्त, कलकत्ता। आधे करोड़ से भी अधिक जनसंख्या वाले इस बृहत्तर कलकत्ते में इतने से पते पर भी वह चिट्ठी उन तक पहुँच गई। केवल एक इस बात से अंदाज़ा किया जा सकता है कि कलकत्ते में उनकी ख्याति कितनी है।

वे लौटकर आए तो मैंने उनके नाटकों की चर्चा की। थोड़ी-सी भूमिका बाँधते हुए मैंने कहा—''मोशाय, प्रत्येक भाषा में जिन नाटककारों ने अपने देश के साहित्य में अपनी श्रेष्ठ रचनाओं द्वारा कोई मौलिक योगदान दिया है, उनके संबंध में यह देखा गया है कि उनकी इन श्रेष्ठ रचनाओं के पीछे उनके देश की जातीय साहित्यिक परंपरा का हाथ रहा है। उनकी श्रेष्ठता निराधार नहीं थी। उसके पीछे उनकी परंपरा का कंधा था। आपके नाटकों का तत्त्व क्रांतिकारी है। वह कौन-सी परंपरा है, जिसने आपको इन क्रांतिकारी नाटकों के स्तर तक पहुँचाया? आपके इन क्रांतिकारी नाटकों का आधार क्या है?''

प्रश्न सुनकर कुछ देर तक वे मौन रहे, मानों इस प्रश्न में उन्हें अपने सारे जीवन से दो-चार होना था। और सचमुच वे अपने जीवन के सामने आ खड़े हुए। उन्होंने कहना शुरू किया—''मैं बी. ए. में पढ़ता था। शहर में एक विदेशी नाटक कंपनी आई हुई थी, *'शेक्सपियराना इंटरनेशनल थिएटर कंपनी'* जिसके डायरेक्टर थे जेफरी केंडल। यह सन् 47 की बात है। मैंने पढ़ाई छोड़ दी और कंपनी में शामिल हो गया। कंपनी के साथ घूमना शुरू किया। वह जहाँ-जहाँ जाती वहाँ-वहाँ मैं भी जाता। इस तरह से भारत, पाकिस्तान घूमता हुआ मैं इंगलैंड तक पहुँचा। उस थिएटर कंपनी में मैंने परदा खींचने की कला सीखी। जीवन में पहली बार मैं उस अंग्रेजी थिएटर कंपनी से अत्यधिक प्रभावित हुआ था। जब मैं लौटकर भारत आया तब मैंने स्वयं नाटक लिखना और उन्हें खेलना शुरू किया। कई वर्षों तक मैं अपने नाटक लिखकर खेलता रहा। लेकिन जब मैं उन्हें प्रेक्षागृह में खेलता था, तब मुझे उनसे एक असंतोष-सा होता था। मंच पर मैं खड़ा होता था तो मुझे लगता था कि जैसे

में दर्शकों तक अपनी बात पहुँचा नहीं पा रहा हूँ। मैं दर्शकों से जो कहना चाहता हूँ, उसे वे समझ नहीं रहे हैं। दर्शकों के मुख और उनके भाव देखकर मुझे अनुभव होता था कि वे मेरी शैली, मेरी भाषा को समझ नहीं रहे हैं। यह बात मुझे निरंतर खलती रहती थी। यद्यपि मेरे कई बुद्धिजीवी मित्र मेरे नाटकों को देखकर वाह-वाह कर उठते थे, उसकी शैली की प्रशंसा करते थे। लेकिन वे बुद्धिजीवी थे, शिक्षित थे, जो अंग्रेज़ी भाषा और साहित्य के जानकार थे। साधारण लोग मेरे नाटकों को समझ नहीं पाते, यह मुझे हमेशा लगता था, क्योंकि मैं ब्रिटिश नाट्य शैली के प्रभाव में था जिसके संस्कारों से हमारे देश का साधारण जन-मानस बिलकुल अनजान था।

"मैंने नाटक लिखना और खेलना बंद कर दिया।

"मैंने बंगला जाति की नाट्य-परंपरा की ओर मुड़ना आवश्यक समझा। यह लगभग सन् 55 की बात है। मैंने बंगला जातीय नाट्य-परंपरा का अध्ययन करना शुरू कर दिया। दीनबंधु मित्र, मधुसूदन दत्त, गिरीश घोष, शिरोध प्रसाद, विद्याविनोद तथा डी. एल. राय इत्यादि को मैंने खूब ध्यानपूर्वक पढ़ा। इनको पढ़ने के बाद मैंने इनके नाटकों का अनुकरण करते हुए नाटक लिखने का अभ्यास किया। जैसे कि दीनबंधु मित्र के नाटक 'नील दर्पण' और अमृतलाल बसु के नाटक 'हीरक चूर्ण' का मैंने अनुकरण करते हुए नाटक लिखा और अभ्यास करने के बाद उन्हें फाड़ दिया।

"इसके बाद मैंने फिर नाटक लिखना और खेलना प्रारंभ किया। इस बार मुझपर ब्रिटिश नाट्यशैली का प्रभाव कुछ कम हुआ, हालाँकि वह पूरी तरह से अभी गया नहीं। इस बार मैं पहले की तुलना में कुछ संतुष्ट था। लेकिन असंतोष अब भी था।

"मैंने विदेश-यात्रा शुरू की। खासकर जर्मनी की। जर्मनी में सन् 60, सन् 64 और सन् 68, तीन बार गया। वहाँ मैंने ब्रेख्ट की नाट्य-संस्था 'बर्लिन एसेम्बल' (बर्लिन ग्रुप) में काम करना शुरू किया। 'बर्लिन-एसेम्बल' नाट्यशैली का मुझ पर एक निश्चित प्रभाव पड़ा।

"वहाँ से लौटकर मैं अपने नाटक लिखता और खेलता रहा। लेकिन मुझे अब भी असंतोष था। मेरे नाटक जनता के हृदय में घर नहीं कर पा रहे हैं, यह बात मुझे महसूस होती रहती थी। तब यह देखने के लिए कि खुद जनता अपने नाटक कैसे करती है, मैंने नाटक लिखना बंद कर दिया और सन् 68 में बंगाल और उड़ीसा के गाँवों में 'जात्रा' करने वाली जात्रा-पार्टियों में शामिल हो गया। उनके साथ 'जात्रा' करते हुए मैं गाँव-गाँव में घूमता रहा। इन 'जात्राओं' से मैंने बहुत कुछ सीखा है। संबोधन और प्रेषणीयता की 'जात्रा' में अद्भुत शक्ति होती है।

"गाँवों से लौटकर मैंने जात्रा लिखना शुरू कर दिया और अब भी 'जात्रा' लिखता और करता हूँ।"

"अब आपको अपने नाटकों से संतोष है?"

"नहीं, मुझे अभी पूरा संतोष नहीं है। अब भी लगता है कि मुझे बहुत-कुछ सीखना है। लेकिन अब मैं स्थिर हो गया हूँ। घर, सुविधा तथा प्रतिष्ठा ने मेरे असंतोष को निष्क्रिय बना दिया है।"

मैंने यह नहीं पूछा कि तब आप घर, सुविधा और प्रतिष्ठा को छोड़ क्यों नहीं देते?

मैंने एक दूसरा प्रश्न उठाया, "गाँव वाले जो 'जात्रा' खेलते हैं, उसमें तो कई स्थलों पर नाच और गानें भी होते हैं। क्या आप भी अपनी 'जात्राओं' में नाच-गाने रखते हैं?"

"मेरी 'जात्राओं' में भी नाच और गाने उसी तरह होते हैं, जैसे गाँव वालों की 'जात्राओं' में होते हैं। मेरे 'जालियाँवाला बाग', 'नील रक्त', 'दिल्ली चलो', 'भूली नाई प्रिया' (जो कि रोमियों-जूलियट का रूपांतर है) और 'सुन रे मालिक'—इन सभी में गाने भी हैं और नाच भी।"

"इनकी आवश्यकता क्या है?"

"इनकी आवश्यकता बहुत है। बहुत-सी स्थितियाँ भाषा से परे होती हैं। उनकी जो तीव्रता है, उसे केवल भाषा पूरी तरह से व्यक्त नहीं कर पाती। संगीत और नृत्य उस तीव्रता और भावावेश को भाषा की तुलना में कहीं अधिक महसूस करा देते हैं। मैं आपको एक उदाहरण दूँ। मैंने गाँव में एक 'जात्रा' देखी थी, 'कुरुक्षेत्र'। इस 'जात्रा' में एक महत्त्वपूर्ण प्रसंग आता है; इसके नायक कर्ण की मृत्यु का। सारी 'जात्रा' में कर्ण और अर्जुन की जो प्रतिद्वन्द्विता है और कर्ण का जो वीरत्व है, उसका चरम उत्कर्ष है अर्जुन के हाथों कर्ण की अन्यायपूर्ण हत्या में। इस प्रसंग में जो भावावेश है, जो व्यग्रता और मार्मिकता है, उसे दृश्य के रूप में मंच पर दिखलाकर संवादों के माध्यम से व्यक्त करना बहुत ही अधूरा-सा होता। उसकी जगह एक सामूहिक नृत्य-गान के माध्यम से इस दृश्य को सूचित किया गया था और उसकी भावना को व्यक्त किया गया था।"

—"इधर कुछ वर्षों से कुछ नाटककारों ने रंगमंच पर अपनी व्यक्तिगत प्रतिभा के बल पर कुछ नए-नए प्रयोग किए हैं। उदाहरण के लिए नाटकों को 'कट्स' के माध्यम से दिखलाना या मंच पर एक ही समय एक साथ अलग-अलग दृश्य दिखलाते रहना तथा इसी प्रकार की अन्य शैलियाँ, जैसे कि बादल सरकार के 'एवं इंद्रजीत' में है। इन आधुनिक शैलियों के प्रति आपके क्या विचार हैं?"

उत्पल दत्त एक लंबी साँस भरकर सहसा उठ खड़े हुए। उन्होंने मेरी ओर देखा, खूब ध्यान से, तीखी नज़रों से देखा और उनका मुँह गुस्से से तमतमाता चला गया। मैं घबरा गया। गुस्से से उनका मुँह लाल हो गया था, उनके नथुने फड़क रहे थे और फड़कने के लिए तैयार होठों को उन्होंने खूब ज़ोरों से भींच लिया था। इस

स्थिति के लिए मैं बिलकुल तैयार नहीं था। वे सहसा उठ खड़े हुए और उस बड़े कमरे में लंबे-लंबे क़दम भरते हुए तेज़ी से चहलक़दमी करने लगे। उनकी साँसें ज़ोर-ज़ोर से चल रही थीं। कुछ देर तक मैं स्तब्ध रहा।

अचानक मैं मुस्कुरा उठा। दरअसल मैं हँसना भी चाहता था, खूब हँसना चाहता था। लेकिन उनके इस रौद्र रूप की उपस्थिति में हँस सकना संभव नहीं था। मुझे भुवनसोम साहब की याद आ गई—जिन्हें कुछ अजीबोगरीब आदतें थीं। फिल्म देखते समय मैं काफी हँसा था, लेकिन उत्पल दत्त अपने वास्तविक जीवन में भी ऐसा ही करते हैं—यह पहली बार देखा और जाना।

कुछ देर चहलक़दमी करने के बाद वे सोफ़े पर आ गए और फड़कती हुई ज़ोर की आवाज में बोले—प्रतिक्रियावादी! ये सब प्रतिक्रियावादी हैं! बादल सरकार प्रतिक्रियावादी है। उसके प्रयोग बेसिर-पैर के हैं। उसकी शिल्प-शैलियों और उसके कथ्य में क्या संगति है? मुझे उसकी शैली और उसके कथ्य में कोई संगति नहीं दिखलाई पड़ती।''

''क्या ऐसा नहीं को सकता कि उनकी शैली स्वयं ही एक कथ्य हो, उनके नाटकों का रूप (फार्म) स्वयं ही एक बात लिए हुए हो?''

''मेरी समझ में नहीं आता। मैं नहीं समझ पाता कि उनकी शैली में कौन-सा कथ्य है।...और, वे मूर्ख जिन्हें अपने नए प्रयोग और नई शैलियाँ कहते हैं, वे कहीं से भी नई नहीं हैं। उनकी एक सौ साल पुरानी परंपरा है। ये नाटककार और बादल सरकार जिन नई शैलियों और नए प्रयोगों का दावा करते हैं वे सारी शैलियाँ और प्रयोग निर्माता-निर्देशक एरविन पिस्काटर के नाटकों में मिल जाएँगे। बादल सरकार जिन शैलियों को नई समझता है, उनमें से कई-एक पिस्काटर के 'श्वेग' नाटक में मिल जाएँगी। पिस्काटर महान प्रयोगकर्त्ता था। उसने यूरोप में एपिक स्टाइल थिएटर को जन्म दिया था। उसके नए प्रयोगों के सामने ये लोग बौने हैं। लेकिन पिस्काटर और बादल सरकार के प्रयोगों में बहुत बड़ा फर्क है। पिस्काटर के प्रयोग और उसके कथ्य में एक संगति है, उसका एक निश्चित अभिप्राय है, बादल सरकार के प्रयोग और कथ्य में कोई संगति नहीं है वे अभिप्राय शून्य हैं। बादल सरकार...प्रतिक्रियावादी हैं!''

''अन्य नाटककारों के संबंध में आपके क्या विचार हैं?''

''बहुत से नाटककार हैं जो बहुत सशक्त नाटक लिखते और खेलते हैं, साथ ही प्रगतिशील भी हैं। मैं सबसे पहले महाराष्ट्री नाटककार विजय तेंदुलकर का नाम लूँगा। *'शांतता, कोर्ट चालू आहे'* तथा *'गिधाड़े'* उनके महान नाटक है। तेंदुलकर बहुत शक्तिशाली नाटककार हैं, लेकिन मेरा उनसे एक मतभेद है। मैं वर्तमान सामाजिक व्यवस्था की आलोचना और विरोध करने के साथ-साथ इस समाज के विरुद्ध सशस्त्र क्रांति का आह्वान भी करता हूँ। विजय तेंदुलकर सामाजिक व्यवस्था की आलोचना

और विरोध तो करते हैं, लेकिन कोई आह्वान नहीं देते। यहाँ मेरा गहरा मतभेद है।''

''क्या समाज की आलोचना प्रस्तुत कर देना भी आपमें एक बात नहीं है?''

''नहीं, यह अपने-आपमें कोई बात नहीं है। समाज की आलोचना आप क्यों करते हैं? किसलिए ? अगर क्रांति का आह्वान नहीं देते हैं, तो फिर समाज की आलोचना क्यों करते हैं?''

''क्रांति का आह्वान क्या कलात्मक होगा?''

''क्यों नहीं होगा? अगर समाज की आलोचना और विरोध कलात्मक हो सकता है तो क्रांति का आह्वान भी कलात्मक क्यों नहीं हो सकता?''

''क्रांति का आह्वान न करने का एक कारण और भी हो सकता है। शासक वर्ग का भय।''

''यदि भय है तो फिर आप यह सब क्यों करते हैं? यह सब छोड़कर आप भी बादल सरकार बन जाओ!''

उनके स्वर में अद्‌भुत दृढ़ता थी। कोई भी व्यक्ति उनकी इस दृढ़ता से प्रभावित हो सकता था।

''हाँ, तो आप आधुनिक नाटककारों के संबंध में बता रहे थे,''—मैंने बात जारी रखने की कोशिश की।

''विजय तेंदुलकर के अलावा,'' वे बोले—''महाराष्ट्र में अन्य भी कई अच्छे नाटककार हैं। वास्तव में आज के महाराष्ट्रीय थिएटर से मैं बहुत प्रभावित हूँ। मेरी दृष्टि में आज का महाराष्ट्रीय थिएटर एक महान जनवादी थिएटर है। जो नए लोग रंगमंच के क्षेत्र में आए हैं उनमें भी काफी उत्साह, मौलिकता और जिज्ञासा है। उदाहरण के लिए सत्यदेव दुबे, गिरीश करनाड तथा ओम शिवपुरी इत्यादि। ये सब लोग अत्यंत जिज्ञासु और उत्साही हैं। ये लोग हर चीज़ के प्रति प्रश्न उठाते हैं, हर चीज़ को एक आलोचनात्मक दृष्टि से देखते हैं। इनमें रूढ़िवादिता बिलकुल नहीं है। इनका दृष्टिकोण प्रगतिशील है। इनमें से कई लोगों से मेरा व्यक्तिगत परिचय भी है और दिल्ली-बंबई में उनसे मुलाक़ात भी होती है।''

वे फिर खड़े हो गए। साँसें उनकी फिर तेज़ हो गईं। होंठ उनके फिर भिंच गए और नथुने फिर फड़कने लगे। हालाँकि उनके इस स्वभाव से मैं परिचित हो चुका था। लेकिन, फिर भी मैं असुविधा का अनुभव करने लगा। उन्हें मेरी असुविधा का कोई ख्याल नहीं था। यह उनकी मजबूरी थी। अभिनय उनके स्वभाव का अंग बन गया है और वे उसे शायद दिन-भर करते रहते हैं। चौड़े शरीर वाले उत्पल दत्त फिर अपने कमरे में लंबे डग भरते हुए इस कोने से उस कोने तक तेजी से चलने लगे। अचानक वे मुड़े और घर के भीतर जाते हुए बोलते गए—''हम चाय पीएँगे, चाय!''

लौटते समय वे शांत थे। होंठों पर मुस्कुराहट थी और दो मोटे होंठों के बीच

उनके बड़े-बड़े सफेद दाँत चमक रहे थे। चाय की प्यालियाँ उन्होंने हमें थमा दीं। मेरे मित्र ने धूम्रपान करने की इच्छा व्यक्त की और वे बड़े शौक से भीतर से सिगारों का एक बिलकुल नया डिब्बा उठा लाए। ये सिगार, मैंने सोचा, ये भी शायद उन्होंने *'भुवनसोम'* से ही शुरू किया हो या हो सकता है कि भुवनसोम में उन्हीं से लिया गया हो। इतने शानदार सिगारों का लोभ होने पर भी सुबह से कुछ भी न खाए होने के कारण मैं उनका सिगार नहीं पी सका। उम्मीद थी कि उत्पल दत्त कुछ बढ़िया जलपान कराएँगे, लेकिन लगा कि उन्हें अपने मेहमानों को कुछ खिलाने-पिलाने का ख्याल ही नहीं रहता।

चाय पीते हुए मैं सोच रहा था, मोशाय को भारत सरकार ने अकादमी पुरस्कार से सम्मानित किया था और इन्होंने पुरस्कार लेना अस्वीकार कर दिया था। एम. एल. पार्टी बनने से पहले चारु मजुमदार ग्रुप के मुखपत्र *'देशव्रती'* में पुरस्कार लौटाते हुए उन्होंने भारत सरकार के नाम एक लंबी कविता लिखी थी–"शहंशाह! तुम्हारा पुरस्कार तुम्हें वापस दिया। दिल्ली-सुलतान की यह आदत हो गई है कि जैसे हड्डी का एक टुकड़ा डालने पर कुत्ता वफादार बन जाता है, उसी प्रकार दिल्ली के शहंशाह जिसे पुरस्कार दे, वह बड़ी खुशी के साथ अपने-आपको उसके हाथ बेच दे। लेकिन आपकी गद्दी और इनाम से जिनका दिल भर जाता है, मैं उनमें नहीं हूँ। मैंने तय किया है कि मैं आपकी इस आदत को एक धक्का पहुँचाऊँ। मैं एक गरीब आदमी हूँ। गरीबों का दुःख देखता हूँ और उनके दुःख की कहानी लिखता हूँ। आप मुझे इस खुशकिस्मती से वंचित मत कीजिए...!...इत्यादि-इत्यादि।" बड़ी लंबी और आग उगलती हुई कविता थी वह। इच्छा हुई कि मैं उनकी इसी रग पर उँगली रख कर देखूँ, क्या उसकी धड़कनें अब भी वैसी ही हैं?

"कामरेड, इधर आपको प्रतिष्ठित वर्ग ने भी सम्मानित करना शुरू किया है। *'दिनमान'* जैसे कम्युनिस्ट विरोधी पत्र ने आपके बारे में एक पृष्ठ सचित्र छापा था कुछ विदेशी बुर्जुआ पत्रिकाओं में भी आपकी प्रशंसा प्रकाशित हुई थी। स्वयं भारत सरकार ने आपको अकादमी पुरस्कार देकर सम्मानित किया था। एक कलाकार अपनी कला के माध्यम से जिस महान उद्देश्य की सेवा करता है, उसी के लिए सम्मानित किया जाता है। आपका क्या ख्याल है, भारत सरकार ने आपको पुरस्कार देकर सम्मानित क्यों किया? क्या भारत सरकार आपके नाटकों के उद्देश्य और उनमें व्यक्त क्रांति के विचारों से सहमत थी?"

"जस्ट बार्गेनिंग!" कुछ कड़वाहट के साथ वे बोले, "उन्होंने मुझसे सौदेबाज़ी करने के लिए मुझे पुरस्कृत किया था। भारत सरकार ने मुझे दो बार अकादमी पुरस्कार दिया–एक बार सन् 64 में जिसे मैंने ले लिया था और दूसरी बार सन् 66 में, जिसे मैंने लौटा दिया था।"

"ऐसा क्यों?"

"इसलिए कि सन् 64 में हम लोग खुद बहुत स्पष्ट नहीं थे। उस समय तक हम संशोधनवाद से पूरी तरह से मुक्त नहीं हो सके थे। हम अभी भी अपने अंतर्विरोधों से लड़ रहे थे–*'दिनमान'* का संपादक जिसने हमारे लिए एक पृष्ठ छापा, हमारी इस उलझन को नहीं समझ सकता है। लेकिन सन् 66 में हम संशोधनवाद से मुक्ति पा चुके थे, अब हम उसके विरुद्ध खड़े थे। शासक वर्ग और प्रतिष्ठान हमारे प्रति कैसा रवैया अपनाता है, इसका सबसे अच्छा उदाहरण 'न्यूयार्क टाइम्स' है। 'न्यूयार्क टाइम्स' ने मेरे बारे में तीन बार लिखा। पहली बार सन् 62 में उसने मेरे बारे में लिखा, 'ग्रेटेस्ट राइज़िंग प्लेराईट आफ दि ईस्ट।'

"सन् 66 में लिखा–'चाइनीज़ एजेंट!'

"और सन् 70 में लिखा 'टायर्ड ओल्ड हार्स हू इज़ नो लौंगर ए फोर्स।'

"लेकिन,"–उन्होंने कहना जारी रखा–"बड़ा सवाल पुरस्कार लेने या न लेने का नहीं है। बड़ा सवाल यह है कि पुरस्कार लेने के बाद क्या कलाकार की मनोवृत्ति में, उसके लेखन में कुछ फर्क पड़ जाता है? क्या पुरस्कार ने सचमुच उसके लेखन को प्रभावित और निर्धारित करना शुरू कर दिया है?

"सन् 64 में मैंने पुरस्कार ले लिया था, लेकिन क्या उसने मेरे नाटकों में क्रांति के स्वर को मंद कर दिया? नहीं, बल्कि इसके विपरीत मैं अपने नाटकों में और भी ज़ोरों से क्रांति का आह्वान करने लगा। सन् 66 में मैंने पुरस्कार लौटा दिया और तब भी मैं अपने नाटकों में क्रांति के लिए ही आह्वान करता रहा...और, जीवन के अंतिम क्षण तक करता रहूँगा, करता ही रहूँगा।

"मैंने *'भुवनसोम'* में काम करने के लिए 'भारत पुरस्कार' स्वीकार किया, क्योंकि वह सरकार ने नहीं, बल्कि फिल्म कला से संबंधित लोगों ने दिया था।"

"मि. उत्पल दत्त, अभी आप ने बताया कि *'न्यूयार्क टाइम्स'* में आपके प्रति किस प्रकार की बातें समय-समय पर निकली हैं। कृपया बतलाइए कि क्या आपके नाटक विदेशी भाषा में भी अनूदित हुए हैं?"

"जी हाँ," उन्होंने कहा, "मेरे कुछ नाटकों का अनुवाद विदेशी भाषाओं में भी हुआ है। *'कल्लोल'* का अनुवाद रूसी में, *'अंगारे'* का अनुवाद फ्रेंच और अंग्रेजी में तथा *'अजेय वियतनाम'* का अनुवाद जर्मनी भाषा में हुआ है। पूर्वी जर्मनी में यह नाटक *'उलबेसिगबारेज़ वियत्नाम'* के नाम से प्रदर्शित भी हुआ था, जिसकी एक खास बात यह थी कि," उन्होंने मुस्कुराते हुए बतलाया, "इस नाटक के युद्ध-संबंधी दृश्य को प्रस्तुत करने में वियतनाम से दो गोरिल्ला सैनिक सलाह देने के लिए आए थे।"

फिर उन्होंने भीतर कमरे से लाकर मुझे 'उलबेसिगबारेज़ वियतनाम' का एक लांग प्लेट रेकार्ड भी दिखलाया जो जर्मनी भाषा में ही था।

मैं जानता था कि बंगाल में और खासकर कलकत्ते में वे कितने ख्याति प्राप्त

व्यक्ति हैं। बंगाल के कुछ ग्रामीण अंचलों में तथा औद्योगिक मज़दूर वर्गों एवं वामपंथी बुद्धिजीवियों के बीच उनकी लोकप्रियता गहरी और व्यापक है। कलकत्ते में (और शायद पूरे भारत में भी) आज तक जो नाटक सबसे अधिक बार खेला गया है, वह शिशिर भादुड़ी के श्रीरंगम थिएटर का *'सीता'* नाटक है, जो चौदह सौ बार लगातार खेला गया था। उसके बाद उत्पल दत्त का *'कल्लोल'* ग्यारह सौ बार तथा *'अंगारे'* आठ सौ बार लगातार खेला गया। इन नाटकों ने वहाँ वामपंथी विचारधारा वालों के बीच एक नई लहर पैदा कर दी। मैंने पूछा, ''बंगाल प्रांत कुछ ऐतिहासिक कारणों से राजनीतिक और लोकतांत्रिक चेतना की दृष्टि से शायद भारत के अन्य प्रांतों से कुछ आगे है। बिहार और उत्तरप्रदेश अब भी जातिवादी राजनीति के घेरे से बाहर नहीं निकल पाए हैं। आप अपने नाटक केवल बंगाल में ही क्यों खेलते हैं? उत्तर प्रदेश या बिहार में भी क्यों नहीं खेलते? क्या आपको हिंदी भाषा की कठिनाई है?''

''नहीं, मुझे हिंदी भाषा की कठिनाई नहीं है,'' वे हँसते हुए बोले, ''लेकिन मैं तो यहाँ बांग्ला में ही अपना काम पूरी तरह से नहीं निभा पाता हूँ तो उत्तर प्रदेश कैसे जाऊँ?'' कुछ देर सोचकर उन्होंने कहा, ''वहाँ जो लोग ऐसा चाहते हैं, उन्हें खुद मेरे नाटक खेलने चाहिए।''

''आपका मतलब है कि ऐसे लोग जो कुछ अभिनय जानते हों, कुछ मंचकला जानते हों और आपके नाटकों में दिलचस्पी रखते हों, स्वयं आपके नाटक खेल लें?''

''जी हाँ,'' वे बोले, ''एक बात और है, और वह बहुत ज़रूरी है। वह है, राजनीति। जो लोग मेरे नाटकों को खेलना चाहते हों, वे अभिनय बहुत अच्छा जानें या न जानें, मंच सजाना उनको आता हो या न आता हो, किंतु उस राजनीति में उनका विश्वास होना ज़रूरी है। खाली विश्वास ही नहीं,'' वे मुस्कुराते हुए बोले—''दृढ़ विश्वास!''

—''आपने नाटकों के अलावा फिल्मों में भी काम किया है। क्या फिल्मों में काम करते वक्त भी आपको वैसा ही आनंद आता है जैसा कि नाटकों में काम करते वक्त?''

''नहीं, बिल्कुल नहीं। फ़िल्मों में काम करते हुए मुझे बिलकुल आनंद नहीं आता। उनकी कहानियों में कोई दम नहीं होता। फ़िल्मों में मैं केवल पैसों के लिए काम करता हूँ ताकि मैं अपना थिएटर चला सकूँ।''

''इन दिनों आप क्या कर रहे हैं?''

''इन दिनों मैं अपने नाटक *'जय बांग्ला'* का रिहर्सल पूरा कर रहा हूँ। यह जल्दी ही प्रदर्शित किया जाएगा। इसके अलावा इस वर्ष 'पार्टी कम्यून' की शतवार्षिकी है। इसलिए मैंने ब्रेख्ट के एक नाटक *'डी टागे डेयर कम्यूने'* (कम्यून के दिन) का अनुवाद बांग्ला में *'पार्टी कम्यून'* के नाम से किया है। मेरा ग्रुप इस नाटक को खेलकर कम्यून के शहीदों के प्रति अपनी श्रद्धांजलि अर्पित करेगा। इसके अलावा मैं कई

फ़िल्मों में भी काम कर रहा हूँ।"

दोपहर का एक बज रहा था। समय का यह एहसास मुझे था, इसलिए नहीं कि उनकी बातों से मैं ऊब चला था। ऐसा तो बिलकुल नहीं था, बल्कि मैं सोच रहा था कि मैं उनका अधिक समय न ले लूँ। एक सवाल जो मैं शुरू से उनसे पूछना चाह रहा था, उसे अब और नहीं टाल सका और अंत में मैंने पूछ ही लिया—"एक नए लेखक को क्या करना चाहिए?"

"यह मैं कैसे कह सकता हूँ?" उन्होंने हँसते हुए और बड़े ज़ोरों से सिर हिलाते हुए कहा।

"फिर भी, आप व्यक्तिगत रूप से इस बारे में क्या सोचते हैं?"

वे कुछ देर तक सोचने के बाद बोले—"देखिए, पढ़ने को तो बहुत-से लोग बहुत-सी चीजें पढ़ते हैं। अपनी-अपनी रुचि के अनुसार लोग अलग-अलग लेखकों की किताबें पढ़ते हैं, उनसे प्रेरणा ग्रहण करते हैं, उनसे लिखने की शैलियाँ सीखते हैं। मैं नए लेखकों को पढ़ने के संबंध में कुछ नहीं कहूँगा, वे अपनी रुचि के अनुसार जितना पढ़ना चाहें, पढ़ें। लेकिन जो चीज़ किसी व्यक्ति को एक अच्छा लेखक बनाती है, वह किताबें नहीं हैं। वह मनुष्य की जिंदगी का ज्ञान और अनुभव है, जो किसी को एक अच्छा लेखक बनाता है। हमें समाज की, लोगों के जीवन की गहरी और विस्तृत जानकारी हासिल करनी चाहिए। और, सबसे बड़ी बात यह है कि मेहनतकश जनता के साथ काम करना चाहिए, उन्हीं की जैसी ज़िंदगी बितानी चाहिए। उन्हीं के बीच रहकर एक लेखक मनुष्यों के जीवन का भीतरी अनुभव प्राप्त करता है, मनुष्य-चरित्र के विधि रूपों और मनोग्रंथियों का सच्चा ज्ञान प्राप्त करता है। इस ज्ञान और अनुभव के बिना आज तक कोई भी लेखक बड़ा नहीं बना, न आगे ही बन सकता है। मेरे आदर्श लेखक जैक लंडन, वाल्ट विट्मैन तथा हेमिंग्वे हैं। उन्होंने रेलवे, खदानों से लेकर सेना और स्टील-प्लांटों तक में काम किया था। अपनी काफी उम्र तक मेहनतकश वर्गों के साथ मिलकर काम कर चुकने के बाद उन्होंने अपनी लेखनी उठाई थी।...जैकलंडन की एक कहानी है। रेलवे स्टेशन पर रेल के डिब्बों को आपस में जोड़ने वाला एक आदमी है। वह रेल के डिब्बों को एक-दूसरे के साथ जोड़ने का काम करता है। एक दिन की बात है। वह रेल के एक डिब्बे को दूसरे के साथ जोड़ रहा था। इंजन डिब्बों को लेकर आता है और पहले से खड़े डिब्बों को आकर आहिस्ते से धक्का मारता है। आदमी दोनों डिब्बों के बीच खड़ा रहता है और उनकी चेन उठाकर उन्हें जोड़ने की कोशिश करता है, लेकिन पहली बार में उन्हें जोड़ नहीं पाता। इंजन पीछे सरक गए डिब्बे को फिर धक्का मारता है। आदमी इस बार चेन उठाकर जोड़ने लगता है, लेकिन फिर नहीं जोड़ पाता। इंजन तीसरी बार अर्थात् आखिरी बार उन्हें फिर धक्का मारता है। आदमी इस बार उन्हें जोड़ देता है, लेकिन वह जल्दी से बाहर नहीं निकल पाता और वह डिब्बों के बीच

दब जाता है। आगे और पीछे उसके पेट को तवे के आकार की प्लेटें दबा देती हैं और वह उनमें फँस जाता है। थोड़ी ही देर बाद उसके दोस्त वहाँ जमा हो जाते हैं और उसको इस हालत में देखकर उनकी आँखें फटी-सी रह जाती हैं। दोस्त चाहते हैं कि चेन खोलकर प्लेटों को एक-दूसरे से अलग कर दिया जाए। लेकिन ऐसा करने के बाद वह आदमी किस रूप में उन्हें मिलेगा, उसका शरीर दो हिस्सों में बँट चुका होगा या वह दुहरा होकर नीचे लटक जाएगा, इसकी कल्पना-मात्र से ही वे डर जाते हैं और प्लेटों को नहीं हटाते हैं। यह आदमी मरने से पहले अपनी बीवी से मिलना चाहता है और एक दोस्त उसकी बीवी को खबर करने के लिए जाता है। इस बीच वह दोस्तों से एक सिगरेट लेकर पीता है। उसके दोस्त देखते हैं कि सिगरेट का धुआँ उसकी कमर के पास उसके पेट और अँतड़ियों से बाहर निकल रहा है।''

...कहते कहते वे ठहर गए। हम स्तब्ध थे। कुछ देर तक सन्नाटा रहा। वे फिर बोले—'''यह कहानी आदमी कल्पना से नहीं लिख सकता। कहानी के लेखक ने निश्चित रूप से यह अपनी आँखों से देखा होगा।''

वे फिर चुप हो गए।

उनकी इस अंतिम टिप्पणी का अर्थ हम समझ रहे थे—जिंदगी को अपनी आँखों से देखना होगा।

वक्त काफी हो गया था। हम जाने के लिए उठे तो वे हमें दरवाजे तक छोड़ने के लिए आए।

''धन्यवाद, मोशाय! इस मुलाकात के लिए बहुत-बहुत धन्यवाद!''

(*1972*)

यात्रा

चुनार के किले से

वह अप्रैल का एक दिन था। चिलचिलाती धूप। गाज़ीपुर-मिर्जापुर जाने वाली उस लंबी पड़ी सड़क को हर दिन की तरह आज भी सुनासान होना चाहिए था—पर अप्रैल की उस सात तारीख़ को, रामनवमी के उपलक्ष्य में, रंगीन कपड़ों में उत्तरप्रदेश की ग्रामीण जनता निरंतर पर उस पर चली जा रही थी—मिर्जापुर की तरफ़। शिवशंकरी धाम—अपने देवता की पूजा के लिए।

मैं साइकिल पर था।

जैसे किसी राजकुमार को बचपन से ही बता दिया जाता है कि पश्चिम की ओर—सात समुद्र पार एक छोटा-सा द्वीप है—जहाँ नीले फूलों वाली एक चिरयौवना राजकुमारी रहती है, जो न जाने कितने वर्षों से उसकी प्रतीक्षा कर रही है—और उस राजकुमार के अंतस्तल में एक कोमल, जीवंत अनुभूति, एक रंगीन कल्पना बसी रहती है, उस राजकुमारी तक पहुँचने की; वैसे ही पता नहीं कब से, मेरे भी अंतस्तल में चुनार की उन रहस्यमय पहाड़ियों...हाँ, रहस्यमय पहाड़ियों—और उनमें से किसी एक पर बने उस प्राचीन ऐतिहासिक दुर्ग में जाने की एक वैसी ही कोमल किंतु जीवंत एक अनुभूति, एक रंगीन कल्पना बसी हुई थी।

तब शायद नवीं कक्षा में पढ़ता था। एक मित्र ने फटी-पुरानी किंतु सहेज कर रखी हुई एक पुस्तक पढ़ने को दी थी—*चंद्रकांता*। दुर्गानंदन खत्री के उस तिलस्मी उपन्यास का माहात्म्य मैंने मित्र-मंडली से सुन रखा था। पढ़ कर पहली बार जाना था—चुनार की पहाड़ियाँ और चुनार का किला। जाना ही नहीं था, देवकीनंदन खत्री के वीरता, शौर्य तथा साहस के प्रतीक उन ऐय्यारों और सुंदरियों के साथ न जाने कितने दिनों तक चुनार की उन रहस्यमय पहाड़ियों में भटकता भी रहा था। कितनी बार उस किले के बाहर आया और भीतर गया था। कितनी बार उन पहाड़ियों में बने गुप्त-स्थलों पर छुपा भी था। देवकीनंदन खत्री ने, जो कि चुनार के आस-पास वाले जंगली इलाक़े में जंगल कटवाने के लिए ठेकेदार या इंजीनियर बन कर आए थे और दिन-भर अकेले ख़ाली बैठे रहने के बजाय उसी जंगल में इधर-उधर घूमते रहते थे—उस घने, बीहड़ जंगल से प्राप्त प्रेरणा और विशाल अनुभवों को आधार बना कर एक तिलस्मी उपन्यास लिख डाला था। देवकीनंदन खत्री अमर हो गए,

चंद्रकांता अमर हो गई, और इन दोनों के साथ ही साथ अमर हो गई चुनार की वे रहस्यमयी पहाड़ियाँ और वह ऐतिहासिक दुर्ग। सैकड़ों लोगों ने सिर्फ़ उस उपन्यास को पढ़ने के लिए हिंदी सीखी थी।

और फिर जब दिल्ली या पंजाब जाते हुए रेलगाड़ी चुनार के स्टेशन पर रुकी थी, तो सिर खिड़की से बाहर निकालकर, विस्फारित नेत्रों से मैंने चारों ओर देखा था–यही चुनार है?

मुश्किल से पाँच मिनट रुक कर गाड़ी स्टेशन से चल पड़ी थी। मैं खिड़की से सिर बाहर निकाले तब तक उन पहाड़ियों को देखता रहा, जब तक वे दिखीं। आँखों में उनकी जो तस्वीर खिंच गई थी–वह आज भी उस प्रकार जीवित है, स्पष्ट है।

तीसरी बार फिर चुनार का नाम सुना था। हिंदी के गद्य-प्रवर्तक सदासुखलाल नियाज आगरे का दरबार उजड़ जाने के बाद चुनार चले आए थे। यहीं आकर उन्होंने अपनी अधिकतर रचनाएँ लिखी थीं। साधु पुरुष थे, सहज धार्मिक। तत्सम शब्दों से सजी परिष्कृत हिंदी लिखते थे, जैसी कि आस-पास के इलाकों में भले-विद्वान् लोग बोलते-चालते थे। 10 वर्ष तक चुनार में रहने के बाद 1824 ई. में चुनार में ही उनकी मृत्यु हो गई थी।

और चौथी बार फिर चुनार शब्द मन में घुमड़ा था– *'बाणभट्ट की आत्मकथा'* पढ़ते हुए। विषम-समर-विजयी वाह्लीक-विमर्दन प्रत्यंत-वाडव देवपुत्र तुवुरमिलिंद की प्राणाधिका कन्या चंद्रदीधिति को ले कर बाणभट्ट निपुणिका के साथ स्थाणवीश्वर से मगध की ओर नाव में जा रहा होता है, तो रास्ते में विन्ध्याटवी पर्वत श्रेणियाँ और चरणाद्रिदुर्ग पड़ता है। बाणभट्ट कितना मुग्ध हुआ था उस रमणीय प्रकृति-देश को देख कर!

रामनगर से तीस किलोमीटर दक्खिन। नारायनपुर, शिवशंकरीधाम (वहाँ लगा हुआ वह ग्रामीण मेला!), फिर कैलहट–तब दूर से दिखाई पड़ती हैं वह पहाड़ियाँ। और दुर्ग? कहाँ है वह? नीरस, कठोर, कोलतार की तीस किलोमीटर लंबी सड़क तीस किलोग्राम से कम निराशा भला क्या उत्पन्न करती? ...लेकिन मुंफली पर्वत श्रेणियों के सीमांत और उनमें से किसी एक पर बना वह दुर्ग–लाल और पीला रंग–दृष्टिगोचर हो रहा था।

कोलतार की सड़क बहुत घूम कर वहाँ पहुँचती है। भला था शिवशंकरीधाम के मेले में जा रहा वह लड़का–कंधे पर गमछा रखे, बता गया कि रेल के लिए बने छोटे से पुल के नीचे वाले कच्चे रास्ते से चले जाओ–सीधे चुनार के बाज़ार तक पहुँचा देगा। वह बैलगाड़ी के लीक वाला रास्ता। मैंने साइकिल बैलगाड़ी के

लीक वाले रास्ते पर उतार दी।

यह चुनार-प्रदेश है। एक बड़े-से वीरान बाग़ में एक प्राचीन गोल इमारत बनी हुई है—चुनारगढ़ की पुरानी तहसील। और फिर जरगो नदी। सूखी-सी, पतली-सी, नाले-सी, नदी का मजाक-सी—जरगो नदी। मैं चौक पर ही खड़ा होकर पूछ रहा हूँ—"भैया चौक कहाँ है?" चौक से एक रास्ता सीधा चला गया है, वहाँ तक, जहाँ वह है। दुर्ग तक जब पहुँचा तो देखा, बाईं ओर एक बड़ी नदी बह रही है—हाय, गंगा यहाँ भी! कैसा संयोग है। तत्क्षण मन में निश्चय कर लिया कि दुर्ग देख कर लौटूँगा तो यहीं स्नान करके जाऊँगा। तौलिया, कच्छा, चादर और कंघी साथ लाया हूँ।

प्राचीन, ऐतिहासिक चुनार का क़िला और उसका विशाल द्वार। पत्थर के फर्श पर पत्थर के बने स्तंभ, बृहद् दीवार तक पहुँचने के लिए सीढ़ियाँ, बुर्जियाँ और मोड़। मैं कहाँ आ गया? एक गंध आ रही है मुझे। किस शताब्दी की यह गंध है? अगला क्षण होगा और मैं खो जाऊँगा, पता नहीं, इतिहास के किस पृष्ठ पर...कितने सौ वर्ष पहले?...पर मैं इतिहास के खँडहरों में नहीं खोया, सजे हुए दरबार और सभासदों के बीच नहीं खोया, सीढ़ियों से दीवार पर चढ़ते हुए सेनापतियों और किले के अंदर मैदान में तैयार अश्वारोही सैनिकों में भी नहीं खोया। मन कविता की प्यास में था। विस्फारित नेत्रों से चकित-थकित-सा मैं मज़बूत पत्थरों और बड़ी-बड़ी ईंटों वाले फ़र्श को पार करता हुआ, किले के अंदर बने मोड़ों पर मुड़ता हुआ, छोटा-सा मैदान लाँघ कर सीधे उस पार पहुँच गया। सामने के द्वार से घुसा था, पीछे के द्वार से बाहर निकल आया, सब कुछ लाँघता हुआ। पिछले द्वार से बाहर दूर तक गई लाल मोरम की कच्ची सड़क तो दीख ही रही थी। बाहर निकला तो आँखें विस्मय और आनंद से फैल गईं। हाय, गंगा यहाँ भी!

गंगा यहाँ भी मिली, पर ऐसे रूप में मिलेगी, कल्पना तक नहीं थी। हृदय छलछला आया और गला रुद्ध हो गया। होंठ नहीं, आँखें हँस रही थीं। मैं पाँच सौ फुट की ऊँचाई पर खड़ा था—एक प्राचीन दुर्ग के द्वार पर और नीचे, बहुत नीचे, गंगा की विशाल नील जल-राशि फैली हुई थी। सामने पश्चिम की दिशा से आ रही गंगा ने दुर्ग को दोनों हाथों से घेर रखा था। गंगा दुर्ग के पिछले द्वार से पाँच सौ फुट नीचे बहती है और फिर दुर्ग की मोटी और मजबूत—ऊँची दीवार के नीचे-नीचे बहती हुई पूरब की ओर घूमती जाती है और आने वाले द्वार को छुए बिना ही उत्तर की ओर—वाराणसी की ओर मुड़ गई है। गंगा के दक्खिनी तट पर, कुछ दूर स्टेशन तक फैले चुनार-प्रदेश के छोटे-छोटे रुंड-मुंड घर और उत्तरी तट पर दूर-दूर तक फैला हुआ विस्तृत मैदान और मैदान से भी दूर फैला हुआ विस्तृत जंगल और विन्ध्य पर्वत-मालाएँ। इन सबके बीच बहती हुई नीली गंगा तीन तरफ से चुनार के किले को घेरती हुई बनारस की ओर निकल गई है—और मैं यह दृश्य पाँच सौ फुट ऊपर

खड़ा देख रहा हूँ।...पहली बार विशाल-नयना नायिका से अनुराग नहीं, ईर्ष्या हुई। मेरे नयन विशाल होते तो, मैं भी इस संपूर्ण विशाल-दृश्य को क्या आँखों में भर कर अपने शहर नहीं ले आता?

वह रूप लावण्य वाला रूप था। उससे भला क्या अघाता? मैं किले के अंदर लौट आया। दुर्ग के पार्श्व-प्रांगण में व्याप्त सन्नाटा, ग्रीष्म की तपती, प्रखर दोपहर में एक विचित्र मायाजाल की सृष्टि कर रहा था। मैं आवेश में सीढ़ियों पर से होता हुआ दुर्ग की उस विशाल, स्थूलकाय दीवार पर चढ़ गया, जहाँ से कभी मध्य युग-सम्राट् का कोई सेनापति गंगा के उस पार से आती शत्रु-सेना को देखा करता होगा। दीवार के साथ-साथ चलता हुआ मैं गंगा के बीच में आ गया या कहूँ, गंगा बीच में आ गई। नीचे, बहुत नीचे, तट पर पड़े विशाल पत्थरों के बीच दो छोटे-छोटे आदमी खड़े थे। एक नहाने की तैयारी कर रहा था और दूसरा कपड़े धो रहा था। कपड़े धोने की आवाज़ ऊपर पहुँचते-पहुँचते मात्र फिच्-फिच् सी बनके रह जा रही थी। बीच गहरी जल-राशि के वक्ष पर मल्लाह धीरे-धीरे अपनी नाव खेता हुआ उस पार चला जा रहा था। दुर्ग की दीवार के बिलकुल नीचे नीम का एक विशाल वृक्ष है—पत्तियों और शाखाओं में सब कुछ छिप गया है, अन्यथा वहाँ से जीवित प्राणियों का कुछ अस्फुट-सा स्वर सुनाई पड़ रहा है। ज़रूर वहाँ कोई है? कौन है? मैं पूछता हूँ, कौन है वहाँ?

कोई उत्तर नहीं।

मेरी आँखों के सामने बचपन में 'चंदामामा' में पढ़ी कहानियाँ और उनमें अंकित चित्र घूम जाते है। कैसे विजयनगर का राजकुमार चाँदनी रात में नदी पार करता हुआ किले की दीवार तक पहुँचता है। दीवार के इस पार किले के भीतर सम्राट् विक्रमादित्य की राजकुमारी उसका इंतजार कर रही होती है। राजकुमार तट पर पहुँच कर किले की दीवार पर मोटे रस्सों का बना जाल फेंकता है। राजकुमारी दीवार पर आती है।

"मैं आ गया हूँ राजकुमारी! भय की कोई बात नहीं। तुम जाल पकड़कर नीचे आ जाओ। शीघ्रता करो।"

राजकुमारी जाल पकड़कर दीवार के उस पार नीचे उतर जाती है और राजकुमार उसे नाव में बैठा कर शीघ्रतापूर्वक उस पार चल पड़ता है। तभी अंधकार-भरे उस सुनसान वातावरण में हलचल मच जाती है। सम्राट् के सैनिक शस्त्रों से लैस होकर रस्सों के सहारे दीवार से नीचे उतरने लगते हैं। सेनापति गंगा की लहरों में छप्-छप् की आवाज़ सुनता है और चिल्ला उठता है—"वहाँ है वह। देखो, जाने न पावे।" और फिर, घमासान युद्ध!

मैं रोमांचित हूँ।

बूढ़े सेनापति शूलभद्र की तीक्ष्ण दृष्टि से बचकर कोई नहीं जा सकता। राजवंश

की कुल-मर्यादा पर कलंक का टीका नहीं लगने देगा वह। राजकुमार! बचकर नहीं जा सकते। कोई भी बचकर नहीं जा सकता। ओ मल्लाह! सावधान, तुम बचकर नहीं जा सकते। विशाल पत्थरों के बीच छिपकर स्नान करने वालो! तुम लोग भी बचकर नहीं जा सकते। मेरी आँखों को कोई धोखा नहीं दे सकता। इस ऊँचाई से मैं सबकुछ देख रहा हूँ, सबकुछ। पृथ्वी का एक-एक कण मुझे दृष्टिगोचर हो रहा है। गंगा के भीतर जल में कोई मछली भी हिलती है तो मेरी आँखों से बच नहीं पाती। आज कोई बचकर नहीं जा सकता। बाणभट्ट भी नहीं।

हा...हा...हा...हा...हा...

...हाँ, बाणभट्ट भी नहीं।

अरे, यह कैसी स्मृति उघड़ आई है? बाणभट्ट! तू यहाँ?

...और मैं मुस्कुरा पड़ता हूँ। यहाँ से बाणभट्ट भी तो गुज़रा था न! हाय, मैं कैसा भाग्यशाली हूँ। बाणभट्ट, तुम भी क्या जानोगे, आज मैं बिलकुल उसी दुर्ग पर खड़ा हूँ, जिसे कभी तुम देखकर मुग्ध हुए थे और गंगा के वक्ष पर उस अंश को देख रहा हूँ, जहाँ से कभी तुम्हारी नौका गुज़री थी। तुम निपुणिका के साथ विषम समर-विजयी, वाह्लीक-विमर्दन, प्रत्यंत-वाडव, देवपुत्र तुवरमिलिंद की प्राणाधिका कन्या चंद्रदीधिति को लेकर स्थानवीश्वर से मगध की ओर जा रहे थे। तुम भी तो कितने मुग्ध हुए थे इस रम्य-प्रकृति देश को देखकर! "जब हमारी नौका इन पहाड़ियों के तलदेश से चलने लगती थी, तो मेरा चित्त छिन्न-रज्जु वृषभ की भाँति भाग पड़ता था और मदस्रावी गजयूथों, निर्झर मुखर गिरि-कंदराओं, नीरंध्र नील निचुल कुंजों और एला-लवंग तथा तमाल के झुरमुटों में दौड़ पड़ता था। चरणाद्रि दुर्ग (चुनार) को विंध्याटवीवेष्ठित गंगा ने तीन ओर से घेर लिया है। यहाँ से एक दृष्टि मैंने दूर तक फैले हुए बदरी-वृक्षों के झुरमुट, वनपनस के झाड़ और सीताफलों की काली वनराजि देखी। एक बार जी में आया कि कूद पड़ूँ वनदेवता के इस आवास में, इस करेणु-सेवित कांतार में, इस निर्झर-मुखर विंध्याटवी में। दुर्ग के अपर-प्रांत में घाट था। नौका वहीं रोक दी गई थी। मैं बड़े उदास भाव से विंध्याटवी की ओर देख रहा था, क्योंकि उसमें धँस पड़ने को मैं स्वतंत्र नहीं था।" (*'बाणभट्ट की आत्मकथा' नवम् उच्छ्वास*)

दुर्ग के अपर प्रांत के जिस घाट पर बाणभट्ट ने अपनी नौका रोक दी थी, यह वही स्थान था, जहाँ मैंने दुर्ग में पहुँचने से पहले, लौटते हुए स्नान कर लेने का निश्चय किया था। घाट वहाँ अब भी है और कोई न कोई नाव आकर वहाँ रुकी ही रहती है—यह दूसरी बात है कि अब वहाँ धोबी-घाट भी है। बाणभट्ट के समय यह न रहा होगा।

दीवार के सहारे ज्यों-ज्यों आगे बढ़ता जाता हूँ, उत्तर की तरफ गई गंगा का छिपा अंग भी दृष्टिगोचर होता जाता है। अब उस जगह रुक गया हूँ, जहाँ से, पश्चिम से आती हुई और उत्तर की ओर घूमती हुई गंगा, दोनों को देख पा रहा हूँ। मेरे

सामने का दृश्य-पट विशाल से विशालतर हो गया है। सामने उस पार के तट पर भी एक छोटा-सा घाट है। वहाँ से नौका कुछ लोगों को लेकर चलती है और इस ओर, किले की दीवार के नीचे उतार देती है। फिर वे लोग दीवार के साए से सटे-सटे कहाँ चले जाते हैं—कुछ पता नहीं चलता। बालू पर एक ऊँट जा रहा है—उसकी गर्दन में पड़ी रस्सी का छोर पकड़ एक आदमी बालू पर चल रहा है। ऊँट की तुलना में वह कितना बौना लग रहा है!

मुझे लगता है या तो मैं आज से एक हज़ार वर्ष पूर्व की ऐतिहासिक स्थिति में लौट गया हूँ, या फिर किसी मायालोक में हूँ। बड़ा विचित्र बोध है। लगभग पाँच सौ फुट की ऊँचाई पर मैं एक दुर्ग की दीवार के साथ खड़ा हूँ और नीचे एक छोर से लेकर दूसरे छोर तक गंगा की नील जल-राशि फैली हुई है। ग्रीष्म सूर्य की प्रखर रश्मियाँ चमचमा रही हैं, गंगा के जल में प्रतिक्षण सैकड़ों-हज़ारों हीरे-मोती झिलमिला रहे हैं। दोपहर का सन्नाटा उनसे घुलमिल गया है। विशाल पत्थर...कपड़े धो रहे लोग...गंगा का वक्ष...नौका...मंदगति...घाट...ऊँट...रस्सी...और बौना। बस, और कुछ नहीं है, दूर-दूर तक फैला सन्नाटा, हरे-मैदानों, वनों और पर्वत मालाओं का परिदृश्य! .....कुछ लमहों के लिए लगता है मैं एक नितांत अपरिचित प्रदेश में आ गया हूँ। ये सब लोग कौन हैं? यह नाव कहाँ से आ रही है? यह कौन-सा प्रकृति देश है? ...क्या मैं ही गुलीवर हूँ, जिसने पहली बार एक निर्जन और अनजाने द्वीप में पैर रखा है?

यह सब कुछ क्षणों के लिए लगता है। दूसरे क्षणों में लगता है, यह किला नहीं—एक पूरा संसार है, फूलों का देश। वही 'फूलों का देश', जिसकी जयशंकर प्रसाद ने *'कामना'* में कल्पना की थी। हम तारा की संतान हैं और हमेशा से गंगा के इस पार रहे हैं। चारों तरफ कभी कोई दूसरा व्यक्ति दृष्टिगोचर नहीं हुआ। किंतु ये कुछ लोग, जल के वक्ष पर चली आ रही वह नाव और उस तट पर प्रतीक्षारत-से खड़े वे लोग—ये सब पहली बार ही तो दीख रहे हैं? इससे पहले तो ये कभी नहीं आए थे यहाँ?....न जाने किस अपरिचित प्रदेश से आ रहे हैं?

दीवार से मुड़कर देखता हूँ—कोई मोटर किले के पिछले द्वार से अंदर आकर रुकी है। एक भरा-पूरा परिवार गाड़ी से बाहर आता है और तत्काल क़िले के कुछ हिस्सों को देखने के लिए बिखर जाता है। देखने से लगता है, वे लोग बंगवासी हैं और मोटर से किसी दूर के सफ़र को निकले हुए हैं। मेरी दृष्टि बंगाली परिवार की उस बीस वर्षीय तरुण बाला पर पड़ चुकी है जिसने गुलमोहर के जलते हुए अग्निमय फूलों जैसी लाल साड़ी पहन रखी है। सफ़र से आने के कारण शरीर पर पड़े वस्त्र कुछ अस्त व्यस्त से हैं और सुकेशी की केश-राशि से कुछ अलकें अलग हो माथे और गालों तक झुक आई हैं, तथा उस गोरे उज्ज्वल मुख पर एक थकान-सी उतर आई है। रूप का लावण्य!

मैं धीरे-धीरे दीवार के नीचे उतरता हूँ। कहना चाहता हूँ, "शुभे, कुछ निवेदन करना चाहता हूँ। अनुमति हो तो..." उत्तर में वह कुछ कहती है, उसके शब्द तेज़ी से उच्चरित होने के कारण कुछ अस्फुट-से हैं।

"भद्रे, आप व्यर्थ ही रुष्ट हो रही हैं। मैं अकिंचन..." लेकिन, भद्रे कहाँ? ...बंगाली-परिवार अन्य सामानों की तरह अपनी उस कन्या को भी 'पैक' करके ले गया अपने साथ, उसी मोटर में। जा रे कुलीनता!...और देखो तो, इस रम्य प्रकृति देश का भी उसने कैसे निरीक्षण किया, मानों मंत्री महोदय अपने मुसाहिबों के साथ बाढ़ग्रस्त इलाक़े का मुआयना करने आए हों। हाय रे मनुष्य, तू भी कैसा अभागा है! समय नहीं है, अवकाश नहीं है कि रुककर दो क्षण के लिए नीली जल-राशि को आँखों में समो लिया जाए, अवकाश नहीं है कि रुककर दो क्षण प्रकृति के लावण्य में उतर लिया जाए।

मैं फिर दीवार पर चढ़ गया। गंगा कितनी छोटी लगती है। कहाँ हिमालय से निकलकर बंगाल की खाड़ी में जाकर गिरने वाली विशालकाय गंगा—इस देश का महानद, और कहाँ यह दो पाटों में सिमटी हुई मेरे सामने पड़ी निरीह गंगा!

"हम कितनी ऊँचाई पर हैं?" मुझे मन्नू भंडारी की *'ऊँचाई'* कथा याद आ गई है। ऊँचाई से देखो तो, हर चीज़ कितनी छोटी और मामूली दीखती है? राजगीर पर्वत की यह ऊँचाई उस कथा में एक प्रतीक बनकर प्रयुक्त हुई थी। पत्नी का दूसरे से संभोग। मन्नू भंडारी ने अपने पात्रों को राजगीर-पर्वत की ऊँचाई पर पहुँचा कर, विचार और हृदय की भी उस ऊँचाई पर पहुँचा दिया था जहाँ से नीचे रास्ते पर चलती-फिरती कारें और खड़ी दूकानें ही नहीं, पत्नी का दूसरे से संभोग भी बिलकुल छोटी-सी चीज़ प्रतीत होती है।

आज गंगा मुझे वैसे ही कुछ छोटी-सी लग रही है।

गंगा को सबने उसके विशाल आकार और गरिमा-मंडित रूप में ही देखा होगा, किंतु मैं आज उसे निरीह अवस्था में देख रहा हूँ। कोई विशाल आकार नहीं है। पाँच सौ फुट की ऊँचाई से दो पाटों में सिमटी हुई वह एक छोटी-सी दुर्बल नदी लग रही है।...और रहा गरिमा-मंडित रूप, सो मुझे लग रहा है, गंगा मेरे सामने निर्वस्त्र पड़ी हुई है। अपनी लज्जा को ढँकने में असमर्थ...निश्चेष्ट! मैं गंगा के प्रति सोचता हूँ—

> तेरा हर राज़ जानते हैं हम
> नाज़ो-अंदाज़ जानते हैं हम
> तुझको खोया है, खोके पाया है
> तुमको हर तरह से आजमाया है
> फिर आज क्यों हमसे परदा है?

लेकिन परदा भी कहाँ है?....जब नरगिस ने सुनीलदत्त से शादी की थी, तब हम प्राइमरी स्कूल में पढ़ते थे। अचानक नरगिस ने सुनीलदत्त को ही शादी के लिए क्यों चुना?...इसके बारे में अलग-अलग लोग अलग-अलग कारण बताते थे। लेकिन हम लड़के उसे कैसे सोचा करते थे? कि बात ऐसी हुई कि 'मदर इंडिया' फ़िल्म की शूटिंग के दौरान जलती हुई आग में नरगिस को जाने का अभिनय करना था। किंतु, वहाँ क्या हुआ कि सचमुच नरगिस आग में फँस गई। तब उसी समय सुनीलदत्त तत्काल उस आग में घुस पड़ा और जलती हुई नरगिस की साड़ी और उसके ब्लाउज को उसने तत्काल खींच कर उसके शरीर से अलग कर दिया, ताकि आग शरीर में न लगे। नरगिस बिलुकल नग्न हो गई थी। तब, जब नरगिस ने देखा कि इसने तो मुझे बिलकुल नग्न अवस्था में देख ही लिया है...जो कि केवल एक पति ही देख सकता है--तो उसने सोचा कि अब इसी से शादी कर ली जाए।...क्योंकि इसने तो नग्न अवस्था में मुझे एक बार देख ही लिया है।

आज मुझे गंगा की स्थिति भी उस नरगिस के समान ही लग रही है।

मैं दीवार से नीचे उतर आता हूँ और क़िले के भीतरी हिस्से की ओर चल पड़ता हूँ। अपने आस-पास चारों ओर देखकर अनुमान कर रहा हूँ कि यहाँ सेना की वह टुकड़ी खड़ी होती होगी जो सबसे पहले कूच करेगी। इसके बाद वो...वहाँ...पत्थरों के पीछे तीर-कमान लेकर सेना की दूसरी पंक्ति छिपती होगी। सेनापति शलभद्र दीवार पर बने उस चबूतरे पर खड़ा होकर अपनी छोटी-छोटी आँखों को और सिकोड़ कर दूर पश्चिम से आ रहे शत्रु-सेना के अश्वारोहियों को देखता होगा। उसके माथे पर कुछ रेखाएँ खिंच आती होंगी, होंठ कुछ सोचने की मुद्रा में सिकुड़ जाते होंगे... और फिर, कुछ बुदबुदाता हुआ, पीछे मुड़कर वह अंतःपुर की ओर चला जाता होगा—सम्राट् को सूचित करने के लिए।

मेरा गला बिलकुल सूख गया और मुझे प्यास लग आई। तभी एक सज्जन बताते हैं कि अंदर, उस दीवार के पास राजयोगी भर्तृहरि की समाधि है।

"अच्छा...!" मेरे विस्फारित नयन फैल जाते हैं और मैं चकित रह जाता हूँ; "वहाँ पानी मिलता होगा?"

"जरूर।"

मैं भर्तृहरि की समाधि की ओर चल पड़ता हूँ।—अपनी प्यास बुझाने के लिए।

भर्तृहरि मुझे राजयोगी कभी नहीं लगा। वह शब्द बहुत गलत आभास देता है भर्तृहरि के प्रति। राजा भरथरी ने अपने काँधे पर जलते हुए चिरंतन सवालों का जो सलीब ढोया था, उसकी यातना को संस्कृत का यह 'राजयोगी' शब्द तो बिलकुल ग़ायब कर देता है। असल में भरथरी के दो रूप मेरे मन में हैं : एक उसका दार्शनिक

रूप, और दूसरा लोककथाओं में प्रचलित उसका रूमानी रूप। 'राजयोगी' शब्द उसके दार्शनिक रूप को ही थोड़ा-बहुत प्रकट करता है। इसके प्रति मुझे कुछ नहीं कहना है। मैं मोहित हूँ लोककथाओं में प्रचलित उसके रूमानी रूप पर। सवालों के सलीब का भार ढोता हुआ यह नाथजोगी राजा भरथरी मुझे दारुण व्यथा का प्रतीक प्रतीत होता है।

साहित्य में राजा भरथरी खोए हुए मानवीय विश्वास की तलाश में निकली हुई एक प्यासी, पगली–भटकती आत्मा का 'प्रतीक' बन सकता था–'मिथक' बन सकता था, जो नहीं बन सका। हमारी लोककथाओं में इस 'मिथक' का आभास मिलता है, लेकिन शिष्ट साहित्य में नहीं। मेरा विश्वास है कि जैसे वर्ड्स्वर्थ ने अपनी अतिशय संवेदनशीलता और भाव-प्रवणता से अपने कई पात्रों को थोड़े से रहस्य के रंग में रँग कर एक 'मिथक' बना दिया–मसलन लूसी ग्रे, जिसके पैरों के निशान और पुकारने की आवाज़ आज भी उस बर्फ़ीले-पहाड़ पर मिलती है, उसी प्रकार खंजड़ी बजाते हुए, प्रेम की व्यथा और वैराग्य के गीत सुनाते हुए, गली-गली नंगे पाँव भिक्षा माँगते हुए उस जोगी राजा भरथरी को भी एक 'मिथक' में परिणत किया जा सकता था। साहित्य में इसका अभाव मुझे निरंतर खटकता है–और एक स्तर पर, यह अभाव, सहृदयता का अभाव प्रतीत होता है।

अलख निरंजन, अलख निरंजन, अलख निरंजन
अलख निरंजन जपो री मइया,
होगा बेड़ा पार,
माता पिंगले!

...चारों तरफ सिपाहियों के लिए बनी छोटी-छोटी कोठरियों से घिरा एक आँगन और एक छोटी-सी कोठरी है। दीवार पर पुता हुआ पीला रंग। पीली दीवारों पर लाल रंग में 'राजयोगी भर्तृहरि' लिखा हुआ–यह है भर्तृहरि का समाधि-स्थल। चिलचिलाती धूप में, समाधि-स्थल पर प्रवेश करने से पहले मैंने न चाहते हुए भी जूते उतार दिए। लंगोट पहने एक जोगी से लोटे में पानी लेकर मुँह और सिर पर पानी डाला और जल पिया। उस कोठरी में झाँक कर देखा जिसे भर्तृहरि की समाधि कहते हैं। कहते हैं कि राजा भरथरी जगह-जगह भटकता हुआ इसी स्थान पर आया था। यहीं बैठे-बैठे उसने शरीर-सहित समाधि ले ली थी–अर्थात् शरीर अंतर्धान हो गया था। बाद में उसके भाई ने यहाँ एक समाधि (छोटा-सा चबूतरा) बना दी थी। यह किला तो उसके बाद बना है। यही वह कोठरी है जिसमें उसकी समाधि है। समाधि के नाम पर वहाँ सिरमिट का एक बहुत छोटा-सा चबूतरा है, जिस पर कोई कलश पड़ा हुआ है। दीवारों पर विभिन्न देवताओं की तस्वीरें फ्रेम में टँगी हुई हैं। धूप-बत्तियाँ जल रही हैं। एक कड़ाही में राख भी सुलग रही हैं और लंगोट पहना

हुआ एक पुजारी-जोगी, बेचारा निरीह–दयनीय ढोंगी, जो शायद भरथरी की आत्मा से सैकड़ों मील दूर है, एक यजमान को पकड़ कुछ मंत्रोच्चारण कर रहा है। मैं कोठरी के भीतर नहीं घुसा, द्वार पर खड़ा-खड़ा ही उस विडंबना-जनक समाधि को देखता रहा और फिर बाहर आ गया। बाहर बरामदे के पास जमीन में खुदे एक छोटे-से कुंड में राख सुलग रही थी। पास ही गड़ा हुआ एक त्रिशूल, और उस पर टँगा लाल चिथड़ा। पास ही गड़े दो-तीन और छोटे-छोटे त्रिशूल। जमीन पर पड़ी चिलम और त्रिशूल की नोक पर टँगा धतूरे का फल...मात्र यही वे कुल अलंकार थे, 'योगी-संप्रदाय' के शव पर से उतारे हुए।

राजा भरथरी की समाधि के ठीक सामने, बिलकुल पास ही पीले रंग की एक बड़ी-सी कोठरी है जिसके चारों ओर बरामदा बना हुआ है–'सोनवा-मंडप'। कहते हैं, यही वह मंडप है जहाँ से आल्हा-ऊदल–दोनों भाई राजकुमारी सोनवा को विवाह के समय उठाकर ले गए थे। मेरे मानस में आल्हा-ऊदल की वीरता और शौर्य का वर्णन करते हुए ग्रामीणों के लोकगीतों की अस्पष्ट-सी झंकार गुंजरित हो उठती है। मेरे होठों पर व्यंग्य मिश्रित एक क्षीण मुसकान उतर आती है।–विचित्र था मध्ययुग का वह शौर्य जो लड़कियों को चुराने, विवाह मंडप से राजकुमारियों को उठा ले जाने तथा रानियों को बलपूर्वक रोक रखने में ही अपने को प्रतापी अनुभव करता था!

चिलचिलाती धूप में मेरा सिर तप गया है। दो बज रहे थे। और मुझे भूख लग आई थी। थैले से दो-तीन अमरूद निकालकर खाने लगता हूँ। खाने के लिए इन दो-तीन अमरूदों को छोड़ मेरे पास और कुछ नहीं है। सोचता हूँ, यदि आते हुए शिव-शंकरीधाम के मेले में से दो-एक किलो खरबूजा भी ले लिया होता, तो अच्छा होता। यहाँ आस-पास खाने के लिए कुछ नहीं है।

मैं दुर्ग के पूर्वी प्रांत में आ गया जिधर मुख्य द्वार है। सामने एक फाटक-सा है जिस पर 'प्रवेश-निषेध' की तख्ती लगी हुई है। मैं उसके भीतर देखता हूँ–दायीं ओर एक विशालकाय कुआँ दृष्टिगोचर हो रहा है और बायीं ओर एक इमारत के आस-पास ऊँची ज़मीन है। उस ज़मीन के पीछे ज़रूर गंगा जा रही होगी...मेरी कल्पना, जिज्ञासा और उत्सुकता के पंख फड़फड़ाने लगे हैं। मैं 'सविनय आज्ञाभंग' करने की मुद्रा में फाटक के भीतर घुस पड़ा हूँ।

अपूर्व था वह विशालकाय गहन रूप! मैं हतप्रभ हूँ। चरणाद्रि-दुर्ग की शाही परंपरा के अनुकूल वह कुआँ भी 'शाही कुआँ' ही कहा जाएगा। चुनार की पहाड़ियों से कम तिलस्मी नहीं है वह। कुएँ के गहन-गह्वर में सड़ा हुआ हरा काला जल ठहरा हुआ है। कुएँ के भीतर जाती हुई चौड़ी-मज़बूत दीवारों में क्या देखता हूँ, कि दो द्वार बने हुए हैं। एक छोटा-सा द्वार दाईं तरफ़ जो कुएँ के लगभग 25 फुट भीतर है और दूसरा, उससे कुछ बड़ा, बाईं तरफ़ लगभग 40 फुट भीतर।

यह क्या रहस्य है? कुएँ के भीतर ये द्वार कैसे हैं? द्वार के कुछ भीतर धूप

का प्रकाश बिखरा हुआ है। अवश्य ही कोई दूसरा मार्ग भी है, जो बाहर से आ कर वहाँ मिला है। मैं सिर मोड़-मोड़ कर, झुका-झुका कर देखने का प्रयत्न करता हूँ—किंतु, केवल गरदन ही दुखती है, दीखता कुछ नहीं।

नहीं, रहस्य का पता लगाना ही होगा!

मेरी श्वास-प्रक्रिया विक्षुब्ध हो उठती है। बद्ध-अधरोष्ठों को दाँतों से भींचता हुआ मैं कुएँ के बाहर आस-पास दृष्टि दौड़ाता हूँ—शायद कोई सुराग हाथ लगे। चारों तरफ छोटी-छोटी झाड़ियाँ और जंगली घास उगी हुई हैं, जो सूर्य के प्रखरताप से दग्ध हो कर रंगहीन पड़ गई है। उसी घास के बीच, कुछ दूर पर एक छोटी-सी कोई पुरानी दीवार खड़ी है—जिसका ऊपरी हिस्सा कुछ टूट-फूट गया है और ईंटें नीचे झड़कर गिर गई हैं। मैं किसी अज्ञात आशा-रज्जु से बँधा, खिंचा हुआ उस पुरानी दीवार तक आ गया। क्या देखता हूँ कि उसके पीछे सीढ़ियाँ बनी हुई हैं जो नीचे धरती के भीतर चली गई हैं। मैं उस पर चल पड़ता हूँ। सीढ़ियाँ थोड़ी दूर जाकर रुक गई हैं। वहाँ से दाहिनी तरफ़ मुड़ गईं, नीचे मंद-मंद अंधकार फैला हुआ है। एक तीसरा मोड़ आता है। मैं ठिठककर रुक जाता हूँ। सामने अँधेरे फ़र्श पर पक्षियों की बीटें और टूटे हुए पंख पड़े हैं। सीलभरी पुरानी दीवारों से विचित्र गंध आ रही है। सहसा मेरे मन में एक भय करवट लेता है। मैं छत की ओर सतर्कतापूर्वक देखने लगता हूँ—कहीं कोई चमगादड़ तो नहीं?...अंधकार में वह काली-मैली छत और भी गंदी तथा घिनौनी लग रही है। थोड़ा-सा आगे, दीवार पर लगी बीटों के साथ-साथ एक काला चमगादड़ अपने डैने मोड़े हुए चुपचाप पड़ा हुआ है।....मेरी आँखों के आगे कानपुर के नानाराव पार्क का वह विशाल बरगद का वृक्ष चित्र के समान खिंच कर चला आता है जिसकी अनगिनत डालों पर अनगिनत चमगादड़ अपने लंबे-लंबे डैनों को फैलाए हुए उल्टे लटके रहते हैं। मेरा साहस डोलने लगा...आगे जाऊँ या नहीं? सामने सीढ़ियाँ अँधेरे से होती हुई नीचे चली गई हैं और एक जगह से मुड़ गई हैं। जिस ओर वे मुड़ी है, उधर से सूर्य की रोशनी आकर उन सीढ़ियों पर पड़ रही हैं।...क्या होगा उस ओर?

एक क्षण के लिए मुझे लगता है कि मैं नहीं हूँ और बनारस में, मेरे कमरे में मेरा एक मित्र मेरे शहर से आए रोते हुए संबंधियों को बता रहा है कि वह एक बार साइकिल पर चुनार गया था। कह रहा था कि किला देखने जा रहा हूँ, शाम तक लौट आऊँगा। लेकिन फिर कभी लौट कर नहीं आया।

अगले मोड़ से जो सीढ़ियाँ मुड़ीं थी, वह सीधी कुएँ के अंदर तक गई थीं। सीढ़ियों के ऊपर आसमान था—उसी से उन पर धूप पड़ रही थी। कुएँ पर जहाँ वह मिलती है—वहीं वह द्वार बना है, जिसे मैंने ऊपर से देखा था। वहाँ से दाएँ-बाएँ दो सीढ़ियाँ फिर बनी हैं जो कुएँ के वर्षों पुराने, सड़े हुए हरे-काले जल के भीतर चली गई हैं। अवश्य ही नीचे तल पर भी कोई गुप्त द्वार होगा। मुझे 'प्यार-मुहब्बत'

फ़िल्म का वह कुआँ याद आ गया है जहाँ प्रेमनाथ पहले अपने बड़े भाई को मार कर फेंकता है, फिर देवानंद को भी मार कर फेंकने की योजना बनाता है। 'कुएँ के अंदर बनी सीढ़ियाँ'—जो कि राजमहल के एक गुप्त द्वार से जुड़ी होती हैं।... याद आ रहा है तुम्हें?

उस रहस्यलोक से बाहर आ गया हूँ फिर तपती हुई धूप में। कुछ चीजें हैं जो मिलकर एक ही चीज, एक प्रभाव—बन गई हैं और कई क्षणों तक मुझपर छाई रहीं। पक्षियों की बीटें...टूटे हुए पंख...अंधकार...सीलन...रहस्य और दुस्साहस—ये सब आपस में कैसे मिल गए हैं कि तुम उन्हें एक-दूसरे से अलग ही नहीं कर सकते। सब एक गंध-रूप में परिणत होकर छा जाते हैं हम पर।

मैं बाईं ओर खड़ी उस बड़ी इमारत के पीछे वाली ऊँचाई की ओर चल पड़ता हूँ। मैं जानता हूँ, वह वहाँ है। वह सचमुच वहाँ होती है। यह शेष कोण था, गंगा को निहारने का...टकटकी बाँध कर। जमशेदपुर के 'डिमना नाला' से ज़रा भी कम रमणीय नहीं। कुछ देर तक इमारत के विशाल बरामदे पर बैठा रहा। सोचा, पिकनिक मनाने के ख़याल से यह स्थान सुंदर रहेगा।

सामने गंगा बनारस की ओर चली जा रही है। मैं बनारस को ढूँढ़ने का प्रयत्न करता हूँ। रामनगर से जब चला था तो नारायनपुर पार कर जाने के बाद भी विश्वविद्यालय के अंदर स्थित विश्वनाथ का मंदिर बिलकुल सीधे दीखता था। किंतु यहाँ से?...अगले मोड़ से मुड़ी गंगा, विस्तृत फैला हुआ तट-प्रदेश, दो-एक ऊँट, घने वन और दूर-दूर तक वन—यह सब दीख गया, पर बनारस नहीं दिखा। क्षण-भर के लिए मन में एक भावना उठती है और मैं अभिभूत हो जाता हूँ। सामने फैले विशाल मैदान और घने वनों के उस पार कहीं एक बनारस शहर है, जिसकी सड़कों पर इस समय घनघोर यातायात होगा, स्त्री-पुरुष व्यस्त होंगे, दफ्तरों और इमारतों में काम चल रहा होगा, मेरे मित्र अपने-अपने घरों में पत्रिकाएँ पढ़ रहे होंगे—और उस गुंजान शहर में एक भी ऐसा व्यक्ति नहीं होगा जो यह जानता हो कि मैं इस समय, इस बरामदे पर खड़ा होकर बनारस की ओर देख रहा हूँ। कैसा चमत्कार है? सचमुच, मुझे यह चमत्कार ही लगता है। कभी ऊँचाई से देखे इतनी विशाल इस धरती को—नदियों, पहाड़ों, मैदानों और शहरों से लदी इस पृथ्वी को—इसके एक जगह सन्नाटा व्याप्त है और तुम, उस सुनसान सन्नाटे में खड़े हो और ठीक उसी समय तुमसे केवल पच्चीस मील दूर, घने वनों और मैदानों के उस पार एक ज़िंदा शहर फड़फड़ा रहा है, वह रात को जगमगाता है और उसकी सड़कों और बाज़ारों में स्त्री-पुरुष भरे पड़े हैं। क्या यह चमत्कार नहीं है!

गंगा का वह अंश, जिसे मैंने दोपहर से पहले देखा था, यानी पश्चिम से आती

हुई गंगा अब मुझे नहीं दिख रही है। उसे देखने के लिए मैं बाईं ओर हटता जाता हूँ। असल में मैं मोड़ लेती हुई गंगा को एक ऊँची जगह से देखना चाहता हूँ। 'मोड़ लेती हुई गंगा'—मुझे ऐसा लगेगा जैसे मैंने छिपकर किसी स्त्री को अपने कपड़े उतारकर दूसरे कपड़े पहनते हुए देखा हो।...ठीक मोड़ पर पहुँचकर मैं उसे देखता हूँ। ओह, अद्भुत है वह!

लौटकर इमारत का मुआइना करता हूँ तो देखता हूँ कि उसमें भी एक सीढ़ी है, जो अंधकार से होती ऊपर छत पर चली गई है। मैं छत पर पहुँचता हूँ तो आह्लाद और उत्सुकता से होंठ और आँखें—सब फैल जाते हैं। एक तो पहाड़ी चुनार की, उस पर बना यह दुर्ग, उस दुर्ग में बनी यह सबसे बड़ी इमारत और उस इमारत की छत पर खड़ा मैं। क्या पश्चिम से आती हुई गंगा और क्या बनारस की ओर जाती हुई गंगा, क्या चुनार का स्टेशन और क्या चुनार का बाज़ार, क्या चुनार का चौक और क्या चुनार का क़िला—इस ऊँचाई से सब कुछ एक ही दृष्टि में गोचर हो रहा है। एक कैनवास इतना विशाल हो सकता है, मुझे कल्पना नहीं थी। क्यों नहीं एक बार सारा ब्रह्मांड एक साथ देख पाता हूँ?

छह बज चले। ग्रीष्म का सूर्य छिपकर भी नहीं छिपा था। मैं जल्दी-जल्दी किले का शेषांश भी देख लेने की इच्छा से दीवार पर चढ़ गया। दीवार से नीचे मैदान तक गया ढलान, नीचे आधे चक्के-सी पड़ी हुई कोलतार की दुबली-पतली सड़क, कच्चे-पक्के घर, घरों के द्वार—सब कुछ को पार करती हुई दृष्टि स्टेशन पर जाकर रुक गई। दीवार के सहारे घूमता हुआ मैं काफ़ी दूर आ गया था। अंत में, क़िले के ठीक़ दक्षिण-पश्चिम छोर पर आकर खड़ा हो गया। नीचे सेना की गाड़ियों का गेराज था। सामने गंगा।

गर्मियों की वह एक मौन और प्रशांत संध्या थी।...रक्तिम-आकाश भी कुछ स्याह पड़ गया था। मैं किले की मोटी दीवार के ठीक मुँडेर पर खड़ा किले से कुछ दूर बह रही गंगा को देख रहा था। उस मौन और गहरे अर्थ वाले क्षणों में...पता नहीं, कौन शरारती सामने के घने जंगलों के पीछे से, किस कोने में छिप कर गंगा के पानी में अबीर-गुलाल मिलाए जा रहा था। ढेर का ढेर अबीर-गुलाल गंगा के जल में मिलाए जा रहा था...और नतीजा सामने था—गंगा का सारा जल अबीर और गुलाल से रंग गया था।

लौटते हुए मैं हेस्टिंग्ज़ के दौलतख़ाने के पास रुक गया। 'दिस हाउस वाज आक्युपाइड बाइ वारेन हेस्टिंग्स, दि गवर्नर जनरल ऑफ बंगाल, इन सेवेंटीन एट्टीवन।' ...मुझे दिलचस्पी थी उसके अहाते में लगी पुरानी धूप घड़ी में... और उसे मैं देख आया। मकान में वारेन हेस्टिंग्स रहा था। वारेन हेस्टिंग्स रहा था...तो मकान अच्छा ही होगा।...सो होगा; मैं चला आया।

भरथरी ने घर छोड़कर, जंगल-जंगल, गली-गली घूमने के बाद जब यहाँ आकर

समाधि ले ली थी, तब उसके भाई उज्जैन के सम्राट विक्रमादित्य ने यहाँ एक स्मारक बनवा दिया था। उसके बाद...

दिस टेबलेट इज़ इरेक्टेड इन मेमोरी ऑफ दी फालोविंग रूलर्स ऑफ़ इंडिया, हूज नेम्स आर एसोसिएटेड विद् दी फ़ोर्ट एट चुनार–

विक्रमादित्य ऑफ़ उज्जैन	– 56 बी. सी.
पृथ्वीराज राय पिथौर	– 1141–1191 ए. डी.
शहाबुद्दीन मुहम्मद गोरी	– 1194 ए. डी.
स्वामीराजा	– 1333 ए. डी.
मुहम्मद शाह ऑफ़ जौनपुर	– 1445
सिकन्दर II (लोदी)	– 1512
बाबर	– 1529
शेरशाह सूरी	– 1530
हुमायूँ	– 1536
शेरशाह सूरी	– 1538
इस्लाम शाह	– 1545–1552
अकबर	– 1545
मिर्जा मुक्दीम (मंसूर अली खाँ)	
सफ़दरजंग, नवाब ऑफ अवध	– 1750
दि ब्रिटिश	– 1765
शुजाउद्दौला, नवाब ऑफ अवध	– 1765
दि ब्रिटिश	– 1772
वारेन हेस्टिंग्स	– 1781

– इरेक्टेड आन दी ट्वेंटीएथ एप्रिल, 1924,
बाई डब्ल्यु, बी. कॉटन,
इएस. जी. आई. सी. एस.
कलक्टर एंड मजिस्ट्रेट,
मिर्जापुर।

...इन दिनों यहाँ उत्तर प्रदेश पुलिस की बी. कंपनी, 38वीं बटालियन रहती है और कवायद करती है। और...आचार्य हजारीप्रसाद द्विवेदी कह रहे हैं,

"यह धर्म-कर्म का विशाल आयोजन, सैन्य संगठन और राज्य-व्यवस्थापन सब फेन-बुद्बुद् की भाँति विलुप्त हो जाएँगे; क्योंकि इसमें नारी का सहयोग नहीं है। यह सारा ठाठ-बाट संसार में केवल अशांति पैदा करेगा।"

(1969)

स्मरण

उत्पल दत्त : एक राजनीतिक याद

19 अगस्त, 1993 को उत्पल दत्त का देहांत हो गया।

उत्पल दत्त से पहली बार मैं सन् 1971 में मिला। उन दिनों नक्सलवादी आंदोलन उभार पर था जिसमें मैं भी हिस्सा ले रहा था। उत्पल दत्त इस आंदोलन में पहले से ही शरीक थे। हमारे ग्रुप का एक साथी जो कलकत्ते के उप-नगरीय इलाके उत्तरपाड़ा के फैक्टरी-मजदूरों के बीच काम करता था और जिसने आगे चलकर 1990 के दशक में कानोडिया जूट मिल की बंदी के खिलाफ मजदूरों के असाधारण, लंबे संघर्ष का नेतृत्व किया, मुझको उत्पल दत्त से मिलवाने ले गया था। कुछ साल पहले वह और उत्पल दत्त, दोनों जेल की एक ही कोठरी में कैद रहे थे। उसकी पत्नी ने उत्पल दत्त की नाटक मंडली में काम किया था। इससे पहले *भुवनशोम* फिल्म में मैंने उत्पल दत्त का अभिनय देखा था। उनकी एक जात्रा *राइफल* भी देखी थी जिसने हमारी क्रांतिकारी भावनाओं को मजबूत किया था।

आज उत्पल दत्त को याद करना नक्सलवादी राजनीति की उथल-पुथल से भरे ऐसे दौर को याद करना है जब हजारों युवक-युवतियाँ समाज को बदलने के लिए अपना सब कुछ कुर्बान कर रहे थे, दूसरी ओर कम्युनिस्टों के बीच सैद्धांतिक समझ और राजनीतिक लाइन को लेकर काफी विवाद मचा हुआ था। नक्सलवादियों के बीच चारु मजूमदार सबसे बड़े नेता बने हुए थे लेकिन उनकी गलत नीतियों और कार्यक्रमों ने आंदोलन को पराजय के रास्ते पर धकेल दिया था। उनकी घोर संकीर्णतावादी मनोवृत्ति के चलते संगठन टुकड़ों-टुकड़ों में बँटता जा रहा था। उन्होंने नक्सलवादी आंदोलन को जन्म जरूर दिया था, लेकिन इससे भी ज्यादा अपनी गलत समझ से उसे तबाह किया था। सैद्धांतिक अध्ययन-विश्लेषण के प्रति उनकी घोर तिरस्कार भरी दृष्टि ने, वर्ग-शत्रु का सिर काटने और विद्यासागर, रवींद्रनाथ आदि की मूर्तियाँ तोड़ने जैसे उनके कार्यक्रमों ने, जन-संगठनों को संशोधनवादी राजनीति मानकर उन्हें न बनाने और उनसे दूर रहने जैसी उनकी समझ ने और इसी तरह की दूसरी कई बातों ने उस दौर में नक्सलवादी आंदोलन को भारतीय कम्युनिस्ट आंदोलन के इतिहास में वैचारिक दृष्टि से सबसे

पिछड़े हुए आंदोलनों में एक बना दिया था। पर यह समझना भ्रम होगा कि चारु मजुमदार की पार्टी और नक्सलवादी आंदोलन, दोनों एक ही चीज थे। सच यह है कि नक्सलवादी आंदोलन के अंदर कई धाराएँ थीं। इनमें से कई धाराएँ चारु मजुमदार के नेतृत्व से असहमत थीं। खुद उनकी पार्टी के अंदर के ज्यादा समझदार लोग भी उनकी राजनीति से अपनी असहमति जाहिर कर रहे थे। इन्हीं लोगों में से एक उत्पल दत्त भी थे।

उत्पल दत्त मध्यवर्गीय परिवार में जन्मे, अंग्रेजी स्कूल-कालेज में पढ़े तथा यूरोपीय साहित्य और कला की बारीकियों को जानने-समझने वाले एक अत्यंत समर्थ और प्रतिभाशाली बुद्धिजीवी थे। वे अपनी शक्तिशाली कला से मेहनतकशों के वर्ग-संघर्ष को ताकत पहुँचाना चाहते थे और इसके लिए सही रास्ते की खोज में बेचैन थे। उन्होंने अपने समय में उभरी नक्सलवादी किसान-क्रांति का खुलकर समर्थन किया और चारु मजुमदार के संगठन में शामिल हो गए। लेकिन बहुत जल्द ही संगठन के नेताओं ने उन पर कई तरह की कमजोरियों के आरोप लगाकर उन्हें संगठन से बाहर धकेल कर यह जाहिर कर दिया कि यह संगठन मध्यवर्ग से आए क्रांतिकारी बुद्धिजीवियों का नेतृत्व करने में कितना अयोग्य था। नेतृत्व के बुरे और गलत सलूक के बावजूद उत्पल दत्त विचलित नहीं हुए और अपनी शक्तिशाली कला से क्रांतिकारी संघर्ष में योगदान करते रहे। यह उनके अंदर की वैचारिक दृढ़ता और मेहनतकश जनता से उनके प्यार का सबूत था; उनके व्यक्तित्व का बड़प्पन था।

एम. एल. पार्टी कायम होने के पहले से ही *देशव्रती* ग्रुप के चारु मजुमदार की गलत लाइन और कार्यक्रमों का विरोध करने वाले नक्सलवादी ग्रुपों में हमारा भी एक छोटा-सा ग्रुप शामिल था। हमारे ग्रुप ने 5 जनवरी, 1972 से पटने से *फिलहाल* नामक पाक्षिक पत्रिका निकालकर एक ओर सी. पी. एम. और सी. पी. आई. की राजनीति का विरोध किया, दूसरी ओर नक्सलवादी कैंप के अंदर चारु मजुमदार की बचकानी उग्रवादी राजनीति का भी विरोध किया। इससे कई नक्सलवादी साथियों ने हम पर कई तरह के प्रहार किए। प्रहार करने वालों में वे लोग भी शामिल थे जो आज चारु मजुमदार की लाइन और समझ को पूरी तरह से छोड़ चुके हैं, भले ही नाम उनका आज भी जप रहे हों। हक़ीक़त यह है कि चारु मजुमदार की लाइन और समझ को छोड़ने के बाद ही नक्सलवादी आंदोलन सही रास्ते पर आ सका और अपना विकास कर सका।

लेकिन उन दिनों नक्सलवादियों के बीच रहते हुए चारु मजुमदार और एम. एल. पार्टी की नीतियों और कार्यक्रमों का विरोध करना खुलेआम गालियाँ खाने का काम करना था। 1971-72 में जब औपनिवेशिक शिक्षा के खिलाफ संघर्ष करने के नाम पर बंगाल में राष्ट्रीय पुनर्जागरण और स्वतंत्रता आंदोलन के नेताओं की मूर्तियों को तोड़ने का अभियान एम. एल. पार्टी ने चलाया तो इस माहौल में हमने *फिलहाल*

में उत्पल दत्त का लेख *रवींद्रनाथ की मूर्ति* छापा जिसमें इस बचकानी उग्रवादी राजनीति का विरोध किया गया था। जाहिर है कि इसके बाद कई मित्रों ने हमारी खूब ख़बर ली। उत्पल दत्त का लेख बहुत ही आसान भाषा में, दो व्यक्तियों की आपसी बात-चीत की शक्ल में लिखा गया था। हालाँकि उसमें कुछ कमजोरियाँ और सरलीकरण भी था। फिर भी लेख गलत राजनीति के खिलाफ दोस्ताना ढंग से समझाने की शैली में था। अतीत के मूल्यांकन के नाम पर ईश्वरचंद्र विद्यासागर और रवींद्रनाथ आदि की मूर्तियाँ तोड़ने वालों से लेख में जपेनदा कहते हैं कि मूल्यांकन का अर्थ गाली देना नहीं, इतिहास की पृष्ठभूमि पर विचार करना होता है। विद्यासागर जब कालेज के अध्यक्ष थे, उस समय कालेज के अहाते में पुलिस आई थी, इसी वजह से उन्हें ब्रिटिश का दलाल कहा जाने लगा—क्या यही मूल्यांकन है? जपेनदा कहते हैं कि इतिहास में बूर्जुवा वर्ग की एक क्रांतिकारी भूमिका रही है। अशिक्षा और रूढ़िवादी संस्कारों से लड़ाई लड़कर और साहित्य तथा शिक्षा में बांग्ला भाषा की प्रतिष्ठा कर विद्यासागर किसानों और मजदूरों के लिए रास्ता साफ कर गए थे, इसे समझते हो? तुम लोग विवेकानंद, राममोहन, सुभाष को भूलते हो जबकि माओ तो कन्फ्यूशियस, लिऊ सियाँ, पान कू, शुन हयू आदि का उल्लेख हमेशा करते आए हैं। आखिर क्यों? उन्हें पता है कि ये सब जनता के इतिहास के वाहक रहे हैं।

इस लेख में जपेनदा रवींद्रनाथ के नाटक *रक्तकरबी* की चर्चा करते हुए उसके क्रांतिकारी पहलू की ओर ध्यान खींचते हैं कि "नाटक की यक्षपुरी में मजदूर वर्ग बिना नाम का है। पीठ पर लगे नंबरों के ठप्पे ही उनका कुल परिचय है। उनका मनुषत्व भी गुम हो गया है। यह संकेत का प्रयोग नहीं है। कार्ल मार्क्स ने शोषण के फलस्वरूप व्यक्ति की सत्ता गुम हो जाने की बात कही थी। नाटककार ने उसे ही दिखलाया है।... *रक्तकरबी* में शोषण के खिलाफ उन कारीगरों का विद्रोह ही मुख्य तत्त्व है जो सिर्फ पड़े-पड़े मार नहीं खाते।" आलोचकों के एक खास वर्ग का विरोध करते हुए जपेनदा कहते हैं कि रवींद्रनाथ के साहित्य में सिर्फ प्रकृति का छंद और मानव-आत्मा का संकेत ही नहीं ढूँढ़ना चाहिए—"जो लोग रवींद्रनाथ के हाड़-मांस के बने चारित्रिक अंश की उपेक्षा करके सिर्फ भावना और गूढ़ तत्त्व के प्रतीक को ही महत्त्व देते हैं, वे लोग राक्षस हैं जिनका काम रवींद्रनाथ की मूर्ति को तोड़ना ही है।" (5 जून, 1972)

आज किसी क्रांतिकारी आंदोलन में शामिल कितने ऐसे व्यक्ति हैं जो अपने आंदोलन की गलतियों पर इतने साफ ढंग से लिखते हों?

उत्पल दत्त ने अपने समय के जबर्दस्त उभार की कमजोरियों और गलतियों को जिस तरह से समझा और खुलकर लिखा, वह उनकी राजनीतिक समझदारी, साहस और ईमानदारी का सबूत है। उनमें धारा के विरुद्ध तैरने की हिम्मत थी। उत्पल दत्त नक्सलवादी राजनीति की देन नहीं थे। वे पहले से ही मार्क्सवादी विचारों के थे। उनके कलाकार व्यक्तित्व का निर्माण सन् 50 के दशक से ही होता आ रहा

था। नक्सलवादी राजनीति के साथ वे अपने अंदर की बेचैनी और समझ के कारण जुड़े थे। लेकिन उस जमाने की राजनीतिक संकीर्णता उनमें नहीं थी। संकीर्ण और गलत राजनीति के आधार पर महान कला कभी नहीं पनपती। राजनीतिक संकीर्णता से ऊपर होने के कारण ही उत्पल दत्त की कला इतनी शक्तिशाली हो सकी कि उनके नाटकों की क्रांतिकारी पुकार ने लाखों आम दर्शकों के दिल और दिमाग पर इतना असर डाला।...बाद में *टीनेर तलवार* से उनके नाटकों की राजनीति में कुछ फर्क़ आने लगा—ऐसा मैंने सुना और *फ्रंटियर* में पढ़ा था। लेकिन इस बारे में मेरी जानकारी नहीं है क्योंकि हम लोग झारखंड में उलझे हुए थे और उनके नाटकों को देखने का मौका मुझे फिर कभी नहीं मिला। फिर भी इसमें शक़ नहीं कि उनके नाटकों में तीन खास बातें हमेशा रहीं—

(1) किसान क्रांति का खुला समर्थन
(2) धोखाधड़ी और फरेब भरी कांग्रेसी राजनीति का भंडाफोड़
(3) अमेरिकी साम्राज्यवाद के खिलाफ प्रचंड घृणा और प्रतिरोध की भावना।

इन तीनो बातों के कारण उनके नाटक *क्रांतिकारी* संघर्ष में हमेशा काम आएँगे।

उत्पल दत्त बहुत दिलचस्प व्यक्ति थे। अपने जीवन में भी वे बहुत नाटकीय तरीके से बातचीत करते थे मानों उमंग में आकर अपने विभिन्न चरित्रों को अपने अंदर अनुभव कर रहे और जी रहे हों। उनसे हुई पहली मुलाकात में उनके इस नाटकीय अंदाज को देखकर मैं चकित रह गया था। उनके नाटकीय अंदाज का पता उस वक्त भी मिला जब मैंने उन्हें *फिलहाल* के सलाहकार मंडल में शामिल होने का न्योता भेजा। उन्होंने अपना एक वाक्य का जवाब उर्दू लिपि में लिखकर भेज दिया जिसे पढ़ने में मैं बिल्कुल असमर्थ था। पटने में मैं शाम तक उसे किसी से पढ़वाने के लिए भटकता रहा, तब कहीं जाकर पता चला कि उन्होंने सलाहकार मंडल में शामिल होना खुशी से मंजूर कर लिया है।

उत्पल दत्त सिर्फ कलाकार ही नहीं थे। वे विद्वान भी थे। उन्होंने यूरोपीय साहित्य और मार्क्सवादी ग्रंथों का काफी अध्ययन किया था। इसके अलावा उन्होंने बांग्ला में शेक्सपियर के साहित्य पर जो मोटी किताब लिखी है, उससे उनके आलोचक रूप का पता चलता है। फिल्मों में काम वे पैसा कमाने के लिए करते थे ताकि उनकी नाटक मंडली को अभावों का सामना न करना पड़े। सच बात तो यह है कि उत्पल दत्त बहुमुखी प्रतिभा के धनी थे। उनके अंदर जैसी ऊर्जा, काम करने की शक्ति और योग्यता थी, वह बंगला के पुनर्जागरणकालीन महान व्यक्तियों की याद दिलाती

है। उत्पल दत्त की निगाह में मराठी के विजय तेंदुलकर सबसे बड़े नाटककार थे। उनसे हुई दूसरी मुलाकात में जब मैंने उनसे पूछा कि आपके ख्याल से हिंदुस्तान का सबसे बड़ा नाटककार कौन है? तो, उन्होंने तपाक से जवाब दिया—"इस समय हिंदुस्तान में दो नाटककार सबसे बड़े हैं। एक नाम है विजय तेंदुलकर और दूसरा नाम—शिष्टाचार के नाते मैं लेना नहीं चाहता।" जो नाम शिष्टाचारवश उन्होंने नहीं लिया, वह खुद उनका नाम था। बेशक, विजय तेंदुलकर बहुत महान नाटककार हैं। लेकिन हम सभी जानते हैं कि उत्पल दत्त का व्यक्तित्व विजय तेंदुलकर से कहीं बड़ा था। उन्हें क्रांतिकारी जनता अपने कलाकार साथी के रूप में हमेशा याद रखेगी।

(*1993*)

●●